btb

Die Bretagne im Sommer: Ein paar schwedische Touristen verbringen ein paar vergnügte Urlaubswochen. Es ist eine zusammengewürfelte Gesellschaft: zwei Paare und zwei Singles, die sich zufällig über den Weg laufen und miteinander Freundschaft schließen. Sie baden, sie essen, sie machen Ausflüge und flirten ein wenig über die Ehegrenzen hinweg. Und als die Ferien vorbei sind, trennen sich ihre Wege, wie das so oft der Fall ist. Übrig bleiben ein paar vereinzelte Fotos, womöglich ein Gruppenbild, das ein oder andere Aquarell – und ein anonymes Tagebuch, das ihre Eskapaden schildert, wie sich später herausstellen wird, als die Tragödie bereits ihren Lauf genommen hat. Denn fünf Jahre später beginnt jemand, die Urlauber von damals zu töten, einen nach dem anderen. Und damit nicht genug: Der Mörder spielt mit Gunnar Barbarotti Katz und Maus, denn er kündigt dem Inspektor die Morde brieflich an …

Håkan Nesser, geboren 1950, ist einer der beliebtesten Schriftsteller Schwedens. Für seine Kriminalromane erhielt er zahlreiche Auszeichnungen, sie sind in über zwanzig Sprachen übersetzt und mehrmals erfolgreich verfilmt worden. »Eine ganz andere Geschichte« ist der zweite Band der Serie um Inspektor Gunnar Barbarotti. Håkan Nesser lebt in Stockholm und auf Gotland.

HÅKAN NESSER

Eine ganz andere Geschichte

Roman

Aus dem Schwedischen von Christel Hildebrandt

btb

Die schwedische Originalausgabe erschien 2007
unter dem Titel »En helt annan historia« bei
Albert Bonniers, Stockholm.

Dieses Buch ist auch als E-Book erhältlich.

MIX
Papier aus verantwortungsvollen Quellen
FSC® C014496
FSC
www.fsc.org

Verlagsgruppe Random House FSC® N001967

2. Auflage der Neuausgabe November 2019

Umschlaggestaltung: semper smile, München
Umschlagmotiv: © Getty Images/Moment;
© Trevillion/Victoria Davies
Druck und Einband: GGP Media GmbH, Pößneck
SL · Herstellung: sc
Printed in Germany
ISBN 978-3-442-71919-8

www.btb-verlag.de
www.facebook.com/btbverlag

Einleitende Bemerkung

Die Stadt Kymlinge existiert nicht auf der Landkarte, und Bahcos Schraubenschlüssel mit der Typennummer 08072 ist niemals in Frankreich verkauft worden. Ansonsten stimmen große Teile dieses Buches mit bekannten Verhältnissen überein.

I

Aufzeichnungen aus Mousterlin

29. Juni 2002

Ich bin nicht wie andere Menschen.

Und ich will es auch gar nicht sein. Sollte ich jemals eine Gruppe finden, in der ich mich heimisch fühle, dann bedeutet das nur, dass ich abgestumpft bin. Dass auch ich zum Urgebirge der Gewohnheiten und Dummheiten abgeschliffen wurde. Es ist, wie es ist, nichts vermag diese grundlegenden Voraussetzungen zu ändern. Ich weiß, dass ich auserwählt bin.

Vielleicht war es ein Fehler, hierzubleiben. Vielleicht hätte ich meinem ersten Impuls folgen und nein sagen sollen. Aber das Gesetz des geringsten Widerstands ist stark, und Erik hat mich in den ersten Tagen interessiert, er ist zumindest kein Durchschnittsmensch. Außerdem hatte ich keine festen Pläne, keine Strategie für mein Reisen. In den Süden, das einzig Wichtige war, in den Süden zu kommen.

Aber heute Abend bin ich unsicherer. Es gibt nichts, was mich hier hält, ich kann jeden Moment meinen Rucksack packen und weiterziehen, und wenn sonst nichts, so empfinde ich zumindest diese Tatsache als eine gute Versicherung für die Zukunft. Mir kommt in den Sinn, dass ich sogar jetzt gehen könnte, in diesem Moment, es ist zwei Uhr, die monotone Stimme des Meeres ist nur ein paar hundert Meter entfernt in der Dunkelheit auf der Terrasse zu hören, auf der ich sitze und schreibe. Ich weiß, dass die Flut kommt, ich könnte hinunter zum Strand gehen und ostwärts wandern, nichts wäre leichter als das.

Eine gewisse Trägheit, zusammen mit Müdigkeit und Alkohol

im Blut, hält mich jedoch zurück. Zumindest bis morgen. Vermutlich noch einige Tage mehr. Ich habe überhaupt keine Eile, und vielleicht lasse ich mich ja von der Rolle des Beobachters verlocken. Vielleicht gibt es Dinge, über die ich schreiben kann. Als ich Doktor L von meinen Plänen erzählt habe, eine längere Reise zu unternehmen, sah er zunächst nicht besonders begeistert aus, aber als ich ihm erklärt habe, dass ich Zeit in einer fremden Umgebung bräuchte, um nachzudenken und um das schriftlich festzuhalten, was passiert ist – und dass das der eigentliche Zweck der Reise war –, da nickte er zustimmend; und schließlich wünschte er mir sogar Glück, und ich hatte das Gefühl, dass diese Wünsche wirklich von Herzen kamen. Ich war ja mehr als ein Jahr in seiner Obhut gewesen, dann muss es wohl wie ein Triumph sein, wenn man tatsächlich einmal einen Klienten in die Freiheit entlassen kann.

Was Erik betrifft, so ist es natürlich sehr großzügig von ihm, mich hier kostenlos wohnen zu lassen. Er hat behauptet, dass er das Haus zusammen mit einer Freundin gemietet hat, die Beziehung aber beendet wurde, als es schon zu spät war, um zu stornieren. Ich habe zunächst geglaubt, dass er lügt, nahm an, er wäre schwul und wollte mich als sein Spielzeug haben, aber so ist es offensichtlich nicht. Ich glaube nicht, dass er homosexuell ist, bin mir aber keineswegs sicher. Möglicherweise ist er ja bi, er ist nicht gerade unkompliziert, der Erik. Und wahrscheinlich halte ich es deshalb mit ihm aus, es gibt da dunkle Ecken, die mir zusagen, jedenfalls solange sie noch unerforscht sind.

Und er hat reichlich Geld, das Haus ist groß genug, dass wir nicht aufeinanderhocken müssen. Wir sind übereingekommen, dass wir das Haushaltsgeld teilen, aber wir teilen noch etwas anderes. Eine Art Respekt vielleicht. Es sind jetzt vier Tage vergangen, seit er mich vor Lille aufgesammelt hat, drei, seit wir hier sind. Normalerweise werde ich Menschen bereits nach einem Bruchteil dieser Zeit überdrüssig.

Aber heute Nacht – während ich schreibe – werde ich wie gesagt zum ersten Mal von ernsthaften Zweifeln befallen. Es begann mit einem sich lang dahinziehenden Lunch im Hafen von Bénodet heute Nachmittag, mir war schnell klar, dass es sich um den Eröffnungszug für einen anstrengenden Abend handelte. So etwas merkt man. Ein Gedanke schwebte mir im Kopf herum – nachdem wir endlich Platz in dem chaotischen Restaurant gefunden hatten und es uns schließlich gelungen war, dem Kellner unsere Bestellung klarzumachen:

Bring die ganze Bagage um und hau ab.

Das wäre das Einfachste für alle Beteiligten gewesen, und es hätte mich nicht die Bohne berührt.

Wenn ich nur eine Methode gehabt hätte. Oder zumindest eine Waffe und einen Fluchtweg.

Vielleicht war es auch nur eine Idee, die aus der Tatsache geboren wurde, dass es so heiß war. Der Weg zwischen starker Hitze und Wahnsinn ist kurz. Wir hatten den Tisch zur Seite geschoben, den Sonnenschirm hin und her gezogen, um Schatten zu bekommen, aber ich landete immer wieder in der Sonne – besonders, wenn ich mich auf meinem Stuhl zurücklehnte –, und das war alles andere als bequem. Das ganze Dasein fühlte sich wie ein einziger Juckreiz an. Eine vibrierende Irritation, die auf eine Art unerbittlichen Punkt zutickte.

Überhaupt war die ganze Aktion eine infame Dummheit. Vielleicht geschah sie gar nicht auf direkte Initiative eines Einzelnen hin, vielleicht war es nur eine Frage von allgemeiner, falsch geleiteter Rücksicht. Eine Gruppe von Landsleuten, die auf einem samstäglichen Markt in einem kleinen bretonischen Ort aufeinanderstoßen. Gut möglich, dass die guten Sitten in so einer Lage ein bestimmtes Verhalten erfordern. Gewisse Riten. Ich verabscheue die guten Sitten genauso sehr, wie ich Leute verabscheue, die nach ihnen leben.

Es ist auch möglich, dass ich eine Gruppe von Ungarn an einem Restauranttisch in Stockholm oder Malmö auf andere

Weise betrachtet hätte, es ist das Innenleben der Gruppe, das ich nur schwer ertrage, das äußere Bild interessiert mich nicht. Etwas zu wissen und zu durchschauen, ist oft schlimmer, als ignorant zu sein. Oder so zu tun, als wäre man ignorant. Es ist einfacher, in einem Land zu leben, in dem man die Sprache nicht voll und ganz versteht.

Von Französisch, der Sprache, die uns momentan umgibt, wird beispielsweise behauptet, dass sie am ausdrucksvollsten ist, wenn man nicht ganz begreift, was eigentlich gesagt wird.

Aber man sieht mir nie an, was ich denke, ich bin da auf der Hut. Ich fluche innerlich, während ich lache und schmunzle, lache und schmunzle. Ich habe gelernt, mein Leben so zu meistern. Navigare necesse est. Es kann sogar sein, dass die anderen mich sympathisch finden. Die Gedanken sind nicht gefährlich, solange sie nur Gedanken bleiben, das ist natürlich eine Weisheit, die stimmt – wie viele andere auch.

Es handelte sich also um zwei Paare. Anfangs war ich davon ausgegangen, dass sie sich kannten, vielleicht zusammen Urlaub machten – aber dem war nicht so. Wir stießen ganz einfach alle sechs zufällig zwischen den Ständen auf dem Wochenmarkt zusammen, selbst gemachter Käse, selbst gemachte Marmeladen, selbst gemachter Muscadet, Cidre und gestrickte Tücher; vielleicht war es ja eine der beiden Frauen, auf die Erik scharf war. Sie sind beide jung und verhältnismäßig schön, vielleicht war er sogar auf beide scharf, er entwickelte tatsächlich so einigen Charme, während wir dasaßen, in unseren Schalentieren stocherten und eine Weinflasche nach der anderen leerten.

Ich ja vielleicht auch.

Und dann diese sonderbare Verbindung zu Kymlinge. Erik hat offensichtlich sein ganzes Leben lang in dieser Stadt gelebt, die Frau des einen Paares ist dort aufgewachsen, aber nach Göteborg gezogen, die andere Frau lebt seit ihrem zehnten Lebensjahr in Kymlinge. Keiner der drei kannte einen der anderen in irgendeiner Art und Weise, aber diese geografische Merkwürdigkeit fanden alle interessant. Unwiderstehlich. Sogar Erik.

Was mich selbst betraf, fand ich sie äußerst ekelhaft. Als hätten sie einen Charterbus hierher genommen und könnten jetzt in der kleinen französischen Stadt sitzen und sich an den Sitten und Besonderheiten der Eingeborenen weiden und sie mit denen der Leute daheim vergleichen. In Kymlinge und anderswo. Ich trank drei Glas kalten Weißwein vor dem Hauptgericht, während eine Art äußerst vertrauter Verzweiflung von mir Besitz nahm, wie ich so dasaß und in der Sonne schwitzte. Ein Juckreiz, wie gesagt.

Was meine eigene Beziehung zu Kymlinge betraf, zog ich es vor zu schweigen. Ich bin mir sicher, dass niemand der anderen weiß, wer ich bin, sonst könnte ich hier unmöglich weiter dabeisitzen.

Henrik und Katarina Malmgren hieß das eine Paar. Sie ist diejenige, die in Kymlinge aufgewachsen ist, aber inzwischen wohnen sie in Mölndal. Sie sind beide in den Dreißigern, sie arbeitet im Sahlgrenschen Krankenhaus, er ist irgendeine Art von Akademiker. Sie sind offenbar verheiratet, haben aber keine Kinder. Sie sieht ansonsten aus wie eine Frau, die schwanger werden kann und will, wenn es also irgendwelche medizinischen Probleme gibt, sind sie sicher bei ihm zu suchen. Trocken und angespannt, rötliche Haut, vermutlich bekommt er schnell Sonnenbrand, vielleicht fühlte er sich beim Mittagessen genauso unwohl wie ich, zumindest hatte ich fast den Eindruck. Wahrscheinlich sitzt er lieber vor einem Computerbildschirm oder zwischen verstaubten Büchern als unter Menschen, man kann sich fragen, wie die beiden überhaupt zusammengekommen sind.

Das andere Paar heißt Gunnar und Anna. Sie sind nicht verheiratet, wohnen offenbar nicht einmal zusammen. Eine Weile haderten sie wohl mit ihrer natürlichen Oberflächlichkeit, versuchten sich den Anschein zu geben, sie hätten Dinge durchdacht und wären zu einer Art Lebenseinstellung gekommen. Was natürlich ziemlich schnell in sich zusammenfiel, beiden wäre am besten damit gedient, wenn sie eine konsequent schweigende Haltung annähmen, ganz besonders ihr. Er ist irgendsoein Lehrer, die Details sind mir nicht ganz klar geworden, sie arbeitet in einem Werbebüro. Wahrscheinlich in irgendeiner Art kundennaher Funktion, ihr Gesicht und ihre obere Körperhälfte sind zweifellos ihr größtes Kapital. Es kam auch heraus, dass sie sich gerade gemeinsam einen Traber angeschafft hatten oder zumindest im Begriff standen, das zu tun.

Aus irgendeiner unergründlichen Ursache spricht Katarina Malmgren fast fließend französisch, eine Fähigkeit, die keiner von uns anderen auch nur annähernd erreichen kann, und während des Essens erhielt sie dadurch den unverdienten Status einer Art von Orakel. Wir aßen mindestens acht verschiedene Sorten von Schalentieren, und sie unterhielt sich mit dem Kellner über jedes einzelne. Korken mit Nadeln drin, um die widerspenstigen Bewohner aus der Schale zu ziehen – wenn man zum Schluss die kleinen Muskeln im Mund hat, weiß man nie, ob sie noch leben oder tot sind. Soweit ich verstanden habe, geht es darum, sie totzubeißen, bevor man sie hinunterschluckt.

Erik kümmerte sich um die Getränkefrage, wir begannen mit normalem, trockenem Weißen, gingen aber nach drei Flaschen zum Cidre der Gegend über, einem starken, süßen Rattengift, das uns zu zwei Stunden Mittagsschlaf nach dem Essen zwang.

Dann verbrachten wir den Abend bei Gunnar und Anna. Sie wohnen nur ein paar hundert Meter von hier entfernt, den Strand hinunter Richtung Beg-Meil, ein weiteres kleines, pittoreskes Haus, versteckt in den Dünen. Wir saßen alle sechs auf ihrer Terrasse, aßen weitere Schalentiere, schütteten Wein und Calvados in uns hinein. Gunnar sang auch noch zur Gitarre. Evert Taube, Beatles und Olle Adolphson. Wir übrigen sprangen ein, wenn wir an der Reihe waren. Es war nicht schwer zu behaupten, dass es ein fast verzauberter Abend war. Irgendwann gegen Mitternacht waren wir so betrunken, dass die Rede auf ein Nacktbad im Meer kam. Ein begeistertes Quartett, bestehend aus den beiden Damen sowie Erik und Gunnar, begab sich mit einer Flasche moussierendem Wein auf den Weg, die Arme umeinander verschränkt.

Ich selbst blieb mit Henrik auf dem Trockenen, hätte natürlich nachfragen können, womit er sich eigentlich beschäftigte, welcher Forschung genau er seine Zeit widmete, aber ich hatte keine Lust mit ihm zu reden. Es war schöner, nur dazusitzen und am Calva zu schnuppern, zu rauchen und in die Dunkelheit zu starren. Er machte ein paar zögerliche Versuche, ein Gespräch über irgendwelche Besonderheiten der Leute hier im Finistère in Gang zu bringen, aber ich ermunterte ihn nicht. Also verstummte er ziemlich schnell, wahrscheinlich ist er genauso wenig an meinen Ansichten über dies oder jenes interessiert wie ich an seinen. Er scheint trotz allem eine Art verhüllte Integrität in seiner trockenen Art zu haben. Es schien, als säßen wir beide da und horchten auf unsere badenden Freunde dort draußen in der Dunkelheit, er hatte natürlich bessere Gründe als ich, hellhörig zu sein, schließlich war es seine Ehefrau und nicht meine, die sich zusammen mit drei fremden Menschen nackt ausgezogen hatte.

Es ist mehr als fünf Jahre her, dass ich eine Ehefrau gehabt habe, manchmal vermisse ich sie, aber meistens nicht.

Als die Gesellschaft zurückkehrte, waren sie jedenfalls sittsam in Badelaken gehüllt, sie erschienen insgesamt gedämpfter als bei ihrem Aufbruch, und mir kam unbewusst der Gedanke, dass sie ein Geheimnis teilten.

Dass etwas passiert sein könnte und sie etwas verbargen.

Aber vielleicht waren sie auch nur betrunken und müde. Und abgekühlt. Der Atlantik im Juni liegt weit unter der Zwanzig-Grad-Marke. Nachdem sie zurückgekommen waren, blieben wir höchstens noch eine halbe Stunde. Als Erik und ich den Strand entlang zu unserem Haus gingen, hatte er offensichtlich Schwierigkeiten, sich auf den Beinen zu halten, und er fiel sofort in Tiefschlaf, sobald wir im Haus angekommen waren, ohne auch nur die Sandalen auszuziehen.

Was mich selbst betrifft, bin ich überraschend klar im Kopf. Fast analytisch. Worte und Gedanken haben eine Deutlichkeit, wie sie sie nur des Nachts bekommen können. In gewissen Nächten. Das Meer ist dort draußen in der Dunkelheit zu spüren, sicher sind es immer noch fünfundzwanzig Grad Lufttemperatur. Insekten fliegen gegen die Lampe, ich zünde mir eine Gauloise an und trinke das letzte Glas für diesen Tag. Erik schläft bei offenem Fenster, ich kann sein Schnarchen hören, er hat gut und gern zwei Liter Wein im Blut. Es ist ein paar Minuten nach zwei, es ist schön, endlich allein zu sein.

Das Paar Malmgren hat sein Haus in der anderen Richtung, auf der anderen Seite der Mousterlinbucht. Insgesamt, die ganze Küste entlang, gibt es bestimmt an die fünfzig Hütten zu mieten, die meisten natürlich ein paar Kilometer landeinwärts, und vielleicht ist es gar nichts Besonderes, dass drei von ihnen an Schweden vermietet sind. Nach allem, was ich von Erik gehört habe, sind sie nicht über die gleiche Agentur gegangen, aber die anderen sind im Großen und Ganzen seit genauso kurzer Zeit da wie wir.

Drei Wochen mögliches Zusammensein liegen vor uns. Plötzlich stelle ich fest, dass ich dasitze und an Anna denke. Ganz gegen meinen Willen, aber da war etwas an ihrem nackten Gesicht und ihrem nassen Haar, als sie vom Baden zurückkam. Und dieses schlechte Gewissen, wie gesagt. In Katarinas Augen war es etwas anderes, eine Art Sehnsucht.

Ich hätte natürlich auch Henriks Gesicht mustern müssen, um einen Kontrapunkt zu haben, aber dem war nun einmal nicht so. Die Rolle des Beobachters ist nicht immer einfach einzuhalten.

Leben oder sterben, das spielt keine Rolle, denke ich. Ich weiß nicht, warum ich gerade das denke.

Eine Hülle, wir sind nur eine Hülle in der Ewigkeit.

Kommentar, Juli 2007

Es sind fünf Jahre vergangen.

Es könnten genauso gut fünfzehn Jahre oder fünf Monate gewesen sein. Die Elastizität der Zeit ist auffallend, alles beruht darauf, welchen Ausgangspunkt ich wähle, von dem aus ich meine Betrachtungen anstelle. Manchmal kann ich Annas Gesicht ganz deutlich vor mir sehen, als säße sie mir im Zimmer gegenüber, und im nächsten Moment kann ich diese sechs Menschen sehen, mit mir selbst dabei, aus hoher Höhe – Ameisen am Strand, die in vergeblichen, sinnlosen Pirouetten herumirren. Im kalten Licht der Ewigkeit – und in der Dreieinigkeit von Meer, Erde und Himmel – erscheint unsere Unachtsamkeit fast lächerlich.

Als hätten sie eigentlich weiterleben können. Als hätte nicht einmal ihr Tod genügend Gewicht und Bedeutung. Aber ich habe einen Entschluss gefasst und werde durchführen, was ich entschieden habe. Die Ereignisse müssen Konsequenzen haben, sonst entgleist die Schöpfung. Einem Entschluss muss gefolgt werden; wenn er erst einmal gefasst wurde, darf er nicht länger in Frage gestellt werden. Diesen dünnen Strich der Ordnung ins Chaos zu zeichnen, das ist alles, was wir vermögen, unsere gesamte Pflicht als moralische Individuen beruht darauf.

Und sie verdienen es. Die Götter mögen wissen, dass sie es verdienen.

Das Erste, was mich verblüfft, ist ihre Ahnungslosigkeit. Wie wenig sie an diesem ersten Abend verstanden haben. Diese sechs Menschen in ihren Häusern am Strand; ich hätte meinen Rucksack packen und diesen flachen Küstenstreifen bereits am folgenden Tag verlassen können; hätte ich es getan, wäre alles anders gekommen.

Aber vielleicht hatte ich gar keine andere Wahl. Es ist ja interessant, dass ich diesen Gedanken dort im Restaurant in Bénodet tatsächlich bereits dachte. *Bring die ganze Bagage um und hau ab.* Es war bereits da, bereits in diesem Augenblick gab es etwas in mir, das begriff, was so viele Jahre später kommen würde.

Ich habe mich entschieden, wer der Erste werden soll. Die Reihenfolge an sich ist nicht unwesentlich.

24. Juli – 1. August 2007

1

Kriminalinspektor Gunnar Barbarotti zögerte kurz. Dann verriegelte er das Sicherheitsschloss.

Es gehörte nicht zu seinen Gewohnheiten. Manchmal machte er sich nicht einmal die Mühe, die Tür überhaupt abzuschließen. Wenn jemand einbrechen will, dann schafft er es so oder so, wie er zu denken pflegte, dann ist es doch nicht nötig, dass auch noch alles Mögliche beschädigt werden muss.

Möglicherweise zeugten derartige Gedanken von einer Art Defaitismus, möglicherweise zeugten sie von einem mangelnden Vertrauen in die Berufsgruppe, die er doch selbst repräsentierte; er bildete sich ein, dass keins von beidem wirklich unvereinbar war mit seinem Weltbild. Lieber Realist als Fundamentalist, das stand auf jeden Fall fest, wobei ein paar Indizien eindeutig in die eine oder andere Richtung gingen.

Sagte er sich – und wunderte sich gleichzeitig darüber, wie die Frage, ob eine Tür verschlossen werden sollte oder nicht, so viel graue Theorie gebären konnte.

Aber es schadete ja nicht, das Gehirn schon am frühen Morgen in Gang zu setzen, oder? Seit er in seine armselige Dreizimmerwohnung in der Baldersgatan in Kymlinge gezogen war, vor fünfeinhalb Jahren und in Zusammenhang mit seiner Scheidung, hatte er jedenfalls noch nie ungebetenen Besuch gehabt – bis auf den einen oder anderen zweifelhaften Schulkameraden seiner Tochter Sara, den sie angeschleppt hatte. Man soll an das Gute in seinen Mitmenschen glauben, bis einem das Gegenteil bewiesen wird, dieses Prinzip hatte ihm seine optimistische Mutter versucht einzuprägen, seit er in der Lage war, dass ihm etwas eingetrichtert werden konnte, und es war natürlich ein Lebensmotto, das ebenso gut war wie jedes andere.

Ansonsten musste es sich um einen besonders blöden Einbrecher handeln, der sich einbildete, hinter einer trivialen Mahagonilaminattür wie dieser hier könnten sich diebstahls- und verkaufswürdige Dinge befinden. Das war auch eine Art von Realismus.

Aber jetzt schloss er wie gesagt beide Schlösser ab. Was seinen Grund hatte. Die Wohnung sollte zehn Tage leer stehen. Weder er noch seine Tochter sollten einen Fuß hineinsetzen. Sara hatte das übrigens bereits seit mehr als einem Monat nicht mehr getan; direkt nach dem Abitur Anfang Juni hatte sie sich nach London begeben und dort angefangen, in einer Boutique zu arbeiten – vielleicht auch in einem Pub, was sie dann allerdings verschwieg, um ihren Vater nicht unnötig zu beunruhigen – so war jetzt also die Lage.

Sie war neunzehn Jahre alt, und das Gefühl, amputiert zu werden, als sie abgefahren war, begann ihn langsam zu verlassen. Sehr langsam. Der Gedanke, dass sie nie wieder unter einem Dach leben würden, bohrte sich ungefähr im gleichen Rhythmus in sein Vaterherz.

Aber alles hat seine Zeit, dachte Gunnar Barbarotti stoisch und schob den Schlüsselbund in die Jeanstasche. Und jedes Vorhaben unterm Himmel hat seine Zeit.

Zusammenleben, sich trennen und sterben.

Er hatte vor ungefähr einem halben Jahr angefangen, in der Bibel zu lesen, und zwar auf Anraten von Gott Vater selbst, und es war schon sonderbar, wie oft Worte und Verse daraus in seinem Kopf auftauchten. Auch wenn du wirklich nicht existierst, lieber Herr, dachte er oft, so muss ich doch zugeben, dass die Heilige Schrift ein verblüffend gutes Buch ist. Zumindest teilweise.

Dem konnte Unser Herr nur zustimmen.

Er nahm seine Reisetasche in die eine Hand, den vollgestopften Müllbeutel in die andere und ging die Treppe hinunter. Spürte plötzlich eine aufkeimende Freude im Körper. Es hatte irgendwie damit zu tun, dass er die Treppen hinunterging; er hatte sich das schon oft vorgestellt, mit einer einigermaßen hohen Geschwindigkeit eine angenehm sich drehende Treppe hinunterzulaufen – auf dem Weg in die brodelnde Vielfalt des Lebens. Aber war nicht Bewegung der eigentliche Kern des Lebens? Gerade so eine schwingende Bewegung ohne jede Anstrengung? Das Abenteuer, das hinter der Ecke wartete? Ausgerechnet heute stand außerdem noch das Fenster im Treppenhaus sperrangelweit offen, der Hochsommer drängte sich herein, der Duft von frisch gemähtem Rasen reizte die Nasenflügel, und fröhliches Kinderlachen war unten vom Hof her zu hören.

Ein Mädchen, das wie ein abgestochenes Schwein schrie, auch, aber man musste ja nicht auf alles hören, was sich einem bot.

Der Briefträger war offenbar Tangotänzer in seiner Freizeit, denn durch einen äußerst eleganten Schritt zurück vermied er es, von der Reisetasche niedergestreckt zu werden.

»Hoppla. Auf dem Weg in den Urlaub?«

»Oh, Entschuldigung«, sagte Gunnar Barbarotti. »Habe wohl ein bisschen zu viel Schwung drauf… ja, genau.«

»Ins Ausland?«

»Nein, dieses Mal muss Gotland reichen.«

»Es gibt ja auch keinen Grund, Schweden zu dieser Jahreszeit zu verlassen«, erklärte der ungewohnt redselige Briefträger und zeigte dabei hinaus auf den Hof. »Wollen Sie die heutige Ausbeute mitnehmen, oder soll ich sie in den Kasten stecken, damit Sie noch eine Weile davon verschont bleiben?«

Gunnar Barbarotti dachte einen Moment lang nach.

»Her damit. Aber keine Reklame.«

Der Briefträger nickte, blätterte in seinem Bündel und überreichte ihm drei Briefumschläge. Barbarotti nahm sie entgegen und stopfte sie in die Außentasche seiner Reisetasche. Wünschte einen schönen Sommer und ging in etwas gemächlicherem Tempo weiter hinunter ins Erdgeschoss.

»Gotland ist eine Perle«, rief der Briefträger ihm nach. »Die meisten Sonnenstunden in ganz Schweden.«

Sonnenstunden?, überlegte Gunnar Barbarotti, als er Kymlinge hinter sich gelassen und die Temperatur im Auto auf fünfundzwanzig Grad gedrosselt hatte. Nicht, dass ich etwas gegen Sonnenschein habe, aber wenn es zehn Tage regnet, werde ich deshalb auch nicht traurig sein.

Es war eine andere Art von Wärme, die in Aussicht stand, aber davon konnte ja der Briefträger nichts wissen … *wenn zwei beieinander liegen, wärmen sie sich; wie kann ein Einzelner warm werden?*

Ziemlich viel Predigertum heute, stellte Gunnar Barbarotti fest und schaute auf die Uhr. Es war erst zwanzig vor elf. Der Briefträger war ungewöhnlich früh gewesen, vielleicht hatte er ja geplant, nachmittags irgendwohin zum Baden zu fahren. Barbarotti gönnte es ihm. Kymen oder Borgasjön. Er gönnte allen Menschen heute, das zu tun, was sie tun wollten. Ein Seufzer des Wohlbehagens entfuhr ihm. So sollten alle Seufzer sein, dachte er plötzlich. Man sollte sie nicht heraufbeschwören, sie sollten einem einfach so entfahren. Das müsste auch bei Salomon stehen.

Er betrachtete sein Gesicht im Rückspiegel und stellte fest, dass er lächelte. Unrasiert und etwas zerzaust sah er aus, aber das Lächeln spaltete sein Gesicht fast von einem Ohr zum anderen.

Und warum auch nicht? Die Fähre von Nynäshamn sollte um fünf Uhr ablegen, die Straße schien autofrei zu sein, wie der Himmel wolkenfrei war, es war der erste Tag einer lang ersehnten Reise. Er fuhr schneller, schob eine Scheibe mit Lucilia do Carmo in den CD-Player und dachte, dass es doch eine Freude war zu leben.

Dann begann er an Marianne zu denken.

Dann dachte er, dass es sich dabei um genau das Gleiche handelte.

Sie kannten einander jetzt fast ein Jahr. Mit einer vagen Ahnung, dass die Zeit aus dem Gleis gesprungen sein musste, begriff er, dass es tatsächlich erst so kurz her war. Sie hatten sich letzten Sommer auf der griechischen Insel Thasos kennen gelernt, unter optimalen Voraussetzungen – Freiheit, keine Verantwortung, fremdes Milieu, Samtnächte, Eisprung und warmes Mittelmeer –, aber es war nicht bei einer Urlaubsromanze geblieben. Ich bin nicht der Typ, der sich etwas aus Urlaubsromanzen macht, hatte Marianne nach dem ersten Abend erklärt. Ich auch nicht, hatte er zugegeben. Ich weiß nicht, wieso, aber wenn ich einer Frau in die Augen sehe, dann heirate ich sie normalerweise auch.

Marianne war der Meinung gewesen, das klänge wirklich fantastisch. Also hatten sie später weiter Kontakt gehalten. In gewissen Abständen, zwei allein erziehende Elternplaneten mittleren Alters, wie er immer dachte, die langsam und unerschütterlich von ihrer Schwerkraft angezogen wurden. Vielleicht sollte es so sein. Vielleicht musste man sich so verhalten, ein schwieriger, aber zielbewusster Brückenbau aus Mut und Vorsicht zu gleichen Teilen. Marianne lebte in Helsingborg und hatte zwei Teenager, er selbst hauste zweihundertfünfzig Kilometer nördlicher – in Kymlinge – mit einer gerade flügge gewordenen Tochter und zwei Söhnen im Ausland. Man konnte also behaupten, dass es eine ziemlich lange Brücke war.

Ein Hauch von finsteren Gedanken überfiel ihn, als die Sprache auf Lars und Martin kam. Seine Jungen. Sie lebten inzwischen mit ihrer Mutter außerhalb von Kopenhagen, er hatte mit ihnen zwei gemeinsame Wochen zu Sommeranfang verbracht und konnte sich möglicherweise noch auf eine im August freuen – aber das Gefühl, dass er dabei war, sie zu verlieren, ließ sich nicht beiseite schieben. Ihr neuer Ersatzvater hieß Torben oder so und betrieb in Vesterbro ein Yogainstitut. Barbarotti hatte ihn nie kennen gelernt, aber es gab Anzeichen, die darauf hindeuteten, dass er zumindest eine Spur besser war als sein Vorgänger. Der war ein Wunderwerk von einem Mann gewesen, bis zu dem Tag, als er von einer ernsthaften Sinnesverwirrung befallen wurde und mit einem bauchtanzenden Weltwunder von der Elfenbeinküste entschwand.

Was habe ich gesagt!, dachte Barbarotti damals, aber schon zu der Zeit hatte er das Gefühl gehabt, dass diese abgenutzte Befriedigung ihr Haltbarkeitsdatum schon lange überschritten hatte.

Und Lars und Martin waren nicht besonders unglücklich darüber, in Dänemark zu leben, das konnte er beim besten Willen nicht behaupten. Die Frage war eher, warum er sich ab und zu – im erbärmlichsten Winkel seiner Seele – wünschte, dass sie sich nicht wohlfühlten. Würde der kalte Krieg mit Helena nie aufhören? Würde er bis in alle Ewigkeit verblasste, geistig kranke Ich-habe-es-ja-gesagt-Schilder aufstellen?

Es ist meine Verantwortung, *sie* glücklich zu machen, unterstrich sie gern, nicht *dich*. Das habe ich früher gemacht.

In einem anderen Winkel seiner Seele wusste er, dass sie recht hatte. Nach der Scheidung hatte Sara sich entschieden, bei ihm zu wohnen, und sie war es, die er jetzt vermisste. Nicht seine frühere Ehefrau und auch nicht seine Söhne. Wenn man ehrlich sein wollte. Sara hatte ihn fünf Jahre lang vor den Dämonen der Einsamkeit gerettet; umso schlimmer war es jetzt, wo sie ihn verlassen hatte, um sich in die weite Welt zu stürzen.

Stattdessen war Marianne gekommen. Gunnar Barbarotti war klar, dass er dies einem glücklichen Stern zu verdanken hatte – vielleicht auch dem möglicherweise existierenden Gott, mit dem er sich hin und wieder auf ein gentlemanmäßiges Feilschen einließ.

Hoffentlich begreift sie, welches Loch sie zu füllen hat, dachte er. Vielleicht ist es aber auch besser, wenn es ihr nicht klar wird, korrigierte er sich nach einer Weile. Nicht alle Frauen sind begeistert davon, sich um hilfsbedürftige Männer mittleren Alters zu kümmern. Zumindest nicht auf Dauer.

Er sah ein, dass seine gute Laune leicht am Schwinden war – dass es so verdammt schwer war, die Nase über Wasser zu behalten –, und da im gleichen Moment eine rote Lampe am Armaturenbrett aufblinkte, bog er auf die passenderweise auftauchende Statoiltankstelle ab.

Benzin und Kaffee. Alles hat seine Zeit.

Die Gotlandfähre war nicht so voll, wie er befürchtet hatte.

Vielleicht lag das daran, dass es ein Dienstag war. Mitten in der Woche. Der Ansturm von Badewütigen aus der Hauptstadt konzentrierte sich auf die Wochenenden, wie zu vermuten war. Gunnar Barbarotti fühlte eine gewisse Dankbarkeit dafür, dass er die zehn Tage mit Marianne nicht in Visby verbringen sollte. Mit Schaudern erinnerte er sich an eine Woche gegen Ende seiner früheren Ehe, ungefähr zu dieser Jahreszeit, als er und Helena eine schweineteure Wohnung innerhalb der Stadtmauern gemietet hatten. Es war ein Gefühl, als wohnten sie mitten in einem zusammengebrochenen Vergnügungspark. Grölende, kotzende und kopulierende Jugendliche in jeder Gasse, unmöglich, vor drei Uhr nachts ein Auge zuzubekommen, nein, verdammt noch mal, hatte Gunnar Barbarotti damals gedacht, wenn das hier das lebensnotwendige Tourismusgeschäft ist, dann können sie gleich das königliche Schloss in eine Bierhalle und ein Bordell umbauen. Dann brauchen sie nicht erst die Fähre zu nehmen.

Das Gefühl der Ohnmacht war dadurch verstärkt worden, dass sie sich um drei Kinder hatten kümmern müssen und dass ihre Ehe in den letzten Zügen lag. Er erinnerte sich daran, dass sie abgemacht hatten, abwechselnd dem jeweils anderen zu erlauben, abends auszugehen und sich zu amüsieren. Helena hatte angefangen und war um vier Uhr morgens zurückgekommen, mit recht zufriedenem Gesichtsausdruck – da er ihr nicht nachstehen wollte, hatte er die folgende Nacht einsam unten am Norderstrand bis halb fünf mit einem Kasten Bier gesessen. Aber immerhin, als er an diesem Morgen durch die Ruinen und Rosenbüsche gewandert war, da hatte die Stadt schön ausgesehen, das war sogar ihm klar geworden. Verdammt schön.

Als Marianne ihn nach seinen Gotlanderfahrungen gefragt hatte, hatte er sich damit begnügt, von einigen Besuchen in seiner Jugend zu berichten – Fårö und Katthammarsvik –, aber nicht die peinliche Visbywoche erwähnt.

Und jetzt war also Hogrän dran. Der Name bedeutete »große Fichte«, wie sie erzählt hatte; es handelte sich um einen kleinen Ort mitten auf der Insel, nicht viel mehr als eine Straßenkreuzung und eine Kirche, aber hier besaßen Marianne und ihre Schwester ein Haus. Geerbt von der vorigen Generation – ein etwas wunderlicher Bruder war ausbezahlt worden, hier gab es garantiert keine Art von anstrengendem Tourismus.

Weil es mehr als zehn Kilometer vom Meer entfernt lag, wie sie erklärt hatte. Tofta war der nächste Badestrand, die Kinder fuhren ein paar Mal in der Woche mit dem Fahrrad dorthin, sie selbst hatte meistens darauf verzichtet. Und die nächsten acht Tage sollte kein einziges Kind auf der Bildfläche erscheinen.

Friedlich ist ein so abgenutzter Ausdruck, hatte sie auch noch gesagt. Das ist eigentlich schade, denn Frieden ist die eigentliche Grundessenz von Gustabo.

Gustaf, der dem Haus seinen Namen gegeben hatte, hatte das weiß gekalkte Haus irgendwann Mitte des neunzehnten Jahrhunderts gebaut – und als Mariannes Vater es Anfang der Fünfziger kaufte, war er angeblich zuallererst wegen seines Namens so begeistert gewesen. Denn er hieß auch Gustaf. Nachdem seine Frau gestorben war, hatte er die letzten fünf Jahre seines Lebens vorwiegend hier verbracht.

Gustaf in Gustabo.

Hier gab es die Grundaustattung zum Leben. Wasser, Strom und Radio. Aber kein Fernsehen und kein Telefon. Du darfst kein Handy mitbringen, hatte Marianne ihn angewiesen. Gib deinen Kindern die Nummer vom Nachbarn, das reicht. Es passt nicht, dass die ganze Welt um einen herumbraust, wenn man in Gustabo ist. Das haben sogar meine Kinder zu akzeptieren gelernt.

Wir hören hier immer den Seewetterbericht und das Gedicht des Tages, hatte sie hinzugefügt, das gefällt ihnen. Johan hat sogar eine eigene Landkarte gezeichnet mit allen Leuchttürmen Schwedens.

Er war ihren Wünschen gefolgt. Hatte sein Handy abgestellt und es unter einige Papiere im Handschuhfach gelegt. Wenn sie das Auto klauen, können sie ebenso gut gleich das Handy dazu nehmen, dachte er, und es gab kein doppeltes Sicherheitsschloss, weder für das eine noch für das andere.

Als die Fähre sich der Insel näherte, ging er an Deck und betrachtete die vertraute Stadtsilhouette, die in den letzten Strahlen der untergehenden Sonne leuchtete. Dächer, Zinnen und Türme. Es war fast schmerzhaft schön. Er dachte an die Worte, die ein guter Freund einmal gesagt hatte: Gotland ist nicht nur eine Insel, es ist ein anderes Land.

Hoffentlich steht sie am Kai und wartet wie versprochen auf mich, dachte er dann. Wäre bestimmt nicht witzig, eine Telefonzelle zu suchen und diesen Bauern anzurufen.

Gab es überhaupt noch Telefonzellen?

Sie stand da.

Sonnengebräunt und sommerschön. Unmöglich, dass so eine Frau auf einen Mann wie mich warten kann, dachte er. Es muss ein Missverständnis sein.

Aber sie schlang ihm die Arme um den Hals und küsste ihn, offenbar passte er trotz allem in ihre Pläne.

»Du bist so wahnsinnig schön«, sagte er. »Du darfst mich nicht noch einmal küssen, sonst falle ich in Ohnmacht.«

»Mal sehen, ob ich mich zurückhalten kann«, antwortete sie lachend. »Es ist ...«

»Ja?«

»Es ist irgendwie einfach großartig. Einen Mann, den man liebt, an einem schönen Sommerabend zu treffen. Wenn er mit dem Schiff ankommt.«

»Hm«, murmelte Gunnar Barbarotti. »Aber ich weiß etwas, das ist noch besser.«

»Und was?«

»Mit dem Schiff anzukommen und von einer geliebten Frau empfangen zu werden. Ja, du hast recht, das ist ziemlich großartig. Das sollte man jeden Abend machen.«

»Es ist schön, so alt zu sein, dass man die Zeit hat, innezuhalten und das einzusehen.«

»Das stimmt.«

Gunnar Barbarotti lachte. Marianne lachte. Dann standen sie eine Weile schweigend da und sahen einander an, er spürte, wie etwas Feuchtes, Warmes hinter seinem Kehlkopf anwuchs. Er räusperte es fort und zwinkerte ein paar Mal.

»Verdammt, wie dankbar ich bin, dass ich dich kennen gelernt habe. Hier, ich habe ein Geschenk für dich.«

Er holte die kleine Schachtel mit dem Schmuck heraus, den er gekauft hatte. Nichts Besonderes, ein kleiner, rotgelber Stein an einer Goldkette nur, aber sie öffnete sie sofort mit eifrigen Fingern und band sie sich um.

»Danke. Ich habe auch etwas für dich, aber das muss warten, bis wir zu Hause sind.«

Zu Hause?, dachte Gunnar Barbarotti. Es klang, als meinte sie es so.

»Wollen wir fahren?«

»Wo hast du das Auto?«

»Natürlich hier auf dem Parkplatz.«

»Ach ja. Bring mich ans Ende der Welt.«

Und dort will ich bleiben bis ans Ende der Zeit, fügte er insgeheim für sich selbst hinzu. Solche Abende können sogar aus Schweinehändlern Dichter machen.

Gustabo lag mitten im Nichts. Zumindest erschien es so, wenn man spät in der Abenddämmerung dort ankam. Gunnar Barbarotti begriff, dass er es nicht geschafft hätte, den Weg allein zu finden. Vielleicht zurück nach Visby, aber nicht umgekehrt. Als Marianne in eine Öffnung in einer Steinmauer einbog, nach knapp einer halben Stunde Fahrzeit, überfiel ihn das angenehme Gefühl, nicht die geringste Ahnung zu haben, in was für einer Welt er sich befand. Sie stoppte neben einem Fliederbusch, und sie kletterten aus dem Auto. Eine Ecklampe erleuchtete den Giebel des weißen Steinhauses, eine durchscheinende Sommerdunkelheit hatte sich über die Rasenfläche mit ein paar knorrigen Obstbäumen und einem Dutzend Johannisbeerbüschen gesenkt, das Schweigen erschien fast wie ein Lebewesen.

»Willkommen in Gustabo«, sagte Marianne. »Ja, so sieht es hier aus.«

Im gleichen Moment läutete eine Kirchenglocke zweimal. Gunnar Barbarotti schaute auf seine Armbanduhr. Halb zehn. Dann drehte er den Kopf in die Richtung, in die Marianne zeigte.

»Die Kirche, mitten im Ort. Und unser Nachbar ist der Friedhof. Ich hoffe, du hast nichts dagegen.«

Gunnar Barbarotti legte ihr den Arm um die Schulter.

»Und da haben wir die Kühe.«

Sie zeigte wieder, und er konnte sie nur wenige Meter entfernt wahrnehmen. Schwere, wiederkäuende Silhouetten auf der anderen Seite der Steinmauer.

»Um diese Jahreszeit sind sie Tag und Nacht draußen. Der Bauer geht auf die Weide, um sie zu melken, statt sie hereinzuholen. Ja, es gibt sozusagen vier Himmelsrichtungen hier. Die Kirche liegt im Osten, und die Kühe grasen im Norden. Im Westen haben wir die gelbsten Rapsfelder der Welt, das wirst du morgen sehen, und im Süden haben wir den Wald.«

»Wald?«, wiederholte Gunnar Barbarotti und schaute sich um. »Nennst du das Wald?«

»Achtundsechzig Laubbäume«, erklärte Marianne. »Eichen und Buchen und Blutahorn. Einer edler als der andere und die meisten mehr als hundert Jahre alt. Nein, jetzt gehen wir aber rein. Ich hoffe, du hast gehalten, was du versprochen hast.«

»Was denn?«

»Dir nicht auf der Fähre jede Menge Essen reinzustopfen. Ich habe etwas im Ofen, und ich habe eine Flasche Wein geöffnet.«

»Ich habe nicht einmal eine Geleebanane gegessen«, versicherte Gunnar Barbarotti.

Er wachte auf und sah ein sanftes Morgendämmerungslicht durch die dünnen Gardinen hereinsickern. Diese bewegten sich leicht von einem sanften Wind, und ein satter Duft nach Sommermorgen drang durch das offene Fenster. Er drehte den Kopf und betrachtete Marianne, die auf dem Bauch liegend tief neben ihm schlief, ihr nackter Rücken lag bloß da bis zur Senke und das dichte, kastanienbraune Haar ausgebreitet wie ein kaputter Fächer auf dem Kopfkissen. Er tastete über den Nachttisch und fand seine Armbanduhr.

Halb fünf.

Er erinnerte sich, dass er einen Blick auf die Uhr geworfen hatte, nachdem sie sich geliebt hatten. Viertel nach drei.

Also kaum die Zeit, aufzustehen und sich einem neuen Tag zu widmen.

Aber auch kein Moment, den man ohne weiteres wegzwinkert, dachte er. Schlug die Decke zur Seite, stand vorsichtig auf und ging in die Küche. Trank ein paar Schlucke Wasser direkt aus dem Hahn.

Dann konnte man auch gleich pinkeln gehen, wenn man schon mal auf war, kam ihm in den Sinn, und er ging hinaus auf den Hof. Blieb eine Weile stehen und wippte glücklich mit den Zehen im taufeuchten Gras. Hier stehe ich also, dachte er. Vollkommen nackt, hier und jetzt. In einer Sommernacht in Gustabo. Besser als jetzt kann es gar nicht mehr werden.

Ein großartiges Gefühl. Fast noch großartiger, als mit der Fähre anzukommen, und er beschloss, diesen Augenblick nie wieder zu vergessen. Betrachtete eine Weile die Morgenröte über dem Friedhof, dann ging er zu dem edlen Wald und schlug sein Wasser ab. Duckte sich vor einer Fledermaus, die vorbeiflatterte. Dachte, dass es doch merkwürdig war, flogen die Fledermäuse nicht nur in der Abenddämmerung?

Er ging weiter die Steinmauer entlang und blieb eine Weile stehen, in die andere Himmelsrichtung gewandt.

Getreide. Das Rapsfeld.

Er erschauerte und ging zurück ins Haus. Schaute sich in der stilsicheren Einfachheit um. Weiß gekalkt und braunes Holz, mehr nicht. Entdeckte seine Reisetasche, die neben der Küchenbank stand, immer noch ungeöffnet. Etwas Weißes lugte aus der Seitentasche hervor. Er ging um den Küchentisch herum und stellte fest, dass es sich um die drei Briefe handelte, die er von dem redseligen Briefträger in Empfang genommen hatte, als er am Vortag zu Hause abgefahren war. Er holte sie heraus und betrachtete sie. Zwei waren nach allem zu urteilen Rechnungen, die eine von Telia, die andere von seiner Versicherungsgesellschaft. Er stopfte sie wieder zurück ins Seitenfach.

Der dritte Brief war handgeschrieben. Sein Name und seine Adresse waren in Schwarz mit eckigen, etwas plumpen Versalien geschrieben. Kein Absender. Briefmarke mit Segelboot.

Er zögerte kurz. Dann nahm er ein Küchenmesser aus dem Messerblock neben dem Spülbecken und schnitt den Umschlag auf. Zog einen zweimal gefalteten Briefbogen heraus und las.

PLANE, ERIK BERGMAN UMZUBRINGEN.
MAL SEHEN, OB DU MICH AUFHALTEN KANNST

Er hörte Marianne im Schlafzimmer etwas im Schlaf murmeln.

Starrte die Worte an.

Die Schlange im Paradies, dachte er.

2

Was soll das heißen?«, fragte Marianne.

»Na, was ich gesagt habe«, erklärte Gunnar Barbarotti. »Ich habe einen Brief bekommen.«

»Hier? Hierher?«

Es war der Vormittag des zweiten Tages. Sie saßen beide in ihrem Liegestuhl unter einem Sonnenschirm zur Rapsseite hin. Der Himmel war blau. Schwalben flogen und Hummeln summten; das Frühstück war gerade beendet, was jetzt noch anstand, war ein Kaffee danach und die Verdauung.

Und ein Gespräch. Er fragte sich, warum er es überhaupt zur Sprache gebracht hatte. Bereute es sogleich.

»Nein, ich habe ihn gekriegt, als ich gestern zu Hause losgegangen bin. Habe ihn in die Tasche gestopft. Aber heute Morgen habe ich ihn dann geöffnet.«

»Eine Drohung, sagst du?«

»In gewisser Weise schon.«

»Lass mal sehen.«

Er dachte einen Moment über den Aspekt mit den Fingerabdrücken nach. Beschloss dann, dass er Urlaub hatte, ging nach drinnen und holte den Brief.

Sie las ihn, eine Augenbraue hochgezogen, die andere gesenkt – diese Miene hatte er noch nie bei ihr gesehen, aber er begriff schnell, dass sie Ausdruck für Überraschung in Kombination mit Konzentration war. Es sah ziemlich elegant aus, das konnte er nicht leugnen. Alles in allem war sie überhaupt elegant, wenn er es recht betrachtete. Abgesehen von einem alten, abgewetzten, breitkrempigen Strohhut trug sie nur ein dünnes, fast durchsichtiges Tuch, das nicht mehr verbarg als die Scheibe eines Aquariums.

Leinen, wenn er sich nicht irrte.

»Kriegst du häufiger solche Briefe?«

»Nie.«

»Dann ist das keine Alltagskost für Polizisten?«

»Meiner Erfahrung nach jedenfalls nicht.«

Sie dachte einen Moment lang nach.

»Und wer ist Erik Bergman?«

»Keine Ahnung.«

»Sicher?«

Er zuckte mit den Schultern. »Zumindest niemand, an den ich mich erinnern könnte. Andererseits ist es auch kein besonders außergewöhnlicher Name.«

»Und du weißt nicht, wer diesen Brief geschickt haben könnte?«

»Nein.«

Sie nahm den Umschlag hoch und musterte ihn. »Es ist nicht zu erkennen, was auf dem Poststempel steht.«

»Nein. Ich glaube, es endet auf -org, aber der Stempel ist ziemlich verwaschen.«

Sie nickte. »Warum hast du den bekommen? Ich meine, es muss sich ja wohl um einen Wahnsinnigen handeln, aber warum schickt er ausgerechnet dir den Brief?«

Gunnar Barbarotti seufzte. »Marianne, wie ich schon gesagt habe: Ich habe nicht die leiseste Ahnung.«

Er wedelte eine Fliege fort und bereute erneut, den Brief überhaupt erwähnt zu haben. Es war idiotisch, an diesem vollkommenen Morgen hier zu sitzen und eine Polizeiangelegenheit diskutieren zu müssen.

Aber es war ja keine Polizeiangelegenheit, hatte er das nicht gerade erst beschlossen? Nur ein Moment der Irritation … dem er nicht mehr Aufmerksamkeit widmen wollte als dieser Fliege, die er gerade abgewehrt hatte.

»Aber du musst doch eine Art ... wie sagt man? ... Intuition haben? Wie lange bist du schon bei der Polizei? Zwanzig Jahre?«

»Neunzehn.«

»Ja, natürlich, genauso lange, wie ich Hebamme bin, darüber haben wir ja schon geredet. Aber mit der Zeit kriegt man doch so ein bisschen Fingerspitzengefühl? So geht es mir jedenfalls.«

Gunnar Barbarotti trank einen Schluck Kaffee und dachte nach. »Vielleicht ab und zu. Aber nicht, wenn es um so etwas geht, leider. Es geht mir schon den ganzen Morgen im Kopf rum, und ich habe nicht die leiseste Ahnung.«

»Aber der Brief ist doch an dich adressiert. An deine Adresse.«

»Ja.«

»Und nicht ans Polizeirevier. Das muss doch bedeuten, dass er ... oder sie ... eine besondere Beziehung zu dir hat.«

»Beziehung ist wohl ein bisschen zu viel gesagt. Es genügt ja, dass er – oder sie – weiß, wer ich bin. Aber ich finde, wir reden jetzt über etwas anderes, es tut mir leid, dass ich es überhaupt zur Sprache gebracht habe.«

Marianne legte den Umschlag zurück auf den Tisch und lehnte sich in ihrem Liegestuhl zurück. »Und was denkst du?«

Es war offensichtlich, dass sie nicht so leicht aufgab.

»In welcher Hinsicht?«

»Na, über den Brief natürlich. Ist das ernst gemeint?«

»Wahrscheinlich nicht.«

Jetzt schob sie ihren Strohhut in den Nacken und zog beide Augenbrauen hoch. »Wie kannst du das sagen?«

Er seufzte noch einmal. »Weil ich ziemlich viele anonyme Drohungen bekomme. Fast alle sind falsch.«

»Ich dachte, ihr müsstet alle erst einmal ernst nehmen. Wenn jemand zum Beispiel behauptet, in einer Schule sei eine Bombe, dann müsst ihr doch …?

»Wir *nehmen* alle ernst. Es bleibt kaum etwas dem Zufall überlassen. Aber du hast gefragt, ob ich glaube, dass es ernst gemeint ist. Und das ist etwas anderes.«

»Okay, Sheriff. See your point. Und du glaubst also, dass es nur ein Bluff ist?«

»Ja.«

»Warum?«

Gute Frage, dachte Gunnar Barbarotti. Verdammt gute Frage. Weil … weil ich will, dass es nur ein Bluff ist, natürlich. Weil ich im Paradies Gustabo sitze mit einer Frau, von der ich ziemlich sicher bin, dass ich sie liebe, und da will ich nicht von irgendeinem Idioten gestört werden, der plant, einen anderen Idioten umzubringen. Und wenn es sich doch herausstellen sollte, dass es ernst gemeint war, dann will ich … ja, dann will ich sagen können, dass ich den Brief erst geöffnet habe, als ich nach meiner Stippvisite im Paradies wieder nach Hause gekommen bin.

»Du antwortest mir nicht«, stellte Marianne fest.

»Ähm«, sagte Gunnar Barbarotti. »Nun ja, ich weiß nicht so recht. Man soll natürlich niemals nie sagen. Lassen wir es erst einmal darauf beruhen.«

Sie beugte sich vor und starrte ihn an. »Was ist das für ein Quatsch? Es auf sich beruhen lassen? Du musst doch wohl auf jeden Fall irgendwie darauf reagieren. Bist du nun Kriminalinspektor oder nicht?«

»Ich bin auf Urlaub im siebten Himmel«, erinnerte Gunnar Barbarotti sie.

»Ich auch«, konterte Marianne. »Aber wenn eine schwangere Frau in den siebten Himmel kommt und ihr Kind gebären will, dann werde ich ihr helfen. Kapiert?«

»Logisch«, sagte Gunnar Barbarotti.

»Eins zu null für die Hebamme«, sagte Marianne und lächelte breit. »Übrigens, danke für letzte Nacht, ich liebe es, mit dir zu schlafen.«

»Ein paar Sekunden lang befand ich mich kurz vorm Abheben«, gab Gunnar Barbarotti zu. »Aber ich war ein Idiot, dass ich den Brief geöffnet habe. Können wir nicht so tun, als würden wir ihn vergessen, und wenn ich nach Hause komme, tue ich so, als würde ich ihn finden?«

»Nie im Leben!«, rief Marianne aus. »Und wenn Erik Bergman tot ist, wenn du zurück nach Kymlinge kommst, wie willst du damit leben? Ich dachte, ich hätte einen Mann mit Moral und Herz kennen gelernt.«

Gunnar Barbarotti gab auf. Nahm die Sonnenbrille ab und betrachtete sie ernsthaft. »All right«, sagte er. »Was schlägst du also vor?«

»Soll *ich* etwas vorschlagen?«

»Warum nicht? Ein bisschen Arbeitsteilung kann man sich doch wohl gönnen, wenn man im Urlaub ist?«

Sie lachte. »Dann kümmerst du dich also um alle Schwangeren im siebten Himmel?«

»Selbstverständlich.«

»Warst du bei der Geburt deiner Kinder dabei?«

»Bei allen dreien.«

Sie nickte. »Gut. Ich wollte nur sichergehen, dass keine Babys aufs Spiel gesetzt werden. Ich sehe zwei Alternativen.«

»Und welche?«

»Entweder, wir gehen damit zur Polizei in Visby…«

»Ich will nicht nach Visby fahren. Wie sieht die andere Alternative aus?«

»Wir rufen deine Kollegen in Kymlinge an.«

»Keine dumme Idee«, sagte Gunnar Barbarotti. »Sie hat nur einen Haken.«

»Und der wäre?«

»Wir haben kein Telefon.«

»Das lässt sich lösen. Ich gehe mit und stelle dich dem

Bauern vor. Er heißt übrigens Jonsson. Hagmund Jonsson.«

»Hagmund?«

»Ja. Sein Vater hieß auch Hagmund. Und sein Großvater ebenfalls.«

Gunnar Barbarotti nickte und kratzte sich an den Bartstoppeln.

»Darf ich dann etwas vorschlagen?«, fragte er.

»Und was?«

»Dass du dir ein bisschen mehr als dieses durchsichtige Taschentuch anziehst, sonst fällt Hagmund der Dritte noch in Ohnmacht.«

Sie lachte. »Aber *dir* gefällt es?«

»Mir gefällt es außerordentlich. Du siehst damit tatsächlich noch nackter als nackt aus.«

»Grr«, sagte Marianne, zweiundvierzigjährige Hebamme aus Helsingborg. »Ich glaube, wir gehen erst noch einmal rein, ich habe das Gefühl, dass Hagmund in den nächsten Stunden sowieso nicht zu Hause ist.«

»Grr«, sagte Gunnar Barbarotti, siebenundvierzigjähriger Kriminalinspektor aus Kymlinge. »Ich glaube, dieses Rapsfeld ist in gewisser Weise aphro … wie heißt es noch? … aphrodisierend.«

»Ja, so heißt es«, bestätigte die Hebamme. »Aber das ist nicht der Raps, du Dummkopf, das bin ich.«

»Womit du sicher recht hast«, sagte Gunnar Barbarotti.

Obwohl es anderthalb Stunden dauerte, bis sie sich auf den Weg zu Jonssons machten, stellte sich heraus, dass Hagmund immer noch nicht zu Hause war. Dafür aber seine Gattin. Sie war um die fünfundsechzig, eine kleine, kräftige Frau namens Jolanda. Gunnar Barbarotti fragte sich, ob ihre Mutter und Großmutter vielleicht auch Jolanda geheißen haben könnten, traute sich aber nicht, nachzufragen.

Auf jeden Fall weigerte sich die fröhliche Frau, ihr Telefon herzugeben, wenn sie sie nicht vorher zu Kaffee mit Safranpfannkuchen und elf Sorten Keksen einladen durfte – weshalb es bereits kurz vor zwei war, als Barbarotti endlich Kontakt mit dem Polizeirevier in Kymlinge aufnehmen konnte.

Glücklicherweise saß Eva Backman in ihrem Büro und brütete über einer Tonne Papier. Er wurde mit ihr verbunden und brachte sein Anliegen in einer guten halben Minute vor.

»Das darf doch nicht wahr sein«, sagte Eva Backman. »Ich werde sofort zum Kommissar gehen und ihm vorschlagen, dass du deinen Urlaub abbrichst und wieder zum Dienst kommst. Das hört sich nach was Ernstem an.«

»Hiermit kannst du unsere Freundschaft als beendet betrachten«, sagte Barbarotti. »Mit dem Urlaub spaßt man nicht.«

Eva Backman lachte laut auf. »All right. Und was soll ich deiner Meinung nach tun?«

»Keine Ahnung«, sagte Gunnar Barbarotti. »Ich bin nicht im Dienst. Wollte nur einen bedrohlichen anonymen Brief melden, als verantwortungsbewusster Mitbürger, der ich bin.«

»Bravo, Inspektor«, sagte Eva Backman. »Ich gebe mich geschlagen. Kannst du noch einmal vorlesen, was da steht?«

»Plane, Erik Bergman umzubringen. Mal sehen, ob du mich aufhalten kannst.«

»Es steht ›du‹ da?«

»Ja.«

»Handgeschrieben?«

»Ja.«

»An dich persönlich adressiert?«

»Ja.«

»Hm. Kannst du ihn mir rüberfaxen?«

»Ich befinde mich in Gustabo«, sagte Gunnar Barbarotti. »Hier gibt es kein Fax.«

»Dann fahr halt nach Visby.«

Gunnar Barbarotti ging schnell mit sich zu Rate.

»Vielleicht morgen.«

»In Ordnung«, sagte Eva Backman. »Und wie sieht es aus, ist es ein spezieller Erik Bergman, auf den man es abgesehen hat?«

»Weiß ich nicht. Ich kenne keinen Erik Bergman. Du?«

»Ich denke nicht«, sagte Eva Backman. »Nun ja, ich kann ja mal nachsehen, wie viele es zumindest in Kymlinge gibt. Steht etwas da, ob die vermutliche Leiche hier in der Stadt leben soll?«

»Es steht nicht mehr drin als das, was ich vorgelesen habe.«

»Ich verstehe«, sagte Eva Backman. »Na, wenn du es morgen rüberfaxt … die Adresse auf dem Umschlag auch … dann sehen wir weiter.«

»Abgemacht.«

»Übrigens, kannst du nicht auch das Original in eine Plastiktüte stecken und es herschicken … dann werde ich diese kleine Unannehmlichkeit staatsbürgerlich korrekt regeln. Wie geht es Marianne?«

»Ganz ausgezeichnet. Sie steht neben mir.«

Eva Backman lachte erneut. »Wie schön, dass es euch gut geht. Hier regnet es, darf man fragen …?«

»Nicht ein Wölkchen am Himmel«, erklärte Gunnar Barbarotti. »Dann lege ich also alles in deine Hände, und wir sehen uns in zwei Wochen.«

»Nix da«, widersprach Eva Backman. »Dann habe ich Urlaub.«

»Au weia.«

»So kann es laufen. Übrigens, wenn ich eine ganze Bande namens Erik Bergman finde, wäre es nicht eine gute Idee, wenn du sie dir zumindest mal anschaust? Für den Fall, dass du einen von ihnen kennst … trotz allem … einverstanden?«

»Wenn die Liste nicht allzu lang ist.«

»Danke, Herr Wachmann. Wohin soll ich sie dann schicken?«

»Einen Moment.«

Er legte den Hörer auf eine Anrichte mit gerahmten Fotos und Silberdosen und ging zu Jolanda und Marianne auf die Terrasse hinaus. »Entschuldigt, aber welche Adresse hat Gustabo?«

»Gustabo, Hogrän, Gotland, das reicht eigentlich immer«, sagte Marianne. Barbarotti bedankte sich und kehrte zum Telefon zurück.

»Du kannst die Liste der Polizei in Visby faxen«, sagte er. »Von denen aus werde ich auch faxen. Das Ganze werde ich mir als acht Überstunden gutschreiben.«

»Tu das«, sagte Eva Backman. »Mach's gut, Inspektor, und grüße Marianne.«

So, so, dachte Gunnar Barbarotti und spürte, wie ihm die Kekse Sodbrennen verursachten. Damit haben wir diese Sache auch erledigt.

Auf dem Weg hinaus stießen sie auf Hagmund Jonsson. Er war ein Mann in den Siebzigern, ebenso lang und sehnig, wie seine Frau klein und rundlich war.

»Sieh an, hat Marianne sich einen Kerl zugelegt«, sagte er. »Das wurde auch höchste Zeit. Dann heißt es jetzt wohl, in der Zeit noch nicht erfüllter Erwartungen zu leben, was?«

Der letzte Satz, ausgesprochen in gediegenem Gotländisch, klang wie ein Bibelzitat, wie Gunnar Barbarotti fand. *Die Zeit noch nicht erfüllter Erwartungen?* Sie schüttelten sich die Hände zur Begrüßung.

»Das ist, als käme man zurück in seine Kindheit, nicht wahr?«, fuhr Hagmund fort, ohne auf eine Antwort zu warten. »Die Welt und das Leben sind mit vagen Versprechungen erfüllt, mit Düften und Ahnungen, die wir noch nicht durchschaut haben. Wenn wir sie durchschauen, wird es hohl. Omne animal post coitum triste est. Dann heißt es, neue Erwartungen zu finden. Und deren Erfüllung hinauszuzögern.«

»Wie wahr gesprochen«, sagte Marianne und zog Gunnar Barbarotti mit sich durch die Pforte hinaus.

»Hagmund ist ein Philosoph«, erklärte sie, als sie auf den Weg gekommen waren. »Wenn man sich mit ihm in ein Gespräch verstrickt, kann es Stunden dauern, bis man wieder herausfindet. Was bedeutete das da auf Latein?«

»Ich bin mir nicht sicher«, gab Gunnar Barbarotti zu. »Irgendetwas dahingehend, dass man sich melancholisch fühlt, nachdem man geliebt hat, glaube ich.«

Marianne runzelte die Stirn. »Das betrifft wohl in erster Linie Männer«, sagte sie. »Aber sie sind glückliche Leute, Hagmund und Jolanda Jonsson. Sie haben sich einen Platz für die erste Charterreise in den Weltraum reserviert.«

Gunnar Barbarotti nickte.

»Um die Zeit der Erwartung zu verlängern?«

»Wahrscheinlich. Er hat sich sein eigenes Teleskop in der Scheune gebaut. Es soll Spitzenklasse sein, aber niemand hat es je gesehen, seit die Zeitung vor ein paar Jahren hier war. Er hat niemanden reingelassen.«

»Und woher weißt du, dass sie glücklich sind?«

Sie seufzte. »Du hast recht«, nickte sie. »Das weiß ich natürlich nicht. Aber es ist wichtig, dass ich mir das einbilden kann.«

»Da stimme ich dir zu«, sagte Gunnar Barbarotti. »Und was machen wir jetzt?«

»Bist du es schon leid, im Paradies still zu sitzen?«

»Wir können uns nicht häufiger als zwei, drei Mal am Tag lieben. Nicht in unserem Alter.«

Sie lachte. »Nein, das stimmt. Und ich will nicht, dass du allzu melancholisch wirst. Was hältst du davon, einige Kilometer Fahrrad zu fahren?«

Gunnar Barbarotti blinzelte zum klarblauen Himmel hinauf und schnupperte in die Luft. »Warum nicht?«, stimmte er zu. »Auf jeden Fall besser als eine Reise in den Weltraum.«

3

Warum bist du eigentlich zur Polizei gegangen? Das hast du mir nie erzählt.«

»Das liegt daran, dass du nie danach gefragt hast.«

»All right. Aber jetzt frage ich. Warum bist du Polizist geworden?«

»Ich weiß es nicht so recht.«

»Danke. Genau so hatte ich es mir gedacht.«

»Warum sagst du das?«

»Weil Männer eigentlich nie genau wissen, warum etwas in ihrem Leben passiert.«

»Sag bloß. Wie viele Männer hast du schon studiert?«

»Du bist Nummer zwei. Oder vielleicht zweieinhalb, denn diesen Physiklehrer habe ich nie so richtig zu fassen gekriegt. Aber du musst doch zugeben, dass ich Recht habe.«

Sie lagen auf dem Rücken unter einer Eiche vor einer alten Kalksteinkirche. Es war vier Uhr nachmittags. In der Luft herrschten mindestens fünfundzwanzig Grad, und sie waren zwei Stunden lang geradelt. Kreuz und quer durch die grüne, pastorale Hochsommerlandschaft. Höfe mit Steinmauern, Kornblumen und Mohn. Niedrige, weiß gekalkte Häuser, überwuchert von Kletterrosen und wildem Wein. Schwarzweiße Kühe, Lerchen in der Luft, faule Sommergäste, die in Hängematten lagen und schnarchten, und kleine Kioske, die Safraneis und Kaffee an vorbeifahrende Radfahrer verkauften. Gunnar Barbarotti hatte keine Ahnung, wo sie sich in Bezug auf Gustabo befanden. Und nichts konnte ihn weniger stören.

»Es war fast so wie jetzt«, sagte er.

»Was?«

»Als ich beschloss, Polizist zu werden.«

»Wie meinst du das?«

»Mir tat der Hintern weh. Obwohl ich nicht Fahrrad gefahren bin. Aber ich hatte fünf Jahre lang draufgesessen und gepaukt.«

»Jura in Lund?«

»Ja. Und musste einsehen, dass ich noch vierzig Jahre lang auf dem gleichen Hintern hocken würde, wenn ich Jurist würde. Ein Job bei der Polizei klang etwas beweglicher.«

»Frische Luft und nette Kumpel?«

»Genau. Gute Pensionsaussichten, wenn man nicht zu früh erschossen wurde.«

»Stimmt das? Ich meine, das mit der Bewegung?«

Gunnar Barbarotti trank einen Schluck Selters und dachte nach. »Man läuft schon häufig zwischen den Stühlen hin und her.«

Sie lachte und streckte die Füße hinauf zur belaubten Krone der Eiche. Wippte genüsslich mit den Zehen. »Du solltest es wie ich machen«, sagte sie.

»Und wie?«

»Die Stühle wegnehmen. Ich stehe fast den ganzen Tag.«

»Hm«, sagte Gunnar Barbarotti. »Und dass du Hebamme werden wolltest, das wusstest du natürlich schon im Gymnasium?«

»In der Oberstufe«, korrigierte Marianne. »Da kam eine Hebamme aus dem Krankenhaus zu uns und erzählte von ihrer Arbeit. Ich habe mich noch am selben Tag entschieden.«

»Und du hast es nie bereut?«

»Manchmal schon, wenn es schiefgeht. Wenn das Kind tot ist oder richtig schwer behindert. Aber das geht vorüber, man begreift, dass das dazugehört. Nein, ich habe es nie wirklich bereut. Ich habe das Gefühl, dass es ein Privileg ist, dabei zu sein, wenn ein Leben beginnt, das wird irgendwie nie richtig Routine. Und mit Abtreibungen verschonen sie mich meistens. Ansonsten ist es das, was am schwierigsten ist.«

Gunnar Barbarotti verschränkte die Hände im Nacken. »Wäre zu meiner Schulzeit ein Polizist gekommen und hätte von seiner Arbeit erzählt, dann wäre ich etwas anderes geworden«, stellte er fest. »Aber es ist schon gut, dass Fragen von Leben und Tod nie zur Routine werden, da hast du recht.«

»Und was wärst du gern geworden? Eigentlich?«

Er lag lange Zeit schweigend da und lauschte dem Hummelsummen. Dachte wirklich nach.

»Ich weiß es nicht. Ich habe den Verdacht, dass ich zu alt bin, um noch etwas anderes zu lernen. Also müssen sie mich weiterhin ertragen. Obwohl ich mir vorstellen könnte, hier in dieser Gegend einen Überlandbus zu fahren.«

»Einen Bus?«

»Ja. Einen eigenen, gelben Überlandbus mit durchschnittlich elf Passagieren am Tag. Eine Tour morgens und eine nachmittags. Die Thermoskanne mit Kaffee am Wendeplatz an einer blühenden Wiese ... ja, so etwas in der Art.«

Marianne strich ihm mit den Fingern über die Wange. »Du armer, müder, mittelalter Mann«, sagte sie. »Vielleicht solltest du für ein paar Tage bei Hagmund in die Schule gehen?«

»Keine dumme Idee«, murmelte Gunnar Barbarotti. »Weißt du, ob sie einen Knecht brauchen?«

Plötzlich merkte er, dass er wirklich müde war. Mit einem Mal war es fast unmöglich, die Augen offen zu halten – das tiefe Grün der großen Eiche, die sich im schwachen Wind bog, hatte offenbar die Absicht, ihn in den Schlaf zu wiegen.

Und Mariannes Hand, die sich auf seinem Brustkorb zur Ruhe gelegt hatte, schob ihn vorsichtig, aber unerbittlich in die gleiche Richtung. Letzte Nacht hatte er nicht viele Stunden

Schlaf gehabt, wie er zugeben musste, also hatte es nicht … es hatte wirklich nichts mit dem Alter zu tun, nur dass das klargestellt war, bevor er einschlief.

»Dieser Brief da«, war das Letzte, was er sie reden hörte. »Du bist doch auch der Meinung, dass es zumindest etwas unangenehm ist, oder? Schläfst du?«

Er träumte von Kommissar Asunander.

Soweit er sich erinnern konnte, hatte er das noch nie getan, und er begriff auch jetzt nicht so recht den Sinn der Sache. Asunander sah genau aus wie immer. Die Augen dicht zusammenstehend, er war klein, dünn und gehässig, es war nur merkwürdig, dass er eine Reitpeitsche in der einen Hand hielt und eine Taschenlampe in der anderen. Und er war wütend, lief in einem großen Haus umher, das Barbarotti mal vollkommen unbekannt erschien, mal umso bekannter – dann erinnerte es nicht wenig an das Polizeirevier von Kymlinge. Deutlich war auf jeden Fall, dass Asunander nach etwas suchte, es gab reichlich Nischen und dunkle Erker, deshalb war er mit einer Taschenlampe ausgerüstet. Die warf schräge Lichtbündel in die Gänge, in denen sein eigener Schritt widerhallte, und die grotesk gedrehten Wendeltreppen hinauf wie auch durch feuchte, tropfende Kellergewölbe. Lag ich nicht eben noch unter einer Eiche auf Gotland?, fuhr es Barbarotti durch den Kopf, und im gleichen Moment begriff er, dass er tatsächlich auch im Traum auf dem Rücken lag, aber nicht unter irgendeiner Eiche bei einem friedlichen Landfriedhof, sondern unter einem Bett in einem dunklen Raum, einem alten, knarrenden Eisenbett mit Rosshaarmatratze, und es war … er selbst war es, hinter dem der Kommissar her war. Als er den Atem anhielt, die Ohren spitzte und lauschte, konnte er das charakteristische Klicken von Asunanders Gebiss hören, er war jetzt ganz in der Nähe, und Barbarotti wusste auch, dass der Grund, weswegen er sich hier unter dem Bett versteckte, in einem großen Versäumnis seinerseits bestand, er war ganz einfach seinen Aufgaben nicht gerecht geworden, und jetzt war die Zeit der Abrechnung, des Jüngsten Gerichts, gekommen. Verdammte Scheiße, dachte Gunnar Barbarotti, kann der Kerl nicht einen Herzinfarkt kriegen und soll er doch in der Hölle … doch dann änderte er seine Taktik und sprach stattdessen ein Existenzüberprüfungsgebet zu dem anderen Machthaber.

Das tat er häufiger, aber meistens in wachem Zustand. Er hatte einen sogenannten Deal mit dem Lieben Gott laufen, demzufolge Gottvater seine Existenz zu beweisen hatte, indem er zumindest eine angemessene Zahl von Gebeten, die sein geringer Diener, der Kriminalinspektor Barbarotti, an ihn hinauf schickte, gnädig annahm. Wenn Barbarottis Gebet erhört worden war, gab es Punkte für den Lieben Gott; wenn dem nicht so war, gab es Punktabzüge. Momentan, gerade in diesem Traum, in diesem Moment unter einer Eiche bei einem gotländischen Friedhof im Juli 2007, hatte Gott seine Existenz mit elf Punkten gesichert, und deshalb bekam er jetzt eilig ein Zwei-Punkte-Angebot, dafür zu sorgen, dass der Kommissar um Himmels willen nicht den zitternden Inspektor unter dem Bett entdeckte – oder unter der Eiche oder in welcher Wirklichkeit sich das Ganze nun gerade abspielte.

Guter Gott, es war doch nur ein kleiner Brief, und ich habe nun einmal Urlaub, formulierte er eilig. Es kann doch trotz allem nicht so ernst sein …

»Ich kannte sogar mal einen Jungen, der Erik Bergman hieß. Ist mir gerade eingefallen.«

»Was?«

Er erwachte. Schlug die Augen auf und starrte verwundert – und erleichtert – hinauf in das grün schimmernde Laub. Hier gab es keinen Kommissar Asunander. Nur eine Hebamme Marianne, deren Kopf auf seiner Brust lag. Und eine Eiche, wie gesagt, was unbedingt eine Verbesserung war. Wie lange hatte er geschlafen? Zehn Minuten? Oder nur eine? Hatte sie überhaupt gemerkt, dass er geschlafen hatte? Dem schien nicht so, sie sprach immer noch von dem Brief, nein, vielleicht hatte er sich nur eingebildet, dass er geträumt hatte?

»Ich habe gesagt, dass ich einmal einen Jungen gekannt habe, der Erik Bergman hieß. Stell dir vor, wenn er es nun ist, der sterben soll?«

Gunnar Barbarotti räusperte sich den Schlaf aus der Kehle und streckte die Arme über den Kopf.

»Natürlich ist er es nicht. War das dein Freund?«

»Nein, wir sind nur im Gymnasium in dieselbe Klasse gegangen. Aber er wohnt bestimmt nicht mehr in Kymlinge. Und das war wohl eine Bedingung ... dass der, der sein Leben verlieren soll, in Kymlinge wohnt?«

»Mein Gott, Marianne, woher soll ich das denn wissen? Und es soll sowieso niemand sein Leben verlieren. Jetzt denken wir nicht weiter dran.«

Sie sagte nichts.

»Es handelt sich doch nur um einen Verrückten. Ich werde morgen nach Visby fahren und meine Pflicht tun, jetzt habe ich erst einmal das Gefühl, dass mein Hintern ganz heiß auf einen Fahrradsattel ist. Wie ist es mit deinem?«

»Dem ist es nie besser gegangen. Willst du mal fühlen?«

Er warf einen schnellen Blick auf den Friedhof, dann tat er, wie ihm geheißen. Und es war genau, wie sie gesagt hatte, er schien in Topform zu sein. In phänomenal guter Form, wenn man genau sein wollte, fast hätte er sich verirrt.

»Na, na«, sagte sie und schob sanft seine Hand fort. »Dann lass uns mal nach Hause strampeln und Abendbrot machen.«

Es gab fünf Personen in Kymlinge, die Erik Bergman hießen.

Das ging aus der Liste hervor, die Gunnar Barbarotti am Donnerstagvormittag im Polizeirevier von Visby ausgehändigt bekam. Der Älteste war siebenundsiebzig Jahre alt, der Jüngste dreieinhalb.

Ein üblicher Name in allen Generationen also. Während Gunnar Barbarotti auf einer Bank am Söderport saß und darauf wartete, dass Marianne mit den Gemüseeinkäufen fertig würde, betrachtete er die möglichen Mordopfer.

Der Siebenundsiebzigjährige war Witwer und lebte im Linderödsvägen 6. Er hatte sein gesamtes Berufsleben bei der Eisenbahn verbracht und war seit vierzig Jahren unter der gleichen Adresse gemeldet. Es gab keine Eintragungen über ihn im Polizeiregister.

Der Zweitälteste war vierundfünfzig Jahre alt und relativ frisch nach Kymlinge gezogen. Er arbeitete als Marktanalysist bei der Handelsbanken, wohnte seit zwei Jahren mit seiner zweiten Frau in der Grenadjärsgatan 10. Auch er hatte keine kriminelle Vergangenheit.

Barbarotti fragte sich, ob es die Ehe war oder die Adresse, die zwei Jahre auf dem Buckel hatte. Das ging aus den Angaben nicht eindeutig hervor, aber vielleicht handelte es sich ja auch um beides.

Nummer drei war ein Sechsunddreißigjähriger, wohnhaft im Hedeniusvägen 11. Alleinstehend, Selbstständiger in der Computerbranche, mit reiner Weste, soweit man wusste. Gebürtiger Kymlinger, er hatte einige Jahre aktiv im Kymlinger Badmintonverein gespielt, aber seine Karriere nach einem Knieschaden vor ziemlich genau zehn Jahren beendet.

Wer zum Teufel hat diese Liste aufgestellt?, fragte sich Barbarotti. Ein zehn Jahre alter Knieschaden? Das muss Backman sein, die ihre Scherze mit mir treibt.

Erik Bergman Nummer vier war zweiunddreißig Jahre alt. Ebenso wie Nummer zwei war er neu zugezogen. Vater dreier Kinder mit Adresse in der Lyckebogatan, arbeitete in der Schule von Kymlinge als Sozialpädagoge. Er hatte sogar eine Eintragung im Polizeiregister, eine einzige – sie betraf Gewalt gegen einen Beamten im Zusammenhang mit einem Fußballländerspiel in Råsunda 1996. Er war hochgradig betrunken gewesen, hatte einem Polizisten ein Würstchen mit Brot, Senf und eingelegten Gurken ins Gesicht gedrückt. Er wurde zu einigen Tagessätzen verurteilt. Was natürlich mehr als gerecht war.

Und dann noch Erik Bergman, dreieinhalb Jahre alt. Noch kein Beruf und keine Vorstrafe, aber eine Adresse bei seiner alleinerziehenden Mama in der Molngatan 15.

Jaha, dachte Gunnar Barbarotti und gähnte. Und einer von euch soll also sterben?

Während er im Polizeirevier war, führte er auch noch ein fünfminütiges Gespräch mit Inspektor Backman. Fragte, ob sie etwas unternommen hätten.

Natürlich hatten sie das, wie Backman erklärte. Asunander hatte den Beschluss gefasst, zweimal täglich einen Streifenwagen an den verschiedenen Adressen vorbeifahren zu lassen, um zu überprüfen, ob dort nicht etwas Auffälliges vor sich ging. Soweit es zu ermitteln gewesen war, waren übrigens mindestens zwei Eriks in Urlaub gefahren. Nummer zwei und Nummer fünf.

Aber keine Warnungen an die Betreffenden?, hatte Barbarotti gefragt.

Nein, Asunander hatte das nicht angeordnet. Nur weil man es mit einem Idioten von Briefschreiber zu tun hatte, musste die Polizei sich ja nicht auch idiotisch verhalten, hatte er angemerkt. Und es war doch wohl bekannt, was ein vierundzwanzigstündiger Polizeischutz kostete?

Aber wenn man den Brief in der Hand hielte, dann würde man ihn sich natürlich näher anschauen. Und vielleicht anders entscheiden, Barbarotti hatte ihn doch wohl eingetütet und abgeschickt wie versprochen?

Gunnar Barbarotti versicherte, dass er das getan hatte, dann wünschte er Kollegin Backman schöne Arbeitstage und legte den Hörer auf.

Er faltete die Liste zusammen. Schob sie sich nachdenklich

in die Gesäßtasche. Er hätte auch keine umfassenderen Aktionen angeordnet, wenn er an beschlussfassender Position gesessen hätte.

Dass man Drohungen immer ernst nehmen musste, war eine Sache. Aber das bedeutete nicht, dass man stets und ständig mit jeder Menge von Ressourcen dasaß. Natürlich nicht. Es war auf lange Sicht bedeutend billiger, *intensiv die Entwicklung zu verfolgen*, genau wie es Politiker und Diplomaten alle Zeiten getan hatten. Intern, aber niemals offiziell, wurde das damit begründet, dass zwanzig von zwanzig Drohungen falsch waren. Ein Problem bestand nur, wenn man zur einundzwanzigsten kam.

Jetzt kam Marianne, das geringste und schönste aller Probleme – er schob diese polizeilichen Fragestellungen schnell aus dem Kopf und ging ihr entgegen; es war zwar nicht genau das Gleiche, sie mit Einkaufstüten aus dem ICA kommen zu sehen als von ihr unten im Hafen bei Sonnenuntergang abgeholt zu werden – aber es war auch nicht schlecht. Er spürte, wie sein Herz in der Brust ein wenig schneller schlug, allein dadurch, dass sie in sein Blickfeld kam.

Ich hoffe, dass ich in zwei Jahren mit ihr verheiratet bin, dachte er plötzlich, und dann fragte er sich, ob das wirklich ein Gedanke war oder nur so eine Art Wortkonstellation, die das Gehirn produziert, wenn es sowieso schon mal in Betrieb und das Wetter schön ist.

»Wie ist es gelaufen?«, fragte sie.

»Ausgezeichnet«, antwortete er. »Die Verantwortung ist delegiert, jetzt gehöre ich ganz dir.«

»Tss«, sagte Marianne. »Willst du beide Tüten tragen oder nur eine?«

»Natürlich beide«, antwortete Gunnar Barbarotti. »Für wen hältst du mich?«

4

Liest du die Bibel?«

»Hallo. Ich dachte, du schläfst.«

»Habe ich auch. Aber als ich gemerkt habe, dass das Bett neben mir leer ist, bin ich aufgewacht.«

»Ach so. Ja, ich lese ab und zu mal ein wenig drin.«

Sie schlug die weinrote Bibel zu und legte sie neben die Teetasse auf den Tisch. Lehnte sich im Liegestuhl zurück und schaute ihn blinzelnd an. Es war Dienstag, es war der Morgen des achten Tages – wenn man den Dienstag der letzten Woche mitrechnen wollte, obwohl sie sich ja erst am Abend getroffen hatten. Aber das war eine akademische Marginalie. Die Zeit in Gustabo zu messen erscheint nicht besonders wichtig, dachte Gunnar Barbarotti gähnend, zumindest nicht die, die vergangen ist.

Auf jeden Fall war es morgens. Der Himmel war nach einem nächtlichen Regen- und Gewitterdurchzug, den sie vom Wohnzimmerfenster aus bewundert hatten, wieder aufgerissen. Er hatte von kurz nach Mitternacht bis Viertel nach eins gedauert, eine gute Stunde, und die Blitze über dem Rapsfeld waren phantastisch gewesen.

»Dann meinst du ... ich meine, dann glaubst du, dass es einen Gott gibt?«

Sie nickte.

»Das hast du noch nie zur Sprache gebracht.«

Sie lachte. Etwas geniert, wie ihm schien.

»Ich betrachte mich sogar als gläubig«, sagte sie. »Aber ich trage das nicht so gern zu Markte.«

»Warum nicht?«

»Weil … weil die Leute dann oft so anstrengend werden. Und ich gehe nie in die Kirche. Die Kirche kann ich nicht recht leiden … ich meine natürlich nicht das Gebäude selbst, ich meine die organisierten Leute. Für mich ist das eine Privatsache, wenn du verstehst. Eine Beziehung.«

Er setzte sich in den Liegestuhl ihr gegenüber.

»Ich verstehe. Und ich finde es nicht besonders anstrengend.«

»Bist du dir wirklich sicher?«

Er dachte nach.

»Ja, bin ich.«

»Aber du glaubst bestimmt nicht an Gott?«

»Sag das nicht.«

Einen Augenblick lag es ihm auf der Zunge, wollte er erzählen, wie es genau um sein Verhältnis zu Gott stand, aber er beschloss, es lieber für sich zu behalten. Sie kannten einander jetzt fast ein Jahr – er und Marianne, mit dem Herrgott verband ihn eine etwas längere gemeinsame Vergangenheit –, aber die Zeit schien noch nicht reif für diese Art von Beichte. Er war sich ziemlich sicher, dass Gott genauso dachte. Sie hatten eine Art … ja, eine Art gentlemen's agreement, ganz einfach. Privatsache, wie schon gesagt.

»Was bedeutet das?«

»Was?«

»Du hast gesagt: ›Sag das nicht.‹ Was hast du damit gemeint?«

»Einfach, dass ich es nicht weiß. Aber ich überlege es mir ab und zu.«

Sie nahm die Sonnenbrille ab und betrachtete ihn mit leicht besorgter Miene.

»Du überlegst es ab und zu?«

»Hm, ja, das ist vielleicht nicht richtig ausgedrückt … ach, ist ja auch egal. Aber wie ist es mit deinem Glauben? Besteht er schon von Kindesbeinen an?«

Sie schüttelte den Kopf.

»O nein. Ich wäre vermutlich zu Hause rausgeworfen worden, wenn ich mit solch einer Frömmelei angekommen wäre. Sie waren eine Art Marxisten, meine Eltern, bis in die Achtziger hinein. Meine Mutter ist ja tot, aber ich wette mit dem Teufel, dass mein Vater immer die Sozialisten wählt. Besonders seit die Schyman aufgehört hat, über sie hat er jedes Mal wie ein Bierkutscher geschimpft, wenn ich ihn getroffen habe.«

»Dein Glauben?«, erinnerte Barbarotti sie.

»Ja, der hat sich sozusagen bei mir eingeschlichen. Es gibt ein altes persisches Gedicht, in dem steht: ›Der sieghafte Gott geht langsam in weichen Sandalen aus Eselshaut‹, das stimmt ziemlich gut mit meinem Bild von ihm überein.«

»Weiche Sandalen aus Eselshaut …?«, wiederholte Barbarotti.

»Ja, und außerdem hat es natürlich mit meiner Arbeit zu tun … da schadet es nicht, wenn man etwas geerdet ist. Es ist einfach eine Geschichte zwischen ihm und mir, weißt du. Das ganze äußere Brimborium interessiert mich nicht, manchmal glaube ich …«

»Ja?«

»Manchmal glaube ich, dass der Teufel die Religion erfunden hat, damit sie zwischen Mensch und Gott steht.«

»Bist du selbst auf diesen Gedanken gekommen?«

»Nein, das habe ich bestimmt irgendwo gelesen. Aber das macht doch keinen Unterschied, oder?«

»Nein. Und der Koran, Buddha und die Kabbala?«

»Ein geliebtes Kind trägt viele Namen. Bist du dir sicher, dass es dich nicht nervt?«

»Nicht die Bohne«, versicherte Gunnar Barbarotti. »Ich glaube, du hast Vorurteile hinsichtlich der geistigen Qualitäten der schwedischen Polizei. Du brauchst jedenfalls nicht heimlich in der Bibel zu lesen, ich werfe selbst auch ab und zu mal einen Blick hinein.«

Sie lachte und streckte die Arme in die Luft. Mit den Handflächen nach oben. »Du wirfst einen Blick in die Bibel! Hast du das gehört, o Herr! Was gibst du mir dafür?«

»Eine Sache ist zumindest sicher«, fuhr Barbarotti inspiriert fort. »Wenn es ihn gibt, unsern Herrn, dann ist er ein Gentleman mit Humor. Alles andere ist undenkbar. Und er ist nicht allmächtig.«

Marianne wurde wieder ernst. Schaute ihn mit einem leicht schielenden Blick an, der ihm plötzlich aus irgendeinem Grund die Luft nahm. Bin ich vierzehn Jahre alt oder was ist hier eigentlich los?, dachte er.

»Weißt du«, sagte sie. »Wenn du so etwas sagst, dann glaube ich fast, dass ich dich liebe.«

»Nur … nur ein Glück, dass ich sitze«, brachte er heraus, wobei ihm die Zunge am Gaumen klebte. »Ansonsten … ja, ansonsten hätte es mich wohl umgehauen.«

In dem Moment hörten sie ein Husten, und dann sahen sie Hagmund Jonsson, der über den Rasen schlenderte. Er hatte eine Sichel über der Schulter und ein totes Kaninchen in der Hand.

»Ich wäre nie auf die Idee gekommen, dass du dir einen Kriminaler angeln könntest, Marianne. Darf man gratulieren? Dass die nicht davonhoppeln, wenn man mit der Sense kommt. Wollt ihr ihn zum Mittag haben?«

Er wedelte mit dem blutigen Kaninchen.

»Vielen Dank, aber ich denke, lieber nicht«, sagte Marianne und wandte ihren Blick ab.

»Aber das ist nicht der Hauptgrund, warum ich gekommen bin«, fuhr Hagmund fort. »Mein Hauptgrund betrifft den Kriminaler. Es hat einer für ihn angerufen. Es klang, als wäre es wichtig.«

»Angerufen?«, fragte Gunnar Barbarotti.

Hagmund nickte und kratzte sich im Nacken. »Die Herrschaften haben offenbar ihre Handyapparate auf dem Festland gelassen. Was zweifellos zu ihren Gunsten spricht. Aber wie gesagt, bei mir in der Küche, da sitzt eine eifrige Inspektorin am Hörer, es wäre vielleicht nicht schlecht, wenn man mitkäme, um mit ihr zu sprechen. Seid ihr sicher, dass ihr den kleinen Lümmel nicht haben wollt?«

Er wedelte noch einmal mit dem Kaninchen. Marianne schüttelte den Kopf, und Barbarotti kam auf die Beine.

»Ich komme«, sagte er. »Hat sie gesagt, worum es geht?«

»Vertraulich«, erklärte Hagmund Jonsson. »Es ist wohl anzunehmen, dass es um die Sicherheit des Landes geht. Ich wüsste keinen anderen Grund, warum sie diese Idylle sonst hier stören würde.«

Er zwinkerte vielsagend mit einem Auge. Marianne wickelte sich den Morgenmantel enger um den Leib, und Gunnar Barbarotti folgte dem Bauern.

»Es scheint so, als ob dein Brieffreund es trotz allem ernst meint.«

Er antwortete nicht sofort. Verdammte Scheiße, dachte er, ich habe es gewusst.

Er gab Jolanda Jonsson mit der Hand ein Zeichen, ihn allein zu lassen und die Tür zur Küche zu schließen. Wartete, bis sie seinem Wunsch gefolgt war. Wenn sie heimlich lauschen wollten, konnten sie sich zumindest die Mühe machen, den Hörer in einem anderen Zimmer des Hauses aufzunehmen, dachte Barbarotti.

»Bist du noch dran?«, wollte Eva Backman wissen.

»Ich bin noch dran«, bestätigte Barbarotti. »Was hast du gesagt?«

»Du hast doch nicht den Brief vergessen, den du bekommen hast, bevor du dich ins Paradies begeben hast?«

»Nein«, antwortete Gunnar Barbarotti. »Wie sollte ich den vergessen können? Was ist passiert?«

Sie sagte etwas zu einem Kollegen, er konnte nicht verstehen, was.

»Entschuldige. Also, ein Jogger hat Erik Bergman vor ein paar Stunden gefunden, ermordet, draußen bei Brönnsvik. An der Laufstrecke den Fluss entlang und über den Hügel, weißt du. Ja, er war offensichtlich draußen und ist gelaufen … Bergman, meine ich.«

»Du machst keine Scherze mit mir?«, fragte Barbarotti.

»Nein«, antwortete Eva Backman. »Leider verhält es sich wirklich so. Es herrscht hier einige Aufregung. Der ihn gefunden hat, ist übrigens Journalist von Beruf. Johannes Virtanen, falls du ihn kennst?«

»Ich weiß, wer das ist. Aber die Presse weiß doch wohl nichts von dem Brief?«

»Nein, dieses Detail haben wir bisher für uns behalten können.«

»Gut. Und um welchen Erik Bergman handelt es sich nun? Ich meine …«

»Ach so, ja«, sagte Eva Backman. »Um Nummer drei. Der mit der Knieverletzung und dem Computerunternehmen.«

»Ich verstehe«, sagte Gunnar Barbarotti.

Was eine Wahrheit mit Einschränkung war. Plötzlich spürte er, wie es in seinem Kopf brauste, aber es erinnerte ihn eher an den Motor eines alten Autos, das sich auf seinen letzten Seufzer vorbereitete, als an irgendeine Form von Gedankentätigkeit.

»Erzähl«, bat er und ließ sich auf die Küchenbank unter dem Wandbehang sinken, auf dem kunstvoll die Devise *Jeder Tag hat seine eigenen Sorgen* gestickt war. Nur zu wahr, dachte Gunnar Barbarotti. So ist es. Und dieser Tag hatte gerade erst begonnen.

»Um 6.55 Uhr gefunden«, berichtete Eva Backman. »Er war ja alleinstehend, aber wir haben mit einem Typen gesprochen, der ihn offensichtlich ziemlich gut kannte. Andreas Grimle, er arbeitet in Bergmans Firma. Es scheint sich um so eine Art Teilhaber zu handeln. Er behauptet jedenfalls, dass Bergman diese Strecke zwei oder drei Mal wöchentlich morgens gelaufen ist. Im Sommer, vor dem Frühstück, so zwischen sechs und sieben.«

»Methode?«, fragte Barbarotti.

»Messerstiche«, sagte Eva Backman. »Entschuldige, habe ich das nicht gesagt? Einen in den Rücken, ein paar in den Bauch plus ein Schnitt im Hals. Er scheint nicht mehr lange gelebt zu haben. Hat mehr oder weniger in seinem eigenen Blut gebadet.«

»Klingt nett.«

»Ja, sicher.«

»Warst du draußen und hast es dir angeschaut?«

»Natürlich. Wir müssen zwar noch auf die Ergebnisse der Spurensicherung warten, aber große Hoffnungen dürfen wir uns nicht machen. Der Boden war trocken und so. Keine Fußspuren, kein Zeichen von Kampf, der Mörder kam wahrscheinlich plötzlich von hinten.«

»Aber ich dachte, er sei gelaufen. Ist es dann nicht schwer ...?«

»Ich weiß es nicht«, sagte Eva Backman. »Wir müssen das noch überprüfen. Aber er kann ihn ja zuerst angehalten haben ... bei irgendwas um Hilfe gebeten haben oder so.«

»Kann sein«, bestätigte Gunnar Barbarotti. »Und wer kümmert sich um die Ermittlungen?«

»Sylvenius ist der Leiter der Voruntersuchung.«

»Ich meinte den Leiter der Ermittlungen.«

»Was denkst du?«

Er antwortete nicht. Das schien nicht nötig zu sein.

»All right«, sagte Eva Backman. »So sieht es also aus. Asunander hat die Sache bis auf weiteres in meine kompetenten Hände gelegt. Aber natürlich sind momentan alle dabei. Maximales Kräftebündeln. Und ich habe das ziemlich sichere Gefühl, dass er erwartet, dass du morgen anrückst.«

»Ich habe Urlaub.«

»Wenn du morgen zum Dienst kommst statt am Montag, hast du noch eine Woche für die Elchjagd gut.«

»Ich jage nicht.«

»Das ist bildlich gesprochen.«

»Ich verstehe. Hat Asunander sich so ausgedrückt?«

»Nein, ich habe nur den wahren Sinn gedeutet.«

»Vielen Dank auch«, seufzte Gunnar Barbarotti.

Eva Backman räusperte sich. »Ich bin nicht immer einer Meinung mit unserem lieben Kommissar«, sagte sie. »Das weißt du. Aber in diesem Fall bin ich es. Der Brief war an dich persönlich adressiert. Weder an mich noch an Sorgsen noch an sonst jemanden. Er war auch nicht ans Polizeirevier adressiert. Deshalb ... deshalb scheint es jetzt irgendwie auch deine Sache zu sein. Obwohl es natürlich in Realität die ganze Truppe betrifft. Wie gesagt.«

Gunnar Barbarotti überlegte.

»Vielleicht will er das gerade?«

»Wer?«

»Der Mörder. Dass ich die Verantwortung für die Ermittlungen übernehme.«

»Das habe ich mir auch schon überlegt«, erklärte Backman. »Dann müsste es jemand sein, den du kennst.«

»Aber warum?«, fragte Barbarotti. »Warum sollte jemand so bescheuert sein und sich diesem Risiko aussetzen?«

»Bescheuert?«, fragte Backman. »Ich weiß nicht. Vielleicht ist angeberisch das bessere Wort. Auf jeden Fall kannst du die Herausforderung ebenso gut annehmen.«

Barbarotti überlegte drei Sekunden. Er schien keine andere Wahl zu haben.

»All right«, sagte er. »Du kannst Asunander grüßen und ihm sagen, dass ich morgen früh an Ort und Stelle bin. Ich glaube, es geht hier nachmittags um fünf eine Fähre, aber wenn bis dahin jemand kommt und sich stellt, dann will ich, dass du es mir sofort meldest.«

»Ich habe so ein Gefühl, dass dem nicht so sein wird«, sagte Eva Backman. »Leider. Und es tut mir leid, dass ich gezwungen bin, deinen Liebessommer auf diese Art und Weise abbrechen zu müssen.«

»Ich werde die noch ausstehenden Tage zu einer späteren Gelegenheit nachholen«, erklärte Inspektor Barbarotti und legte den Hörer auf. Vielleicht zur Zeit der Elchjagd, fügte er im Stillen hinzu.

Was für ein Morgen, dachte er anschließend, als er den Jonsschen Hof verlassen hatte. Fängt mit Bibelstudium und Fragen nach Gottes eigentlichem Wesen an, dann sagt sie, dass sie mich fast liebt, und dann rundet sich das Ganze mit ein bisschen Mord und ein bisschen Elchjagd ab.

Marianne hatte ihm nicht viel vorzuwerfen. Was er auch nicht anders erwartet hatte.

»Immerhin hatten wir acht von zehn Tagen«, sagte sie, als sie das Auto auf dem Parkplatz vor dem Fährterminal abgestellt hatte. »Vielleicht kann man gar nicht mehr begehren, wenn man sich in einen Kriminalbeamten verliebt hat.«

»Ich hätte diesen Brief nicht öffnen sollen«, sagte Gunnar Barbarotti. »Wenn ich ihn erst am Freitag gefunden hätte, dann wäre ich nicht mit reingezogen worden.«

Er wusste nicht, ob das wirklich sein Ernst war. Irgendwie erschien es ihm paradox. Der Gedanke, dass er dem Täter in die Hände spielte, ließ sich nicht abschütteln. Indem er den Brief geöffnet, die Warnung gelesen und weitergeleitet hatte. Und dass er sofort in die Ermittlungen eingestiegen war? War es das, was er – oder sie – wollte?

Warum schickte man überhaupt einen Brief und redete davon, dass man jemanden töten wollte? Noch bevor man die Tat begangen hatte? Gab das einen Sinn? Oder handelte es sich nur um einen Verrückten, bei dem es sich gar nicht lohnte, nach rationalen Beweggründen zu suchen?

Unmöglich zu wissen, dachte Gunnar Barbarotti. Zumindest solange es keine Anhaltspunkte für Spekulationen gab.

Aber eins war sicher: so einen Fall hatte er noch nie erlebt. Wenn er nachdachte, glaubte er auch nicht, jemals von etwas Ähnlichem gehört zu haben. Dass ein Täter seine Tat überhaupt plante, war schon ungewöhnlich genug, normalerweise wurde nur ein Besoffener sauer und erschlug dann den anderen Besoffenen.

Oder seine Ehefrau oder jemand anderen, der ihm in die Quere kam. Aber so verhielt es sich hier nicht, diese Schlussfolgerung konnte man auf jeden Fall ziehen.

»Auf jeden Fall waren es wunderbare Tage mit dir«, unterbrach Marianne seine Gedanken. »Nur schade, dass du nicht auch noch einen Tag mit meinen frechen Kindern erleben durftest.«

Es war abgemacht gewesen, dass sie am Donnerstag kommen sollten, dann hätten sie einen Nachmittag, einen Abend und einen Morgen zu viert gehabt. Er hatte sie bisher ein paar Mal getroffen, und die Begegnungen waren erstaunlich reibungslos verlaufen. Er mochte Johan und auch Jenny, und wenn es nicht zu vermessen geklungen hätte, dann hätte er wohl behaupten können, dass auch sie ihn ertrugen.

»So ist es nun einmal«, sagte er. »Du musst ihnen erklären, dass Onkel Polizist nach Hause fahren musste, um einen fiesen Mörder zu fangen, das ist zumindest die bittere Wahrheit.«

»Ich glaube, sie werden so eine Entschuldigung schlucken«, stellte Marianne fest.

Dann küsste sie ihn und schob ihn aus dem Auto.

Das Gefühl, auf dem Deck zu stehen und zum Abschied zu winken, als die Fähre ablegte, war nicht besonders erhaben, wie Gunnar Barbarotti feststellte. Schon gar nicht, da er seine Ankunft vor einer Woche noch in so guter Erinnerung hatte. Er ertappte sich bei dem Wunsch, statt eines siebenundvierzigjährigen Kriminalpolizisten ein vierzehnjähriges Mädchen zu sein – dann hätte er ein wenig weinen können, ohne sich dessen zu schämen.

Aber so war es nun einmal nicht. Und eine Frau in den Vierzigern zu sein, konnte auf lange Sicht auch ein wenig beschwerlich sein.

Ich hoffe, es kommen noch viele Wochen dieser Art in meinem steuerlosen Leben, dachte er, als er ihre winkende Gestalt auf dem Kai vor dem Terminal nicht länger ausmachen konnte. Aber auf Trennungen kann ich verdammt gut verzichten.

Anschließend ging er ins Restaurant und bestellte sich einen großen Eintopf mit roten Beten und ein Bier.

5

Es war Viertel nach neun, und die Sonne war untergegangen, als er in seinen Citroën auf dem Langzeitparkplatz in Nynäshamn kletterte. Aus irgendeinem Grund, den er nicht mitbekommen hatte, hatte die Fähre ihre Geschwindigkeit gedrosselt, und die Überfahrt hatte fünfundvierzig Minuten länger als üblich gedauert. Heimreise in der Dunkelheit, dachte er und startete den Wagen. Dreieinhalb Stunden splendid isolation. Einsamkeit war nichts Fremdes für ihn, aber in diesem Moment empfand er sie wie ein Raubtier, eine zottige Bestie, die, nachdem sie eine ganze Woche hungrig gelauert hatte, jetzt bereit war, ihre Zähne in ihn zu schlagen.

Aber nach einer Weile hatte er zumindest via Handy Kontakt mit Inspektorin Backman. Immerhin etwas.

»Du bist meine Stimme in der Nacht«, erklärte er. »Der Adler ist gelandet und begehrt, ins Bild gesetzt zu werden.«

»Hab ich doch gemerkt, wie die Erde erzitterte«, sagte Eva Backman. »Das muss das Beben in der unteren Welt gewesen sein. Ja, man selbst ist also bei der Arbeit.«

»Gratuliere«, sagte Gunnar Barbarotti. »Wie viele Verdächtige habt ihr? Vielleicht platze ich ja gerade ins entscheidende Verhör? Wenn dem so ist, dann …«

»Wir sind noch nicht ganz so weit gekommen«, musste Inspektorin Backman zugeben. »Aber wir sind dabei, ihn einzukreisen. Ich glaube, dass wir es mit einem Rechtshänder zwi schen siebzehn und siebzig zu tun haben.«

»Prima«, sagte Gunnar Barbarotti. »Dann haben wir ihn ja bald. Ist es sicher, dass es nicht auch eine Frau gewesen sein kann?«

»Es kann auch eine Frau gewesen sein«, gab Backman zu. »Aber es waren ziemlich kräftige Stiche, also muss sie dann gut trainiert gewesen sein.«

»Und nicht gerade siebzig?«, schlug Barbarotti vor.

»Höchstens fünfundfünfzig.«

»Erzähl weiter«, bat Barbarotti.

Eva Backman seufzte und begann. »Wenn wir mit der Technik anfangen wollen, dann hat die Spurensicherung inzwischen mindestens einen Fußballplatz um den Tatort herum durchgesiebt. Wird wohl irgendwann zwischen Weihnachten und Neujahr mit der Analyse fertig sein. Der Gerichtsmediziner bringt seinen Bericht morgen Vormittag. Aber er wird keine Sensationen beinhalten. Das Opfer ist an diesen Messerstichen gestorben, vermutlich innerhalb weniger Minuten. Fremde DNA gibt es offenbar nicht. Ja, dann haben wir angefangen, uns Familie und Freundeskreis anzuschauen. Es gibt an die fünfzig Personen, mit denen wir reden müssen, daran sitze ich gerade, an der Reihenfolge, meine ich. Mit wem wir wann reden müssen, er war wohl ziemlich viel auf der Piste, der Erik Bergman …«

»Was meinst du damit?«

»Nichts Außergewöhnliches. Junggeselle und ziemlich gut betucht. Ist ab und zu in die Kneipe gegangen. Kannte viele Leute … nicht gerade ein Stubenhocker, der nur auf den Computer glotzte, wenn du dir das gedacht hast.«

»Ich verstehe. Und sonst?«

»Wir kriegen einen Experten für Täterprofile aus Göteborg. Es gibt offenbar in den Staaten eine gewisse Tradition mit Briefeschreiben. Und einiges an Literatur über diese Art von Mördern. Hier bei uns ist es ja ziemlich ungewöhnlich, aber dieser Typ hat vielleicht einiges dazu zu sagen. Wir werden uns zumindest anhören, was er uns erzählen kann. Er kommt morgen Nachmittag, du wirst ihn also auch treffen.«

»Weiß man etwas in der Richtung, ob dieser Bergman sich bedroht fühlte oder so? Feinde hatte?«

»Nein, nichts, was bisher dafür spricht. Wir haben ja vor allem mit diesem Grimle gesprochen, seinem Kompagnon, den ich schon erwähnt habe ... sowie ein paar anderen guten Freunden und mit der Schwester des Opfers. Sie wohnt in Lysekil, ich habe eine Stunde lang mit ihr gesprochen, sie scheinen nicht viel Kontakt miteinander gehabt zu haben. Sie ist fünf Jahre älter.«

»Kinder?«

»Nix da.«

»Eltern?«

»Auf Urlaub in Kroatien. Aber sie sind unterrichtet. Wohnen in Göteborg, Långedrag genau gesagt. Werden morgen in Landvetter eintreffen. Gut situiert, was du dir sicher schon gedacht hast, sonst wohnt man nicht in Långedrag. Haben vor zwei Jahren ein größeres Unternehmen in der Technikbranche verkauft und sich zurückgezogen.«

»Ach so«, sagte Gunnar Barbarotti. »Und Freundinnen? Er muss doch ein paar längere Beziehungen gehabt haben? Wie alt war er eigentlich? Sechsunddreißig?«

»Genau«, sagte Eva Backman. »Das Alter, meine ich. Aber was die Beziehungen betrifft, sieht es offenbar mager aus. Er wohnte vor zehn Jahren ein paar Monate mit einem Mädchen zusammen, aber das scheint alles gewesen zu sein. Ehrlich gesagt ...«

»Ja?«

»Ehrlich gesagt, frage ich mich, ob er nicht ein ziemlich unsympathischer Kerl war. Hat Bräute aufgerissen und mit Geld um sich geworfen. Wohnte allein in einer Siebenzimmervilla, echte Kunst an den Wänden, Billardtisch und Pool ... Weinkeller und zwei Autos.«

»Igitt«, sagte Gunnar Barbarotti. »Dann war er also von der Sorte, über die man sich nur aufregen kann?«

»Ich denke schon, ja.«

»So sehr, dass man nicht übel Lust hat, ihm ein paar Mal das Messer in den Leib zu rammen.«

»Nicht ausgeschlossen«, sagte Eva Backman. »Es kann ganz einfach so gewesen sein.«

»Und dieser Grimle, ist er auch von der Sorte?«

»Glücklicherweise nicht«, erklärte Eva Backman. »Richtig nett ist er sogar. Aber er hat auch Frau und zwei Kinder.«

Jemand kam in Backmans Zimmer, sie bat Barbarotti, kurz zu warten, und er hatte eine Minute zum Nachdenken. Doch das Einzige, was in seinem Kopf auftauchte, war ein Schlagertitel, an den er sich vom Ende der Achtziger oder Anfang der Neunziger erinnerte und den er trotzdem nicht ganz richtig zusammenkriegte. *A man without a woman is like a*... ja, was denn? Aber die Gruppe hieß *Vaya Con Dios*, oder? Und der Titel hing sicher mit dem zusammen, was Inspektorin Backman als Letztes gesagt hatte.

Geh mit Gott? Das war natürlich noch eine andere Art synaptischen Zusammenhangs – mit Hinweis auf das morgendliche Gespräch in Gustabo. Manchmal, dachte Gunnar Barbarotti, manchmal glaube ich, das menschliche Gehirn ist nur ein Tummelplatz für eine höhere Macht, die dasitzt und Patiencen legt. Zumindest haben sie mir so ein Gehirn gegeben.

Was an und für sich ein neues, etwas überraschendes Bild war. Aber es gab ja viele mögliche Kombinationen bei einem Kartenspiel, weshalb die Theorie sich sozusagen selbst bestätigte. Manchmal kriege ich es richtig verzwickt hin, stellte er verwundert fest.

Und manchmal kommt es vor, dass die Patience aufgeht.

»Handygespräche?«, fragte er, als Kollegin Backman zurück war. »Hat Sorgsen sich die schon mal angeguckt?«

»Sorgsen hat Urlaub«, erklärte Backman. »Aber er kommt

Montag zurück. Fredriksson und Toivonen kümmern sich solange um die Liste mit den Handynummern. Er hatte gleich drei Stück, aber ich weiß nicht, wie weit sie schon gekommen sind. Zumindest nichts Aufsehenerregendes, sonst hätten sie es schon gemeldet.«

Drei Handys?, dachte Barbarotti. Das war was anderes als im Paradies.

»Der Brief?«, fragte er. »Was gibt es zu dem zu sagen?«

»Keine Fingerabdrücke«, sagte Backman seufzend. »Nur deine und Mariannes … ja, wir nehmen an, es sind ihre. Normaler Umschlag, normales Papier, das von jedem benutzt wird. Der Stift wahrscheinlich ein Pilot … schwarze Patrone … 0,7 Millimeter. Gibt es ungefähr in hundertfünfundvierzigtausend verschiedenen Geschäften in Europa.«

»Und der Text? Was er geschrieben hat und so?«

»Ich weiß nicht so recht«, sagte Eva Backman. »Ich glaube, jemand hat behauptet, es handle sich um einen Rechtshänder, der mit der linken Hand geschrieben hat, aber ich bin mir nicht sicher. Wir haben ihn heute zu einer neuen Analyse weggeschickt … als die Lage heiß wurde, sozusagen.«

»All right«, sagte Barbarotti und dachte einen Moment lang nach.

»Ich bin etwas müde«, räumte Backman ein. »Können wir uns den Rest für morgen aufheben?«

»Gute Idee«, stimmte Barbarotti ihr zu. »Wie ich annehme, werde ich wohl den ganzen Vormittag in meinem Kabuff sitzen und Papiere lesen. Aber …«

»Ja?«

»Aber wenn du mir schon nicht den Namen des Mörders sagen kannst, dann könntest du mir doch zumindest einen kleinen Wink geben. Was glaubst du? Was um alles in der Welt ist das für ein Typ, mit dem wir es hier zu tun haben? Ich sitze noch drei Stunden hier im Auto.«

Einige Sekunden lang blieb die Leitung stumm.

»Sorry«, sagte Backman schließlich. »Ich würde dir wirklich nicht die geringste Ahnung vorenthalten, das weißt du, aber Tatsache ist, dass ich keine habe.«

»Nicht eine kleine, winzige?«

»Nein, das versuche ich dir ja gerade zu sagen. Ich habe gearbeitet seit … ja, wie spät ist es jetzt? … seit dreizehn Stunden am Stück … und das Ergebnis ist im Großen und Ganzen gesehen, dass ich weiß, dass Erik Bergman ermordet wurde.«

»Prima«, sagte Gunnar Barbarotti. »Gut gearbeitet, Kleine.«

Da legte Kriminalinspektorin Eva Backman auf.

Der Regen setzte kurz vor zehn Uhr ein. Sanft und beharrlich fiel er, und die monotone Arbeit der Scheibenwischer machte ihn schläfrig. Er hielt an und trank einen Kaffee, als er am Vättern angekommen war, und als er wieder ins Auto gestiegen war, konnte er nur mit Mühe und Not den Impuls unterdrücken, in Gotland anzurufen. Aber Hagmund oder Jolanda Jonsson zu bitten, in die Dunkelheit hinauszugehen und bei Marianne anzuklopfen, erschien ihm aus guten Gründen undurchführbar. Er hatte ja auch keinen bestimmten Grund. Wollte nur ihre Stimme hören. Hätte sie ein eigenes Telefon gehabt, dann hätte er sie den ganzen Abend bei sich im Auto gehabt, das wusste er, aber dem war ja nun nicht so.

Nun ja, ihre Kinder würden zumindest ein Nottelefon im Gepäck haben, wenn sie am Donnerstag kamen, das hatte sie versprochen; manchmal war man gezwungen, von bestimmten Regeln abzuweichen, und er musste sich wohl oder übel damit zufriedengeben.

Durfte stattdessen seine Gedanken der gestrandeten Mordermittlung widmen.

Dem briefeschreibenden Mörder.

Es war schon merkwürdig. Gelinde gesagt.

Mordermittlungen gab es ab und zu in Kymlinge. Ein paar Mal im Jahr. Die meisten waren relativ unkompliziert, wie schon gesagt. Meistens hatte man den Täter/Säufer nach einem oder ein paar Tagen eingekreist. Richtige Mordermittlungen waren die Ausnahme. Drogen oder Alkohol spielten in neun von zehn Fällen eine gewichtige Rolle, die Betreffenden waren ebenso oft bereits polizeibekannt. Und die Lösung des Falles ergab sich so gut wie immer als Resultat zielbewusster Polizeiarbeit gemäß den Routinen. Wenn man die kannte, brauchte man eigentlich nicht mehr zu denken. Zumindest behauptete Inspektorin Backman das gern. Es erfordert mehr Intelligenz, eine Kinokarte übers Internet zu kaufen, als einen Mörder dingfest zu machen, hatte sie bei irgendeiner Gelegenheit behauptet.

Dieses Mal hatte sie gesagt, sie habe nicht die geringste Ahnung. Das verheißt nichts Gutes, dachte Barbarotti. Absolut nichts Gutes.

Obwohl doch der Mörder schriftlich mitgeteilt hatte, wer sein Opfer werden sollte. Rechtzeitig. Sie hatten eine Woche Zeit gehabt, Erik Bergman vor seinem Mörder zu schützen. Was ihnen nicht gelungen war.

Sie hatten es nicht einmal versucht.

Gunnar Barbarotti hoffte, dass gerade dieser Gesichtspunkt nicht an die Presse gelangen würde. Es war nicht schwer, sich vorzustellen, welche Überschriften dies zustande bringen würde.

Es war Asunander, der die Entscheidung getroffen hatte, vielleicht gemeinsam mit Staatsanwalt Sylvenius, aber, wie gesagt, Barbarotti warf es ihnen nicht vor. Er hätte die gleiche Entscheidung getroffen. Hätte man genau gewusst, von welchem Erik Bergman die Rede war, hätte man vielleicht anders handeln können. Vermutlich hätte man in so einer Situation mit ihm Kontakt aufgenommen und versucht, gemeinsam mit ihm die Drohung zu analysieren. Im Nachhinein war es leicht zu sagen, dass man es auch in diesem Falle hätte tun müssen, aber es war immer leicht, Dinge im Nachhinein zu beurteilen.

Aber es war auch nicht das Verhalten der Polizei, das Barbarottis Gedanken in dieser regnerischen Nacht beschäftigte. Ganz im Gegenteil. Es war das Verhalten des Täters.

Was schon sonderbar war. Warum? Warum um alles in der Welt schreibt man einen Brief und nennt den Namen des geplanten Opfers?

Und warum wurde der Brief an ihn geschickt? An Kriminalinspektor Gunnar Barbarotti? An seine Privatadresse?

War es nur als Scherz gedacht? Bedeutete es eigentlich gar nichts? Oder kannte er Barbarotti?

Und – logischer Schluss – war es etwa so, dass Barbarotti den Mörder kannte?

Auf keine dieser Fragen hatte er eine einigermaßen passable Antwort gefunden, als er endlich in der Baldersgatan vor seiner Wohnung hielt. Er war nicht einmal in die Nähe einer passablen Antwort gekommen. Es war zwanzig vor eins, der Regen hatte vor einer halben Stunde aufgehört, aber die Straßen glänzten auch in Kymlinge nass.

Da es nach Mitternacht war, schrieb man folglich jetzt den 1. August, das war der Geburtstag seiner früheren Ehefrau, und die ganze Stadt schien verdunkelt zu sein wie vor einem zu erwartenden Luftangriff. Warum ausgerechnet diese beiden Überlegungen in seinem Kopf zusammenstießen, konnte er selbst nicht so recht begreifen, aber als er den Schlüssel ins Schloss steckte, erinnerte er sich an die Metapher des patiencelegenden Herren. Außerdem spürte er, dass er todmüde war – nahm sich aber dennoch die Zeit, den Haufen von Zeitungen, Post und Reklame zu sortieren, der sich angesammelt hatte und den halben Fußboden in seinem engen Flur bedeckte.

Er sortierte alles ordentlich in drei Stapel auf dem Küchentisch, und als er eilig die Briefe durchblätterte, die in seiner einwöchigen Abwesenheit eingetrudelt waren, verschwand die Müdigkeit. Verflog im Bruchteil einer Sekunde.

Er war geistesgegenwärtig genug, eine Plastiktüte über die

linke Hand zu streifen, bevor er den Umschlag mit einem Küchenmesser aufschnitt.

Die Handschrift war dieselbe und die Botschaft genauso eindeutig wie beim letzten Mal.

**PLANE, MIT ANNA ERIKSSON WEITERZUMACHEN.
AUCH DIESMAL WIRST DU MICH WOHL NICHT
DARAN HINDERN KÖNNEN.**

Gunnar Barbarotti zögerte, ging mit sich selbst eine halbe Minute lang zu Rate. Überlegte, ob er nicht vielleicht in einem Liegestuhl in Hogrän lag und träumte, kam aber dann zu dem Schluss, dass dem nicht so war.

Worauf er zum Telefon griff und Kriminalinspektorin Backman weckte.

II

Aufzeichnungen aus Mousterlin

30. Juni 2002

Das Mädchen tauchte aus dem Nichts auf. Plötzlich stand sie einfach da und betrachtete uns mit einem schiefen, leicht frechen Lächeln in ihrem kantigen Gesicht.

Wir befanden uns am Strand. Alle sechs, es war ein Vormittag, ich weiß nicht, ob am Tag zuvor eine Verabredung getroffen worden war, dass wir uns treffen, aber Erik und ich waren gerade über die Uferböschung gekommen und hatten uns in unseren Liegestühlen niedergelassen, als schon die Malmgrens aus Richtung Bénodet herangewandert kamen und ihre bunten Badelaken ausbreiteten. Anna und Gunnar schlossen sich nur zehn, fünfzehn Minuten später an, und ja, wenn ich genauer darüber nachdenke, muss es irgendwie verabredet gewesen sein. Bald hatten also alle ihren Platz gefunden und fingen an, sich auf diese phlegmatische Art und Weise zu unterhalten, wie Leute es am Badestrand tun: ein neunmalkluger Kommentar nach dem anderen und lange Pausen des Nachdenkens. Vermeintliche Tiefsinnigkeiten und sinnloses Geplapper, ich schob mir meinen Strohhut über die Augen und tat so, als schliefe ich, was ich in gewisser Weise auch nötig hatte, da ich nicht vor halb drei ins Bett gekommen war. Erik schien früh auf gewesen zu sein, unabhängig davon, wie der gestrige Abend verlaufen war, morgens hatte er mich schon vor neun Uhr mit Kaffee und Rührei und Schinken geweckt, man kann vieles von ihm behaupten, aber auf jeden Fall ist er ein aufmerksamer Gastgeber.

Möglicherweise gelang es mir sogar, für einen kurzen Augenblick dort im Liegestuhl einzuschlafen, es war natürlich heiß, aber eine angenehme Brise zog vom Meer herauf, die entfernten Schreie der Möwen vermischten sich mit den Wortfetzen der Unterhaltung, und nach einer Weile konnte ich das eine nicht mehr vom anderen unterscheiden. Vielleicht war ich auch wirklich eingeschlafen, wie gesagt – in dem Fall war es die Stimme des Mädchens, die mich weckte, sie hatte einen gleichzeitig kindlichen und leicht strengen Ton an sich.

Wie eine alte Seele in einem jungen Körper, ich weiß, dass ich genau das dachte.

»Bonjour. Ça va?«

Die anderen verstummten. Katarina Malmgren lachte laut auf. »Ça va! Bonjour, petite.«

Ich schob die Hutkrempe hoch und betrachtete sie. Ein dunkelhaariges Mädchen von zwölf oder dreizehn Jahren. Roter, einteiliger Badeanzug, blauer Strohhut mit Stoffblumen. Ein Pullover um den Bauch geknotet und ein kleiner Rucksack auf dem Rücken.

Funkelnde Augen, etwas leicht Spöttisches im Blick.

»Vous n'êtes pas français, hein?«

Nein, Katarina Malmgren erklärte, dass wir keine Franzosen waren. Wir waren Schweden. Machten Urlaub in der schönen Bretagne. Das Mädchen zeigte wieder ihr schiefes Lächeln, sie hatte etwas unmittelbar Einnehmendes an sich, eine Art schamloser Natürlichkeit, die anstrengend hätte sein können, wäre sie nur ein paar Jahre älter gewesen.

Aber sie war immer noch ein Kind, auch wenn unter dem dünnen Stoff ihres Badeanzugs knospende Brüste deutlich zu erkennen waren. Katarina Malmgren fragte sie nach ihrem Namen.

»Troaë«, sagte das Mädchen. »Je m'appelle Troaë.«

Es dauerte eine Weile, bis sie diesen eigenartigen Namen buchstabiert hatten. Und korrekt ausgesprochen – ungefähr wie das französische Wort für Zug, *train*, aber mit einem kleinen *o* vor den nasalen Ä-Laut geschoben, wie wir erfuhren. Wir versuchten es alle auszusprechen, das Mädchen half dabei, korrigierte uns und ermunterte uns. Besonders Gunnar und Anna machte diese Übung ungemein Spaß.

Troaë erklärte außerdem, dass es kein gewöhnlicher französischer Name war. Woher er stammte, wusste sie auch nicht, ihr Papa hatte ihn ihr gegeben, er war Künstler und lebte in Paris.

Nach diesen einleitenden Pirouetten stellte sie ihren kleinen Rucksack in den Sand und fragte, ob sie uns malen dürfe. Ich bemerkte, dass ein Paar braune Holzstäbe aus dem Rucksack herausragten, und begriff, dass es sich um eine Staffelei handeln musste.

»Uns malen?«, fragte Katarina Malmgren und lachte gekünstelt. »Wieso das?«

Das Mädchen erklärte, dass sie Malerin werden wollte, genau wie ihr Papa. Da sie aber das ganze Jahr über in einem langweiligen Pariser Vorort zur Schule ging, war sie gezwungen, die Sommerferien zu nutzen, um zu üben. Sie meinte, wir seien eine interessante Sammlung von Individuen, und sie war genau mit dieser Absicht an den Strand gekommen. Um eine passende Gruppe von Menschen zu finden und sie zu malen.

Sie stellte die Staffelei auf. Troaë berichtete – wenn ich es recht verstand –, dass sie den Sommer über bei ihrer Großmutter lebte, die ein Haus außerhalb von Fouesnant besaß. Nur wenige Kilometer vom Strand entfernt; die Eltern waren in Paris geblieben, sowohl Mama als auch Papa, sie waren seit langem geschieden, sie wohnte bei dem Vater, zumindest meistens.

Während sie erzählte, machte sie ihre Malutensilien bereit, stellte eine Leinwand auf die Staffelei, trat ungefähr zehn Meter von uns zurück, holte einen Aquarellkasten heraus, befeuchtete verschiedene Pinsel mit der Zungenspitze, alles sah wirklich äußerst professionell aus. Gunnar fragte auf holprigem Französisch, ob wir uns jetzt die ganze Zeit nicht bewegen dürften, das Mädchen erwiderte, dass das ganz und gar nicht nötig sei, aber es wäre gut, wenn wir nicht zuviel hin und her liefen. Ich hoffte langsam, dass jemand Verstand genug hätte, dieses Theater zu stoppen, aber außer mir schien niemand in der Gruppe etwas dagegen zu haben, am Strand gemalt zu werden. Möglicherweise Henrik, aber anscheinend wurde er von der Fröhlichkeit der anderen ausgebremst. Ich ließ mich tiefer in meinen Liegestuhl sinken und versuchte meinen dösenden Zustand wiederzuerlangen.

Eine ganze Weile blieb es still, sicher fast eine halbe Stunde, während Troaë mit ernster Miene hinter ihrer Staffelei stand und ihre Gruppe urlaubender Schweden am Strand malte. Aus irgendeinem Grund schien das vorherige, leicht dahinplätschernde Gespräch durch die Anwesenheit des Mädchens gehemmt zu werden, selbst die Frauen wurden wortkarg. Ich kann mir denken, dass es mir gelungen ist, ein paar Minuten einzuschlafen – beim nächsten Mal war es Anna, die das Schweigen brach.

»Lunch«, sagte sie. »Zuerst ein kurzes Bad und dann etwas zu essen. Was haltet ihr davon?«

»Müssen wir nicht erst die Künstlerin um Erlaubnis bitten?«, fragte Erik, und ich konnte seiner Stimme nicht anhören, ob er selbst die Situation inzwischen leid war oder ob er immer noch davon amüsiert war.

Katarina rief das Mädchen zu sich. Fragte sie, wie es bei ihr lief, und teilte ihr mit, dass wir aufbrechen wollten, um zu baden und etwas zu essen.

Die Antwort des Mädchens verstand ich nicht; Katarina erklärte, dass sie nur noch um zwei Minuten bat, dann sei sie auch bereit, eine Pause einzulegen.

»Freches Ding«, brummte Henrik und wurde von seiner Ehefrau wie auch von Gunnar sofort zurechtgewiesen.

»Ich finde sie charmant«, erklärte Letzterer. »Ein richtiger, kleiner, charmanter Zwerg. Könnt ihr sehen, wie hübsch sie in fünf Jahren sein wird?«

»Du perverses Schwein«, sagte Anna, warf den Kopf nach hinten und lachte. Laut und künstlich. Ich beschloss insgeheim, nach dem Mittagessen ins Haus zurückzugehen, nicht zuletzt, um etwas Schatten aufzusuchen, Ruhe zu finden und meine Zukunft zu planen.

Wir blieben in unseren Positionen, bis Troaë sich tief verneigte und uns für unsere Ausdauer dankte.

»Darf man sehen?«, fragte Katarina.

Troaë schüttelte den Kopf. »Nicht, bevor es fertig ist. Heute Nachmittag oder vielleicht morgen.«

»Sie meint ja wohl nicht, dass wir ihr mehrere Tage Modell sitzen sollen?«, fragte Gunnar.

Katarina übersetzte dem Mädchen die Frage, und wir erfuhren, dass nur noch ein paar Minuten nach dem Mittag nötig seien.

Sie leistete uns im Wasser keine Gesellschaft, ging aber mit uns ins Restaurant. Ich weiß nicht, ob jemand sie eingeladen hatte, und wenn, war es wahrscheinlich Katarina oder Gunnar gewesen; auf jeden Fall ergriff Troaë sofort Eriks Arm und ging bei ihm untergehakt bis zum Le Grand Large, einem kleinen Restaurant ein paar hundert Meter östlich der Mousterlinspitze. Sie drückte sich an ihn, machte ab und zu kleine, hüpfende Tanzschritte, zeigte klassische Ballettpositionen und plapperte die ganze Zeit. Erik schien begeistert über die Aufmerksamkeit zu sein, tat so, als verstünde er alles, was sie sagte, und alberte mit ihr herum; bei einer Gelegenheit sprang sie ihm in die Arme und gab ihm einen Kuss auf den Mund.

»Pass auf«, sagte Anna mit einem angestrengten Lachen. »Dieses Kind ist vielleicht älter, als du dir einbildest.«

Dann versuchte sie auf die gleiche Art in Gunnars Arme zu

springen, aber dieser war offensichtlich nicht auf den Angriff vorbereitet, und die beiden purzelten in den Sand. Troaë schrie vor Begeisterung, warf sich über sie, und es entstand ein unkontrollierter Ringkampf, der eine Weile dauerte. Selbst Henrik nahm an dem Durcheinander teil, nur ich selbst hielt mich ein wenig auf Distanz.

Als dann alle wieder auf den Beinen standen, lachten und keuchten und sich den feinkörnigen Sand abbürsteten, erklärte das Mädchen, die Schweden müssten ja wohl das lustigste Volk der Welt sein, und wir könnten sie gern adoptieren.

»Dann muss ja wohl deine Oma erst einmal ein Papier unterschreiben«, bemerkte Katarina. »Nein, jetzt kein Ringkampf mehr, wir wollen essen und Wein trinken.«

Den ersten Satz sagte sie auf Französisch, den zweiten auf Schwedisch und war so gezwungen, in beide Richtungen zu übersetzen.

»Damit wäre meine Oma sicher einverstanden«, erklärte Troaë und sah für einen Moment plötzlich ganz ernst aus. »Sie findet, ich bin schlecht erzogen und viel zu laut.«

Sie klammerte sich wieder an Eriks Arm, und wir gingen weiter zum Le Grand Large.

Zwei Stunden lang aßen wir Schalentiere und tranken weißen Wein. Es war ein merkwürdiges Gefühl, da unter den hellblauen Sonnenschirmen in dieser großen, polternden Gruppe zu sitzen – jetzt auch noch um einen Wildfang von Mädchen erweitert –, als handle es sich um eine Art von ganz natürlicher Gemeinschaft. Mir ging auf, dass ich Erik seit ungefähr fünf Tagen kannte, die übrigen Schweden seit einem und das Mädchen seit ein paar Stunden. Und dennoch saßen wir da, aßen und tranken und plapperten miteinander, als würden wir uns schon seit Ewigkeiten kennen. Ich weiß noch genau, dass Doktor L mich ermahnt hat, nicht alles in Frage zu stellen, als wir die Behandlung beendeten und uns voneinander verabschieden wollten, und ich kann ihm zustimmen, dass das ein Faktor meines Problems ist – aber gerade hier im *Le Grand Large* an diesem windigen Nachmittag hatte ich das Gefühl, dass mein Zögern eine gewisse Berechtigung hat. Wer waren diese Menschen eigentlich?

Wer *sind* diese Menschen eigentlich?, sollte ich natürlich schreiben. Wie bin ich in diese Gemengelage geraten? Was hatten wir überhaupt miteinander zu reden, als wir dort saßen und in Schnecken, Krebsen und Muscheln herumstocherten und kalten weißen Wein in uns hineinschütteten? Was bildeten wir uns eigentlich ein? Während ich das schreibe, ist es später Abend, ich sitze mit Stift und meinem dicken Notizblock draußen auf der Terrasse, genau wie gestern. Erik schläft im Haus, oder er liegt und liest, nein, ich glaube, er hat zu viel Wein getrunken, um lesen zu können. Überhaupt ist er kein Buchmensch. Er ist nicht dumm, aber er liest nicht. Wieder überlege ich, ob ich von hier fortgehen sollte, aber eine Art Trägheit der Situation an sich hält mich zurück. Die Landschaft sagt mir zu und hält mich auf ihre Art und Weise fest. Die Hitze und das Flache. Die Dünen, die niedrigen, halb versteckten Steinhäuser und das Meer, hier gibt es viel Platz. Vielleicht auch einen Moment der Spannung, etwas Unvorhersehbares, das ich nicht richtig zu fassen bekomme; ich habe das Gefühl, als ruhe etwas bei den Menschen hier unter der Oberfläche, etwas, das darauf wartet, ans Tageslicht zu kommen, ich kann mich dieses Eindrucks nicht erwehren. Als bräuchten sie sich auf irgendeine Art gegenseitig, als genügte die Zweisamkeit nicht, ganz besonders ist das natürlich bei Gunnar und Anna zu merken, sie richten nur selten die Aufmerksamkeit aufeinander, sind die ganze Zeit auf der Jagd nach Zustimmung und Bestätigung von uns anderen – sogar von der kleinen Troaë. Ich bin mir natürlich nicht sicher, was diese Beobachtungen eigentlich wert sind, ich bin es nicht gewohnt, in dieser Form unter Menschen zu verkehren, und es gibt offensichtlich eine äußerste Grenze, eines Tages werde ich es nicht länger ertragen. Ganz einfach.

Troaë saß die ganze Zeit mit am Tisch, trank ihre Coca Cola, aber auch ein Glas Wein, verdünnt mit Wasser, behauptete, das sei ihr normales Getränk bei den Mahlzeiten sowohl in Paris als auch bei der Großmutter in Fouesnant. Sie gab sich wirklich alle Mühe, uns zu unterhalten, brachte uns sogar dazu, gemeinsam zu singen, etwas, von dem ich dachte, das gehörte nur in schwedische Verhältnisse und zu einer anderen Form der Tischgesellschaft. Das Mädchen saß zwischen Erik und Gunnar und achtete genau darauf, ihre Gunst so gerecht wie möglich zwischen beiden zu verteilen. Wenn sie dem einen ein Küsschen aufs Ohr gab, machte sie es sofort auch bei dem anderen, und als wir endlich die Rechnung bekamen, bestand sie darauf, ihren Teil zu bezahlen, was ihr natürlich nicht erlaubt wurde.

Wir kamen gegen halb vier zurück zu unserem Platz am Strand, und während wir alle nach dem Essen in der angenehmen Meeresbrise schlummernd saßen oder halb lagen, malte uns das Mädchen weiter. Sie stand zehn Meter von uns entfernt, die Beine breit auseinander, die Füße halb im Sand versunken, der Strohhut im Nacken, ein Ausdruck verschleierter Konzentration in ihrem süßen Gesicht. Katarina Malmgren verfluchte sich selbst, dass sie ihren Fotoapparat im Haus vergessen hatte, und ich verstand sie. Dieses Mädchen hat etwas unwiderstehlich Einnehmendes an sich, eine Art Unbändigkeit, einen knospenden Charme, gegen den man sich nur schwer wehren kann. Ich weiß nicht, ob meine Beobachtung stimmt, aber ich hatte das Gefühl, dass Anna im Laufe des Nachmittags immer stiller wurde, als wäre zwischen ihr und dem Mädchen, zwischen der erwachsenen Frau und dem Kind, eine Art Rivalität gewachsen. Vielleicht übertreibe ich auch, ich bin es nicht gewohnt, mich in die Motive und Beweggründe fremder Menschen hineinzuversetzen, aber als Gunnar einmal versuchte die Hand unter Annas Po zu schieben, wurde er auf jeden Fall diskret, aber entschieden zurückgewiesen. Sie knurrte sogar; Erik bemerkte den Zwischenfall auch, und wir wechselten einen Blick konspiratorischen Verständnisses, wie man so sagt. Aus irgendeinem Grund ärgerte mich das. Der Blick, meine ich; die Hand, die versuchte, sich zwischen Anna Erikssons Schenkel zu schieben, interessierte mich nicht.

Nach einer Weile, als keiner mehr zu schlummern schien – aber Troaë immer noch beharrlich hinter ihrer Staffelei stand und malte –, kam die Rede wieder auf eine Bootsfahrt hinaus nach Les Glénan. Das war eine kleine Inselgruppe fünfzehn, zwanzig Minuten von Beg-Meil entfernt; Henrik und Gunnar hatten während des Essens über so einen Ausflug gesprochen, von irgendeinem Hafen östlich der Halbinsel gehen ein paar Mal am Tag Boote dorthin. Aber man kann sich auch selbst ein Fahrzeug mieten, offenbar hatten die beiden einige Erfahrung mit Booten, und es ging jetzt darum, herauszubekommen, was es kostete und unter welchen Bedingungen es möglich war. Soweit ich verstand, sollten wir an einem der folgenden Tage alle zusammen hinausfahren, Anna und Katarina mischten sich gleich begeistert ein, schlugen einen schicken Ganztagesausflug vor mit Picknickkörben, Weinflaschen und Angelzeug und einer eigenen Insel ohne diese Massen anderer Touristen; plötzlich klang es, als wären wir auserwählt. Angesichts dieses plötzlich aufbrechenden Elitedenkens überfiel mich wachsender Ekel, aber gleichzeitig registrierte ich, dass Erik sich nicht an dem Gespräch beteiligte. Vielleicht war er die beiden Paare bereits leid geworden, aber bei Erik war das nur schwer zu sagen.

Die Glénandiskussion wurde dadurch unterbrochen, dass Troaë fertig mit Malen war. Ja, das Bild war noch nicht fertig, aber sie brauchte uns nicht länger als Modell, wie sie erklärte. Katarina fragte noch einmal, ob wir uns nicht das Resultat ansehen dürften, aber das ging nicht. Vielleicht morgen oder übermorgen, aber unter keinen Umständen, bevor das Kunstwerk vollendet und die Farbe getrocknet war. Das Mädchen sammelte ihre Sachen zusammen und verstaute sie im Rucksack, dann tat sie etwas Überraschendes. Sie verkündete, dass sie baden gehen wollte, warf den Hut ab, zog sich den Badeanzug aus und lief nackt über den Strand, direkt ins Wasser. Der Einzige in der Gesellschaft, der ein Wort herausbrachte, war Erik. »Verdammt noch mal«, sagte er. »Was war das denn?« Seine Stimme klang ein wenig belegt.

Sie kam nach fünf Minuten zurück, stellte sich ungeniert hin und trocknete sich mit einem roten Handtuch ab, ihre kleinen Brüste standen ab, ihr Schoß zeigte ein winziges Büschel dunkler Haare, aber nicht mehr als eine Andeutung; ich dachte, dass es ein Auftritt war, der wirklich auf dem schmalen Grat zwischen kindlicher Unschuld und raffinierter Schauspielerei balancierte. Wir betrachteten sie alle, mehr oder minder verstohlen, und ich stellte fest, dass niemand in der Gruppe Worte fand, um dieses künstliche Schweigen zu brechen.

Dann zog sie sich den Badeanzug an. Ergriff ihren Rucksack, den Hut und winkte uns zum Abschied. Stapfte den Hang hinauf und war verschwunden.

»Verdammt noch mal«, wiederholte Erik, lachte laut und etwas künstlich. »Was für eine freche Göre!«

Gunnar stimmte in das Lachen ein und nach und nach auch die anderen. Zehn Minuten später brachen wir auf, die Malmgrens nach Westen, ihr Haus lag offenbar einen Kilometer landeinwärts, auf halbem Weg nach Bénodet, wir anderen begaben uns Richtung Osten über die Dünen. Niemand bat um ein gemeinsames Abendessen, ich spürte, wie die Müdigkeit und eine Art verschlafener Sättigung die ganze Gesellschaft überfallen hatte, und als wir uns von Gunnar und Anna vor deren Haus am Cleut-Roz-Strand verabschiedeten, taten wir das ohne Verabredungen in irgendeine Richtung. Erik war still und in sich gekehrt, als grübelte er über irgendetwas. Auf dem Weg zu unserem Haus sagten wir nicht viel, ich hatte den Eindruck, als hätte er langsam genug von meiner Gesellschaft, und als wir angekommen waren, fragte ich ihn geradewegs danach. Ob er meine, es sei an der Zeit, dass ich weiterziehe und ihn verlasse.

»Ach Quatsch, nein«, antwortete er. »Wir sind doch nicht verheiratet, vergiss das nicht. Wir sollten uns gegenseitig nicht zu sehr auf die Pelle rücken, aber wenn es soweit ist, dass ich meine, du solltest abreisen, dann werde ich es dir schon sagen.«

»Okay«, sagte ich. »Dann bleibe ich noch ein paar Tage.«

»Wenn du das Gefühl hast, du müsstest dich nützlich erweisen, dann kannst du ja das Essen für uns machen«, fügte er hinzu. »Wir haben jede Menge Eier, mir würde ein Omelett mit ein bisschen Gemüse reichen, was meinst du?«

Ich nickte. Wir hängten unsere Badesachen über das Terrassengeländer, ich ging hinein und begann in der Küche zu hantieren.

Während wir aßen und einige Biere tranken, unterhielten wir uns ein wenig über die anderen. In erster Linie über die Frauen.

»Wenn du gezwungen wärst, eine Nacht mit einer von ihnen zu verbringen, welche würdest du dir aussuchen?«, wollte Erik wissen. Er sah unerwartet ernst aus dabei, und ich dachte eine Weile nach, bevor ich antwortete.

»Schwer zu sagen«, erklärte ich. »Müsste wahrscheinlich erst beide ausprobieren, bevor ich mich entscheiden könnte.«

Das schien ihm eine angemessene Antwort zu sein, er lachte laut auf und hätte fast sein Bier über den Tisch gekippt. »Ja, das ist gut«, sagte er. »Meinst du beide zugleich oder eine nach der anderen?«

»Eine nach der anderen«, antwortete ich. »Sonst verliert man leicht die Übersicht.«

Erik nickte, hörte aber auf zu lachen. So ist das mit ihm, ich habe in den wenigen Tagen, die wir uns kennen, häufiger darüber nachgedacht; er kann sein Lachen innerhalb von Zehntelsekunden abstellen. Und es auch genauso schnell wieder hervorholen, seine Stimmungen haben scharfe Kanten, aber sie scheinen auch nicht besonders tief verankert zu sein.

»Das stimmt«, sagte er jetzt. »Was man auch tut, es kommt darauf an, die Übersicht zu behalten. Was hältst du von Anna und Gunnar? Meinst du, die haben eine Perspektive?«

»Ich weiß nicht«, antwortete ich. »Wenn ich ehrlich sein soll, dann erscheinen sie mir ziemlich banal. Zumindest sie.«

Er lehnte sich zurück, legte seine sandigen Füße auf das blau angestrichene, etwas abgenutzte Holzgeländer, das um unsere Terrasse herumläuft, und trank aus der Bierflasche. »Die Leute binden sich unnötigerweise«, fuhr er fort und versuchte einen philosophischen Ton anzuschlagen. »Das ist der Fehler. Sie glauben, man müsste zu zweit sein, Gunnar und Anna würden viel besser miteinander auskommen, wenn sie nicht die ganze Zeit so tun müssten, als gehörten sie zusammen. Oder was meinst du?«

Ich zuckte mit den Schultern. »Es ist lange her, dass ich mit einer Frau zusammengelebt habe«, sagte ich. »Ich bin wohl nicht der Richtige, um so etwas entscheiden zu können.«

Erik saß eine Weile schweigend da. »Weißt du«, sagte er, »ich hätte nicht übel Lust, Anna in Beschlag zu nehmen, nur um zu sehen, was passiert. Was hältst du davon? Würde das nicht die Stimmung etwas aufheizen?«

»Und du bist dir sicher, dass sie bereit wäre?«, fragte ich zurück, in erster Linie, weil es die Frage war, die er erwartet hatte.

»Ich hatte so das Gefühl, als wir gestern Abend am Baden waren«, sagte Erik. »Und sie war ja fast eifersüchtig auf dieses Mädchen, das hast du doch wohl auch gemerkt?«

»Die ist aber auch ziemlich provokant.«

»Zugegeben«, nickte Erik lachend. »Aber Anna gefiel es gar nicht, wie Gunnar sie angeglotzt hat, das war ziemlich deutlich. Sie ist bestimmt der Meinung, dass sie diejenige ist, die man angucken soll, die meisten Frauen haben ja diesen Zug am Leibe.«

Ich erwiderte nichts. Es war genau die Art von Gesprächen, die ich nur schwer ertragen kann. Pseudophilosophische, billige Verallgemeinerungen, und Schlussfolgerungen anhand erbärmlicher Lebenserfahrungen, die sich so gern nach ein paar Gläschen einstellen. Du blöder Kerl, dachte ich. Du weißt doch gar nichts vom Leben. Wenn ich dir jetzt ein Messer in den Bauch steche und es etwas drehe – und dir gleichzeitig einen Spiegel hinhalte, dann könntest du die Unwissenheit in deinen eigenen Augen sehen. Das würde dich etwas lehren.

Ich war verwundert über diese plötzliche und zielgerichtete Wut, die in mir aufstieg. Bis dahin hatte ich eine Art Sympathie für Erik empfunden, aber jetzt verursachte er mir nur Ekelgefühle.

»Aber eigentlich finde ich ja, Katarina ist interessanter«, sagte er. »Die hat eine andere Art von Weiblichkeit an sich.«

»Warum legst du es dann nicht auf sie an?«, fragte ich.

Er saß schweigend da und rollte eine Weile die Bierflasche über die Stirn.

»Es würde zuviel kosten«, erklärte er schließlich. »Großer Einsatz und möglicherweise kein Profit. Nein, die überlasse ich dir.«

»Nein, danke«, sagte ich.

Die Dämmerung senkte sich, ein Igel kam friedlich über das Gras spaziert und verschwand unter dem Geräteschuppen, mir schien, dass jetzt die Gelegenheit für ihn wäre, mir die eine oder andere Frage zu meiner Person und meinen Verhältnissen zu stellen. Doch er tat es nicht, auch dieses Mal nicht; wir lebten jetzt seit fast fünf Tagen unter einem Dach, und er wusste immer noch nichts über mich. Ich hatte ihm gleich am ersten Tag im Auto einen Namen und einen Ort genannt, dabei ist es dann aber auch geblieben. Ich glaube, ich habe noch nie jemanden getroffen, der so explizit desinteressiert ist an seinen Mitmenschen wie Erik Bergman, ich habe ein paar Tage gebraucht, bis mir das klar wurde, aber jetzt erkenne ich es deutlich. Gleichzeitig spüre ich eine gewisse Erleichterung darüber. Hätte er angefangen, mich mit Fragen über meinen Hintergrund zu löchern, wäre es kaum möglich gewesen, mit ihm auf dieser lockeren Ebene zusammenzuleben. Andererseits muss man sich ja fragen, warum er mich überhaupt hier wohnen lässt. Ich muss zugeben, dass ich mir keinen Reim darauf machen kann. Wenn er irgendwelche homosexuellen Absichten hat, dann hat er sie bislang zumindest gut verborgen.

Er leerte seine Bierflasche und zündete eine Zigarette an.

»Ich glaube, wir sollten auf jeden Fall diesen Ausflug zu den Inseln mitmachen«, sagte er. »Wenn die alles mit dem Boot und so regeln.«

»Warum nicht«, sagte ich, und dann sprachen wir nicht mehr viel. Starrten nur in die zunehmende Dunkelheit. Nach einer Viertelstunde oder zwanzig Minuten erklärte Erik, dass er müde sei und in die Koje wolle. Ich sagte, ich würde mich um den Abwasch kümmern und vielleicht noch eine Weile aufbleiben, er nickte und verschwand in seinem Zimmer. Ich hörte ihn eine Weile zwischen verschiedenen Radiosendern hin und her schalten, aber er wurde dessen schnell müde. Ich deckte wie versprochen ab, holte mein Notizbuch und ein weiteres Bier heraus und ließ mich wieder auf der Terrasse nieder. Begann den Tag zusammenzufassen; wenn Doktor L wüsste, wie genau ich es mit meinem Schreiben nehme, würde er mich loben. Wir haben alle unsere individuellen Wege zur Heilung, wie er immer zu sagen pflegte. In deinem Fall ist das Schreiben, aufzuzeichnen, was geschehen ist, eine der wichtigsten Komponenten, vielleicht sogar die allerwichtigste.

Ich bin mit Doktor L nicht immer einer Meinung, aber was das angeht, bin ich mir immer sicherer, dass er das richtig einschätzt. Es sind die Worte an sich, die mich zwingen, einen Weg zu wählen.

Es ist halb elf Uhr. Das Meer ist tief in der Dunkelheit wie das Atmen eines riesigen Tieres zu hören. Insekten flattern um die Lampe. Ich fühle mich gesund und stark, diese Menschen, von denen ich zufälligerweise umgeben bin, berühren mich nicht. Sie dringen nicht bis zum Kern, und solange sie in der Peripherie bleiben, kann ich sie so einfach benutzen wie den Stift in meiner Hand.

Meine letzten Gedanken heute Abend auf der Terrasse gehen zu Troaë. Ich habe anfangs geschrieben, dass sie vielleicht eine alte Frau im Körper eines jungen Mädchens sei, es war eigentlich nur eine Formulierung, die mir in den Kopf gekommen ist, aber wenn ich jetzt darüber nachdenke, muss ich zugeben, dass sie der Wahrheit ziemlich nahe kommt. Vielleicht verhält es sich auch mit diesen Reflexionen, die sich ungebeten einstellen, so – sie tragen oft ein Gewicht und eine Stärke in sich wie durchdachte und reiflich überlegte Dinge. Eine Direktheit.

Denn es war etwas in diesem Lächeln, in den geschickten Händen, die dem jungen Körper den Badeanzug abgestreift haben. Die Bewegungen einer Erfahrung, die über jungfräuliches Gelände tanzt, ich wünschte, solche Ausdrücke wären nicht so leicht zugänglich, sie hätten Verstand genug, sich von meinem Bewusstsein fernzuhalten. Die Direktheit, von der ich gerade sprach, hat keinen eigenen Wert an sich, und ich hoffe, dass ich nicht von dem Mädchen träumen werde.

Auf jeden Fall werde ich jetzt ins Bett gehen. Die Ruhe, die ich in mir spüre, ist nur äußerlich, möglicherweise ziehen Sturm und Dunkelheit herauf, aber ich werde höchstwahrscheinlich noch ein paar Tage an dieser sonnendurchtränkten Küste bleiben.

Kommentar, Juli 2007

Wie gut, dass ich mit ihm angefangen habe. Als ich jetzt noch einmal durchlese, was ich über dieses sinnlose Gespräch mit diesem vollkommen gefühlskalten Individuum geschrieben habe, kann ich nicht anders, als mich zu beglückwünschen. Auch wenn ich an dem Abend nicht die geringste Ahnung hatte, was passieren würde, habe ich ja dennoch den Finger auf Eriks Charakter gelegt; die Summe des Guten auf der Welt ist durch seinen Tod nicht weniger geworden, im Gegenteil. Es sind keine solchen ethischen Überlegungen, die mich antreiben, in keiner Weise – aber es schadet natürlich nichts, sich an sie zu erinnern. Niemand wird Erik Bergman vermissen, es hat fünf Jahre gebraucht, dieses Gleichgewicht, das in Mousterlin aus dem Lot geraten ist, wiederherzustellen, damit *anzufangen,* es wiederherzustellen, und es waren schreckliche Jahre. Unzählig sind die Nächte, in denen ich in kaltem Schweiß aufwachte, nachdem ich vom Körper des Mädchens in meinen Armen geträumt habe, unzählig sind die Momente, in denen ich am äußersten Rand der Verzweiflung stand, bereit, mein eigenes Leben zu opfern.

Aber es ist nicht mein Tod, mit dem das Geschehene gesühnt werden soll, es ist der Tod der anderen. Handlungen müssen Konsequenzen nach sich ziehen, ich agiere nur als Werkzeug für eine entsprechende Gerechtigkeit.

Das Ganze ist sehr einfach, und ich denke nicht daran, mich schnappen zu lassen; als ich endlich das Messer in Erik Bergmans Bauch habe rammen können an diesem schönen Morgen, konnte ich deutlich spüren, wie meinen eigenen Körper frische Luft durchströmte.

Muss ich noch mehr sagen?

1. – 7. August 2007

6

Christina Lind Bergman war eine dunkelhaarige Frau in den Vierzigern.

Sein erster Eindruck von ihr war, dass sie unerwartet gefasst erschien, wenn man bedachte, dass ihr einziger Bruder vor kurzem erstochen worden war. Aber es war ja inzwischen ein Tag vergangen, vielleicht hatte sie ein Beruhigungsmittel bekommen. Er erinnerte sich außerdem daran, dass sie Ärztin war und damit vertraut mit dieser Art von Hilfsmitteln.

Ihre erste Äußerung, nachdem die Formalitäten überstanden waren – und nachdem sie sowohl Kaffee als auch Tee oder Wasser dankend abgelehnt hatte –, gab ihm dann die Bestätigung, dass seine Beurteilung richtig gewesen war. Sie *war* gefasst.

»Mein Bruder und ich, wir standen uns nicht besonders nahe«, sagte sie. »Das dürfen Sie auch gleich wissen. Mir ist klar, dass Sie mich verhören müssen, aber ich kann Ihnen versprechen, dass ich nichts zu den Ermittlungen beitragen kann. Nicht das Geringste.«

Ausgezeichnet, dachte Gunnar Barbarotti. Dann gehen wir wenigstens nicht mit zu hohen Erwartungen an die Sache heran.

»Aha«, sagte er. »Und könnten Sie das vielleicht ein wenig präzisieren?«

Das konnte sie. Zupfte mit der Spitze des kleinen Fingers etwas aus dem Augenwinkel und begann.

»Ich bin fünf Jahre älter als mein Bruder. Es gibt keine weiteren Geschwister. Das ist ein etwas zu großer Abstand, als dass man als Kinder etwas voneinander haben könnte. Als ich jünger war, habe ich geglaubt, dass wir uns besser verstehen würden, wenn wir erst einmal erwachsen wären, ja, ich glaube schon, dass ich diese Hoffnung hatte. Aber dem war nicht so. Erik wurde nie erwachsen.«

Sie machte eine kurze Pause, als erwartete sie irgendeine Art von Kommentar zu der letzten Behauptung, Barbarotti gab ihr aber nur ein Zeichen, weiterzusprechen.

»Nein, er ist nie erwachsen geworden«, wiederholte sie. »Nie reif, er gehörte zu der Sorte von Männern, die ihr Weltbild aus der Teenagerzeit ihr ganzes Leben lang behalten. Alles ist eine Art Spiel, Menschen sind Spielsachen, die man wegwerfen kann, wenn man ihrer überdrüssig geworden ist. Besonders Frauen. Sie sind sozusagen im Umkleideraum nach dem Fußballspiel der Jungsmannschaft stecken geblieben, diese Männer ... das klingt hart, und ich sage es nicht gern, aber warum sollte ich heucheln?«

Ja, warum?, dachte Gunnar Barbarotti und zuckte mit den Schultern in einer halbherzigen Geste, die er selbst nicht recht deuten konnte.

»Leider hat er immer genug Geld gehabt, so dass er auf seine Weise zurechtgekommen ist«, fuhr sie fort, bevor er eine neue Frage einschieben konnte. »Unsere Eltern haben ihm immer den Rücken frei gehalten.«

»Aber sein Unternehmen lief doch ziemlich gut?«, fragte Barbarotti.

»Inzwischen ja«, antwortete Christina Lind Bergman und verzog das Gesicht. »Aber ich weiß nicht, wie viele Millionen Mama und Papa reingesteckt haben.«

»Ich verstehe«, sagte Barbarotti. »Sie meinen damit also, dass Ihr Bruder eine Art verwöhnter Yuppie war?«

»Ungefähr, ja«, sagte Christina Lind Bergman. »Aber er hatte auch keine Gefühle, das sollte man nicht vergessen. Nein, ich habe schon vor vielen Jahren die Hoffnung aufgegeben, was ihn betrifft.«

»Wie viel Kontakt hatten Sie zu ihm?«

»Überhaupt keinen. Wir haben uns nicht einmal mehr zu Weihnachten gesehen. Meine Eltern kommen nicht mehr nach Hause, sie haben ein Haus in Spanien. Und ich kenne keinen seiner Freunde, ich kann Ihnen ganz einfach in keiner Weise helfen.«

»Wann haben Sie ihn das letzte Mal gesehen?«

Sie überlegte. »Letzten Sommer. Aber nur durch Zufall. In einem Café in Lysekil, ich wohne dort … und arbeite im Krankenhaus. Er kam mit ein paar Kumpels herangerauscht. Wir haben uns nur kurz begrüßt.«

»Aber er hat Ihnen seine Freunde vorgestellt?«

»Nur mit Vornamen. Zwei Typen vom gleichen Schlag wie Erik, soweit ich es beurteilen konnte. Sonnengebräunt, großspurig und etwas angetrunken. Ich weiß nicht mehr, wie sie hießen. Micke und Patrik oder so etwas in der Art wahrscheinlich.«

Gunnar Barbarotti nickte. Nette Familie, dachte er. Starke Familienbande und so. »Was für ein Verhältnis haben Sie zu Ihren Eltern?«, fragte er.

Sie zog die Augenbrauen hoch. »Ich verstehe nicht, was mein Verhältnis zu meinen Eltern mit dem Mord an meinem Bruder zu tun hat.«

»Beantworten Sie bitte trotzdem die Frage«, bat Barbarotti.

»Kein besonders enges«, gab Christina Lind Bergman zu. »Nein, wenn ich ehrlich sein soll, dann betrachte ich mich selbst als das weiße Schaf in der Familie.«

»Ach so?«, sagte Gunnar Barbarotti. »Ja, ich muss Sie aber trotzdem fragen, ob Sie irgendeine Idee haben, wer Ihren Bruder getötet haben könnte.«

»Nicht die geringste.«

»Und warum?«

»Sie meinen, warum es jemand getan haben könnte?«

»Ja.«

»Genauso wenig. Keine Ahnung. Ich habe aber kein Problem, mir vorzustellen, dass er sich irgendjemandem gegenüber wie ein Schwein verhalten hat. Und dass dieser Jemand genug davon hatte und ihn deshalb abgestochen hat. Aber das sind ja nur Spekulationen, die Ihnen wohl kaum etwas nützen.«

»Das klingt fast, als ob Sie nicht einmal überrascht sind?«, sagte Barbarotti.

»Natürlich bin ich überrascht«, entgegnete sie. »Das ist man ja wohl immer, wenn jemandem, den man kennt, ein Unglück zustößt.«

Nein, dachte Gunnar Barbarotti, als er Christina Lind Bergman zehn Minuten später zum Fahrstuhl begleitete. Ein Beruhigungsmittel war in diesem Fall wirklich nicht nötig.

»Rate mal«, sagte Eva Backman.

»Fünfundzwanzig«, sagte Gunnar Barbarotti.

»Nicht ganz«, sagte Backman. »Die richtige Antwort lautet neunzehn. Aber das ist schlimm genug, wie ich finde.«

»Sicher«, bestätigte Barbarotti. »Lass mal sehen.«

Sie reichte ihm die Liste. Er warf schnell einen Blick auf die Anna Erikssons. »Ein paar werden anders geschrieben«, fiel ihm auf.

»Drei mit c, eine nur mit einem s. Wenn wir davon ausgehen, dass der Mörder sicher in der Rechtschreibung ist, dann kommen wir auf fünfzehn. Findest du, wir sollten davon ausgehen, dass er buchstabieren kann?«

Gunnar Barbarotti warf den Zettel auf den Schreibtisch. »Woher soll ich das denn wissen?«, fragte er irritiert. »Und woher können wir sicher sein, dass es nur um Kymlinge geht?«

»Ich habe nie behauptet, dass wir sicher sein können«, erklärte Eva Backman und verschränkte ihre Arme vor der Brust. »Die statistischen Unterlagen basieren bis jetzt auf einem einzigen Opfer, und das ist natürlich ein wenig mager … aber das brauche ich dir wahrscheinlich nicht zu sagen. Wie lief es mit der Schwester?«

»Prima«, sagte Barbarotti. »Aber sie weiß weniger über ihren Bruder als ich über die Paarungsrituale der Fichtenrüsselkäfer.«

»Der Fichtenrüsselkäfer …?«

»Das war nur so ein Beispiel.«

»Woher nimmst du die nur immer?«

Gunnar Barbarotti zuckte mit den Schultern. »Das ist der kreative Prozess«, sagte er. »Da kann alles Mögliche auftauchen. Nun, was sagt Asunander zu all den Annas, hä? Sollen wir alle unter Bewachung stellen?«

»Er hat sich noch nicht entschieden«, erklärte Backman. »Ist noch im Gespräch mit Sylvenius und Göteborg. Sie werden wohl auf alle Fälle ein paar Mann schicken. Plus diesen Profiler, wie gesagt.«

Inspektor Barbarotti schaute auf die Uhr. »Ich habe in fünf Minuten ein Gespräch mit Grimle. Können wir uns hinterher treffen und irgendwo hingehen, wo es ruhig und friedlich ist?«

»Wir können es zumindest versuchen«, sagte Eva Backman. »Wenn die Eltern nicht zu viel Zeit in Anspruch nehmen. Sie sitzen schon bei mir drinnen und warten.«

Sie stand auf, schien einen Moment lang zu zögern. Dann verließ sie den Raum.

Er unterhielt sich mit Andreas Grimle eine halbe Stunde lang. Als er fertig war, hörte er sich das Band gleich noch einmal an, um sicherzugehen, dass ihm nichts entgangen war.

Dem schien nicht so. Er war einer Meinung mit Backman, dass Grimle ein ganz sympathischer junger Mann zu sein schien. Und normal. Was wohl in so einer Firma auch nötig war, dachte Barbarotti. Wenn Erik Bergman wirklich so ein Mistkerl war, wie die Schwester behauptete.

Grimle warf ein etwas freundlicheres Licht auf seinen toten Kompagnon. Behauptete, dass sie sich so gut wie nie privat getroffen hätten; Erik war ja Junggeselle gewesen, Andreas Grimle selbst hatte Frau, Hund und zwei Kinder unter fünf Jahren. Sie befanden sich sozusagen an verschiedenen Punkten im Leben. Verzeihung, *hatten sich befunden.*

Das letzte Mal hatte er Erik bei lebendigem Leib am Tag vor seinem Tod gesehen. Sie hatten beide im Büro in der Järnvägsgatan gesessen und bis fünf Uhr gearbeitet. Es war ungefähr wie immer gewesen. Grimle war nichts Besonderes an Erik Bergman aufgefallen, er hatte nichts gesagt und sich nicht so verhalten, als ahnte er, dass jemand hinter ihm her war.

Was passiert jetzt mit der Firma?, hatte Inspektor Barbarotti wissen wollen.

Andreas Grimle hatte zugeben müssen, dass er das nicht wusste. Ein paar Wirtschaftsjuristen von Öhrlings waren eingeschaltet und hatten begonnen, die Sache zu untersuchen, vielleicht würde es da einige Probleme geben, das würde wahrscheinlich eine Sache zwischen Grimle und Eriks Eltern werden. Aber er hoffte, dass es möglich sein würde, den Betrieb weiterzuführen. Die letzten drei Jahre hatte man ziemlich erfolgreich gearbeitet.

Schockiert?

Natürlich war Grimle schockiert. Wenn es etwas gab, was auch immer, womit er der Polizei helfen konnte, um den Wahnsinnigen zu fassen, dann wollte er das gern tun.

Das konnte doch nur ein Zufall sein, dass es ausgerechnet Erik getroffen hatte?, hatte er außerdem gefragt. Der Mörder hatte doch sicher nur dagestanden, bereit, sein Messer in den erstbesten Menschen zu rammen, der vorbeikam?

Inspektor Barbarotti hatte leicht genickt und erklärt, dass das eine Möglichkeit war. Die Ermittlungen hatten ja gerade erst begonnen, es war noch zu früh, etwas über das Motiv zu sagen, das hinter dem Verbrechen lag.

Wusste Grimle, ob Erik Bergman irgendwelche Feinde gehabt hatte?

Nein.

Irgendwelche Konkurrenten? Konnte der Mord in irgendeiner Weise mit den geschäftlichen Transaktionen in Zusammenhang stehen?

Nie im Leben, meinte Andreas Grimle. Natürlich gab es Konkurrenten, aber in ihrer Branche herrschte fair play. Sein Kompagnon war einem vollgedröhnten Wahnsinnigen zum Opfer gefallen, alles andere war undenkbar.

Wieso das?, hatte Barbarotti gedacht. Wenn Grimle Bergman nur im Licht ihrer Computerfirma gesehen hatte, dann konnte er doch gar nichts über die Dämonen wissen, die möglicherweise im Privatleben seines Geschäftspartners lauerten? Müsste er nicht selbst einsehen, dass sein Blickwinkel ein wenig eingeschränkt war?

Aber es gab bereits ein zwölfseitiges, ausgedrucktes Protokoll vom gestrigen Verhör mit Grimle, deshalb beschloss Barbarotti, es für dieses Mal gut sein zu lassen.

»Können Sie sich daran erinnern, ob Erik irgendwann einmal etwas von einem anonymen Brief erwähnt hat?«, fragte er, als sie sich bereits die Hand gegeben hatten und Andreas Grimle im Begriff stand, den Raum zu verlassen.

»Einen anonymen Brief?«, wiederholte Grimle, wobei ihm die Verwunderung groß in sein offenes, ehrliches Gesicht geschrieben stand. »Nein, warum um alles in der Welt sollte er das tun? Warum fragen Sie?«

Darauf hatte Inspektor Barbarotti nicht geantwortet. Stattdessen hatte er Grimle ermahnt, sich augenblicklich mit der Polizei in Verbindung zu setzen, wenn ihm etwas einfiele, von dem er glaubte, es könnte auch nur die geringste Bedeutung für die Ermittlungen haben.

Das versprach Grimle, verabschiedete sich und wünschte der Polizei viel Erfolg bei der Jagd nach dem Mörder.

Der Profiler aus Göteborg tauchte genau in dem Moment auf, als Barbarotti Backman anrufen und ihr ein Abendessen im Kungsgrillen vorschlagen wollte.

So wurde es stattdessen ein Arbeitsessen mit dem Profiler. Der hieß Curt Lillieskog, Barbarotti meinte, ihn früher schon einmal getroffen zu haben – das glaubte Lillieskog auch, aber sie kamen nicht dahinter, wo und wann das der Fall gewesen sein sollte.

Lillieskog war in den Sechzigern, dünn, aber drahtig – und mit einer Art lebendigem Enthusiasmus für seine Arbeit, die fast teenagerhaft wirkte. Als ob er es gewesen wäre, der den Begriff Täterprofil erfunden hatte und jetzt damit auf Tournee ging, um dafür zu werben und seine Idee zu verkaufen. Er findet es cool mit Mördern, dachte Barbarotti. Und es ist ihm nicht einmal peinlich.

»Solche Briefschreiber, die sind äußerst ungewöhnlich«, erklärte Lillieskog einleitend. »Auf jeden Fall solche, die dann ihre Absichten in die Tat umsetzen. Nettes Lokal, isst du häufiger hier?«

Barbarotti gab zu, dass sowohl er als auch Kollegen von ihm den Kungsgrillen aufsuchten, wenn es in der Kantine des Polizeireviers einfach zu mies war – und dass die dortige Hausmannskost nur selten etwas zu wünschen übrig ließ. Sie bestellten das Tagesgericht – Kalbsfrikadellen mit Kartoffelpüree und Preiselbeeren –, ließen sich an einem Fenstertisch nieder und begannen mit dem Profilieren.

»Ich glaube, wir haben es mit einer Person zu tun, die um jeden Preis Bestätigung haben will«, sagte Lillieskog.

Genau das habe ich schon hundert Mal gehört, dachte Barbarotti. Aber es kann ja trotz allem richtig sein. »Führ das näher aus«, bat er.

»Gern«, sagte Lillieskog. »Das sagt an und für sich nicht viel über unseren Mann, weil es im Großen und Ganzen für alle Arten von Gewalttätern gilt. Bei den meisten liegt ein vernachlässigtes Bedürfnis nach Bestätigung verborgen. Sie erleben, dass sie nicht gesehen werden, das hat oft seine Grundlage tief in der Kindheit und ist verstärkt worden durch verschiedene Arten von Zukurzkommen und Misserfolgen im Laufe des Lebens. Das ist sozusagen das kriminelle Grundmuster an und für sich.«

»Ich verstehe«, sagte Gunnar Barbarotti. »Und warum schreibt man dann Briefe?«

»Da sehe ich zwei mögliche Alternativen«, erklärte Lillieskog und teilte seine Kalbsfrikadelle mit der Gabel mittendurch. »Entweder ist es ein Zeichen dafür, dass er gefasst werden möchte. Dass er in seinem tiefsten Innern nicht mit dem zufrieden ist, was er tut, und dass er der Polizei auf die Sprünge helfen will, damit ihm Einhalt geboten wird.«

»Warte mal«, sagte Barbarotti. »Du setzt voraus, dass er mehrere Menschen töten will. Dass es mit der Anna Eriksson also ernst gemeint ist?«

»Das halte ich für sehr wahrscheinlich«, sagte Lillieskog. »Möglicherweise hat er eine Liste mit Personen, hinter denen er her ist. Drei oder sieben oder zwölf Stück, die ihn auf irgendeine Weise geärgert haben. Aber es kann auch sein, dass er die Namen nur nach dem Zufallsprinzip aus dem Telefonbuch sucht. Ihr habt bisher keinen Zusammenhang zwischen Erik Bergman und Anna Eriksson gefunden?«

»Bis jetzt nicht«, meinte Barbarotti. »Aber wir haben eine Gruppe, die daran arbeitet. Es gibt in Bergmans näherem Bekanntenkreis keine Anna Eriksson, ich glaube, das können wir mit Sicherheit sagen. Wir sind jetzt bei den Bekannten der Bekannten sozusagen, das ist ein wenig verzwickt, weil …«

»Weil ihr mit dem Brief nicht an die Öffentlichkeit wollt«, ergänzte Lillieskog und sah für einen Moment fast erregt aus, wie Barbarotti schien. »Nein, das ist sicher eine richtige Entscheidung.«

»Entschuldige mal«, sagte Gunnar Barbarotti. »Du hast gesagt, die eine Alternative wäre, dass die Opfer zufällig ausgesucht werden, jedenfalls mehr oder minder, und dass der Mörder die Briefe an mich schreibt, weil er eigentlich will, dass ich ihn fasse. Aber warum schreibt er dann ausgerechnet mir? Und was ist die andere Alternative? Du hast gesagt, es gäbe zwei.«

Lillieskog kaute sorgfältig und spülte mit einem Schluck Preiselbeersaft nach. »Warum er ausgerechnet dir schreibt, das ist eine schwere Frage. Er kann irgendeine Art Beziehung zu dir haben… ein früherer Krimineller, den du mal eingebuchtet hast zum Beispiel, ihr solltet in dieser Richtung mal recherchieren… aber es kann auch genügen, dass er deinen Namen kennt. Du kannst in Zeitungen oder im Fernsehen zu sehen gewesen sein… stehst du im Telefonbuch?«

Gunnar Barbarotti nickte.

»Das kann genügen. Du hast womöglich gar keine Ahnung, um wen es sich handelt, ganz im Gegenteil, ich halte es für möglich, dass du den Täter gar nicht kennst. Aber deine andere Frage – was ist die Alternative Nummer zwei? –, ja, die Antwort auf diese Frage ist natürlich, dass wir es mit einer raffinierten Person zu tun haben.«

Eine raffinierte Person?, dachte Barbarotti. Das klingt, als spräche er von Karlsson vom Dach oder einer ähnlichen Größe. »Du meinst also…?«, sagte er.

»Ich meine, dass es einen viel rationaleren Grund dafür geben kann, dass er… lass uns der Einfachheit halber voraussetzen, dass es sich um einen Mann handelt… dass er Briefe schreibt, meine ich. Dass dadurch auf irgendeine Art und Weise die Arbeit der Polizei erschwert wird.«

Er verstummte und betrachtete Barbarotti mit einem Blick, der fast Entzücken zeigte. Barbarotti legte Messer und Gabel hin. Wischte sich den Mund mit der Serviette ab, während er versuchte zu verstehen, wovon Lillieskog sprach.

»Die Arbeit der Polizei erschweren?«, sagte er. »Jetzt komme ich nicht mehr ganz mit. Auf welche Art könnte er denn unsere Arbeit erschweren, indem er …?«

Lillieskog hob einen Zeigefinger. »Das lässt sich nicht so einfach sagen. Und vielleicht gelingt ihm das ja auch gar nicht. Ich habe nur gesagt, dass es sein *Ziel* ist, Verwirrung anzurichten. Die Briefe können dazu gedacht sein, etwas zu verbergen. Ihr müsst ja viel Energie darauf verwenden, die Sache zu verstehen, warum um alles in der Welt er euch schreibt und Tipps gibt … und diese Energie könnte woanders besser eingesetzt sein.«

Gunnar Barbarotti überlegte. Fand, das klang gleichzeitig bestechend und vollkommen unlogisch.

»Es kann aber auch so sein, dass er eigentlich nur darauf aus war, diesen Bergman zu ermorden«, fuhr Lillieskog begeistert fort. »Und dass er die Aufmerksamkeit sozusagen ablenken will. In alle möglichen Richtungen. Und das muss man ihm wohl zugestehen: Es ist ihm auch gelungen.«

»Wenn das die Alternative ist, um die es geht«, sagte Barbarotti, nachdem er einige Sekunden schweigend dagesessen hatte, »dann setzt sie einen ziemlich gut strukturierten Täter voraus. Oder?«

Lillieskog beugte sich über den Tisch und senkte seine Stimme. »Sie setzt einen außerordentlich gut strukturierten Täter voraus«, präzisierte er. »Ich brauche wohl nicht erst hinzuzufügen, dass wir es in diesem Fall mit einer unerhört komplizierten Geschichte zu tun haben. *Unerhört* kompliziert.«

»Wie war er?«, wollte Eva Backman eine halbe Stunde später wissen. »Der Profiler.«

»Nicht ganz gescheit«, antwortete Barbarotti. »Aber das Schlimmste ist, dass er im ein oder anderen Punkt wohl Recht hat.«

»Was meinst du damit?«

»Na, dass er im ein oder anderen Punkt Recht hat natürlich. Er hat so einiges gesagt, was stimmen könnte.«

»Danke, das habe ich verstanden. Und was zum Beispiel?«

»Zum Beispiel, dass wir es vielleicht mit einem Kerl zu tun haben, der ziemlich gerissen ist. Der … ja, der das, was er da treibt, genau durchdacht hat.«

»Was er da treibt?«, rief Eva Backman aus. »Er hat einen Mann erstochen, und er hat zwei Briefe geschrieben. Und bei dir klingt es, als ob … ja, als ob das erst der Anfang wäre. Was bringt dich dazu, so etwas zu behaupten?«

»Nicht viel«, gab Gunnar Barbarotti zu. »Ich hoffe, ich irre mich. Was glaubst du denn?«

Eva Backman schüttelte den Kopf und fluchte. »Verdammte Scheiße, ich komme doch gar nicht dazu, das eine oder andere zu denken, wenn ich die ganze Zeit Leute verhören und arbeiten muss.«

»Au weia«, sagte Barbarotti.

»Den ganzen Morgen habe ich mit Bergmans Eltern geredet, und jetzt soll ich mich noch um vier Junggesellenkumpels von ihm kümmern. Und wenn Asunander und Onkel Sylvenius beschließen, dass die Annas bewacht werden sollen, dann werden wir unser Familienleben wohl für die nächsten Tage vergessen können.«

»Ich habe kein Familienleben«, bemerkte Barbarotti. »Aber ist auch egal. Gibt es irgendwelche Annas, die interessanter sind als die anderen?«

Eva Backman zuckte mit den Schultern. »Zwei von ihnen sind unter zwölf Jahren. Lass uns zumindest hoffen, dass sie nicht die interessantesten sind. Aber dann sind da immer noch siebzehn übrig …. wenn wir uns auf Kymlinge beschränken.«

»Und wenn wir uns nicht auf Kymlinge beschränken?«

»Ja, was denkst du?«, fragte Eva Backman.

Verdammte Scheiße, dachte Gunnar Barbarotti und ging in sein Büro. Mir ist schlecht, das hier ist doch krank.

Fünf Sekunden durfte er auf seinem Stuhl sitzen. Dann rief Kommissar Asunander an und bat zur Besprechung.

7

Astor Nilsson von der Göteborger Polizei«, erklärte Kommissar Asunander. »Du und Backman, ihr macht weiter mit den Ermittlungen, nehmt Nilsson zu Hilfe. Klar?«

»Klar«, sagte Barbarotti.

Asunander hatte wie üblich Probleme mit seinem Gebiss. Es rutschte hin und her, wenn er sprach, was ihn dazu brachte, sich immer so kurz wie möglich zu fassen. Die falschen Zähne wiederum waren das Resultat eines gezielten Schlags mit einem Baseballschläger, ausgeteilt von einem bekifften Rowdy vor einem Jahrzehnt. Seit diesem Ereignis zog der Kommissar es vor, seinen Job vom Schreibtisch aus zu machen. Er nahm nie an operativen Arbeiten teil, führte nur selten irgendwelche Verhöre durch und hatte ein kleines Nebeneinkommen als Kreuzworträtselerfinder für drei oder vier Wochenzeitschriften. Aber er war der Chef der Kriminalabteilung der Kymlinger Polizei und hatte noch mindestens zwei Jahre bis zur Pensionierung.

Barbarotti begrüßte Astor Nilsson, einen kräftigen Mann um die fünfundfünfzig mit einem Handschlag wie eine Wäschemangel. Offensichtlich einer der Topleute aus Göteborg. Sie setzten sich in Asunanders Besucherstühle. Asunander selbst nahm hinter dem Schreibtisch Platz und schaltete seine vier Telefone ab.

»Die Technik hat nichts gefunden«, sagte er. »Keine Spur. Kompliziert.«

»Zeugen?«, fragte Barbarotti. »Die Bergman von zu Hause losgehen oder ihn auf seiner Runde gesehen haben?«

»Bisher nicht«, sagte Astor Nilsson und erlöste damit Asunander von den Sprachschwierigkeiten. »Aber das kommt vielleicht noch, wir haben ja Leute draußen, die weitere Gespräche mit den Nachbarn führen. Halt, richtig, eine Frau hat ihn vor ihrem Küchenfenster vorbeijoggen sehen. Kurz nach sechs Uhr, sie ist zweiundachtzig und wacht immer früh auf... aber dass er joggen war, das wussten wir ja schon.«

»Aber dieses Mal brachte er seine Runde nicht zu Ende«, sagte Barbarotti.

»Nein, stimmt«, bestätigte Astor Nilsson.

»Eure Aktionen interessieren mich nicht«, erklärte Asunander und starrte Barbarotti verärgert an. Es war offensichtlich, dass er sie nicht zu sich gerufen hatte, um die laufenden Ermittlungen zu diskutieren. Er tauschte einen Blick mit dem Kollegen aus Göteborg und nickte.

»Anna Eriksson«, sagte Asunander. »Müssen uns entscheiden.«

Astor Nilsson räusperte sich und ergriff erneut das Wort. Offensichtlich war er in die Problematik eingeweiht, die auf der Tagesordnung stand, er hatte ja auch bereits im Büro gesessen, als Barbarotti hereinkam. Vielleicht war er schon seit dem frühen Morgen hier.

»Wir haben neunzehn mögliche Opfer«, begann er. »Wir haben sie alle angerufen, zuerst auf der Festnetznummer, dann auf dem Handy. Sechzehn haben geantwortet, und ...«

»Warte mal«, unterbrach ihn Barbarotti. »Wer hat das gemacht? Was wurde gesagt?«

»Nichts«, antwortete Asunander und sah wütend drein.

»Zwei Mann haben das übernommen«, erklärte Astor Nilsson. »Borgsen und Killander ... ist das richtig?«

»Richtig«, bestätigte Asunander.

»Borgsen und Killander haben also angerufen, aber aufgelegt, sobald sie die entsprechende Anna am Hörer hatten. Ohne ein Wort zu sagen. Fünf gingen am Festnetz dran, der Rest am Handy … waren vermutlich bei der Arbeit oder bei dem schönen Wetter irgendwo draußen.«

Er machte eine Geste zum Fenster hin, wo kein einziger Sonnenstrahl durch die sorgfältig herabgelassenen Jalousien drang. »Es ist natürlich auch möglich, dass einige weit weg sind, das war ja erst einmal ein erster, vorbereitender Rundruf.«

»Entschuldige mal«, unterbrach Barbarotti. »Was für eine Strategie haben wir eigentlich? Ist beabsichtigt, die Frauen zu warnen, oder …?«

»Entscheidet!«, sagte Asunander.

»Genau das müssen wir entscheiden«, verdeutlichte Astor Nilsson.

Armer Teufel, dachte Gunnar Barbarotti. Hat er den ganzen Vormittag hier bei Asunander gehockt? »Ja, ich verstehe«, sagte er. »Wir können ja wohl kaum anfangen, sie zu schützen, ohne sie vorher zu informieren. Aber ihr meint also, dass wir … dass wir vielleicht überhaupt nichts sagen sollen?«

Es klickte bedrohlich in Asunanders Zähnen, doch es drang kein Wort nach draußen.

»Was meinst du?«, fragte Astor Nilsson.

»Hm«, sagte Barbarotti. »Sollen wir darüber abstimmen? Ich bin natürlich der Meinung, dass sie umgehend über die Lage informiert werden sollen.«

»Warum?«, brüllte Asunander.

Astor Nilsson ließ etwas vernehmen, was offenbar ein Seufzer der Erleichterung war. Aha?, dachte Gunnar Barbarotti. Da habe ich mich wohl auf die richtige Seite gestellt.

»Weil …«, sagte Inspektor Barbarotti langsam, während er versuchte, eine stichhaltige Begründung zu finden. »Ja, es gibt natürlich mehrere Gründe … der Schutzaspekt ist dabei wohl der offensichtlichste. Wäre ganz einfach gut, wenn wir verhindern könnten, dass er noch jemanden umbringt. Ich möchte daran erinnern, dass es zu den grundlegenden Aufgaben der Polizei gehört … die Mitbürger zu schützen. Aber korrigiert mich, wenn ich mich irre.«

»Krrms«, kam es von Asunander, der eine Bleistiftspitze abbrach.

»Es gibt auch noch andere Aspekte«, fuhr Barbarotti fort. »Wenn beispielsweise ein Zusammenhang zwischen Erik Bergman und Anna Eriksson existiert, dann könnte Anna Eriksson uns darüber vielleicht etwas sagen.«

»Genau«, rief Astor Nilsson aus.

Asunander knurrte und brummte etwas, das wahrscheinlich *Ressourcen* bedeutete, dann stand er auf.

»Eure Verantwortung«, sagte er. »Bericht an mich. Raus.«

Barbarotti und Astor Nilsson verließen Kommissar Asunanders Büro.

»Verdammte Scheiße«, sagte Astor Nilsson, als sie auf dem Flur standen. »Ich sehne mich jetzt schon nach Hause. Das war der schlimmste Vormittag, den ich mitgemacht habe, seit mein Leonberger Junge gekriegt hat. Ist er immer so?«

»Du solltest ihn erleben, wenn er schlechte Laune hat«, sagte Barbarotti. »Wollen wir in mein Zimmer gehen und uns beratschlagen? Wenn ich es richtig verstanden habe, dann leiten wir die Ermittlungen.«

»Du gute Güte«, sagte Astor Nilsson und schob sich eine Portion Snus hinter die Lippe.

»Was bedeutet, dass wir mit dem Namen des Opfers herausrücken müssen, wie ich annehme?«, wollte Eva Backman wissen. »Erik Bergman, meine ich.«

»Gibt es noch mehr Opfer?«, fragte Barbarotti.

»Sei nicht so genau«, sagte Backman.

»Wenn es überhaupt einen Sinn machen soll, dann müssen wir zumindest den Annas seinen Namen nennen«, stellte Astor Nilsson fest. »Aber das ist sicher schon stadtbekannt, das ist es doch meistens. Und dann müssen wir sie fragen, ob sie irgendeine Verbindung zu ihm haben. Zumindest wissen, wer er war … ja, und damit sind wir direkt bei der Frage, wie wir sie schützen können, aber wenn ich es richtig verstanden habe, dann …?«

»Sorgsen ist bereits dabei, das zu organisieren«, warf Eva Backman ein. »Aber bisher nur theoretisch. Es stimmt natürlich, was Asunander sagt, so eine Geschichte kann eine Unmenge an Arbeit bedeuten.«

»Es gibt einen anderen Weg«, bemerkte Astor Nilsson.

»Ach ja?«, sagte Backman.

»Ja, wir können ja mit diesen Frauen reden, ohne gleich alles offenzulegen. Es wäre sicher nicht dumm, sie nicht zu erschrecken. Sie also nur über Erik Bergman zu befragen … ohne ihnen zu sagen, was das mit ihnen selbst zu tun hat. Ich weiß ja nicht, was ihr dazu meint?«

Er ließ seinen Blick zwischen Backman und Barbarotti hin und her wandern. Eva Backman betrachtete ihre Schuhe. Barbarotti schaute zum Fenster hinaus. So vergingen fünf Sekunden.

»All right«, sagte Barbarotti. »Warum nicht diesen Weg als ersten Schritt versuchen? In dem Falle schlage ich vor, dass wir drei alle Gespräche übernehmen. Zunächst am Telefon, wobei wir mit allen so schnell wie möglich einen Termin vereinbaren … Aug in Aug … übrigens sind ja wohl einige verreist.«

»Sechzehn von neunzehn scheinen erreichbar zu sein, das wissen wir bereits«, sagte Eva Backman. »Aber dann sollen wir sie also zu einem Gespräch bitten … für morgen, wie ich annehme?«

»Ja«, sagte Barbarotti. »Wir fahren diese Schiene. Zumindest mit denen, die in der Nähe sind, ich denke, es wäre unnötig, jemanden von Mallorca oder aus Thailand hierher zu beordern.«

»Und das Einzige, was wir sie fragen, ist, ob sie einen Erik Bergman kennen«, sagte Astor Nilsson. »Oder?«

»Ja«, nickte Barbarotti. »Am Telefon nur das, ja … wenn es eine gibt, die etwas Interessantes zu erzählen hat, dann schnappen wir uns die Betreffende natürlich sofort. Und dann müssen wir sehen, wie wir morgen vorgehen. Sind wir soweit einer Meinung?«

Eva Backman nickte. Astor Nilsson nickte.

»Gut«, sagte Gunnar Barbarotti. »Hier haben wir die Liste. Neunzehn Damen, die auf den Namen Anna Eriksson hören. Ihr kriegt jeder sechs, ich nehme sieben. Es ist jetzt zwei Uhr, sollen wir sagen, dass wir uns in zwei Stunden wieder treffen und berichten?«

»Ich brauche ein Zimmer«, sagte Astor Nilsson. »Oder zumindest ein Telefon.«

»Komm mit«, sagte Eva Backman. »Das ist kein Problem. Das halbe Haus ist in Urlaub.«

Als sie Kriminalinspektor Barbarotti allein gelassen hatten, stellte er fest, dass noch nicht einmal vierundzwanzig Stunden vergangen waren, seit er Visby verlassen hatte. Es erschien ihm wie ein Monat.

Und irgendwo da draußen befand sich ein Mörder, der in gewisser Weise die Oberhand hatte.

Es brachte nichts.

Das war also die Summe vom Ganzen.

Es war nach acht Uhr abends, als Barbarotti das Polizeigebäude verließ. Von den sechzehn Annas, die sie zu fassen bekommen hatten – und die alle bereits vorher einmal von der Polizei angerufen worden waren, ohne dass sie davon wussten –, gab es keine, die in irgendeiner Beziehung zu dem ermordeten Erik Bergman stand. Nur zwei wussten, wer er war, die eine, weil ihr Mann in einem Betrieb direkt neben Bergmans Computerfirma in der Järnvägsgatan arbeitete, die andere, weil sie in der Schule in seine Parallelklasse gegangen war. Acht der Annas befanden sich hier in Kymlinge, von ihnen hatten fünf von dem Mord gehört. Vier Annas hielten sich irgendwo anders in Schweden auf, vier waren im Ausland in Urlaub.

Und zu dreien hatte man einfach keinen Kontakt bekommen. Das Gustabo-Syndrom, dachte Barbarotti finster, als er den Norra torg überquerte. Und Marianne ist auch nicht zu erreichen.

Überhaupt nagte die Unzufriedenheit in ihm. Was zum Teufel machen wir eigentlich?, dachte er. Wir tappen im Nebel wie Hanswürste ohne Publikum. Zwar gab es eine Regel, nach der man ohne große Erwartungen an die Arbeit gehen sollte, aber das hier erschien wie das reine Chaos. Was hatte Backman morgens noch gesagt? *Wir spielen dem Mörder in die Hände?*

Und er hatte das Gefühl, dass sie damit ins Schwarze getroffen hatte. Denn wenn Lillieskogs Alternative Nummer zwei zutraf – der sorgfältig planende Täter –, dann musste ja jede Aktion, die sie bisher unternommen hatten, genau das sein, was von ihnen erwartet wurde. Was wer auch immer von ihnen erwartete. Oder?

Es waren anderthalb Tage seit dem Mord an Erik Bergman vergangen. Sie hatten nicht den geringsten Ansatzpunkt gefunden. Was ihn selbst betraf, so hatte er fast den ganzen Tag seine Aufmerksamkeit anderen Dingen gewidmet – einem Verbrechen, das noch nicht geschehen war. So einfach war es, die Ressourcen der Polizei in die gewünschte Richtung zu lenken. Er erinnerte sich an einen alten Postslogan von Anno dazumal. *Ein Brief sagt mehr als tausend Worte.* Gab es nicht auch einen Schlager, der so lautete?

Und er erinnerte sich an einen Bankraub, über den er vor einigen Jahren gelesen hatte. In Deutschland, wenn er sich nicht irrte. Die Täter hatten in einer Stadt in drei verschiedenen Banken Bombenalarm ausgelöst, die Polizei hatte alle denkbaren

Kräfte eingesetzt, und dann hatten sie eine vierte Bank überfallen.

Und wenn jetzt morgen ein neuer Brief mit einem neuen Namen kam? Was sollten sie dann tun?

Wenn eine der Annas, mit denen sie gesprochen hatten, anfing zu ahnen, worum es ging?

Und das schlimmste Szenario von allen: Wenn eine der Annas tatsächlich ermordet wurde und es dannach bekannt wurde, dass die Polizei genau davor gewarnt worden war – es aber unterlassen hatte, irgendwelche Schutzmaßnahmen zu ergreifen?

Nein, dachte Gunnar Barbarotti. Wenn wir morgen mit den Gesprächen beginnen, müssen wir mit offenen Karten spielen. Koste es, was es wolle.

Aber vielleicht konnten sie die Sicherheitspolizei anrufen und sie bitten, achtunddreißig Mann herzuschicken? Machten sie das nicht so, wenn sie Spitzenpolitiker und solche Leute schützen wollten? Zwei pro Bewachungsobjekt? Aber es gab natürlich einen Unterschied zwischen einem Minister und einer ganz normalen Anna Eriksson.

Aber warum nicht allen Annas anbieten, im Polizeipräsidium eingeschlossen zu werden? Das wäre zweifellos die eleganteste und die billigste Variante.

Als dieser Gedanke in seinem Kopf auftauchte, wurde ihm klar, dass es Zeit war, nach Hause zu gehen und dem Körper ein paar Stunden Schlaf zu gönnen.

Jeder Tag bringt seine eigenen Sorgen. Wie wahr.

8

Doch der Versuch, eine Mütze Schlaf zu bekommen, war zum Scheitern verurteilt.

Natürlich, wie immer. Er schaffte es nicht, die Augen offen zu halten, solange er noch lesen konnte, aber sobald er sie schloss und zu schlafen versuchte, fühlte sich der ganze Kopf an wie ein Bienenstock. Als die Uhr halb eins zeigte, stand er auf, holte sich ein Bier aus dem Kühlschrank und ließ sich am Schreibtisch nieder. Dort blieb er eine Weile in der Dunkelheit sitzen und schaute aus dem Fenster auf den Bach von Kymlinge. Es war ein trockener Sommer gewesen. Die blassgelben Ovale der Straßenlampen reflektierten sich im Wasser, wurden aber auch gefiltert, gedämpft, der Wasserspiegel war so niedrig, dass hineingeworfene Fahrräder und jede Menge anderer Schrott aus dem Morast ragten. Das sah nicht schön aus. Wahrscheinlich könnte man in diesem Matsch nicht einmal jemanden ertränken, dachte Inspektor Barbarotti und trank einen Schluck Bier.

Warum ausgerechnet dieser Gedanke in seinem Kopf auftauchte, wusste er nicht zu sagen.

Er zündete eine Lampe an und schlug einen neuen Collegeblock auf. Warum nicht ein wenig Struktur in die Gedanken bringen, das war immer gut, um den Bienenstock zum Schweigen zu bringen. Er zog einen Stift aus dem alten Teebecher und überlegte; dann schrieb er schnell die Namen von vier Personen auf:

Erik Bergman
Anna Eriksson
Gunnar Barbarotti
Der Mörder

Der vierte war zwar kein Name, das sah er ein, aber auf ihn lief doch irgendwie das ganze Spiel hinaus. Seinen Namen zu finden. Er malte um jeden der vier Teilnehmer einen Kreis. Es nützte nichts. Er machte ein Kreuz hinter *Der Mörder* und starrte es eine halbe Minute an, aber auch das nützte nichts. Er riss die Seite heraus, warf sie in den Papierkorb und begann von vorn. Zeichnete diesmal ein Quadrat mit einem Namen in jeder Ecke. Unterstrich die Namen und zeichnete Diagonalen. Starrte das Ergebnis eine Weile an. Riss die Seite heraus und warf sie in den Papierkorb. Quatsch, dachte er.

Dann fing er stattdessen an, Fragen aufzuschreiben. Nach zehn Minuten hatte er zwanzig Stück beisammen. Er brach ab und überlegte. Beschloss, zu sehen, auf welche er eine Antwort geben konnte, kaute auf dem Stift und konzentrierte sich.

Nach weiteren zehn Minuten stand er immer noch auf null. Verdammte Scheiße, dachte Gunnar Barbarotti, es klappt nicht. Zwanzig Fragen und keine einzige Antwort. Man kann wirklich nicht behaupten, dass die Ermittlungen sehr weit gediehen sind. Wobei – wenn man es genau betrachtete, hatte er erst einen Tag daran gearbeitet. Um die wichtigen Antworten zu finden, war es nötig, zuerst die wichtigen Fragen zu stellen, das war eine gute alte Regel. Er überlegte kurz, ob er sich nicht mit dem Herrgott beraten sollte, hatte aber Probleme, die rechten Worte zu finden. Es erschien ihm auch nicht richtig. Der Deal, den sie vor fünf Jahren eingegangen waren, hatte zur Bedingung – wenn er sich recht erinnerte, es gab leider diesbezüglich keine schriftlichen Unterlagen –, dass er nichts wünschen durfte, was unmittelbar in laufenden Ermittlungen helfen konnte. Der Herr war wie gesagt nicht allmächtig, und vor allem war er kein Polizist, aber nach einer Weile fand Barbarotti trotzdem einen Kompromiss.

O Herr, betete er. Sende einen Lichtstrahl in ein umnebeltes und verdunkeltes Bullenhirn. Ich sitze fest und weiß mir keinen Rat. Wirf in deiner großen Gnade einen Strohhalm herab, das ist wohl kaum eine richtige Punktefrage, aber egal. Wenn ich zumindest das Gefühl haben kann, dass ich einen Schritt in die richtige Richtung tue, wenn ich morgen zur Mittagspause gehe, dann schreibe ich dir einen Pluspunkt gut, okay? Übrigens liegst du mit elf Punkten über dem Strich, meinen Glückwunsch.

Er wartete auf eine Antwort, doch als Einziges war ein Motorrad zu hören, das unter den Kastanien auf der anderen Seite des Bachs entlangknatterte. Verdammter Hooligan, dachte Gunnar Barbarotti, der weckt ja die halbe Stadt auf, man sollte die Polizei rufen.

Dann trank er noch den Rest des Bieres und starrte erneut auf die Fragen. Fünf Minuten, dachte er, ich gebe ihnen noch fünf Minuten.

Ob es mit irgendeiner Form göttlicher Wegweisung zu tun hatte oder nicht, konnte er nicht so recht sagen, aber langsam spürte er, wie sich ein Gesichtspunkt aus der Kohlengrube seines Inneren herauskristallisierte – vielleicht war es auch nur seine Fähigkeit, mehrere Dinge gleichzeitig zu tun, die dabei war, vollkommen zusammenzubrechen … ein schwarzes Loch, ein weiterer trauriger Beweis dafür, dass man nur eine Sache auf einmal im Kopf bewegen kann.

Da war etwas mit den Annas … und mit der möglichen Beziehung des Mörders zu seinen Opfern.

Denn wenn … dachte Inspektor Barbarotti, im gleichen Moment, in dem er die Karlskirche da draußen in der dünnen Sommerdunkelheit halb zwei schlagen hörte … denn *wenn* man davon ausging, dass es wirklich irgendeine Beziehung zwischen dem Mörder und seinem Opfer sowie zwischen den Opfern gab – dass es sich also nicht nur um einen Wahnsinnigen handelte, der die Namen aus dem Telefonbuch herausfischte –, dann musste es doch ein wahnsinnig großes Risiko für den Mörder bedeuten, den Namen seines geplanten Opfers Nummer zwei auf diese Art und Weise zu präsentieren?

Da es möglich war, dass Opfer Nummer zwei mit Opfer Nummer eins bekannt war – oder vielleicht war bekannt schon zuviel gesagt, korrigierte sich Inspektor Barbarotti, während er vorsichtig zurück in die Küche trottete und Bier Nummer zwei holte, geschmeidig und auf der Hut wie ein Panther, damit der Gedankenfaden ja nicht riss –, dass es aber zumindest einen Zusammenhang gab, und weiter, dass Opfer Nummer zwei diesen Zusammenhang möglicherweise der Polizei aufdecken konnte, und …

… und schließlich vielleicht auch einen Wink hinsichtlich des kleinsten gemeinsamen Nenners geben könnte, nämlich den Namen des Mörders.

Nämlich den Namen des Mörders, wiederholte er leise für sich. Und falls dieser Mörder nun tatsächlich so ein minutiös planender, widerlicher Typ war, wie Profiler Lillieskog vorgeschlagen hatte, dann wäre es ja wohl …

… ja, dann wäre es ja wohl verdammt merkwürdig, wenn er der Polizei die Chance gäbe, mit Anna Eriksson zu sprechen, bevor er sie umbrachte! Genau.

Genau so. Gunnar Barbarotti trank einen Schluck Bier und starrte aus dem Fenster. Stimmte irgendetwas nicht an seinen Überlegungen? Er konnte keinen Fehler sehen. Und was bedeutete das für die weitere Arbeit?

Es vergingen einige Sekunden, bevor er die Antwort fand: Genau, das bedeutete ganz einfach, dass sie nicht die Bohne davon hätten, morgen mit den sechzehn Annas zusammenzusitzen und mit ihnen zu reden – nein, so viele waren es natürlich nicht, einige befanden sich an anderen Orten, weit entfernt von Kymlinge, aber trotzdem – einmal angenommen …?

… einmal angenommen, die richtige Anna Eriksson befände sich mit höchster Wahrscheinlichkeit in der kleinen Gruppe der drei, zu denen es nicht gelungen war, einen Kontakt herzustellen.

Wenn wirklich geplant war, dass sie sterben sollte, dann hätte sie wahrscheinlich nicht mehr lange zu leben.

Oder sie war bereits tot.

Er saß da und prüfte diese Schlussfolgerung in aller Ruhe, während er sein zweites Bier austrank und ihm langsam dämmerte, dass es genau diese Art von Schlussfolgerungen war, die man zu dieser Tageszeit so leicht ziehen konnte. Mitten in der Nacht, allein an seinem Schreibtisch mit einem Bier, einem abnehmenden Mond, einem morastigen Bach.

Aber die Einsicht, dass die Schlussfolgerung vollkommen korrekt war, wog mindestens genauso schwer. Und dann tauchte das Bild des höheren Machthabers und des Kartenspiels wieder auf.

Sieh mal an, dachte Kriminalinspektor Barbarotti. Da ist heute also eine Patience aufgegangen. Schließlich doch noch.

Vielleicht.

Am nächsten Morgen traf er bereits am Fahrradständer Eva Backman.

»Mir ist heute Nacht etwas klar geworden«, gab er zurückhaltend zu.

Eva Backman nickte. »Mir auch«, sagte sie. »Ich bin zuerst dran. Ich glaube, dass es eine der drei anderen Annas ist, auf die wir uns konzentrieren sollten.«

»Wie zum Teufel?«, rief Barbarotti.

»Ja, lass mich erklären«, sagte Backman. »Wenn es nämlich so ist …«

»Hör auf mit deinen Erklärungen!«, unterbrach Barbarotti sie. »Das ist genau die gleiche Sache, auf die ich auch gekommen bin. Du brauchst gar nicht weiterzureden. Wir können all diese Gespräche abblasen, und wenn es jemanden gibt, den wir beschützen sollten, dann die Annas, die wir gestern nicht gefunden haben.«

»Nein«, widersprach Eva Backman. »Das geht nicht. Wir können diese armen Frauen nicht noch ein drittes Mal anrufen. Larsson und Killander sollen mit ihnen reden, wir bereiten eine Liste von Fragen vor, schaden kann es ja nicht. Außerdem sind es nur acht. Aber kein Wort von dem Brief. Sie dürfen nicht ahnen, worum es sich handelt.«

Barbarotti dachte nach. »All right«, sagte er. »Ist vielleicht was dran. Aber du und ich, wir werden uns die übrigen drei vornehmen.«

Gerade als sie das Gebäude betreten wollten, legte sie ihm für einen Moment die Hand auf den Arm. »Gunnar«, sagte sie. »Ich habe so ein blödes Gefühl im Leib. Ich glaube ... ich glaube, das ist ein ungewöhnlich ekliger Typ, mit dem wir es dieses Mal zu tun haben.«

Er blieb stehen und betrachtete sie. Stellte plötzlich zwei Dinge fest.

Zum einen hatte er sie noch nie etwas Ähnliches sagen hören.

Zum anderen hatte sie absolut recht.

»Sehr gut möglich«, sagte er. »Aber wir werden es auf jeden Fall herauskriegen.«

Die nicht aufzufindenden Annas schrumpften bereits um Viertel vor neun von drei auf zwei. Polizeianwärter Molin klopfte höflich an Barbarottis Tür und teilte mit, dass er zu einer gewissen Anna Eriksson, 42, Kontakt bekommen habe, die sich mit Ehemann und Kindern auf den Lofoten in Urlaub befand. Es gab offenbar ein wenig Hickhack mit dem Mobilnetz dort oben, aber jetzt saß sie in einem Café in der Hauptstadt Svolvær und hatte offensichtlich Empfang. Was man denn wolle?

Darauf war Molin nicht näher eingegangen, die Polizei suche

nach jemandem ihres Namens, aber da sie ja momentan nicht daheim in Kymlinge sei, könne sie nicht die Betreffende sein.

Das konnte man doch wohl voraussetzen?, wollte Molin wissen. Dass es nicht die Anna war, um die es ging. Barbarotti erwiderte, dass er das denke, und bedankte sich. Der Anwärter verschwand wieder auf dem Flur.

Blieben noch zwei.

Die eine war eine Anna Eriksson aus dem Grimstalundsvägen 32. Sie war sechsundfünfzig Jahre alt, geschieden, mit zwei erwachsenen Kindern, lebte allein, arbeitete normalerweise als biomedizinische Assistentin im Krankenhaus, befand sich jetzt aber in ihrer dritten Urlaubswoche und hatte noch eine vor sich. Sie hatte ein Handy, war aber seit zwei Tagen nicht mehr drangegangen.

Anna Eriksson Nummer zwei war vierunddreißig Jahre alt und hatte ihre Adresse in der Skolgatan 15. Laut Informationen arbeitete sie in einem Werbebüro, das Sfinx hieß, das jedoch bis Anfang August geschlossen hatte. Sie war nicht verheiratet, und da ihre Wohnung nur ein Zimmer hatte und knapp vierzig Quadratmeter maß, konnte man annehmen, dass sie allein lebte.

»Skolgatan 15 ist ja nur drei Minuten von hier«, stellte Eva Backman fest, die die letzte halbe Stunde bei ihm im Büro gehockt hatte. »Ich geh mal rüber und frag bei den Nachbarn nach. Empfiehlt sich wahrscheinlich zu tun, bevor sie aufs Land abhauen.«

Gunnar Barbarotti nickte und warf einen Blick aus dem Fenster.

Sie hatte recht. Es eilte.

»Tu das«, sagte er. »Aber ich nehme an, dass es ein wenig zu früh ist für eine Hausdurchsuchung?«

»Vielleicht ist sie ja zu Hause?«, erwiderte Eva Backman optimistisch. »Vielleicht haben wir nur eine alte Telefonnummer. Ich mache anschließend mit Grimstalundsvägen weiter, oder?«

»Tu das«, wiederholte Barbarotti und krempelte die Hemdsärmel hoch. »Ich halte so lange hier die Stellung.«

Wie sich erwies, bedeutete dies an diesem Vormittag drei Stunden währende Besprechungen und Berichte. Sowohl Astor Nilsson als auch Profiler Lillieskog waren dabei, offenbar wohnten sie beide im Hotel Kymlinge. Kommissar Asunander befand sich den größten Teil der Zeit ebenfalls vor Ort im Konferenzraum, äußerte sich aber kein einziges Mal. Stand nur in der Ecke, lutschte an seinen Zähnen und überwachte die Veranstaltung, so sah es zumindest aus, mit einem verbitterten, undurchdringlichen Gesichtsausdruck. So sieht man wahrscheinlich bei der Beerdigung seiner Schwiegermutter aus, dachte Barbarotti irgendwann.

Als Erster war Gerichtsmediziner Kallwrangel an der Reihe. Bis vor einem Jahr hatte er Karlsson geheißen, und wie das Registrierungsamt seinen neuen Namen hatte gutheißen können, war eine Frage, die einige im Präsidium heftig beschäftigt hatte. Es war sogar ein Leserbrief in der Mitarbeiterzeitung unter dem Pseudonym Ballwinckel erschienen. Aber nicht die Namensfrage stand dieses Mal auf der Tagesordnung. Kallwrangel erklärte fünfundzwanzig Minuten lang umständlich, was alle im Großen und Ganzen bereits wussten; nämlich dass der sechsunddreißigjährige Erik Bergman früh am Dienstagmorgen unten beim Kymlingebach in Höhe von Tillgrens Gärtnerei in Folge von fünf Messerstichen, von denen mindestens zwei tödlich gewesen waren, gestorben war und dass er vermutlich bereits bewusstlos gewesen war, als es zum letzten Stich kam. Was den Täter betraf, war es nicht möglich, von den Wunden am Körper des Toten sichere Schlussfolgerungen zu ziehen, aber es erschien ziemlich wahrscheinlich, dass der Betreffende eine gewisse Körperstärke besaß, und mindestens ebenso wahrscheinlich, dass er (oder möglicherweise, aber nicht wahrscheinlich, auch eine *sie*) Rechtshänder war. Es gab keinerlei Anzeichen für einen Kampf, der Mörder hatte nichts am Körper des Opfers hinterlassen, was dazu dienen konnte, ihn per DNA zu identifizieren. Der Zeitpunkt der Tat konnte eingegrenzt werden zwischen 06.40 und 06.50 Uhr, die Leiche wurde bekanntermaßen um 06.55 Uhr gefunden.

Der weitere Teil von Kallwrangels Ausführungen widmete sich der Frage, wie das Messer Bergmans Körper an den verschiedenen Stellen penetriert hatte, und einer möglichen Einschätzung hinsichtlich des Aussehens des Messers. Einschneidig, gerade Klinge, scharf geschliffen, zwischen fünfzehn und achtzehn Zentimeter lang, höchstens dreieinhalb Zentimeter an der breitesten Stelle breit.

»Typ Küchenmesser?«, wollte Astor Nilsson wissen.

»Typ Küchenmesser«, bestätigte Kallwrangel, und nachdem niemand weitere Fragen hatte, überließ er dem Leiter der Spurensicherung das Wort, der immer noch Carlsson hieß, wenn auch mit C.

Carlsson begann mit einer Beschreibung des Tatortes. Das Ergebnis war ziemlich mager, wie er erklärte. Nichts, was einen Hinweis auf die Identität des Täters hätte geben können, war gefunden worden. Das unbeschnittene Buschwerk, das bis an den Tatort heranwuchs, zeigte an einigen Stellen Zeichen, dass es niedergetrampelt worden war, möglicherweise hatte der Mörder sich dort versteckt gehabt, während er auf sein Opfer wartete, aber mehr war zum jetzigen Zeitpunkt nicht zu sagen. Es waren auch keine fremden Partikel auf Bergmans Kleidung gefunden worden – einer kurzen Hose und einem T-Shirt mit einer Reklame für seine Firma Informatex. Vermutlich hatte derjenige, der Erik Bergman ums Leben gebracht hatte, ihn gar nicht berühren müssen. Bis auf die Messerklinge, natürlich. Fünfmal.

Anschließend ging Carlsson zu den beiden Briefen über. Sie befanden sich zwar momentan für eine genauere Analyse im Kriminaltechnischen Labor in Linköping, aber es gab dennoch einiges über sie zu sagen. Es waren keine Fingerabdrücke gefunden worden, weder auf dem Umschlag noch auf dem Brief selbst, und der Briefschreiber hatte auch nicht seinen Speichel benutzt, um die Briefmarke festzumachen, da es eine dieser modernen, selbstklebenden Dinger war. Im Umschlag hatte sich ein winzig kleines Partikelchen befunden, das möglicherweise das Haar einer Katze sein konnte. Oder eher ein kleiner Teil eines Katzenhaares, aber nähere Auskünfte in dieser Sache sollten hoffentlich im Zusammenhang mit dem Bericht aus Linköping eintreffen.

»Eine Katze?«, fragte Gunnar Barbarotti.

»Hm, ja«, sagte Lillieskog. »Es ist nicht ungewöhnlich, dass dieser Typ von Täter sich ein Haustier hält.«

»Danke«, sagte Barbarotti. »Mach weiter.«

Hauptkommissar Carlsson machte weiter. Papier und Umschlag, die der Mörder benutzt hatte, gehörten zur normalsten Sorte, zumindest in Schweden. Der Stift war vermutlich ein Pilot Kaliber 0,7, genau wie man schon vermutet hatte. Was die Frage betraf, wo die Briefe aufgegeben worden waren, so war es nicht gerade unwahrscheinlich, dass es sich um Göteborg handelte. Beide Male.

»Nicht gerade unwahrscheinlich?«, wunderte Astor Nilsson sich.

»Genau«, nickte Carlsson. »Linköping wird sich zu dieser Frage auch noch äußern.«

»Aha«, stellte Barbarotti fest. »Sonst noch etwas von den Technikern?«

Das gab es nicht. Stattdessen ging man zu dem über, was die Gespräche mit Erik Bergmans Bekannten, Verwandten und Nachbarn gebracht hatten. Es waren sechsunddreißig sogenannte Gespräche geführt worden, und um alle in eine einigermaßen begreifliche Übersicht zu bringen, hatte Inspektor Gerald Borgsen, alias Sorgsen, sich die Mühe gemacht, jedes Band abzuhören und die Protokolle noch einmal zu lesen, die geschrieben worden waren. Wie er das geschafft hatte, war ein Rätsel, aber um Sorgsen gab es das Gerücht, dass er alles in allem sowieso ein einziges Rätsel war. Zurückhaltend und wortkarg und ein wenig schwer zugänglich und – wie gesagt – ein wenig »sorgsen«, schwermütig.

Das brauchte fast eine Stunde, und das Bild von Erik Bergman wurde möglicherweise ein wenig deutlicher. Selbst in seinem engsten Freundeskreis – drei, vier andere Junggesellen, mit denen er gern in die Kneipe ging – wurde bestätigt, dass schwer an ihn heranzukommen war. In gewisser Weise ein Einzelgänger, war bemerkt worden, obwohl er doch einen ziemlich großen Teil seines Lebens in öffentlichen Lokalen verbracht hatte. Nicht einmal, wenn er betrunken war, was ab und zu vorkam, hatte er etwas von sich preisgegeben. Um das zu verdeutlichen, zitierte Sorgsen einen gewissen Rasmus Palmgren, der Bergman bereits seit der ersten Klasse gekannt hatte: »Man wusste irgendwie nie so recht, woran man bei ihm war. Man hatte fast immer das Gefühl, als wäre er lieber woanders. Man wusste nie genau, was er dachte.« Erik Bergman war nicht geizig gewesen, und wenn Sorgsen eine These wagen sollte, dann war es wohl gerade diese Eigenschaft, die ihn so problemlos im gesellschaftlichen Leben verkehren ließ. Er hatte immer genügend Geld und lud oft andere ein, das bezeugten viele. Was denkbare Feinde betraf – Leute, die auf die Idee kommen konnten, fünfmal mit einem Messer auf ihn einzustechen –, so hatte niemand auch nur den kleinsten Tipp zu präsentieren. Erik war nie dafür bekannt gewesen, Streit zu suchen; wenn es zu einem Handgemenge kam oder die Stimmen lauter wurden, zog er sich immer lieber zurück. Ein besonderer Frauenheld war er wohl auch nicht gewesen. Er war nicht interessiert an Frauen, wie Palmgren erklärt hatte, und die Frauen waren nicht interessiert an ihm. War er homosexuell gewesen? Mehreren Interviewten war diese Frage gestellt worden, aber keiner hatte eindeutig mit Ja geantwortet. Andererseits hatte es auch niemand für hundertprozentig unmöglich gehalten. Woraus zu folgern war, dass Erik Bergman ziemlich diskret mit seinem Sexualleben umgegangen war – wenn er denn eines gehabt hatte –, genauso diskret wie mit allem anderen.

»Der Mann ohne Eigenschaften?«, fragte Astor Nilsson.

»In gewisser Weise schon«, stimmte Sorgsen zu, und Gunnar Barbarotti hätte schwören können, dass eine leichte Röte das Gesicht des Inspektors überzog. Das war eine Bezeichnung, die in vielerlei Hinsicht auch auf ihn selbst hätte zutreffen können. Und offensichtlich bemerkte er das auch.

Die Frau, mit der Erik Bergman vor zehn Jahren einige Monate lang zusammengelebt hatte, hatte man nicht erreicht, erklärte Sorgsen. Ihr Name war Ulrika Sigridsdotter, und einige der Befragten wussten zu berichten, dass sie, kurz nachdem sie und Erik sich getrennt hatten, ins Ausland gezogen war.

Sorgsen fuhr mit seiner Zusammenfassung noch weitere zwanzig Minuten fort, aber währenddessen begann Gunnar Barbarotti sein Konzentrationsvermögen zu verlieren.

Wenn der Mörder ihn nun doch zufällig ausgesucht hat, dachte er.

Wozu dient es dann, dass wir hier sitzen und den Toten durchlöchern?

Wenn es gar keine logische Verknüpfung zwischen dem Mörder und dem Opfer gab?

Wenn es ebenso gut jemand anderes hätte treffen können?

Allein der Gedanke an eine derartige Beliebigkeit war irgendwie unbehaglich, dachte Barbarotti, es war etwas, das er aus irgendeinem Grund nur schwer ertragen konnte. Weil diese Lösung … ja, was enthielt? Eine unwiderrufliche Wahrheit über das Leben und dessen Zerbrechlichkeit? Dass es letztlich jeden als Nächstes treffen konnte? Heute rot, morgen tot, der Abstand zwischen leben und nicht mehr leben konnte in Millimetern und Bruchteilen von Sekunden gemessen werden, man konnte Prognosen machen und fast hundertprozentige Wahrscheinlichkeitsberechnungen aufstellen, aber wenn man eines Tages dort im Land der Dämmerung lag, dann konnte das nur heißen, dass irgendeine der Berechnungen schiefgelaufen war. Oder nicht? Auch wenn die Anzahl der Mordopfer in diesem Land Jahr für Jahr ziemlich konstant blieb, so bedeutete das nicht, dass das jeweilige Opfer, Erik Bergman zum Beispiel, das Resultat irgendeiner Form von funktionierendem Prinzip war. Der Tod war das einzig Sichere, und dennoch kam er immer wie eine Überraschung. Jedenfalls fast immer.

Ich kann beispielsweise nicht mit Sicherheit sagen, ob Marianne in diesem Moment am Leben ist, dachte er mit plötzlicher Panik – und dann fiel ihm ein, dass es Donnerstag war und dass heute ihre Kinder mit einem Handy nach Gotland kommen sollten. Fast in der gleichen Sekunde wurde ihm bewusst, dass er nicht wusste, welche Nummer es hatte. Vielleicht war es eines der Apparate der Teenager, nicht Mariannes eigenes? Aber er würde einfach ihre Nummer versuchen, natürlich würde er das, es schadete ja nichts, es zu probieren; auf jeden Fall wollte er dafür sorgen, dass sein Handy den ganzen Tag eingeschaltet und erreichbar war, damit er nicht ihren ersten Anruf verpasste. Übrigens hätte er nicht übel Lust, genau jetzt den Konferenzraum zu verlassen und einen Versuch zu unternehmen, vielleicht waren sie ja schon mit der frühen Morgenfähre gekommen? Wenn es denn so etwas gab.

Ich frage mich, wie wohl mein Leben in genau fünf Jahren aussehen wird?, dachte er dann ohne Vorwarnung. Bin ich dann mit Marianne verheiratet? Und wo werde ich wohnen? Ich kann sie ja wohl nicht dazu bringen, nach Kymlinge zu ziehen? Andererseits, was hält mich hier eigentlich? Nichts. Meine Kinder sind ausgeflogen, ich bin frei wie ein Vogel, mich an jedem Fleck auf der Welt niederzulassen.

Und so – während Sorgsen weiterredete – kullerten die Gedanken weiter wie ein Schneeball einen Hang hinunter.

Werde ich in fünf Jahren überhaupt noch Polizist sein? Warum nicht stattdessen ein bisschen weitermachen mit der Juristerei?, jetzt habe ich ja wohl genug von der Kehrseite gesehen … aber Staatsanwalt scheint auch nicht besonders cool zu sein. Da braucht man sich nur Dum-Ramundsen oder Sylvenius anzuschauen, finsterere Typen muss man erst mal finden, übrigens ist ja gar nicht gesagt, dass ich in fünf Jahren noch am Leben bin … wie gesagt, habe ich nicht genau darüber gerade eben erst nachgedacht? Würde mich nicht wundern, wenn ich während Carlssons Vortrag einen leichten Schlaganfall gehabt habe, die können ja ganz unmerklich ablaufen, und man soll nur nicht glauben, dass man davor sicher ist, nur weil man noch keine fünfzig ist …

Als Sorgsen seinen Bericht endlich abschloss, indem er erklärte, dass mehrere wichtige Verhöre noch ausstanden und dass alle Abschriften in den üblichen Dateien zu finden seien, lag die Gedankenaktivität in Gunnar Barbarottis Gehirn nur leicht über dem Nullpunkt. Vielleicht auch leicht darunter. Er hatte alle Mühe, die Augen offen zu halten, und das konnte er sich nur dadurch erklären, dass es eine Art Jetlag im Zusammenhang mit der Heimreise von Gotland gegeben haben musste.

Hinzu kam, dass er im Augenblick vermutlich nicht der effektivste Kriminalpolizist der Welt war.

9

In meinem Kopf stimmt etwas nicht. Ich packe diese Besprechungen nicht mehr.«

Eva Backman schaute ihn mit einem bösen Lächeln an. »Ich stimme dir zu, dass in deinem Kopf etwas nicht stimmt. Aber ich fürchte, es hat nichts damit zu tun, dass du eine dreistündige Besprechung nicht mehr packst.«

»Nicht?«, fragte Barbarotti. »Nun ja, wenn die Inspektorin das sagt, gut. Wie ist es mit den Annas gelaufen?«

»Möglicherweise werde ich die eine heute Nachmittag erwischen«, erklärte Backman. »Die vom Grimstalundsvägen. Es ist nicht ausgeschlossen, dass sie sich in Värmland mit einem heimlichen Geliebten aufhält. In der Nähe von Grums.«

»Warte mal«, sagte Barbarotti. »War sie nicht sechsundfünfzig Jahre alt und alleinstehend? Warum sollte sie es nötig haben, heimlich ...?«

»Du hast Vorurteile«, unterbrach Backman ihn. »Außerdem ist die Heimlichtuerei natürlich das Salz in der Suppe, das sollte man begreifen, auch wenn bei einem im Kopf etwas nicht stimmt. Aber in diesem Fall ist es so, dass der Liebhaber verheiratet ist.«

»Weit entfernt von Grums?«

»Weit entfernt von Grums.«

Gunnar Barbarotti lehnte sich auf seinem Stuhl zurück und überlegte. »Interessant«, sagte er. »Was die Leute doch für spannende Leben leben, man würde es gar nicht glauben ... ich meine, in so hohem Alter. Zumindest bietet unser Job uns doch gewisse Einblicke.«

Inspektorin Backman seufzte.

»Wenn wir jetzt mal versuchen könnten, uns ein wenig zu konzentrieren«, schlug sie vor, »dann ist es also so, dass ich das in ein paar Stunden bestätigt kriege. Vielleicht auch mit ihr reden kann. Mit der anderen Anna dagegen läuft es schlechter.«

»Schlechter?«, fragte Barbarotti.

»Genau genommen überhaupt nicht. Ich habe mit ein paar Nachbarn gesprochen, sie wohnt in der Skolgatan in einem der Mietshäuser, in der Gegend haben sie ziemlich guten Kontakt untereinander… und mit einer Freundin von ihr, und das ist es, was mich beunruhigt.«

»Wieso?«, fragte Barbarotti, holte einen Stift und einen Block heraus und begann sich Notizen zu machen. »Was beunruhigt dich?«

»Dass die Freundin und Anna sich so halb und halb verabredet hatten, diesen Freitag nach Gotland zu fahren… also morgen… und sie hat die ganze Woche nichts von sich hören lassen. Seit Sonntag nicht.«

»Gotland?«, fragte Barbarotti.

»Du bist nicht der Einzige, der im Sommer nach Gotland fährt, falls du das angenommen hast«, informierte Backman ihn geduldig. »Auf jeden Fall fand diese Freundin es merkwürdig, dass sie keinen Kontakt zu dieser Anna bekommen hat. Und als ich sie gefragt habe, was denn ihrer Meinung nach der Grund dafür sein kann, da hat sie geantwortet, dass es an diesem schrecklichen Conny liegen müsse.«

»Conny?«

»Du wiederholst die ganze Zeit ein Wort von dem, was ich gesagt habe, und setzt ein Fragezeichen dahinter, ist dir das schon mal aufgefallen?«

»Mach ich gar nicht«, widersprach Barbarotti. »Aber ich bin ein bisschen müde. Wer ist also dieser Conny?«

»Ein Kerl, mit dem sie offensichtlich hin und wieder zusammen war. Ein Freund oder wie du es nennen willst. Sie haben wohl in letzter Zeit ein wenig Streit gehabt. Es sei ihr ein Rätsel, wieso Anna überhaupt mit so einem Arschloch zusammen sein wolle, behauptete die Freundin.«

»Ich verstehe. Und was sagt das Arschloch Conny selbst dazu?«

»Ich habe ihn noch nicht zu fassen gekriegt«, stellte Eva Backman mit einem erneuten Seufzer fest. »Er heißt Conny Härnlind. Ist selbstständig in der Sanitärbranche tätig. Der Betrieb ist die Ferien über geschlossen, er hat drei Telefone, ich habe auf allen dreien eine Nachricht hinterlassen.«

»Gibt es irgendeinen Zusammenhang zwischen Härnlind und Bergman?«

»Bisher habe ich keinen gefunden.«

»Na gut«, sagte Barbarotti. »Dann können wir also mit anderen Worten nur dasitzen und warten, dass das Telefon klingelt.«

»Genau«, sagte Backman. »Du hast nicht zufällig ein nettes Gesellschaftsspiel dabei, mit dem wir uns die Zeit vertreiben können?«

Nachdem Eva Backman ihn verlassen hatte – weil er nicht einmal ein Kartenspiel in seinem Büro hatte oder aus anderen Gründen –, dauerte es nur eine Minute, bis Astor Nilsson mit einem Papier hereinkam.

»Entschuldigung, hochverehrter Herr Kollege«, sagte er. »Aber hier kommt eine einigermaßen wichtige Information im Fall.«

»Ausgezeichnet«, sagte Barbarotti. »Lass hören.«

Astor Nilsson räusperte sich. »Nicht weniger als zwei unserer Zeugen haben Erik Bergman während seiner Joggingtour an jenem schicksalsschweren Morgen gesehen.«

»Sieh einer an«, sagte Barbarotti.

»Der eine Zeuge ist ein Jogger, der ihn schätzungsweise um 06.20 Uhr in Höhe der Zugbrücke gesehen hat, der andere ein Jogger, der ihm um 06.25 Uhr in Höhe des Wasserturms begegnet ist. Keiner von ihnen hat etwas an Bergman bemerkt, was darauf hätte hindeuten können, dass er im Begriff stand, ermordet zu werden.«

»Zu hohe Geschwindigkeit senkt das Beobachtungsvermögen«, sagte Barbarotti. »Das weiß ich aus eigener Erfahrung. Haben sie sonst noch etwas gesagt?«

»Leider nicht. Es wäre ja interessant gewesen, wenn sie noch jemand anderen auf der Strecke in der Nähe des Tatorts gesehen hätten, aber das haben sie leider nicht. Keiner von beiden.«

»Aber sie sind also beide an ihm vorbeigelaufen?«

»Ja, eine Viertelstunde vorher beziehungsweise zehn Minuten vorher.«

»Und da kann der Mörder schon gelauert haben?«

»Wenn nicht, war er auf jeden Fall auf dem Weg dorthin«, sagte Astor Nilsson. »Aber sie haben jedenfalls nichts gesehen, diese Bettflüchter. Schade, findest du nicht auch?«

»Setz dich«, sagte Barbarotti. »Wie kommt es eigentlich, dass du an uns ausgeliehen worden bist? Ich meine …«

»Ich werde immer ausgeliehen«, erklärte Astor Nilsson freundlich und setzte sich. »So läuft das seit zwei Jahren. Ich war in einem Fall anderer Meinung als mein Chef, und er konnte es nicht vertragen, dass ich Recht hatte. Er kann mich natürlich nicht rausschmeißen, aber sobald im Umkreis von zwanzigtausend Kilometern um Göteborg Verstärkung benötigt wird, rücke ich aus. Und wenn ich ehrlich bin, dann habe ich gar nichts dagegen. Man kommt herum.«

»Aber du bist Kommissar?«

»Ja.«

Gunnar Barbarotti betrachtete ihn. Die Frustration, die er nach dem gestrigen Vormittag mit Asunander gezeigt hatte, schien Astor Nilsson jetzt abgeschüttelt zu haben. Er machte fast einen gutmütigen Eindruck, wie er da auf dem Besucherstuhl saß, das eine Bein über das andere geschlagen, die nackten Füße in den Sandalen auf und ab wippend. Sonnengebräunt, kurz geschnittenes, etwas schütteres Haar und ein Korpus, der so um die hundert Kilo wiegen musste. Ohne dass er fett wirkte. Ein harmonischer Widder, beschloss Barbarotti. Ein Fünfundfünfziger, der schon das eine und andere im Leben durchgemacht hatte.

»Was hältst du eigentlich von der Sache?«

Astor Nilsson breitete die Arme aus.

»Weiß der Teufel«, sagte er. »Aber es gefällt mir nicht. Etwas von der Sorte ist mir noch nie untergekommen. Und man hat ja schon einiges gesehen.«

Barbarotti nickte. »Und wie sollen wir deiner Meinung nach vorgehen? Gibt es etwas, was wir übersehen haben?«

Astor Nilsson zuckte mit seinen kräftigen Schultern. »Ich denke nicht. Ich gebe es ja nicht gern zu, aber irgendwie laufen wir ja doch herum und warten auf Opfer Nummer zwei. Es müsste einen Zusammenhang zwischen Bergman und einer von diesen Annas geben.«

»Genau«, sagte Barbarotti. »Und wenn ich Inspektorin Backman richtig verstanden habe, dann ist sie gerade dabei und kreist die richtige ein.«

»Die richtige Anna?«

»Ja. Aber sie ist seit ein paar Tagen nicht mehr gesehen worden, man kann also so seine Vermutungen haben.«

»Verdammte Scheiße«, sagte Astor Nilsson. »Na, zumindest scheint es hier im Haus effektiv vor sich zu gehen.«

»Nun ja«, zögerte Barbarotti. »Vielleicht manchmal. Aber wir sind noch überhaupt nicht sicher, ob wir auf dem richtigen Weg sind. Es kann sich auch ebenso gut herausstellen, dass es eine der anderen ist.«

»Oder eine aus Edsbyn oder Kuala Lumpur?«

»Zum Beispiel. Ich glaube nicht, dass wir einen Grund zum Optimismus haben.«

Das hatte man auch fünf Stunden später nicht, wie Gunnar Barbarotti feststellen konnte, als er sein Fahrrad aus dem Fahrradständer im Innenhof des Polizeireviers herausholte. Es war Viertel vor acht, es war ein ungemein schöner Sommerabend, und eine Anna Eriksson aus der Skolgatan war den ganzen Nachmittag nicht aufgetaucht. Und das Sanitärarschloch Conny hatte sich trotz Ermahnungen auch nicht mit der Polizei in Verbindung gesetzt, aber das waren nicht die Dinge, die Inspektor Barbarotti am meisten bekümmerten.

Er hatte nichts von Gotland gehört.

»Du siehst finster aus«, bemerkte Eva Backman.

»Das Leben ist ein schlechter Scherz«, sagte Barbarotti.

»Fahr nach Hause und ruf Marianne an«, schlug Backman fröhlich vor. »Dann wirst du sehen, wie deine Lebensgeister wiederkommen.«

»Danke für den Tipp«, sagte Gunnar Barbarotti. »Aber hast du nicht ab Montag Urlaub?«

Sie schüttelte den Kopf. »Um eine Woche verschoben. Ville fährt mit den Jungs ins Ferienhaus, ich komme dann am nächsten Freitag nach.«

Sie radelten los, Seite an Seite. Sie klingt überhaupt nicht unzufrieden über dieses Arrangement, registrierte Barbarotti etwas verwundert, und dann dachte er, dass ihre jeweilige Lebenssituation sich deutlich voneinander unterschied. Seine und Eva Backmans. Zwar waren sie beide ungefähr gleich alt, sie waren beide Kriminalinspektoren, und sie hatten beide drei Kinder.

Nur dass seine eigenen Kinder sich an diesem milden Abend weit außerhalb seiner Reichweite befanden. Eins in London, zwei in Kopenhagen. Plötzlich erschienen sie schmerzhaft weit weg. Eva Backman würde in nicht einmal zehn Minuten ihr

Reihenhaus betreten und alle ihre drei Kinder treffen. Ihren Mann außerdem auch. Ja, das war schon etwas anderes.

»Woran denkst du?«, fragte sie.

»An nichts Besonderes«, antwortete er. »Ich biege hier ab, wir sehen uns morgen.«

»Schlaf gut und hab schöne Träume«, sagte Inspektorin Backman und warf ihm eine Kusshand zu.

Genau, dachte er. Einsame Menschen sollten das Recht darauf haben. Auf ein reiches Traumleben in Ermangelung alles anderen.

Es war Viertel nach zehn, als sie anrief. Als er ihre Stimme hörte, wusste Gunnar Barbarotti plötzlich, was für ein Gefühl es sein musste, in letzter Sekunde vor dem Ertrinken gerettet zu werden. Gleichzeitig fürchtete er den Gefühlsschwall, der ihn überrollte; das Blut hämmerte in den Schläfen, und die Zunge klebte am Gaumen. Marianne ihrerseits dagegen klang vollkommen ruhig und normal.

Was ist mit mir los?, dachte er entsetzt. Schau dir nur die Hand an, die den Hörer hält, wie sie zittert!

Marianne erklärte ihm, dass leider etwas mit dem Handy nicht stimmte, das die Kinder mitgebracht hatten, deshalb hatte es so lange gedauert, bis sie von sich hören ließ.

»Dann stehst du also in Hagmunds und Jolandas Küche?«, fragte Barbarotti.

»Stimmt«, bestätigte Marianne. »Es ist etwas spät geworden, aber glücklicherweise waren sie noch nicht ins Bett gegangen. Wie geht es dir?«

»Ich … ich sehne mich nach dir«, sagte Gunnar Barbarotti und schaffte es, zu schlucken.

»Gut. Deshalb soll man sich ja ab und zu mal trennen. Um zu lernen, sich zu sehnen. Habt ihr diesen Briefschreiber schon erwischt?«

»Nein«, gab Barbarotti zu und spürte, dass er überhaupt keine Lust hatte, mit Marianne über die Arbeit zu sprechen. Aber es war natürlich ganz normal, dass sie fragte. Schließlich war ja der Briefeschreiber schuld, dass er Gustabo vorzeitig hatte verlassen müssen. Und deshalb saßen sie jetzt jeder an einem Ende einer Telefonleitung, statt Körper an Körper. »Aber wir arbeiten dran«, sagte er. »Wie geht es dir? Sind die Kinder gut angekommen?«

Sie lachte. »Oh ja. Aber sie waren doch ein wenig enttäuscht, dass sie den Kriminalpolizisten nicht angetroffen haben. Du stehst ziemlich hoch bei ihnen im Kurs, mein Geliebter.«

Ich habe sie hinters Licht geführt, dachte Gunnar Barbarotti. Habe allen dreien Sand in die Augen gestreut. Wie wurde das noch genannt? Das Groucho-Marx-Syndrom? Dieses spezielle Phänomen, dass man sich nicht vorstellen kann, Mitglied in einem Club zu sein, der jemanden wie einen selbst als Mitglied akzeptiert.

»Ach«, sagte er. »Du weißt doch, wie Teenager sind, die wechseln ihre Meinungen öfter als ihre Strümpfe.«

Sie tauschten noch ein Dutzend Sprüche ungefähr der gleichen Qualität aus, dann senkte Marianne ihre Stimme und offenbarte, dass sie einen Eisprung hatte und dass sie wenig Lust hatte, allein in einem Bett zu schlafen, in dem Platz für zwei war. Gunnar Barbarotti erklärte, dass er für seinen Teil zwar keinen Eisprung hatte, aber bereit war, mit ihr an allen noch ausstehenden Tagen seines Lebens – oder besser gesagt, in allen Nächten – in einem Bett zu schlafen, in dem nur Platz war für einen ganz kleinen Hund oder so, und dann kam offenbar Jolanda aus irgendeinem Grund in die Küche. Das war bis nach Kymlinge zu hören. Marianne holte tief Luft, wünschte ihm eine gute Nacht und versprach, sich an einem der nächsten Tage nach Visby zu begeben, um sich ein neues Handy zu kaufen. Möglichst ohne Wissen der Kinder, sie wollte an den Gustaboregeln nicht allzu sehr rütteln.

Als sie aufgelegt hatten, ging Gunnar Barbarotti hinaus und

setzte sich mit einem Bier auf den Balkon. Mein Gott, dachte er. Mir war gar nicht klar, dass sie mir so viel bedeutet. Wenn ich sie verliere, schieße ich mir eine Kugel in den Kopf.

Er blieb eine Weile sitzen, während er sein Bier trank und die Reste des Sonnenuntergangs betrachtete – die Sonne hing wie eine verschmierte, blasse Fata Morgana über Pampas und hinter dem Hochhaus hinten in Ångermanland. Und die Krähen, die in krächzenden Scharen angeflogen kamen, um ihre Schlafplätze auf den Dächern der Stadt und in den Ulmen im Stadtpark einzunehmen, die betrachtete er auch. Sie waren früh dran dieses Jahr, oder? Er hatte die Kräheninvasion immer mit etwas kühleren Herbstabenden verbunden. Ende August und September. Aber natürlich gab es sie das ganze Jahr über, genau wie alle anderen Lebewesen. *A man without a woman,* dachte er dann, aber auch an diesem Abend wollte der Rest des Textes sich nicht offenbaren … *is like a …?*

Als er sein Bier ausgetrunken hatte, gelang es ihm endlich, sich von seinen selbstmitleidigen Betrachtungen loszureißen, so dass er seine Gedanken den laufenden Ermittlungen widmen konnte. Dem Mörder.

Der briefeschreibende Mörder. Es waren natürlich die Briefe, die alles so speziell erscheinen ließen. Die es irgendwie als einzigartig hinstellten. Wenn der Fall nur daraus bestanden hätte, dass sie einen Mann niedergestochen und ermordet aufgefunden hätten, dann hätte das zwar vollen Einsatz bedeutet, aber es hätte nicht dieses Gewicht bekommen. Bis jetzt hatten die Zeitungen den Namen des Toten noch nicht bekannt gegeben, aber er wusste, dass er am nächsten Morgen erscheinen würde. Was vermutlich die richtige Entscheidung war.

Vielleicht wäre es auch die richtige Entscheidung, den Brief und Anna Erikssons Namen bekannt zu geben? Vielleicht konnte man auf diese Art jemanden erreichen, der etwas wusste? Andererseits war es so leicht, Panik zu erzeugen. Und wenn es etwas gab, was die Boulevardzeitungen gern taten, dann das.

Die geheimen Ängste, Frustrationen und Wut aller Menschen projizieren und auf einen Punkt richten, einen Sündenbock. Früher war es eine Volksgruppe, die Juden oder Zigeuner oder Kommunisten, heutzutage waren es Individuen. Beispielsweise ein Minister. Oder ein Schauspieler mit Alkoholproblemen. Oder warum nicht ein ahnungsloser Kriminalinspektor aus Kymlinge? Das funktionierte, seit es Zeitungen gab, und heutzutage, wo doch Vulgarität und das Waschen schmutziger Wäsche zu den Tonarten gehörten, in die alle einstimmten, umso besser.

Und in denen die neuen Silikonlippen einer falschbrüstigen Fernsehblondine eine wichtigere Neuigkeit darstellten als der Völkermord in einem anderen Teil der Welt als Stureplan. Verdammte Scheiße, dachte Gunnar Barbarotti. Ist es in diesem Land jemals anders gewesen? Haben wir jemals eine bessere Boulevardpresse gehabt?

Er fragte sich, wie bewusst sich der Mörder dessen wohl war. Ob er absichtlich seine Briefe schrieb, weil er wusste, dass sie die Arbeit der Polizei erschweren würden. Insbesondere an dem Tag, an dem sie in die Presse kamen. Denn so ist es nun einmal, dachte Barbarotti, während er einen neuen Krähenschwarm beobachtete, der sich nach einer eleganten flugtechnischen Kurve auf dem Dachgiebel der Katedralsskolan niederließ – dass zwei Anhaltspunkte nicht immer besser sind als einer. Insbesondere nicht, wenn der eine vom Mörder selbst gelegt wurde, in der Absicht …

Ja, in welcher Absicht eigentlich?

Das war eine irritierende Frage. Außerordentlich irritierend.

Und wie sollte es mit Anna Eriksson weitergehen?

Noch irritierender.

Hier ist es das Gleiche, stellte Barbarotti fest und verließ den Balkon. Lieber eine irritierende Frage als zwei.

Außerdem waren beide etwas beängstigend, was die Sache

wohl kaum besser machte. Er erinnerte sich an Eva Backmans Hand am Morgen auf seinem Arm. Und an die Tatsache, dass die Briefe an ihn selbst adressiert waren – Kriminalinspektor Gunnar Barbarotti in der Baldersgatan in Kymlinge – eine Tatsache, die natürlich noch beunruhigender war.

Denn was bedeutete das? Bedeutete es, dass er den Täter in irgendeiner Weise kannte? Dass sein Name – wenn sie ihn denn schließlich herausbekämen – sich als bekannt herausstellen würde? Dass der Mörder wusste, an wen er die Briefe schickte, erschien auf jeden Fall ziemlich wahrscheinlich. Oder?

Verdammt noch mal, dachte Gunnar Barbarotti und schaute auf die Uhr. Wenn ich an dem besagten Morgen nicht die Post vom Briefträger angenommen hätte – oder wenn er nur eine Minute später gekommen wäre –, dann könnte ich jetzt ungefähr um diese Uhrzeit neben Marianne in Gustabo ins Bett kriechen. Und ich glaube kaum, dass dadurch die Ermittlungen behindert worden wären.

Rapsfeld, Kühe, Friedhof, Edelwäldchen. In Kymlinge dagegen herrschte ein himmelschreiender Mangel an all dem. Nun ja, einen Friedhof gab es hier natürlich auch.

Mit weiteren ähnlich finsteren Gedanken im Kopf stellte er sich unter die Dusche.

10

Das Sanitärarschloch ist lokalisiert.«

Barbarotti schaute von den Papieren auf.

»Was?«

Es war Freitagmorgen. Er hatte acht Protokolle gelesen, in der Hand hielt er sein neuntes. Es war verfasst worden von einem gewissen Wennergren-Olofsson, seines Zeichens Polizeianwärter. Er drückte sich gern blumig aus, benutzte lieber zwanzig Worte, wo nur drei nötig gewesen wären. Außerdem war er bekannt dafür, dass er der Einzige im Polizeirevier war, der mehr als zehn Sekunden für seine Unterschrift brauchte: Claes-Henrik Wennergren-Olofsson.

»Conny Härnlind«, erklärte Eva Backman und schloss die Tür hinter sich. »Dieser eventuelle Freund von Anna Eriksson in der Skolgatan.«

»Ich kann mich erinnern«, sagte Barbarotti und zwinkerte schnell ein paar Mal, um dem plötzlichen Schwarm an Namen zu entgehen. »Lokalisiert, hast du gesagt?«

»Stimmt. Er befindet sich in Thailand, aber nicht in Gesellschaft von Anna Eriksson. Oder einer anderen Dame übrigens – womit ich auf die Frauen aus Kymlinge und Umgebung anspiele. Er ist vor einer Woche mit einer Bande junger Männer dorthin abgereist, und es ist sicher nicht schwer zu erraten, was sie dort vorhaben.«

»Und wer hat jetzt bitte schön Vorurteile?«, wollte Barbarotti wissen.

»Entschuldigung«, sagte Backman. »Ja, das war vielleicht ein wenig übereilt, sicher sind sie dorthin geflogen, um sich über Philatelie und ökumenische Fragen zu unterhalten. Auf jeden Fall ist unsere Anna immer noch verschwunden. Ich habe mit ihrer Mutter gesprochen, sie weiß auch nichts, und normalerweise telefonieren sie mehrmals in der Woche miteinander. Sie wohnt in Jönköping. Beunruhigend ist dabei ...«

»Ja?«

»Beunruhigend ist, dass sie offenbar auch ihrer Mutter gesagt hat, dass sie nach Gotland fahren will. Und zwar heute.«

»Und wann hat sie ihr das gesagt?«

»Am Sonntagabend. Die Mama hat im Laufe der Woche dreioder viermal versucht, mit ihr zu telefonieren, sie aber nie erwischt ... ja, ich weiß nicht.«

»Verflucht noch mal«, sagte Gunnar Barbarotti. »Das klingt nicht gut. Hat sie ein Handy?«

»Ja.«

»Wir müssen überprüfen lassen, ob sie es irgendwann in der Woche benutzt hat. Ich glaube ...«

»Ich war deshalb eben bei Sorgsen. Ich glaube, er hat schon Kontakt mit dem Anbieter.«

»Gut«, sagte Barbarotti. »Dann werden wir heute Nachmittag Bescheid kriegen, wenn wir Glück haben. Wenn eine alleinstehende Frau ihr Handy im Urlaub vier Tage lang nicht benutzt, dann bedeutet das, dass etwas nicht stimmt.«

Er fragte sich, ob Eva Backman nun im Umkehrschluss etwas hinsichtlich Vorurteilen sagen würde – hatte es fast gehofft –, doch das tat sie nicht. Schade, dachte er. Sie weiß auch, worauf das hinausläuft.

»Wir können uns ebenso gut schon mal auf eine Hausdurchsuchung vorbereiten, oder was meinst du?«, schlug sie stattdessen vor. »Wenn wir .... nun, wenn wir diese Art von Information vom Anbieter bekommen.«

Diese Art von Information?, dachte Gunnar Barbarotti, als sie das Büro verlassen hatte. Ja, so konnte man die Sache natürlich auch ausdrücken.

Eine feine Schicht sprachlichen Balsams über eine schmerzliche Wirklichkeit. Aber es war nicht üblich, dass Eva Backman sich auf diese Art und Weise äußerte.

Was sicher auch etwas zu bedeuten hatte, wie man vermuten konnte. Er erinnerte sich wieder an die Hand, die sie ihm auf den Arm gelegt hatte.

Seufzte und widmete sich wieder Polizeianwärter Wennergren-Olofssons bedeutend blumigerer Prosa.

Gegen zwei Uhr am Freitagnachmittag verließen Astor Nilsson und Profiler Lillieskog das Polizeirevier von Kymlinge. Astor Nilsson, um nach dem Wochenende zurückzukommen, Lillieskog dann, wann man ihn rief.

»Ich habe heute Vormittag mit vier von Bergmans Bekannten intensivere Gespräche geführt«, erklärte Astor Nilsson, als sie sich bei vier Tassen Kaffee und vier Tiefkühl-Kopenhagenern unten in der Kantine verabschiedeten. »Wie verabredet. Und ich schwöre beim Grabe meiner Mutter, dass keiner von ihnen auch nur die geringste Ahnung hat, was hinter dem Mord steckt. Keiner von ihnen ist ein Musterknabe, aber wenn man den Mist ein wenig abkratzt, bleibt die Tatsache bestehen: Erik Bergmans Mörder ist nicht in seinem Bekanntenkreis zu finden. Wir können aufhören, dort zu suchen.

»Wir haben noch ein paar, die verreist sind, oder?«, fragte Backman.

»Stimmt«, sagte Astor Nilsson. »Den Einwand lasse ich gelten. Aber wenn sie verreist sind, dann können sie ja nicht gleichzeitig daheim sein und Leute erstechen.«

»All right«, sagte Barbarotti. »Lass uns davon ausgehen, dass du Recht hast. Wo sollen wir dann suchen?«

»Im Augenblick habe ich keine Antwort auf deine Frage«,

sagte Astor Nilsson. »Aber ich fahre nach Hause nach Hisingen und werde das Wochenende drüber nachdenken. Wenn mir etwas vor Montag einfällt, lasse ich von mir hören.«

»Ausgezeichnet«, sagte Eva Backman.

»Ihr wisst, wo ihr mich erreichen könnt, wenn ich in irgendeiner Weise helfen kann«, erklärte Lillieskog seinerseits. »Möchte wissen, wann dieser Kopenhagener sein Verfallsdatum hatte.«

»Der gehört zu einer Partie, die vor Einführung des Verfallsdatums hergestellt wurde«, informierte Backman bereitwillig. »Irgendwann in den Sechzigern. Ihr könnt gern andere Leckereien mitbringen, wenn ihr wieder auftaucht.«

Sie schüttelten sich die Hände, wünschten einander ein schönes Wochenende und trennten sich.

»So«, sagte Backman, als sie allein zurückblieben. »Da sind wir die Experten erst einmal los.«

»Genau«, sagte Barbarotti. »Und noch nichts von dem Mobilfunkanbieter?«

Backman schüttelte den Kopf. »Man hat mir versprochen, die Listen vor drei Uhr zu mailen, bis dahin müssen wir uns wohl gedulden. Bist du alle Protokolle durchgegangen?«

Gunnar Barbarotti zuckte mit den Schultern.

»Achtunddreißig von zweiundvierzig zumindest.«

»Und?«

»Nun ja, es ist wohl ungefähr so, wie Astor Nilsson gesagt hat. Es gibt nichts, was uns irgendwie weiterbringt. Ich muss ihm zustimmen, anscheinend kannte der Mörder Erik Bergman nicht besonders gut. Zumindest in der Jetztzeit nicht … es kann natürlich eine alte Geschichte dahinterstecken, das braucht ja immer seine Zeit, bis so etwas an die Oberfläche kommt.«

»Ja, und normalerweise braucht man ja wohl irgendeine Art von Grund, um jemanden zu töten. Aber vielleicht bin ich auch nur ein bisschen altmodisch?«

»Wir wollen es zumindest hoffen«, nickte Barbarotti. »Und

da ist auch nichts von einer Verbindung zu einer der anderen Anna Erikssons. Es geht nicht gerade voran.«

Eva Backman trank ihren Kaffee aus und biss sich auf die Lippen. »Nein, das tut es wahrlich nicht«, sagte sie. »Aber der Mörder muss trotzdem ein wenig über Bergmans Gewohnheiten Bescheid gewusst haben, oder? Er wusste, dass er an diesem Morgen laufen wollte. Er kann sich ja nicht einfach so in die Büsche gestellt und gewartet haben. Worauf weist das hin?«

»Dass er ihn ein paar Tage beobachtet hat vielleicht«, schlug Barbarotti vor. »Hat beispielsweise in einem Auto gesessen und seine Gewohnheiten gecheckt.«

»Und wir haben natürlich die Nachbarn gefragt, ob sie ein verdächtiges Auto im Viertel gesehen haben?«

Gunnar Barbarotti betrachtete eine Fliege, die über seinen nackten Unterarm kroch. »Ich habe nichts in dieser Richtung in den Protokollen gelesen.«

»Gut«, sagte Eva Backman und stand auf. »Nur gut, dass wir nachdenken, bevor wir uns wieder unseren Tätigkeiten widmen. Ich komme zu dir, sobald ich Bescheid von dem Mobilfunkanbieter habe.«

»Tu das«, sagte Gunnar Barbarotti.

Es dauerte nicht mehr als zwanzig Minuten bis dahin, und das Ergebnis war genauso eindeutig negativ, wie er und Backman befürchtet hatten. Anna Eriksson – mit Adresse in der Skolgatan im Bereich Kymlinge und Kunde bei der Telenor – hatte ihr Mobiltelefon seit fünf Minuten nach elf am Dienstagvormittag nicht mehr benutzt. In den gut drei Tagen, die seitdem vergangen waren, hatte sie neunundzwanzig Anrufe erhalten, aber keinen einzigen angenommen. Außerdem sechs SMS, inwieweit die gelesen worden waren, konnte man nicht sagen, aber auf jeden Fall war keine beantwortet worden.

Backman reichte die Liste mit den Anrufern Barbarotti.

»Dienstag um elf Uhr«, sagte sie. »Der erste nicht angenommene Anruf ist um 12.26 Uhr registriert. Was glaubst du?«

»Das ist derselbe Tag, an dem Erik Bergman ermordet wurde«, sagte Barbarotti. »Ich habe den Brief zu Anna Eriksson mit der Post am Mittwoch gekriegt. Er kann … er muss am Dienstag eingeworfen worden sein … in Göteborg vielleicht? Du glaubst doch nicht, dass er tatsächlich … dass er tatsächlich beide am gleichen Tag ermordet hat?«

Er starrte Eva Backman an, als würde er tatsächlich erwarten, dass sie mit einer korrekten Antwort kommen würde – aber sie betrachtete ihn nur mit leerem Blick, den Mund zu einem messerklingenschmalen Strich zusammengekniffen. So saß sie eine ganze Weile da, vollkommen regungslos, die Schultern hochgezogen und die Hände zwischen den Knien, bevor sie reagierte.

»Woher soll ich das wissen?«, fragte sie schließlich. »Was ich allerdings weiß, ist, dass es Zeit ist, der Skolgatan einen kleinen Besuch abzustatten. Wir haben vor einer Stunde die Genehmigung von Sylvenius bekommen.«

Gunnar Barbarotti schaute auf die Uhr. »Kann der passende Abschluss einer Arbeitswoche werden«, sagte er.

Die Wohnung war nicht groß, und sie fanden sie sofort.

Im ersten Bruchteil der ersten Sekunde fühlte Barbarotti eine Art pervertierten Triumph. *Wir hatten recht! Sie war es! Wir waren auf der richtigen Spur!*

Dann spürte er nur noch Ekel und Ohnmacht. Anna Eriksson, 34 Jahre alt, alleinstehend und angestellt im Werbebüro Sfinx in der Fabriksgatan, hatte sich auf keinen Urlaubstrip nach Gotland begeben. Und auch sonst nirgendwohin. Sie lag unter ihrem Bett in ihrer Wohnung in der Skolgatan 15, sie war in zwei schwarze Müllsäcke eingewickelt, der eine von oben, der andere von unten übergezogen, und sie roch nicht gut. Der süßliche Gestank, den ihr toter Körper ausstrahlte, war in der geschlossenen, warmen Wohnung nicht zu verkennen; sie hatten ihn sofort wahrgenommen, als sie die Tür öffneten, und als Barbarotti sich neben dem tadellos gemachten Metallbett im Alkoven hinhockte und die Tatsache konstatierte – und anschließend seinen Rücken streckte –, spürte er eine schnelle Welle von Übelkeit, die gar nicht in erster Linie von dem Anblick herrührte, der sich ihm bot, sondern daher, dass er seit mehr als einer halben Minute die Luft angehalten hatte.

»Mach die Balkontür auf«, instruierte er Inspektorin Backman.

Zwar dauerte es noch gut eine Stunde, bis die beiden Plastiksäcke ordnungsgemäß vom Arzt und den Technikern der Spurensicherung fortgeschafft worden waren – und eine weitere halbe Stunde, bevor die erste vorläufige Identifikation zustande kam (mit Hilfe eines jungen, schockierten Paares in der Wohnung gegenüber) –, aber einen Zweifel daran, wer dort lag, hatte zumindest Inspektor Barbarotti während dieser langen neunzig Minuten nie gehegt.

Eva Backman auch nicht.

Und es herrschte auch nicht viel Zweifel daran, wie Anna Eriksson ums Leben gekommen war. Ihr leicht angeschwollenes, bleiches Gesicht war relativ intakt, aber eingerahmt von einem Oval aus dunklem, eingetrocknetem Blut, das sich über die Schläfen und hinunter über beide Wangen ausbreitete, und als sie sie vorsichtig umdrehten, waren die Schlagspuren an der Schläfe und über dem linken Ohr deutlich zu sehen. Ein stumpfer Gegenstand, dachte Gunnar Barbarotti automatisch und schluckte die Übelkeit hinunter, die in ihm aufstieg. Typ Eisenstange. Typ Baseballschläger. Typ weiß der Teufel was. Er tauschte einen Blick mit Inspektorin Backman und sah, dass sie das Gleiche dachte wie er.

Die Methode. Der Mörder hatte nicht die gleiche Methode benutzt.

Das war ungewöhnlich. Jeder Täter entschied sich eigentlich für eine Vorgehensweise und blieb dann dabei. Schusswaffe oder Messer oder nur die Hände, alles nach Veranlagung und Geschmack. Aber in diesem Fall hatte er also gewechselt. Warum?, dachte Barbarotti. Oder … oder konnte man wirklich sicher sein, dass es sich um ein und denselben Mörder handelte?

Ihm war sofort klar, dass diese technische Frage, die in seinem Kopf plötzlich auftauchte, nur als eine Art Schutz vor dem grotesken Anblick der Frau auf dem Boden dienen sollte.

Denn es hatte ja wohl selten Ermittlungen gegeben, in denen man sich so sicher hatte sein können. Aber die Frage musste dennoch gestellt werden. Zwei Mörder oder einer? Voreilige Schlussfolgerungen waren die gefährlichste Falle überhaupt.

Quatsch, dachte er und wandte den Blick vom Opfer ab. Es ist doch klar wie Kloßbrühe, dass es derselbe war. Oder sollten wir es etwa mit zwei separaten Briefeschreibern mit der gleichen Handschrift zu tun haben? Oder einem vollkommen separaten Briefeschreiber und zwei verschiedenen Tätern? Vergiss es.

»Wie lange?«, gelang es ihm, den Gerichtsmediziner Santesson zu fragen, als dieser sich zufällig streckte und seine Brille geradeschob. »So Pi mal Daumen.«

Santesson schaute ihn von der Seite her an. »Mindestens vierundzwanzig Stunden. Vermutlich länger. Ich nehme an, dass du den Geruch bemerkt hast?«

»Oh ja«, bestätigte Barbarotti. »Dann ist es also nicht unmöglich, dass sie beispielsweise seit Dienstag hier gelegen hat?«

»Dazu möchte ich nichts sagen«, erklärte Santesson. »Aber nichts ist unmöglich.«

Angeber, dachte Gunnar Barbarotti und warf Backman einen fragenden Blick zu. Hatte sie nicht langsam auch genug gesehen?

Das hatte sie offenbar. Sie verließen gemeinsam die Wohnung, und als sie auf den Bürgersteig gekommen waren, blieben sie einen Moment lang im Sonnenschein stehen und blinzelten wie schlaftrunken – als bräuchten sie einige Sekunden, um sich wieder in der Wirklichkeit zurechtzufinden. Dann erinnerte Backman sich daran, wo sie das Auto geparkt hatten, und gab Barbarotti ein Zeichen, sich in Bewegung zu setzen.

Es gab noch so einiges zu tun.

Der Abschluss einer Arbeitswoche hatte sich verwandelt in den Beginn eines langen Arbeitswochenendes.

Es war Viertel nach zehn, als Barbarotti das Polizeigebäude verließ. Mehr als drei Stunden hatte er dagesessen und Einsätze und die Verteilung der Arbeitsaufgaben diskutiert – eine Stunde lang hatte er mit der Presse geredet. Die Neuigkeit von dem Mord in der Skolgatan war auf unbekannten Wegen zu den Journalisten gedrungen, ohne dass die Polizei sie darauf hätte aufmerksam machen müssen, so war es ja meistens, und die provisorische Pressekonferenz war gut besucht gewesen. Nach einer kurzen Beratung hatten sie beschlossen, die Öffentlichkeit noch nicht über die Briefe des Mörders zu informieren; Barbarotti war sich alles andere als sicher, ob das die richtige Entscheidung war, aber wenn man im Zweifel war, war es in der Regel am besten, etwas vorsichtiger vorzugehen. Sowohl Sorgsen als auch Staatsanwalt Sylvenius und Astor Nilsson – per Telefon in Göteborg – waren der gleichen Meinung gewesen, und wenn man am nächsten Tag zu einem anderen Beschluss kommen sollte, dann konnte man ja immer noch die Sache in einer neuen Pressemitteilung, die für fünfzehn Uhr versprochen worden war, zur Sprache bringen.

Während all dieser Diskussionen hatte Kommissar Asunander seine übliche zurückgezogene, ratgebende Rolle eingenommen, aber da ihn niemand um seinen Rat gefragt hatte, hatte er auch nicht mit seinem Gebiss klappern müssen.

Als Barbarotti nach Hause kam, ließ er sich auf demselben

Stuhl auf demselben Balkon nieder wie am Abend zuvor, und er schaute auf die Reste desselben Sonnenuntergangs.

Oder auf die eines einen Tag jüngeren Sonnenuntergangs, wenn man kleinlich sein wollte, das ganze Universum war schließlich einen Tag älter geworden, während Barbarotti sich um einiges mehr gealtert fühlte. Ungefähr ein paar Jahrzehnte. Die Krähen waren bereits zur Ruhe gekommen, wie er feststellen konnte; der Lärm, der zu ihm in den vierten Stock heraufdrang, kam eher von freitagsfröhlichen Jugendlichen, die das schöne Wetter in den Parks und Biergärten ausnutzten.

Er öffnete ein Bier, er auch, schenkte sich ein und trank es in vier, fünf Schlucken. Spürte fast augenblicklich, wie die starke Anspannung von ihm abfiel und eine große Müdigkeit sich langsam in ihm ausbreitete.

Worum geht es hier eigentlich?, dachte er.

Was ist das für ein Wahnsinniger, mit dem wir es hier zu tun haben?

Schlaffe, sterile Fragen, geboren aus der Ohnmacht, das wusste er. Und gefährliche. Den Feind zu dämonisieren gehört zu den üblichsten, den allerbilligsten Fehlern. Das war der Bodensatz jedes Rassismus, jeder Fremdenfeindlichkeit. Gegen Ende des Abends war Asunander zu ihm in sein Büro gekommen und hatte Andeutungen gemacht, wonach die Rede von Verstärkung sein könnte; die Frage sollte am Samstag entschieden werden, und Barbarotti spürte, dass er eine derartige Entwicklung begrüßte. Während es sonst üblich war, dass man die Dinge lieber selbst regelte – wenn es etwas gab, worauf man im Corps bedacht war, dann waren es die Reviergrenzen.

Aber nicht in diesem Fall, dachte Barbarotti. Holt Leute aus Göteborg und aus der Zentrale, ich habe nichts dagegen. Ich verkaufe meinen Ruf für einen Heller.

Ihm war klar, dass es die Lakaien der Müdigkeit waren, die in ihm herumspukten, aber nach drei zwölfstündigen Arbeitstagen, die eigentlich seine letzten drei Urlaubstage hatten sein sollen, erschienen ihm diese Gefühle in gewisser Weise legitim.

Er hatte es den ganzen Tag über so gut wie gar nicht geschafft, an Marianne zu denken, und erst jetzt, als die Uhr schon fast elf zeigte, erinnerte er sich daran, was sie gesagt hatte von einer Fahrt nach Visby, um sich ein Telefon zu besorgen.

Guter Gott, dachte er. Lass sie anrufen. Ein Punkt, okay? Doch der Herrgott hatte nicht die Absicht, seine Position an diesem Abend zu verbessern, also schlief Kriminalinspektor Barbarotti irgendwann kurz nach Mitternacht ein – ungetröstet, ungeliebt, vergessen, verstoßen von Gott und ohne sich die Zähne zu putzen.

11

In dem Moment, als er sich am Samstagmorgen ins Auto setzte, begann er darüber nachzudenken, was das wohl mit dem Elternsein auf sich hatte. Möglicherweise waren es die Gedanken über Eva Backmans beziehungsweise sein eigenes Verhältnis zu drei Kindern, das Schuld daran hatte, aber da war noch etwas anderes.

Dass es sich so unterschiedlich gestalten konnte beispielsweise. Dass ein so verflucht großer Unterschied zwischen einem Menschen und dem anderen bestand, und dass im Großen und Ganzen wer auch immer Vater oder Mutter werden konnte. Anna Erikssons Mutter pflegte laut eigener Aussage mindestens einmal die Woche per Telefon in Kontakt mit ihrer Tochter zu treten, aber sie hatte vor Sonntag keine Zeit, zu kommen, um die Leiche zu identifizieren. Weil sie am Samstag so viel zu erledigen hatte.

Dagegen war es möglich, ein einstündiges Gespräch mit Inspektor Barbarotti dazwischenzuschieben, das hatte sie versprochen.

Er fragte sich, ob er das schon mal erlebt hatte. Dass man die Identifizierung seines ermordeten Kindes als nicht so wichtig ansah. Oder sie zumindest aufschob, um zunächst wichtigere Dinge zu erledigen.

Wobei sie am Telefon gar nicht besonders merkwürdig geklungen hatte. Sie hatte geweint und ihre Verzweiflung ausgedrückt. Etwas unerwartet lautstark vielleicht, aber ansonsten hatte sie sich ganz normal verhalten. Anna war so etwas wie ihre Lieblingstochter gewesen, hatte sie erklärt, und als er gefragt hatte, wie viele sie denn hatte, hatte sie geantwortet, fünf. Plus vier Söhne.

Vielleicht war das der Grund. Wenn man neun Kinder hatte, musste man damit rechnen, dass das eine oder andere dabei draufging. Er hatte nicht versucht herauszubekommen, wie viele verschiedene Väter darin verwickelt waren, aber zwischen den Zeilen dennoch verstanden, dass es mehr als zwei sein mussten.

Weniger als neun? Hoffentlich, dachte Gunnar Barbarotti.

Was ihn selbst betraf, so hatte er einen Vater und eine Mutter gehabt. Der Vater hieß Giuseppe Barbarotti, das Einzige, was er von ihm bekommen hatte, war der Nachname; er hatte ihn nie gesehen und wusste nicht, ob er noch lebte oder tot war. Während seiner Kindheit hatte seine Mutter ihm eingeimpft, dass Giuseppe ein hübscher Mistkerl gewesen sei und dass man sich am besten von ihm fernhielt. Aus irgendeinem Grund war er dieser Empfehlung gefolgt. Als die Mutter vor zwölf Jahren gestorben war, hatte er mit dem Gedanken gespielt, eine Reise nach Italien zu machen, um nach seinem Vater zu suchen, aber aus dem Projekt war nichts geworden. Er war damals mit seiner eigenen Familie so beschäftigt gewesen, mit zwei Kindern, das dritte unterwegs, dass es einfach keinen Platz gegeben hatte, im Generationenbaum weiterzuforschen.

Aber jetzt gibt es keine derartigen Gründe mehr, dachte Gunnar Barbarotti. Was hindert mich eigentlich daran, nach Italien zu fahren und meinen Vater aufzuspüren? Oder das Grab meines Vaters, wenn es denn das sein sollte.

Er wusste, dass es sich bis jetzt nur um einen Gedanken handelte, mit dem man spielen konnte, während man an einem sonnigen Samstagvormittag Auto fuhr – dass diese Frage aber durchaus bleiben und sich verfestigen konnte.

Die Zeit wird es zeigen, beschloss er. Aber dass Kinder den

verschiedenen Eltern unterschiedlich viel bedeuten, das erschien in vielerlei Hinsicht ziemlich deutlich zu sein. Dabei fiel ihm ein, dass er Sara am Abend anrufen wollte oder vielleicht auf dem Rückweg. Er hatte es sich zur Gewohnheit gemacht, sie am Wochenende anzurufen, um zu hören, wie es seiner geliebten Tochter in der lebendigen und lebensgefährlichen Großstadt London ging.

Und sie beruhigte ihn jedes Mal. Sie wusste, dass das Gespräch darauf hinauslaufen würde, und das störte ihn. Sara könnte auf dem Sterbebett liegen und nichts davon sagen, nur damit er sich keine Sorgen machte.

Es ging also darum, zwischen den Zeilen zu lesen. Er konnte nicht sagen, wie gut er diese Kunst eigentlich beherrschte, es waren sieben Wochen vergangen, seit sie sich aufgemacht hatte, und bis jetzt war es ihm noch nicht gelungen, irgendwelche finsteren Zeichen zu entdecken. Abgesehen davon, dass er den Verdacht hegte, dass sie in einem Pub arbeitete und nicht in einer Boutique, wie sie behauptete. Sie wohnte in Camden Town. Er plante, sie an einem Wochenende Ende August oder Anfang September zu besuchen, und dann würde er natürlich genauer sehen können, wie es tatsächlich um sie stand.

Und dann zog das schreckliche Bild von ihr durch sein Bewusstsein, wie sie ermordet unter einem Bett lag, und er umklammerte das Lenkrad noch fester. Genau das hatte er geträumt. Dass es nicht Anna Eriksson war, die sich da unter den Plastiksäcken verbarg, sondern seine eigene Tochter.

Das Leben ist so verdammt zerbrechlich, dachte Gunnar Barbarotti. Und so verdammt normal, bis zu der Sekunde, in der alles zerbricht.

So ist es. Wie eine Wanderung über frisches Eis, das sind die Bedingungen. Und da klingelte sein Handy.

»Es klappt! Guten Morgen, mein Geliebter.«

Allein ihre Stimme zu hören, brachte ihn fast dazu, auf einen vor ihm fahrenden deutschen Fernlaster aufzufahren. Im Augenblick ist irgendetwas mit meiner Seele ernsthaft nicht in Ordnung, dachte er. Sie ist empfindlich wie die eines Vierzehnjährigen.

»Hallo«, sagte er. »Hast du ...?«

»Ja, natürlich. Ich komme gerade aus dem Laden. Es ist gelb, ich habe es fast umsonst gekriegt, weil es so ein altes Modell ist.«

Eine verwirrende Sekunde lang begriff er nicht, wovon sie sprach, aber dann wurde es ihm klar. »Ist mir vollkommen egal, welche Farbe es hat«, sagte er. »Aber die Nummer will ich haben.«

Sie wiederholte sie zweimal und versprach, sie ihm sicherheitshalber noch per SMS zu schicken, obwohl sie doch sicher bereits auf seinem Apparat gespeichert war, nachdem sie ihn angerufen hatte? Dann fragte sie, was er gerade machte. Er erklärte, dass er auf dem Weg nach Jönköping war, um dort die Mutter einer Frau zu sprechen, die gerade ermordet worden war. Einen Moment lang blieb es still in der Leitung, und ihm wurde klar, dass er unnötig realistisch gewesen war.

»Der Briefeschreiber?«, fragte sie.

»Ich fürchte ja.«

»Mein Gott«, sagte sie. »Dann hat er also zwei auf dem Gewissen?«

»Leider ja«, bestätigte Gunnar Barbarotti, als wäre das in irgendeiner Art und Weise seine Schuld – als Kriminalpolizist und als Empfänger der Briefe –, dass Erik Bergman und Anna Eriksson ihr Leben verloren hatten, und als wolle er Marianne dafür um Entschuldigung bitten. Das war natürlich ein schräger Gedanke, aber in gewisser Weise hatte er das Gefühl, er hätte die Wahrheit für sich behalten sollen.

Obwohl sie ihr früher oder später doch zu Ohren gekommen wäre. Sie las ja wohl Zeitung und hörte Radio. Dann war es genauso gut, wenn sie es durch ihn erfuhr.

»Im Augenblick ist es ein bisschen viel«, sagte er. »Ich wünschte wirklich, ich hätte Gotland nie verlassen.«

»Wir wollen heute Nachmittag draußen auf dem Rasen Darts spielen«, sagte sie. »Du bist herzlich willkommen … entschuldige, aber das ist ja schrecklich. Steht heute darüber schon etwas in den Zeitungen?«

»Ich denke schon«, sagte Barbarotti. »Ich habe nicht nachgesehen.«

»Ich kaufe mir eine Abendzeitung«, beschloss Marianne. »Schließlich möchte ich gern wissen, womit du dich beschäftigst. Aber diese Ermittlungen, sag mal … das ist doch auch keine Alltagskost für dich, oder?«

Warum fragt sie das?, überlegte Gunnar Barbarotti schnell. Weil sie sich nicht vorstellen kann, mit einem Mann zusammenzuleben, der in so einer Branche arbeitet?

»Nein«, antwortete er. »Das ist keine Alltagskost. Ich glaube, so etwas ist mir noch nie untergekommen. Ich überlege ernsthaft, ob ich den Beruf wechsle.«

Letzteres sagte er, ohne dass die Worte zuvor das Gehirn passiert hatten – wahrscheinlich ein Einfall, um ihr zu verstehen zu geben, dass er keine Angst vor Veränderungen hatte – aber als sie zehn Minuten später ihr Gespräch beendeten, konnte er feststellen, dass sie immer noch in seinen Gedanken hingen. Die Worte. Und sie leuchteten mit solch einem tiefroten, grellen Schein wie die Warnblinklampen auf dem Armaturenbrett im Auto. *Tanken in 50 Kilometern! Öl nachfüllen!*

Beruf wechseln!

Ich muss darüber mal irgendwann in aller Ruhe nachdenken, dachte Inspektor Barbarotti. Mein Leben befindet sich in einem Kreisverkehr.

Viveka Hall Eriksson empfing ihn in ihrer Küche in einem schön gelegenen Haus im Stadtteil Bymarken in Jönköping. Der Vättern lag spiegelglatt nur ein paar hundert Meter unterhalb des großzügigen Panoramafensters, und Barbarotti war klar, dass sie, auch wenn sie ein unstetes Leben mit vielen verschiedenen Beziehungen geführt hatte, zumindest finanziell nicht unversorgt zurückgeblieben war.

Und alle Kinder schienen aus dem Nest ausgeflogen zu sein. Männer auch.

Sie war vierundsechzig Jahre alt, das hatte er überprüft, und sie tat ihr Bestes, um wie vierundvierzig auszusehen. Es war kurz nach elf Uhr, als sie sich an dem gedeckten Kaffeetisch niederließen, und er vermutete, dass sie einen großen Teil des Morgens damit verbracht hatte, ihr Aussehen auf ein anständiges Niveau zu bringen. Möglicherweise hatte sie es auch noch zum Friseur und Schönheitssalon geschafft, das Haar war frisch gelockt und blond wie ein reifer Weizenacker, die Wangen gepudert und mit Rouge belegt, die Nägel frisch lackiert, sie sah in keiner Weise aus wie eine Frau, die neun Kinder auf die Welt gebracht hatte.

Auch nicht wie eine Mutter, die am Tag zuvor erfahren hatte, dass ihre Tochter ermordet worden war.

»Lieber Kommissar, ich habe die ganze Nacht kein Auge zugetan«, verkündete sie dennoch mit lauter Stimme und strich sich mehrere Male über ihre lila glänzende Bluse, um sie noch glatter und glänzender zu machen. »Ich bin so verzweifelt, dass ich nicht weiß, was ich machen soll. Haben Sie ihn gefasst?«

»Nein«, sagte Barbarotti. »Leider nicht. Wir wissen nicht, wer der Täter sein könnte. Und deshalb möchte ich gern ein wenig mit Ihnen sprechen.«

»Mit mir?«, rief Viveka Hall Eriksson aus. »Mein Gott, ich weiß ja nichts darüber ... ich verstehe nicht, was ... mein Gott!«

Sie redete, als befände sich ihr Zuhörer zwanzig, dreißig Meter entfernt; Barbarotti fragte sich, ob das wohl ihre normale Lautstärke war oder ob nicht doch eine Art akuter Hysterie in ihr ihr Unwesen trieb. Am Telefon hatte sie nicht so geklungen.

»Ich möchte mich nur ein wenig mit Ihnen unterhalten«, sagte er so langsam und leise, wie er nur konnte. »Natürlich können Sie nichts über den Hintergrund der tragischen Ereignisse wissen, aber wir müssen gründlich vorgehen, das verstehen Sie doch. Wir möchten den Täter, der Anna getötet hat, gerne finden.«

»Ja, ja«, sagte sie. »Das müsst ihr auch. Dieser Teufel darf nicht frei herumlaufen. Sie war gut wie Gold, meine Anna, oh ja, das war sie wirklich.«

»Das war sie sicher«, bestätigte Barbarotti. »Wie ist es, wissen Sie, ob sie in letzter Zeit mit jemandem verkehrte?«

»Verkehrte?«, wiederholte Viveka Hall Eriksson, als hätte sie nicht so recht verstanden. »Sie hatte keinen Typen, wenn es das ist, was Sie meinen.«

»Hatte sie eine Beziehung, die vor kurzem zu Ende ging?«

»Ja, mein Gott, das hatte sie bestimmt«, räumte Viveka Hall Eriksson ein. »Das Mädchen hatte ja keine Probleme, einen Mann zu finden. Die waren wie Blutegel hinter ihr her, aber sie konnte Grenzen setzen, darauf habe ich geachtet, dass meine Töchter das lernen.«

»Conny Härnlind?«, versuchte es Barbarotti und spürte langsam eine gewisse Verzweiflung. »Ist das ein Name, der Ihnen etwas sagt?«

Sie schnaubte. »Ich achte doch nicht immer drauf, wie die heißen. Aber ich weiß, dass Anna auf sich aufpassen konnte, dieser Kerl, der sie erschlagen hat, das kann keiner sein, mit dem sie zusammen gewesen ist, das muss Ihnen klar sein. Sie hat darauf geachtet, vernünftige Freunde zu haben, nicht solche Gewalttypen.«

»Erik Bergman?«

»Was?«

»Ist Ihnen der Name bekannt?«

»Erik Bergman? Nein, den habe ich noch nie gehört.«

Barbarotti trank von seinem Kaffee und wechselte die Spur.

»Sie haben das letzte Mal am Sonntag mit ihr gesprochen, stimmt das?«

»Das stimmt«, bestätigte Viveka Hall Eriksson. »Wir haben immer so einmal die Woche miteinander telefoniert. Über alles Mögliche. Wenn sie einen Rat von mir haben will, dann kriegt sie ihn; will sie nicht, dann halte ich mich raus. So läuft das bei ihr und bei den anderen auch.«

»Können Sie sich noch dran erinnern, worüber Sie geredet haben?«

»Aber natürlich. Wir haben darüber geredet, dass sie nach Gotland fahren wollte, ja, gestern. Ich habe ihr ein paar Tipps gegeben, ich bin siebzehn Mal in meinem Leben in Visby gewesen, ein richtiges Sommerparadies ist das, und natürlich will man das weitergeben, was man erfahren hat.«

Natürlich, dachte Barbarotti. Gute Sitten sollten weitervererbt werden. »Wollte sie allein fahren oder mit einem Freund?«, fragte er.

»Mit einer Freundin, aber ich komme nicht mehr auf ihren Namen. Lisbeth oder so etwas. Ja, sie wollten zu zweit fahren. Ich habe ihr gesagt, sie sollten versuchen, ein Haus draußen in der Gustavsvik zu bekommen, das ist am billigsten und am besten. Dicht bei der Stadt und nicht weit von Snäck, dieser Ferienhaussiedlung, besser geht's nicht – waren Sie schon mal auf Gotland?«

Barbarotti nickte. »Ja, mehrere Male. Es ist eine schöne Insel.«

»Man muss in Visby sein«, fuhr Viveka Hall Eriksson fort. »Der Rest ist nur Bauernland und Mist. Und natürlich nur im Sommer. Wie schrecklich, dort das ganze Jahr über leben zu müssen.«

»Sie hat nicht erwähnt, dass sie sich bedroht fühlt oder so, als sie mit Ihnen gesprochen hat?«, fragte Barbarotti.

»Bedroht? Nein, sie hat sich nicht bedroht gefühlt. Warum sollte sie?«

Barbarotti trank von seinem Kaffee und nahm einen Singoallakeks, während er überlegte, was er anstellen sollte, um zu ihr durchzudringen. »Weil sie ein paar Tage später ermordet wurde beispielsweise«, sagte er. »Haben Sie das vergessen?«

»Vergessen?«, schrie sie und riss die Augen auf. »Wie sollte ich vergessen können, dass meine Tochter ermordet wurde? Sind Sie nicht ganz bei Trost? Sehen Sie zu, dass Sie den, der das getan hat, lieber zu fassen kriegen, statt hier herumzusitzen und zu insi … insu … verdammt, wie heißt das?«

»Zu insinuieren?«, schlug Barbarotti vor.

»Genau, ja. Hier herumzusitzen und zu inseminieren! Schnappen Sie den, der meine Anna getötet hat, denn dafür bezahlen wir unsere Steuern, Herr Kommissar.«

»Hm«, räusperte Barbarotti sich. »Genau deshalb bin ich ja hergekommen. Um zu sehen, ob Sie nicht irgendwelche Hinweise haben, die uns helfen könnten. Meine Kollegen in Kymlinge reden gerade mit den Bekannten Ihrer Tochter, mit allen, die wir erreichen konnten, und …«

»Ich kann Ihnen sagen, was für ein Typ das ist, nach dem Sie suchen müssen«, unterbrach sie ihn wütend und schlug mit dem dicken Bündel an Armreifen, die um ihr linkes Handgelenk hingen, auf den Tisch. »Sie müssen nach einem dieser Einwanderer suchen. Einem Ausländer. Die kriegen doch keine Frauen, und dann greifen sie zu jedem erdenklichen Mittel. Das war bestimmt irgend so ein verdammter Araberneger, der das meiner Anna angetan hat, Sie brauchen nur loszugehen und nach denen zu suchen. Die sind nicht wie wir, die riechen nicht wie wir, und ich begreife nicht, was die überhaupt in unserem Land zu suchen haben.«

»Jetzt gehen Sie aber zu weit …«

»Ich sage, was ich will!«, schrie Viveka Hall Eriksson. »Das hier ist mein Haus!«

Als er das Haus verlassen hatte, hätte er am liebsten einen Stein von der Straße aufgehoben und ihn durchs Küchenfenster geworfen. Er riss sich zusammen und ließ stattdessen einen langen Fluch durch die zusammengebissenen Zähne entweichen.

Dass es immer noch solche Menschen gibt, dachte er. Wie kann man nur so vulgär sein? Eine vierundsechzigjährige Mutter von neun Kindern?

Sicher, er war es gewohnt, bei seiner Arbeit auf das eine oder andere zu stoßen, aber heute – an diesem herrlich sonnigen Vormittag mitten im Hochsommer – heute war er nicht darauf vorbereitet gewesen. Nicht in diesem ordentlichen Haus in dieser gepflegten Vorortgegend.

Eine Mutter, die gerade ihre Tochter verloren hatte.

Verdrehter verborgener Rassismus, dachte Gunnar Barbarotti. Hand in Hand mit einzigartiger Dummdreistigkeit. Verdammte Scheiße, was für eine idiotische Gans.

Wobei die Frage war, inwieweit ihr Rassismus überhaupt verborgen war. Sie hatte mit ihren Ansichten nicht hinterm Berg gehalten, dessen konnte man sie nun wahrlich nicht beschuldigen.

Aber sie hat ihre einfältigen Gene neunmal weitergegeben, dachte er mit finsterer Miene und stieg ins Auto. Und wenn alle ihre Kinder wiederum …

Nun ja, achtmal höchstens, fiel ihm dann ein. So, wie es jetzt stand. Anna Eriksson aus der Skolgatan in Kymlinge hatte, soweit bekannt war, keine Kinder in die Welt gesetzt, obwohl sie über dreißig gewesen war, also …

Nein, jetzt begebe ich mich aber auf gefährliches Terrain, unterbrach er sich selbst und drehte den Zündschlüssel. Beruhigen Sie sich, Herr Inspektor. Demokratie ist auf lange Sicht gesehen trotz allem die beste Lösung, und nicht alle Menschen hier in diesem Land heißen Viveka Hall Eriksson.

Er beschloss, das Gespräch mit Sara auf den Abend oder den nächsten Tag zu verschieben. Seine Empörung hatte sich zwar etwas gelegt, aber es gab sie immer noch. Wenn er mit seiner Tochter sprach, wollte er ruhig und hellhörig sein, nicht aufgewühlt und misanthropisch.

Stattdessen wählte er die Nummer von Inspektorin Backman, um zu hören, wie sich die vormittäglichen Einsätze an der Heimatfront gestaltet hatten.

Backman klang verärgert.

»Hier ist das reinste Chaos«, sagte sie.

»Wieso das?«, fragte Barbarotti.

»Unter anderem, weil heute mehrere Seiten über uns in der Zeitung erschienen sind. Es scheint so eine Art Volkswanderung zu den Tatorten zu geben. Zu beiden. Ein Nachbar behauptet, er habe am Dienstagabend einen unbekannten Mann im Treppenhaus von Anna Eriksson gesehen, das Lustige ist, dass er sich erst von einem Journalisten interviewen ließ, bevor wir ihn verhören konnten. Und Asunander rennt herum und sieht aus wie ein Biber mit Darmkrämpfen. Er redet die ganze Zeit davon, dass wir Verstärkung brauchen, ich nehme an, er meint aus Stockholm. Wir haben mit ihm und dem Staatsanwalt um zwei eine Besprechung, dann bist du doch sicher zurück?«

Gunnar Barbarotti ging automatisch mit der Geschwindigkeit herunter und schaute auf die Uhr. »Ich weiß nicht so recht. Ich werde auf jeden Fall reinschauen, wenn ich es schaffe … Hat der Gerichtsmediziner sich schon über den Zeitpunkt des Todes geäußert?«

»Er sagt, dass Dienstagnachmittag in Frage kommt.«

»Aber es kann auch Mittwoch gewesen sein?«

»Es kann auch Mittwoch gewesen sein. Obwohl der Dienstag wahrscheinlicher ist.«

»Irgendwelche Spuren in der Wohnung?«

»Das werden wir in einer Woche wissen. Aber irgendwas wird hoffentlich zu finden sein. Er muss sie ja da drinnen getötet haben.«

»Aber nichts Offensichtliches?«

»Wenn der Herr Polizist die Mordwaffe meint, nein, die scheint er mitgenommen zu haben.«

»Ich verstehe«, sagte Gunnar Barbarotti. »Und dieser Zeuge, der einen Fremden gesehen hat … ist er zuverlässig?«

»An und für sich schon. Obwohl seine Beschreibung so vage ist, dass sie auf die Hälfte von Schwedens Bevölkerung zutreffen könnte. Er hat ihn nur von hinten auf der Treppe gesehen. Eine männliche Person zwischen fünfundzwanzig und fünfzig, helles Hemd, mittelblondes Haar … es gibt außerdem absolut nichts, was dafür spricht, dass es sich um unseren Täter handelt. Obwohl morgen in der Zeitung stehen wird, dass er es war, da kannst du sicher sein.«

»Und sonst hat keiner was gesehen?«

»Nein, aber wir haben noch Millionen Leute, mit denen wir reden müssen. Wie war die Mama?«

Er suchte eine Weile nach einem einfachen Begriff.

»White trash«, sagte er. »Obwohl sie recht standesgemäß wohnt.«

»White trash?«, wiederholte Eva Backman. »Ich dachte, das gäbe es nur in Amerika, aber das ist … ja, das ist wahrscheinlich ein Irrtum. Nun, jetzt habe ich noch ein paar Freundinnen hier sitzen, die darauf warten, sich aussprechen zu können. Wir sehen uns um zwei, ja?«

»Wenn ich es schaffe«, sagte Gunnar Barbarotti.

Als er das Polizeigebäude in Kymlinge erreichte, war es schon Viertel vor drei, und der Termin mit Asunander und Staatsanwalt Sylvenius bereits vorbei. Inspektor Barbarotti kommentierte seine ungewöhnlich langsame Fahrt von Jönköping nicht, und er sah Backman an, dass sie es vermutlich ebenso gemacht hätte.

»Ab morgen haben wir wahrscheinlich einen neuen Ermittlungsleiter«, stellte sie stattdessen lakonisch fest. »Asunander ist in Verhandlungen mit dem Zentralkriminalamt und Göteborg. Wäre nicht schlecht, wenn etwas pfiffige Leute herkommen, die uns sagen können, was wir tun sollen.«

»Stimmt«, sagte Barbarotti. »Aber Astor Nilsson ist sicher schon da, oder?«

Sie nickte. »Der redet gerade mit einem interessanten Typen. Julius Bengtsson. Wie zum Teufel kann man heutzutage noch Julius Bengtsson heißen? Klingt wie so ein Heiratsschwindler in einem alten Heimatfilm.«

»Wer ist das?«

»Der frühere feste Freund unseres letzten Opfers. Er kann offenbar mit einigen interessanten Informationen dienen. Willst du hören?«

Barbarotti zuckte mit den Schultern. »Warum nicht?«

Sie ließen sich an dem Tisch vor dem Verhörraum mit der einseitig getönten Scheibe nieder, und Backman drehte den Ton auf. Barbarotti betrachtete die beiden Akteure, die sich in dem kahlen Raum am Tisch gegenübersaßen.

Er sah von beiden die Profile, Astor Nilssons linkes, Julius Bengtssons rechtes. Ein Mann um die fünfunddreißig, wie es schien, mit blondiertem Tim-und-Struppi-Haar und einem kleinen Schnauzbart in der gleichen Farbe. Orangefarbenes T-Shirt, das eine tätowierte Schlange auf dem kräftigen Oberarm entblößte. Ein kleiner Goldring im Ohrläppchen. Etwas übergewichtig.

»Also, wie war das noch mal?«, fragte Astor Nilsson.

»Und dann hat sie alle meine Kleider auf den Hof geworfen«, erzählte Julius Bengtsson erregt. »Ich war gezwungen, ohne einen Faden am Körper rauszurennen. Völlig gaga, das Mädchen, wenn Sie mich fragen.«

»Ich verstehe«, sagte Astor Nilsson.

»Ein anderes Mal hat sie mich in den Bach geschubst. Wir hatten draußen bei Rimminge ein paar Bierchen gezischt, es war Sommer, und wir sind in aller Ruhe nach Hause getrottet. Und dann bin ich stehen geblieben, um zu pinkeln, und da kriege ich einen Schubs, dass ich ins Wasser geplumpst bin. Und dabei hat sie noch laut gelacht, diese schräge Braut.«

»Wie lange waren Sie mit ihr zusammen?«, fragte Astor Nilsson.

»Lange«, sagte Julius Bengtsson. »Mindestens drei Monate, nein, Scheiße, noch länger, vielleicht sogar ein halbes Jahr, oh, Mann. Aber es ging immer ein bisschen hin und her.«

Astor Nilsson reichte ihm ein Foto.

»Wissen Sie, wer das ist?«

Julius Bengtsson musterte das Foto lange und gründlich. Gab es dann zurück.

»Keine Peilung.«

»Erik Bergman. Sagt Ihnen der Name etwas?«

»Ist das der, der letzte Woche erstochen wurde?«

»Genau. Kennen Sie ihn.«

»Verdammte Scheiße, nein.«

»Gut. Wie lange ist es her, dass Anna Eriksson und Sie Schluss gemacht haben?«

Julius Bengtsson überlegte.

»Zwei Jahre vielleicht ... zweieinhalb.«

»Haben Sie zusammengewohnt?«

»Oh nein. Vor so was sollte man sich hüten.«

»Ach ja? Und wann haben Sie sie das letzte Mal gesehen?«

»Letzte Woche. Oder war es vorletzte?«

»In welchem Zusammenhang?«

»Was?«

»Wo?«

»Ach, nur in der Stadt. Hab ihr zugezwinkert, aber die Tussi hat nur weggeguckt, als wenn ich Luft wäre. So ist sie ... so war sie, muss man jetzt wohl sagen.«

Gunnar Barbarotti gab Eva Backman ein Zeichen, dass sie den Ton abschalten könnte. Was sie auch tat.

»Ich glaube, für mich reicht das«, sagte er. »Er scheint nicht gerade ein Kronzeuge zu sein.«

»Hoffentlich nicht«, meinte Eva Backman. »Wir haben übrigens noch zwei alte Freunde auf Lager. Und ein Quartett an Freundinnen.«

»Außerdem hat sie acht Geschwister«, erinnerte Barbarotti. »Gibt es wirklich nichts, was ein bisschen mehr Substanz hat?«

Eva Backman überlegte einen Augenblick.

»Die Gotlandfreundin hat nicht viel gebracht. Zumindest nicht am Telefon. Wir werden wohl sehen müssen, wie sie sich Auge in Auge verhält, sie kommt morgen her. Dieses Mal bleibt es wohl bei einem Tag Visby für sie.«

Barbarotti nickte, sagte aber nichts.

»Ich setze eher auf diese Kindheitsfreundin in Torremolinos, mit der du gestern telefoniert hast«, fuhr Backman fort. »Wir werden morgen auch mit ihr sprechen … sie scheint das Opfer zumindest etwas besser gekannt zu haben als die anderen, aber vielleicht sollten wir nicht allzu große Hoffnungen auf sie setzen.«

»Und sonst?«, fragte Barbarotti.

»Nicht viel«, sagte Backman. »Sorgsen versucht den Dienstag zu rekonstruieren. Was sie getan hat, bevor sie auf ihren Mörder gestoßen ist und so weiter. Wenn wir mal davon ausgehen, dass sie an dem Tag gestorben ist. Aber man kann sich ja fragen … ja, man kann sich fragen, wie viel Zeit der Mörder uns eigentlich gegeben hat.«

»Wie meinst du das?«

»Na, ob du den Brief wohl am gleichen Tag bekommen hast, an dem er Anna Eriksson getötet hat. Aber du kannst ihn auch einen Tag vorher gekriegt haben, oder? Am Montag. Oder in der Woche davor. Du kannst dich nicht mehr daran erinnern, ob er oben auf dem Poststapel lag oder so?«

Barbarotti dachte nach. »Ich glaube, es lag alles irgendwie ziemlich zerstreut. Und ich bin mir fast sicher, dass er zumindest nicht unter etwas anderem versteckt lag.«

»Dann kann er also am Dienstag gekommen sein?«

»Gut möglich«, sagte Barbarotti.

»Aber der erste Brief kam eine Woche vorher. Ich frage mich nur …«

»Ja?«

»Ich frage mich nur, ob er es gewagt hat, auch beim zweiten Mal das Risiko einzugehen, ein paar Tage verstreichen zu lassen. Ich meine, uns einen Name und eine Woche für die Suche zu geben … das klingt etwas riskant, oder was meinst du?«

Barbarotti nickte. »Vielleicht liebt er das Risiko. Es gibt ja niemanden, der ihn dazu zwingt, überhaupt Briefe zu schreiben, oder?«

»Nein, das stimmt natürlich«, sagte Eva Backman, und etwas, das er nicht so recht einordnen konnte, huschte über ihr Gesicht. Der Schatten von etwas Düsterem, fast Schwermütigem. Unheilverkündend, dachte er.

»Und dennoch schreibt er sie«, fügte sie hinzu, während sie langsam und irgendwie zielbewusst – als handelte es sich um eine Art komplizierter Präzisionsarbeit – die Hände vor sich auf dem Schreibtisch faltete. »Ich finde es ziemlich beunruhigend, Gunnar. Verdammt beunruhigend. Glaubst du … ich meine, glaubst du, dass es noch mehr werden?«

Gunnar Barbarotti saß eine Weile schweigend da und betrachtete ihre ineinander verschränkten Finger. »Ich weiß nicht so recht, was ich glauben soll«, stellte er dann fest. »Wenn ich ehrlich bin, dann …«

»Ja?«

»Wenn ich ganz ehrlich bin, dann ist mir das Ganze ein Rätsel.«

»Mir auch«, sagte Eva Backman, streckte den Rücken und schien wieder Mut zu fassen. »Wollen wir uns die Befragungen teilen?«

»Das werden wir tun«, sagte Barbarotti.

III

Aufzeichnungen aus Mousterlin

1. – 8. Juli 2002

Ein paar Tage lang bin ich gewandert. Unser Haus liegt ganz am Ende des Marschlandes, *Marais de Mousterlin,* man biegt direkt vor unserer blau angestrichenen Pforte nach rechts ab, und schon ist man da. Schmale, sich windende Kieswege führen kreuz und quer durch eine Art fruchtbares Sumpfland mit merkwürdigen Gewächsen, Vögeln und brackigen Wasserpfützen. Man begegnet dem ein oder anderen Wanderer, dem ein oder anderen Hund, aber nicht vielen – die eigenartige Landschaft erstreckt sich den ganzen Weg entlang hinter dem Strand zwischen Mousterlin und Beg-Meil; gestern ging ich sogar noch am Leuchtturm vorbei weiter, den Wanderweg die Küste entlang bis Cap Coz. Es ist schön, hier allein zu sein, von Zeit zu Zeit vergesse ich, dass ich hier in meinem wahren Element bin: in aller Ruhe wandern zu können, ganz in meine Gedanken und meine Vorstellungen versunken. Die Fruchtbarkeit, die mich umgibt und meine Schritte begleitet, erscheint düster und mit einem Hauch von Mystik beladen; Erotik und Tod liegen in diesem warmen, fruchtbaren Dschungel dicht beieinander. Sicher gibt es hier viele Insekten, deren Lebensspanne nur einen Tag umfasst, sie werden morgens geboren, sterben abends und vermodern in der Nacht.

Ich musste mich auch ab und zu daran erinnern, wo ich mich eigentlich befinde, in einem größeren Zusammenhang gesehen, und letztlich sogar, wer ich bin. Jetzt, am Nachmittag, tauchten sie wieder auf, die Gedanken an Anna und ihr nasses Haar nach dem nächtlichen Nacktbad, und ich war gezwungen, an einer sonnenwarmen Lichtung Halt zu machen und ihre aufdringliche Präsenz wegzuonanieren. Anschließend kletterte ich zu dem kleinen Strand Bot Conan hinunter und nahm ein Bad. Schwamm wohl gut eine Stunde in der Bucht herum, und währenddessen beschloss ich, noch weitere vier, fünf Tage zu bleiben. Bis Dienstag oder Mittwoch nächster Woche. Dann sollte es mit dieser Gesellschaft gut sein; ich habe den Verdacht, dass wir in irgendeiner Form auch das Wochenende mit den Malmgrens und Gunnar und Anna verbringen werden, was mich gleichzeitig verlockt und ein wenig anwidert. Ich gebe gerne zu, dass ein gewisser Reiz darin liegt, in einer Gesellschaft zu verkehren, in der man für niemanden auch nur die geringste Sympathie empfindet. Die erotischen Suggestionen nicht miteingerechnet.

Was Erik dieser Tage so tut, das weiß ich nicht. Gestern und heute habe ich ihn kurz nach dem Frühstück verlassen, heute Abend aßen wir Moules marinières im Le Grand Large, aber er hat mir nicht erzählt, was er vorhat. Ich nehme an, dass er auf der Terrasse oder unten am Strand gelegen und sich gesonnt hat, er ist braun wie ein Grillhähnchen, und wahrscheinlich hat er auch den ein oder die andere aus der übrigen Schwedenkolonie getroffen.

Letzteres weiß ich übrigens sicher, da er mir von dem immer noch existierenden Plan hinsichtlich einer Bootsfahrt zu Les Glénan erzählt hat. Eigentlich nicht besonders viel, aber Gunnar, vielleicht war es auch Henrik, hatte Kontakt gehabt mit einem Engländer, der offenbar hier fest lebt und bereit ist, sein Boot für einen Tag zu vermieten.

Geplant ist anscheinend, dass wir alle sechs fahren. Erik hat nie gefragt, ob ich überhaupt Lust habe, mitzukommen, aber vielleicht hat er gerade aus diesem Grund das Thema aufgegriffen. Um mir die Möglichkeit zu geben, abzulehnen – hier und jetzt im Le Grand Large –, und da ich das nicht getan habe, geht man wohl davon aus, dass ich mitkomme und meinen Beitrag an den Kosten beisteure. Und wenn ich meine Gedanken und Beweggründe genauer überdenke, kann ich nicht behaupten, dass ich einen größeren Widerstand gegen diese Vereinbarung spüre.

Warum nicht?

Warum? Warum nicht? Ständig diese zwei trockenen Fragen, die sich nicht beiseite schieben lassen und die mir keine Ruhe lassen. Es müsste deutlichere Wegweiser geben.

Fasse die Ereignisse einen guten Tag später zusammen. Was geschehen ist, ist geschehen, die Zeit kann nicht zurückgedreht werden.

Ich habe geduscht, vier Stunden geschlafen, wieder geduscht. Erik hat das Haus früh am Morgen verlassen, ich nehme an, er berät sich drüben mit Gunnar und Anna. Oder mit den Malmgrens. Der Regen hat aufgehört, und es ist Montag, halb zwölf.

Aber jetzt zum Sonntagmorgen. Zu gestern – es ist erst sechsundzwanzig Stunden her, seit die Dinge ins Rollen geraten sind; es ist schwer zu begreifen, dass nicht mehr Zeit vergangen ist seitdem, aber ich spule diesen Tag zurück und fange vom Anfang her an, mein Kopf surrt, und die Chronologie an sich gewährt eine neutrale Haltung und hilft dabei, sich zu erinnern. Ich bin überzeugt davon, dass niemand außer mir aufzeichnen wird, was an diesem schrecklichsten aller Tage tatsächlich der Reihe nach passiert ist.

Der Morgen war schön und der Plan einfach: der Engländer mit dem Boot – ich habe seinen Namen nie richtig mitbekommen – hat sein Haus irgendwo in Beg-Meil, und das Boot liegt in einem kleinen Hafen an der Ostseite. Gunnar und Henrik holten es gegen neun Uhr ab, wir anderen trafen uns ein Stück die Mousterlinhalbinsel hoch am Strand, direkt unterhalb vom Haus der Malmgrens. Picknickkörbe und Kühltaschen, Badekleidung, Weinflaschen; die Frauen waren am Samstag in Quimper gewesen und hatten für Proviant gesorgt. Baguettes ragen zwischen rotweißkarierten Handtüchern hervor, ein gestreifter Sonnenschirm, Strohhüte, als sollten wir ein Gemälde darstellen. Sie sind aufgekratzt, reden von Sonnenöl und unberührten Sandstränden; das Wetter ist hervorragend, ein wolkenfreier Himmel, die Temperatur bereits sicher über fünfundzwanzig Grad. Ja, das ist ein Gemälde, ein Skagengemälde in einem anderen Land und in einer anderen Zeit, aber mit dem gleichen Temperament. Und ich spüre außerdem – ebenso deutlich, als wenn ich vor genau so einem erstarrten idyllischen Ölbild stünde – dass das hier nur die Frage eines einzigen illusorischen Augenschlages ist, bevor die Szene verschwindet. Woher ich das weiß? Das Meer ist ruhig, einige der Glénan-Inseln sind fern am Horizont zu erahnen, auf jeden Fall nehme ich an, dass sie es sind, aber genau weiß ich es nicht. Noch ist der Strand fast menschenleer – nur vereinzelt ein paar Jogger und einige Fischer. Niedrigwasser, aber die Flut ist auf dem Weg. Erik und ich, zwei Frauen. Sie gehören zu anderen Männern, aber ein unbeteiligter Beobachter, der uns so sähe, würde uns zweifellos als zwei Paare auffassen. Ich erinnere mich, dass ich diesen Gedanken wirklich hatte, während wir dort standen und auf das Boot mit Henrik und Gunnar warteten. Erinnere mich auch, dass Erik Anna mit dem Träger ihres Bikinis hilft, der sich auf dem Rücken verdreht hat.

Doch bevor das Boot kommt, taucht Troaë auf.

Ich wünschte, es wäre nicht so gewesen.

Sie trug den gleichen roten Badeanzug wie beim letzten Mal, an diesem Morgen in ein paar abgeschnittene Jeans gestopft. Den gleichen blauen Sommerhut, den gleichen Rucksack. Aber keine Staffelei. Als sie uns entdeckte, strahlte sie und begann zu rennen, dass der Sand nur so spritzte.

»Mes amis!«, rief sie. »Mes amis, les Suédois!«

»Bonjour, petite!«, rief Katarina Malmgren ihr zu. »Comment vas-tu ce matin?«

Das Mädchen kam direkt vor uns zum Stehen und wurde sofort ernst. »Nicht so gut. Ich habe mich mit Oma gestritten.«

»Et pourquoi?«, konnte Erik einwerfen. »Warum?«

Troaë ließ sich in lebhaften Schilderungen über den Morgen mit der Großmutter aus, sie verzog das Gesicht und imitierte sie; Katarina Malmgren verstand vermutlich das Meiste, denn sie lachte das Mädchen immer wieder an und kommentierte das eine oder andere. Wir anderen drei versuchten so gut es ging mitzuhalten. Offensichtlich hatte die Großmutter das Mädchen mit in die Stadt nehmen wollen – ich nehme an, dass es sich dabei um Quimper handelte –, um einkaufen zu gehen, aber Troaë hasste es, einzukaufen. Und das besonders, weil ihre Großmutter acht Stunden brauchte, um einen Käse und ein Paar Schuhe zu erstehen.

»Sie hat gesagt, ich sei ein *macaque* und dass ich nach meiner Mutter komme.«

»Macaque?«, fragte Erik.

»Eine Meerkatze, glaube ich«, sagte Katarina Malmgren.

Genau, dachte ich. Eine Meerkatze, das ist genau das, was sie ist.

Das Mädchen hatte erklärt, ihre Oma sei *une guenon*, nach allem zu urteilen wohl auch irgendeine Art von Affe, und dann war die Großmutter allein in die Stadt gefahren.

»Was wollt ihr heute machen?«

Ungefähr in dem Moment entdeckten wir Henrik und Gunnar. Ein weißes Plastikboot kam um die Halbinsel herum gefahren und näherte sich mit hoher Geschwindigkeit und lautem Motor. Ich weiß nichts von Booten, aber mir war dennoch klar, dass es sich um eine ziemlich kostbare Geschichte handeln musste. Einen Moment lang fragte ich mich, wer dieser Engländer sein konnte, der sich darauf einließ, sein Boot auf diese Art und Weise an eine Bande Fremder zu vermieten. Aber vielleicht hatten Henrik und Gunnar mehr Seemannserfahrung und Bootskenntnisse an den Tag gelegt, als ich ihnen zugetraut hätte. Katarina erklärte Troaë, dass wir gerade planten, einen Ausflug zu den Inseln zu machen.

»Les Glénan!«, rief Troaë aus. »Ich liebe Les Glénan! Lasst mich mitfahren!«

Es vergingen einige Sekunden, in denen sich das Boot näherte, ich tauschte mit Erik Blicke, konnte seine Einstellung aber nicht herauslesen, dann schob das Mädchen seine Hand in die von Katarina Malmgren und drückte sich dicht an sie.

»Bitte, ja?«

»Und die Oma?«, fragte Erik. »Was glaubst du, wird die Oma dazu sagen?«

»Die interessiert das nicht«, versicherte Troaë. »Ich bin es gewohnt, allein klarzukommen. Sie kontrolliert eigentlich nur, ob ich um Mitternacht in meinem Bett liege. Das ist alles. Bitte, ja?«

»All right«, sagte Katarina Malmgren.

»Je vous aime«, sagte das Mädchen.

Ich weiß nicht, warum sie das getan hat. Warum Katarina Malmgren dem Mädchen so ohne weiteres erlaubt hat, uns den ganzen Tag hinaus nach Les Glénan zu begleiten. Sie fasste ganz allein den Beschluss, ohne sich mit uns anderen abzusprechen, ich bin mir sicher, dass zumindest Anna das idiotisch fand, aber – so kam mir in den Sinn – vielleicht hatte Katarina gerade deshalb zugesagt. Weil sie wusste, dass Anna absolut der entgegengesetzten Meinung sein, es ihr aber schwerfallen würde, ihren Standpunkt zu behaupten. Ich habe nie ganz diese Art von intriganten Spielchen verstanden, die zwischen Frauen ablaufen, ich kann nur spekulieren. Auf jeden Fall war der Beschluss gefasst, das Mädchen Troaë sollte mit uns hinaus zu den Inseln fahren, keiner von uns äußerte irgendwelche Proteste, weder ich noch Erik oder Anna.

Auch Henrik und Gunnar nicht, als wir hinaus ins Wasser

gewatet und an Bord der *Arcadia* gestiegen waren, und das Mädchen hielt sich mit ihrer Begeisterung und Fröhlichkeit zurück und tat ihr Bestes, um erwachsen zu wirken und sich der Situation anzupassen. Sie wusste, wie man sich benahm, diese Troaë, das will ich ihr gar nicht absprechen.

Die *Arcadia* war aus weißem Plastik und hatte einen großen, schwarzen Motor. Es gab unten in der Kajüte ungefähr Platz für vier Personen, aber keiner war daran interessiert, unten in der Kajüte zu sitzen. Die Frauen suchten sich sofort einen Platz vorn an Deck, rollten ihre roten und gelben Badetücher aus und legten sich zum Sonnen hin. Gunnar wurde angewiesen, ruhig zu fahren, damit kein zu starker Wind oder Gischtspritzer störten, wir übrigen platzierten uns um den schmalen Tisch in der Plicht. Henrik und ich auf der einen Seite, Erik und Troaë auf der anderen. Das Mädchen schob eine Hand unter Eriks Arm, und er ließ ihn dort liegen. Wir sagten nicht viel, allein der Versuch, den Motorenlärm zu übertönen, erschien anstrengend, er war wirklich nervtötend. Ich stellte fest, dass wir zu siebt waren, keiner von uns hatte eine Schwimmweste, und niemand kommentierte diese Tatsache.

Als wir uns Les Glénan näherten – es handelt sich dabei um eine kleine Inselgruppe, die aus gut zehn kleinen Inselchen besteht, keine von ihnen ist das Jahr über bewohnt, aber einige sind für die Bedürfnisse des modernen Tourismus ausgebaut –, verlangsamte Gunnar die Fahrt. Anna und Katarina kletterten zu uns herunter, und es entwickelte sich eine Diskussion darüber, welche der Inseln wir aussuchen sollten. Eine Karte wurde hervorgeholt und ausgebreitet. Ich mischte mich nie mit irgendwelchen Argumenten ein, aber nach einer Weile war man einig geworden, zur Ile Brunec zu fahren, warum, weiß ich nicht, wahrscheinlich, weil sie ein wenig abseits liegt. Sie gehört nicht zu den fünf größeren Inseln, die in einem Kreis um die berühmte Lagune liegen. Nach einer Broschüre, die Henrik uns zeigte, gibt es keine Bebauung auf Brunec, keine Restaurants und keine Annehmlichkeiten, nur die Ruine eines alten Gefängnisses.

»Ideal«, sagte Anna. »Nur weißer Strand und türkisfarbenes Meer.«

»Essen, Wein und warme Haut«, fügte Gunnar hinzu.

Was sich als ganz richtig herausstellte. Wir fuhren schräg durch die Lagune, umrundeten Ile de St. Nicolas und ankerten an der Westseite von Brunec in einer kleinen Bucht zwischen einer gezackten, aus dem Meer ragenden Klippe und einem blütenweißen Strand. Wateten in wohltemperiertem, einen halben Meter tiefem Wasser mit Körben und Taschen auf dem Kopf an Land. Nicht ein Mensch war zu sehen. Während der Überfahrt war einiger Verkehr auf dem Meer gewesen, und in der Lagune hatten ein Dutzend Boote gelegen und sich wiegen lassen, aber auf Brunec war es leer. Wie es aussah, hatten wir eine eigene Insel mit mindestens dreihundert Metern Sandstrand gefunden, sie hatte keinen großen Umfang, vielleicht zwei Kilometer, mit einem kleinen Baumhain und der Gefängnisruine unübersehbar in der Mitte. Der höchste Punkt lag sicher nicht mehr als fünf Meter über dem Meeresspiegel.

Ich schaute auf die Uhr. Es war halb zwölf. Ich schaute hinauf zum Himmel. Er war azurblau. Das Meer lag immer noch fast spiegelglatt da, die Möwen ließen sich in trägen Ellipsen tragen, und ich musste einsehen, dass ich diesen Menschen ausgeliefert war. Einen ganzen Tag lang.

Warum ließ ich mich darauf ein?

Ich dachte wirklich diese Gedanken, und der Herr der Fliegen flimmerte in meinem Kopf vorbei, das ist keine nachträgliche Konstruktion.

Es war Troaës zweite Reise nach Les Glénan, wie sich herausstellte. Das erste Mal war sie hier mit Mama und Papa gewesen; wenn sie sich recht erinnerte, war sie vier Jahre alt gewesen.

»Aber wenn deine Oma um fünf Uhr nach Hause kommt und du bist nicht da, wird sie dann nicht unruhig?«, wollte Katarina wissen.

Es war natürlich viel zu spät, um so eine Frage zu stellen, aber das Mädchen lachte nur und schüttelte den Kopf.

»Sie empfindet mich nur als Last«, sagte sie. »Das habe ich doch schon gesagt. Was sie betrifft, ist es die Hauptsache, dass ich noch am Leben bin, wenn Papa kommt und mich abholt. Aber das macht nichts, dass sie so ist, ich komme ganz gut ohne sie zurecht.«

»Und wann kommt dein Papa?«

Sie zuckte mit den Schultern. »Ein paar Tage, bevor die Schule wieder anfängt wahrscheinlich. In sechs Wochen oder so.«

Mir kam der Gedanke, dass Troaë eine Mythomanin sein könnte. Dass sie tatsächlich das ganze Jahr hindurch bei ihren Eltern in Fouesnant lebte. Oder auf irgendeinem der Campingplätze, die ich in der Nähe von Beg-Meil gesehen hatte. Dass gar keine Großmutter existierte und dass der Teufel los sein würde, weil wir das Mädchen entführt hatten. Aber ich sagte nichts. Stand auf und ging stattdessen ins Wasser. Schwamm eine Weile, es war wirklich kristallklar, der Sand hörte schon nach zwanzig Metern auf, ich bereute es, keine Schwimmflossen und Schnorchel mitgenommen zu haben, es wäre eine ausgezeichnete Möglichkeit gewesen, sich die Zeit zu vertreiben. Sich im Wasser zu wiegen und die taubstumme Welt zu betrachten, die sich unter der Oberfläche ausbreitete. Ich stellte außerdem fest, dass mehr als fünf Jahre vergangen waren, seit ich mein Tauchabzeichen gemacht hatte, und fast genauso viel Zeit seit dem Unfall meiner Frau.

Als ich nach einer halben Stunde zurückkam, hatten sie bereits angefangen, das Essen vorzubereiten. »Wir können ebenso gut jetzt ein paar Weinflaschen köpfen, solange sie noch einigermaßen kalt sind«, stellte Gunnar fest. »Ich nehme an, dass das Wasser zu warm ist, um sie zu kühlen?«

Diese Frage war an mich gerichtet. Keiner der anderen war bisher schwimmen gegangen. Ich zuckte mit den Schultern. »Gute zwanzig Grad nehme ich mal an.«

»Ich habe Durst«, sagte Anna. »Und ich will nachher nackt baden, aber um mich zu trauen, brauche ich vorher ein paar Gläser.«

Ich hatte das Gefühl, dass sie mir einen Blick zuwarf, als sie das sagte, aber vielleicht war es nur Einbildung.

»Anna hat die Gewohnheit, nur in Gesellschaft nackt zu baden«, sagte Gunnar. »Nie allein. Man kann sich natürlich fragen, warum.«

»Halt die Klappe, du Ferkel«, sagte Anna. Lachte und schlug ihm mit der Handfläche auf den Po. Troaë fragte, worüber wir denn redeten, und Katarina erklärte ihr, dass wir die Schönheit der Insel bewunderten. Anschließend aßen wir. Baguette und Käse, klebrigen Salat, Bayonneschinken, Crêpes und Avocados. Erdbeeren, Himbeeren und Kirschen – sie hatten sich wirklich Mühe gegeben, und die Kühltasche mit dem Elsässer Wein enthielt nicht weniger als acht Flaschen.

In den folgenden zweieinhalb Stunden leerten wir sechs davon. Troaë behauptete, dass sie mit Wein und Wasser aufgewachsen sei, und erhielt auch ein Glas. Wieder kam die gleiche Art von müder Strandkonversation auf, je mehr Wein, umso müder; Gunnar beharrte eine Weile darauf, von Troaë das Aquarell zu kaufen, das Mädchen erklärte, dass sie es am nächsten Tag fertig malen wolle –, wenn wir dann am Strand wären, werde sie schon kommen und das Werk präsentieren. Vielleicht könnten wir ja eine Auktion zu dem Bild veranstalten, sie hatte zusammen mit ihrem Papa schon mehrere Auktionen besucht und wusste, wie es da vor sich ging. Gunnar und Erik diskutierten diesen Vorschlag eine Weile mit simuliertem Ernst, verloren aber bald das Interesse. Sie gingen dazu über, sich über die sonderbare Vorliebe der Franzosen für süßes, schlechtes Frühstück zu unterhalten und andere naheliegende Themen. Das Mädchen wurde immer stiller, begann irgendwann in einem Buch zu lesen, das sie aus ihrem kleinen Rucksack hervorzog, ich selbst holte die Bekenntnisse des Augustinus hervor, die mir auf all meinen Reisen Gesellschaft leisten, und auf diese Weise hatten das Mädchen und ich eine Art Grenzstein zwischen uns und der übrigen Gesellschaft gesetzt. Eine dünne, aber bedeutsame Grenzlinie. Ich dachte eine Weile über den Herr-der-Fliegen-Aspekt nach; eine Situation wie jetzt, in der wir schiffbrüchig und gezwungen wären, monatelang auf der Insel zu leben – und wie das Mädchen und ich mit der Zeit eine Art Enklave bilden würden, eine Front gegen die Barbarei, sah aber schnell ein, dass der Idee sowohl Tragkraft als auch Glaubwürdigkeit fehlten.

Kurz nach halb drei kam ein anderes Boot und ankerte am anderen Ende des Strandes, ein Mann und eine Frau gingen an Land und ließen sich jeder in einem Liegestuhl nieder.

»So«, sagte Gunnar. »Jetzt ist das Publikum groß genug. Jetzt kannst du nackt baden, Anna.«

Anna ließ sich nicht zweimal bitten. Auf etwas unsicheren Beinen erhob sie sich, zog den Bikini aus und sprang ins Wasser. Es hätte sicher schön ausgesehen, wenn sie nicht zu betrunken gewesen wäre; sie stolperte und fiel hin, als sie nur einige Meter im Wasser war. Sie fluchte, kam wieder auf die Füße und drehte sich zu uns um. »Nun kommt schon, ihr Feiglinge!«, schrie sie. »Stellt euch nicht so an, das hier ist schließlich das Paradies!«

Katarina Malmgren zögerte eine Sekunde, länger nicht, dann warf sie den Bikini weg und lief hinter Anna her. Sie war deutlich sicherer auf den Beinen, schaffte es ein gutes Stück weiter ins Wasser und warf sich aus eigener Kraft mit Schwung hinein.

Gunnar lachte. Erik lachte und rief »Bravo«. Henrik und ich gaben keinen Kommentar ab. Troaë klatschte in die Hände und rief etwas auf Französisch, was ich nicht verstand; dann lief sie hinter den beiden nackten Frauen auch ins Wasser.

Dieses Mal behielt sie ihren Badeanzug an. Ich fragte mich, wieso. Vielleicht sah sie ein, dass sie mit zwei so üppigen Körpern wie denen von Anna und Katarina nicht konkurrieren konnte, aber vermutlich schrieb ich ihr mehr List und Berechnung zu, als sie besaß.

Nach ein paar Minuten begab sich auch das männliche Quartett ins Wasser. Alle behielten ihre Badehosen an – was mich betrifft, hatte ich gute Gründe dafür, und ich sah, dass zumindest Erik sich in der gleichen misslichen Situation befand.

Das fremde Paar verließ den Strand gegen vier Uhr, und ungefähr zur gleichen Zeit erklärten Anna und Gunnar, dass sie gern eine Expedition auf eigene Faust unternehmen wollten. Zu diesem Zeitpunkt hatten wir auch die restlichen Weinflaschen geleert, es war ziemlich offensichtlich, dass sie bumsen wollten und ein wenig Abgeschiedenheit brauchten.

»Wir nehmen das Boot und fahren zu Les Bluinieres«, sagte Gunnar, mit der Karte winkend. »Das müssen die da hinten sein.« Er zeigte auf ein paar kleine Inselsilhouetten Richtung Westen. »Wir sind in einer Stunde zurück, okay?«

»Macht das«, sagte Katarina Malmgren. »Und viel Spaß, haha.«

»Haha«, sagte Anna.

»Worüber redet ihr jetzt?«, wollte Troaë wissen.

»Das zu verstehen, dazu bist du noch zu klein«, antwortete Katarina.

»Sag das nicht«, warf Erik ein, während er nachdenklich Gunnar und Anna nachschaute, die bereits auf dem Weg zum Boot waren. »Sag das nicht.«

»Ich will wissen, worüber ihr redet«, protestierte Troaë und verschränkte die Arme vor der Brust. »Das ist ungerecht.«

»Das geht mit dem Alter vorbei«, sagte Erik. »Du musst lernen, ein bisschen mehr Geduld zu haben, mein kleines Mädchen.«

Er sagte das auf Schwedisch, und ich denke nicht, dass Troaë begriff, dass er mit ihr sprach. Ich meinerseits spürte, wie der Wein und die Sonne einen Knoten in mein Gehirn knüpften. Mir war klar, dass ich am besten ein wenig Schatten aufsuchen und eine Weile schlafen sollte. Wir saßen schweigend da und beobachteten, wie Gunnar und Anna an Bord kletterten, wie Gunnar nach ein wenig Hin und Her den Motor startete und wie sie um die Klippen herumfuhren, auf Les Bluinieres zu.

»Ungerecht«, wiederholte Troaë, als sie außer Sichtweite waren, und dieses Mal war überhaupt nicht klar, worauf sie damit eigentlich abzielte. Erik kam auf die Beine. »Ich denke, ich werde einen Spaziergang um die Insel herum machen«, sagte er. »Du kannst ja mitkommen, Troaë.«

Das brachte er in fehlerfreiem Französisch hervor, soweit ich das beurteilen konnte, als hätte er schon eine Weile gesessen und das in seinem Kopf vorformuliert.

»Oui, Monsieur!«, rief das Mädchen. »Avec plaisir!« Sie sprang auf, ergriff seine Hand, und die beiden schlugen den Weg entlang dem Wasser auf die Sonne zu ein.

Ich blieb mit Henrik und Katarina Malmgren allein zurück. Katarina hatte sich gerade auf den Bauch gelegt und ihren Mann gebeten, ihr den Rücken einzucremen. Ich begriff, dass es an der Zeit war, meinen Plan von einer Siesta in die Wirklichkeit umzusetzen. Nahm mein Handtuch und zog mich in den Schatten der Bäume zurück. Dachte, dass ich onanieren sollte, bevor ich einschlief, war aber viel zu müde und betrunken, um es zustande zu bringen.

Ich wachte mit Kopfschmerzen auf. Und davon, dass ich fror.

Möglicherweise auch davon, dass Henrik Malmgren einen Meter von mir entfernt stand und sich räusperte. »Bist du wach? Wir haben ein Problem.«

»Ein Problem?«

»Ja. Gunnar und Anna sind mit dem Boot nicht zurückgekommen. Es ist jetzt halb sieben.«

Ich setzte mich auf und schaute auf meine Armbanduhr. Ich hatte mehr als zwei Stunden geschlafen. In den Schläfen pochte es vor Schmerz. Ich sah, dass sie unser Lager ein wenig landeinwärts verlagert hatten, nicht mehr als zehn, fünfzehn Meter von meinem Schlafplatz unter den Bäumen entfernt. Katarina Malmgren und Troaë saßen dicht beieinander mit dem Rücken zu mir, Erik ein paar Meter weiter. Mich überlief ein Schauder, ich spürte, dass ein kalter Wind aufgekommen war, und bemerkte dunkle Wolken am Himmel.

»Nicht zurückgekommen?«, fragte ich. »Wieso nicht?«

»Keine Ahnung«, sagte Henrik. »Wir haben es mehrere Male versucht, sie auf ihrem Handy anzurufen, aber sie melden sich nicht.«

»Vielleicht haben sie es gar nicht mitgenommen.«

»Kann sein«, nickte Henrik. »Auf jeden Fall muss etwas passiert sein, und wahrscheinlich wird es auch noch bald anfangen zu regnen.

»Entschuldige«, sagte ich und zog mich hoch. »Ich muss mir was anziehen.«

»Ich glaube, die Temperatur ist um fünfzehn Grad gesunken«, sagte Henrik.

Wir gingen zu den anderen. Ich zog mir meine Hose und einen langärmligen Pullover über.

»Hier, nimm einen Schluck«, sagte Erik und reichte mir eine Flasche Calvados. »Diese verdammten Karnickel sind nicht zurückgekommen.«

»Habe ich gehört«, bestätigte ich und trank einen ordentlichen Schluck direkt aus der Flasche. Betrachtete die übrigen. Das Mädchen hatte sich dicht an Katarina Malmgren gedrückt, die ihren Arm um sie gelegt hatte. Sie sah besorgt aus. »Ich glaube, das Mädchen ist krank«, sagte sie. Ich schaute Erik an, erinnerte mich daran, dass er mit ihr spazieren gegangen war, bevor ich einschlief. Er wandte den Blick ab und spähte übers Meer, hin zu den Inseln, von denen wir glaubten, es wären Les Bluinieres. Es war nicht mehr möglich, dort draußen Konturen zu erkennen, das Licht über dem Wasser hatte sich verändert, noch hatte die Dämmerung nicht eingesetzt, aber die Sicht war deutlich eingeschränkt. Einen halben Meter hohe Wellen schlug das Meer, und es war zu erkennen, dass das Unwetter nicht weit entfernt war. Ich fragte, ob sie nicht darüber nachgedacht hatten, jemanden an Land anzurufen.

»Wir wissen nicht, wen wir dort anrufen könnten«, sagte Henrik Malmgren.

Mir fiel auf, dass er etwas nuschelte. Meine Kopfschmerzen schlugen mir zwei dicke Nägel in den Schädel. Alle sind besoffen, dachte ich. Wir sind vier besoffene Schweden, die ohne Boot auf einer öden Insel festsitzen. Wir haben ein zwölfjähriges französisches Mädchen gekidnappt und weiß der Teufel, was sie während des Spaziergangs gemacht haben.

»Wir warten noch eine Stunde«, entschied Katarina Malmgren. »Es gibt keinen Grund, so viel Aufregung zu verursachen.«

»Ich war dagegen, dass sie das Boot nehmen«, sagte Henrik.

»Halt die Schnauze, Henrik«, sagte Katarina. »Genau diese Art von Kommentar brauchen wir im Augenblick nicht.«

»Du warst diejenige, die das Mädchen mitgeschleppt hat«, sagte Henrik. »Aber das willst du sicher auch nicht hören? Verdammter Mist, den du uns da eingebrockt hast.«

Katarina gab keine Antwort.

»Auf jeden Fall haben wir noch einen halben Liter Calvados«, sagte Erik.

»Ich meine ja nur, dass das so verdammt verantwortungslos ist«, sagte Henrik und zündete sich mit zitternden Fingern eine Zigarette an.

Das Mädchen flüsterte Katarina etwas zu. Die beiden standen auf. »Sie muss sich übergeben«, erklärte Katarina in anklagendem Ton.

»Dann soll sie sich übergeben«, sagte Erik.

Katarina und Troaë gingen zu den Bäumen. Ich drehte den Kopf und sah, wie das Mädchen auf die Knie ging und würgte, im gleichen Moment spürte ich den ersten Regentropfen auf meinem Handrücken. Erik reichte Henrik die Flasche, woraufhin dieser einen großen Schluck nahm.

Wir versuchten einen primitiven Schutz gegen den Regen herzustellen. Spannten ein paar Handtücher gegen den Wind und den Regen auf, aber es funktionierte nicht recht. Henrik war deutlich betrunken, er lief die meiste Zeit herum und fluchte vor sich hin. Katarina und Troaë saßen beieinander, dicht an dicht, um sich warm zu halten; nachdem sich das Mädchen übergeben hatte, hatte sie kaum mehr ein Wort gesagt, und es war nur zu deutlich, dass es ihr nicht gut ging. Erik und ich standen abwechselnd unten am Ufer und spähten vergeblich in Richtung Les Bluinieres. Wir sprachen nicht viel miteinander. Um acht Uhr teilten wir uns die letzten Tropfen Calvados, Katarina Malmgren verzichtete, das Mädchen wollte auch nichts haben, obwohl sie fror, dass sie mit den Zähnen klapperte. Wir diskutieren auch die Möglichkeit, ein Feuer zu machen. Henrik lachte darüber. »Verdammte Scheiße, das hier ist der nasseste Platz auf der ganzen Welt«, sagte er. »Und das ist das größte Fiasko, das ich je erlebt habe.«

»Halt die Klappe«, sagte Erik. »Dein kindisches Gejammer nützt uns jedenfalls nichts.«

»Ich halte gern die Klappe«, erklärte Henrik. »Sag Bescheid, wenn du das mit dem Feuer geschafft hast.«

Ich sah, wie Erik die Fäuste ballte, und womöglich wäre es zum offenen Streit gekommen, wenn nicht Katarina Malmgren im gleichen Moment gerufen hätte.

»Guckt mal! Das ist doch ein Boot, oder?«

Wir starrten alle fünf auf die Wellen, und bald konnten wir erkennen, dass tatsächlich ein Boot auf dem Weg zu uns war.

»Sind sie es?«, wollte Henrik wissen.

»Woher soll ich das denn wissen?«, erwiderte Katarina.

»Natürlich sind sie es«, erklärte Erik. »Welche anderen Idioten würden sich denn sonst bei dem Wetter rauswagen?«

»Das ist aber wirklich in letzter Sekunde«, sagte Henrik.

»Kannst du so gut sein und nicht so viel reden, sondern dich lieber nützlich machen?«, bat Katarina.

»Und was soll ich deiner Meinung nach tun?«, gab Henrik zurück. »Dir den Rücken eincremen?«

Es waren tatsächlich Gunnar und Anna, die mit dem Boot kamen. Sie kämpften sich durch die Wellen an Land, und eine mühsame Viertelstunde später war es uns allen gelungen, an Bord zu gelangen. Was bei der rauen See nicht so einfach war. Erik verletzte sich am Ellbogen, und das Mädchen schluchzte lauthals, während sie sich die kurze Leiter hochmühte und versuchte, die Wellen zu parieren.

»Mit dem Motor stimmt was nicht«, sagte Gunnar. »Wir haben zwei Stunden daran gearbeitet, bis wir ihn endlich zum Laufen gebracht haben.«

»Hoffentlich hattet ihr einen schönen Ausflug«, sagte Henrik.

Mir war klar, dass Henrik bald das bekommen würde, was er verdiente, wenn er nicht endlich so schlau war, den Mund zu halten. »Setzt euch runter in die Kajüte«, sagte Gunnar. »Ich friere wie der Arsch vom Eisbär, aber ich denke, es ist das Sinnvollste, wenn ich mich um die Heimfahrt kümmere.«

Ich fand das einen richtig schlechten Vergleich, sagte aber lieber nichts.

»Gebt jedenfalls nichts Henrik in die Finger«, sagte Katarina.

Wir zwängten uns in die enge, dunkle Kajüte, Gunnar wendete und gab Gas. Es war zu hören, dass tatsächlich etwas mit dem Motor nicht stimmte, das Geräusch war tief und dumpf, auf dem Hinweg war es hoch und schrill gewesen. Wir fuhren schräg zu den Wellen, und sie schlugen kräftig gegen das Boot, wir waren gezwungen, uns etwas nach vorn zu beugen und festzuhalten, um nicht mit dem Kopf an die niedrige Decke zu schlagen. Auch wenn das veränderte Motorengeräusch es eigentlich möglich gemacht hätte, sich zu unterhalten, gab es niemanden, der die Gelegenheit nutzte. Hoch und runter, hoch und runter, nach wenigen Minuten spürte ich, wie mir übel wurde, meine Kopfschmerzen hatten sich die letzte Stunde bedeckt gehalten, aber jetzt schlugen sie wieder mit erneuter Kraft zu. Und ich bin mir sicher, dass es keinem der anderen sehr viel besser ging. Ich saß eingezwängt zwischen Henrik und Erik. Anna, Katarina und das Mädchen zwängten sich auf der anderen Seite des Tisches zusammen, um den sich jetzt sechs Paar Hände klammerten, dass die Knöchel weiß hervortraten. Hoch und runter. Hoch und runter. Das Motorengeräusch nahm zu und nahm ab im Takt mit den Wellen. Hin und wieder gab es einen heftigen Schlag, wenn wir nach einer etwas höheren Welle im Wellental landeten. Meine Übelkeit nahm langsam Fahrt auf, ich begann meine Atemzüge zu zählen, zählte das monotone Pochen des Pulses in meinen Schläfen, schloss die Augen und wünschte, ich hätte diese Menschen am ersten Tag in Bénodet tatsächlich umgebracht. Dass ich ein einziges Mal die Gedanken in die Tat umgesetzt hätte.

Plötzlich erstarb der Motor. Gunnar tauchte unten in der Kajüte auf, seine tropfnasse Gestalt füllte die gesamte Öffnung zur Plicht aus, es wurde rabenschwarz. »Verdammte Scheiße!«, schrie er. »Er ist wieder stehen geblieben! So eine Kacke!«

Das Schlingern nahm zu. Wir rollten jetzt von einer Seite auf die andere, hoch und runter, hoch und runter, aber da wir zu sechst in einem Raum saßen, der offenbar für vier gedacht war, klemmten wir fest und blieben auf unseren Plätzen.

»Was machen wir?«, fragte Gunnar. »Ich habe kein Gefühl mehr in den Händen!«

»Wie weit ist es noch bis zum Land?«, schrie Anna. Es gab keinen äußeren Grund zu schreien, nur einen inneren.

»Mindestens eine halbe Stunde«, sagte Gunnar. »Aber ohne Motor treiben wir nicht an Land. Es weht aus Nordwest, wenn wir nicht kentern, werden wir … ja, was weiß ich, nach La Rochelle oder wohin getrieben.«

»Kannst du nicht versuchen, noch einmal zu starten?«, fragte Anna.

»Denkst du, ich habe es nicht versucht?«, entgegnete Gunnar wütend. »Ich habe einfach kein Gefühl mehr in den Fingern. Vielleicht wäre es an der Zeit, dass mal jemand anders Einsatz zeigt.«

Das Boot rollte heftig, Gunnar schlug mit dem Kopf gegen den Türpfosten und fluchte laut.

»All right«, sagte Erik. »Ich gehe hoch und guck mir das mal an.«

Er drängte sich an Gunnar vorbei, der sich rechts von mir stöhnend niederließ. »So eine Scheiße. Wir haben nicht einmal Rettungswesten. Wie kann man nur ein Boot ohne Rettungswesten vermieten?«

»Versteht Erik überhaupt etwas von Bootsmotoren?«, fragte Katarina. »Henrik, solltest du nicht lieber …«

»Ich bin zu besoffen«, sagte Henrik. »Sorry, aber ihr, die uns die Suppe eingebrockt habt, müsst das jetzt selbst auslöffeln.«

Annas geballte Faust schoss wie ein Kolben über den Tisch. Sie landete irgendwo in Henriks Gesicht, ich fand es bewundernswert, dass es ihr mitten in dem Rollen und in der Dunkelheit gelungen war, ihn mit so einer Präzision zu treffen.

»Was soll das denn?«, schrie Henrik. »Du verfluchte kleine Schlampe!«

»Bleibt ruhig, verdammt noch mal!«, brüllte Gunnar. »Jetzt reißt euch zusammen und beruhigt euch wieder!«

Ich hatte das Gefühl, dass wir einen bestimmten Punkt erreicht hatten. Die dünne Schicht von Zivilisation war von diesen Menschen abgefallen, die Normalität war verschwunden, eine Art roher Naturzustand hatte sich eingestellt, und die Sprache wurde nicht mehr als Kitt verwendet, sondern als Waffe. Das Boot rollte heftig, und Troaë begann zu weinen.

Mindestens eine Stunde verging. Wir saßen unten in der engen, dunklen Kajüte zusammengezwängt und wurden von dem aufgewühlten, regengepeitschten Meer hin und her geworfen. Niemand sagte etwas, abgesehen von vereinzelten Flüchen, das Mädchen schluchzte ab und zu, Erik und Gunnar lösten sich an dem toten Motor ab, manchmal versuchten sie es auch gemeinsam. Henrik oder mich baten sie kein einziges Mal um Hilfe. Meine Kopfschmerzen kamen und gingen, mit der Übelkeit war es im Großen und Ganzen ebenso. Ich zählte meine Atemzüge und meinen Puls und dachte über das Schweigen nach, warum eigentlich niemand etwas unter diesen Umständen zu sagen hatte. Warum niemand versuchte, seine Menschlichkeit zurückzugewinnen. Vielleicht lag es daran, dass die Situation, in der wir uns befanden, unser aller Vorstellungsvermögen überstieg. Uns stumm, handlungsunfähig und tierisch verängstigt machte. Ich selbst sagte auch nichts, aber das ist meine natürliche Strategie. Vielleicht saßen ja alle da und bildeten sich ein, dass wir sterben würden, vielleicht war es die Einsamkeit vor diesem äußersten Augenblick, mit der jeder Einzelne versuchte, ins Reine zu kommen. Nach eigenem Belieben und eigenem Vermögen und in der zunehmenden kalten Dunkelheit des Rausches.

Ich hatte gerade gemerkt, dass es Henrik zu meiner Linken gelungen war, einzuschlafen, als Katarina Malmgren mich auf das Mädchen aufmerksam machte.

»Sie muss sich übergeben«, sagte sie. »Ich weiß nicht, ob ich …?«

»Ich gehe mit ihr«, sagte ich.

Katarina sagte etwas zu Troaë, und das Mädchen nickte.

Stöhnte leise und streckte quer über den Tisch ihre Hand zu meiner aus. Ich ergriff sie, und wir kletterten die vier Stufen zur Plicht hinauf. Der Regen peitschte immer noch, aber ich hatte den Eindruck, als wären die Wellen etwas sanfter geworden. Weit in der Ferne konnte man Lichter vom Land sehen, und daraus schloss ich, dass wir trotz allem ungefähr in die richtige Richtung trieben. Auf jeden Fall waren wir nicht auf dem Weg hinaus aufs Meer. Wenn wir nur nicht kenterten, würden wir wahrscheinlich in einer oder einigen Stunden festen Boden unter den Füßen haben. Oder an irgendwelchen Klippen zerschellen. Erik klammerte sich an dem toten Motor fest, sie hatten die obere schwarze Plastikkappe abgenommen und das Motoreninnere entblößt. Ich dachte, dass der einzige Erfolg dieser Aktion wahrscheinlich darin bestand, das alles vom Salzwasser, was darüber spülte, kaputt gemacht wurde. Troaë begann zu würgen, ich half ihr zur Reling, hielt sie mit meiner rechten Hand fest, während sie sich übers Wasser beugte und erbrach. Ich erkannte, dass wir die falsche Seite genommen hatten, sie spuckte direkt gegen den Wind, und der klebrige Schleim wurde zurück an Bord geworfen. Sie schluchzte und würgte und schrie etwas, was ich nicht verstand; es klang nicht französisch, sondern wie eine ganz andere Sprache.

Plötzlich fuhren wir über einen Wellenkamm, und das Gleichgewicht verschob sich. Ich wäre fast vornüber gefallen, über Bord, tastete vergeblich mit meiner freien Hand, um einen sicheren Halt zu finden, fand aber nichts. Um Troaë nicht im Fall mitzureißen, ließ ich ihre Hand los und konnte im nächsten Moment am Stag des Verdecks Halt finden. Ich fand mein Gleichgewicht wieder, begriff aber im gleichen Moment, dass mein Manöver schiefgegangen war. Das Mädchen schrie auf, ruderte eine Sekunde lang mit den Armen in der Luft und fiel über Bord.

Ich rief nach Erik. Ich weiß nicht, was ich rief, aber Erik hatte natürlich den ganzen Unfall mit angesehen, er schrie etwas, stand auf und starrte in die Wellen. Troaë war plötzlich im Wasser zu sehen, ihr Kopf und die wild rudernden Arme, aber sie war bereits zwei, drei Meter vom Boot entfernt.

»Ein Seil!«, schrie Erik. »Wirf ein Seil raus!«

Ich schaute mich in Panik um. Es gab kein Seil, keinen Rettungsring. Das Mädchen schrie und verschwand unter Wasser. Erik fluchte und brüllte den anderen unter Deck etwas zu. Ich kletterte um das Verdeck und zog mich auf dem Deck vorwärts, das Boot schlingerte heftig, aber es gelang mir, mich an Seilen und Stag festzuhalten. Ich schaute mich verzweifelt nach irgendeiner Art von Hilfsmittel um, ich wusste nicht, was, während ich gleichzeitig versuchte, das Mädchen wieder zu entdecken. Nach einigen Sekunden tauchte sie erneut auf, winkte mit den Armen und rief, dieses Mal keine Worte, nur einen unartikulierten, dumpfen Laut, der aus ihrer Kehle kam. Scheiße, dachte ich, sie kann nicht einmal schwimmen! Ich sah, wie Gunnar und Katarina in die Plicht heraufkamen, dort standen, gestikulierten und brüllten.

Eine Sekunde zögerte ich noch, dann warf ich mich ins Wasser. Stieß mir den rechten Fuß an etwas Hartem, Scharfem, ein heftiger Schmerz schoss mir durch den Körper, und in den ersten Sekunden im Wasser spürte ich nichts anderes als diese flammenden Stöße. Ich schluckte Wasser, es brannte in der Kehle, aber ich riss mich zusammen und fing an, herumzuschwimmen und nach dem Mädchen zu suchen. Ich hörte Anna und Katarina vom Boot her schreien, wahrscheinlich zeigten und gestikulierten sie dabei, aber ich schoss über einen Wellenkamm und verlor den Kontakt zu ihnen. Dann erblickte ich das Mädchen für einen kurzen Moment, ihren Kopf und einen Arm, die über der grauschwarzen Wasseroberfläche für die Bruchteile einer Sekunde sichtbar wurden. Anschließend verschwand sie. Ich tauchte und versuchte etwas unter Wasser zu sehen, aber es brannte in den Augen, und als ich sie dennoch für einen Moment offen halten konnte, gelang es mir mit Mühe und Not, meine eigenen Hände zu erkennen. Ich kam wieder an die Oberfläche, schluckte erneut Wasser, hörte Anna, Katarina und Gunnar weitere Anweisungen schreien – offenbar hatten sie ganz in meiner Nähe einen Zipfel des Mädchens gesehen. Ich machte ein paar Schwimmzüge, tauchte erneut, versuchte wieder etwas in dieser trüben Dunkelheit zu entdecken, doch es war sinnlos. In dem Moment, als ich den Kopf wieder über Wasser hatte und atmen konnte, sah ich, dass Gunnar hereinsprang. Wir starrten einander an, Gunnar fluchte, ich erinnere mich an den Schmerz in meinem Fuß, Gunnar tauchte, ich spürte, dass ich fast keine Kräfte mehr hatte. Ich hatte die größte Mühe, mich über Wasser zu halten.

Ich weiß nicht, wie lange wir in den Wellen kämpften. Vermutlich nur einige Minuten, aber sie erschienen wie Stunden. Ich hatte nicht nur die Hoffnung aufgegeben, das Mädchen lebend zu finden, sondern vermutlich auch selbst lebend davonzukommen, als ich plötzlich Gunnar rufen hörte: »Ich habe sie!« Er befand sich nur ein paar Meter von mir entfernt, das Boot war noch ein Stück weiter weg, es schoss gerade über einen Wellenkamm und verschwand; es gelang mir, mich zu Gunnar hinzukämpfen, sein Gesicht sah wild und wahnsinnig aus, sein Mund war aufgerissen, die Augen starr. »Ich habe sie!«, keuchte er. »Hilf doch, verdammt noch mal!«

Er bekam den Kopf des Mädchens über die Wasseroberfläche, wobei er gleichzeitig selbst unter Wasser verschwand, ich sah weder ihre Augen noch ihren Mund, nur das schwarze Haar, das sich wie ein gewaltiges Algenbüschel über ihr Gesicht ausbreitete. Es gelang mir, einen Arm zu packen, und mit vereinten Kräften schafften wir es, sie in Richtung Boot zu bugsieren. Bei jedem Schwimmzug dachte und fühlte ich, dass es mein letzter sein würde, es hat keinen Sinn, jetzt ist es zu Ende, ich schaffe es nicht mehr.

Doch wir schafften es. Wir brauchten sicher zehn Minuten, sie an Bord zu ziehen. Alle schrieen und fluchten. Gunnar riss sich die Wange auf, als er von der Leiter getroffen wurde, Anna fiel ins Wasser, konnte aber aus eigener Kraft wieder an Bord kommen, die ganze Zeit peitschte der Regen, die Wellen warfen das Boot und uns wie Treibholz hin und her, und wie es uns eigentlich gelang, den leblosen Körper zu bergen, das kann ich nicht im Einzelnen sagen. Das geht über meinen Verstand und jede Logik. Ist nicht zu fassen.

Als wir sie endlich auf dem Boden der Plicht abgelegt hatten, ging Katarina auf die Knie und begann mit künstlicher Beatmung. Blies ihr in den Mund, abwechselnd mit dem Druck der Hände auf den Brustkorb, mir fiel ein, dass sie Krankenschwester war, und keiner von uns machte Anstalten, ihr helfen zu wollen, stattdessen drückten wir uns unter dem Verdeck zusammen, und plötzlich herrschte wieder Stille. Ein Schweigen, das in gewisser Weise die Geräusche des Meeres und des Regens übertönte, und bereits nach wenigen Minuten merkten wir, dass die Wellen sich legten, der Regen, der die ganze Zeit niedergeprasselt war, ging in ein Flüstern auf dem Stoff des Verdecks über, und es ist möglich, dass ich für ein paar Sekunden das Bewusstsein verlor.

Nach einigen Minuten richtete Katarina Malmgren sich auf. Starrte uns an, ließ einen gebrochenen Blick von einem zum anderen wandern, während ihre Hände und Schultern vor Erschöpfung zitterten und die Tränen ihr übers Gesicht liefen.

»Sie ist tot«, sagte sie. »Begreift ihr nicht, dass das Mädchen tot ist?«

Kommentar, August 2007

Kein Kommentar, genauso ist es gewesen.

8. – 13. August 2007

12

Kriminalinspektor Gunnar Barbarotti saß in seinem Auto und starrte hinaus in den Regen.

Es war Mittwochabend. Der Wetterumschwung hatte während der frühen Nachmittagsstunden eingesetzt, eine Wolkenbank war von Südwesten her angewachsen, hatte die ersten schweren Tropfen kurz nach zwei Uhr fallen lassen, und innerhalb einer halben Stunde hatten sich die dunklen Wolken über das gesamte Himmelsgewölbe von einem Horizont zum anderen ausgebreitet. Seitdem hatte es geregnet – beharrlich und ausdauernd, wenn auch nicht besonders kräftig, und die Temperatur war von fünfundzwanzig auf fünfzehn Grad gefallen.

Das war angenehm, wie Gunnar Barbarotti fand. Man bekam wieder Luft, zumindest, wenn man das Seitenfenster auf der Beifahrerseite ein paar Zentimeter heruntergekurbelt hatte. Wenn er es recht überlegte, so war das eigentlich auch das einzig Positive, was über die momentane Lage zu sagen war.

Dass es möglich war zu atmen. In den letzten drei Tagen hatte er hinsichtlich der Ermittlungen und seiner Arbeit eine zunehmende Hilflosigkeit empfunden, und die Worte, die er Marianne gegenüber hatte fallen lassen, wonach er überlege, den Beruf zu wechseln, kamen ihm in regelmäßigen Abständen immer wieder in den Sinn.

Als würde sich die Waagschale seines Lebens gerade in diesem Sommer auspendeln.

Die Waagschale seines Lebens? Das klang ein wenig defaitistisch, sicher, aber er ahnte, dass er ihn im Rückblick so betrachten würde. Den Sommer 2007. Ich fasste diesen und jenen Entschluss, und dann kam es so, wie es kam.

Er ahnte auch, dass das Leben genau so aussah, dass es um diese Struktur ging. Lange Strecken von Routine und Schlendrian, im Guten wie im Bösen, und dann plötzlich Portale, die sich öffneten und die Möglichkeit boten, einen Weg zu wählen. Und wenn man sich nicht rechtzeitig entschied, dann wurden die Tore geschlossen. Sich nicht zu entscheiden war auch eine Wahl.

Aber vielleicht waren das nur Gedanken, die gut zum Regen passten.

Jetzt saß er auf jeden Fall hier und bewachte dieses Haus. Er hatte selbst darum gebeten, freiwillig diesen ziemlich trivialen Auftrag übernommen, nur um eine Weile wegzukommen. Backman hatte ihm einen leicht fragenden und leicht mitleidigen Blick zugeworfen, aber nichts gesagt. Wie üblich durchschaute sie ihn, und er musste zugeben, dass er dankbar dafür war. Dass sie diesen speziellen Mutterblick hatte, den gewisse Frauen halt haben und der bedeutet, dass es sich gar nicht lohnt, ihnen etwas vormachen zu wollen.

Aber vielleicht idealisiere ich ja auch nur, dachte er. Vielleicht ist es nur so, dass gewisse Männer so einen Mutterblick brauchen, und deshalb erfinden wir ihn und schieben ihn bestimmten Frauen unter, die diese Illusion allem Anschein nach aufrechterhalten können? Vielleicht war es mit Marianne das Gleiche?

Was meinte er eigentlich mit »gewisse Männer«?

Auf jeden Fall habe ich das Bedürfnis, über andere Dinge nachzudenken als über diesen briefeschreibenden Wahnsinnigen, stellte er fest und schob sich zwei Kaugummistücke in den Mund, um wach zu bleiben. Bereits als er vor einer Stunde zwischen den gestutzten Linden geparkt hatte, hatte er den

Herrgott gebeten, es möge nichts passieren, er solle ihn bitte ein paar Stunden in Ruhe und Frieden einfach nur dasitzen lassen, damit er nach wohlverrichteter Tat wieder abfahren und eine Nacht ungestörten Schlafs bekommen könne. Er war sich sicher, er könnte zwölf Stunden am Stück schlafen, wenn er nur die Gelegenheit dazu bekäme. Vielleicht sogar vierzehn.

Ein Punkt?, hatte der Herr gefragt. Ein Punkt, hatte Barbarotti bestätigt.

Er hatte zehn Minuten mit Marianne gesprochen, und vielleicht war es eigentlich dieses Gespräch, das ihn am meisten bewegte. Ja, sollte er es wagen, den Dingen ehrlich in die Augen zu sehen, dann war es wohl dieses Gespräch, das ihn wachhielt. Mehr als die Kaugummistückchen. Sie hatte nämlich ein wenig abwesend geklungen, unkonzentriert, er fragte sich, ob es wohl irgendwelche Konflikte mit den Kindern gab.

Er hoffte, dass dem so war, dass nicht er der Grund für diese Distanz war. Aber am merkwürdigsten – oder zumindest ebenso beunruhigend – war die Tatsache, dass er sich selbst während des Gesprächs auch wie abwesend gefühlt hatte. Das hat mit der sinnlosen Arbeit der letzten Tage zu tun, dachte er. Durch sie waren ihm die primärsten Funktionen und Bedürfnisse verloren gegangen. Liebe, Zärtlichkeit und Sehnsucht. Nur ein Hohlraum war geblieben, ein Loch.

Und das Loch wurde mit Müdigkeit und Missmut gefüllt.

Und mit mehr Arbeit.

So langsam, nach diesen Wanderungen im Sumpf des Selbstmitleids, hatten sich seine Gedanken unausweichlich zurück auf die Ermittlungen zu bewegt. Auch gut, dachte Gunnar Barbarotti. Schließlich war das das Einzige, was in seinem Leben momentan stattfand.

Was stattgefunden hatte, seit er in der letzten Woche nach Kymlinge zurückgekommen war, genau genommen. Es war jetzt der achte Arbeitstag in Folge. Er wusste nicht mehr über den briefeschreibenden Mörder, als er zu dem Zeitpunkt gewusst hatte, als er die Gotlandsfähre verlassen hatte.

Nicht einen verdammten Deut mehr. Wenn man in einer Wurstfabrik arbeitete, konnte man sich nach einer Woche wahrscheinlich immerhin rühmen, das eine oder andere Würstchen produziert zu haben, dachte Inspektor Barbarotti. Was er selbst in den letzten siebzig bis achtzig Arbeitsstunden zu Wege gebracht hatte, das konnte man sich wirklich fragen. Und er war damit nicht allein. Mindestens zehn Kollegen hatten ebenso viel gearbeitet wie er und hatten ebenso wenig zu präsentieren, so war es nun einmal.

Der Mörder dagegen stand allein. Man konnte von ihm sagen, was man wollte, zumindest hielt er die Polizei auf Trab.

Auch wenn einige von ihnen keine Lust mehr hatten, weiter zu traben.

Nun ja.

Die Leitung der Ermittlungen hatte am Montag ein neues Gesicht bekommen, genau wie Asunander prophezeit hatte. Außer Astor Nilsson waren jetzt noch zwei Herren vom Zentralkriminalamt zur Stelle. Ein Hauptkommissar Jonnerblad und ein Kommissar Tallin. Gunnar Barbarotti hatte sich von keinem von beiden bisher eine richtige Meinung bilden können, ging aber davon aus, dass es ordentliche Kriminalpolizisten waren. Sie waren zumindest nicht wie ein paar lautstarke Besserwisser hereingepoltert, und persönlich war er, wie schon gesagt, dankbar, je weniger Verantwortung er selbst übernehmen musste. Man war momentan zu sechst in der sogenannten Leitungsgruppe, außer den Zugereisten waren da er selbst, Eva Backman und Gerald Borgsen, allgemein Sorgsen genannt aufgrund seiner düsteren, sorgenvollen Ausstrahlung. Kommissar Asunander gehörte wohl auch dazu, hielt sich aber wie üblich im Hintergrund, lutschte an seinen Zähnen, zwinkerte und wartete auf die Pension. Profiler Lillieskog kam und ging – aber da hinsichtlich des Täters in den letzten Tagen eigentlich nichts Neues bekannt geworden war, hatte er Probleme, das Profil deutlicher herauszuarbeiten. Die Tatsache, dass der Mörder sich bei beiden Morden unterschiedlicher Methoden bedient hatte, wurde als ungewöhnlich angesehen, das wurde von allen bekräftigt. Es schien eine allgemeine Auffassung darüber vorzuliegen, wie das psychologische Bild eines Messerstechers aussah – ebenso darüber, wie ein Täter, der stumpfe Gegenstände vorzog, aufgebaut sein müsste –, aber eine Person, die den einen Tag das eine und den anderen das andere vorzog, die war nur schwer festzunageln.

Hieß es. Beide Morde hatten in allen möglichen Medien viel Aufmerksamkeit erregt, die Opfer waren mit Namen genannt worden, ihre Fotos veröffentlicht, aber die Leitungsgruppe hatte in Übereinkunft mit Staatsanwalt Sylvenius beschlossen, nichts über die verrückte Gewohnheit des Mörders verlauten zu lassen, Briefe an die Polizei zu schreiben und sie zu warnen. Vielleicht würde man diese Entscheidung später korrigieren, es war eine Frage der Abwägung hinsichtlich eventueller neuer Informationen, die man vom sogenannten Kommissar Allgemeinheit bekommen könnte – gegenüber der Panik, die wahrscheinlich entstehen würde und der Kritik, die man auf sich zöge, weil die Briefe der Bevölkerung erst im Nachhinein zur Kenntnis gebracht worden waren. Wie auch immer: in Erwartung des dritten Briefes – und eines dritten Opfers – schwieg man.

Aber vor ein paar Stunden war er also gekommen.

Der Brief – bisher noch kein Opfer. Auf jeden Fall hatte man bis jetzt noch keines gefunden. Barbarotti war wie üblich nach Hause gefahren und hatte nach dem Essen die Post des Tages durchgesehen, doch da er automatisch voraussetzte, dass der Mörder auch bei einem möglichen dritten Mal die gleiche Art von Umschlag benutzen würde, hätte er ihn fast übersehen.

Aber die Handschrift war die gleiche. Das Papier, auf dem die kurz gefasste Mitteilung verfasst war, auch. Was dieses Mal anders war: Er hatte einen hellblauen Umschlag genommen, nicht den üblichsten in Schweden, aber auch nicht besonders unüblich und wahrscheinlich unmöglich, ausfindig zu machen. Der Stempel war dieses Mal deutlicher, offenbar war der Brief in Borås aufgegeben worden.

Die Mitteilung war noch kürzer als sonst.

NUMMER DREI WIRD HANS ANDERSSON SEIN.

Es waren neunundzwanzig Personen mit dem Namen Hans Andersson in der Gemeinde von Kymlinge gemeldet. Einer von ihnen wohnte in dem Haus, vor dem Gunnar Barbarotti momentan in seinem Auto saß und das er bewachte. Das war die Strategie, die man in aller Eile – und bis auf weiteres – beschlossen hatte. Man wollte alle neunundzwanzig darüber informieren, dass es eine Art Drohung gegen sie gab, oder besser gesagt, gegen eine Person mit Namen Hans Andersson, und dass man die Absicht hegte, zunächst einmal eine gewisse Überwachung aufrechtzuerhalten. Im Laufe des Nachmittags hatte man siebenundzwanzig von den neunundzwanzig erwischt, sechs waren verreist, hatten aber versprochen, sich bei der Polizei zu melden, sobald sie zurück waren.

Von den beiden, die man nicht gefunden hatte, befand sich der eine entweder in Guatemala oder in Costa Rica, von dem anderen hieß es, dass er sich wohl in der Stadt aufhielt, aber dafür bekannt war, nicht einfach aufzuspüren zu sein. Er war Poet und Maler und ein einsamer Wolf, hatte kein Telefon, und in der regionalen Zeitung hatte vor ungefähr einem Monat gestanden, dass er zu seinem fünfundachtzigsten Geburtstag auf keinen Fall irgendwelche Ehrungen erhalten wolle.

So sah es momentan aus. Der Hans Andersson, den Gunnar Barbarotti unter einer Art Aufsicht hatte, wohnte in der Framstagsgatan 4 im Vorort Norrby zusammen mit Ehefrau und drei Kindern. Er war 44 Jahre alt und Oberarzt für Anästhesie im Krankenhaus. Sämtliche Familienmitglieder befanden sich an diesem Abend zu Hause, und dass irgendein Mörder vorhaben könnte, in das gut beleuchtete Haus einzudringen, erschien Gunnar Barbarotti nicht besonders wahrscheinlich. Sollte es dennoch geschehen, würde es wohl bedeuten, dass man es mit einem bis zur Dummheit waghalsigen Typen zu tun hatte – oder mit einem Täter, der alles daran setzte, gefasst zu werden –, und so hatte es bisher nicht ausgesehen. Ganz im Gegenteil.

Barbarotti schaute auf die Uhr. Es war Viertel vor neun. Noch fünfundsiebzig Minuten bis zur Ablösung. Er spuckte sein Kaugummi durchs Seitenfenster und schenkte sich stattdessen Kaffee aus der Thermoskanne in seinen Becher ein.

Wer bist du?, dachte er zum hundertsten Mal, seit er den Brief gelesen hatte.

Welches Motiv steckt hinter deinen Schandtaten, und warum schreibst du ausgerechnet mir?

Gute Fragen. Das Dumme dabei war, dass er bei keiner auch nur in die Nähe einer Antwort kam.

Inspektorin Backman rief ihn an, gerade als er aus Norrby herausfuhr und sich überlegt hatte, an der Tankstelle am Sportplatz zwei gegrillte Würstchen mit Brot zu kaufen.

»Ich habe etwas, das solltest du dir mal angucken«, sagte sie.

»Jetzt?«, fragte Gunnar Barbarotti. »Es ist fast halb elf.«

»Jetzt«, bestätigte Eva Backman.

»Äh … ich bin ein bisschen hungrig. Heißt das, dass du immer noch auf dem Revier bist?«

»Richtig geraten«, sagte Eva Backman. »Ich habe noch eine halbe Pizza von heute Nachmittag. Die kannst du kriegen, sie liegt hier auf dem Schreibtisch.«

»Danke«, sagte Barbarotti. »Du bist unwiderstehlich. Aber was soll ich denn angucken?«

»Ein Foto.«

»Ein Foto?«

»Ja. Du bist in fünf Minuten hier, ja?«

»Und was ist drauf?«

»Was?«

»Was ist auf dem Foto drauf?«

»Entschuldige, ich bin ein bisschen müde. Nun, das sollst ja du gerade sagen, wenn du hergekommen bist.«

»All right«, seufzte Gunnar Barbarotti. »Ich komme. Aber ich verstehe nicht, wovon du redest. Kannst du die Pizza für ein paar Minuten in die Mikrowelle schieben?«

»Es ist zu weit bis zur Mikrowelle«, erklärte Inspektorin Backman. »Aber ich lege sie solange auf die Heizung.«

»Danke«, sagte Gunnar Barbarotti.

»Na, was sagst du?«

Er starrte auf das Bild. Es war ein ganz gewöhnliches Farbfoto, zehn mal fünfzehn Zentimeter, und es zeigte zwei Menschen, die auf einer Bank saßen. Einen Mann und eine Frau. Etwas unscharf, es schien Abend oder später Nachmittag zu sein, aber keine Sonne.

Beide waren sommerlich gekleidet. Sie saßen ungefähr einen halben Meter voneinander entfernt. Der Mann trug ein kurzärmliges, dunkelblaues Hemd, eine helle Baumwollhose und Sandalen, die Frau ein beigefarbenes, dünnes Kleid ohne Ärmel. Sie war barfuß, aber neben einem bläulichen Papierkorb stand ein Paar einfache Badeschuhe auf dem Weg. Die Frau schaute in die Kamera, ohne zu lächeln, der Mann hatte den Kopf schräg zur Seite gedreht und schien nicht zu bemerken, dass er fotografiert wurde.

Es dauerte eine Weile, bis er begriff, aber dann war er sich sicher. Die Frau auf dem Foto war Anna Eriksson. Sie hatte eine andere Frisur und eine andere Haarfarbe, aber sie war es.

»Das ist Anna Eriksson«, sagte er.

»Da sind wir einer Meinung«, sagte Backman. »Und der Mann?«

»Der Mann?«, wiederholte Barbarotti mechanisch und nahm ein Stück raumtemperierte Pizza. Schob das Foto unter die Schreibtischlampe und kippte es ein wenig hin und her, um besser sehen zu können.

»Er ist ziemlich verschwommen«, sagte er. »Was möchtest du hören?«

»Nun reiß dich ein bisschen zusammen, dann ist er nicht mehr so verschwommen«, sagte Eva Backman. »Hier lädt man zu frisch gebackener Pizza ein, da könntest du zumindest ein bisschen ...«

»Warte«, sagte Gunnar Barbarotti. »Jetzt verstehe ich, worauf du hinaus willst. Du meinst also, es könnte sich um Erik Bergman handeln?«

Backman sagte nichts.

Er hielt das Foto nur zwanzig Zentimeter von den Augen entfernt hoch und richtete seinen Blick so intensiv er konnte auf den Mann auf der Bank. Versuchte sich zu erinnern, wie Erik Bergman eigentlich ausgesehen hatte, es war ja in erster Linie das Foto, das man in den Zeitungen veröffentlicht hatte, nach dem er sich richten konnte – aber er hatte nicht das Gefühl, als würden sich die beiden Gesichter ineinander verhaken. Backman schob ihm ein Aftonbladet hin mit dem Foto, das er gerade in seinem Kopf hervorzurufen versuchte. Er legte die Bilder nebeneinander und verglich. Backman wartete schweigend.

»Ich weiß nicht«, erklärte Barbarotti schließlich. »Er kann es natürlich sein, aber es kann ebenso gut jemand anderes sein. Wo hast du das Foto her?«

»Aus einem ihrer Fotoalben. Göransson und Malm haben es vor zwei Stunden unten in ihrem Kellerverschlag gefunden.«

»In ihrem Kellerverschlag?«

»Ja.«

»Und warum haben wir so viele Tage verstreichen lassen, bevor wir ihren Verschlag durchsucht haben?«

Eva Backman seufzte. »Sie hatte zwei. Davon haben wir nichts gewusst.«

»Aha?«, sagte Barbarotti. »Und es gab nur dieses da?«

»Du möchtest wissen, ob es noch mehr Fotos gab mit jemandem drauf, der möglicherweise Bergman sein könnte?«

»Ja, ich denke, das habe ich damit gemeint«, sagte Barbarotti und biss erneut von der Pizza ab.

»Tut mir leid«, antwortete Backman. »Nur dieses hier. Es gab übrigens nicht mehr als drei Alben. Und es ist das einzige Foto, auf dem sie diese Kleidung trägt, man kann also wohl davon ausgehen, dass es jemand anderes aufgenommen und ihr dann gegeben hat. Ansonsten ist es immer leicht zu sehen, welche Bilder vom selben Film stammen.«

»Ich verstehe«, sagte Barbarotti. »Und wie war das mit Erik Bergmans Fotos, er muss doch auch welche gehabt haben, oder?«

»Wir haben keine gefunden, schon merkwürdig.«

»Keine. Das könnte ja bedeuten, dass ...«

»Dass der Mörder sein Album mitgenommen hat, ja. Aber nicht alle Menschen machen Fotos. Wir müssen mal bei seinen Freunden nachfragen, wie es bei ihm aussah, aber auf die Idee sind wir erst jetzt gekommen. Außerdem fotografieren ja heutzutage viele digital. Laden die Sachen auf den Computer runter und so.«

»Ich weiß«, sagte Barbarotti. »Nun ja, besser spät als gar nicht. Und Hans Andersson? Ich meine, in Hinblick auf Fotos?«

»Ich weiß«, seufzte Backman. »Wir müssen versuchen, von allen Fotos zu kriegen, und dann sehen, ob einer von ihnen möglicherweise in Anna Erikssons Album auftaucht. Vielleicht auch noch umgekehrt?«

»Du meinst, wir sollen in deren Alben nach Eriksson und Bergman suchen? Oder in ihren Dateien?«

Eva Backman zuckte mit den Schultern und sah müde aus.

Barbarotti überlegte. »Wann?«, fragte er und sah dabei auf die Uhr. Es war fünf Minuten vor elf.

»Jonnerblad und Tallin haben beschlossen, dass wir erst morgen früh damit anfangen.«

»Ausgezeichnet«, sagte Barbarotti. »Dann haben wir morgen auch etwas zu tun. Übrigens, glaubst du, es ist ein Zufall, dass er sich einen Burschen aussucht, der Hans Andersson heißt?«

»Was?«

»Ich meine, es gibt kaum gewöhnlichere Namen. Anna Eriksson und Hans Andersson? Kann es sein, dass er sie nur aussucht, damit es uns schwerer fällt, den richtigen zu finden?«

»Von Erik Bergman hatten wir nur fünf.«

»Stimmt, aber da wussten wir ja auch noch nicht, ob es Ernst war oder nicht.«

Eva Backman nickte. »Ja, da magst du recht haben. Möglicherweise ist es so einfach … außerdem hat er vielleicht noch gar nicht beschlossen, welchen von ihnen er töten will. Vielleicht sucht er sich einen aus, der schlecht überwacht wird. In dem Fall …«

»In dem Fall«, ergänzte Barbarotti, »haben wir es mit einem zu tun, der durch und durch wahnsinnig ist. Nein, ich hoffe, es gibt einen Zusammenhang. Das macht das Ganze zumindest ein bisschen begreiflicher … wenn es zumindest einen Grund gibt.«

Er betrachtete das Foto erneut. »Was meinst du, wo das gemacht wurde?«, fragte er. »Irgendetwas sagt mir, nicht in Schweden.«

»Darüber habe ich auch schon nachgedacht«, sagte Eva Backman. »Irgendwas ist da mit der Bank und dem Papierkorb. Ich bin mir ziemlich sicher, dass es nicht hier im Land aufgenommen wurde.«

»Ausgezeichnet«, bemerkte Barbarotti. »Dann müssen wir ja nur noch den Rest der Erdkugel untersuchen.«

Eva Backman knüllte den Pizzakarton zusammen und drückte ihn in den Papierkorb. »Ich wette einen Hunderter, dass das Bergman ist«, sagte sie und streckte sich. »Hältst du dagegen?«

»Kann ich gerne tun«, sagte Barbarotti. »Aber ich habe meine Zweifel, dass wir jemals erfahren, wer von uns recht hat.«

»Du bist viel zu pessimistisch, das ist dein Fehler«, stellte Inspektorin Backman fest.

Aber er konnte auch in ihrem Gesicht keinen größeren Optimismus ausmachen, als sie das sagte. Nur die gleiche Müdigkeit, die er selbst verspürte. »Soll ich dich nach Hause fahren?«, fragte er. »Ich bin mit dem Auto da.«

Eva Backman zögerte einen Moment.

»In Ordnung«, sagte sie. »Ich hatte schon überlegt, hier zu schlafen, es ist ja sowieso niemand zu Hause. Aber eine Dusche und ein richtiges Bett sind vielleicht auch nicht schlecht.«

Vor drei Jahren, dachte Gunnar Barbarotti, hätte ich sie in so einer Situation auf ein Bier zu mir nach Hause eingeladen.

Aber das war vor drei Jahren.

13

»Wir müssen das mit dem Brief noch einmal diskutieren«, sagte Hauptkommissar Jonnerblad. »Tallin und ich haben gestern Abend darüber gesprochen und sind ungefähr zu den gleichen Ergebnissen gekommen.«

Man saß in einem Zimmer im dritten Stock, das für die beiden zugereisten Beamten von der Zentrale zurechtgemacht worden war. Wand an Wand mit Kommissar Asunander, sonst wurde dieser Raum für Konferenzen auf höchster Ebene genutzt – vorzugsweise zwischen Polizeipräsident Lindweden, Asunander und anderen höherstehenden Beamten. Soweit Barbarotti wusste, war er mindestens einmal im Jahr belegt, wenn Lindweden seine Rotarybrüder zum Weihnachtspunsch einlud. Die Einrichtung war hübsch, helle, geäderte Birke, weinrote Ledersitze auf den Stühlen, und an den Wänden hingen Bilder. Zwar nur Reproduktionen, ein paar Fichten und ein bisschen Meer im Sturm, aber immerhin. Es gab eine Kaffeemaschine und einen kleineren Kühlschrank, der brummend in einer Ecke stand. Ein Whiteboard und einen Fernsehapparat mit DVD und Video.

Hauptkommissar Jonnerblad hatte die Leitung – es gab eigentlich keine offen ausgesprochene Rangordnung, aber er war mindestens zehn Jahre älter als Tallin, hatte dünneres Haar und deutlich mehr Falten im Gesicht. Insgesamt wirkte er energisch, deshalb war diese Entscheidung ganz natürlich. Kommissar Tallin war kleiner im Wuchs, ein wenig schmächtig, in

Barbarottis Alter ungefähr. Ruhig und nachdenklich, fast höflich auf eine altmodische Art und Weise. Er erinnerte ein wenig an einen Mathematiklehrer, den Barbarotti im Gymnasium gehabt hatte, so eine Persönlichkeit, die mit der Zeit wuchs, mit jeder schläfrigen Doppelstunde, jeder Klassenarbeit und jedem Halbjahr, das verging. Der Umgang mit dieser Sorte Mensch ist angenehm, dachte Gunnar Barbarotti, Leute, die ihrer Umgebung nicht ständig das eine oder andere beweisen müssen, die über ihre Fähigkeiten und ihre Schwächen Bescheid wissen und sie zu steuern verstehen.

Auch an Jonnerblad war nichts auszusetzen, aber er ging irgendwie einen anderen Weg. Er hatte anfangs eine ziemlich bescheidene Rolle eingenommen, sich jedoch nach und nach immer mehr aus dem Fenster gelehnt. Wenn man von Asunander absah, bestand die Führungsgruppe aus sechs Personen – aber wenn wir ein Rudel Hunde wären, dachte Gunnar Barbarotti, dann wäre es Jonnerblad, der als Erster fressen und sich die Hündin vornehmen dürfte.

Obwohl sich Eva Backman natürlich nie im Leben eine Hündin vornehmen würde.

»Jaha?«, sagte Astor Nilsson. »Die Briefe?«

»Hm«, räusperte sich Tallin. »Die Briefe, ja. Wir wollen dabei in erster Linie die Tatsache im Auge behalten, dass sie an dich adressiert sind, Barbarotti.«

»Über diese Tatsache habe ich auch nachgedacht«, sagte Barbarotti. »Immer wieder.«

»Ausgezeichnet«, sagte Jonnerblad. »Unser Mörder hat sich also von Anfang an dazu entschieden, mit dir zu kommunizieren. Das muss etwas bedeuten, er muss eine Beziehung zu dir haben. Ich weiß, dass du darüber schon nachgedacht hast, aber wir, Tallin und ich, wir möchten, dass du das auf etwas systematischere Art tust. Dass du dir Zeit dafür nimmst. Wir glauben, das könnte sich lohnen.«

Barbarotti dachte einen Moment lang nach.

»Was soll ich deiner Meinung nach tun?«, fragte er. »Konkreter gesagt.«

»Also«, begann Jonnerblad und zeigte eine senkrechte Falte auf der Stirn. »Wir stellen uns einen Täter vor, der aus irgendeinem Grund nicht nur eine bestimmte Anzahl von Menschen töten will. Er will dabei auch die Polizei an der Nase herumführen. Aber nicht die Polizei insgesamt, sondern er sucht sich einen bestimmten Polizisten aus. Dich, Barbarotti. Warum tut er das?«

»Weil …«

»Weil er weiß, wer du bist, ja. Und wenn der Mörder weiß, wer du bist, dann müsste das doch bedeuten, dass du weißt, wer der Mörder ist. Du musst eine Art von Beziehung zu ihm haben, wie gesagt. Die kann alt sein wie Methusalem, es kann jemand sein, den du vor langer Zeit eingebuchtet hast, es kann sogar jemand sein, dem du auf dem Schulhof eins aufs Maul gehauen hast, als du in die vierte Klasse gegangen bist. Aber das Wichtige dabei ist, dass es ihn gibt. In deiner Vergangenheit irgendwo, Barbarotti, und wir, Tallin und ich, wir wollen also, dass du dich hinsetzt und ihn ausgräbst.«

Das klingt wie aus einem Trailer für einen schlechten Hollywoodschinken, dachte Barbarotti. Was aber nicht unbedingt ein Fehler sein muss.

»Da könnte was dran sein«, sagte er. »Also privates Brainstorming?«

»Man sollte sich das ein wenig systematisch denken«, warf Tallin ein.

»Wir gehen so vor«, erklärte Jonnerblad und beugte sich auf die Ellbogen gestützt über den ovalen Tisch vor, so dass Barbarotti seinen Atem riechen konnte. Kaffee und Eier, wenn er sich nicht irrte. Ein wenig Kaviar. »Du wirst von den übrigen Ermittlungen freigestellt. Du setzt dich in dein Büro … oder fährst nach Hause, wenn dir das lieber ist … und du gehst dann dein gesamtes Leben durch. Schreibst alle Leute auf, die du getroffen hast und die möglicherweise … ich sage *möglicherweise* … in der Lage sein könnten, auf so einen Wahnsinn zu kommen. Auf mindestens fünfzig Stück musst du kommen. Dann suchst du unter denen die zehn wahrscheinlichsten heraus, und dann gucken wir uns morgen beide Listen zusammen an. Der Schwerpunkt liegt natürlich auf deiner beruflichen Vergangenheit bei der Polizei.«

Das darf ja wohl nicht wahr sein, dachte Barbarotti. Er sagt … er sagt tatsächlich, ich soll nach Hause gehen, mich ins Bett legen und nachdenken. In der bezahlten Arbeitszeit. Einen ganzen Tag lang.

»Keine schlechte Idee«, sagte er und kam schnell auf die Beine. »Zumindest einen Versuch wert. Äh … dann bin ich also morgen wieder zurück, ja?«

»Wir können uns hier zur gleichen Zeit wieder treffen«, sagte Tallin.

Der Hauptkommissar lehnte sich zurück und sah zufrieden aus. »Dann ist es abgemacht«, sagte er.

»Auf alle Fälle«, nickte Barbarotti.

Hat er etwa geglaubt, ich würde mich dem Vorschlag widersetzen?, dachte er, als er auf dem Flur war. Ich habe ihn überschätzt.

Aber er konnte sich nicht aufs Bett legen und nachdenken. Nicht an so einem Tag, das merkte er, sobald er nach Hause gekommen war. Der Himmel sah zwar grau und bewölkt aus, vielleicht würde im Laufe des Nachmittags sogar der eine oder andere Regenschauer einsetzen, aber es war windstill, und die Temperatur lag um die zwanzig Grad.

Mit anderen Worten: eine Wetterlage, wie geschaffen für einen langen Spaziergang. Der schlaue Bulle packt die Gelegenheit beim Schopf – Barbarotti bewaffnete sich mit einer zusammengerollten Regenjacke, einem kleinen Rucksack, Wasser und Obst, Stift und Notizblock, dann fuhr er mit dem Auto zur

Kymmensudde und machte sich auf den Weg zum nördlichen Strand von Kymme. Dort gab es ein Wirrwarr von Wanderwegen in einem Waldgebiet, das sich über den Hügel bis nach Kerran und Rimminge erstreckte.

Und wenn wirklich ein Mörder in seinem Kopf stecken sollte, wie Hauptkommissar Jonnerblad und Kommissar Tallin vom Zentralkriminalamt offenbar annahmen, dann müsste doch eine ungestörte Wanderung von einigen Stunden in angemessenem Tempo durch diese friedliche Landschaft die ideale Methode sein, um ihn herauszuholen. Oder etwa nicht?

Dachte Inspektor Barbarotti – mit einer Art Optimismus, der ihm eigentlich nicht besonders vertraut war, aber vielleicht als theoretischer Ausgangspunkt gar nicht schlecht war. Als Tonart.

Dann begann er damit, auf Gotland anzurufen. Damit er hinterher mit gutem Gewissen sein Handy ausschalten konnte, das war der Beweggrund, den er sich zurechtlegte.

Sie klang etwas betrübt. Sie behauptete, das liege daran, dass es ihr letzter Tag in Gustabo war, sie und die Kinder sollten am nächsten Tag zurück nach Skåne fahren, aber er glaubte ihr nicht. Nicht ganz, da steckte noch etwas anderes dahinter. Zuerst fragte er, ob es damit zusammenhing, dass sie am Montag wieder anfangen sollte zu arbeiten, und sie gab zu, dass das natürlich auch eine Rolle spielte.

»Ich muss morgen das Paradies verlassen, mein Urlaub ist in drei Tagen zu Ende, und ich warte auf meine Menstruation. Nichts ist richtig schön. Ich fühle mich …«

»Wie fühlst du dich?«

»Einsam.«

»Du hast zwei Kinder bei dir und einen Polizisten, der dich liebt, wie kannst du dich da einsam fühlen?«

»Na, da ist das …«

»Ja?«

»Da ist das mit dem Polizisten.«

»Aha?«

Er wusste nicht, warum er »aha?« gesagt hatte. Es bedeutete auf jeden Fall nicht, dass ihm etwas klar geworden war. Ganz im Gegenteil, es erschien ihm eher, als würde sich ein dunkler Vorhang schnell senken, und er fühlte sich für einen Augenblick so matt, dass er gezwungen war, stehenzubleiben und sich gegen einen Baumstamm zu lehnen. Es vergingen einige Sekunden, ohne dass sie etwas sagte.

»Was … was ist denn dabei nicht in Ordnung?«, brachte er heraus.

Er hörte, wie sie schluchzte.

»Ich bin zweiundvierzig«, sagte sie. »Ich lebe jetzt seit vier Jahren allein. Ich will nicht, dass es noch ein Jahr lang so weiter geht. Ich genieße es, dich zu sehen, wenn wir uns treffen, so wie wir es bisher getan haben, aber das … ja, das genügt mir nicht.«

Er dachte eine Sekunde lang nach. Möglicherweise auch anderthalb.

»Dann heiraten wir«, sagte er. »Ich meine, wenn du willst?«, fügte er hinzu.

Es blieb still in der Leitung, aber er konnte ihren Atem hören. Etwas angestrengt, es klang, als würde sie auch wandern, ja, wenn er genauer hinhörte, konnte er tatsächlich ihre Schritte auf dem Kies vernehmen.

»Ich will nicht, dass du das sagst, weil du es musst.«

»Nein, ich …«

»Ich will dich nicht drängen.«

»Du drängst mich nicht.«

»Wenn wir zusammenziehen, und es funktioniert nicht, dann sterbe ich. Ich halte so eine Prozedur nicht noch einmal durch.«

»Verflucht noch mal«, sagte Gunnar Barbarotti. »Das ist mir schon klar. Ich bin siebenundvierzig, glaubst du, ich will vier Frauen haben, um mich auf meine alten Tage zu vergnügen?«

Sie lachte. Ich kann sie zum Lachen bringen, dachte er. Das ist nicht schlecht.

»Das ist nicht dein Ernst?«

»Doch.«

»Aber es klang nicht ernst.«

Er räusperte sich. »Willst du in Helsingborg wohnen bleiben?«

»Ich ...«

»Weil ich nämlich gern nach Skåne ziehen würde.«

Sie begann zu weinen. Ich kann sie auch zum Weinen bringen, dachte Gunnar Barbarotti und spürte einen Anflug von Panik. Aber warum? Will sie mich nicht haben? Oder ist sie ... überwältigt?

»Du willst nicht?«, fragte er.

»Doch«, sagte Marianne. »Ich will. Aber ich weiß nicht, ob du wirklich willst. Vielleicht ist es nicht so einfach, mit mir zu leben, wie du dir das einbildest. Wir haben uns bisher nur unter den besten Voraussetzungen getroffen, vielleicht hast du nicht ...«

»Quatsch«, unterbrach Barbarotti sie. »Ich liebe dich. Ich hasse es, nicht bei dir zu sein.«

Er hörte, wie sie sich die Nase putzte. »Gut«, sagte sie. »Aber du bekommst eine Woche Bedenkzeit. Du rufst mich am nächsten Mittwoch an, und wenn du dann immer noch das Gleiche sagst, dann gibt es kein Zurück. Okay?«

»Okay«, sagte Gunnar Barbarotti. »Du kannst ja schon mal nach einer größeren Wohnung Ausschau halten, wenn du wieder zu Hause bist.«

Nachdem sie aufgelegt hatten, stellte er das Telefon ab. Spürte, wie sein Puls hämmerte wie eine MP. Hundert, hundertzehn wahrscheinlich.

Hol's der Teufel, dachte er. Das war das.

Und jetzt soll ich also anfangen, den Mörder aus meinem Gedächtnis zu fischen. Was für ein Tag.

Er stolperte über eine Wurzel und wäre fast in einen Sanddornbusch gefallen.

Er tat, wie sie ihn geheißen hatten, Jonnerblad und Tallin. Begann mit dem Anfang. Schrieb einen Namen nach dem anderen in seinen Notizblock, es war eine merkwürdige Beschäftigung, eine Art Buße fast oder ein Rechenschaftsbericht vor Petrus am Jüngsten Tag.

Ihm und ihm habe ich auf meiner Wanderung auf Erden übel mitgespielt. Mit ihm und ihr und ihm bin ich nie zurechtgekommen, vielleicht haben sie sie mich seitdem auf dem Kieker ... ja, seit der Jugend. Oder seit dem Studium in Lund. Oder der Polizeihochschule. Oder bei der Arbeit ... dieser geigenspielende Bodybuilder hinten in Pampas, dieser Drogenhändler, dieser faschistische Gewalttäter ...

Sonderbar, wie gesagt, aber die Personen tauchten auf, meldeten sich mit Gesicht, Namen und besonderen Umständen vor seinem inneren Auge, eine nach der anderen. Allein aus den Jahren im Gymnasium, aus dieser unruhigen Gemeinschaftskundeklasse in der Katedralskolan zog er sechs Namen heraus – außerdem noch zwei Lehrer, nicht, weil er sich ernsthaft vorstellen konnte, dass einer von ihnen so verrückt geworden sein könnte, sich hinzusetzen, einen Brief zu schreiben und dann Leute am laufenden Band umzubringen. Aber die Methode – Jannerblads und Tallins Methode – beinhaltete ja, dass er zunächst alle mit einbeziehen sollte, von denen er in irgendeiner Weise das Gefühl hatte, dass sie ihn nie gemocht hatten. Nicht nur die, mit denen er aus irgendeinem Grund offen Streit gehabt hatte, sondern auch alle anderen, Menschen, die er verdächtigte, dass sie – unter gewissen, maximal pervertierten Umständen – möglicherweise dazu in der Lage waren.

Leif Barrander, mit dem er sich in der vierten Klasse geprügelt hatte.

Henrik Lofting, der ihm in der Fünften ins Gesicht gespuckt

hatte, weil er getunnelt und ihn danach verhöhnt hatte, als sie im Sport Fußball spielten.

Johan Karlsson, der in der Siebten und Achten gemobbt wurde und versuchte sich an seinen Plagegeistern zu rächen (Barbarotti hatte nicht dazu gehört, aber er war Teil der schweigenden, feigen Mehrheit gewesen), indem er sich selbst in Brand steckte. Es war ihm nicht gelungen, sich auf diese Weise das Leben zu nehmen, aber die Wunden in seinem Gesicht sollten nie heilen.

Oliver Casares, dem er sein Mädchen Madeleine bei einer Skiwoche im Gebirge ausgespannt hatte. Zumindest glaubte Oliver, dass es sich so zugetragen hätte, während in Wirklichkeit Madeleine ganz freiwillig gekommen war.

Und all die anderen. Man sollte nicht glauben, dass man so viele potentielle Feinde hat, dachte Gunnar Barbarotti. So eine Inventur sollte jeder Mensch einmal machen. Und richtig schlimm war man ja wohl nicht gewesen? Nicht schlimmer als die anderen? Oder?

Als er nach gut einer Stunde an der Mühle von Ulme angekommen war, machte er eine Pause und zählte seine Liste. Zweiunddreißig Namen. Ein halbes Schachbrett voll, und dabei hatte er noch fünfzehn Jahre aktiven Polizeidienst vor sich. Er würde ohne Probleme auf die fünfzig kommen, die Jonnerblad und Tallin ihm auferlegt hatten.

Er aß einen Apfel und trank einen halben Liter Wasser. Blieb eine Weile sitzen, lehnte sich gegen die raue Mühlenwand und lauschte dem rauschenden Wasser, es war nicht mehr viel übrig nach dem langen, trockenen Sommer, nicht mehr als ein Rinnsal, aber es war zu hören. Heiraten?, dachte er plötzlich. Ich werde Marianne heiraten. Mein Gott. Aber er fragte sich, wer eigentlich die Woche Bedenkzeit brauchte. Hatte sie sich damit vielleicht selbst Zeit erkauft? Würde sie mit irgendwelchen Ausreden kommen und versuchen, es aufzuschieben, wenn er sie am nächsten Mittwoch anrief?

Ich denke ungefähr in der gleichen Art und Weise darüber nach, kam ihm in den Sinn, als würde ich ein neues Auto kaufen. Oder eine Wohnung. Er stand vor einem langjährigen Vorhaben, und die Verkäuferin war sich noch nicht klar darüber, ob sie wirklich den richtigen Käufer gefunden hatte. Es waren natürlich gleichzeitig absurde und hyperpragmatische Gedanken, aber er versuchte dennoch, das Ganze mit möglichst nüchternem Blick zu sehen.

Wie sie zusammenlebten. Wie sie jeden Morgen im gleichen Bett aufwachten und jeder zu seinem Job entschwand. Wie sie mit ihren Kindern zusammen aßen. Wie sie einkaufen fuhren und Leute einluden. Zusammen Reisen planten und auf dem Sofa saßen und einen Film im Fernsehen anguckten.

Er versuchte Einwände zu finden. Würden sie sich gegenseitig auf die Nerven gehen, wenn es zu spät war, etwas zu ändern? Würde sie ihn nach zweieinhalb Monaten nicht mehr lieben? Was würde Sara dazu sagen? Was würde Eva Backman sagen, wenn er ihr erklärte, dass er sie mit Sorgsen und Asunander allein lassen wollte, um nach Skåne zu ziehen? War es überhaupt möglich, einen Job bei der Helsingborger Polizei zu bekommen?

Hatte er keine Angst vor diesem Schritt? Wenn man es genau betrachtete, dann hatte er trotz allem eine Sekunde gezögert, bevor er um sie gefreit hatte, und reden konnte man ja viel.

Verflucht noch mal, dachte Gunnar Barbarotti. Das ist der beste Entschluss, den ich seit fünfeinhalb Jahren getroffen habe.

Er versuchte sich ins Gedächtnis zu rufen, welche bedeutsamen Entscheidungen er in diesem Zeitabschnitt getroffen hatte, ihm fiel aber nicht eine einzige ein.

Höchstens die Reise nach Griechenland und Thasos.

Er sah auf die Uhr und beschloss, noch ein Stück weiterzugehen, bevor er wieder Richtung Stadt umkehrte. Man sollte in einem Wald wohnen, dachte er plötzlich. Einen

Hund haben und jeden Tag zwei Stunden wandern. Was haben sie für Wälder um Helsingborg? Den Pålskjö-Wald, hieß da nicht einer so? Müssten jedenfalls Buchen sein. Warum nicht?

Er warf sich wieder den Rucksack über und schlug eine neue Seite in seinem Notizblock auf.

Eine halbe Stunde später hatte er fünfundfünfzig Namen beisammen. Sechsundvierzig Männer und nur neun Frauen. Zumindest ist man ein Gentleman, das ist offensichtlich, konstatierte Gunnar Barbarotti, man hat fast keine weiblichen Feinde.

Gleichzeitig spürte er, dass er keine Lust mehr hatte auf diese Katalogisierung. Wozu sollte sie gut sein? Bildeten sich Jonnerblad und Tallin tatsächlich ein, sie könnten den Namen des Mörders unter diesen Menschen finden, die er bei seinem Waldspaziergang mehr oder minder zufällig hingekritzelt hatte? Er konnte sich nicht daran erinnern, dass diese Methode beschrieben worden war, als er vor Urzeiten einmal Kriminologie studiert hatte. Nein, es waren nicht die Namen selbst, die lächerlich waren, dachte Barbarotti. Es war … ja es war tatsächlich das Profil selbst.

Was war das für ein Typ, mit dem sie es zu tun hatten? Welches Motiv hatte er? Hatte er überhaupt ein Motiv? Machte es Sinn, zu versuchen, ihn in logischen, rationalen Termen zu fassen?

Kurz gesagt: Gab es einen Grund?

Die Frage war Barbarotti natürlich immer wieder im Kopf herumgegangen, seit der Mord an Erik Bergman entdeckt worden war, aber er sah jetzt ein, hier draußen in dem traulich flüsternden, sauerstoffreichen und wohltemperierten Wald, dass er sich nie die Zeit genommen hatte, das Problem wirklich gewissenhaft zu betrachten.

Wie war das also? Sicher, wenn es ein irrationaler Wahnsinniger war, der Bergman und Eriksson getötet hatte, dann war es fast unmöglich zu spekulieren. Oder genauer gesagt, dann war es das Einzige, was man tut konnte. Spekulieren. Raten. Vielleicht wollte ein derartiger Täter unbewusst gefasst werden, genau wie Lillieskog es vorgeschlagen hatte, und dann würde er sich vermutlich früher oder später allzu großen Risiken aussetzen, verwegen und übermütig werden und sein Spiel mit der Polizei etwas zu weit treiben. An diesen Punkt würden sie kommen. Sie würden ihn ganz einfach fassen können, wenn sie auf seinen ersten Fehler warteten. Und hoffen, dass er bis dahin nicht zu vielen das Leben genommen hatte.

Aber wenn es sich *nicht* um einen irrationalen Wahnsinnigen handelte, wo befand man sich dann?, dachte Gunnar Barbarotti, während er den Vogelturm oben auf der Anhöhe von Vreten erreichte und dort anhielt, um das Wasser auszutrinken, das er noch hatte. Ja, wo befand man sich dann?

Bei einem Mörder, der gute Gründe hatte, sich genau so zu verhalten, wie er es tat? Der einen Plan und durchdachte Motive hatte, um die Menschen zu töten, die er zuvor in Briefen benannte, die er wiederum an Kriminalinspektor Gunnar Barbarotti von der Kymlinger Polizei schickte? Wie … *wie genau* sah ein derartiges Szenario eigentlich aus? Was um alles in der Welt war der Grund, sich so zu verhalten?

Er setzte sich auf einen moosbedeckten Stein und ließ die Frage im Raum stehen, ohne sie weiter bewusst zu zerpflücken – auf diese Weise konnte die Antwort sozusagen von allein geboren werden, das war eine Methode, die manchmal funktionierte –, aber der einzige kleine Bruchteil von Erklärung, den er zum Schluss, nach acht, zehn Minuten, überhaupt erkennen konnte, war der alte, der übliche: um es der Polizei schwer zu machen.

Probleme zu schaffen. Sie zu zwingen, große Ressourcen einzusetzen. Die Kräfte zu spalten und sie dazu zu bringen, die Konzentration auf das Einfache, das Wichtige, zu verlieren.

Nun gut, dachte Gunnar Barbarotti, und was ist dann das Einfache und Wichtige?

Wenn man einmal von den Briefen absah.

Da gab es nur eine Antwort.

Die Verbindung zwischen den Opfern.

Es musste eine Verbindung geben. Wenn der Mörder einen Grund hatte, wie gesagt, aber das war ja gerade der Ausgangspunkt der Überlegungen gewesen. Irgendwo mussten sich die Wege von Erik Bergman und Anna Eriksson gekreuzt haben, und auf dieser Kreuzung war auch der Mörder zu finden.

Vermutlich auch jemand, der Hans Andersson hieß.

Und Barbarotti war sich plötzlich sicher, dass er keinen dritten Brief bekommen hätte, wenn Hans Andersson beispielsweise Leopold Bernhagen geheißen hätte. Da sie den richtigen Leopold Bernhagen sofort aufgespürt hätten.

Warum tauchte ausgerechnet dieser Name auf? Bernhagen? Er klang bekannt, aber er konnte ihn nicht einordnen.

Er schüttelte den Kopf. Aber genau das tun wir doch. Nach der Verbindung zwischen den beiden Opfern zu suchen. Wir arbeiten nicht in der falschen Richtung. Wir sind auf dem richtigen Weg.

Obwohl ein nicht unbedeutender Teil der Kräfte damit beschäftigt war, eine Menge von Leuten zu bewachen, die den Namen Hans Andersson trugen, das war nicht zu leugnen.

Und ein gewisser Teil der Kräfte lief im Wald herum und dachte nach. Was ein wenig absurd erschien, wenn man genauer darüber nachdachte.

Den Job wechseln?, hatte er Marianne gefragt. Warum nicht? Wenn er nun heiraten und nach Skåne ziehen würde, dann könnte er ebenso gut auch auf diesem Gebiet reinen Tisch machen. Der Sommer der Veränderung, wie gesagt.

Aufbruchszeit. Zeit der Häutung.

Er schaute auf die Uhr. Es war zwanzig Minuten nach eins, ein kühlerer Wind fuhr durch die Bäume, und man konnte damit rechnen, dass es bald anfangen würde zu regnen. Er holte die Jacke aus dem Rucksack und schob stattdessen Stift und Notizblock hinein.

Außerdem, fiel ihm ein, als er gerade mit gewisser Mühe über den Bach von Rimminge sprang, außerdem bleibt natürlich noch die Frage, wie gefragt ein siebenundvierzigjähriger ehemaliger Kriminalbeamter eigentlich auf dem Arbeitsmarkt ist.

Ich bin mein Gewicht vermutlich nicht in Gold wert, dachte Gunnar Barbarotti.

In keinerlei Hinsicht.

14

Hauptkommissar Jonnerblad lehnte sich zurück, dass der Stuhl knackte.

»Wir sind vollzählig«, stellte er fest. »Gut, dass du auch kommen konntest, Lillieskog.«

Gunnar Barbarotti schaute sich am Tisch um. Es stimmte. Sie waren tatsächlich zu acht: Er selbst, Eva Backman und Sorgsen repräsentierten die regulären Einsatzkräfte, Jonnerblad, Tallin und Astor Nilsson die Verstärkung.

Kommissar Asunander repräsentierte sich selbst, wie es schien, er saß nicht mit am Tisch, sondern ein wenig abseits, schräg hinter Jonnerblads Rücken, in einer Art Lauschposition. Lillieskog ist natürlich auch als Verstärkung zu betrachten, dachte Barbarotti – insofern er etwas repräsentierte, das man wohl als Psychologie und Wissenschaft beschreiben kann. »Ich würde gern anfangen«, sagte er. »Mein Zug geht um halb vier.«

Jonnerblad nickte. Barbarotti schaute auf die Uhr. Ein paar Minuten nach zwei. Es war Freitagnachmittag, es war klar wie Kloßbrühe, dass Lillieskog daran interessiert war, zu seinen Liebsten nach Hause zu kommen.

Oder zu seinem Goldfisch oder wie immer es sich auch diesbezüglich verhielt.

Warum bin ich so zynisch, dachte er schließlich und beschloss, seine Einstellung zu ändern. Es gab keinen Grund, überheblich zu sein; was ihn selbst betraf, so hatte er nicht einmal einen Goldfisch.

»Ich habe in der Angelegenheit mit ein paar Kollegen gesprochen«, begann Lillieskog. »Die Sache ist die, dass wir es mit einer ganz ungewöhnlichen Situation zu tun haben. Einem ganz ungewöhnlichen … Täter, wahrscheinlich.«

»Ungewöhnlich?«, fragte Jonnerblad.

»Ja, genau«, sagte Lillieskog. »In jeder Beziehung ungewöhnlich. Wenn wir das Worst-case-Szenario skizzieren wollen, dann haben wir es wahrscheinlich mit einem äußerst intelligenten Mörder zu tun. Einem, der … ja, das klingt vielleicht etwas zugespitzt … der eher in die Literatur als in die Wirklichkeit gehört. Oder in die Welt des Films. Einem Täter, der wirklich einen ausgeklügelten Plan hat und ihn Punkt für Punkt ohne jeden Skrupel ausführt … wie ihr alle wisst, ist das nicht gerade Alltagskost unter unseren kriminellen Freunden.«

»Frustrierte Saufköppe, die wütend werden und zur Gewalt greifen«, soufflierte Astor Nilsson.

»Ungefähr so, ja. So sieht es normalerweise aus. Oder Abrechnungen in der Unterwelt. Aber unser Mann ist von anderem Kaliber. Aber wir werden ihn dennoch zu fassen bekommen, und zwar, weil er ein Motiv hat, das ist der einzige Weg, wie wir ihm auf die Spur kommen können. Er ist tatsächlich darauf aus, eine gewisse Anzahl an Menschen zu töten … und genau um diese Menschen geht es, um sonst nichts.«

»Ist es nicht auch denkbar, dass er zufällig …«, versuchte Eva Backman einzuwenden, aber Lillieskog hob abwehrend die Hand.

»Ich schätze nicht, dass er seine Opfer zufällig auswählt. Wenn, dann ist er ein irrationaler Verrückter. Nein, diese Person hat eine Strategie, eine Anzahl von Menschen loszuwerden, die ihm aus irgendeinem Grund übel mitgespielt haben. Er ist vermutlich, wie es in solchen Fällen zu sein pflegt, ein ziemlich verschlossener und defensiver Mensch. Wahrscheinlich ein wenig sozial gestört, aber nach allem zu urteilen intelligent. Vielleicht sogar sehr intelligent.«

»Psychopath?«, fragte Astor Nilsson.

»Da bin ich mir nicht sicher«, sagte Lillieskog. »Psychopath ist eine ziemlich nutzlose Bezeichnung. Leicht anzuwenden, aber selten richtig zutreffend. Verminderte emphatische Fähigkeiten, damit müssen wir wohl rechnen, aber das trifft auf die meisten Gewalttäter zu. Er hat vielleicht nicht einmal Angst davor, gefasst zu werden. Sieht das mehr wie ein Spiel oder eine Wette, zwischen ihm und der Polizei. Dass er die Briefe schreibt, verleiht ihm wahrscheinlich eine Art Kick. Putscht ihn in gewisser Weise auf, dadurch gibt er sich selbst Bestätigung. Aber ich glaube dabei nicht, dass wir es mit einem Serienmörder zu tun haben, das ist etwas anderes. Was ich fürchte, ist, wie gesagt, dass er bedeutend schlauer ist, als wir es gewohnt sind. Er arbeitet allein, er weiß, was er tun will, und er tut es.«

»Aus welchem Grund?«, fragte Tallin.

»Aus welchem Grund«, wiederholte Lillieskog. »Meine Empfehlung ist, dass ihr das versucht herauszubekommen.«

Er lehnte sich zurück und schob einen Stift in die Brusttasche. Offensichtlich war er fertig mit seiner Analyse.

»Fragen an Lillieskog?«, fragte Jonnerblad.

»Eine«, sagte Gunnar Barbarotti. »Wie sicher bist du hinsichtlich deines Bilds von dem Täter?«

Lillieskog überlegte zwei Sekunden lang.

»Achtzig zu zwanzig«, sagte er.

Gunnar Barbarotti nickte. »Und wenn er unter die restlichen Zwanzig fällt, dann ist es der Vollidiot, der nach dem Telefonbuch geht?«

»Zum Beispiel«, nickte Lillieskog.

Nachdem der Profiler sie verlassen hatte, ging man zum Fall Hans Andersson über.

»Drei Tage«, stellte Jonnerblad fest. »Es sind mindestens drei Tage vergangen, seit der Mörder den Brief geschrieben hat. Wir haben alle neunundzwanzig Hans Anderssons gefunden, die in

Kymlinge gemeldet sind, und wir haben mit allen gesprochen. Alle sind immer noch am Leben, und keiner von ihnen kann etwas über eine Verbindung zu Anna Eriksson oder Erik Bergman sagen.«

»Keiner?«, fragte Astor Nilsson.

»Zumindest gibt's da keine Verbindung von Gewicht«, sagte Jonnerblad. »Drei oder vier wissen, wer Bergman war, behaupten sie. Einer ist zwei Jahre lang mit Anna Eriksson in eine Klasse gegangen, aber sie gehörten nicht zur gleichen Clique. Wir haben versucht so vage wie möglich zu sein und sie mit Redeverbot belegt, das scheint bis jetzt zu funktionieren, geht aber natürlich nicht bis in alle Ewigkeit. Früher oder später haben wir die Boulevardpresse am Hals. Ein Mörder, der der Polizei Briefe schreibt und ihr erzählt, wen er ermorden will, das ist natürlich nicht von Pappe. Bedeutet sicher fünfzigtausend verkaufte Sonderausgaben. Aber das Problem werden wir angehen, wenn es soweit ist. Mit unserer Bewachung dieser Hänse ist es nicht weit her, aber sie kostet uns trotzdem dreißig Mann rund um die Uhr, und trotz allem ...« Er machte eine Denkpause und kratzte sich am Kinn. »... trotz allem erscheint es notwendig, den Schutz aufrechtzuerhalten. Oder was meint ihr?«

»Warum sollten wir ihn nicht aufrechterhalten?«, fragte Sorgsen aufmerksam.

»Weil er wahrscheinlich keines unserer Überwachungsobjekte ermorden wird«, sagte Astor Nilsson. »Sonst hätte er es schon getan. Was Anna Eriksson betrifft, hat er uns so gut wie gar keine Zeit gegeben. Oder aber ... ja, oder aber es geht um einen Hans Andersson, der woanders wohnt.«

»Und dann kann er bereits tot sein«, warf Tallin ein. »Es gibt in diesem Land mehr als fünfhundert Personen, die Hans Andersson heißen. Und wenn einer davon während der Urlaubszeit für einige Zeit abgetaucht ist, kann es dauern, bis das an die Oberfläche kommt. Aber wir haben die Sache natürlich landesweit ausgedehnt.«

»Natürlich«, nickte Jonnerblad. »Und vergesst nicht, dass der Teufel los sein wird, wenn wir die Überwachung einfach abbrechen würden. Obwohl wir sie natürlich nicht für alle Ewigkeiten aufrechthalten können. Das ist teurer als ein Einsatz beim Fußball, wenn Randale ansteht.«

»Interessante Lage«, sagte Eva Backman. »Und was tun wir jetzt?«

»Vorschlag?«, fragte Jonnerblad und schaute sich in der Runde um.

»Die Überwachung einstellen«, sagte Astor Nilsson. »Aber den Betroffenen nichts davon sagen.«

»Begründung«, sagte Jonnerblad.

»Gern«, sagte Astor Nilsson. »Könnte ich nur erst etwas Wasser haben?«

Tallin drehte den Verschluss einer Seltersflasche auf und schenkte ihm ein Glas ein.

»Danke«, sagte Astor Nilsson. »Nun, zum einen, mit dieser jämmerlichen Überwachung werden wir kein Verbrechen verhindern können ... das Einzige, was wir tun, das ist den Schein zu wahren, und das ist albern. Ein Eingeständnis an die allgemeine Meinung. Zum anderen erscheinen wir wahrscheinlich als noch inkompetenter, wenn der Täter zuschlägt und *trotz* der Überwachung Erfolg hat. Zum dritten ... ja, zum dritten, so glaube ich wie gesagt nicht, dass unser lieber Freund, der mordende Briefeschreiber, einem der Hänse, die wir versuchen im Blick zu behalten, auch nur ein Härchen krümmen wird. Ergo, einstellen den Mist.«

»Dem stimme ich zu«, sagte Eva Backman.

»Dem stimme ich zu«, sagte Barbarotti.

»Hm«, sagte Jonnerblad. »Ich glaube, wir müssen darüber noch erst genauer nachdenken.«

»Mach, was du willst«, sagte Astor Nilsson. »Können wir nicht stattdessen jetzt zu den Leichen übergehen, die wir schon haben?«

Das konnten sie.

Zunächst berichtete Sorgsen ausführlich über die fortlaufenden Befragungen von Leuten, die Erik Bergman kannten. In der einen oder anderen Funktion. Zusammengefasst erklärte er, dass das Bild von Bergman in vielerlei Hinsicht deutlicher geworden sei, aber für die Ermittlungen dabei kaum etwas Entscheidendes herausgekommen war.

Anschließend referierte Eva Backman die entsprechenden Fakten, was Anna Erikssons Bekanntenkreis betraf. Es gab eine Art psychologischer Übereinstimmung zwischen den beiden Opfern, wie Backman betonte – sie waren beide ausgeprägte Individualisten gewesen, wurden von fast allen, mit denen man gesprochen hatte, als starke, wenn auch vielleicht ein wenig oberflächliche Typen beschrieben, die sich selbst genug waren. Mehrere Informanten hatten Anna Eriksson als »hart« oder »tough« beschrieben, und ein alter Schulfreund von Erik Bergman hatte den Begriff »gefühlskalt« für seinen früheren Freund benutzt.

Insgesamt dauerten die Berichte von Sorgsen und Backman gut eine Stunde, eine Information wurde zur anderen gefügt, unter anderem konnte mit Sicherheit festgestellt werden, dass Anna Eriksson am Dienstag um 11.55 Uhr noch am Leben gewesen war, da sie von einem zuverlässigen Zeugen von der Straße aus auf ihrem Balkon gesehen worden war – und dass sie mit ziemlich hoher Wahrscheinlichkeit zwei Stunden später tot war, als eine Freundin sie mehrere Male übers Handy anrufen wollte, ohne eine Antwort zu bekommen. In diesem Zeitraum – diesen zwei Stunden – hatte der Mörder also zugeschlagen. Die Spurensicherung der beiden Tatorte war abgeschlossen, eine Anzahl von Plastiktüten mit höchst unterschiedlichem Inhalt war zur Analyse nach Linköping geschickt worden, aber bisher war noch nichts zurückgekommen, und es wurde als nicht besonders wahrscheinlich angesehen, dass auf diesem Wege etwas für die Ermittlungen Interessantes zu Tage treten würde. Fingerabdrücke und DNA schienen durch Abwesenheit zu glänzen, und eine glaubhafte Theorie, wie der Mörder sich zu Anna Eriksson Zugang verschafft hatte, besagte, dass er geklingelt hatte, reingelassen wurde, sein Opfer mit einem stumpfen Gegenstand erschlagen hatte, es in Plastik gepackt und unters Bett gelegt hatte. Ganz einfach. Die unbekannte männliche Person, von der ein Zeuge den Rücken im Treppenaufgang gesehen hatte, war weiterhin sowohl konturlos als auch nicht identifiziert, und bei einer erneuten Befragung hatte der Zeuge außerdem angedeutet, dass er den Dienstag mit dem Montag verwechselt haben könnte.

Was die Briefe betraf, waren neue Analysen von neuen Graphologen gemacht worden. Ein rechtshändiger Mann, der mit der linken Hand geschrieben hatte, das war immer noch der häufigste Vorschlag. Da die Briefe in Göteborg – die ersten beiden – und Borås – der dritte – eingesteckt worden waren, war zu vermuten, dass er in einem Radius von hundertfünfzig bis zweihundert Kilometern um Kymlinge wohnte.

»Herrlich«, kommentierte Astor Nilsson. »Wir haben es mit einem Rechtshänder aus Westschweden zu tun. Es ist nur noch eine Frage der Zeit, bis wir ihn schnappen.«

»Hm, jahaja«, knurrte Hauptkommissar Jonnerblad. »Das Wichtigste, was wir zu tun haben, ist, die Ermittlungen in alle Richtungen laufen zu lassen. Aber wir müssen außerdem unser Augenmerk darauf richten, nach einem Zusammenhang zu suchen, unter anderem, indem wir die Fotoalben kontrollieren. Bisher haben wir in diesem Bereich noch nichts gefunden, aber es wäre ja gut, wenn wir etwas fänden, bevor wir einen Hans Andersson ermordet auffinden.«

Er räusperte sich erneut und trank ein wenig Wasser. »Und es wäre ebenso gut, wenn Inspektor Barbarotti uns erzählen könnte, warum ausgerechnet er die Briefe bekommen hat«, fügte er hinzu.

Gunnar Barbarotti richtete sich auf seinem Stuhl auf.

»In dem Punkt sind wir uns vollkommen einig«, sagte er. »Ich habe wie abgesprochen eine Inventur meiner Leichen im Keller gemacht. Ihr habt die Liste gesehen, es wäre interessant zu wissen, ob es darauf irgendwelche Namen gibt, bei denen es bei euch aufblinkt.«

Es war still am Tisch, während alle die Liste mit den sechzig Namen studierten, die er aufgestellt hatte.

Anschließend wurde eine Weile über fünf oder sechs diskutiert – alle hatten einen oder mehrere Einträge im Vorstrafenregister –, dann schüttelten alle den Kopf und stellten fest, dass diese Überlegungen zu nichts führten.

»Und es gibt keinen darunter, den du selbst eher in Betracht ziehen würdest?«, wollte Hauptkommissar Jonnerblad wissen und sah plötzlich sehr müde aus.

»Nein«, bestätigte Barbarotti. »Was nicht heißen soll, dass ich vollkommen überrascht wäre, wenn sich herausstellte, dass es tatsächlich einer von denen ist. Aber zehn potentielle Sieger konnte ich nun wirklich nicht herausfischen.«

»Das ist mir langsam ein bisschen zu viel Mathematik«, erklärte Astor Nilsson. »Wir haben neunundzwanzig Hänse und jetzt sechzig Barbarottigespenster. Sollen wir sie in einen Zufallsgenerator werfen und mischen und dann sehen, wer sich an wen heftet, oder wie ist es gedacht?«

»Zu viel hinterm Schreibtisch hocken und denken und zu wenig Fahndung«, ergänzte Eva Backman.

»Fahndung braucht immer eine Richtung«, bemerkte Tallin. »Zumindest, wenn ein paar Tage verstrichen sind.«

»Gebe ich zu«, sagte Eva Backman. »Ich ziehe meinen Einwand zurück.«

Sorgsen räusperte sich vorsichtig.

»Dieses Foto«, sagte er. »Entschuldigt, aber ich habe so eine Ahnung, als wenn es in Frankreich gemacht worden ist.«

Das Bild mit dem Mann und der Frau auf der Bank wurde eilig herausgeholt und genau betrachtet.

»Frankreich?«, fragte Jonnerblad. »Wieso denn, wenn man fragen darf?«

»Da ist was mit der Farbe des Papierkorbs neben der Bank«, erklärte Sorgsen. »Man sieht zwar nur einen Teil davon, aber ich nehme an, das ist ein Papierkorb. Ich glaube, ich kenne den Farbton.«

Barbarotti erinnerte sich plötzlich, dass Gerald Borgsen in seiner Freizeit malte. Vor ein paar Jahren hatte er sogar in der Kantine des Polizeigebäudes eine kleine Ausstellung gehabt. Ein Dutzend kleine Brustbilder in Öl oder Tempera, die Verblüffung und Bewunderung hervorgerufen hatten. Barbarotti hatte eines kaufen wollen, doch bevor er sich entschieden hatte, waren schon alle weg gewesen. Vielleicht hatte Sorgsen ja ein Gefühl für Farben wie sonst keiner in der Gruppe?

»Die Farbe vom Papierkorb?«, wiederholte Jonnerblad in einem schwebenden Tonfall. »Ich weiß nicht so recht ...«

»Verdammte Scheiße«, sagte Astor Nilsson. »Ich glaube, du hast recht. Erinnert mich an die Farbe der Fensterläden an einem Haus, das ich mal gemietet habe. In Avranche ... Normandie also, für die, die nicht wissen ...«

»Wir wollen keine zu große Sache draus machen«, unterbrach ihn Tallin. »Außerdem sind wir ja noch lange nicht sicher, dass der Mann auf der Bank tatsächlich Erik Bergman ist. Oder?«

»Natürlich«, sagte Sorgsen. »Ich wollte das nur anmerken. Es könnte auch Süditalien sein, aber ich bin mir selbst sehr wohl im Klaren darüber, dass das keine große Hilfe ist.«

»Ja ja«, seufzte Jonnerblad und lehnte sich zurück. »Frankreich und Italien? Nein, es wäre sicher gut, wenn wir das Fahndungsgebiet etwas eingrenzen könnten, statt es noch auszuweiten und in ganz Europa zu suchen. Aber auf jeden Fall vielen Dank für den Hinweis. Vielleicht kann er uns später nützen.«

»War mir ein Vergnügen«, sagte Sorgsen.

Jonnerblad schaute sich in der erschöpften Runde um. Sah auf seine Armbanduhr.

»Dann machen wir hier für heute Schluss«, erklärte er. »Leider können wir nichts anderes tun, als nach den Richtlinien weiterzuarbeiten, die wir bereits aufgestellt haben. Die Überwachung der Hans Anderssons bleibt das Wochenende über im jetzigen Umfang bestehen. Wenn nichts Unvorhergesehenes dazwischen kommt, sehen wir uns am Montagvormittag um zehn Uhr wieder. Noch Fragen?«

Niemand hatte irgendwelche Fragen. Hauptkommissar Jonnerblad erklärte damit die Sitzung für beendet. Es war zwanzig Minuten nach fünf am Freitag, dem zehnten August.

»Dein Urlaub?«, fragte Barbarotti, als Eva Backman zehn Minuten später bei ihm vorbeischaute. »Was wird daraus?«

»Ich arbeite noch bis Mittwoch«, sagte sie. »Aber ich werde dieses Wochenende zum Ferienhaus fahren. Achthundert Kilometer hin und zurück, aber was tut man nicht alles für den Familienfrieden? Und was hast du vor?«

Barbarotti zuckte mit den Schultern. »Zweierlei«, sagte er. »Zum einen werde ich wohl herkommen und weiterarbeiten. Aber ich wollte auch darüber nachdenken, was ich mit meinem Leben machen soll.«

»Gut«, sagte Eva Backman. »Das ist nur gut so. Das Letztere, meine ich.«

»Also«, sagte Barbarotti. »Dann sehen wir uns Montag. Grüß deine Familie.«

»Grüß du Marianne«, sagte Eva Backman.

»Ich werde erst am Mittwoch wieder mit ihr sprechen«, erklärte Gunnar Barbarotti.

Eva Backman blieb in der Tür stehen. »Wieso das?«

»Da ist so eine Sache«, sagte Barbarotti.

»Eine Sache?«

»Ja.«

»Manchmal kannst du dich wirklich verdammt klar ausdrücken«, sagte Eva Backman.

15

Er schob den Zeigefinger in die Bibel und schlug die Seite auf.

Landete im Matthäusevangelium. Kapitel sechs, Vers zweiundzwanzig.

Das Auge ist des Leibes Leuchte. Wenn dein Auge lauter ist, so wird dein ganzer Leib licht sein. Wenn aber dein Auge böse ist, so wird dein ganzer Leib finster sein. Wenn nun das Licht, das in dir ist, Finsternis ist, wie groß wird dann die Finsternis sein!

Er las es zweimal. Nun ja?, dachte er. Klar, so ist es. Natürlich.

Aber wenn das nun ein Fingerzeig war, und genau das war ja der Sinn dabei, dann schien nicht ganz eindeutig zu sein, um welche Art von Fingerzeig es sich handelte. Betraf es die Ermittlungen? Oder ging es um ihn selbst? Seine allgemeine geistige Finsternis und das blinde Dahintasten auf dem dornenbestreuten Pfad des Lebens?

Oder um beides?

Ja, vielleicht beides, dachte er. Ein lauteres Auge könnte man ja wohl in beiden Zusammenhängen brauchen. Um wirklich zu sehen, was es gab, anstatt sich nur Gefahren einzubilden.

Oder?

Inspektor Barbarotti seufzte und klappte die Bibel wieder zu. Er ging in die Küche und stellte fest, dass der Kühlschrank leer war. Nun ja, es gab einen Käse, eine Packung Margarine, einen Liter Milch und vier oder fünf andere angebrochene Dinge, aber nichts, womit man ein anständiges Mahl hätte zubereiten können. Andererseits – warum sollte man für eine Person Essen kochen? Es war halb sieben am Samstagabend, zu spät, um einen guten Freund anzurufen und zu fragen, ob er oder sie nicht Lust auf einen Happen zu essen und ein Glas Wein hätte. Außerdem hatte er genau besehen nur zwei Freunde vom gleichen Einsamkeitskaliber wie er selbst, und ehrlich gesagt auch keine Lust, mit einem von ihnen an einem Restauranttisch zu sitzen und dumm zu schwätzen.

Aber noch schlimmer war es, dort allein zu sitzen. Die Leute erkannten ihn wieder. *Guck mal, da sitzt Kriminalinspektor Barbarotti und isst ganz allein! Der Arme, er hat bestimmt kein schönes Leben.*

Scheiße, nein, das war keine Alternative. Aber er hatte Hunger. Die Signale des Körpers ließen sich in dieser Richtung nicht fehlinterpretieren. Dann sollten es wohl ein paar Würstchen mit Kartoffelbrei am Rockstagrill werden, das war ein relativ diskreter Kompromiss, und das hatte schon früher geklappt. Vielleicht konnte er auf dem Rückweg noch beim Älgen vorbeischauen und sehen, ob dort ein bekanntes Gesicht an der Bar herumhing?

Er schaute aufs Thermometer vor dem Küchenfenster, bevor er losging. Vierundzwanzig Grad. Die Hitze war nach ein paar unbeständigen Tagen zurückgekommen. Er brauchte nicht einmal einen Pullover. Ein Abend, wie geschaffen, um in fröhlicher Runde draußen zu sitzen.

Wie groß ist doch die Finsternis in meinem Körper, dachte Gunnar Barbarotti und machte sich auf den Weg.

Und Marianne darf ich erst am Mittwoch anrufen.

Aber er durfte Sara anrufen.

Die Würstchen bei Rocksta und ein einsames melancholisches Bier allein im Älgen zogen sich bis Viertel nach acht hin, und er hatte kaum einen Fuß in den Flur gesetzt, als ihm klar war, dass er mit seiner Tochter reden musste.

Musste.

Er ließ sich auf dem Balkon auf den Liegestuhl sinken und wählte die Nummer. Betrachtete den Sonnenuntergang und hörte den Krähen zu, während er darauf wartete, ihre Stimme in London zu hören. Nach sechs Freizeichen stellte sich der Anrufbeantworter an. Sara teilte fröhlich mit – sowohl auf Englisch als auch auf Schwedisch –, dass sie wahrscheinlich schlief oder unter der Dusche stand, aber noch vor Weihnachten zurückrufen würde, wenn man nur die Nummer hinterließ. Er wartete fünf Minuten, dann versuchte er es noch einmal. Dieses Mal ging sie dran.

»Hallo, hier ist dein Papa.«

»Wer?«

Im Hintergrund waren Musik und Stimmen zu hören.

»Ich bin es«, sagte er etwas lauter. »Dein lieber Vater, falls du dich noch an mich erinnerst.«

Sie lachte. »Ach, du bist es. Sag mal, kann ich dich in … in einer halben Stunde zurückrufen, im Augenblick ist hier ziemlich viel los.«

Er erklärte, dass das in Ordnung sei. Fragte sich, was sie wohl mit »ziemlich viel los« meinte. Und was »hier« bedeutete. Es klang jedenfalls nicht besonders beruhigend. Es wäre viel besser gewesen, sie wäre daheim gewesen und er hätte nur die Geräusche der Fernsehnachrichten oder eines Staubsaugers im Hintergrund gehört. Es war auch Flaschenklirren zu hören, dort, wo sie sich befand, oder? Und Rauch, sicher war es wahnsinnig verqualmt, so etwas war zwar nur schwer via Telefon zu beurteilen, aber wenn man seit zwanzig Jahren bei der Kripo war …

Er holte die Liste mit den sechzig Namen aus der Aktentasche, das letzte Bier aus dem Kühlschrank und ließ sich wieder auf dem Balkon nieder.

Dann kann ich die Wartezeit ebenso gut für etwas Arbeit nutzen, dachte er. Das scheint ja das einzig Verlässliche zu sein, auf das ich mich stützen kann. Das Leben ist eine Kiesgrube, und ich bin eine Schaufel.

Es dauerte fünfundfünfzig Minuten, bis Sara anrief, fast eine Minute pro Name also, doch es nützte nichts. So sehr er auch auf jeden einzelnen starrte, so schien ihm doch keiner wirklich zu einem briefeschreibenden Mörder zu passen, und kein Licht entzündete sich im Dunkel.

»Hallo, Papa«, sagte Sara. »Kannst du zurückrufen, ich habe fast kein Guthaben mehr auf meiner Karte.«

Das war die übliche Prozedur. »Wie geht es dir?«, fragte er, als das Gespräch endlich in Gang kommen konnte.

»Gut«, sagte Sara. »Mir geht es prima. Du machst dir meinetwegen doch wohl keine Sorgen?«

»Gibt es einen Grund dafür?«, kam seine listige Rückfrage.

»Nicht den geringsten«, behauptete Sara lachend. »Aber ich weiß ja, was für ein Gluckenvater du bist. Aber gut, dass du angerufen hast. Dann kann ich dir erzählen, dass ich einen Freund habe.«

»Einen Freund?«, wiederholte Gunnar Barbarotti und hätte fast sein Bierglas zerdrückt.

»Ja. Er heißt Richard. Er ist ganz phantastisch.«

Das glaube ich keine Sekunde lang, dachte Barbarotti. Er versucht nur, dir was vorzumachen und nutzt dich aus, kapierst du das nicht?

»Richard?«, sagte er. »Aha. Und was macht er so?«

»Er ist Musiker.«

Musiker!, schrie eine Stimme in Gunnar Barbarottis Innerem. Sara, hast du vollkommen den Verstand verloren? Musik und Drogen und Aids und der Teufel und seine Großmutter, geh nach Hause, schließ dich ein, dann werde ich kommen und dich abholen!

»Hallo, bist du noch da?«

»Ja … ich bin noch da. Bist du dir auch ganz sicher … ich meine, was für eine Art von Musiker denn?«

Er schickte ein blitzschnelles Stoßgebet zum Lieben Gott. Sag, dass er Cellist im London Philharmonic Orchestra ist! Drei Punkte! Egal, was, aber nicht …

»Er spielt den Bass in einer Band, die hier im Pub häufiger auftritt.«

Oh Gott, dachte Gunnar Barbarotti. Ich habe es gewusst. Nasenring und Tätowierungen und fettiges Haar, das drei Kilo wiegt.

»Im Pub?«

»Papa, ich habe mit dem anderen Job aufgehört. Ich arbeite jetzt nur im Pub, das macht total Spaß. Alle sind so nett, und du brauchst dir überhaupt keine Sorgen zu machen.«

»Du bist neunzehn, Sara.«

»Ich weiß, wie alt ich bin, Papa. Was hast du selbst gemacht, als du neunzehn warst?«

»Gerade deshalb mache ich mir Gedanken«, brachte er heraus und wurde mit einem neuen Lachen belohnt.

»Weißt du, Papa, ich liebe dich.«

»Ich liebe dich auch, Sara. Aber du musst auf dich aufpassen. Heute ist es ganz anders als zu der Zeit, als ich jung war, und für ein Mädchen ist es noch viel schwieriger. Wenn du nur einen Bruchteil von dem gesehen hättest, was ich gesehen habe …«

»Ich weiß, liebster Papa. Aber ich bin nicht doof. Du kannst mir vertrauen, und wenn du Richard einmal kennenlernst, dann verspreche ich dir, du wirst ihn mögen.«

Ich würde ihn vierzehn Stunden ohne Pinkelpause verhören, dachte Gunnar Barbarotti. Und ihn anschließend in die Äußere Mongolei verbannen.

»Warum hast du aufgehört, in der Boutique zu arbeiten?«, fragte er. »Ich finde, ein Pub ist nicht gerade das richtige Milieu für ein neunzehnjähriges Mädchen.«

»Papa«, sagte Sara und seufzte geduldig. »Überleg doch mal,

in jedem Pub überall auf der Welt stehen neunzehnjährige Mädchen und bedienen. Ich arbeite nur vier Abende in der Woche und verdiene doppelt so viel wie in diesem verschlafenen Laden. Mach dir keine Sorgen. Ich rauche nicht, ich habe nie ungeschützten Sex, und ich trinke nicht einmal die Hälfte von dem, was du trinkst.«

»Na gut«, sagte Gunnar Barbarotti und merkte, dass es an der Zeit war, das Handtuch zu werfen. »Ich möchte ja nur, dass es dir gut geht, das verstehst du doch. Wie geht es übrigens Malin?«

Malin war die Freundin, mit der Sara zusammen nach London gereist war und mit der sie eine Wohnung in Camden Town teilte.

»Der geht es auch gut«, versicherte Sara. »Aber sie hat noch keinen Freund.«

»Kluges Mädchen«, sagte Gunnar Barbarotti. »Ich werde dich im September besuchen, wie wir es verabredet haben. Das heißt, wenn ich immer noch willkommen bin?«

»My heart belongs to daddy«, sagte Sara, und weil das das Beste war, was sie während des ganzen Gesprächs gesagt hatte, verabschiedeten sie sich und versprachen, nächste Woche wieder miteinander zu telefonieren.

Er blieb auf dem Balkon sitzen, während sich der Himmel über den Dächern und den Ulmen entlang des Baches langsam dunkelblau färbte. In einem Jahr sitze ich auf einem anderen Balkon und schaue über den Öresund, dachte er plötzlich. Helsingör und Louisiana und was sich sonst noch so bietet.

Das stelle man sich einmal vor.

Oder man stelle sich vor, dass es *nicht* so wird. Dass er sämtliche Sommernächte, die er in seinem Leben noch genießen würde, hier auf diesen drei Quadratmetern verbringen sollte. Gerade heute Abend sah es nicht so schlecht aus, aber trotzdem. Trotzdem?

Das Schlimmste war, dass es ihm nicht gerade schwerfiel, sich diese Möglichkeit vor seinem inneren, lauteren Auge auszumalen. Mit der Zeit würde die Müdigkeit in ihm immer größer werden, es war lächerlich, sich einzureden, er würde in zwei oder fünf oder acht Jahren eher zu einer Veränderung bereit sein als jetzt.

Wenn man mit siebenundvierzig nicht auf der Höhe ist, dann wird man es auch nicht mit siebenundfünfzig sein, dachte er. Es sei denn, man sorgt dafür, dass die Dinge sich verändern.

Aber er war doch geneigt dazu. So verdammt bereit. Am Mittwoch würde er Marianne anrufen und es ihr mitteilen. Und dann hieß es nur noch hoffen, dass sie nicht von Zweifeln befallen war. Irgendwie war es schon erstaunlich, dass er ein derartiges Vertrauen in sie setzte, sie kannten sich ja noch nicht einmal ein Jahr, hatten sich bisher nur acht- oder zehnmal getroffen, aber vielleicht war es einfach auch nur die Einsamkeit, die ihn voranschubste. In meinem Alter, dachte er, hat man wahrlich nicht alle Zeit der Welt, um auszusuchen und zu verwerfen.

Handeln oder verdorren.

Erneut erschien es ihm etwas krass und bis zur Grenze pragmatisch zu klingen, besonders, da er keinerlei Zweifel hinsichtlich seiner Gefühle Marianne gegenüber spürte. Er liebte sie, er war bereit, seinen Job aufzugeben und mit ihr in Helsingborg zusammenzuziehen, so einfach war das. Oder irgendwo sonst, wenn ihr das lieber war. Berlin oder Fjugesta oder weiß der Teufel wo.

Ich würde mich für sie entscheiden, und wenn alle Frauen der Welt zum Angebot stünden, dachte er. Wirklich, ich lüge nicht, der Sonnenuntergang ist mein Zeuge.

Dann tauchte ein Bild der Erinnerung in seinem Kopf auf. Man konnte sich fragen, wieso.

Ein Fall vor ungefähr zehn Jahren. Eine Frau hatte mitten in der Nacht auf der Wache angerufen und erklärt, sie habe ihren Mann getötet. Sie hatte die Adresse angegeben, eines der damals gerade neu gebauten Mehrfamilienhäuser unten in Pampas, er war zusammen mit einer Kollegin, die später nach Stockholm umgezogen war, hingefahren – und sie konnten feststellen, dass es genauso war, wie die Frau gesagt hatte. Der Mann saß vornübergebeugt am Küchentisch, den Kopf auf den verschränkten Armen ruhend, und wenn es da nicht den Griff des Fleischmessers gegeben hätte, der zwischen seinen Schulterblättern herausragte, hätte man glauben können, er säße dort und schliefe.

»Warum?«, hatte Barbarotti gefragt.

»Ich wusste mir keinen anderen Rat«, hatte die Frau geantwortet. »Er hat gesagt, er will mich verlassen. Was wäre dann aus mir geworden?«

Er hatte sie verblüfft betrachtet. Eine etwas übergewichtige, erschöpfte Frau um die fünfundfünfzig. »Und was wird jetzt aus Ihnen?«, hatte er gefragt.

»Jetzt wird für mich gesorgt«, erklärte sie. »Ich hätte es nicht geschafft, allein zu leben. Nicht einen Tag. Und Arne kommt unter die Erde.«

Später hatte er sie vernommen, und sie war ihrer Linie treu geblieben, als wäre es eine Selbstverständlichkeit. Nichts, was in Frage gestellt oder weiter ausgeführt werden musste – ihr Mann hatte versprochen, sie zu lieben und sich sein Leben lang um sie zu kümmern, und jetzt hatte er sein Versprechen gebrochen, und da gab es nur eine einzige logische Lösung des Problems: ihm ein Messer in den Rücken zu rammen. Der Gerichtspsychiater, der sie mehrere Tage lang untersucht hatte, kam zu dem Schluss, dass sie geistig vollkommen gesund sei, und folgerichtig wurde sie zu lebenslanger Haft wegen Mordes verurteilt.

Barbarotti musste immer mal wieder an den Fall denken. Oder besser gesagt, er tauchte in regelmäßigen Abständen aus seinem Unterbewusstsein wieder auf. Wie jetzt. Ohne dass er es verhindern konnte. Und er wurde immer von Fragen begleitet, die er nicht so richtig formulieren konnte. Aber was wichtiger war: die er nicht beantworten konnte.

Wie war es eigentlich um ihre Schuld bestellt?

Warum fiel es ihm so schwer, einzusehen, dass sie überhaupt ein Verbrechen begangen hatte?

Wäre er unumschränkter Richter in einem utopischen Rechtsstaat, dann hätte er sie wahrscheinlich – gegen ihren eigenen Willen – freigesprochen. Da sie nie in ihrem Leben wieder in die Lage kommen würde, so eine Handlung begehen zu müssen, um sich zu verteidigen … ja, was immer sie auch damit verteidigte. Er konnte den Kern des Ganzen nicht so recht finden, aber es erschien ihm auch nicht wichtig, die Sache ganz genau in Worte zu fassen.

Was wichtiger war, das war wahrscheinlich die Frage, in welchem Grad es mit seiner Rolle als Polizeibeamter vereinbar war, mit derartigen Gedanken über Verbrechen und Strafe im Kopf herumzulaufen?

Er kam auch an diesem schönen Augustabend zu keiner Lösung. Als es zwölf Uhr geworden war und alle Krähen verstummt waren, beschloss er, ins Bett zu gehen, aber er hatte sich kaum von seinem Stuhl erhoben, da klingelte sein Handy.

Scheiße, dachte er. Sara. Es ist ihr etwas passiert.

Doch es war nicht Sara.

Es war Göran Persson.

Eine verwirrte Sekunde lang glaubte Barbarotti tatsächlich, der ehemalige Premierminister rufe ihn in irgendeiner politisch verzwickten Frage an – doch dann begriff er, dass es sich nur um denselben Namen handelte.

Göran Persson war Reporter bei der Zeitung Expressen, und sein Anliegen war klar und deutlich wie dicke Tinte.

»Es geht um die beiden Morde in Kymlinge. Ich habe Informationen bekommen, wonach der Mörder Ihnen geschrieben und vorher mitgeteilt haben soll, was er zu tun gedenkt. Haben Sie dazu einen Kommentar abzugeben?«

»Was?«, sagte Gunnar Barbarotti.

Göran Persson wiederholte seine Behauptung und seine Frage in exakt den gleichen Worten.

»Ich habe überhaupt keinen Kommentar dazu abzugeben«, erklärte Barbarotti. »Ich verstehe gar nicht, wovon Sie reden. Woher haben Sie diese Informationen?«

»Wissen Sie nicht, dass es strafbar ist, meinen Informanten herauskriegen zu wollen?«, konterte Persson. »Aber ich werde darüber hinwegsehen. Es genügt erst einmal, dass ich weiß, dass die Informationen stimmen. Dass Sie wussten, dass sowohl Erik Bergman als auch Anna Eriksson ermordet werden sollten. Am Montag werden Sie über die Briefe in der Zeitung lesen können, und Sie werden in nicht besonders gutem Licht dastehen, wenn Sie versuchen, die Fakten zu leugnen.«

»Ich glaube nicht…«

»Ich bin jetzt auf dem Weg zu meinem Auto«, erklärte der Reporter. »Wollen wir sagen, morgen früh zum Frühstück im Hotel Kymlinge? Dann können wir in aller Ruhe darüber sprechen, ich denke es wäre nur gut, wenn wir in diesem Fall zusammenarbeiten würden. Die Briefe sind an Sie persönlich gerichtet gewesen, soweit ich verstanden habe. Handgeschrieben, in Versalien. Stimmt das?«

Gunnar Barbarotti dachte drei Sekunden lang nach.

»Um welche Uhrzeit?«, fragte er.

»Um zehn«, entschied Reporter Persson. »Ich habe zweihundert Kilometer Fahrt vor mir, und es ist schließlich ein Sonntagmorgen.«

Wir haben eine undichte Stelle, dachte Kriminalinspektor Barbarotti, während er die Zähne putzte und seine ungewöhnlich trüben Augen im Badezimmerspiegel betrachtete.

Wen?

16

Es widerstrebte ihm, das tat es wirklich, aber eine Stunde, bevor er mit Göran Persson im Hotel Kymlinge zusammentreffen sollte, rief er Hauptkommissar Jonnerblad an und erklärte ihm die Lage.

»Verflucht noch mal«, sagte Jonnerblad. »Ich denke, es ist das Beste, wenn ich für dich dahin fahre.«

»Ich glaube, das ist keine gute Idee«, widersprach Barbarotti. »Er scheint zu wissen, dass die Briefe an mich gerichtet sind, und er wollte mit mir reden.«

Jonnerblad überlegte einen Moment und schaltete ein Radio aus.

»Gut«, sagte er dann. »Aber wir müssen uns eine Strategie zurechtlegen, an die du dich halten kannst.«

»Gerne«, sagte Barbarotti. »Denkst du da an etwas Spezielles?«

»Na, wieviel wir durchsickern lassen natürlich«, sagte Jonnerblad. »Darum geht es doch.«

»Ich fürchte, er weiß schon alles«, sagte Barbarotti. »Und es wäre dumm von uns, uns in Lügen zu verstricken.«

»Wer hat denn etwas von Lügen gesagt?«, fragte Jonnerblad.

»Keine Ahnung«, erwiderte Barbarotti.

»Verdammt, wer hat da nicht dichtgehalten?«

»Keine Ahnung«, sagte Barbarotti noch einmal. »Aber es sind ja ziemlich viele, die involviert sind.«

»Vielleicht war es nur eine Frage der Zeit«, sagte Jonnerblad. »Aber wenn einer der Kollegen in der Stadt in einem Armani-Anzug herumläuft, dann gib mir bitte einen Tipp.«

»Das verspreche ich«, sagte Barbarotti. »Und wie war das jetzt mit der Strategie?«

Jonnerblad schwieg erneut, atmete aber schwer. Als säße eine dicke Liebhaberin oder sonst etwas auf seiner Brust, dachte Barbarotti.

Warum tauchten in seinem Kopf immer derart unmotivierte Gedanken oder Bilder auf? Sie waren fast immer geradezu störend und ... wie hieß es ... kontraproduktiv. Er verlor dadurch den Faden. Warum zum Teufel sollte eine dicke Hu ...?

»Die Überwachung«, sagte Jonnerblad schließlich. »Er wird nach der Überwachung fragen.«

»Wir brauchen nicht die zu überwachen, die bereits ermordet wurden«, widersprach Barbarotti. »Ich bin mir nicht sicher, dass er ...«

»Hans Andersson«, unterbrach Jonnerblad ihn. »Hat er auch was von Hans Andersson gewusst?«

»Das wollte ich ja gerade sagen«, erklärte Barbarotti. »Das ging aus unserem Gespräch nicht hervor. Wir haben darüber nicht geredet.«

»Wenn er ihn nicht erwähnt, dann brauchst du es auch nicht zu tun«, entschied Jonnerblad.

»Und wenn er ihn erwähnt?«

»Dann erklärst du, dass wir so gute Vorsichtsmaßnahmen ergriffen haben, wie es die Umstände erlauben.«

»Wie es die Umstände erlauben?«

»Genau.«

»Ich verstehe«, sagte Barbarotti. »Sonst noch was?«

»Er möchte die Geschichte wahrscheinlich exklusiv«, sagte Jonnerblad. »In der Beziehung hast du Verhandlungsmöglichkeit. Es gibt ja nichts, was uns daran hindert, es heute Nachmittag in der Pressekonferenz zu erzählen.«

»Ich weiß«, sagte Barbarotti. »Daran habe ich auch schon gedacht. Und ich verstehe nicht, warum sie es nicht schon heute ausposaunt haben.«

»Und was hältst du selbst davon?«, wollte Jonnerblad wissen. »Wenn du es dir überlegst?«

»Dass er den Tipp bekommen haben muss, direkt bevor er mich angerufen hat. Es war schon nach Mitternacht, sie haben es in die heutige Ausgabe einfach nicht mehr reingekriegt.«

»Gut möglich«, sagte Jonnerblad. »Aber warum hat er überhaupt Verbindung mit uns aufgenommen?«

»Gute Frage«, sagte Barbarotti. »Vielleicht, weil er es nicht geglaubt hat?«

»Das ist normalerweise kein Hindernis«, wehrte Jonnerblad ab. »Vielleicht stimmt es in diesem Fall trotzdem. Aber du gehst davon aus, dass er sich seiner Sache sicher war, oder?«

»Nun ja …«, zögerte Barbarotti.

»Warst du nüchtern?«

Inspektor Barbarotti antwortete nicht.

»Ruf mich an, sobald du mit ihm fertig bist«, schloss Jonnerblad ab. »Nutze deinen gesunden Polizeiverstand, du hast ja wohl schon so einiges mitgemacht, oder? Und wenn du rauskriegen kannst, woher er seine Informationen hat, hätte ich nichts dagegen.«

»Ich glaube nicht, dass ich das schaffe«, sagte Barbarotti. »Journalisten pflegen normalerweise ihre Quellen zu schützen.«

»Weiß der Teufel«, knurrte Jonnerblad, und damit war das strategische Gespräch beendet.

Göran Persson schien sich im Hotel Kymlinge nicht besonders wohl zu fühlen. Er hätte sicher einen Speisesaal in New York oder in Rom vorgezogen, nahm Gunnar Barbarotti an, aber dem war nun einmal nicht so. Der Reporter hatte offensichtlich sein Frühstück beendet, er hatte mehr Porzellan schmutzig gemacht als eine normale Familie mit vier Kindern, und malträtierte Reste von Wurstaufschnitt, Kopenhagenerkrümeln und Eierresten lagen über den ganzen Tisch verteilt, die Morgenzeitung war zerknüllt auf dem Boden gelandet.

Erinnert an ein abgehalftertes Dokusoap-Sternchen, dachte Barbarotti finster. Drei-Tage-Bart, frisch geduschtes, ungekämmtes Haar und ein schwarzes T-Shirt unter einer abgewetzten Lederweste. Vierzig Jahre plus minus fünf.

Aber es muss ja nicht so schlimm sein, wie es auf den ersten Blick aussieht, dachte er dann und ließ sich gegenüber dem Reporter nieder. Vielleicht besteht sein üblicher Job darin, Motorradgangs zu unterwandern. Investigativer Journalismus, man soll den Hund nicht nach seinem Fell beurteilen. Wie schön, dass ich keine Vorurteile habe.

»Guten Tag«, sagte Persson. »Du bist der Barbarotti?«

Barbarotti gab zu, dass das eine richtige Vermutung war. Persson schob sich eine Portion Snus hinter die Lippe.

»Wir haben vier Seiten dazu geplant«, sagte er. »Zwei Doppelseiten. Das ist ja eine verdammt interessante Geschichte.«

»Findest du wirklich?«, fragte Barbarotti.

»Wir wollen gern die Briefe mit drin haben. Wie sie genau aussehen. Das wird euch helfen, diesen Teufel zu erwischen.«

»Ich bin mir nicht sicher, dass wir sie veröffentlichen wollen«, sagte Gunnar Barbarotti.

»Aber natürlich wollt ihr«, widersprach Göran Persson. »Ihr wollt doch nicht, dass wir irgendeinen Scheiß über euch schreiben, oder? Übrigens wird gleich ein Fotograf kommen, ich dachte mir, du könntest uns mit aufs Revier nehmen. Möchtest du einen Kaffee?«

Gunnar Barbarotti nickte. Verließ den Tisch und versah sich am Büfett mit einer Tasse Kaffee und einer Handvoll kleiner Zwiebacke. Er unterdrückte den Impuls, dem Reporter den Kaffee über den Kopf zu kippen, und bereute, dass er nicht Jonnerblads Angebot angenommen hatte, ihn den Laden schmeißen zu lassen.

Aber sich kommandieren lassen? Zum Teufel, nein.

»In Ordnung«, sagte er, als er sich wieder hingesetzt hatte. »Ich werde meine Kollegen fragen. Aber es ist nun einmal so, dass ich denke, du hast da was falsch verstanden, was in eurem Fall ja nicht besonders ungewöhnlich ist. Könntest du mir ein bisschen darüber erzählen, wie du den Tipp gekriegt hast... ich selbst habe seit vierzehn Jahren nicht mehr in deine Zeitung geguckt und habe auch nicht die Absicht, es morgen zu tun.«

Göran Persson betrachtete ihn eine Weile, während es ein wenig in einem Mundwinkel zuckte. Ein bisschen von dem Snus kam zum Vorschein. Anschließend richtete er sich auf seinem Stuhl auf und räusperte sich.

Dann zitierte er aus dem Gedächtnis die Mitteilungen des Mörders. Langsam und nachdrücklich, Wort für Wort. Auch die dritte, die von Hans Andersson handelte.

»Was meinst du, was ich da falsch verstanden habe?«, fügte er hinzu.

Verdammter Mist, dachte Barbarotti. Was für ein Idiot hat...? Aber halt, könnte es nicht auch sein, dass...?

Doch in dem Moment wurde ein Fotoblitz abgeschossen, und es sollte mehr als vierundzwanzig Stunden dauern, bevor er diesen Gedankenfaden wieder aufgreifen konnte.

»Nisse Lundman«, stellte der Fotograf sich vor. »Ich dachte, ich mache ein paar Bilder, während ihr euch unterhaltet, ist das okay?«

»Das ist okay«, nickte Göran Persson und zwinkerte Barbarotti mit einem Auge zu. »Also, warum schreibt dieser Psychopath ausgerechnet an dich?«

»Psychopath?«, wiederholte Barbarotti.

»Halte dich nicht an einem Wort fest«, sagte Persson.

»Ich weiß es nicht«, erklärte Barbarotti.

»Bist du dir da ganz sicher? Oder willst du mir nur Informationen vorenthalten?«

Inspektor Barbarotti antwortete nicht. Er aß zwei Zwiebackstückchen und schaute aus dem Fenster. Der Fotograf machte ein paar Bilder.

»Na gut«, sagte Göran Persson. »Ihr habt also wie gesagt diese Informationen nicht veröffentlicht. Die Briefe, in denen ihr gewarnt worden seid. Ich werde heute noch mit ein paar Verwandten der Opfer sprechen. Dann werden wir hören, was die dazu zu sagen haben.«

»Das werden wir wohl«, sagte Barbarotti.

»Und dieser dritte Mann, Hans Andersson ... ihn habt ihr also noch nicht gefunden?«

»Nein«, bestätigte Barbarotti. »Aber ich verspreche, dich anzurufen, sobald wir ihn gefunden haben, dann kannst du gleich loslegen und seine Verwandten und Freunde auch nerven.«

»Nun sei mal nicht so empfindlich«, sagte der Reporter und zeigte wieder seinen Snus. »Wollen wir jetzt aufs Revier gehen?«

»Ich muss vorher nur kurz telefonieren«, sagte Barbarotti.

»Dann bringe ich solange den Kaffee weg«, erklärte Göran Persson. »Übrigens, verdammt schlechter Kaffee hier.«

Jonnerblad war nach einem halben Freizeichen dran. Barbarotti beschrieb die Lage in einer halben Minute.

»Verdammter Scheiß«, sagte Jonnerblad.

»Kann man wohl sagen«, bestätigte Barbarotti. »Aber – was machen wir jetzt?«

»Haben wir eine Wahl?«, fragte Jonnerblad.

»Ich glaube nicht«, sagte Barbarotti.

Jonnerblad schwieg einige Sekunden lang in den Hörer.

»Gut«, sagte er dann. »Wenn du ihn zum Revier bringst, übernehme ich. Ich kann in einer Viertelstunde dort sein.«

»Abgemacht«, sagte Gunnar Barbarotti. »Ich werde versuchen ihm nicht in der Zwischenzeit die Ohren abzuschneiden.«

»Ist es so schlimm?«, fragte Jonnerblad.

»Du wirst ja sehen«, sagte Barbarotti nur.

Es war zehn Minuten nach elf, als Inspektor Barbarotti den Reporter Göran Persson vom Expressen bei Hauptkommissar Jonnerblad im dritten Stock des Polizeigebäudes ablieferte. Kommissar Tallin war auch zur Stelle, also wurde es als nicht notwendig angesehen, dass Barbarotti blieb.

Wofür dieser nur dankbar war. Er beeilte sich, aus dem Haus zu kommen, stieg ins Auto und fuhr heim. Reporter Persson rumorte wie ein entzündeter Zahn in seinem Schädel, und er dachte, wenn es tatsächlich der Wunsch Unseres Herrn gewesen ist, dass man den Ruhetag zur Erholung und zum Müßiggang nutze, dann hatte dieser Sonntag nicht besonders gut angefangen.

Und wenn es der Wunsch des Herrn gewesen wäre, dass die Menschen Zeitungen lesen, dann würde er gern einmal ein ernstes Wörtchen mit ihm diesbezüglich reden, wenn er ihn das nächste Mal an der Strippe hatte.

Als er in die Baldersgatan einbog, gestand er sich ein, dass er gar nicht nach Hause wollte. Rein objektiv gesehen war es ein strahlend schöner Augusttag, warum sollte er in seinen jämmerlichen drei Zimmern hocken, quälend frustriert, und auf sein Ende warten? Es gab keinen Grund dazu. Es mussten doch wohl sinnvollere Zerstreuungen zu finden sein. Deutlich sinnvollere.

Dachte Inspektor Barbarotti, während er langsam an der leicht urinfarbenen Fassade seines heruntergekommenen Mietshauses vorbeirollte, und noch bevor er die Ampel an der Drottninggatan erreicht hatte, war Axel Wallmans Name in seinem Kopf aufgetaucht.

Er nahm sein Handy heraus und wählte die Nummer.

Axel Wallman war im Vorruhestand und wohnte draußen in einem alten Sommerhaus an der Nordseite von Kymmen.

Er war nicht immer Pensionär gewesen. Vor dreißig Jahren waren er und Gunnar Barbarotti Klassenkameraden im Gymnasium gewesen, Wallman hatte das beste Abiturzeugnis der Schule gehabt – Einsen in allen Fächern, bis auf Sport, wo er sich mit einem Strich begnügte –, und ihm war eine glänzende akademische Karriere vorausgesagt worden. Rein menschlich betrachtet war er jedoch ein einsamer Wolf, es war schwer, an ihn heranzukommen, geknickt und verschroben wie er war. Barbarotti hatte während der Schulzeit nicht viel mit ihm zu tun gehabt, obwohl sie drei Jahre in die gleiche Klasse gegangen waren – aber er hatte ihn kennengelernt, als sie in Lund studierten.

Wahrscheinlich wäre er ihm auch dort niemals näher gekommen, doch der Zufall wollte es, dass sie zusammenwohnten. Drei Jahre lang teilten sie sich eine Zweizimmerwohnung in der Prennegatan. Barbarotti studierte Jura, Wallman Linguistik. Und eine ganze Reihe von Sprachen. Latein und Griechisch natürlich als Grundlage, dann einige der slawischen, um schließlich beim Finnischen zu landen. Oder beim Finnisch-Ugrischen, genauer gesagt. Er promovierte schließlich mit einer vergleichenden Arbeit über äußere Lokalkasus im Wepsischen, Tscheremissischen und Wotjakischen, ein Werk, das bei Barbarotti zwar aufgeschnitten, aber nicht gelesen im Bücherregal stand.

Zu der Zeit hatte er selbst bereits die Juristerei hinter sich. War auf die Polizeihochschule gewechselt und wurde Kriminalbeamter. Gründete eine Familie. Es war sicher nicht einfach, mit Wallman zusammenzuarbeiten, wie Barbarotti sich vorstellen konnte, eine Forscherseele, aber weiß Gott keine Lehrerseele. Und inzwischen hatte sich einiges im akademischen Sumpf verändert; während er früher dankenswerterweise als eine Schutzhülle und eine Art beschützender Werkstatt für introvertierte Begabungen fungiert hatte, hatte man Ende der 80er Jahre in Schweden zu fordern begonnen, dass auch hier unterrichtet werden sollte.

Und das besonders, was die Sprachen betraf, von denen man annahm, dass sie eine Art von Kommunikationsmittel zwischen den Menschen darstellten.

Hier war Wallman baden gegangen. Zwar bekam er einen Lektorenposten an der Universität von Kopenhagen, zog um nach Århus, dann nach Umeå, schließlich nach Uppsala, dann nach Åbo, und diese Seitenkarriere wurde von langfristigen Krankschreibungen und – wenn Barbarotti es richtig verstanden hatte – fortlaufenden Kontroversen mit Kollegen und Studenten sowie dem einen oder anderen Skandal begleitet. Wallman war während dieser Periode, also ungefähr von 1985 bis 2000, aus seinem Blickfeld verschwunden, und als sie durch reinen Zufall ein paar Wochen nach dem Jahrtausendwechsel wieder aufeinanderstießen, war das ehemalige Genie bereits aus der akademischen Maschinerie aussortiert und auf den Müllhaufen geworfen worden.

Wie er sich selbst ausdrückte.

Aber – wie er sich auch ausdrückte – das geschah diesen kleinkarierten Tintenklecksern nur recht. »Ich spreche einundzwanzig Sprachen fließend, und jetzt sind es nur Saarikoski und die kleinen Vögelchen, die das zu hören bekommen!«

Saarikoski war Wallmans Hund, ein siebzig Kilo schwerer friedlicher Leonberger und laut Besitzer die Inkarnation des Poeten selbst. Und auf die kleinen Vögelchen stieß er, wenn er mit Saarikoski durch die Wälder um das Sommerhaus herumstreifte. Oder wenn er auf der heruntergekommenen Terrasse zum Meer hin saß, nachdachte und ein Bier trank.

Oder etwas schrieb, wobei unklar war, was. Seit sie den Kontakt wieder aufgenommen hatten – irgendwie lief das parallel zu Barbarottis eigener Karriere als geschiedener Mann –, hatten sie sich zirka einmal im Jahr getroffen, insgesamt nicht mehr als vier- oder fünfmal, und es gab immer noch vieles, was an Axel Wallman unklar war.

Er reagierte nicht auf den ersten Anruf, das tat er nie. Aber beim zweiten nahm er den Hörer ab. Ohne etwas zu sagen, das war auch so eine Regel – wenn jemand etwas von ihm wollte, dann musste offensichtlich der Betreffende den ersten Schachzug tun. Sich beispielsweise vorstellen.

Was Gunnar Barbarotti auch tat.

»Barbarotti hier. Kann mir vorstellen, dich zu besuchen. Ich hatte einen schrecklichen Morgen und bräuchte einen Nachmittag in intelligenter Gesellschaft.«

»Ich werde Saarikoski fragen, ob er Zeit hat«, antwortete Axel Wallman mürrisch.

Offensichtlich hatte er das. Wallman erklärte, dass der Herr Kriminalbeamte willkommen sei, wenn er nicht zuviel Aufstand mache und etwas zu essen mitbringen würde.

Barbarotti versprach, sich darum zu kümmern und in einer Stunde aufzutauchen.

Das Grundstück um Axel Wallmans Sommerhaus sah ungefähr genauso aus wie Wallman selbst im Gesicht. Wild gewachsen und ohne Plan, Bartstoppeln und Brennnesseln, Haufen alten Gerümpels und misshandelte Mitesser, ein blutiges Pflaster, das möglicherweise auf einen Versuch, sich irgendwann im Laufe des letzten Monats zu rasieren, hindeutete, und Bretterstapel unter Planen, die möglicherweise darauf hindeuteten, dass jemand die Absicht gehabt hatte, irgendwann im Laufe des letzten Jahrzehnts Reparaturarbeiten auszuführen.

Wahrscheinlich nicht Wallman selbst. Sein Haar war grau, ausgedünnt und schulterlang, die Kleidung bestand aus einem schmutzigen, limonengrünen T-Shirt, einer abgewetzten Latzhose und schwarzen Slippers ohne Strümpfen. Barbarotti wurde plötzlich klar, dass ein unbeteiligter Dritter sein Alter wohl eher auf gut sechzig als auf die knapp fünfzig schätzen würde, die tatsächlich zutrafen.

Wenn es wirklich eine akademische Müllhalde gab, wie Wallman behauptete, dann sah er zweifellos so aus, als ob er genau auf so einen Platz gehörte.

Wie zum Beispiel diesen hier. Aber einen gewissen Blick aufs Wasser gab es immer noch, wie Gunnar Barbarotti feststellte, auch wenn das Dickicht aus Brennnesseln, Erlen, Ulmen und Birken seit letztem Jahr um einen halben Meter gewachsen war.

Axel Wallman saß – genau wie letztes Jahr – auf einem Plastikstuhl draußen auf der Veranda. Der Tisch neben ihm war vollgepackt mit diversen Büchern, alten Zeitungen, Stiften, Collegeblocks, Tabak, Streichhölzern, einer Petroleumlampe und leeren Bierdosen. Er stand nicht auf, als Barbarotti in sein Blickfeld kam, hob aber zumindest den Blick, und Saarikoski, der im Schatten zu seinen Füßen lag, machte sich die Mühe, zweimal mit dem Schwanz zu wedeln.

»Hallo, Axel«, sagte Barbarotti. »Danke, dass ich kommen und dich besuchen durfte.«

»Es geht ein Schatten durch die Geschichte«, erwiderte Axel Wallman. »Er heißt Femina.«

»Wie wahr«, sagte Barbarotti und stellte die Plastiktüten auf den Boden. Die eine enthielt Bier, die andere Pasta samt Zutaten für eine Hackfleischsoße.

»Ich bin achtundvierzig Jahre alt und unschuldig«, sagte Axel Wallman. »Interessiert dich das?«

»Nein«, antwortete Barbarotti. »Ehrlich gesagt nicht.«

»Saarikoski ist das Thema auch gleichgültig«, stellte Axel Wallman mit finsterer Miene fest und drehte sich mit nikotingelben Fingern eine Zigarette. »Aber er war auch schon kastriert, als ich ihn bekommen habe. Was hast du von der Gegenwart zu berichten, ist das Bier in der Tüte?«

Gunnar Barbarotti räumte ein paar Kleidungsstücke von

einem anderen Plastikstuhl und ließ sich nieder. Reichte seinem Gastgeber eine Bierdose und öffnete selbst eine. Er schaute über den See und dachte, wenn Axel Wallman eines Tages sterben sollte, würde das niemand bemerken, die Natur würde weiterhin ihn und das Haus auffressen, Saarikoski würde wahrscheinlich bis zum letzten Atemzug zu Füßen seines Herrchens liegen bleiben und auf die gleiche Art und Weise begraben werden.

Grün und vergessen. Vielleicht kein dummes Ende, wenn man es genau besah.

Aber er war nicht hergekommen, um die Kürze und Eitelkeit des Lebens zu diskutieren. Davon ging er jedenfalls aus, der genaue Grund war ihm selbst immer noch rätselhaft, ihm war sein alter Bruder im Unglück eingefallen, und er hatte Lust gehabt, ihn einfach wiederzusehen, gewichtigere Beweggründe waren nicht nötig. Nicht an einem schönen Augustsonntag wie diesem.

Sie tranken von ihrem Bier und saßen wohl eine halbe Minute schweigend da.

»Was hältst du von einem Mörder, der der Polizei Briefe schickt und mitteilt, wen er zu töten gedenkt?«, fragte Gunnar Barbarotti dann.

Es gab keinen Grund, Axel Wallman das Gesprächsthema wählen zu lassen. Dann konnte man schnell in irgendwelchen unbegreiflichen Dickichten landen. Strindbergs französische Verbformen oder die Chiffriercodes während des Zweiten Weltkriegs.

»Sieht die Gegenwart so aus?«, wollte Axel Wallman wissen, »Mörder, die Briefe schicken?«

»Im Augenblick ja«, bestätigte Gunnar Barbarotti.

»Und dann ermordet er sie auch noch? Schreibt nicht nur Briefe?«

»Er ermordet sie auch noch.«

»Ich habe noch nie viel für die Gegenwart übrig gehabt«, erklärte Axel Wallman und zündete sich seine zerknitterte Zigarette an. »Ist es ein Männchen oder ein Weibchen?«

»Ich denke, es ist ein Männchen«, sagte Barbarotti.

»Gut«, sagte Axel Wallman. »Ich bin nämlich schlecht in Weibchen, wie schon gesagt. Ich glaube eigentlich nicht, dass die im Grunde fassbar sind. Aber wenn du mich mal einen Blick auf die Mitteilungen des Mörders werfen lässt, dann bin ich bereit, mich in einer linguistischen Analyse zu versuchen.«

»Ich habe sie nicht dabei«, erklärte Gunnar Barbarotti.

»Du hast sie nicht dabei? Warum zum Teufel sitzt du dann hier und stiehlst mir meine kostbare Zeit?«

»Ich habe Bier und Essen mitgebracht«, belehrte ihn Barbarotti. »Außerdem kann ich sie auswendig.«

»Du hast noch nie etwas auswendig lernen können«, knurrte Axel Wallman. »Aber lass mal hören.«

Inspektor Barbarotti trank einen Schluck Bier, dachte nach und zitierte aus dem Gedächtnis die drei Mitteilungen, die er vom Mörder zugeschickt bekommen hatte. Axel Wallman saß schweigend da und kratzte sich am Bart.

»Noch einmal.«

Barbarotti war sich nicht sicher, ob das für die Analyse notwendig war oder ob Wallman nur das mit den Gedächtnisfunktionen kontrollieren wollte. Er räusperte sich und wiederholte die Prozedur. Nachdem er fertig war, lehnte sich Wallman zurück und sah zufrieden aus.

»Ich denke, wir haben es mit einem achtunddreißigjährigen Mann aus Småland zu tun«, sagte er und trank einen großen Schluck Bier.

»Wie bitte?«, sagte Gunnar Barbarotti.

»Ein achtunddreißigjähriger Småländer«, wiederholte Axel Wallman und rülpste. »Hörst du jetzt auch noch schlecht?«

»Ein achtunddreißigjähriger Småländer? Wie zum Teufel kannst du das behaupten?«

»Nicht behaupten«, sagte Axel Wallman. »Ich behaupte gar

nichts. Aber die einzige Hypothese, die aus linguistischer Sicht aufgestellt werden kann, ist genau die, welche du gerade gehört hast. Was sind das für Leute, die er ermordet hat?«

»Unterschiedlich«, sagte Barbarotti. »Aber deine Analyse, worauf baut sie auf?«

»Der Ausdruck ›plane weiterzumachen‹«, sagte Axel Wallman. »Sicher, der breitet sich aus, aber ursprünglich ist er südschwedisch, aber nicht aus Skånen.«

»Du veräppelst mich«, sagte Barbarotti.

»Kann sein«, sagte Wallman. »Fingerabdrücke sind auf jeden Fall eine sicherere Methode als die Sprachanalyse, wenn man Verbrechen bekämpfen will. Aber es kann natürlich auch sein, dass der Mörder dich veräppeln will. Es kann beispielsweise einer aus Norrland sein und will nur wie einer aus Småland klingen.«

»Hm«, sagte Gunnar Barbarotti. »Und achtunddreißig Jahre, worauf basiert das?«

»Das Durchschnittsalter eines Mannes in diesem Land sollte bei neununddreißig liegen«, sagte Axel Wallman. »Ich habe ein Jahr abgezogen, weil Verbrecher normalerweise jünger sind als der Durchschnitt. Das hat mit dem Testosteron zu tun.«

Er drückte seine Zigarette aus und fing an zu kichern. Gunnar Barbarotti lehnte sich zurück und betrachtete ihn. Axel Wallman lachte selten, so war es immer schon gewesen, aber wenn er es ausnahmsweise doch einmal tat, klang es fast wie das Lachen eines Mädchens in den ersten Teenagerjahren, das ihre Fröhlichkeit in stoßhaftem Schnauben durch geblähte Nasenflügel drückt. Eingedenk Wallmans Aussehen und allgemeinem Auftreten ergab das einen ganz sonderbaren Eindruck. Er ist nicht ganz gescheit, dachte Gunnar Barbarotti. Und ich auch nicht. Warum sitze ich hier und quatsche mit Axel Wallman über die Ermittlungen? Bin ich hierher gefahren, um vom Job wegzukommen? Jetzt müssen wir aber wirklich mal über etwas anderes reden.

»Auf dein Wohl, Axel«, sagte er und hob seine Bierdose. »Jetzt lassen wir meine Probleme beiseite. Womit beschäftigst du dich momentan?«

Axel Wallman trank einen Schluck und genoss es zu rülpsen. Drehte sich eine neue Zigarette und schien nachzudenken. »Einer aus Halland«, sagte er. »Es könnte auch einer aus Halland sein. – Was hast du gesagt?«

»Womit beschäftigst du dich?«

»Nun ja, beschäftigen …«, sagte Axel Wallman, »ich weiß nicht, ob das die richtige Bezeichnung für meine Tätigkeit ist, aber ich interpretiere einige Gedichte von Barin. Willst du hören?«

Barbarotti schaute auf seine Schuhe und nickte. »Warum nicht?«

Axel Wallman nahm einen Spiralblock, blätterte eine Weile hin und her, hustete Schleim hoch und ließ den Rotz über das Terrassengeländer fliegen. »Das hier«, sagte er und sah plötzlich aus wie ein kleiner Junge, der auf einem Kindergeburtstag ein Rätsel vortragen soll. »Das ist nicht so schlecht, weiß der Teufel, vielleicht ist es sogar besser als das Original. Ich habe ja wohl das Recht, es in ein paar Punkten zu verbessern, man darf ja wohl einige Ungereimtheiten zurechtrücken als Übersetzer, nicht alle befolgen diese Regel, aber ich tue es … ja, das ist keins, für das du besonders große Voraussetzungen brauchst, um es zu begreifen, aber ich will trotzdem …«

»Lies vor, Axel«, sagte Barbarotti. »Spar dir die Einleitung und Analyse, ich bin ganz Ohr.«

»Na gut, du verdammter Kretin«, sagte Axel Wallman. »Dann hör zu, denn das hier ist große Poesie.«

Er trank noch einen Schluck Bier, kraulte Saarikoski unterm Kinn und begann.

»Meine Geliebte, du bist das dicke Kind, das im Lehm ausrutschte, als der Krieg kam,

du bist der Abdruck, den der Fuß des Kriegers auf dem Boden neben den weizenblonden Zöpfen des dreizehnjährigen Mädchens hinterließ,

du bist das Salz im Bottich, den die Mutter des Mädchens in der Tasche ihrer Strickjacke trug an dem Tag, als sie ins Massengrab auf der anderen Seite des Hügels geworfen wurde,

an dem Ort, zu dem niemand mehr geht – aber du bist nicht das Wasser, das dort in der Nähe im Bach plätschert,

und nicht der Vogel, der in der Dämmerung singt,

auch nicht der lebendige Schatten im Hain so grün.

So ist es, meine Geliebte, und es könnte nicht auf andere Art eingerichtet sein.«

Er nickte einige Male nachdenklich und klappte den Block zu. Gunnar Barbarotti leerte sein Bier und schloss die Augen. Eine Fliege kam herangesurrt und ließ sich auf seinem Handrücken nieder. Warum sitze ich hier?, dachte er erneut. Wie ist es dazu gekommen, dass ich ausgerechnet an diesem Sonntag in meinem achtundvierzigsten Lebensjahr in dieser Gesellschaft gelandet bin?

Er fand die Frage gleichzeitig ein wenig erschreckend und höchst relevant und saß eine Weile da, ohne eine treffende Antwort zu finden. Dann erklärte Axel Wallman, dass er sich richtig stimuliert fühle, dass er ein so verdammt gutes Gedicht seinem guten alten Freund habe vorlesen dürfen, und bat darum, noch ein Dutzend nachschieben zu dürfen.

Das durfte er, und so verging der Nachmittag. Axel Wallman las seine Interpretationen von Mihail Barins späten Gedichten vor, mal klar und einfach, mal dunkel und verworren, sie tranken mehr Bier, kochten Pasta und Hackfleischsoße, schwammen eine Runde im See, und als es Abend wurde, musste Gunnar Barbarotti zugeben, dass er eine viel zu hohe Alkoholkonzentration im Blut hatte, um in der Lage zu sein, in seinem

Auto nach Hause zu fahren, und er folglich gezwungen sein würde, hier zu übernachten.

Wogegen nichts sprach. Um elf Uhr erklärte Axel Wallman, dass er seinen bescheidenen Anteil an diesem gottverlassenen Sonntag bekommen habe, las einen kurzen, flammenden, aber leider unverständlichen Appell auf Ungarisch für die poetische Freiheit, nahm Saarikoski mit sich und ging ins Haus, um ins Bett zu gehen. Barbarotti richtete sich sein einsames Lager auf dem Ledersofa mit Hilfe einer Decke und eines Kissens, das streng nach Schimmel und altem Tabaksrauch roch. Diese Frage aus dem Prediger Salomon tauchte wieder in seinem Kopf auf – *doch wie kann ein Einzelner warm werden?* –, und er blieb ein paar Minuten lang einfach nur liegen und versuchte ein adäquates Gebet zu formulieren für den Fall eines existierenden Gottes.

Aber es wollten sich die rechten Worte nicht einstellen, und so schlief er schließlich mit dem Gefühl ein, sich weit weg zu befinden.

Von Marianne, von seinen Kindern, von einem Mörder, der versuchte, mit ihm zu sprechen aus Gründen, von denen er sich keinen Begriff machen konnte – und meilenweit weg von sich selbst.

17

Der schwarze Montag begann mit ein paar kräftigen Regenschauern und starkem Wind von Südwest. Gunnar Barbarotti verließ Axel Wallmans Hütte kurz nach acht Uhr mit einem Gefühl von Herbst in der Brust, und er war erst wenige Kilometer gefahren, als sich der Scheibenwischer auf der Fahrerseite löste. Er wirbelte wie eine missglückte Überlegung davon und verschwand innerhalb von Sekunden im hohen Gras im Straßengraben. Barbarotti hielt an der Statoil-Tankstelle in Kerranshede an und verschaffte sich einen neuen, den zu montieren ihm auch mit gewisser Mühe gelang. Er nutzte die Gelegenheit, sich eine Tasse Kaffee und den Expressen zu kaufen, trotz allem, was er Göran Persson versprochen hatte, saß dann erneut im Auto, umgeben von dem herunterströmenden Regen, und las alles, was der Starreporter in Bezug auf die Morde an Erik Bergman und Anna Eriksson zu sagen hatte.

Und über die Briefe.

Und über die Versäumnisse der Polizei.

Ganz richtig waren vier Seiten – zwei ganze Doppelseiten – angesetzt für das, was als »Das Mordrätsel des Jahrzehnts« bezeichnet wurde und den »Briefmörder von Kymlinge« betraf, und ganz oben auf jeder Seite stand sicherheitshalber das Wort »EXTRA« in Schwarz auf Weiß gedruckt, damit auch kein Leser die Gewichtigkeit der Geschichte unterschätzen konnte.

Es gab reichlich Fotos: ein kleineres vom Leiter der Ermittlungen Jonnerblad, ein doppelt so großes von Inspektor Barbarotti – das nicht wenig an einen Patienten erinnerte, der darauf wartete, vom Arzt aufgerufen zu werden, um seine Verstopfung diagnostiziert zu bekommen, ein Luftbild von Kymlinge, auf dem beide Fundorte mittels eines weißen Kreuzes pädagogisch wertvoll markiert waren, sowie ein paar gefälschte Bilder der Briefe – alle drei. Die Worte des Mörders waren in extenso wiedergegeben, aber die Bildunterschriften wiesen der Ehrlichkeit halber darauf hin, dass die Fotos keine Originale zeigten, da die Polizei sich aus ermittlungstechnischen Gründen weigerte, diese herauszugeben. Der Expressen war, wie immer, ein Organ im Dienste der Wahrheit und der Aufklärung. Außerdem gab es noch, oben auf Seite acht, das Bild von zwei Frauen mittleren Alters mit Einkaufstüten, sie hatten nichts mit dem Mord zu tun; ganz im Gegenteil, wie in dem anhängenden kurzen Text behauptet wurde, repräsentierten sie den normalen, ehrbaren Menschen, und auf die direkte Frage des Reporters, inwieweit sie Angst hatten, beteuerten alle beide, dass sie das wirklich hatten. Man traute sich doch kaum noch vor die Tür. Auf die Folgefrage, ob sie Vertrauen in das Polizeiwesen hätten, antworteten sie, dass es ja wohl an der Zeit sei, dass die Ordnungsmächte mal ein bisschen zeigten, was sie konnten.

In dem längsten Textabschnitt wurde der Mörder als außerordentlich gewitzter Psychopath beschrieben, und sowohl Jonnerblad als auch Staatsanwalt Sylvenius wie auch Barbarotti kamen zu Wort. Barbarotti erkannte kein einziges Wort wieder in dem Zitat, das ihm zugeschrieben wurde, und er konnte nur schwer glauben, dass Jonnerblad tatsächlich – auf seine Ehre als Polizeibeamter – versprochen hätte, dass der Täter in den nächsten Tagen gefasst sein sollte, allerspätestens in einer Woche.

Doch das Schlimmste – das Allerschlimmste – war die Überschrift über seinem eigenen Gesicht in diesem vollgestopften Wartezimmer.

Verstrickt?

Verstrickt?, dachte Gunnar Barbarotti. Was zum Teufel meint er damit, dass ich darin verstrickt sein könnte? Wenn ich einen Brief an die Mutter des Papstes schreibe, dann bedeutet das doch wohl nicht, dass sie in irgendetwas *verstrickt* ist?

Er trank seinen Kaffee aus und warf die Zeitung mit einer wütenden Rückhand von sich. Eine Sekunde später rief Asunander an. Er klang wie ein verkaterter Steinfresser.

»Ich bin auf dem Weg«, erklärte Inspektor Barbarotti. »Bin in zwanzig Minuten da.«

»Krrn ss«, sagte der Kommissar, und während der restlichen Fahrt nach Kymlinge überlegte Gunnar Barbarotti, was er da eigentlich versucht hatte, von sich zu geben.

»Wer«, sagte Kommissar Asunander, »… in Dreiteufelsnamen … wer ist derjenige … der diese Informationen einem verfluchten … Zeilenschinder verkauft hat?«

Das war ein sensationell langer und zusammenhängender Satz, dafür, dass er von Asunander kam, und ihm folgte ein beredtes Schweigen am Tisch. Barbarotti war klar, dass der gleiche Gedanke jeden einzelnen Schädel des versammelten Dutzends durchfuhr. Auch die der vier hauptsächlich beteiligten Polizeianwärter, die zur Besprechung dazugeholt worden waren. *Einer von uns? Kann es einer von uns gewesen sein?*

Aber vielleicht durchzog dieser Gedanke auch nur elf Köpfe?, überlegte er weiter. Denn wenn es wirklich einer der zwölf gewesen war, der die Chance genutzt hatte, ein paar Groschen hinzuzuverdienen, indem er der Presse etwas zusteckte, ja, dann musste natürlich in dem betreffenden Schädel während dieser eiskalten, bedrohlichen Sekunden eine andere Frage auftauchen. *Ist es mir anzusehen?,* beispielsweise – oder vielleicht: *Haha, ihr habt nicht die geringste Chance, mich zu entlarven, ihr versteinerten Moorwichser!*

Obwohl Letztgenanntes nur in Barbarottis eigenem armen

Kopf auftauchen konnte. Ich bin auch heute nicht wirklich auf der Höhe, dachte er kurz, während Jonnerblad gleichzeitig das Schweigen punktierte:

»Abgesehen von uns hier am Tisch haben wir noch gut zehn denkbare Namen, unter denen wir suchen können«, stellte er fest.

Asunander knurrte etwas, das nicht zu verstehen war.

»So ist die Lage«, fuhr Jonnerblad fort. »Und leider sieht es im Augenblick nun einmal so aus. Das gilt für das ganze Land, nicht nur für Kymlinge. Das Polizeicorps leckt wie ein Sieb, und ich möchte gern eine Warnung an alle Anwesenden richten – und ihr könnt sie gern weiterverbreiten. Wenn sich das wiederholt, wenn weiterhin Informationen an die Presse weitergegeben werden, Informationen, von denen wir noch nicht beschlossen haben, dass sie veröffentlicht werden, dann werde ich einen Mann aus Stockholm kommen lassen, um eine interne Untersuchung durchzuführen. Er heißt Hauptkommissar Wickman, und es gibt Leute, die haben sich aufgehängt, nachdem er ein paar Tage mit ihnen geredet hat.«

Er machte eine kurze Pause. Als hätten sie es abgesprochen, übernahm Tallin. »Wir werden heute um zwei Uhr eine Pressekonferenz abhalten«, erklärte er. »Abgesehen von dem, was dort gesagt wird, werden in Zukunft ausschließlich Jonnerblad und ich mit der Presse reden. Es wird sich wahrscheinlich der eine oder andere Journalist bei einigen von euch melden. Verweist sie jeweils an Jonnerblad oder an mich. Aus ermittlungstechnischen Gründen.«

»Gibt es jemanden, der das nicht verstanden hat?«, wollte Jonnerblad wissen.

Da die Frage nicht ganz eindeutig gestellt war, wurden einige Köpfe emsig geschüttelt, während ungefähr genauso viele ebenso eifrig nickten. Gunnar Barbarotti erinnerte die Situation an die Zeit, als er als Junge Fußball gespielt hatte und wie man sich fühlte, wenn man in der Pause nach der ersten Halbzeit, in der man für einen sicheren 0:4–Rückstand gesorgt hatte, vom Trainer eine Standpauke verpasst bekam. Boys will always be boys, dachte er und warf Eva Backman, der einzigen Frau in der Versammlung, einen Blick zu. Kann nicht besonders lustig sein, mit diesem Dutzend neopubertärer Männchen tagein, tagaus verkehren zu müssen, dachte er. Absolut nicht lustig.

Und daheim hatte sie noch vier weitere Männer, wanderten seine Gedanken weiter. Einen Unihockey spielenden Ehemann und drei Unihockey spielende Teenagerjungen. Wenn sie nicht auf Urlaub waren, natürlich. Das musste doch auf jeden Fall bedeuten, dass sie …

»Barbarotti«, sagte Jonnerblad und unterbrach dessen Geschlechteranalyse, »es ist in erster Linie deine Rolle, die in Anbetracht des Expressen von heute etwas problematisch ist.«

»Wieso das?«, wunderte Barbarotti sich.

»Dir wird sicher hart zugesetzt werden, das meine ich.«

»No problem«, sagte Barbarotti. »Ich schalte das Telefon ab und ziehe ins Hotel.«

»Keine gute Idee«, widersprach Astor Nilsson. »Vergiss nicht, dass du täglich zu Hause sein musst, um deine Post zu kontrollieren.«

»Vielleicht wäre es an der Zeit, mit der Postverwaltung einen Deal abzuschließen«, schlug Tallin vor.

»Postverwaltung?«, fragte Astor Nilsson. »Gibt's die noch? Ich dachte …«

Aber Tallin interessierte nicht, was Astor Nilsson von der Postverwaltung hielt. »Wenn der Mörder weiterhin Briefe schreibt«, erklärte er stattdessen, »können wir möglicherweise die Korrespondenz zwölf Stunden früher in den Händen halten. Was aber natürlich mit sich bringt, dass wir mehrere mögliche undichte Stellen kriegen …«

»Und wir müssen mit dem einen oder anderen falschen Briefeschreiber rechnen«, warf Eva Backman ein. »Oder?«

»Vermutlich«, brummte Jonnerblad, und das war der Augenblick, in dem Inspektor Barbarotti wusste, wer die Quelle des Expressen gewesen war. Er ließ die Diskussion noch ein wenig weiterlaufen, während er den Gedanken abwog. Es war natürlich möglich, so viele wohlbegründete Einwände wie nur möglich anzubringen, aber in irgendeiner potenten Windung seines unstrukturierten Gehirns wusste er, dass er recht hatte. So musste es sein.

»Entschuldigt«, sagte er. »Mir ist gerade eingefallen, wer dem Expressen die Informationen verschafft hat.«

»Was?«, sagte Jonnerblad.

»Was meinst du?«, fragte Asunander.

»Das ist ganz einfach«, fuhr Barbarotti fort. »Und kein Verdacht fällt auf einen der hier Anwesenden. Es war natürlich der Mörder selbst.«

»Was?«, wiederholte Hauptkommissar Jonnerblad.

»Wie kannst du …?«, sagte Eva Backman.

»Nein, jetzt komme ich nicht mehr ganz mit«, sagte Kommissar Tallin.

»Es ist der Mörder selbst, der den Kontakt zur Presse aufgenommen hat«, erklärte Gunnar Barbarotti langsam, mit dieser eigenartigen inneren Befriedigung, die ein blindes Huhn spürt, wenn es endlich ein Korn gefunden hat.

Zehn Sekunden lang wurde nichts gesagt. Kommissar Tallin hob die rechte Hand und ließ sie wieder fallen. Jonnerblad klickte mit seinem Stift und Asunander mit seinem Gebiss.

»Das ist nicht möglich«, protestierte der rotwangige Polizeianwärter Olsén vorsichtig.

»Das ist es doch«, widersprach Astor Nilsson. »Barbarotti hat recht, es ist logisch, dass er es ist! Das ist so sicher wie das Amen in der Kirche, kapiert ihr das nicht?«

Nach ungefähr einer Viertelstunde mehr oder weniger hitziger Debatte schien es so, als ob zumindest eine knappe Mehrheit der Versammlung es doch tat.

Es kapierte.

Einsah, dass es sich sehr wohl so abgespielt haben konnte, wie Inspektor Barbarotti es vorgeschlagen hatte.

Dass der Mörder selbst Kontakt zum Expressen aufgenommen hatte.

Mit dem Ziel, die Geheimhaltung zu durchbrechen, was die Briefe betraf mit den Informationen, wer als Nächster an der Reihe war, sein Leben zu verlieren. Dass es ihm – aus welchem Grund auch immer – nicht genügte, dass die Polizei über den Angaben brütete. Er wollte die volle Medienaufmerksamkeit, nicht nur die im Polizeigebäude von Kymlinge.

»Verdammte Scheiße, du hast Recht«, sagte Inspektorin Backman. »Gratuliere, Gunnar.«

»Ja, ja, also, er will die maximale Aufmerksamkeit für das hier haben«, fasste Astor Nilsson zusammen. »Von der Polizei, der Presse und dem ganzen Tralala.«

Eva Backman nickte. Barbarotti nickte. Kommissar Tallin nickte vorsichtig, nachdem er zuvor kurz Jonnerblad einen Blick zugeworfen hatte. Das war eine in vielerlei Hinsicht überraschende Schlussfolgerung – aber deshalb nicht weniger logisch.

Wenn man der knappen Mehrheit glauben wollte, wie gesagt.

Und das Gefühl, dass es auch dieser eigensinnige, kaltblütige Verbrecher war, der die ganzen Ermittlungsarbeiten steuerte, folgte auf dem Fuße wie – wie ein Brief mit der Post.

Den restlichen Vormittag saß Inspektor Barbarotti in seinem Büro und telefonierte. Er verabredete Termine mit Leuten, die in irgendeiner Weise etwas mit Erik Bergman und Anna Eriksson zu tun hatten, die man bisher aber noch nicht eingehend hatte befragen können, und als es Viertel nach zwölf war, begab er sich – laut Anweisung – nach Hause, um die tägliche postale Ernte einzuholen.

Mehr als die Hälfte des Flurteppichs war mit Werbesendungen bedeckt, dennoch entdeckte er ihn sofort.

Hellblauer, länglicher Umschlag, genau wie beim letzten Mal. Sein Name und seine Adresse waren in der gleichen Art geschrieben wie bei den drei vorherigen Briefen – etwas unbeholfene, steile Versalien. Der Ort des Adressaten, Kymlinge, einmal unterstrichen.

Die Briefmarke mit dem Bootmotiv aus der gleichen Serie.

Gunnar Barbarotti zögerte eine Sekunde lang, dann zog er sich ein Paar dünne Handschuhe über, schlitzte den Umschlag mit einem Küchenmesser auf, entfaltete den Briefbogen und las die Mitteilung.

DU KANNST DIE ÜBERWACHUNG VON HANS ANDERSSON EINSTELLEN. ER DARF LEBEN. ICH WERDE STATTDESSEN HENRIK UND KATARINA MALMGREN TÖTEN. DU WIRST MICH DOCH NICHT DARAN HINDERN WOLLEN?

Er las den Text zweimal, wobei er versuchte, dieses Gefühl der Unwirklichkeit abzuschütteln. Das Empfinden, dass das alles hier gar nicht richtig stattfand, dass es sich nur um eine Art absurdes, kriminelles Theater handelte, das mit traumhafter Intensität in seinen Schläfen pochte.

Henrik und Katarina Malmgren?

Gleich zwei? Wollte er dieses Mal zwei Personen umbringen? Barbarotti schob den Brief zurück in den Umschlag. Fragte sich, warum er ihn eigentlich geöffnet hatte – er hatte Jonnerblad versprochen, ihm alle zukünftigen Mitteilungen des Mörders in unversehrtem Zustand unmittelbar zu überbringen.

Er hatte dieses Versprechen ohne groß zu zögern gebrochen. Das war … es musste etwas mit dieser Jungsfußballmannschaft zu tun haben. Dem Gefühl, einem großen und nur mäßig begabten Mannschaftsführer ausgeliefert zu sein. Gunnar Barbarotti mochte es nicht, wenn ihm Leute sagten, was er zu tun hatte, so war es schon immer gewesen. Das war vermutlich auch der simple Grund dafür, dass er immer noch Kriminalinspektor und kein Kommissar war ... wenn man der Wahrheit ins Auge schauen wollte. Das plus der Mangel an richtiger Ambition natürlich – auf jeden Fall würde es wahrscheinlich einen ziemlichen Krach geben, nur weil er den Brief geöffnet und den Text gelesen hatte, bevor er ihn auf dem Tisch des hohen Vorgesetzten abgeliefert hatte.

So what?, dachte Barbarotti, holte eine Plastiktüte und ließ den hellblauen Umschlag hineingleiten. Ich will doch sowieso den Job wechseln und nach Helsingborg ziehen, und außerdem öffne ich meine Post immer noch selbst. Das ist ein Menschenrecht.

Er zog sich die Handschuhe aus und wickelte ein Gummiband um die Plastiktüte. Dann tippte er Jonnerblads Handynummer ein.

»Esse gerade«, informierte dieser. »Kann es warten?«

»Ich denke nicht«, antwortete Barbarotti.

»Nein?«, fragte Jonnerblad nach.

»Ich habe gerade einen neuen Brief gekriegt. Er behauptet, dass Hans Andersson ihm egal ist. Jetzt geht es um Henrik und Katarina Malmgren.«

»Du hast ihn geöffnet?«, fragte Jonnerblad.

»Richtig«, bestätigte Barbarotti. »Er war an mich adressiert.«

»Scheiße«, sagte Jonnerblad und kaute zu Ende.

Gunnar Barbarotti wartete. Karotten, tippte er. Ganze oder in Scheiben, nicht geraspelt.

»Also gleich zwei?«

»Stimmt genau«, bestätigte Barbarotti. »Und sie heißen Malmgren, alle beide.«

»Ja, dann sieh zu, dass du herkommst, Mann«, sagte Jonnerblad. »Wir sehen uns in meinem Büro in zehn Minuten.«

»Verstanden«, sagte Inspektor Barbarotti.

Aber Jonnerblad drückte das Gespräch noch nicht weg. »Übrigens«, fügte er hinzu. »Sicherheitshalber … sag noch nichts von diesem Brief … ich meine, zu sonst jemandem, lass mich und Tallin erst mal einen Blick draufwerfen.«

»Ich dachte, wir wären uns einig, dass es der Mörder war, der dem Expressen den Tipp gegeben hat?«

»Gut möglich«, sagte Jonnerblad. »Ich meine ja auch nur, zunächst einmal. Wäre dumm, irgendein Risiko einzugehen, außerdem ist um zwei Uhr die Pressekonferenz. Du bist doch auch der Meinung, dass wir das auf keinen Fall veröffentlichen sollen?«

Gunnar Barbarotti überlegte.

»Es ist ja möglich, dass Herr Persson bereits informiert ist«, sagte er dann.

»Da ist was dran«, seufzte Hauptkommissar Jonnerblad. »Auf jeden Fall werde ich mir Herrn Persson nach der Pressekonferenz vornehmen. Gut, dann sehen wir uns in ein paar Minuten, ja?«

»Ich bin bereits auf dem Weg«, versicherte Inspektor Barbarotti.

18

Letztendlich war es ein Quintett, das sich im Konferenzraum versammelte, um am jüngsten Schachzug des Mörders teilzuhaben. Neben Barbarotti, Tallin und Jonnerblad fanden sich außerdem Astor Nilsson und Eva Backman ein, und Gunnar Barbarotti vermutete, dass der Ermittlungsleiter in den wenigen Minuten, die seit ihrem Telefongespräch vergangen waren, hatte nachdenken können.

Nachdenken und einsehen, dass Gedankenstärke und -breite in der momentanen Lage vermutlich wichtiger waren als Vertraulichkeit. Der Brieftext wurde unter verkniffenem Schweigen sorgfältig betrachtet. Astor Nilsson war der Erste, der ihn kommentierte.

»Infernalisch«, sagte er.

»Was meinst du damit?«, fragte Tallin.

»Ich meine ungefähr: teuflisch ausgeklügelt«, sagte Astor Nilsson. »Wir werden gezwungen, nach seiner Pfeife zu tanzen wie … ja, wie Flöhe in so einem blöden Flohzirkus.«

»Erkläre das genauer«, bat Jonnerblad und begann an einem Fleck auf seinem Hemd zu reiben, den er sich offenbar beim Mittagessen zugezogen hatte.

»Gerne«, sagte Astor Nilsson. »Als Erstes: Was machen wir mit Hans Andersson? Angenommen, wir brechen die Überwachung ab, und er ermordet trotzdem einen von ihnen. Angenommen, er berichtet alles dem Expressen. Wie stehen wir dann da?«

»Mit dem Rücken zur Wand«, sagte Eva Backman.

»Ganz genau. Der Mörder hat gesagt, die Bullen könnten die Bewachung einstellen, und diese Dummköpfe haben ihm auch noch geglaubt! Ich denke nicht, dass man besonders viel Phantasie braucht, um ...«

»Danke, das reicht«, sagte Jonnerblad. »Wir halten die Überwachung aufrecht, zumindest einmal für den Anfang. Natürlich. Aber unsere höchste Priorität im Augenblick gilt dennoch der Identifizierung von ... wie hießen sie noch? Henrik und Katarina Malmgren?«

»Genau«, bestätigte Barbarotti.

»Es sind also zwei, und sie hängen anscheinend in irgendeiner Weise zusammen. Vielleicht ein Ehepaar oder Geschwister, und wenn es so eine Verbindung gibt, dürfte es nicht so schwer sein, die Richtigen zu finden. Hoffentlich gibt es nur eine Alternative, oder was meint ihr?«

»Wenn wir Glück haben«, sagte Astor Nilsson. »Malmgren sollte ja zumindest etwas ungewöhnlicher sein als Andersson.«

Jonnerblad schaute auf die Uhr. »Die Pressekonferenz beginnt in fünf Minuten«, sagte er. »Tallin und ich kümmern uns drum, ihr könnt es intern auf dem Bildschirm verfolgen, wenn ihr wollt. Aber wenn wir in einer Stunde fertig sind, möchte ich, dass ihr die Malmgrens eingekreist habt. Klar?«

»Glasklar«, nickte Eva Backman. »Ich gehe runter zu Sorgsen, das kriegen wir ohne Probleme hin.«

»Sorgsen?«, fragte Tallin nach. »Ich dachte, er heißt Borgsen?«

»Ein geliebtes Kind hat viele Namen«, sagte Barbarotti.

»All right«, meinte Jonnerblad und stand auf. »Dann sehen wir uns um Viertel nach drei. Seht zu, dass die anderen aus dem Team auch kommen, das heißt, die, die erreichbar sind. Noch Fragen?«

»Eine«, sagte Gunnar Barbarotti. »Wenn einer der Reporter

etwas von diesem neuen Brief zu wissen scheint, wie werdet ihr euch dann verhalten?«

Jonnerblad überlegte eine Sekunde lang. »Wir halten uns bedeckt«, erklärte er.

»Bedeckt und allzeit bereit«, bestätigte Tallin.

»Dann viel Glück«, sagte Barbarotti.

»Kann etwas knifflig werden, diesen Göran Perrson zu vernehmen«, sagte Astor Nilsson. »In jeder Beziehung.«

»Wieso?«, wollte Tallin wissen.

»Weil jedes Wort umgehend in den Druck geht. Es wird nicht einfach sein, ihn zum Schweigen zu zwingen, und nach seiner Quelle zu forschen, ist ja nun auch nicht gerade der Hit… wie die Enkel sagen.«

Hat er Enkel?, fragte Barbarotti sich verwirrt. Die so alt sind, dass sie von Hits reden?

»Ich bin mir der Problematik sehr wohl bewusst«, erwiderte Jonnerblad irritiert. »Und ich habe keine besonders hohe Meinung von der Boulevardpresse. Aber dass sie absichtlich einen Mörder schützen wollen, nur um ihre Auflage zu erhöhen, nein, ich hoffe, dass es da Grenzen gibt.«

Worauf er den Raum zusammen mit dem Kollegen Tallin verließ.

Als sich die Tür hinter den beiden geschlossen hatte, räusperte sich Astor Nilsson und ließ seinen Blick zwischen Barbarotti und Backman hin und her wandern. »Eine Sache muss ich zugeben«, sagte er. »Es ist fast so, dass ich das Ganze interessant finde. Auf jeden Fall haben wir es mit einer pervertierten Seele zu tun.«

»Interessant?«, fragte Eva Backman nach. »Ich werde wohl nie aufhören, mich über euch Männer zu wundern. Mord ist cool, deshalb bin ich zur Polizei gegangen! Pass nur auf, dass du das nicht gegenüber dem Expressen äußerst, die könnten das missverstehen.«

Astor Nilsson nickte, und für einen Augenblick gelang es

ihm, verlegen auszusehen. Inspektorin Backman gab Barbarotti ein Zeichen mit der Hand, und dann begaben die beiden sich zwei Stockwerke tiefer im Haus, um Hilfe von Inspektor Borgsen alias Sorgsen sowie seiner wohlbekannten Datenkenntnisse zu bekommen.

Es brauchte keine zwanzig Minuten, da hatten sie Henrik und Katarina Malmgren ausgegraben.

Auf jeden Fall gingen sie vorläufig davon aus, dass sie die Richtigen gefunden hatten. Es gab zwar im ganzen Land um die fünfzig Henrik Malmgrens und sechzig Katarina Malmgrens, und wahrscheinlich war ein Teil dieser Menschen auf diverse Art und Weise miteinander verwandt – aber es gab nur ein verheiratetes Paar mit dem richtigen Namen, und aus irgendeinem Grund waren sich alle drei Kriminalinspektoren einig, dass es mit größter Wahrscheinlichkeit genau dieses sein musste, auf das es der briefeschreibende Mörder abgesehen hatte.

»Wieso?«, fragte Gunnar Barbarotti. »Wieso bin ich mir so sicher, dass es genau die sind?«

»Ich weiß es nicht«, sagte Eva Backman, »aber mir geht es genauso. Wir haben ja eigentlich drei mögliche Konstellationen zur Auswahl: Geschwister, Eltern-Kind und Mann-Frau. Oder?«

»Nun ja, es könnten ja auch noch Cousin-Cousine sein«, warf Sorgsen ein. »Oder Tante-Neffe oder was immer sonst. Sie müssen nicht einmal miteinander verwandt sein.«

»Jetzt wirst du kleinlich«, sagte Eva Backman.

»Entschuldige«, sagte Sorgsen. »Ich tippe auch auf das verheiratete Paar. Auf jeden Fall sind sie es, die wir uns als Erstes anschauen sollten.« Er setzte sich seine Brille auf und studierte die Liste, die er gerade ausgedruckt hatte. »Und das erst recht, da es keinen Henrik und keine Katarina Malmgren in Kymlinge gibt.«

»Wir konzentrieren uns zunächst einmal auf die beiden«, entschied Barbarotti. »Dann können wir die Suche ausdehnen, wenn es nötig ist. Wo wohnen sie?«

Eva Backman nahm die Liste in die Hand und las laut vor. »Henrik und Katarina Malmgren. Berberisstigen 24 in Göteborg. Ich glaube, das liegt etwas außerhalb in Mölndal, Villes Schwester wohnt irgendwo da in der Ecke. Ziemlich schicke Gegend … gehobene Mittelklasse mindestens.«

Barbarotti schaute ihr über die Schulter. »Sie haben drei verschiedene Telefonnummern«, sagte er. »Festnetzanschluss und zwei Handys. Was machen wir?«

Sorgsen schaute auf die Uhr. »Die Pressekonferenz wird nicht vor einer halben Stunde zu Ende sein.«

»Es hat keinen Sinn, Zeit zu verlieren«, sagte Barbarotti.

»Wäre ein dienstlicher Fehler, einfach abzuwarten und in die Luft zu starren«, sagte Backman.

»Schmeiß das Telefon rüber, Gerald«, sagte Barbarotti.

Es waren drei Nieten. Er hörte drei verschiedene Ansagen ab – zweimal von Herrn Malmgren, einmal von der gnädigen Frau –, wurde in höflichen und wohlformulierten Worten darum gebeten, eine Mitteilung zu hinterlassen oder es unter einer der anderen beiden Nummern zu versuchen, und als er das dritte Mal das Gespräch weggedrückt hatte und die verkniffenen Gesichter seiner Kollegen betrachtete, spürte er den kalten Hauch der Bestätigung das Rückgrat hochkriechen.

Das sind sie. Das müssen sie sein.

Gleichzeitig meldete sich die Stimme der Vernunft in ihm. *Don't jump to conclusions.* Es war zwanzig Minuten vor drei Uhr nachmittags. Es war Montag. Wenn sich beispielsweise Henrik und Katarina Malmgren jeweils an ihrem Arbeitsplatz befanden, wo immer der sein mochte, war es außerordentlich wahrscheinlich, dass keiner von ihnen ans Telefon ging. Um halb acht Uhr abends wäre es etwas anderes gewesen; er sah Backman und Sorgsen an, dass sie ihm auch die nächste Entscheidung gern überließen, aber plötzlich fühlte er sich unsicher. War es wirklich das Richtige, einfach nur eine Nachricht zu hinterlassen und das unbekannte Paar zu bitten, sich mit der Polizeibehörde in Kymlinge in Verbindung zu setzen?

Nach einigen Sekunden wurde ihm klar, woher diese Unsicherheit resultierte; es war nicht Hauptkommissar Jonnerblads mögliche Kritik und Schimpftiraden, die eine Rolle spielten, nein, es hatte mit dem Mörder zu tun.

Einfacher gesagt, mit der Tatsache, dass es genauso ein Schritt war, der erwartet werden konnte. Die selbstverständlichste aller Aktionen. Barbarotti spürte plötzlich einen deutlichen Stich von Wut, er hatte keine Lust mehr, dem Gegner in die Hände zu spielen. Lieber einmal etwas Unerwartetes tun, die Frage war nur, was.

»Vielleicht blufft er dieses Mal auch«, meinte Eva Backman, als hätte sie ähnliche Gedanken. »Vielleicht wollte er nur die ersten beiden umbringen, und jetzt führt er uns noch eine Weile an der Nase herum.«

»Und warum?«, fragte Sorgsen.

Eva Backman zuckte mit den Schultern. »Keine Ahnung. Ich glaube sowieso, dass wir uns in diesem Fall nicht die Augen nach dem Motiv ausgucken sollten.«

»Ich dachte, genau das sollten wir tun?«, warf Barbarotti ein. »Hast du vergessen, was Lillieskog gesagt hat?«

»Nicht vergessen«, betonte Backman. »Nur einer gewissen Sorte von Experten zu folgen, das fällt mir etwas schwer. Und zu glauben, dass ich tatsächlich Mittwoch in Urlaub gehen kann.«

»Was Letzteres betrifft, so hast du vermutlich recht«, nickte Sorgsen und begann die Papierstapel auf seinem Schreibtisch gerade zu rücken. »Das wird noch eine ganze Menge Arbeit geben. Man kann sich nur wünschen, dass wir einen Zusammenhang zwischen dem Paar und unseren beiden Opfern finden, das würde die Sache erleichtern.«

»Zweifellos«, stimmte Eva Backman zu und schaute auf die Uhr. »Also, was machen wir? Däumchen drehen, bis die Pressekonferenz zu Ende ist?«

Inspektor Barbarotti schüttelte den Kopf und wühlte in seiner Jackentasche. »Darf ich euch bitten, leise zu sein«, sagte er. »Ich werde ihnen meine Handynummer geben. Das kann ja nicht schaden, ich werde nicht sagen, dass ich von der Polizei bin, aber wenn sie zurückrufen, dann bedeutet das zumindest, dass sie offensichtlich noch am Leben sind. Ich bin es leid, keine Entscheidungen treffen zu dürfen.«

»Es gibt niemanden, der dir das verboten hat«, widersprach Inspektorin Backman. »Dann mal los.«

Barbarotti nickte, rief erneut die drei Anrufbeantworter an und hinterließ auf allen dreien mehr oder weniger identische und ziemlich nichtssagende Bescheide. Schob dann sein Handy wieder in die Tasche und betrachtete seine Kollegen.

»Wollen wir wetten?«

»Um was?«, fragte Eva Backman.

»Darum, dass im Herbst ein Haus im Berberisstigen in Mölndal zum Verkauf stehen wird.«

Inspektor Gerald Borgsen wies darauf hin, dass es praktisch bereits Herbst sei, aber weder er noch Backman nahmen die Wette an.

Als Gunnar Barbarotti das Polizeigebäude gegen halb acht Uhr am Montagabend verließ, hatte sein Handy seit drei Uhr dreizehn Mal geklingelt. Jedes Mal war es so ein nachbohrender, wahrheitssuchender Journalist, der ihm die eine oder andere gut motivierte Frage stellen wollte, und er wimmelte sie alle dreizehn Mal freundlich, aber entschieden ab.

Doch weder ein Henrik noch eine Katarina Malmgren ließen von sich hören, und als er genauer nachdachte, konnte er sich nicht daran erinnern, wann er sich das letzte Mal so frustriert gefühlt hatte. Wahrscheinlich damals, als Helena ihm mitteilte, dass sie plante, ihn zu verlassen, also vor fast sechs Jahren jetzt.

Aber bei der Arbeit? Nie. Diese gesamten Ermittlungen erschienen ihm wie ein mentaler Schiffbruch. In den trostlosen Nachmittagsstunden war ihm Bo Bergmans Gedicht »Die Marionetten« immer wieder in den Sinn gekommen, und das war natürlich kein Zufall. Der Mörder zog an den Fäden, und die Polizeipuppen drehten gehorsam und fröhlich ihre Pirouetten; er gab ihnen einen oder ein paar Namen, und schon fing man an, die Dinge zu tun, von denen jeder erwartete, dass man sie tat. Ganz besonders der Mörder. Der Marionettenspieler.

Aber *warum*? Gab es noch irgendeinen anderen Grund, warum er sein grausames Spiel mit ihnen trieb? War das Briefeschreiben Teil eines Plans, eines größeren Musters, das Barbarotti und seine Kollegen nicht erkennen konnten?

Er hatte sich in den letzten Wochen tausendmal diese Fragen gestellt, und sie standen immer noch genauso unbeantwortet im Raum.

Die Pressekonferenz war gut gelaufen, wie Jonnerblad und Tallin versicherten, fast unisono, und Barbarotti hatte auch nie erwartet, dass sie etwas anderes sagen würden. Was die versammelte Presse – mehr als achtzig Personen offenbar – von der Vorstellung gehalten hatte, würde zweifellos am kommenden Tag in den Zeitungen zu lesen sein oder wäre aus den Nachrichtensendungen im Rundfunk und Fernsehen zu erschließen.

Oder im Internet. Einige der anwesenden Journalisten hatten einige Fragen bezüglich Henrik oder Katarina Malmgren gestellt, so dass die Vermutung, dass der Mörder mit der Polizei und der Presse mehr oder weniger simultan kommunizierte, zumindest angenommen werden konnte. Jedenfalls dieses Mal.

Ob es sich tatsächlich so verhielt, dass der Mörder Göran

Persson informiert hatte – das war natürlich eine andere Frage, die noch lange nicht geklärt war. Sechs Stunden nachdem er von seinem glasklaren Gedankenblitz getroffen worden war, war Gunnar Barbarotti nicht mehr genauso fest davon überzeugt wie in dem Moment, als er ihn getroffen hatte.

Überhaupt besteht ja die Frustration größtenteils genau daraus, dachte er, als er auf die Grevgatan einbog und den Bach entlang nach Hause radelte. Aus einem Haufen von Fragezeichen, die sich ebenso unstrukturiert und zufällig ineinander verhakten wie alte, verbogene Metallbügel auf dem Boden eines muffigen Schranks. (Wo kommen bloß diese Bilder her, wie schon mal gesagt?) War es wirklich das verheiratete Paar im Berberisstigen in Mölndal, auf das der Mörder es in seinem letzten Brief abgesehen hatte? Und wenn ja, plante er wirklich, sie zu töten? Hans Andersson – wer von allen war denn nun der Richtige, wenn überhaupt einer? –, er sollte offenbar laufen gelassen werden. Warum? War es von Anfang an so geplant gewesen, oder war im Laufe der Zeit etwas passiert, was den Mörder dazu gebracht hatte, seine Meinung zu ändern?

Und an allererster Stelle: Wo hielt sich das Ehepaar Malmgren auf? Trotz intensiver Suche den ganzen Nachmittag über, mit freundlicher Unterstützung von einem halben Dutzend Kollegen der Göteborger Polizei, war es ihnen nicht gelungen, sie ausfindig zu machen. Andererseits hatten beide noch vierzehn Tage Urlaub – er von der Göteborger Universität, sie vom – Sahlgrenska-Krankenhaus –, so dass das Risiko, dass sie sich ganz einfach irgendwo auf der Welt im Urlaub befanden und ihre Handys daheim in der Schreibtischschublade gut verstaut waren, von der gesamten Ermittlungsgruppe als hoch beurteilt wurde. Immer mehr Menschen entschieden sich für diese Variante, worauf immer das beruhen mochte.

Die andere Alternative, dass sie nicht reagierten, weil sie bereits tot waren, wurde im Team unterschiedlich bewertet, aber da keine der beiden Hypothesen auf etwas anderem als reiner

Spekulation und Vermutungen basierte, konnte es auch gleich sein. Weitere Gespräche mit Verwandten und Bekannten des Paares waren noch am Abend und am nächsten Tag durchzuführen, früher oder später sollte das Bild sich also klären. Barbarotti selbst hatte am Telefon mit einer Halbschwester von Katarina Malmgren gesprochen und erfahren, dass es nicht ungewöhnlich war, dass sich das Paar irgendwo aufhielt und nicht erreichbar war. Für eine Woche oder ein paar Tage, es war die Rede von irgendeiner Art von Lebensstil, soweit er verstanden hatte. Einer *Modernität.* Obwohl sie das normalerweise in Mails und am Telefon anzukündigen pflegten, wie die Halbschwester bemerkte, aber ansonsten hatte sie keinen engeren Kontakt zu ihnen, es gab sieben Jahre Altersunterschied zwischen ihr und Katarina, und das Ehepaar war nicht ganz ihr Stil.

Barbarotti hatte diese Stilfragen nicht weiter vertieft, er hatte sich bedankt und darum gebeten, eventuell noch einmal von sich hören lassen zu dürfen. Hatte den nächsten Namen angerufen und noch weniger erfahren. Und dann den nächsten. Und den nächsten. Insgesamt hatte das Team – die entsprechenden Göteborger Kollegen mitgerechnet – mit mehr als hundert Personen innerhalb von vier Stunden gesprochen, viele von ihnen so locker mit dem Ehepaar Malmgren verbunden, dass man das Gefühl hatte, als suchte man Schneebälle in einer Wüste – um Astor Nilsson zu zitieren –, und das Resultat der Anstrengungen war, dass man gegen sieben Uhr mit einem Sammelsurium von Informationen dasaß, die zu nichts führten.

Das, was möglicherweise – in der besten aller Möglichkeiten – wertvoll sein konnte, verbarg sich jedenfalls sehr geschickt in dem Haufen. Ein Phänomen, das an und für sich nicht neu war im Umkreis von Ermittlungen, aber im Fall Malmgren trat es ungewöhnlich deutlich zutage.

Und vielleicht waren sie ja gar nicht das richtige Objekt.

Vielleicht waren es Katarina Malmgren in Lycksele und

Henrik Malmgren in Stockholm, die in einer nicht allzu weit entfernten Zukunft im Begriffe standen, ihr irdisches Leben zu verlieren. Oder die es bereits getan hatten. Verdammte Scheiße, dachte Gunnar Barbarotti, wir armseligen Marionetten.

Du wirst mich doch wohl nicht daran hindern wollen?

So hatte es in der Epistel des Tages gestanden. *Du,* nicht *Ihr*. Immer noch wandte sich der Briefeschreiber direkt an ihn, an Kriminalinspektor Gunnar Barbarotti und niemanden sonst. Warum?

Warum, warum? Hatte er womöglich wirklich eine Art persönliche Verbindung zum Mörder, wie Jonnerblad vorschlug? Er hatte seine Liste über entsprechende mögliche Bekanntschaften aus der Vergangenheit um acht Namen erweitert, aber bei keinem hatte es geklingelt, und die Methode erschien immer sinnloser, je länger er darüber nachdachte.

Und was wollte er dieses Mal? Was war die Absicht des Briefeschreibers?

Die Meinung, zu der er und Backman neigten – vielleicht die anderen im Ermittlungsteam auch, aber er hatte es in erster Linie mit Backman diskutiert – besagte, dass, wenn man es eiskalt betrachtete, alles schon gelaufen war. Sollte das Paar Malmgren ermordet werden, dann waren sie bereits ermordet worden. Traf man sie noch lebend an, dann bedeutete es wahrscheinlich, dass sie ziemlich gute Chancen hatten, ihr Leben auch zu behalten. In den beiden ersten Mordfällen, zumindest im zweiten, war der Brieftipp zu spät gekommen, als dass die Polizei überhaupt die Möglichkeit gehabt hätte, zu reagieren, und im Fall Hans Andersson hatte man überhaupt noch kein Opfer. Es erschien kaum vorstellbar, dass der Mörder sich daran machen würde, zwei Menschen zu töten, die unter lückenlosem Polizeischutz standen – und wenn er es dennoch tat, dann bedeutete es entweder, dass er total verrückt war oder dass er gefasst werden wollte. Oder beides zugleich.

Und in diesem Fall würde er bald hinter Schloss und Riegel stecken, und man könnte die Ermittlungen abschließen.

Aber man hatte das Ehepaar Malmgren nicht lebend gefunden, das war die Krux an der ganzen Sache. Vielleicht lagen sie irgendwo ermordet herum? Vielleicht saß der Mörder irgendwo sicher und zufrieden und wartete darauf, Teil der Nachrichten in den Morgenzeitungen am nächsten Tag zu sein?

Vielleicht treibt ihn allein das?, dachte Barbarotti mit einem Hauch von Resignation und bog auf den Hagendalsvägen ein. Konnte es so banal sein?

Auf jeden Fall schien die geografische Perspektive erweitert worden zu sein, es waren weder eine Katarina noch ein Henrik Malmgren in Kymlinge gemeldet. Schwer zu sagen, was das bedeuten konnte, auf jeden Fall war es schwer, nachdem man schon zehn Stunden am Stück spekuliert hatte, und momentan hätte Inspektor Barbarotti nicht übel Lust, sein Leben mit dem von Axel Wallman zu tauschen.

Die akademische Müllhalde? Vielleicht gab es ja eine entsprechende Müllhalde für abgedankte Polizisten? Ja, mit an Sicherheit grenzender Wahrscheinlichkeit existierte so etwas. Die Frage war nur, ob er reif war, sie zu betreten.

Ach, was soll's, übermorgen würde er Marianne anrufen, und dann würde sein Leben für alle Ewigkeit entschieden.

Dachte Inspektor Barbarotti, während es ihm mit sanfter Gewalt gelang, sein Fahrrad zwischen zwei mit Kindersitzen auf den Fahrradständer auf dem Hof zu schieben.

Er schloss die Tür zu seiner Wohnung auf, trat ein und stellte fest, dass er hungrig war – trotz der zehn Tassen Kaffee am Nachmittag und vermutlich doppelt so vielen Singoalla-Keksen. Er überschlug hastig den Inhalt des Kühlschranks und des Küchenschranks und entschied sich für seine Paradenummer: Spaghetti mit Pesto, Kapern, Oliven und dünn geschnittenem Parmesankäse. Ein Glas Rotwein, wenn er noch eine Flasche daheim hatte, und eine Birnenscheibe als Dessert – er war gerade mit der Zubereitung fertig, als es an der Tür klingelte.

Kurz überlegte er, ob er überhaupt hingehen und öffnen sollte, und hinterher – nachdem das, was kommen sollte, bereits eingetreten war – fragte er sich, warum um alles in der Welt er nicht so klug gewesen war, seinem ersten, wohlbegründeten Impuls zu folgen.

Es waren Göran Persson und ein Fotograf in roter Baseballmütze.

»Schön, dass du zu Hause bist«, sagte Göran Persson, und der Fotograf schoss einen Blitz ab.

»Ich habe keine Zeit«, sagte Gunnar Barbarotti. »Entschuldigt mich.«

Er versuchte die Tür zuzuziehen, aber der Reporter hatte einen stattlichen Fünfundvierziger quer auf der Schwelle platziert. »Ich dachte, wir sollten uns lieber ein bisschen unterhalten«, sagte er. »In aller Freundschaft. Die Leute sind interessiert an diesem Fall, weißt du.«

»Nimm deinen Fuß weg«, sagte Gunnar Barbarotti. »Ich habe keinen Kommentar abzugeben.«

Der Fotograf machte noch ein Foto.

»Kein Kommentar?«, fragte Göran Persson. »Ich bin mir sicher, dass du einen hast. Lass es uns so machen. Wir setzen uns an deinen Küchentisch und tauschen so zehn Minuten lang unsere Meinungen aus. Dann schreibe ich eine Zusammenfassung unseres Gesprächs, und du kannst sie gutheißen oder nicht.«

»Ich heiße gar nichts gut«, sagte Barbarotti.

»Willst du, dass die Polizei als störrisch und selbstherrlich dasteht?«

»Störrisch … was faselst du da nur? Wir sind mitten in einer Mordermittlung, und es nützt uns überhaupt nichts, wenn du herumrennst und jede Menge sensationsheischenden Mist schreibst. Deine Zeitung ist eine Schande für das freie Wort.«

Die Wut wuchs wie eine Rauchwolke in ihm.

»Warte, kannst du das noch mal wiederholen?«, fragte der Reporter und zog Stift und Block aus der Jackentasche. Der Fotograf blitzte weiter.

»Zum allerletzten Mal«, sagte Barbarotti. »Ich denke gar nicht daran, mit dir zu sprechen. Nimm deinen verfluchten Fuß da weg, sonst kriegst du noch eins in die Fresse.«

Göran Persson grinste. »Nun, nun, Herr Wachtmeister, überleg dir lieber, was du von dir gibst. Lass uns rein und hör auf, so herumzuzicken, ich habe mit deinem Chef, diesem Jonnerblatt oder wie immer er heißt, mehr als eine Stunde geredet. Großspurige Bullen bin ich so langsam leid.«

Gunnar Barbarotti biss die Zähne zusammen und schloss für einen Moment die Augen. Dann ballte er die Fäuste und stieß sie mit aller Kraft gegen den Brustkorb des Journalisten, so dass dieser ins Treppenhaus zurücktaumelte. Zog danach die Tür zu und schloss ab.

Ging zurück in die Küche, während ein weiterer Fotoblitz langsam auf der Netzhaut verblasste – mit dem Geräusch von etwas, das die Treppe hinunterfiel, langsam auf dem Trommelfell verhallend.

Dumm, dachte er. Das habe ich nicht besonders professionell gemeistert.

Dann setzte er sich hin, um zu essen.

IV

Aufzeichnungen aus Mousterlin

7. – 8. Juli 2002

»Begreift ihr denn nicht, dass das Mädchen tot ist?«

Katarina Malmgren wiederholte wörtlich, was sie gesagt hatte, und ich bin mir sicher, dass anschließend mindestens eine Minute lang niemand etwas sagte. Wir saßen und standen da, zusammengekauert in der Plicht, Troaë lag leblos zu unseren Füßen, wir lauschten dem nachlassenden Regen und konnten spüren, wie sich die Wellen unter uns beruhigten. Der Wind legte sich auch, während die Dunkelheit zunahm und uns immer fester zu umschließen schien; Meer, Himmel, Küste, alles hatte den gleichen grauschwarzen, undurchdringlichen Ton. Das Einzige, was sich abhob, war eine Anzahl kleiner Lichter auf dem Land, nicht mehr als fünf winzige Nadelstiche in dem Schwarz, und es war unmöglich, den Abstand bis dorthin einzuschätzen. Vielleicht nicht mehr als ein Kilometer, vielleicht deutlich weiter. Ganz links, was immer noch Westen sein musste, entdeckte ich ein Licht, das kam und ging; ich vermutete, es war der Leuchtturm von Beg-Meil. In diesem Fall waren wir weit nach Osten abgetrieben, was sicher mit der Windrichtung übereinstimmte. Im Nachhinein begreife ich nicht, wie ich in der Lage war, diese Beobachtungen zu machen, diese sinnlosen Einschätzungen. Mein Körper erschien wie abgestorben, mein Kopf pochte dumpf, von meinem verletzten Fuß schoss ab und zu ein stechender Schmerz hoch. Das ist der Nullpunkt, ich erinnere mich, dass ich das dachte. Der absolute Nullpunkt.

Als Erste sagte Anna etwas.

»Tot? Sie kann doch nicht tot sein?«

Henrik, der sich am wenigsten an den Rettungsarbeiten beteiligt hatte, schnaubte nur. »Guck sie doch an«, sagte er. »Wenn die nicht tot ist, was glaubst du denn, was sie ist?«

Aber seine Stimme klang deutlich jämmerlicher als die Worte selbst.

»Halt die Klappe, Henrik«, sagte Katarina. »Mein Gott, was sollen wir nur tun?«

»Was sollen wir tun?«, wiederholte Gunnar dumm. »Wie zum Teufel konnte das passieren?«

Anna wandte sich mir zu. »Du verdammter Idiot, du warst es, der sie hat über Bord gehen lassen.«

»Ich habe sie nicht halten können«, sagte ich. »Es tut mir leid.«

»Leid?«, fragte Henrik höhnisch. »Ach, es tut dir leid?«

»Was soll ich denn deiner Meinung nach sagen?«, fragte ich.

Katarina Malmgren fing an zu weinen. Laut und durchdringend.

»Wieso heulst du?«, blaffte Erik. »Du warst es doch, die sie auf diese verfluchte Fahrt mitnehmen musste.«

»Ich wollte ja nicht, dass ...«, versuchte Katarina.

»Stimmt«, nickte Anna. »Du warst es, du hast sie mitgeschleppt. Und was gedenkst du jetzt zu tun? Was gedenkst du zu tun?«

Es lag etwas Panikartiges und gleichzeitig fast Triumphierendes in Annas Stimme, eine Mischung, wie ich sie vorher nie gehört hatte. »Ich wäre fast ertrunken, ich auch!«, schrie sie plötzlich. »Aber darum kümmert sich natürlich niemand!«

Ich erinnerte mich daran, dass sie tatsächlich mitten in dem ganzen Durcheinander ins Wasser gefallen war, und es konnte sehr wohl so sein, wie sie sagte. Zumindest hatte sie einen ziemlichen Schreck bekommen. Keiner von uns anderen hatte sich um sie gekümmert, alle waren mit dem Mädchen beschäftigt gewesen. Eine Weile blieb es still.

»Das Unwetter hat sich gelegt«, sagte Gunnar. »Anscheinend treiben wir aufs Land zu. Nun reißt euch zusammen, und dann gehen wir hinunter unter Deck und diskutieren, wie wir weiter vorgehen.«

Das taten wir. Wir ließen das tote Mädchen oben in der Plicht liegen und zwängten uns auf die Bänke unten in der kohlrabenschwarzen Kajüte, alle sechs. Katarina fragte, ob nicht wenigstens einer oben an Bord bleiben und Wache bei der Toten halten sollte, aber keiner nahm überhaupt Notiz von diesem Vorschlag.

»Warum gibt es überhaupt kein Licht hier?«, klagte Anna. »Warum um alles in der Welt gibt es auf diesem Scheißboot nicht ein winziges bisschen Licht?«

»Beruhige dich, Anna«, sagte Gunnar. »Versuche ein einziges Mal, ein bisschen erwachsen aufzutreten.«

»Erwachsen?«, schrie Anna. »Willst du von erwachsen reden, du perverses Schwein?«

Ich weiß nicht, worauf Anna anspielte, möglicherweise wusste Gunnar es, denn er gab ihr eine Ohrfeige. Ich glaube nicht, dass sie richtig traf, wahrscheinlich konnte sie sich mit einer Hand schützen, aber die Aktion an sich genügte, um sie zum Schweigen zu bringen.

»Also, was tun wir?«, fragte Henrik.

Er klang ängstlich, wie ich merkte. Eine Art nervöser, leicht unterdrückter Angst, die er nicht ganz zu verbergen vermochte.

»Gute Frage«, sagte Erik.

»Als Erstes fangen wir damit an, uns zu beruhigen«, sagte Gunnar. »Es ist niemandem damit gedient, wenn wir hier herumbrüllen, schreien und uns gegenseitig Vorwürfe machen.«

»Mein Gott, das Mädchen ist tot, kapiert ihr das nicht?«, rief Katarina zum dritten oder vierten Mal, als wäre sie selbst diejenige, die das am schwersten verstehen könnte. Als wäre sie gezwungen, sich in regelmäßigem Abstand immer wieder daran zu erinnern. »Warum habt ihr sie nicht rausholen können?«

»Wie meinst du das?«, fragte ich. »Glaubst du nicht, wir haben es versucht?«

»Ich weiß es nicht«, sagte Katarina Malmgren.

»Wir waren zwei, die es versucht haben«, wies ich sie zurecht. »Und vier standen nur da und haben geschrieen.«

»Aber nur einer hat sie über Bord gehen lassen«, fügte Henrik hinzu, ich weiß nicht, worauf er damit hinauswollte.

»Mein Gott, sollen wir das Mädchen denn einfach da oben liegen lassen?«, fragte Katarina, und jetzt brach ihre Stimme. Man konnte hören, dass die Panik sie im Griff hatte und dass zu sprechen und Fragen zu stellen wahrscheinlich die einzige Möglichkeit für sie war, diese Panik in Schach zu halten.

Gunnar erhob seine Stimme. »Zum Teufel, hört jetzt auf mit diesem Gefasel!«, schrie er. »Begreift ihr denn nicht, dass es keinen Sinn hat, wenn wir uns gegenseitig Vorwürfe machen? Wir sitzen nun mal alle im selben Boot.«

Erik lachte. »Bravo«, sagte er. »Im selben Boot, welch präzise Beobachtung du doch gemacht hast.«

Gunnar ignorierte ihn. »Wir müssen uns entscheiden, wie wir vorgehen wollen«, erklärte er. »Alle müssen dem zustimmen, egal zu welchem Beschluss wir auch kommen.«

»Was faselst du da?«, fragte Katarina. »Was sollen wir tun?«

»Er ist immer so«, sagte Anna. »Ich habe doch gesagt, dass er pervers ist.«

Henrik räusperte sich. »Darf ich euch daran erinnern, dass wir ein totes Mädchen an Bord haben«, sagte er. »Ich bin derselben Meinung wie Gunnar, wir müssen eine Entscheidung treffen.«

Es klang, als hätte er ein wenig Mut gefasst oder zumindest versucht, es zu tun.

»Danke«, sagte Gunnar.

»Ich verstehe nicht, was ihr da diskutiert«, sagte Katarina. »Da gibt es doch wohl nichts zu diskutieren, oder?«

»Ich glaube doch«, widersprach Gunnar. »Und ich glaube, dass einige der anderen das auch so sehen.«

»Wir müssen«, sagte Katarina, »wir müssen versuchen, an Land zu kommen, und wenn wir das geschafft haben, dann müssen wir natürlich Hilfe holen.«

»Hilfe wofür?«, fragte Henrik.

»Das ist doch wohl klar? Für ... ja, für ...«, sagte Katarina, schaffte es aber nicht, den Satz zu beenden.

Lange Zeit schwiegen alle. Ich erinnere mich sehr genau, und ich glaube, dass erst jetzt, als wir dort saßen, einer nach dem anderen versuchte, sich bewusst zu werden, in was für eine Situation wir da geraten waren. Versuchte, sich über das übliche triviale Mitleidsniveau zu erheben und den Umständen entsprechend reif zu handeln.

Es war Anna, die als Erste den Mund aufmachte.

»So ein Mist«, sagte sie. »Wir sind ohne Erlaubnis mit einem zwölfjährigen Mädchen auf See gefahren und haben zugesehen, wie sie ertrinkt. Wenn mich jemand vorher gefragt hätte, dann hätten wir nie ...«

Erik unterbrach sie. »Wir müssen es vertuschen.«

»Was?«, fragte Katarina. »Vertuschen. Wie meinst du das?«

»Wir müssen sie irgendwie loswerden«, sagte Erik.

»Sag mal, spinnst du?«

»Nein«, entgegnete Erik. »Ganz im Gegenteil. Wir müssen das Mädchen loswerden und Stillschweigen über die ganze Sache bewahren, das ist die beste Lösung.«

»Das ist das Schlimmste, was ich ...«, setzte Katarina an, doch Gunnar unterbrach sie. »Mach bitte weiter, Erik«, bat er.

»Ja, natürlich«, sagte Erik. »Was wäre damit gewonnen, wenn wir ihren toten Körper zur Polizei schleppen? Wie sollten wir es erklären? Wer würde uns glauben?«

»Richtig«, nickte Gunnar, und mir fiel plötzlich ein, dass er normalerweise eine Art Lehrer war, und in dem Moment verhielt er sich ungefähr so, als säße er im Klassenzimmer und lauschte den Ergebnissen einer Gruppenarbeit.

Erik fuhr fort. »Wir haben uns wie die Idioten benommen, und jetzt sitzen wir hier mit einem ertrunkenen Mädchen. Wollen wir uns weiterhin wie Idioten benehmen, dann gehen wir zur Polizei, das ist jedenfalls meine Meinung. Wenn wir aber vernünftig denken, dann sehen wir zu, dass wir das tote Mädchen auf eine einigermaßen elegante Art loswerden.«

»Mir ist übel«, sagte Katarina.

»Elegant?«, fragte Henrik nach. »Ich begreife nicht, wie das gehen soll.

»Warte mal«, sagte Anna. »Wenn wir das machen, wie wird das aussehen, falls wir später entdeckt werden?«

»Warum sollten wir entdeckt werden?«, fragte Gunnar.

»Weil … weil uns jemand gesehen hat, zum Beispiel«, sagte Katarina. »Zusammen mit dem Mädchen. Man wird nach ihr suchen.«

»Natürlich wird man nach ihr suchen«, sagte Gunnar. »Aber es gibt niemanden, der weiß, dass sie heute bei uns gewesen ist.«

»Was?«, rief Anna. »Was sagst du da?«

Er wiederholte, was er gesagt hatte, langsam und zum Mitschreiben. »Ich sage nur, dass es niemanden gibt, der weiß, dass Troaë heute mit uns auf die Inseln gefahren ist.«

»Na, da wird es sicher jemanden geben«, widersprach Anna.

»Und wen?«, fragte Gunnar. »Als ihr ins Boot geklettert seid, da war es am Strand doch menschenleer, oder?«

»Keine Ahnung«, sagte Anna. »Doch, schon möglich. Aber da in dem Restaurant, da muss man sie auf jeden Fall gesehen haben. Als wir da gegessen haben.«

»Das ist eine Woche her«, sagte Erik. »Wir brauchen doch gar nicht zu leugnen, dass wir das Mädchen getroffen haben. Wir müssen nur leugnen, dass wir sie heute gesehen haben.«

»Aber gab es wirklich niemanden, der gesehen hat, wie wir heute Morgen aufgebrochen sind?«, fragte Katarina. »Seid ihr euch da sicher?«

Ich überlegte. Das taten offensichtlich auch die anderen. Versuchte mich daran zu erinnern, wie es ausgesehen hatte, als wir da am Strand standen und darauf warteten, dass Henrik und Gunnar mit dem Boot kamen. Wie wir ins Wasser hinausgewatet waren. Wie wir an Bord kletterten. Hatte es in der Nähe Menschen gegeben? Ich meinte nicht. Den einen oder anderen Fischer oder vereinzelte Wanderer in weiter Entfernung vielleicht, aber ich konnte mich nicht daran erinnern, dass es jemanden in unser unmittelbaren Umgebung gegeben hatte.

»Ich glaube nicht«, sagte Anna. »Ich glaube tatsächlich, dass uns niemand gesehen hat.«

»Nein«, gab Katarina zu, und jetzt hatte sie plötzlich eine ganz andere Stimme. Auf gewisse Weise sanft und teilnahmsvoll. »Nein, da war niemand so nah, dass er das Mädchen hätte bemerken können.«

»Also«, sagte Erik. »Da seht ihr.«

»Und das Paar?«, fiel Anna ein. »Das eine Weile auf der Insel war.«

»Solange die an Land waren, hat das Mädchen im Sand gelegen und gelesen«, sagte Gunnar. »Da bin ich mir ganz sicher. Die waren mindestens hundertfünfzig Meter entfernt. Die haben nur ein paar friedliche Schweden in Urlaubsstimmung gesehen. Die haben uns niemals zählen können, und außerdem sind sie nicht länger als eine Stunde dort gewesen.«

Erik räusperte sich. »Es gibt keine Zeugen«, fasste er zusammen. »Wir sind heute draußen auf Les Glénan gewesen. Die ganze Zeit zu sechst. Vor ein paar Tagen haben wir ein Mädchen kennengelernt, das behauptete, sie heiße Troaë oder so ähnlich. Seitdem haben wir nichts mehr von ihr gesehen oder gehört.«

Katarina machte einen Anlauf, etwas zu sagen, hielt aber dann inne. Erneut breitete sich Schweigen aus. Ich spürte, wie Henrik an meiner rechten Seite erschauerte. Meine Kopfschmerzen hämmerten gegen die Stirnknochen, und das Boot schaukelte ungewöhnlich stark. In der letzten halben Stunde, seit wir das Mädchen aus dem Wasser gezogen hatten, war es eher ein ruhiges Schaukeln gewesen, aber jetzt rief sich das Meer für einen kurzen Moment erneut in Erinnerung.

»Erik hat Recht«, sagte Gunnar schließlich. »Es gibt keine Zeugen. Was meint ihr?«

Ich hatte mich bislang bedeckt gehalten, und das tat ich weiterhin. Der Gedanke daran, was möglicherweise während des Spaziergangs um die Insel, den Erik mit dem Mädchen unternommen hatte, passiert sein mochte, tauchte in meinem Kopf auf, aber ich sagte nichts. Stellte nur fest, dass sich das sehr gut auf Eriks unerwartet aktive Rolle in der Diskussion reimte. Eine Zwölfjährige, die verstorben und vor kurzem entjungfert worden war, das war natürlich nichts, was der Polizei gefallen hätte. Ich überlegte, ob es einfach eine Abstimmung geben würde, aber bald war klar, dass das wohl kaum notwendig war.

»Einverstanden«, sagte Henrik. »In dieser Situation zur Polizei zu rennen, das wäre eine gnadenlose Dummheit.«

»All right«, sagte Gunnar. »Was sagen die Damen?«

Das war eine demokratische Einladung an die beiden Frauen, ihre Meinung zu äußern. Ich fragte mich, ob es ein bewusster Schachzug war, mich bis zum Schluss aufzusparen, oder ob es sich einfach zufällig so ergeben hatte. Anna und Katarina schienen jedenfalls jeweils die andere vorlassen zu wollen, vielleicht wollte keine von beiden die Erste sein, die dem Vorschlag zustimmte, die Tote aus dem Weg zu schaffen und sich somit auf den Weg der Lügen und Vertuschungen zu begeben.

Zumindest bildete ich es mir kurz ein, dass sie beide dasaßen und mit einer Art weiblicher Empathie über einem derartigen Beschluss brüteten, doch als Katarina das Wort ergriff, war mir klar, dass ich damit falsch lag.

»Ich nehme an, ihr habt Recht«, sagte sie. »Und ich denke nicht daran, dagegen zu sprechen. Es wäre doch für uns alle die reine Katastrophe, wenn es herauskäme ... und wir, ich meine, Henrik und ich, wir haben ja trotz allem noch zwei Wochen Urlaub vor uns.« Sie machte eine kurze Denkpause. »Es ist natürlich ein schreckliches Unglück, was da passiert ist, aber was uns betrifft, so können wir dem Mädchen das Leben nicht zurückgeben.«

»Ich bin der gleichen Meinung«, sagte Anna. »Könnten wir nicht versuchen, diesen blöden Motor wieder in Gang zu bringen und endlich an Land zu kommen?«

»Also – wie?«, fragte Gunnar eine halbe Stunde später. »Und wo?«

Sie hatten Zigaretten geraucht. Troaë war mit einem Badelaken zugedeckt worden. Anna hatte über Bord gepinkelt.

Noch anderes war geschehen. Erik und Henrik hatten gemeinsam versucht, den Motor wieder in Gang zu bekommen, aber ohne Erfolg. Katarina hatte eine Taschenlampe gefunden, die aber nach zirka einer Minute wieder erstarb, und wir hatten hin und her diskutiert, ob wir den Körper des Mädchens nicht einfach über Bord werfen sollten, und waren uns zum Schluss einig geworden, dass das keine gute Lösung war. Das Risiko, dass sie an Land gespült und schon am nächsten Tag entdeckt wurde, war zu groß, eine polizeiliche Untersuchung würde umgehend in Gang gesetzt, und so eine Entwicklung konnte sehr wohl ausarten und den Dingen die falsche Wendung geben. Besser, wenn das Mädchen nur als verschwunden galt, sehr viel besser. Ein paar Minuten lang wurde die Möglichkeit in Erwägung gezogen, ein Gewicht an ihren Körper zu binden, so dass sie sicher in der Tiefe bleiben würde, aber wir fanden ganz einfach keinen passenden Gegenstand an Bord der *Arcadia* und wenn doch, wäre es natürlich riskant gewesen bei dem Gedanken daran, dass der Besitzer feststellen könnte, dass etwas an der Ausrüstung fehlte.

Deshalb waren Gunnars Fragen berechtigt.

»Wie?«, wiederholte Erik. »Ja, ich weiß nicht. Aber ich nehme an, es wäre das Beste, sie irgendwo zu vergraben.«

»Mit den Händen?«, fragte Anna. »Guter Vorschlag.«

»Es muss sich doch in einem unserer Häuser ein Spaten finden?«, meinte Katarina.

»Wenn wir in der Nähe der Häuser an Land kommen, ja«, sagte Anna.

»Gibt es eine Alternative?«, fragte Gunnar.

»Was?«, fragte Anna.

»Dazu, sie zu vergraben«, sagte Gunnar. »Wenn wir uns nun des Körpers wirklich entledigen wollen.«

»Na, wir können ja wohl schlecht anfangen, sie zu zerstückeln«, sagte Anna. »Oder zu verbrennen. Ihr werdet sie schon eingraben müssen, das ist ja wohl klar.«

»Ihr?«, merkte Erik an.

»Ja, ich habe nicht die Absicht, das zu tun«, sagte Anna.

»Ich auch nicht«, stimmte Katarina zu.

»Das müsst ihr ja wohl machen«, sagte Anna. »Ihr Männer. Die ihr es nicht geschafft habt, sie zu retten.«

»Moment mal«, sagte Henrik.

»Was ist los?«, fragte Anna. »Bist du am Telefon?«

»Sei still, Anna«, sagte Gunnar. »Ich will dir nicht noch eine Ohrfeige geben müssen.«

»Du perverser Kerl«, sagte Anna.

»Was ich sagen wollte, ist: Ich habe einen Vorschlag«, sagte Henrik.

»Lass hören«, sagte Gunnar.

Henrik räusperte sich ein wenig gekünstelt. »Es ist nur so, dass ich finde, es wäre doch unnötig, wenn wir alle riskieren, erwischt zu werden. Es wäre besser, wenn es einer allein macht.«

Einige Sekunden Schweigen. »Ich weiß nicht so recht …«, begann Erik, entschied sich aber dann anders.

»Und ich finde, es ist ziemlich klar, wer es machen muss«, fuhr Henrik fort. Er hatte in den letzten Minuten eine Art neuer Autorität gewonnen. Wahrscheinlich parallel zum sinkenden Alkoholpegel. »Ziemlich klar«, wiederholte er.

»Ich weiß, was du meinst«, gelang es Katarina einzuwerfen. Jetzt waren sie plötzlich wieder Ehemann und Ehefrau, eine Andeutung genügte, damit sie einander verstanden. Henrik wandte sich mir zu.

»Du warst es doch, der so tollpatschig war«, sagte er. »Du warst es, der das Mädchen hat ertrinken lassen. Oder? Ich finde, dann ist es auch deine verdammte Pflicht und Schuldigkeit, dafür zu sorgen, dass wir aus dieser Lage herauskommen. Ganz einfach.«

Ich schaute mich um. Versuchte die Gesichter der anderen in der dunklen Kajüte zu erkennen, meine Augen hatten sich ein wenig an das fehlende Licht gewöhnt, aber dennoch war es unmöglich, Details zu erkennen. Ich hörte sie atmen, ich fühlte die aufdringliche Nähe ihrer Körper, den Geruch von verdunstetem Alkohol, der durch die Poren abgesondert wurde, aber ich konnte mit meinem Blick nicht ablesen, was sie dachten. Und keiner sagte etwas. Keiner von ihnen äußerte auch nur ein Wort, nachdem Henrik seinen Vorschlag gemacht hatte. Es vergingen zehn, fünfzehn Sekunden, das Schaukeln des Bootes hatte fast ganz aufgehört, ich fragte mich, ob es vielleicht daran lag, dass wir uns nah am Land befanden, in einer Bucht oder so, es hatte fast den Anschein. Ich dachte an Doktor L und daran, wie viel Geld ich noch in meiner Reisekasse hatte.

»All right«, sagte ich dann. »Ich nehme an, dass ich keine andere Wahl habe.«

Als wir bis auf ein paar hundert Meter ans Land getrieben worden waren – soweit das zu beurteilen war, handelte es sich um eine kleine, runde Bucht mit nur wenigen Lichtern –, bekam Gunnar unvermutet den Motor in Gang. Das weckte natürlich eine gewisse Begeisterung, aber der tote Mädchenkörper, der jetzt in zwei Badelaken gewickelt war, legte ebenso natürlich einen Dämpfer auf die Freude. Erik und Henrik fragten mich, ob ich an Land gehen und sie irgendwo an dieser unbekannten Küste begraben wollte, aber ich lehnte den Vorschlag augenblicklich ab. Erklärte, dass ich einen Spaten brauchte und es vorzog, einen Platz irgendwo in den Feuchtgebieten zwischen Mousterlin und Beg-Meil zu suchen. Henrik fand das einen guten Vorschlag und bot mir eine Zigarette an. Ich war kein Gewohnheitsraucher, nahm sie aber, da mir klar war, dass es sich um eine Art Versöhnungsgeste und ein Zugeständnis handelte. Es war fast halb zwölf, und wir tasteten uns langsam die Küste entlang, nie mehr als fünfzig, hundert Meter vom Land entfernt, falls der Motor wieder ersterben sollte. Und um nicht die Orientierung zu verlieren, natürlich. Nach ungefähr einer Viertelstunde und nachdem wir ein paar Halbinseln umrundet hatten, die letzte schien Cap Coz zu sein, bekamen wir den Leuchtturm von Beg-Meil ins Blickfeld. Wir passierten ihn genau in dem Moment, als der Mond zum ersten Mal durch die Wolkendecke brach, und wir, die wir uns oben in der Plicht befanden – Katarina, Gunnar und ich –, konnten für einen Moment unsere Gesichter sehen. Aber keiner von uns machte wirklich von dieser Möglichkeit Gebrauch, stattdessen schlugen wir den Blick nieder, und nach kurzer Zeit verschwand der Mond wieder hinter dunklen Wolken.

Etwas später umrundeten wir die Mousterlinspitze – der Strand im Westen lag vollkommen im Dunkel, wir halfen einander, die Taschen, Tüten und leeren Flaschen an Land zu bekommen, als Letztes hievten Gunnar und Henrik Troaës Körper über Bord, und ich bugsierte sie langsam die letzten dreißig

Meter ans Land. Gunnar und Henrik winkten zum Abschied, wendeten dann nach Osten, um das Boot zurück in den Yachthafen von Beg-Meil zu bringen. Ob sie den Besitzer mitten in der Nacht wecken und ihm von dem kaputten Motor erzählen wollten, das weiß ich nicht. Vielleicht hatten sie ja auch verabredet, den Schlüssel am folgenden Tag abzuliefern.

Am Strand versammelten wir anderen uns für einen Moment um das tote Mädchen. Die Dunkelheit war dicht, fühlte sich fast wie ein Kleidungsstück auf der Haut an, der Wind war jetzt vollkommen abgeflaut, und es war kein Mond zu sehen. Die einzigen Lichter, das waren ein paar kleine Punkte zwischen den Bäumen ein Stück gen Osten, ich ging davon aus, dass es sich um das Hotel an der Spitze der Landzunge handeln musste, Pointe de Mousterlin.

»Was willst du machen?«, fragte Katarina Malmgren.

Ich antwortete, dass ich sie erst einmal in den Dünen verstecken würde, während ich den Weg zu Eriks Haus suchen wollte, um dort einen Spaten zu holen.

»Du könntest eigentlich einen von uns leihen«, bot Katarina an. »Aber ich weiß nicht, ob wir einen haben, und vielleicht wäre es dumm, wenn wir da mit reingezogen werden.«

»Sehr dumm«, sagte ich.

Erik sagte nichts. Anna sagte nichts.

»Na gut«, meinte ich und hob das Mädchen hoch. Sie war nicht schwer, irgendwo zwischen vierzig und fünfundvierzig Kilo, nehme ich an, und obwohl ich immer noch ein wenig durch meinen verletzten Fuß gehandicapt war, gelang es mir ohne große Probleme, sie zu tragen.

»Ich gehe schon vor nach Hause«, sagte Erik nach erneutem, kurzem Schweigen.

Katarina fragte Anna, ob sie nicht mit in ihr Haus kommen und dort auf Gunnar warten wollte. Anna zögerte einen Moment, dann willigte sie ein.

Trotzdem blieben die drei in einer Art Unentschlossenheit

stehen. Ich hob das Mädchen hoch, so dass sie mir über die rechte Schulter hing. »Macht euch keine Sorgen«, sagte ich. »Ich kümmere mich drum.«

Da nickten sie und ließen mich allein mit Troaë.

Es war eine ungewöhnliche Wanderung, und es waren ungewöhnliche Stunden, die da vor mir lagen. Ich bekam bald das Gefühl, eine Art uraltes Ritual auszuüben, es gab keinen Zeugen, nur die Nacht, die Erde, den Himmel und die Ewigkeit. Im Gegensatz zu dem, was ich den anderen gesagt hatte, trug ich das Mädchen fast bis zu unserem Haus. Das Risiko, sie irgendwo in den Dünen liegen zu lassen und anschließend ganz einfach nicht wieder zurückzufinden, erschien mir viel zu groß, und ich wollte keinen von uns so einem Schnitzer aussetzen. Wenn ich sage, keinen von uns, dann meine ich damit nicht mich und die anderen Schweden, sondern mich und das Mädchen. Ich war noch nicht viele Schritte mit ihr über der Schulter gegangen, da spürte ich bereits eine enge Zusammengehörigkeit mit ihr. Ich lebte, sie war tot, dennoch war sie es, die die Jugend repräsentierte, eine Jugend, die durch unglückliche Umstände eine Erfahrung gemacht hatte, die ich niemals auch nur annähernd begreifen konnte. Sie hatte die Grenze überschritten, die äußerste Grenze, vielleicht befand sich ihre Seele bereits irgendwo anders. Vielleicht hielt sie sogar ein wachsames Auge über uns, wie wir uns langsam und vorsichtig durch die Marschlandschaft bewegten. Um uns herum waren taktvolle Geräusche der diskreten Prozesse der Verwesung und der Geburt zu hören. Der Auftrag erfüllte mich. Ich empfand bald, dass ich eine Art Pflicht erfüllte, eine Pflicht, die vieles abverlangte, von der sich kein anderer aus der Gruppe auch nur einen Begriff machen konnte, und ich spürte eine bittere Dankbarkeit dafür, dass ich derjenige war, dem die Gunst zuteil geworden war, sich um die Beerdigung des Mädchens kümmern zu dürfen, ja, das tat ich. Gleichzeitig lag der Wahnsinn auf der Lauer, er kroch in der lebendigen Dunkelheit auf leichtem Fuß hinter uns her, war vor uns und um uns herum, es war nichts, was mich irgendwie erschreckte, es war eine Realität. Ein möglicher Ausgang dieser Wanderung, das war mir klar, konnte sein, dass wir, das Mädchen und ich, uns einfach hinlegen und von dieser alles verzehrenden Wachstumskraft überreden lassen könnten. Dass ich ihr auf ihrer letzten Reise folgen könnte. Wir waren jetzt in das Überschwemmungsland selbst gekommen, der schwere Geruch von stehendem Wasser und undurchdringliches Grün umgab uns von allen Seiten, und ich dachte, dass es vielleicht, aber auch nur vielleicht, eine Art Liebesakt wäre, einfach mit ihr gemeinsam in das morastige, warme Wasser zu sinken und sich Kräften zu überlassen, die so viel stärker und so viel ursprünglicher waren als unsere eigenen.

Doch ich blieb nicht stehen. Es kam nicht dazu, stattdessen ging ich mühsam weiter. Schritt für Schritt, Atemzug für Atemzug. Meine Wanderungen der letzten Tage hatten mich gelehrt, so etwas wie Pfade zwischen dem Morast zu finden, und nach einem Zeitraum, den ich im Nachhinein auf weniger als eine Stunde schätze, war ich zu einer Wegkreuzung gekommen, von der aus ich Eriks Haus erkennen konnte. Er hatte eine Außenlampe angeschaltet, sonst war alles dunkel. Vorsichtig befreite ich mich von dem toten Mädchen, lehnte sie behutsam in halbsitzende Stellung gegen einen Baum, ungefähr zwanzig Meter vom Haus entfernt. Ich ging durch die Pforte, tastete mich zum Geräteschuppen in der dunkelsten Ecke des Gartens und bekam dessen Tür auf.

Ich brauchte nicht einmal Licht zu machen, fast sofort stieß ich auf einen Spaten, der an die Wand gelehnt stand, und dann ging ich an dem stillen Haus vorbei dorthin zurück, wo ich das Mädchen verlassen hatte.

Ich hatte mir bereits einen Platz für ihr Grab ausgesucht, und nach zwanzig, fünfundzwanzig Minuten war ich angekommen. Es war ein offenes Gelände, auf das zu gehen ich früher schon einmal versucht hatte, wobei ich jedoch gezwungen gewesen war, auf Grund der sumpfigen Beschaffenheit des Untergrunds umzukehren. Jetzt trat ich vorsichtig von einem Grasbüschel auf den nächsten, das war in der Dunkelheit, mit dem Mädchen über der Schulter, nicht leicht, aber der Mond zeigte sich wieder für eine Weile, ein großer, bleicher, abnehmender Mond, und er half mir, die richtige Stelle zu finden. Vom Pfad ging ich zehn Meter weiter in dem hüfthohen Gras, dann blieb ich stehen, legte den Körper ab und stieß versuchsweise den Spaten in den Boden.

Es ging genauso einfach, wie ich es mir vorgestellt hatte, und – um eine lange und schmerzhafte Geschichte etwas kürzer zu machen –, bald hatte ich das Mädchen in der Erde. Sonderbar war noch, dass ich das Grab kaum wieder zuschütten musste, es schien, als wollte die Erde ihren Körper in sich aufsaugen, er wurde von der feuchten, duftenden Erde wie in einer Umarmung umschlossen, und auf eigentümliche Art und Weise begriff ich, dass sie hier daheim war. Hier und nirgendwo sonst.

Ich ging zurück auf den Weg. Schaute auf die Uhr, es war zwanzig Minuten nach zwei. Plötzlich spürte ich, wie mich eine unfassbare Müdigkeit überfiel, eine Eule rief ein paar Meter von mir entfernt, und ich wusste nicht, wie ich es zurück zum Haus schaffen sollte.

Aber ich schaffte es. Erik muss noch wach gewesen sein, nachdem ich den Spaten aus dem Schuppen geholt hatte, denn die Außenlampe war ausgeschaltet. Ich brachte den Spaten zurück und ging unter die Dusche, lange stand ich unter dem rinnenden Wasser und versuchte jede Spur und jede Erinnerung an diesen schrecklichen Tag abzuspülen, und als ich endlich ins Bett kam, war es schon fast vier geworden.

Und ich schlief vier Stunden, duschte erneut und begann mit meinen Aufzeichnungen.

Von Erik keine Spur, er muss frühmorgens aufgebrochen sein. Ja, zweifellos sitzt er bei den anderen und berät sich mit ihnen. Es ist Montag, zwei Uhr, ich spüre den starken Drang, zurückzugehen, den Platz wieder aufzusuchen, an dem ich das Mädchen heute Nacht begraben habe, aber natürlich darf ich dem nicht nachgeben.

Ich spüre noch andere Impulse, sie sagen mir, dass ich meine Sachen packen und zusehen soll, dass ich von hier fortkomme, aber die Müdigkeit lähmt mich.

Außerdem schmerzt mein Fuß, eine angeschwollene, dunkle Mondsichel zeigt sich an der Außenseite des Knöchels, es ist sicher nichts Ernstes, aber ein paar Tage Ruhe erscheinen mir eine allzu verlockende Alternative, der ich mich nicht verweigern will.

Natürlich könnte es auch wichtig für mich sein, zu erfahren, welche Pläne bei dieser Beratung geschmiedet werden. Ich lege mich auf einen der Liegestühle auf der Terrasse unter den Sonnenschirm und warte auf Erik.

Ich fühle, dass ich ein anderer Mensch bin, als der ich vor vierundzwanzig Stunden war.

Kommentar, August 2007

Das stimmt nicht. Wenn wir uns häuten und ein anderer werden, dann geschieht genau das. Die Häutung. Den Inhalt, unseren Kern und unsere wahre Identität tragen wir immer mit uns.

Wir können ihnen nicht entfliehen, und ich kann nicht vor diesen Tagen fliehen und dem, was passiert ist. Diese Menschen klebten wie Blutegel an mir, saugten mir das Blut und meinen Verstand aus, und das, was jetzt geschieht, ist natürlich nichts anderes als eine logische Folge. Handlungen haben ihre Konsequenzen, früher oder später muss jeder seine rechtmäßige Verantwortung übernehmen, in der gleichen Weise, wie ich meine Verantwortung übernehme, wenn ich die blutigen, aber unvermeidlichen Taten begehe, die auszuführen ich jetzt im Begriff bin.

Im Laufe der Jahre ist mir das Mädchen immer wieder in meinen Träumen erschienen, meistens hat es sich dabei um angsterfüllte Augenblicke voller kaltem Schweiß aus den Minuten in den Wellen gehandelt – und von der nächtlichen Wanderung durch das Morastland, einmal lebend, das andere Mal tot –, aber seit ich schließlich den Entschluss gefasst habe, haben die Träume ihren Charakter geändert. Es gibt plötzlich ein Licht, einen ganz deutlichen Streif von Versöhnung. Als ich heute Morgen im milden Dämmerungslicht in meinem Schlafzimmer dem Mädchen begegnet bin, befanden wir uns an einem langgestreckten Strand, vielleicht war es sogar die Strecke zwischen Mousterlin und Bénodet, aber dessen bin ich mir nicht sicher – wir erkannten uns bereits von weitem wieder, ich sah schon, dass sie sowohl ihren Rucksack mit der daraus hervorragenden Staffelei trug als auch ihr charakteristisches, etwas schiefes Lächeln, und als wir beieinander angekommen waren, blieben wir nur einen kurzen Moment stehen, wechselten ein paar aufmunternde Worte, sie berührte leicht, fast flüchtig, meine Wange, und dann setzten wir unsere Wanderung jeweils fort.

Sie sagte es nie mit Worten, aber ich konnte ihrem Gesicht ansehen, dass sie dankbar dafür war, dass ich endlich damit begonnen hatte, mich um diese Menschen zu kümmern. Ich konnte außerdem sehen, dass sie dabei war, eine erwachsene Frau zu werden.

Ursache und Wirkung also. Wenn ich mit meiner Arbeit fertig bin, wird man sehen, dass nur das hier die Frage ist.

Manchmal träume ich auch von Doktor L, dabei handelt es sich immer um die gleiche kurze Sequenz, und jedes Mal, wenn ich aufwache und mich an sie erinnere, spüre ich, dass mein Bedürfnis an Trost für eine Weile befriedigt worden ist. Er sitzt hinter seinem Schreibtisch, ich komme in den Raum, er hebt seinen Blick von den Papieren, die er gerade gelesen hat, schiebt sich die Brille auf die Stirn und nickt mir auf seine etwas nachdenkliche Art zu.

Ich verstehe, sagt er. Du brauchst dich gar nicht erst hinzusetzen und alles zu erklären, mach einfach nur weiter.

Mach weiter.

14. – 16. August 2007

19

Im Traum drängelte er mit fetten Engeln um die Wette.

Es bildete sich eine Art halb organisierter Schlange, er befand sich am Fuße einer Wendeltreppe, und das Ziel bestand aus einem Tor in einer verwitterten Kalksteinmauer, gut fünfzig Meter oberhalb von ihm. Dort sollte man durchgehen. Einige der Engel erschienen ihm bekannter als andere, unter denen, die er als Erste identifizierte, war seine ehemalige Gattin Helena, er entdeckte sie ein paar Treppenstufen höher, und es erschien ihm doch etwas sonderbar, dass es ihr gelungen war, einen so deutlich höheren Status zu erlangen. In den fünfundzwanzig Jahren, seit er sie kannte, war sie nie so etwas wie ein Engel gewesen, ganz im Gegenteil, aber direkt neben ihr sah er die Brüder Digerman, zwei alte Einbrecher und Gewaltverbrecher, die er vor vielen Jahren geschnappt hatte, dann wurde es hier ja wohl mit dem Lebenswandel nicht so genau genommen, wenn man es genau betrachtete – und jetzt, in diesem Moment, entdeckte er Axel Wallman und Hauptkommissar Jonnerblad. Sie hatten die Arme um die Flügelschäfte des jeweils anderen gelegt und schienen in ein Gespräch über etwas außerordentlich Wichtiges vertieft zu sein. Vielleicht darüber, wie man in der Schlange weiter nach vorn gelangen konnte – es ging ja allem Anschein nach nur darum, die Treppe hinauf und durch das Loch in der Mauer zu kommen, und bevor Barbarotti sich recht versah, war er an allen vorbeigehuscht und oben angekommen.

Dort wartete der Heilige Petrus, wer denn sonst, das hätte ihm doch klar sein müssen, aber er wurde von der einfachen Frage, die der weißbärtige und leicht schielende Pförtner ihm stellte, dennoch überrumpelt.

»Nenne mir drei gute Taten, die du während deiner Wanderung auf Erden gemacht hast.«

Nur drei?, dachte er fröhlich, aber dann war es, als hätte er sich selbst ein Bein gestellt. Das Gehirn bekam einen Kurzschluss, die Zunge klebte am Gaumen, die Achselhöhlen schwitzten. Er öffnete und schloss den Mund einige Male, und Petrus hob eine fragende Augenbraue.

Ich habe meine Kinder geliebt, dachte er, besonders meine Tochter – aber das erschien ihm aus guten Gründen etwas plump. Seine Kinder lieben, das tat ja wohl jeder, Massenmörder und Wahnsinnige eingeschlossen. Hier war etwas mit mehr Biss nötig, das war offensichtlich. Aber was ... was um des lieben Friedens willen hatte er überhaupt ausgerichtet? Welche Goldkörner konnte er vorweisen, die sich nicht als reiner Eigennutz herausstellten oder ... nur den faden Glanz des Alltäglichen und Banalen zeigten?

Den einen oder anderen Verbrecher eingefangen und doppelt so viele laufen lassen? Damit war wahrscheinlich kein großer Staat zu machen. Er hatte das Gefühl, dass Petrus außerdem ziemlich freie Sicht in sein Inneres hatte, da konnte er nicht mit irgendwelchen windigen Dingen kommen.

»Nun?«, fragte Petrus nach. »Ich sehe, dass du siebenundvierzig Jahre alt bist. Irgendetwas musst du in der Zeit doch zustande gekriegt haben.«

»Ich bin einfach nur nicht vorbereitet«, erklärte Barbarotti. »Dass ich hier stehen würde, meine ich.«

Er spürte, wie sich die Engel hinter ihm darüber mokierten, dass er zu lange Zeit für sich am Portal in Anspruch nahm, und außerdem fiel ihm auf, wie merkwürdig es doch war, dass sie bereits mit Flügeln und weißen Gewändern ausgestattet waren – wenn es ihnen noch gar nicht gelungen war, durchs Himmelstor zu gelangen. Oder waren sie vielleicht nur draußen gewesen, um sich ein wenig zu amüsieren? Hatten unten auf der Erde irgendetwas zu erledigen gehabt? Auf jeden Fall waren sie fett, einige fast unförmig, er identifizierte einen gewissen Conny, Lang-Conny genannt, der immer mit halbgeschlossenen Augenlidern und einem kalten Zigarrenstummel im Mundwinkel an der Bar des Restaurants Älgen gestanden hatte, und er hatte seine Körperform wirklich total verändert. Sah aus, als wäre er ungefähr eins sechzig groß und wöge hundertdreißig Kilo.

Petrus zwinkerte Barbarotti zu, dann strich er etwas in dem großen Journal an, das er auf einem Tisch vor sich aufgeschlagen liegen hatte, und wedelte irritiert mit der Hand.

»Verschwinde«, sagte er. »Du kriegst noch ein paar Jahre. Aber nächstes Mal möchte ich nicht das Gleiche noch mal erleben. Sonst fährst du hinab in die Hölle.«

Barbarotti nickte dankbar, und Petrus schlug mit einem kleinen Hammer gegen eine Glocke, so eine, wie es sie auf den Rezeptionstresen altmodischer Hotels gibt, und dann löste sich die ganze Szene wie in einem Nebel auf.

Aber das Geräusch der Glocke blieb, und der Traum wirbelte schnell an die karge Oberfläche der Wirklichkeit. Er lag in seinem Bett, eingewickelt in Bettlaken und Decke, und dieses hartnäckige Geräusch stammte natürlich nicht aus einer alten Nachtpförtnerloge, sondern von seinem Handy, das neben ihm auf dem Nachttisch lag, und bevor er selbst recht wusste, was er tat, war er drangegangen.

Es war Helena.

Einen Moment lang glaubte er, sich noch im Traum zu befinden. Dass seine ehemalige Ehefrau dort wie auch im wirklichen Leben vorkam – und das auch noch mit so einem kurzen Zeitabstand –, erschien ihm sehr unwahrscheinlich, aber er hörte eine Art echte Substanz aus Essig und Sandpapier in ihrer Stimme, die jegliche Zweifel zerstreuten. Sie war es wirklich.

»Gittan hat angerufen«, sagte sie. »Sie hat den Expressen gelesen. Was zum Teufel treibst du?«

Gittan war eine alte Freundin, früher von beiden, nach der Scheidung nur noch die seiner früheren Ehefrau. Sie wohnte in Huddinge und schätzte Reptilien mehr als Männer.

»Was?«, fragte Gunnar Barbarotti. »Wie spät ist es?«

»Viertel vor acht, aber das spielt keine Rolle. Im Expressen steht, dass du einen Journalisten misshandelt hast.«

»Was?«

»Du hast es doch gehört.«

»Ja, sicher, aber was sagst du da?«, brachte Barbarotti heraus, und es gelang ihm schließlich, sich aus der Decke zu befreien. Viertel vor acht? Hatte er seinen Wecker nicht auf Viertel vor sieben gestellt?

»Gittan hat die Überschriften gesehen, als sie zur Arbeit ging. Die Abendzeitungen kommen dort oben schon früh raus, ich wollte nur wissen, wie ich das den Kindern erklären soll.«

»Ach so.«

Die Einsicht darüber, was für eine Art von Information er soeben erhalten hatte, sickerte unerbittlich in sein Bewusstsein, wie das Gift nach einem Schlangenbiss, und ihm war klar, dass Petrus einen ernsthaften Fehler begangen hatte, als er ihn zurück auf die Erde geschickt hatte.

»Ich rufe dich später an«, sagte er. »Ich habe niemanden misshandelt, du kannst Lars und Martin grüßen und ihnen das sagen.«

Er kam auf die Beine und versteckte sich in der Dusche.

Der nächste Anruf kam acht Minuten nach acht. Es war Inspektorin Backman.

»Das wird die Hölle«, sagte sie. »Ich wollte dich nur warnen, falls du noch nichts weißt.«

»Danke, ich habe es schon gehört«, antwortete Barbarotti.

»Du bist wegen Körperverletzung angezeigt worden.«

»Den Verdacht hatte ich schon. Wir reden später.«

Als er aufgelegt hatte, rief das Aftonbladet an. Sie wollten wissen, ob er einen Kommentar abzugeben habe. Er erklärte ihnen, dass er das nicht habe, außerdem habe er noch gar nicht gelesen, was in ihrem hochgeschätzten Konkurrenzorgan stehe, und dass er niemanden verletzt habe.

Anschließend zog er sich an, und dann rief Hauptkommissar Jonnerblad an.

»Du bist bis auf Weiteres von den Ermittlungen abgezogen«, teilte er mit. Er klang, als bisse er in einen Eisenträger.

»Vielen Dank«, sagte Barbarotti. »Sonst noch was?«

»Du brauchst heute nicht aufs Revier zu kommen. Und du hältst dich von der Presse fern. Klar?«

»Glasklar«, sagte Barbarotti.

»Maulkorb«, sagte Jonnerblad.

»Verstanden«, sagte Barbarotti und drückte das Gespräch weg.

Er setzte Kaffee auf, schmierte sich zwei Scheiben Brot, und dann rief Sveriges Television an und schlug ihm vor, doch in die königliche Hauptstadt zu kommen und am folgenden Tag auf dem Sofa des Morgenmagazins zu sitzen. Barbarotti erklärte, dass er leider aus ermittlungstechnischen Gründen verhindert sei, und legte den Hörer auf. Setzte sich an den Küchentisch, und dann rief TV4 an. Man wollte wissen, ob er nicht als Gast zu ihrer Abendrunde kommen wolle, und er erklärte ihnen freundlich, aber entschieden, dass er leider bereits ausgebucht sei, und bedankte sich für das Gespräch.

Er trank einen Schluck Kaffee, biss von einem Brot ab, dann rief man vom Rundfunkprogramm Efter Tre an. Bevor die Anruferin sich vorstellen und ihr Anliegen präsentieren konnte, erklärte Barbarotti, dass er gerade mit einem wichtigen Verhör beschäftigt sei und keine Zeit habe zu sprechen.

Anschließend stellte er die Telefone ab, beendete sein Frühstück und las die lokale Morgenzeitung. In der stand nicht ein Wort über eine Körperverletzung, begangen von einem Polizisten.

Marianne, dachte er. Marianne wird heute auch vom Expressen überfallen werden.

Es war kurz nach zehn, als er seine Kanäle zur Außenwelt wieder aktivierte, er hatte fünfundvierzig Minuten mit Bachs Cellosuiten im Ohr in der Badewanne verbracht, er hatte ein Drei-Punkte-Gebet losgeschickt, und er hatte zwölf verpasste Anrufe auf seinem Festnetztelefon.

Vierzehn auf dem Handy, sechs Nachrichten auf jedem von beiden.

Ich sitze in der Tinte, dachte Inspektor Barbarotti. Und wie.

Oder im Auge des Orkans, oder wie immer man das sehen will. *Bis auf Weiteres abgezogen?*

Das war ihm noch nie passiert.

Eine Anzeige? Das hatte es schon mal gegeben. Das passierte allen, aber meistens handelte es sich um irgendeinen bekannten Gewaltverbrecher, der wütend war und es einem heimzahlen wollte. Die Ermittlungen wurden jedes Mal eingestellt, das gehörte irgendwie zusammen, die Anzeigen und deren Ablehnung. Was schade war – schließlich war bekannt, dass es Polizisten gab, die sich vergriffen.

Aber dass jemand von einem Zeitungsreporter angezeigt wurde, daran konnte er sich nicht erinnern, vielleicht hatte es das aber schon einmal gegeben.

Bis jetzt hatte er sich noch nicht getraut, eine Zeitung kaufen zu gehen, er war sich nicht so recht im Klaren darüber, wann die Abendzeitungen eigentlich in Kymlinge eintrafen, und die Vorstellung, unverrichteter Dinge zurückzukehren, erschien ihm ganz und gar nicht erstrebenswert. Am besten, noch eine halbe Stunde warten, beschloss er. Vielleicht sollte er über eine Art Verkleidung nachdenken?

Aber immer noch kein Anruf von Marianne. Er fragte sich, was wohl der Grund dafür war. Denn das war das Einzige, was ihm etwas bedeutete. Langsam wurde ihm diese zermürbende Wahrheit klar: Was der Rest der Welt von ihm hielt, das interessierte ihn nicht, zumindest nicht besonders, aber wie Marianne reagieren würde, das war existentiell. Im wahrsten Sinne des Wortes – lebensentscheidend. Er nahm dieses Problem, beide Telefone und ging damit hinaus auf den Balkon.

Warum also hatte sie noch nichts von sich hören lassen? Wahrscheinlich aus dem simplen Grund, dass sie den Skandal des Tages noch gar nicht mitbekommen hatte, oder aber auch … weil sie darüber bereits gelesen und daraufhin beschlossen hatte, zu schweigen.

Letztere Alternative durfte nicht wahr sein. Zum Teufel auch, unter keinen Umständen, dachte Gunnar Barbarotti. Dass er diesen verfluchten Zeilenschinder Persson aus der Tür geschubst hatte, konnte doch nicht derartige vernichtende Konsequenzen für sein Privatleben haben. Die Dinge hatten nicht das Recht, sich so zu entwickeln, er hatte bereits mit dem Lieben Gott darüber gesprochen, während er mit Bach in der Badewanne gelegen hatte, und Der Herr war der gleichen Meinung gewesen.

Er hörte die Nachrichten ab. Zwei waren von Jonnerblad, eine auf jedem Telefon, das Gleiche betraf Inspektorin Backman, fünf stammten von verschiedenen Journalisten und die restlichen drei von guten Freunden, die, ihrer Tonlage nach zu urteilen, bereits Bekanntschaft mit dem Inhalt der heutigen Ausgabe der Zeitung Expressen gemacht hatten.

Sowohl Jonnerblad als auch Backman baten ihn, sich doch mit der Polizei in Verbindung zu setzen, und er hatte keine Probleme, das zu tun, worum sie ihn baten. Absolut keine Probleme.

Eva Backmans privates Handy. Sie schaltete es selten ab, ging auch dieses Mal ran – nach drei Freizeichen – und bat ihn zu warten. Er wusste, dass sie erst allein im Raum sein wollte, bevor sie mit ihm sprach, und als sie zurückkam, begriff er auch, warum sie die Polizistin auf der ganzen Welt war, die er sich aussuchen würde, wenn er gezwungen wäre, ein Jahr auf einer einsamen Insel mit einem Kollegen zu verbringen. Wenn wir nicht sechs Kinder mit anderen Menschen hätten, könnten wir heiraten, dachte er plötzlich. Das war genau genommen kein ganz neuer Gedanke, aber er hatte eine Weile brachgelegen.

»Wie geht es dir?«, fragte sie. »Ich mache mir Sorgen um dich.«

»Alles in Butter«, sagte Gunnar Barbarotti, während sein Festnetzanschluss klingelte. Er überzeugte sich auf dem Display, dass es nicht Marianne war, und ließ es klingeln. »Aber ich habe die Zeitung noch nicht gelesen. Was steht denn da eigentlich drin?«

»Blödsinn«, bemerkte Backman. »Mit dicken Überschriften und allem. Was ist denn tatsächlich passiert?«

»Dieser Idiot hat versucht, sich gestern Abend in meine Wohnung zu drängen. Ich habe ihn ins Treppenhaus zurückgeschubst.«

»Das habe ich mir gedacht. In der Zeitung steht, du hättest ihn niedergeschlagen und die Treppe hinuntergeworfen. Er hat es offensichtlich auch geschafft, sich zu verletzen. Jonnerblad sitzt momentan in einer neuen kleinen Pressekonferenz, aber er will dich später sprechen.«

»Das habe ich mir gedacht.«

»Gut.«

»Und ich bin raus?«

»Bis auf Weiteres, soweit ich verstanden habe. Und ich denke, es ist sowieso das Beste, wenn du jetzt möglichst wenig tust. Die Stimmung ist ein wenig aufgeheizt.«

»Ach, wirklich?«, fragte Barbarotti. »Und wie laufen die Ermittlungen?«

»Sie gehen tatsächlich ein bisschen voran«, erklärte Eva Backman, und er hörte, wie sie sich anstrengte, optimistisch zu klingen.

»Voran?«

»Ja, wir haben herausgekriegt, dass die beiden, also Henrik und Katarina Malmgren, offensichtlich in Urlaub nach Dänemark gefahren sind, und gerade eben hat Sorgsen erzählt, dass sie wohl die letzte Abendfähre nach Fredrikshavn genommen haben ... am Sonntag, wenn ich es richtig verstanden habe. Aber da ist noch einiges unklar, ich habe gerade mit der Reederei telefoniert.«

»Ja?«, fragte Barbarotti nach. »Und was ist da unklar?«

»Ich weiß es noch nicht. Ich kann es dir erzählen, wenn ich mit Sorgsen geredet habe. Aber die Analyse der ersten drei Briefe ist abgeschlossen. Linköping teilt mit, dass es weder einen Fingerabdruck noch einen Hauch von Speichel gibt ... unser Freund, der Mörder, scheint äußerst sorgfältig vorzugehen, aber das haben wir ja eigentlich schon gewusst.«

»Das hatte ich im Gefühl«, stimmte Barbarotti zu. »Na gut, du kannst Jonnerblad sagen, dass er mich auf dem Handy anrufen kann, wenn er etwas will. Ich denke, ich werde es nach jeder vollen und halben Stunde fünf Minuten einschalten, es ist ein bisschen zuviel Dreck in den Leitungen, als dass ich es die ganze Zeit laufen lassen könnte.«

»Das kann ich verstehen«, sagte Eva Backman. »Wenn es nicht zu kitschig klingt, dann möchte ich dir sagen, dass du mir wirklich ein bisschen leid tust.«

»Jetzt klingst du aber verdammt kitschig«, sagte Barbarotti.

»Ja, wahrscheinlich«, stimmte Eva Backman lachend zu. »Aber du vergisst dabei, dass ich eine Frau bin. Wir haben irgendwie so eine sentimentale Ader, die euch Kerlen fehlt.«

»Senti ...? Was meinst du denn damit?«

»Ach, vergiss es. Auf jeden Fall habe ich mir vorgenommen, bei dir vorbeizuschauen, wenn ich heute von der Arbeit nach Hause gehe. Es fällt mir etwas schwer, die Gedanken mit der Bande hier auszutauschen … wenn du nichts dagegen hast, natürlich nur.«

»Du bist herzlich willkommen«, sagte Gunnar Barbarotti. »Ich lade dich zu einem Bier auf dem Balkon ein. Und was wird aus deinem Urlaub?«

»Der scheint um ein paar Tage aufgeschoben zu sein«, erklärte Eva Backman. »Und Ville droht damit, aus dem Ferienhaus nach Hause zurückzufahren, die Jungs haben sich über seine Verköstigung beklagt.«

»Polizisten sollten überhaupt keinen Urlaub haben«, sagte Barbarotti. »Das wird nur zur Routine. Aber jetzt habe ich keine Zeit mehr. Ich muss los und mir die Abendzeitung besorgen, dann werde ich mich für ein paar Stunden aufs Sofa legen.«

»Ich ziehe das zurück, was ich gesagt habe, dass du mir leid tust«, sagte Eva Backman, und sie beendeten ihr Gespräch.

Es war schlimmer, als er es sich vorgestellt hatte.

Und dabei hatte er sich schon eine ganze Menge vorgestellt. Er ließ sich auf die Küchenbank sinken, breitete die Zeitung vor sich aus und bemerkte zu seiner Verwunderung, dass er sich am liebsten übergeben hätte.

Er schmückte die ganze Titelseite. Die Hälfte war die Überschrift in daumendicken Lettern:

**HIER WIRD EXPRESSEN-REPORTER
VON POLIZIST BEWUSSTLOS GESCHLAGEN**

Die andere Hälfte war ein großes, grobkörniges Bild, nach dem zu urteilen es diesem Blitzwichtel von Fotografen offenbar gelungen war, genau in dem Moment draufzudrücken, als er Persson die Fäuste gegen die Brust rammte. Das sah nicht hübsch aus. Der Ausschnitt, der am schärfsten am ganzen Foto war, das war Barbarottis eigener Gesichtsausdruck, und der erinnerte nicht wenig an einen Karateking, der mit aller Entschlossenheit seinem wehrlosen Gegner einen tödlichen Schlag verpasst.

Und dieser verfluchte Reporter sah wirklich so aus, als fiele er hilflos nach hintenüber.

Aber bewusstlos? Von ein paar Fäusten auf der Brust?

Er blätterte weiter auf Seite acht, wo die Wahrheit über diesen frischen Fall von Polizeibrutalität entlarvt und in all seinen haarsträubenden Details ausgemalt wurde. Der routinierte und bekanntermaßen geschickte Kriminalreporter Göran Persson hatte in höchst friedlichen Absichten versucht, einen Kommentar von dem Polizeibeamten Gunnar Barbarotti zu erhalten, der in einer Dreizimmerwohnung zentral in Kymlinge wohnt – in Anbetracht der Tatsache, dass der Täter, der hinter den beiden Morden steht, die in letzter Zeit in der Stadt begangen wurden, gerade besagtem Polizeimitglied Briefe schickt, etwas, das bereits ausführlich in der Montagsausgabe der Zeitung beschrieben worden war. Ohne jede Provokation hatte Barbarotti den armen, wehrlosen Journalisten mit kräftigen Schlägen attackiert und ihn anschließend eine steile Treppe hinuntergeworfen, so dass er ohnmächtig und mit zwei gebrochenen Knochen im Körper unten liegen blieb.

Im Körper?, dachte Barbarotti. Ja, wo sollten die denn sonst sitzen?

Unter schwerem Schock stehend und verletzt gelang es Göran Persson mit Hilfe eines Fotografen der Zeitung, vom Tatort fortzukommen, und anschließend musste er die Nacht im Krankenhaus von Kymlinge verbringen. Die Ereignisse wurden bei der Polizei gemeldet, und die ganze Affäre legt natürlich einen düsteren Schleier über die Ermittlungen, die momentan betrieben werden – bisher ohne jede Spur von Erfolg. Es ist ein Hemmschuh für die Fahndungsarbeit, die von der Polizei von Kymlinge mit Verstärkung aus Göteborg und vom Zentralkriminalamt betrieben wird, die gemeinsam den briefeschreibenden Mörder jagen, der nach allen bisherigen Erkenntnissen zwei Menschenleben auf dem Gewissen hat.

Schleier und Hemmschuh?, dachte Barbarotti. Vielleicht ist er doch auf den Kopf gefallen? Überraschenderweise war nicht zu ersehen, wer den Artikel verfasst hatte, vielleicht hatte jemand in der Zeitung eingesehen, dass es heißen würde, Göran Persson auf zu vielen Ebenen hervorzuheben, wenn sein Name auch noch unter der Reportage gestanden hätte.

Der Leiter der Ermittlungen, Hauptkommissar Jonnerblad, war am späten Montagabend nicht zu sprechen gewesen, als der Expressen versucht hatte, einen Kommentar zu Inspektor Barbarottis rücksichtslosem Angriff auf das freie Wort und dessen Stellvertreter zu bekommen. In einer eilig durchgeführten Umfrage unter Menschen in Kymlinge und Umgebung stellte sich heraus, dass sechsundsechzig Prozent wenig oder gar kein Vertrauen in die Fähigkeit der Polizei hatten, die zunehmende Kriminalität in den Griff zu bekommen. Im Laufe des Sommers war beispielsweise nicht ein einziger von insgesamt zweiundzwanzig angezeigten Hauseinbrüchen im Distrikt aufgeklärt worden. Man konnte sich fragen, was die Polizeibehörden eigentlich taten.

Auf Seite fünf gab es weitere Fotos der Gegner Persson und Barbarotti. Er konnte sich nicht erklären, woher sie die Fotos von ihm bekommen hatten, er sah ungepflegt aus, als wäre er gerade aufgewacht, nachdem er seinen Rausch in einem Straßengraben ausgeschlafen hatte, mit tiefen Schatten unter den Augen, dem verstorbenen Christer Pettersson nicht unähnlich. Der Reporter seinerseits hatte eine geplatzte Lippe, einen blauen Fleck unter dem Auge sowie einen blutgefleckten Verband um den Kopf, er erinnerte in groben Zügen an einen Emphysepatienten, der soeben von einer Dampfwalze überfahren worden war.

Der Teufel und seine Großmutter, dachte Kriminalinspektor Barbarotti. Wenn ich diesem Kerl noch einmal begegne, werde ich ihn mir wirklich vornehmen.

Ihm fiel auf, dass genau diese Art von Gedanken typisch war für Gewaltverbrecher im Allgemeinen.

Er schob den Zeigefinger in die Bibel.

Die selbe Stelle. Das war merkwürdig. Wie groß war die Wahrscheinlichkeit? Aber vielleicht hatte sie das letzte Mal einfach eine Weile aufgeschlagen gelegen, ihm fiel ein, dass es Kartentricks gab, die so funktionierten. Und alte Bücher fielen möglicherweise ja auch immer an den am meisten gelesenen Seiten auf, wenn man es dem Zufall überließ? Oder einem Zeigefinger.

Matthäus, also.

Wenn aber dein Auge böse ist, so wird dein ganzer Leib finster sein. Wenn nun das Licht, das in dir ist, Finsternis ist, wie groß wird dann die Finsternis sein!

Er sah sich die umgebenden Texte an und stellte fest, dass es sich um recht zentrale Dinge handelte. Vater Unser, Gott und der Mammon waren nicht weit – und dennoch, dachte er, *mein Auge böse?* Was bedeutet das? Welche Lehre soll ich daraus ziehen? Dass ihm momentan so vieles ziemlich finster erschien – um das zu begreifen, brauchte er keinen Pfadfinder.

Mit einem Seufzer schlug er die Bibel zu und schaltete sein Handy ein.

Vier neue Mitteilungen, aber als Allererstes: eine SMS von Marianne. Endlich, dachte er und fummelte mit den Fingern über den Knöpfen. Jetzt erfährt mein Leben eine Wende.

Sie bat um Zeit.

Wollte man das positiv deuten, konnte man es so beschreiben. Eingedenk dessen, was sie im heutigen Expressen gelesen hatte, müsse sie nachdenken, schrieb sie. *Ich habe es gelesen, muss nachdenken.* Es wäre falsch, sich übereilt in irgendetwas zu stürzen. Aber er könnte sie gern anrufen.

Das war alles. Eine Viertelstunde lang lief er in rastloser Unentschlossenheit herum, bevor er sich ein Herz nahm. Sie ging nicht dran. Noch einmal zögerte er zehn Minuten. Versuchte es erneut, jetzt war sie da.

»Du darfst nicht glauben, was in der Zeitung steht«, sagte er. »So ist es nicht gewesen.«

Er fand selbst, das klang ungewöhnlich blass. Als versuche ein notorischer Missetäter zu erklären, warum er seine Frau zum vierunddreißigsten Mal geschlagen habe. *Es war nicht meine Schuld.* Sie zögerte mit einem Kommentar, aber er hatte zumindest Geistesgegenwart genug, in den unglückseligen schweigenden Sekunden, die vorbeizogen, nicht noch weitere schlechte Ausreden anzubringen.

»Ja, ich möchte gern wissen, was passiert ist«, sagte sie schließlich. »Natürlich. Aber es geht auch um die Kinder. Vielleicht in erster Linie, sie haben die Zeitung gelesen und haben einige Probleme zu verstehen, dass du das bist. Ich weiß nicht, was ich ihnen sagen soll.«

Er schluckte. Die Kinder? Vor ein paar Stunden hatte Helena ihm fast das Gleiche gesagt.

»Ich verstehe«, sagte er. »Es war folgendermaßen. Dieser Reporter hat versucht, sich in meine Wohnung zu drängen. Ich habe ihn durch die Tür rausgeschubst, das war alles.«

»Alles?«

»Ja.«

Schweigen. Er fühlte, wie sich eine geballte Faust in seinem Magen herumdrehte.

»Du glaubst mir nicht?«

»Bitte Gunnar, ich weiß nicht, was ich glauben soll.«

»Du ziehst es vor, das zu glauben, was im Expressen steht?«

»Nein, das tue ich natürlich nicht. Ich sage nur, dass … dass es schwer ist, den Kindern so etwas begreiflich zu machen.«

»Das habe ich gehört. Aber wie wird es nun mit … uns?«

Wieder zögerte sie. Finstere Sekunden segelten auf dem Weg ins Niemandsland an ihm vorbei. Oder ein Grab. Oder ein Inferno.

»Ich weiß nicht, wie es mit uns wird«, sagte sie schließlich. »Du musst mir ein bisschen Zeit geben.«

»Sagst du das nur, weil das da heute im Expressen gestanden hat?«

»Nein …«

»Ich wäre dir dankbar, wenn du ehrlich antwortest, Marianne. Ich habe schließlich letzte Woche um deine Hand angehalten. Du hast mir für Mittwoch dieser Woche eine Antwort versprochen. Heute ist Dienstag.«

»Ich weiß, welcher Tag heute ist.«

»Gut. Dann rufe ich dich wie verabredet morgen an.«

»Wenn du mich morgen anrufst, ist die Antwort nein. Du hast kein Recht, mich so zu erpressen.«

»Gut, dann rufe ich nicht an. Willst du mir ein neues Datum geben, oder soll ich das hier als abgeschlossenes Kapitel ansehen?«

»Warum setzt du mich so unter Druck, Gunnar? Ich kann momentan keinen Entschluss fassen, findest du das so merkwürdig?«

Er hielt inne und überlegte – und war gleichzeitig fast stolz darüber, dass es ihm gelungen war, innezuhalten. Ich bin doch ein bisschen reifer geworden, dachte er. Wäre das zur Helena-Zeit passiert, hätte ich den Hörer gleich aufgeknallt.

»Entschuldige, ich hatte heute einen schlechten Tag«, sagte er. »Ich bin heute in ganz Schweden als Raufbold dargestellt worden. Ich habe eine Anzeige am Hals, ich bin gerade gefeuert worden, und die Frau, die ich liebe, will mich nicht haben.«

»Du bist gefeuert worden?«

»Habe zumindest die Anweisung erhalten, nicht zum Dienst zu erscheinen.«

»Aber die können doch wohl nicht …«

»Oh doch, die können. Und das ist eigentlich ganz verständlich in der Situation. Oder?«

Sie atmete eine Weile besorgt in den Hörer. Dass man das Besorgte am Atmen hören kann, dachte er. Dass das am Telefon zu hören war. Aus irgendeinem Grund erschien ihm das tröstlich.

»Gunnar, wollen wir es so machen?«, fragte sie schließlich. »Ruf mich am Samstag an, dann werden wir sehen. Ich werde inzwischen mit Johan und Jenny sprechen, das muss ich tun … schaffst du das?«

»Ich denke schon«, sagte Gunnar Barbarotti. »Vielleicht brauche ich ja auch ein bisschen Zeit, um so einiges klarzukriegen.«

»Dann also am Samstag?«

»Am Samstag.«

Nachdem sie das Gespräch beendet hatten, fühlte er sich zumindest ein klein wenig besser als während des Telefonats. Er versuchte es sich jedenfalls einzureden. Er schaltete das Telefon aus, ohne die anderen Nachrichten abzuhören.

Mein Inneres?, dachte er. Dunkel oder Licht? Grabstätte oder Inferno?

Er knüllte den Expressen zusammen und drückte ihn in den Mülleimer, ging stattdessen mit einem Kreuzworträtsel hinaus auf den Balkon.

20

Inspektorin Backman tauchte gegen halb sieben auf, und sie brachte drei dicke, rote Ordner mit.

»Ich dachte, du brauchst ein wenig Stimulanz«, sagte sie.

»Danke«, sagte Barbarotti.

»Damit du nicht anfängst, in den Stadtpark zu gehen, um die Tauben zu füttern.«

»Ja, genau.«

»Wenn du das heute Abend durchliest, dann kann ich es morgen früh auf dem Weg zur Arbeit abholen, ja? Es ist im Großen und Ganzen alles, was wir in dem Fall bis heute haben. Aber das meiste weißt du ja bereits.«

»Sind Jonnerblad und Asunander damit einverstanden?«

»Ich habe sie nicht danach gefragt«, sagte Eva Backman.

»Schlau«, sagte Barbarotti. »Komm, wir gehen auf den Balkon und setzen uns dorthin. Du hast doch Zeit für ein Bier?«

»Auf jeden Fall«, nickte Backman. »Meine Männer haben ihre Drohung, nach Hause zu kommen, nicht in die Tat umgesetzt. Und es ist ja ein schöner Abend.«

»Da unten im Nachbarsgarten sind sie dabei, für ein Krebsessen zu decken«, sagte Barbarotti. »Wir können uns ja ein bisschen von ihrer Stimmung klauen.«

Inspektorin Backman lachte.

»Perfekt«, sagte sie und ließ sich in einen der beiden Liegestühle sinken. »Du hast wirklich an alles gedacht.«

»Man tut sein Bestes«, sagte Barbarotti. Er ging in die Küche und kam mit zwei Bieren und hohen Gläsern zurück. Dieser Balkon ist zwar klein, aber er ist schon für zwei gebaut, dachte er unwillkürlich.

»Aber als Gegenleistung möchte ich ordentlich ins Bild gesetzt werden«, sagte er. »Mündlich und pädagogisch, bevor ich anfange zu lesen. Es ist doch wohl nicht so, dass ihr den Fall im Laufe des Tages gelöst habt?«

»Nicht ganz«, gab Backman zu. »Obwohl es um dieses Göteborgpaar offenbar ziemlich übel bestellt ist, wie ich fürchte.«

Barbarotti schenkte ein, sie hoben ihre Gläser, prosteten sich zu und tranken jeder einen großen Schluck.

»Ach ja?«, sagte Barbarotti. »Übel bestellt?«

»Ja«, bestätigte Backman und lehnte sich zurück. »Verdammt, wie schön, hier auf einem Balkon zu sitzen und zu arbeiten statt auf dem Revier. Ich glaube, viele Ermittlungen würden gewinnen, wenn man sie auf diese Art und Weise führte.«

»Wir können das institutionalisieren«, schlug Barbarotti vor. »Zumindest solange ich aus dem Verkehr gezogen bin. Wenn du jeden Abend herkommst und mich informierst, dann kriegst du ein Bier für deine Mühen.«

»Warum nicht?«, schmunzelte Eva Backman.

»Übel bestellt?«, erinnerte Barbarotti.

Sie wurde ernst. »Ja, alle Anzeichen weisen in diese Richtung. Henrik und Katarina Malmgren haben am Sonntag nach allem zu urteilen die späte Abendfähre von Göteborg nach Fredrikshavn genommen, und vieles deutet darauf hin, dass sie an der dänischen Seite nicht an Land gegangen sind.«

»Vieles deutet darauf hin …?«, wiederholte Gunnar Barbarotti. »Was bedeutet das im Klartext?«

»Dass ihr Wagen noch auf dem Autodeck stand zum Beispiel«, sagte Eva Backman. »Ja, das ist wohl das einzige Indiz, aber es wiegt ziemlich schwer. Oder was meinst du?«

»Sie sind nie mit dem Auto an Land gefahren?«

»Nein. Ein ferienbepackter Audi stand noch da, es ist natürlich möglich, dass sie auf das Auto und ihr Gepäck gepfiffen haben und zu Fuß an Land gegangen sind, aber bisher hat keiner im Ermittlungsteam eine mögliche Erklärung gefunden, warum es so sein sollte. Aber vielleicht hast du ja eine?«

Gunnar Barbarotti runzelte die Stirn. »Du meinst, dass sie an Bord der Fähre ermordet wurden? Und…?«

»Und ins Meer geworfen, ja. Das ist eine Theorie. Eine andere ist, dass sie ermordet und in irgendein anderes Fahrzeug gepackt wurden… um anschließend in einem Sumpf in Dänemark vergraben zu werden. Oder irgendwo sonst auf dem Kontinent, das kann man sich aussuchen.«

»Grenzen mit Leichen im Gepäck passieren? Klingt ein wenig verwegen.«

»Es gibt keine Grenzen mehr in Europa«, sagte Backman. »Aber ich bin deiner Meinung, es ist wahrscheinlicher, dass sie im Schutze der Dunkelheit über Bord geworfen wurden.«

»Scheiße«, sagte Gunnar Barbarotti. »Glaubt ihr das wirklich?«

»Welche Schlüsse würdest du denn daraus ziehen?«, fragte Eva Backman.

»Ich weiß nicht so recht«, sagte Barbarotti.

»Zwei Menschen fahren in ihrem Auto an Bord einer Fähre. Als alle an Land gehen und das Schiff vier Stunden später leer ist, steht noch ein Auto da. Ergo?«

Barbarotti antwortete nicht. Er saß schweigend da und betrachtete eine Weile die drei Ermittlungsordner auf dem Tisch. Wehrte eine Wespe ab, die herangesummt kam.

»Und die Verbindung zu den anderen Opfern?«

»Damit haben wir gerade erst angefangen. Auf jeden Fall gibt es keine direkte Verbindung. Henrik Malmgren ist Dozent für Philosophie an der Göteborger Universität. Seine Frau Katarina Krankenschwester, Anästhesieassistentin im Sahlgrenska. Siebenunddreißig beziehungsweise vierunddreißig

Jahre alt, keine Kinder und keine Eintragung im Vorstrafenregister.«

»Das wissen wir bereits«, sagte Barbarotti. »Habt ihr schon eine Hausdurchsuchung gemacht?«

Sie schaute auf die Uhr. »Die hat gerade angefangen. Tallin, Jonnerblad und Astor Nilsson sind an Ort und Stelle. Der Staatsanwalt brauchte ein bisschen, aber das Auto ist auch beschlagnahmt worden, ja, das ist eine Hauptspur, um die Kripozentrale zu zitieren.«

»Eine Hauptspur? Wir sind dabei, nach den Opfern zu suchen. Ich dachte, der Begriff Hauptspur bezieht sich auf den Täter?«

»Habe ich auch gedacht«, stimmte Eva Backman zu und trank von ihrem Bier. »Nun ja, wir Provinzbullen haben ja wohl kaum Anlass zur Überheblichkeit. Übrigens hat er dich gegenüber der Presse in Schutz genommen, der Haupkommissar Jonnerblad, und ich habe das Gefühl, dass du morgen im Aftonbladet ein wenig rehabilitiert wirst.«

»Davon habe ich gehört«, nickte Barbarotti.

»Gehört?«

»Ja, ich habe vor ein paar Stunden mit Jonnerblad gesprochen. Aber wer liest schon ein Dementi?«

»Nicht viele«, gab Backman zu.

»Genau. Ich habe jedenfalls der Polizeigewalt in dieser Stadt ein Gesicht gegeben, das wird ein paar Jahre hängen bleiben. Und er nimmt mich nicht wieder in die Gruppe auf, der Jonnerblad, er meint, das wäre in dieser Lage taktisch unklug.«

Eva Backman nickte.

»Zumindest solange Expressen seine Anzeige nicht zurückgezogen hat … wäre es provozierend gegenüber der allgemeinen Rechtsauffassung, wie er behauptet hat.«

»Es gibt noch einen anderen Grund, dich außen vor zu lassen«, sagte Eva Backman.

»Ja? Und welchen?«

»Du bist derjenige, an den der Mörder schreibt. Du könntest möglicherweise ein bisschen befangen sein.«

»Wenn er ans Polizeirevier schreiben würde, dann wären also alle gezwungen, die Arbeit niederzulegen?«

»Nun ja ...«

»Und wir müssten Bullen aus Estland holen?«

Eva Backman lachte. »Schon möglich. Nein, es liegt wohl eher an dem, was du gesagt hast, dass du raus bist. Du bist heute ziemlich zur Schau gestellt worden, und es stimmt schon, die Leute brauchen Zeit, um es wieder zu vergessen. Zumindest ein paar Tage.«

»Was mich nicht daran hindern würde, in meinem Arbeitszimmer zu sitzen und zu arbeiten.«

»Natürlich nicht. Aber hier ist es doch viel schöner, das habe ich dir ja schon gesagt.«

»In Ordnung«, seufzte Barbarotti. »Möchtest du noch ein Bier?«

Eva Backman schüttelte den Kopf. »Ich habe mir gedacht, dass ich noch eine Runde laufen gehe, und zwei Bier im Körper sind ein bisschen viel.«

Barbarotti nickte und klopfte mit dem Fingerknöchel auf die Ordner. »Dann hau ab«, sagte er. »Ich werde den Abend damit verbringen, das Material durchzugehen. Du wirst meine Meinung morgen früh hören, wenn du vorbeikommst.«

Inspektorin Backman stand auf, und in dem Moment wurde unten im Nachbarhof das nächste Trinklied angestimmt. »Ja, ja«, sagte sie und warf einen Blick über die Balustrade. »Irgendwann werden du und ich auch mal zu einer Feier eingeladen, du wirst es sehen.«

»Hoffen darf man ja«, sagte Gunnar Barbarotti. »Übrigens, was ist aus deinem Urlaub geworden?«

»Bis auf Weiteres aufgeschoben«, erklärte Inspektorin Backman. »Was dachtest du denn?«

Ungefähr drei Stunden und ein Dutzend Trinklieder später hatte er alle drei Ordner durchgelesen. Die Dunkelheit war hereingebrochen, und ein gelb- und blutmarmorierter Augustmond war über das unebene Kupferdach der Katedralskolan gesegelt. Alle Krähen waren verstummt, alle, bis auf die Schnapsdrosseln im Nachbarhof. Er saß immer noch auf dem Balkon, eine gewisse Abendkühle war herangekrochen, aber ein Wollpullover und eine Decke über den Beinen hielten ihn bei der Stange.

Es war ein merkwürdiger Fall. Das hatte er eigentlich bereits gewusst, als er sich an die Ermittlungsunterlagen setzte, aber er musste es einfach noch einmal konstatieren, als er sie durchgearbeitet hatte. Einer der merkwürdigsten, die er je erlebt hatte.

Und erschreckend. Besonders, wenn man versuchte, sich den Täter vorzustellen. Sich von so einem Menschen ein Bild zu machen.

Wenn Henrik und Katarina Malmgren tatsächlich ebenfalls ermordet worden waren, dann hatte er vier Leben auf dem Gewissen. Allein das, die Anzahl der Opfer, ließen ihn ziemlich einzigartig dastehen. Es gab nicht viele Mörder im Land mit vier Leichen im Gepäck, das wusste Barbarotti. Die meisten, die ihre Strafe in Hall oder Österåker oder Kumla verbüßten, hatten nur ein Opfer zu vermelden, einige wenige zwei oder drei. Wenn man vier Menschen das Leben genommen hatte, dann spielte man zweifellos in der höchsten Liga.

Oder in der niedrigsten, je nachdem, welchen Maßstab man anlegen wollte.

Und dass er in allen vier Fällen Briefe geschrieben und der Polizei Tipps gegeben hatte, das machte ihn sicher auch im internationalen Vergleich ziemlich ungewöhnlich, wie Barbarotti annahm. Lillieskog hatte behauptet, er kenne keinen ähnlichen Fall – und deshalb war er ja auch so unsicher, was das Profiling betraf. Jedes Profiling baut auf Erfahrungen auf, und wenn es keine Erfahrungen gab, ja, dann stand man natürlich auf schwankendem Boden. So war das mit der Präzision.

In den Papieren befand sich auch die Äußerung eines bekannten Kriminologen, der behauptete, man »habe es möglicherweise ausnahmsweise einmal mit einem Mörder zu tun, der ein wenig Grips im Schädel hat, und deshalb fühle sich die Polizei momentan an der Nase herumgeführt« – und Barbarotti war sehr geneigt, dieser grob zurechtgeschusterten Hypothese zuzustimmen.

Ein schlauer Teufel war das ganz einfach. Vielleicht bisher nicht vorbestraft. Vielleicht von eisenharter Entschlossenheit, seinen Plan durchzuführen und sich nicht schnappen zu lassen. Genau wie Lillieskog behauptet hatte.

Kein Zufallsmord. Kein Serienmörder, trotz der hohen Anzahl an Opfern. Wenn er die getötet hätte, die er töten wollte, dann würde es vorbei sein. Die Frage war nur, wie viele auf seiner Liste standen. Und an erster Stelle: Welcher Zusammenhang bestand zwischen den Personen auf dieser Liste?

Es gab natürlich noch weitere Fragen. Würde es gelingen, ihn zu stoppen, bevor er fertig war, beispielsweise. Bevor es ihm gelang, alle zu ermorden, die er ermorden wollte? Würden sie ihn überhaupt stoppen können?

Und Hans Andersson? Was bedeutete es – um die eigenen Worte des Mörders anzuwenden: »Hans Andersson darf leben«? Hatte es jemals ein Opfer mit diesem Namen gegeben oder war es nur ein Bluff? Ein Rauchschleier, der aus irgendeinem Grund mitten in der Schlacht notwendig gewesen war?

Und waren Henrik und Katarina Malmgren tatsächlich tot? In einem Ordner hatte es Fotos von den beiden gegeben: ein Mann mit hagerem Gesicht und schütterem Haar, Brille und einem Aussehen, für das Barbarotti keinen anderen Ausdruck fand als »alltäglich« – Katarina Malmgren war dunkel, sah insgesamt lebendiger aus, schön auf eine leicht südländische, kraftvolle Art. Außerdem hatte sie eine Verbindung zu Kymlinge. Offensichtlich hatte sie in ihrer Jugend fünf Jahre lang hier gelebt – Ende der Achtziger, draußen in der Bucht von Kymlinge. Und das war natürlich eine wichtige Frage: was bedeutete Kymlinge in diesem Zusammenhang? Hatte der Mörder die gleiche lokale Anbindung wie drei seiner Opfer?

Kurz gesagt: Lebte er hier in der Stadt? Fuhr er nur diverse Kilometer fort, um die Briefe einzuwerfen? Und vielleicht auch, um das Ehepaar Malmgren zu ermorden?

Und wenn man jetzt schon einmal davon ausging, dass sie tot waren, wie hatte er es in diesem Fall angestellt? War es so, wie Backman behauptete, dann musste er – zu allem anderen – ein außerordentlich kaltblütiger Typ sein, dachte Barbarotti. Einen Mann und dessen Frau an Bord einer Fähre umzubringen und anschließend die Leichen über Bord zu werfen – ohne entdeckt zu werden – ja, das konnte zumindest nicht ganz unkompliziert gewesen sein.

Und warum hatte er ausgerechnet diese Methode ausgesucht?

Wie üblich war es Gunnar Barbarotti klar, dass alle diese kleinen, aber wichtigen Fragen, die … wie hatte er es letztlich noch formuliert? … die ebenso zufällig ineinanderhakten wie Metallbügel in einem dunklen Schrank? … dass diese Fragen eigentlich unter einer einzigen Rubrik zusammengefasst werden konnten: *Warum?*

Warum wurden diese Morde begangen? Was war der Grund … denn einen Grund musste es ja wohl geben? Eine Nabe und einen Kernpunkt, der, sollten sie ihn irgendwann entdecken, alles begreiflich machen würde. Denn darauf lief es doch hinaus. Zu begreifen. Das zu verstehen, was zu verstehen war, und es bei dem Rest zu belassen.

Als Gunnar Barbarotti in den liberalen Siebzigern in die Grundschule ging, hatte er gelernt, dass es wichtiger war, die richtigen Fragen zu stellen, als die richtigen Antworten zu wissen. Er hatte sich schon oft gewünscht, seine Schulzeit wäre in ein anderes Jahrzehnt gefallen.

Während er zuhörte, wie einer der Krebsesser *Knockin' on heaven's door* vortrug – mit eigener Gitarrenbegleitung und ziemlich eigenartiger Akkordsetzung –, begann er über die Briefe und den Zeitaspekt nachzudenken. Wie war das nun, gab der Mörder der Polizei tatsächlich eine Chance? War es nicht eher so, dass die Mitteilungen über die geplanten Opfer immer zu spät kamen, so dass man es gar nicht mehr schaffen konnte, ein Leben zu retten? Nicht einmal die theoretische Möglichkeit hatte, es zu tun? Barbarotti betrachtete eine Taube, die sich auf dem Balkongitter des Nachbarn niederließ, während er in seiner Erinnerung zurückging. Der letzte Brief war mit der Post am Montag gekommen. Wenn die Malmgrens wirklich ermordet worden waren, musste die Tat – mussten die Taten – logischerweise in der Nacht zum Montag geschehen sein. Zwar hatte der Mörder den Brief mit höchster Wahrscheinlichkeit eingesteckt, bevor er zu Werke geschritten war, aber er musste einkalkuliert haben, dass er seine Absichten bereits in die Tat umgesetzt haben würde, wenn die Polizei diesen in die Finger bekam.

Und außerdem: Er musste sich absolut sicher gewesen sein, dass es ihm gelingen würde.

Gab es eine Möglichkeit, früher an die Postsendungen zu kommen? Sie hatten darüber diskutiert, die Post mit einzubeziehen – aber es war bei den Überlegungen geblieben. Denn wie hätte das laufen sollen? Sollten alle Briefträger in Westschweden – denn bisher stammten sämtliche Briefe von hier – über den Namen des Adressaten und den aktuellen Typ von Briefumschlag instruiert werden, damit sie sich, wenn sie beim Einsortieren Lunte rochen, mit der Polizei in Kymlinge in Verbindung setzten? Oder *mit der nächstgelegenen Polizeibehörde,* wie es früher im Rundfunk immer geheißen hatte? Nein, dachte Gunnar Barbarotti, das erscheint nicht machbar. Würde dem Mörder wahrscheinlich noch mehr in die Hände spielen.

Dieser drückte sich immer im Futur aus, teilte mit, dass er die Absicht habe, den oder die zu töten, aber wenn Inspektor Barbarotti dann davon Kenntnis erlangte, war das Tempus bereits in … ja, wie hieß das noch … in das Präteritum?, ja, in das Präteritum gerutscht. Dann war es bereits passiert. Zu spät, um etwas zu tun.

Vielleicht gab es an all dem einen linguistischen Aspekt, der Axel Wallman gefallen hätte.

Er seufzte und lauschte nebenbei dem leisen Applaus, der dankbar verkündete, dass der bescheidene Troubadour aufgehört hatte, an die Himmelspforte zu klopfen. Barbarotti erinnerte sich an seinen Traum vom Morgen und nahm an, dass er nicht hereingelassen worden war.

Er nahm die Ordner unter den Arm und verließ den Balkon. Es war nach elf Uhr, und immerhin, dachte Gunnar Barbarotti, immerhin, so habe ich wenigstens für ein paar Stunden nicht mehr an Marianne und meine innere Finsternis denken müssen. Auch wenn sonst nichts dabei herausgekommen ist.

Arbeit ist das einzige wirkungsvolle Mittel gegen Angst, hatte er irgendwo gelesen. Vielleicht stimmte das ja. Und wenn man gefeuert worden war – wenn auch nur vorübergehend – dann konnte einen doch wohl nichts daran hindern, ein bisschen Privatdetektiv zu spielen?

Schon gar nicht, wenn man davon ausgehen musste, der Einzige zu sein, der in direktem Kontakt mit dem Mörder stand – auch wenn dieser ein wenig einseitig war.

Freigestellt?, dachte Inspektor Barbarotti. Maulkorb? Warum kaufe ich nicht eine Last-minute-Reise ans Mittelmeer und scheiß auf alles?

Noch eine gute Frage.

21

Am Mittwochmorgen wachte er früh auf und stellte fest, dass er schlecht geschlafen hatte. Es dröhnte dumpf in seinem Kopf, der Körper war verschwitzt. Als er die Lokalzeitung aus dem Briefschlitz gezogen hatte, sah er sofort, dass er nicht zum Kiosk hinuntergehen musste, um etwas über sich selbst zu lesen. Auch Kymlinges Stimme in der Welt machte auf die montägliche Kontroverse zwischen der Ordnungsmacht und dem freien Wort aufmerksam. Sowohl auf der Titelseite als auch weiter hinten im Blatt.

Im Unterschied zum Expressen hatte man sich aber dazu entschieden, weder Namen noch Fotos der Betroffenen zu publizieren, es wurde nur davon gesprochen, dass ein Reporter einer Boulevardzeitung Streit mit einem Polizeibeamten gehabt habe, der schließlich in einer Anzeige resultierte. Es stand nicht einmal drinnen, wer angezeigt worden war, und Gunnar Barbarotti dachte, dass es eigentlich schade war, dass die Lokalzeitung nur ungefähr ein Zehntel der Leser hatte gegenüber diesem Skandalblättchen aus der Hauptstadt. GT, die mehr oder weniger identisch mit Expressen war, gar nicht mitgerechnet.

Dagegen stand eine ganze Menge über die Morde und die Briefe drinnen, aber nichts, was er nicht bereits in Backmans roten Ordnern gelesen hatte, und er merkte, dass er deshalb eine gewisse Dankbarkeit empfand. Zumindest wussten die Zeitungen nicht mehr als die Polizei.

Was ist bloß los mit mir?, dachte er. Das ist doch eigentlich nichts, wofür ich dankbar sein müsste? Habe ich so wenig Vertrauen in die Ermittlungsleitung, seit sie ihr Ass verloren haben, dass ich glaube, in den Zeitungen mehr als in den Ermittlungsunterlagen zu finden? Gehöre ich auch schon zu diesen sechsundsechzig Prozent?

Auf jeden Fall gleitet mir alles aus den Händen.

Backman tauchte kurz nach acht Uhr auf, um ihre Ordner abzuholen, und sie versprach, ihn über die Entwicklungen auf dem Laufenden zu halten.

»Wenn du heute Abend vorbeischaust, kannst du auch etwas zu essen kriegen«, bot Barbarotti ihr an. »Nicht nur Bier und Krebsgeruch.«

Eva Backman überlegte kurz, dann sagte sie zu. Soweit die Situation im Blekinger Sommerhaus sich nicht so alarmierend veränderte, dass Ville mit den Jungs nach Hause kommen würde, räumte sie ein. Man konnte nie wissen, das war ein wenig vom Wetter abhängig, und im Augenblick sah es leicht grau aus. Aber es gab natürlich Unterschiede zwischen Kymlinge und Kristianopel.

»Bist du dadurch auf irgendwelche Ideen gekommen?«, wollte sie wissen, als er ihr die Ermittlungsakten überreichte.

Barbarotti schüttelte den Kopf. »Nein«, sagte er. »Keine. Zumindest nicht unmittelbar.«

»Schade«, sagte Eva Backman.

»Aber es liegt im Hinterkopf und rumort, ich bin mir sicher, dass es zu einem Durchbruch kommen wird, wenn man das Ehepaar Malmgren neben die beiden früheren Opfer legen wird. Wenn ihr die Hausdurchsuchung gründlich gemacht habt, müsstet ihr die Verbindung heute Vormittag finden.«

»Ihr?«, fragte Eva Backman.

»Ihr«, bestätigte Gunnar Barbarotti.

Sie warf ihm einen besorgten Blick zu. »Und wenn dem nicht so ist?«

»Wenn dem nicht so ist«, sagte Barbarotti und rieb sich mit den Knöcheln über seine pochende Schläfe, »dann kann das nur eins bedeuten.«

»Dass es keinen Zusammenhang gibt?«

»Ganz genau. Es kann schwer sein, Schnittpunkte zwischen den Lebensbahnen von zwei Menschen zu finden, aber wenn man einen dritten und einen vierten dazulegt, dann steigt der gemeinsame Nenner ganz schnell an. Zumindest wenn es kompetente Leute sind, die da am Ruder stehen.«

»Versuchst du mir weiszumachen, dass wir nicht mit der stärksten Mannschaft spielen?«

Gunnar Barbarotti grinste schief. »Jetzt benutzt die gnädige Frau Hockeymetaphern, und davon habe ich keine Ahnung.«

»Blödsinn«, erwiderte Eva Backman, »nun ja, wir werden sehen, ob du recht hast. Wie gesagt, ich lasse von mir hören.«

»Wofür ich äußerst dankbar bin«, sagte Barbarotti.

Sie verließ ihn, er wusch sein Frühstücksgeschirr ab, und dann wusste er plötzlich nicht mehr, wie er die Minuten und Stunden hinter sich bringen sollte. Sitzen und warten hat seine Zeit, dachte er, aber heute habe ich Ameisen im Bauch. Gütiger Gott, sieh zu, dass ein bisschen Dampf in die Sache kommt, damit ich in meinem Dreizimmerkäfig nicht tatenlos wie eine Eisbärin in ihrer Höhle herumdrucksen muss. Zwei Punkte, okay?

Der Herrgott seufzte, warf einen Windstoß und ein paar vereinzelte Regentropfen gegen das Küchenfenster, doch da er schon so manches im Laufe der Jahrhunderte gehört hatte, verzichtete er auf einen Kommentar zur erbärmlichen Bildersprache des Hilfesuchenden. Wenn man in den Siebzigerjahren zur Schule gegangen war, ja, dann war nichts anderes zu erwarten.

Wie schon gesagt.

Stattdessen konnte Der Herrgott eineinhalb Stunden später seine Punkte einkassieren. Mit Hilfe von Inspektorin Backman, und nicht unerwartet.

»Bad news is good news«, begann sie geheimnisvoll. »Jetzt hör zu.«

»Ich höre zu«, versicherte Barbarotti. »Schieß los.«

»Zum ersten«, sagte Backman, »haben wir Katarina Malmgren gefunden.«

»Oho«, sagte Barbarotti.

»Ja. Genauer gesagt war es ein dänischer Fischer, der sie frühmorgens gefunden hat … ganz in der Nähe von Skagen. Er wollte mit seinem Boot hinausfahren und war gerade fünfzig Meter vom Land weggekommen, als er auf eine Frauenleiche stieß, die im Wasser trieb.«

»Woher wisst ihr, dass sie es ist?«

»Sie ist natürlich noch nicht sicher identifiziert, aber es deutet sehr viel darauf hin, dass sie es ist.«

»Wie was?«

»Wie beispielsweise die Tatsache, dass sie ihren Ausweis in der Brusttasche ihrer Jacke hatte. Die Plastikkarte verträgt Wasser ziemlich gut, die Leiche wird momentan nach Göteborg transportiert. Diese Schwester, ich glaube, du hast sogar mit ihr gesprochen, sie ist auf dem Weg von Karlstad herunter, um sie zu identifizieren.«

»Stimmt«, erinnerte Gunnar Barbarotti sich. »Ich habe wirklich mit einer Schwester von Frau Malmgren gesprochen, bevor ich abgebügelt wurde … Halbschwester, wenn ich mich recht erinnere. Aber den Mann, den hat man also noch nicht gefunden?«

»Exakt. Er ist weiterhin einfach verschwunden. Treibt wahrscheinlich irgendwo anders herum. Oder er sitzt in irgendeinem Netz fest oder kommt einer Schiffsschraube in die Quere, das kann noch eine Weile dauern.«

»Ich verstehe«, sagte Barbarotti. »Und die Todesursache, wie steht es mit der? Woran ist Katarina Malmgren gestorben?«

»Mit einer Schlinge erdrosselt. Die Zeichen am Hals lassen keinen Zweifel aufkommen.«

»Erdrosselt? Er… das bedeutet, dass er also wieder die Methode geändert hat?«

»Es scheint so, ja«, bestätigte Backman. »Es ist natürlich noch zu früh, um etwas über den Zeitpunkt zu sagen, aber der dänische Gerichtsarzt meint, dass sie wahrscheinlich irgendwann in der Nacht zum Montag gestorben ist. Muss ungefähr zwei Tage im Wasser gelegen haben, als der Tollpatsch sie gefunden hat.«

»Der Tolpatsch?«

»Das ist der Fischer, das ist sein Spitzname. Er ist achtundsiebzig Jahre alt.«

»Warte mal… wie ist das, führt man auf den Fähren nicht inzwischen lückenlose Passagierlisten? Seit der Estonia?«

»Im Prinzip ja«, sagte Eva Backman. »Aber leider fragen sie nicht nach dem Ausweis.«

»Was bedeutet?«

»Was bedeutet, dass du eine Fahrkarte unter dem Namen Jöns Jönsson buchen kannst, und wenn du sie dann später abholst, brauchst du nur zu sagen, dass du so heißt. Du kriegst deine Papiere, auch wenn du eigentlich Lars Larsson heißt.«

»Gut«, seufzte Barbarotti. »Was wiederum bedeutet, dass wir nicht davon ausgehen können, dass der Name des Mörders sich auf den Passagierlisten befindet?«

»Leider richtig«, sagte Eva Backman. »Wir hatten noch bis vor zehn Minuten die gleiche Hoffnung.«

»Aber man kann ja trotzdem die Listen mal durchgehen… um wie viele handelt es sich denn?«

»Um gut fünfhundert Personen«, sagte Eva Backman. »Doch, das tun wir natürlich, aber es ist ein Scheißjob.«

Gunnar Barbarotti überlegte eine Weile. »Und die Hausdurchsuchung?«, fragte er. »Was habt ihr Interessantes beim Ehepaar Malmgren gefunden?«

»Das wissen wir noch nicht«, musste Eva Backman zugeben. »Aber wir haben vier Kartons, die wir momentan gerade durchgehen. Sie hatten jeder sechs Schreibtischschubladen plus mindestens zehn Fotoalben. Und beide Computer sind beschlagnahmt worden.«

»Ihr wisst doch wohl, wonach ihr sucht?«

»Wir suchen nach ziemlich viel. Aber in erster Linie nach etwas, das die Malmgrens mit Anna Eriksson und Erik Bergman in Verbindung bringen kann.«

»Oder mit beiden.«

»Oder mit beiden. Außerdem arbeiten wir auf Hochtouren an den Handygesprächen. Wenn bei einem der Malmgrens die gleiche Nummer wie bei Eriksson oder Bergman auftaucht, dann werden wir da nachhaken. Ist der Inspektor jetzt zufrieden?«

Gunnar Barbarotti dachte nach.

»Im Augenblick habe ich nichts hinzuzufügen«, sagte er. »Gibt es etwas Besonderes, was du dir zum Essen wünschst?«

»Es ist eine Weile her, seit ich Hummer hatte«, erinnerte sich Inspektorin Backman.

Es gab eine Fisch- und Schalentierhandlung in der Skolgatan in Kymlinge; Barbarotti kaufte dort ab und zu ein, und als der Inhaber, ein polnischer ehemaliger Skispringer mit Namen Dobrowolski, ihm erklärte, dass er den Hummer, den man heute anbieten konnte, nicht empfehlen würde – und das erst recht nicht, wenn er einer Dame serviert werden sollte –, ließ sich der Kriminalinspektor dazu überreden, stattdessen Jakobsmuscheln und ein paar Taschenkrebse zu kaufen. Er bekam noch acht weitere Zutaten und zusätzlich das Rezept, außerdem den Namen eines Weißweins, der fast unumgänglich war, um das aktuelle Gericht zu vervollständigen, und also musste er auch noch den Weg übers Systembolaget nehmen.

Es war merkwürdig, an einem Vormittag mitten in der Woche einen Luxusartikel nach dem anderen einzukaufen, und er spürte einen deutlichen Hauch von schlechtem Gewissen, als er die Utensilien in Kühlschrank und Vorratsschrank verstaute, nachdem er wieder zu Hause war. Außerdem war die bevorstehende Mahlzeit natürlich etwas, was er Marianne servieren sollte, nicht Inspektorin Backman, aber die Lage ist nun einmal so, dachte Gunnar Barbarotti. Das ganze Dasein ist ein perverses Hamsterrad, und wenn man nicht mitrennt, dann stirbt man.

Aber dieses schlechte Gewissen war es nicht, was seine Gedanken am meisten beschäftigte, natürlich nicht. Es bildete höchstens eine Art Zerstreuung. Der Briefeschreiber hatte zum dritten Mal zugeschlagen – mit höchster Wahrscheinlichkeit auch zum vierten Mal –, und das mit einer Kaltblütigkeit, die, soweit Barbarotti das beurteilen konnte, mindestens als erstaunlich bezeichnet werden musste.

Wie war es noch? Er – wenn man zunächst mal davon ausging, dass der Mörder keine Frau war – war also an Bord der Fähre der Stena Lines von Göteborg nach Fredrikshavn gegangen. Sie hatte laut Fahrplan pünktlich um 23.55 Uhr am Sonntagabend abgelegt, wie Inspektorin Backman ihm mitgeteilt hatte – und irgendwann während der gut drei Stunden langen Überfahrt nach Dänemark hatte er Henrik und Katarina Malmgren getötet, genau wie er es versprochen hatte, und sie über Bord geworfen. Wie verhält man sich, wenn man so etwas ausführen will?, dachte Barbarotti. *Wie?*

Katarina Malmgren war mit einer Schlinge erdrosselt worden. Das war keine einfache Art, einen Menschen zu töten, besonders nicht auf einem Schiff, das mit Passagieren und potentiellen Zeugen vollgestopft war. Er musste einen ziemlich ausgeklügelten Plan gehabt haben. Genau gewusst haben, wie er vorgehen sollte, und außerdem, ahnte Gunnar Barbarotti, außerdem noch etwas mehr. Er musste ... er musste die Malmgrens kennen.

Oder nicht? Denn um sie zu ermorden, war es ja wohl zunächst einmal nötig, sie voneinander zu trennen, und warum sollte sich ein Ehepaar von einem Fremdling mitten in der Nacht auf einer Fähre trennen lassen? Dazu war auf jeden Fall eine gewisse Raffinesse nötig. Schlafmittel in den Drinks oder etwas noch Durchtriebeneres.

Aber es war natürlich nicht sicher, dass er, was Henrik Malmgren betraf, die gleiche Methode benutzt hatte. Er hätte ihn beispielsweise erst erschießen können, um sich dann in aller Ruhe um die Ehefrau zu kümmern. Das war kein Ding der Unmöglichkeit ... und trotzdem, dachte Barbarotti, trotzdem spricht vieles dafür, dass sie einander gekannt haben. Der Mord hatte wahrscheinlich draußen an Deck stattgefunden, und warum sollte man einem Fremden mitten in der Nacht an Deck folgen? Wenn man zusammen mit seinem Ehemann oder seiner Ehefrau reiste. Wie gesagt.

Zunächst er, dann sie. Oder umgekehrt.

Beide zugleich?

Nein, das erschien ganz einfach nicht möglich.

Aber dass sie einander kannten, der Mörder und die Opfer, das war natürlich nichts Neues. Man hatte ja beschlossen, dass allem eine Art von Motiv zu Grunde liegen müsste, oder? Dass es sich nicht um zufällig ausgesuchte Zielscheiben handelte.

Als Gunnar Barbarotti in seinen Überlegungen so weit gediehen war, hörte er es draußen auf dem Flur rascheln. Die heutige Post war eingetroffen, und fünf Minuten später wusste er nicht, ob er tatsächlich eine Vorahnung gehabt hatte oder alles nur Einbildung gewesen war.

Dass Der Herrgott zwei wohlverdiente Punkte einstreichen konnte, daran herrschte zumindest keinerlei Zweifel.

Wieder Handschuhe an und dann den Umschlag gegen die Obstschale auf dem Küchentisch gelehnt.

Hellblau und länglich, genau wie Nummer drei und vier.

Sein Name und seine Adresse waren in der gleichen Art geschrieben, mit den gleichen plumpen Versalien. Die Briefmarke aus der gleichen Schärenserie, ein stilisiertes Segelboot vor blauem Meer und blauem Himmel.

Er versuchte auszurechnen, wie viele Tage vergangen waren, seit er den ersten Brief in Händen gehalten hatte, an diesem Morgen, als er dem Briefträger draußen im Treppenhaus auf dem Weg nach Gotland, zu Marianne, begegnet war.

Zweiundzwanzig zählte er. Es handelte sich tatsächlich nur um gut drei Wochen. Vier Briefe bisher, vier Morde. Zumindest, wenn man Henrik Malmgren mitrechnete, und das konnte man wohl tun.

Und jetzt Nummer fünf. Ein fünfter Mensch wartete darauf, getötet zu werden – oder war bereits getötet worden, wenn man Realist bleiben wollte. Zwar ist die Kaltblütigkeit des Verbrechers bereits ausreichend belegt, dachte Barbarotti, aber dass es den Namen einer Person geben sollte, die immer noch am Leben war – und die in irgendeiner Art und Weise mit den früheren Opfern in Verbindung stand –, dass er hier in diesem Umschlag stand, den er noch nicht geöffnet hatte, ja, das war schwer vorstellbar. Sehr schwer.

Ungeöffnet, wie gesagt. *Noch nicht aufgeschlitzt und noch nicht gelesen.* Was tun?

Ja, was tun?

Das, dachte Kriminalinspektor Barbarotti, das also ist des Pudels Kern. Kein Drumherumgerede. *Was tun?* Wenn er seine zukünftige Karriere betrachtete – und seine Beförderungsmöglichkeiten innerhalb der Kriminalpolizei –, dann herrschte kein Zweifel daran, was er zu tun hatte. Augenblicklich Kriminaldirektor Jonnerblad anrufen und ihn bitten, den Brief abzuholen. Seitdem er von den Ermittlungen ausgeschlossen worden war, hatte er keine neuen Instruktionen bekommen, wie er sich bei weiteren Briefsendungen zu verhalten hatte, zumindest keine ausdrücklichen, aber es wäre so oder so schwer zu behaupten, er hätte ihn in gutem Glauben geöffnet. Jonnerblad wie auch Tallin würden stinksauer sein, wenn er das Gleiche noch einmal tun würde. Sie würden es so auffassen, als spielte er sein eigenes Spiel, täte genau das Gegenteil von dem, was sie von ihm wollten – und wenn es etwas gab, was Polizisten in Führungsposition nicht vertragen konnten, dann sind es Untergebene, die ihr eigenes Spiel spielen. Das wusste jeder Schutzmann, sie würden ihn nie wieder in ihren Kreis aufnehmen.

Er starrte den Umschlag auf dem Küchentisch an. Plötzlich tauchte Birgit Cullberg in seinem Kopf auf. Er fragte sich zuerst, was um alles in der Welt sie da zu suchen hatte, er hatte absolut keine Beziehung, weder zu ihr noch zum modernen Tanz überhaupt, doch dann wurde es ihm klar. Vor ein paar Jahren hatte er zufällig einmal ein Interview mit der alten Tanzlegende im Fernsehen gesehen, sie hatte eine sogenannte listige und schwer zu bewältigende Frage von dem jungen Reporter gestellt bekommen, sie hatte ihn eine ganze Weile auf die Antwort warten lassen, es handelte sich wahrscheinlich um irgendeine verzwickte kulturpolitische Raffinesse, über die man lieber nicht sprach.

Schließlich hatte sich ihr Gesicht in einem großen Lachen geöffnet, und sie hatte die sublimste aller Antworten abgeliefert: »Das ist mir scheißegal.«

So soll man es anpacken, dachte Gunnar Barbarotti. *Das ist mir scheißegal!* Danke, Birgit Cullberg. Ich werde dir die Schuld geben, wenn sie es mir vorwerfen werden.

Er zog sich die Handschuhe an, holte ein Küchenmesser und schlitzte den Umschlag auf. Ich will ja sowieso den Job wechseln, konstatierte er zum hundertfünfzigsten Mal, seitdem er von Gotland und aus Gustabo zurück war. Werde Totengräber oder etwas in der Art in der Gegend von Helsingborg.

Zog das übliche gefaltete Papier heraus und las.

ICH WEISS NICHT, OB DU DIE MALMGRENS SCHON GEFUNDEN HAST. JETZT FEHLT MIR NOCH EINER, GUNNAR. DANKE FÜR DEINE MITARBEIT.

Er saß fünf Minuten regungslos da. Las es noch einmal. Zählte die Worte. Achtzehn Stück. Las noch einmal, versuchte zu verstehen, aber da war ... da war etwas in seiner Wahrnehmung selbst, was zu klicken schien oder in seiner Fähigkeit, geschriebenes Schwedisch zu verstehen vielleicht? Was bedeutete die Mitteilung? Was war das für eine Information, die diese achtzehn Worte vermittelten?

Eigentlich.

Jetzt fehlt mir nur noch einer, Gunnar. Es stand ein Komma zwischen den Worten *einer* und *Gunnar.* Welchen Sinn gab diese Behauptung?

Gab es noch ein Opfer, das Gunnar hieß?

Oder war dieses *Gunnar* eine direkte Anrede an ihn selbst, Gunnar Barbarotti? Vom Mörder.

Oder ... und es war wahrscheinlich aufgrund dieser überraschenden Interpretationsmöglichkeit, dass seine Wahrnehmung und sein Sprachverständnis ins Wanken geraten waren ... oder erledigt war ...?

Danke für deine Mitarbeit?

Plötzlich wurde es Inspektor Barbarotti schwarz vor Augen, die Küche begann sich zu drehen, er war gezwungen, sich an der Tischkante festzuhalten, und dieses Gefühl, das sich danach langsam in ihm ausbreitete, erinnerte ihn an Eis, das sich in einer dunklen, kalten Novembernacht auf einen See legt.

Nach einer gewissen Zeit, die er nicht richtig einschätzen konnte – vielleicht zehn Minuten, vielleicht mehr –, gelang es ihm, vom Tisch aufzustehen und sich zum Telefon zu begeben.

22

Entschuldige, was hast du gesagt?«

Er wiederholte das, was er gesagt hatte, ohne ein Wort zu verändern.

»Noch einer?«

»Mm.«

»Und du hast ihn geöffnet?«

»Mh.«

»Bist du nicht ganz gescheit?«

» … «

»Ich habe gefragt, ob du nicht ganz gescheit bist?«

Er räusperte sich und versuchte, irgendwelche sinnvollen Worte zu finden, aber sie wollten sich nicht einstellen.

»Es kam so.«

»Es kam so?«

»Ja.«

»Was zum Teufel faselst du da? Sag mal, mit wem rede ich eigentlich?«

»Hm.«

»Mein Gott, was ist mit dir los?«

»Ich … ich habe eine Hirnblutung gehabt … du kannst Jonnerblad grüßen und es ihm ausrichten.«

Sie schwieg eine Weile. Er richtete seinen Blick auf seine linke Hand, sie lag vor ihm auf dem dunkel gebeizten Küchentisch, und einen Moment lang hatte er die Vision, sie gehöre zu einem ganz anderen Menschen. Wie sollte man das wissen?

»Gut, ich werde es ihm ausrichten. Zuerst hast du den Brief gekriegt, dann eine Hirnblutung. Richtig so?«

»Mm.«

»Gunnar, du … du meinst das doch nicht ernst?«

»Nein.«

»Und was steht also dieses Mal in dem Brief? Versuche dich zusammenzureißen. Bist du überhaupt nüchtern?«

»Natürlich bin ich nüchtern.«

»Gut. Endlich erkenne ich deine Stimme wieder. Weißt du, ich glaube, ich komme rüber und hole den Brief persönlich ab.«

»Danke.«

»Ich bin in einer Viertelstunde bei dir.«

»Danke.«

»Du kannst dir meine Handschuhe leihen. Du hast sicher keine eigenen mitgebracht, oder?«

»Gunnar, was ist passiert?«

»Ich weiß es nicht. Ich glaube, ich … ich habe eine Art psychischen Kollaps gehabt.«

»Psychischen Kollaps? Wieso das?«

»Keine Ahnung. Das bin ich nicht gewohnt. Es ist ein Gefühl, als ob …«

»Ja?«

»Als ob ich festgefroren wäre.«

»Festgefroren? Wo?«

»Hier am Küchentisch. Ich habe hier bestimmt eine Viertelstunde gesessen, bevor ich dich anrufen konnte. Ich konnte mich einfach nicht bewegen.«

»Und jetzt? Geht es dir jetzt besser?«

»Ja. Ich taue langsam auf.«

»Du siehst auch ziemlich mitgenommen aus.«

»Danke.«

»Du solltest zum Arzt gehen. Das kann … das kann etwas Neurologisches sein.«

»Glaube ich nicht. Lies lieber den Brief.«

Kriminalinspektorin Eva Backman betrachtete ihn noch eine Weile kritisch, dann tat sie, wie ihr geheißen. Las den kurzen Text, runzelte die Stirn, warf ihm quer über den Tisch einen Blick zu und las noch einmal.

»Gunnar?«, sagte sie. »Er schreibt nur Gunnar.«

»Mm.«

»Und dass er der Letzte sein soll?«

»Mm.«

»Aber vielleicht wendet er sich auch nur an dich. So kann es auch sein.«

Gunnar Barbarotti nickte. Inspektorin Backman saß eine Weile schweigend da, dann schien ihr eine Idee gekommen zu sein. Sie holte tief Luft und faltete die Hände vor sich auf der Tischplatte. Beugte sich ein wenig weiter zu ihm rüber.

»Will er einen töten, der Gunnar heißt? Oder will er einen töten, der wie auch immer heißt?«

»Ich weiß es nicht.«

»Oder ...?«

Er zuckte zusammen. »Was?«

Sie betrachtete ihn kurz, fast scheu, dann wandte sie ihren Blick zum Brief und studierte ihn noch einmal ganz genau.

»Nein«, sagte sie. »Lass uns diese Möglichkeit ausschließen. Ich glaube ...«

»Was glaubst du?«

»Ich glaube, er plant noch einen zu töten, und das ist jemand, der Gunnar heißt. Oder genauer gesagt, er hat es bereits getan.«

Er trommelte vorsichtig mit den Fingern der linken Hand auf dem Tisch, und sie sah ihn erneut mit diesem mütterlichen Blick an. Was ist das für eine Möglichkeit, von der sie redet?, fragte er sich. Was ist nur mit mir los? Ich habe das Gefühl, als läge ich in einem Aquarium.

»Du stimmst doch meiner Interpretation zu?«

»Ja, natürlich.«

Sie beugte sich noch weiter vor. Er konnte den Duft ihres frisch gewaschenen Haars wahrnehmen.

»Gunnar, hat dein … hat das, was du mir erzählt hast, was dir passiert ist, hat das irgendeinen Zusammenhang mit dem Brief? Es ist ja genau in dem Moment eingetreten, als du ihn gelesen hast, oder?«

Er nickte.

»Du siehst nicht richtig normal aus.«

»Das habe ich noch nie, das ist erblich.«

»Nein, so meine ich das nicht. Aber du bist wirklich leichenblass, gestern warst du noch sonnengebräunt.«

»Meinst du?«, sagte Gunnar Barbarotti.

»Hast du eine Plastiktüte?«

Er holte eine aus einer Küchenschublade, und sie ließ den Brief hineinfallen. Zog sich die Handschuhe aus und knotete sie zu.

»Wie geht es dir jetzt?«

Er zuckte mit den Schultern. »Etwas besser. Aber irgendwie so starr.«

»Kannst du meinem Zeigefinger mit deinem Blick folgen?«

Sie bewegte ihn von rechts nach links vor seinem Gesicht. »Nein, ohne den Kopf zu drehen.«

Er gehorchte ihr, ohne zu protestieren, sie gab keinen Kommentar zu dem Ergebnis des Testes ab. Was macht sie da?, dachte er. Glaubt sie das mit der Hirnblutung wirklich?

Was er selbst glaubte, lag im Dunkeln. Sie blieb sitzen und sah ihn über den Küchentisch hinweg an, dann schien sie einen Entschluss zu fassen und stand auf.

»Gunnar, ich werde Olltman anrufen. Du bleibst zu Hause, ich rufe dich in einer Stunde an, okay?«

Er zögerte mit seiner Antwort. Olltman?, dachte er. Ja, vielleicht ist das ja richtig. Warum nicht?

Er hatte Olltman lange nicht gesehen. Nicht mehr, seit Eva

Backman und er Kristoffersson, einen Kollegen, vor vier oder fünf Jahren an einem frühen Herbstmorgen in ihre Praxis begleitet hatten – nachdem der Kollege zehn Stunden lang Auge in Auge mit einem Elchstutzen in einem Ferienhaus in der Nähe von Kvarntorpa gesessen hatte. Es hatte damit geendet, dass ein anderer Kollege, Nyman, dem Elchstutzenbesitzer den halben Kopf weggeschossen hatte. Ein Teil davon war in Kristofferssons Schoß gelandet, wie sich Barbarotti noch erinnerte.

Olltman war gut. Alle wussten, dass sie gut war. Auch wenn man nur selten von ihr sprach.

Er nickte, wusste aber gleichzeitig, dass er nicht damit einverstanden gewesen wäre, wenn Olltman keine Frau gewesen wäre. Unter keinen Umständen, man konnte sich fragen, wieso.

23

Ihre Praxis lag in der Badhusgatan, gegenüber den Tennisplätzen, und er war zehn Minuten zu früh da. Er nahm eine alte Nummer von National Geographic in die Hände, solange er warten musste. Sie handelte von Schwertwalen. Als Doktor Olltman nach einer Viertelstunde kam und ihn empfing, wusste er nicht mehr über Schwertwale, als er gewusst hatte, als er die Praxis betreten hatte.

»Herzlich willkommen, Gunnar«, sagte sie und führte ihn in ein Zimmer, das in Grün und Wüstensand gehalten war. »Ich glaube, wir sind uns früher schon mal begegnet.«

»Zumindest einmal«, sagte Barbarotti. »Aber das ist einige Jahre her.«

Sie nickte, sie setzten sich jeweils in einen Bruno-Mathsson-Sessel. Eine Schale mit Weintrauben und eine Uhr standen auf dem kleinen Tisch zwischen ihnen.

»Erzählen Sie mir, warum Sie hier sind.«

»Weil meine Kollegin Eva Backman mich hergeschickt hat.«

»Hergeschickt?«

»Sie meinte, ich sollte herkommen.«

»Aber Sie haben sich ihrem Vorschlag nicht widersetzt?«

Er überlegte.

»Nein.«

»Gut. Können Sie mir beschreiben, wie Sie sich fühlen?«

»Ich glaube … ich glaube, ich bin vielleicht ein bisschen deprimiert.«

»Deprimiert?«

»Ja.«

»Und wie äußert sich das?«

»Es geht mir nicht so gut.«

»Ich verstehe. Ich werde Ihnen ein paar Fragen stellen, die ich allen stelle, die herkommen. Sie dienen dazu, dass ich mir so schnell wie möglich ein Bild davon machen kann, wie es Ihnen geht. Vielleicht erscheint Ihnen nicht alles relevant, aber es wäre gut, wenn Sie sie mir trotzdem so ehrlich wie möglich beantworten. Sind Sie einverstanden?«

»Ja.«

»Sie fühlen sich also niedergeschlagen?«

»Ja … ich glaube schon.«

»Wie lange ist das schon so?«

»Nicht so lange. Vielleicht ein paar Wochen.«

»Essen Sie vernünftig?«

»Nun ja … ja, doch.«

»Frühstück, Mittag und Abendessen.«

»Meistens.«

»Alkohol? Wie viel trinken Sie?«

»Nicht besonders viel.«

»Okay. Wie ist es mit der Konzentration?«

»Mit der Konzentration? Ich weiß nicht so recht …«

»Haben Sie bemerkt, ob es Ihnen schwer fällt, etwas richtig zu fassen zu kriegen. Einen Entschluss zu fassen?«

Er überlegte. »Doch, da ist was dran. Ich bin nicht so scharf im Denken wie sonst.«

»Und das hat sich in letzter Zeit verstärkt?«

»Ich denke schon.«

»Gut. Schlafprobleme?«

»Nicht direkt. Nur …«

»Nur?«

»Nur letzte Nacht habe ich wohl schlecht geschlafen.«

Sie schrieb etwas auf ihren Block, während er gähnte.

»Ist in letzter Zeit etwas passiert, was Sie damit, dass es Ihnen nicht so gut geht, in Verbindung setzen?«

Er nickte. »Ja, es ist so einiges passiert. Sie haben sicher Zeitung gelesen?«

Sie verzog kurz den Mund. »Ja, aber nicht den Expressen.«

»Aber Sie sind im Bilde?«

»Ja. Und Sie bringen also diese Geschichte mit dem Reporter in Zusammenhang damit, dass es Ihnen schlecht geht?«

Er zuckte mit den Schultern. »Hat mir jedenfalls nicht geholfen, dass es mir besser geht. Außerdem …«

»Ja?«

»Ich habe ihn nicht geschlagen, ich habe ihn nur durch die Tür rausgedrängt.«

»Und das ist in den Artikeln zur Gewalttätigkeit geworden?«

»Ja.«

»Auf jeden Fall müssen Sie sich über ihn geärgert haben. Haben Sie sich in letzter Zeit besonders oft geärgert?«

»Ich glaube nicht. Und sich über die Boulevardpresse zu ärgern, das sehe ich eher als ein Zeichen für Gesundheit.«

»Wieso?«

»Weil sie so sind, wie sie sind.«

»Was bedeutet das?«

Er dachte kurz nach und suchte nach der richtigen Formulierung.

»Die sind doch dabei, die gesamte Bevölkerung zu infantilisieren. Die und diese Dokusoaps, die Menschen in diesem Land werden in zwanzig Jahren nur noch Idioten sein.«

Wieder lachte sie, und er nahm an, dass sie in dieser Frage einer Meinung waren.

»Außerdem fühlen sie sich als selbsternannte Ankläger und Richter und Einpeitscher in einer Person.«

»Einigem von dem, was Sie sagen, kann ich zustimmen«, sagte Olltman. »Aber heute ist nun akut etwas passiert, oder?«

»Ja.«

»Und was?«

Er räusperte sich und veränderte seine Haltung. »Ich weiß nicht, was passiert ist. Es wurde irgendwie … schwarz. Und dann konnte ich mich nicht mehr bewegen. Ich kann es nur schwer beschreiben.«

»Wo waren Sie da?

»Zu Hause, ich habe an meinem Küchentisch gesessen.«

»Und haben gefrühstückt?«

»Nein … nein, ich hatte gerade einen Brief gelesen.«

»Einen Brief?«

»Ja. Sie haben doch Schweigepflicht?«

»Ja, natürlich.«

»In jeder Beziehung und in alle Richtungen?«

»Ja.«

»Wissen Sie von den Mordfällen, die in letzter Zeit hier in Kymlinge vorgefallen sind?«

»So in etwa.«

»Wissen Sie auch, dass der Mörder Briefe schreibt und mitteilt, wen er ermorden will?«

»Ich habe davon gelesen, ja.«

»Die schreibt er an mich.«

»Das ist mir klar geworden.«

»Und heute Morgen habe ich wieder so einen Brief gekriegt. Ich glaube, der war es, der das ausgelöst hat … was immer da passiert ist.«

»Ich verstehe. Sie haben einen Brief bekommen, in dem stand, dass ein neuer Mord zu erwarten ist?«

»Ja.«

»Und noch mehr?«

»Ja. Außerdem sind uns gerade zwei Opfer aus Göteborg bestätigt worden. Wir haben vier ermordete Menschen … plus diesen fünften, von dem ich heute Morgen lesen musste. Das ist ein bisschen viel.«

Sie nickte nachdenklich, strich sich mit dem Zeigefinger über die Wange. Er fragte sich plötzlich, wie alt sie wohl war. Zwischen fünfundfünfzig und sechzig wahrscheinlich, aber da sie so feingliedrig war, konnte man sie für deutlich jünger halten. Zumindest aus der Entfernung.

Aber jetzt saß sie nicht weit entfernt von ihm, jetzt saß sie anderthalb Meter vor ihm. Er sah, dass er sie beunruhigt hatte. Er war natürlich kein normaler Patient, das war ihm schon klar. Saß da und plauderte von fünf toten Menschen, als wäre das Alltagskost, und dabei war nicht die Rede von irgendwelchen Phantasiegeburten. Das war die aktuelle Wirklichkeit. Dennoch ... dennoch ging es nicht um diese Menschen, dachte er, im Augenblick ging es tatsächlich um ihn selbst. Den momentan freigestellten Kriminalinspektor Gunnar Barbarotti. In gewisser Weise meinte er sich in regelmäßigen Abständen daran immer wieder erinnern zu müssen.

»Können Sie mir genauer erzählen, wie Sie das erlebt haben, was da am Küchentisch passiert ist?«

Er versuchte es. War nicht der Meinung, besonders treffende Worte zu finden, aber sie hörte zu und nickte, als verstünde sie etwas. Vielleicht wollte sie ihn auch nur aufmuntern.

»Was stand in dem Brief? Sie brauchen natürlich nicht alles preiszugeben, aber hat er sich in irgendeiner Weise von den vorherigen unterschieden? Sie haben doch ... wie viele haben Sie gekriegt?«

»Fünf Stück. Das war der fünfte. Doch, er hat sich ein bisschen unterschieden.«

»Und wie?«

»Zum einen hat er geschrieben, dass das der letzte Brief ist, dass er nur noch eine Person ermorden will ... zum anderen hatte ich das Gefühl, dass er sich direkter an mich gewandt hat als bisher.«

»Das verstehe ich nicht ganz.«

»Entschuldigung. Nein, es ist nur so, dass ich mir für einen kurzen Moment eingebildet habe, dass ich derjenige bin, der an der Reihe ist.«

»Dass er daran denkt, Sie auch zu töten?«

»Ja, obwohl das wohl nicht so ist. Ich habe es eben nicht richtig verstanden. Aber das hat mich überrollt ... ja, und dann hat meine Kollegin auch Vermutungen in diese Richtung angestellt. Jedenfalls glaube ich, dass sie das hat.«

»Das klingt ein wenig unklar.«

»Das ist es auch, aber auf jeden Fall kann es dieser Gedanke sein, der die Lähmung ausgelöst hat.«

»Lähmung? Finden Sie das einen guten Ausdruck, um zu beschreiben, wie Sie sich gefühlt haben?«

Er dachte nach.

»Ja, das kommt ganz gut hin.«

Wieder ein Nicken, als belohne sie ihn diskret dafür, auf mehrere schwierige Fragen in Folge richtig geantwortet zu haben.

»Finden Sie es anstrengend, hier zu sitzen und mit mir zu reden?«

»Nicht besonders. Ich ... ich habe Vertrauen zu Ihnen.«

»Danke. Ich muss doch noch etwas anderes fragen ... wenn wir zurück zu Ihrem deprimierten Empfinden gehen. Haben Sie sich jemals so deprimiert gefühlt, dass Sie überlegt haben, sich das Leben zu nehmen?«

»Nein«, erklärte Barbarotti.

»Jetzt oder früher einmal?«

»Nein, ich glaube, auf die Idee würde ich nie kommen.«

»Sie haben nie Gedanken in dieser Richtung gehabt?«

»Nein.«

»Wenn wir uns jetzt Ihre Situation allgemein ein wenig anschauen. Gibt es andere Faktoren, von denen Sie annehmen, dass sie ein Grund dafür sein könnten, dass sie so niedergeschlagen sind? Dinge, die Ihr Leben in letzter Zeit beeinflusst haben?«

Dieses Mal zögerte er mit der Antwort, aber sie drängte ihn nicht. Saß einfach nur vollkommen still da und wartete geduldig. Er dachte, dass das eine Eigenschaft war, die er bewunderte, Geduld. Vielleicht weil er selbst davon nicht besonders viel besaß.

»Hm, ja«, räusperte er sich schließlich. »Es gibt da so einiges, über das man ins Grübeln kommen kann. Aber normalerweise mache ich mir keine großen Gedanken darüber.«

Sie lächelte kurz.

»Es kommt vor, dass man das nicht tut«, bestätigte sie. »Aber vielleicht ist es jetzt an der Zeit. Können Sie mir erzählen, was Sie in letzter Zeit negativ beeinflusst hat?«

»Zum Beispiel meine Tochter«, sagte er.

»Was ist mit Ihrer Tochter?«

»Sie ist von zu Hause ausgezogen. Sie ist neunzehn, hat im Frühling Abitur gemacht, jetzt wohnt sie in London und ist mit so einem zotteligen Musiker zusammengekommen.«

»Einem zotteligen Musiker?«

»Ich weiß nicht genau, ich habe ihn noch nie gesehen.«

»Aber das beunruhigt Sie?«

»Ja.«

»Sehr?«

»Das beunruhigt mich ziemlich. Ich bin seit fast sechs Jahren geschieden. Sara hat bei mir gelebt, seit meine Frau und ich uns getrennt haben, und jetzt vermisse ich sie. Ich habe noch zwei Söhne, aber die leben in Dänemark bei ihrer Mutter und ihrem neuen Freund.«

»Sie haben besseren Kontakt zu Sara als zu Ihren Söhnen?«

»Ja.«

»Wie lange will Sara in London bleiben?«

Er zuckte mit den Schultern. »Wer weiß? Nun, sie ist wohl bei mir ausgezogen, das ist mir schon klar, aber ich mache mir Sorgen um sie. Sie wird wohl irgendwann zurückkommen und studieren, das ist so ein Freiraum, den sie sich heutzutage gönnen. Nichts Besonderes, es ist mir schon klar, dass es allen Eltern so geht.«

»Haben Sie sie schon mal besucht?«

»Ich wollte im September hinfahren.«

»Gut. Ich habe einen Sohn, der nach der Schule nach Genf gezogen ist. Ich habe mir auch Sorgen gemacht, aber als ich ihn da unten mal besucht hatte, ging das vorüber.«

»Mit Mädchen ist es schlimmer.«

»Da kann was dran sein. Aber ich finde es gut, wenn Sie sie besuchen. Gibt es noch andere Gründe, um sich Sorgen zu machen?«

Er aß drei Weintrauben, bevor er antwortete.

»Ich habe um die Hand einer Frau angehalten, aber ich habe Angst, dass sie nein sagt.«

»Ach? Kennen Sie sie schon lange?«

»Ein Jahr ungefähr.«

»Und Sie wollen sie heiraten?«

»Sonst hätte ich ja wohl nicht um ihre Hand angehalten!«

»Stimmt. Wohnt sie auch hier in Kymlinge?«

»Helsingborg. Sie wohnt in Helsingborg.«

»Ich verstehe. Und wann haben Sie sie gefragt?«

»Vor einer Woche. Sie wollte mir heute ihre Antwort geben, aber nachdem ich eine Anzeige laufen habe, weil ich einen Reporter vom Expressen niedergeschlagen haben soll, hat sie ihre Antwort auf Samstag verschoben.«

Doktor Olltman sah für einen Moment verwundert aus, dann veränderte sie ihre Sitzhaltung. Schlug jetzt das linke Bein über das rechte und schien nachzudenken.

»Gibt es noch mehr negative Einschläge in ihrem Leben?«

»Die Prügelei mit dem Reporter war nicht gut. Die Leute glauben jetzt, ich wäre ein Polizeirowdy.«

»Mhm?«

»Ich bin vom Dienst suspendiert.«

»Sie arbeiten nicht mehr an den Ermittlungen mit?«

»Nein.«

»Sonst noch was? Gibt es noch mehr?«

»Ich weiß nicht, ob ich wirklich länger bei der Polizei bleiben will. Ich … ich sitze allein in meiner verdammten Wohnung und leide wie ein Schwein auf dem Asphalt.«

Sie lachte auf. »Ein Schwein auf dem Asphalt, das habe ich noch nie gehört.«

»Ich auch nicht, ist mir gerade so eingefallen. Obwohl ich gar nicht sagen kann, ob es einem Schwein auf dem Asphalt wirklich nicht gefällt. Ich weiß so gut wie nichts über Schweine.«

»Da können wir uns die Hände reichen.«

Er sah, dass es ihr schwerfiel, nicht laut loszulachen, aber dann holte sie tief Luft und wurde wieder ernst. Blieb ein paar Sekunden schweigend sitzen und betrachtete ihn aus intensiven blauen Augen. Interessant, dass man immer noch so blaue Augen haben kann, wenn man schon so alt ist, dachte er. Die sehen eher aus, als gehörten sie in den Schädel einer Achtzehnjährigen.

»Wenn ich das Ganze ein wenig zusammenfassen darf«, sagte sie schließlich und streckte sich in ihrem Sessel, »dann gibt es mehrere Dinge, die Ihr Leben in den letzten Monaten negativ beeinflusst haben. Ihre Tochter ist von zu Hause ausgezogen. Sie fühlen sich einsam und sind nicht zufrieden mit ihrem Job. Sie haben eine neue Frau kennengelernt, sind sich aber nicht sicher, ob sie wirklich mit Ihnen zusammenleben will. Sie bekommen merkwürdige Briefe von einem Mörder. Sie sind angezeigt worden, weil Sie einen Journalisten geschlagen haben, und von Ihrer Arbeit suspendiert. Stimmt das in groben Zügen?«

Er überlegte kurz, ob er noch hinzufügen sollte, dass er allgemein über den Sinn des Lebens nachdachte, ließ es dann aber lieber. »Ja, das war wohl im Großen und Ganzen alles.«

Sie lächelte, und das Blau ihrer Augen funkelte ein wenig. »Finden Sie es merkwürdig, dass es Ihnen schlecht geht … wenn wir die Umstände in Betracht ziehen?«

Er dachte nach. »Nein, da mögen Sie recht haben. Aber es wäre trotzdem besser, wenn man etwas dagegen machen könnte.«

»Versuchen können wir es auf jeden Fall. Wenn Sie all diese Dinge bewerten sollten, was empfinden Sie als am schlimmsten?«

»Marianne«, antwortete er spontan. »Oder Sara … obwohl, Sara liegt irgendwie außerhalb meiner Reichweite.«

»Sie muss wohl ihr eigenes Leben leben dürfen?«

»Ich denke schon.«

»Aber Marianne, das ist die Frau, um die Sie angehalten haben?«

»Ja.«

»Und sie wird Ihnen am Samstag die Antwort geben?«

»Das hoffe ich.«

»Was ist das Schlimmste, was passieren könnte?«

»Dass sie nein sagt, natürlich.«

Doktor Olltman faltete die Hände. »Aber wenn sie ja sagt, dann könnten Sie mit allem anderen leben?«

»Ja …«

»Mit den Briefen des Mörders, dem Expressenjournalisten und der unbefriedigenden Situation bei Ihrer Arbeit …«

»Ja, in dem Fall könnte ich damit leben.«

»Gut«, sagte Doktor Olltman. »Ich glaube, ich habe verstanden, wie es Ihnen geht. Wenn ich Sie für zwei Wochen krank schreibe und dann sehen wir uns am Freitag für eine Stunde wieder, glauben Sie, das wäre in Ordnung? Zur gleichen Zeit?«

»Keine Medikamente?«

»Damit warten wir bis Samstag. Aber ich möchte, dass Sie dieses Formular mit nach Hause nehmen und es heute Abend oder morgen früh ausfüllen. Es ist eine Art Einschätzungshilfe darüber, wie Sie sich fühlen. Es dauert zehn, fünfzehn Minuten, aber es ist wichtig, dass Sie es in aller Ruhe und ernsthaft tun. Dann können wir uns das Ergebnis übermorgen ansehen, sind Sie einverstanden?«

Sie reichte ihm ein Bündel zusammengehefteter Papiere. Er nahm sie entgegen, rollte sie zu einem Rohr zusammen und schob sie in seine Jackentasche.

»Außerdem möchte ich, dass Sie mich sofort anrufen, wenn Sie das Gefühl haben, es wird zuviel. Oder wenn Sie eine Art neuer Attacke bekommen, meine Handynummer steht auf der letzten Seite des Formulars. Wie fühlen Sie sich jetzt?«

»Wie ein Schwein in einer Lehmkuhle.«

Wieder lachte sie. Auf jeden Fall habe ich sie in gute Laune versetzt, dachte Inspektor Barbarotti.

»Ach, noch eins«, sagte sie, als sie bereits wieder im Wartezimmer standen. »Wenn Sie einen guten Freund haben, bei dem Sie für ein paar Tage wohnen können, dann würde ich das empfehlen.«

»Ich werde drüber nachdenken.«

»Dann sehen wir uns Freitag.«

»Ja.«

Sie gaben sich die Hand und verabschiedeten sich.

24

Als er nach Hause kam, war es halb vier geworden. Er hatte sein Handy fast drei Stunden ausgeschaltet gehabt, doch als er es jetzt wieder einschaltete, war nur eine Nachricht darauf. Kein verärgerter Ermittlungsleiter. Keine Journalisten. Berühmtheit, deine Zeit ist kurz bemessen, dachte Barbarotti.

Die Mitteilung war von Eva Backman, und sie sagte, er könne sie anrufen, wenn er Lust habe. Er kochte sich einen Kaffee und nahm die Tasse mit hinaus auf den Balkon, bevor er ihre Nummer eintippte.

»Wie geht es dir?«, wollte sie wissen.

Barbarotti beschloss, dass es nicht die Zeit für eine neue Schweinemetapher war, und sagte, dass es ihm den Umständen entsprechend gut gehe.

»Ich bin heute Abend leider verhindert«, sagte sie.

»Kommen Ville und die Kinder nach Hause?«

»Nein, Jonnerblad besteht darauf, dass wir Überstunden machen. Bis neun, vermutlich noch länger.«

»Das macht nichts, ich habe sowieso keinen Hummer gekriegt. Aber das heißt also, dass ihr ein Stück weitergekommen seid?«

»Kann ich dich in einer halben Stunde zurückrufen, ich habe in fünf Sekunden eine Vernehmung?«

Barbarotti erklärte, dass sie das gern könne, holte sein altes Kreuzworträtsel und trank seinen Kaffee. Er spürte, dass er sich immer noch nicht wieder ganz daheim in seinem Schädel fühlte, und nach zehn Minuten hatte er nicht ein einziges Wort gefunden.

Er merkte auch, dass sich eine Spur Wut bei ihm einschlich. Warum saß er hier und schmorte wie ein vorzeitig pensionierter Archivarbeiter? Warum saß er nicht auch im Polizeigebäude und vernahm jemanden? Wie lange wollten sie ihn aus den Ermittlungen raushalten?

Er musste einsehen, dass er wohl zumindest auf die letzte Frage eine Antwort bekommen hatte, da Doktor Olltman ihn für zwei Wochen krank geschrieben hatte. Hatten sie dahingehend eine Übereinkunft, sie und Jonnerblad? Nein, so eine kleinliche Konspiration erschien trotz allem nicht denkbar. Aber wer wusste, wie die Lage in zwei Wochen aussah? In vielerlei Hinsicht.

Am besten, eins nach dem anderen anzugehen, dachte Inspektor Barbarotti. Eine Stunde, eine Minute nach der anderen. Das Leben tickt nun einmal auf diese Weise, in Sekunden und Minuten, auch wenn man nicht so oft darüber nachdenkt. Weil man meistens nicht die Zeit hat für derartige einfache Reflexionen. Aber die Schwalbe, die einen Strich in den Himmel schreibt, tut es nun einmal genau jetzt, nicht gestern und nicht morgen.

Obwohl momentan … momentan sind die Schwalben bereits verschwunden, stellte er etwas betrübt fest … und jetzt ging es nur darum, dass Eva Backman mit ihrer Vernehmung fertig werden, ein Telefon greifen und ihn auf dem Laufenden halten sollte.

»Was hat Jonnerblad zu dem Brief gesagt?«

»Du meinst zu der Tatsache, dass er geöffnet war?«

»Ja.«

»Nicht viel. Ich habe ihm die Lage erklärt.«

»Die Lage erklärt?«

»Ja.«

Sie begnügte sich mit dieser Antwort, und nach kurzer Bedenkzeit tat er das auch. Es gab vermutlich wichtigere Dinge zu besprechen.

»Nun?», fragte er. »Willst du mich jetzt informieren oder nicht?«

Für den Bruchteil einer Sekunde fürchtete er, sie könnte nein sagen. Sie könnte irgendeiner Art von Befehl gehorchen müssen und sagen leider … leider beinhaltet Inspektor Barbarottis momentane Suspendierung und Krankschreibung auch, dass er keinen Einblick in die Ermittlungen erhalten darf.

Aber Eva Backman war nicht aus diesem Garn gestrickt. »Doch, ja, es fängt an sich zu bewegen«, sagte sie. »Wir haben tatsächlich so einiges gefunden.«

»Zum Beispiel?«

»Zum Beispiel ein paar Fotos bei dem Ehepaar Malmgren. Die sind wirklich ziemlich interessant.«

»Ja?«

»Genau gesagt handelt es sich um sieben Fotos, sie waren alle in ihr Album eingeklebt. Willst du hören?«

»Ja natürlich will ich hören.«

»Gut. Wir glauben momentan, dass es sich um den Sommer 2002 handelt, aber wir sind noch unsicher. Typische Urlaubsbilder, kann man wohl sagen, es gibt ungefähr zwanzig Stück, die wahrscheinlich alle von der gleichen Reise stammen, aber es sind wie gesagt sieben, die am interessantesten sind.«

»Und wieso?«

»Weil die übrigen vor allem Landschaftsfotos sind. Henrik Malmgren allein vor dem blauen Meer, Katarina Malmgren allein auf einem großen Felsblock sitzend … na, du weißt schon.«

»Ich will nicht wissen, warum die übrigen uninteressant sind. Ich will wissen, warum die sieben interessant sind.«

»Jetzt klingst du fast wie der Alte«, stellte Eva Backman fest. »Nun ja, auf diesen sieben Fotos sind einige andere Menschen zu sehen. Und wenn wir nicht vollkommen falsch liegen, dann ist es uns gelungen, zwei zu identifizieren. Kannst du folgen?«

Gunnar Barbarotti nickte, was von Eva Backman vermutlich nicht registriert wurde, da sie ja per Telefon sprachen.

»Es handelt sich um Anna Eriksson und Erik Bergman.«

»Was? Anna und ...? Ich meine, alle beide?«

»Yes, Sir. Anna Eriksson und Erik Bergman. Und die Malmgrens. Wir haben alle vier Opfer auf demselben Foto. Was sagst du nun?«

»Das ist ja wohl ...«

»Fluche nicht. Das ist genau wie du vorausgesagt hast, wir haben heute den Zusammenhang gefunden. Diese vier Menschen haben sich offensichtlich vor diversen Jahren auf einer Reise getroffen ... vermutlich nur dort, da Herr Bergman und Frau Eriksson in keinem anderen Album wieder auftauchen.«

»Ich verstehe. Welche Jahreszahl hattest du genannt?«

»Wir schätzen 2002, da auf dem Rücken des Albums 2002–2003 steht ... wenn sie die Fotos chronologisch eingeklebt haben, dann müsste es sich um den Sommer 2002 handeln. Wir glauben außerdem ... ja, wir sind ziemlich sicher, dass es sich um Frankreich handelt.«

»Frankreich? Hatte Sorgsen das nicht behauptet?«

Eva Backman machte eine kurze Pause und trank etwas.

»Stimmt. Gerald hat heute ein Sternchen gekriegt. Und dieses alte Foto, von dem er ausgegangen ist, von dem wir glaubten, es könnte Erik Bergman und Anna Eriksson auf einer Bank zeigen, das scheint vom selben Film zu stammen. Vielleicht haben die Malmgrens es ihr geschickt.«

Sie schwieg, und er konnte hören, wie sie in einigen Papieren raschelte.

»Vier Opfer auf einer Urlaubsreise«, sagte er. »So eine Scheiße. Ja, und wie geht's jetzt weiter?«

»Das ist ein bisschen kompliziert«, erklärte Backman. »Es ist nicht nur dieses Quartett auf den sieben Fotos. Es gibt da noch ein paar andere Menschen.«

»Andere Menschen?«

»Ja, und wir wissen nicht, ob sie zu der Bande dazugehörten, sozusagen. Aber wir sind dabei, mehr rauszukriegen … die Fotos sind in drei unterschiedlichen Situationen gemacht worden. Bei einem Restaurantbesuch, auf einem Bouleplatz in einem Park … unter anderem deshalb tippen wir auf Frankreich … und dann zwei auf einer Klippe an einem Meer. Vielleicht war es auch ein See, aber dann muss es ein ziemlich großer See gewesen sein, und das erscheint nicht sehr wahrscheinlich, wenn man bedenkt, dass es auf einem Teil der anderen Fotos ganz offensichtlich das Meer zu sehen gibt …«

»Diese anderen Personen«, unterbrach Barbarotti, »was kannst du zu denen sagen?«

»Ich komme noch dazu«, sagte Inspektorin Backman. »Das ist ja gerade das Interessante. Gibt es einen von ihnen, der der Mörder sein könnte? Gibt es einen von ihnen, der …?«

» … Gunnar heißt?«, ergänzte Barbarotti.

»Es ist schwer, auf einer Fotografie zu sehen, ob jemand Gunnar heißt«, erklärte Backman geduldig. »Aber wir glauben, dass wir einen Weg zur Lösung unseres Problems gefunden haben. Wir haben einen Mann, der auf vier Fotos mit drauf ist, und auf einem davon hat er einen Arm um Anna Eriksson gelegt. Es könnte also sein, dass …«

»Anna Eriksson«, sagte Barbarotti. »Gut, verstanden. Und jetzt seid ihr also dabei und befragt ihre Bekannten noch einmal?«

»Wir haben gerade angefangen«, sagte Eva Backman. »Leider ist es nicht so, dass die Leute auf dem Polizeirevier auftauchen, nur wenn man an sie denkt. Aber Astor Nilsson und ich haben gerade mit einem Mädchen gesprochen, Linda Johansson, ich weiß nicht, ob du dich an sie erinnerst … sie behauptet jedenfalls, dass Anna Eriksson vor ein paar Jahren mit einem Typen zusammen war, und das könnte der auf dem Foto sein.«

»Jaha? Und?«

»Sie glaubt, er hieß Gunnar, aber sie erinnert sich nicht mehr an seinen Nachnamen.«

Gunnar Barbarotti überlegte.

»Jedenfalls nicht Barbarotti?«

»Nein, dieser Kerl ist gut zehn Jahre jünger als du. Ähnelt eigentlich Zlatan Ibrahimovic ein wenig.«

»Dann bin ich es nicht«, sagte Inspektor Barbarotti. »Aber ich glaube, es wäre sehr nützlich, wenn ihr ihn finden würdet.«

»Danke für den Tipp«, sagte Eva Backman. »Ja, das wäre erst einmal alles. Aber jetzt muss ich weiterarbeiten. Ist es gut gelaufen bei Olltman?«

»Es ist ausgezeichnet gelaufen«, versicherte Barbarotti noch einmal. »Sie hat gesagt, dass es für meine Gesundung sehr wichtig ist, dass du mich auf diese Art immer unterrichtet hältst.«

»Das glaube ich ja nicht.«

»Ich habe sie jedenfalls so interpretiert«, sagte Barbarotti. »Nun arbeite schön und ruf mich an, wenn du feststeckst.«

»Küss mich«, sagte Eva Backman.

»Ich habe eine andere«, erwiderte Barbarotti.

Es dauerte eindreiviertel Stunden, die Krebse und Jakobsmuscheln nach Dobrowolskis Anweisungen zuzubereiten – und knapp zehn Minuten, sie aufzuessen.

Zumindest, wenn man allein speiste. Der Wein reichte etwas länger, und als er das Geschirr in die Maschine gestellt hatte, nahm er Glas und Flasche mit auf den Balkon. Das Wetter war den ganzen Tag grau gewesen, mit durchziehenden Regenschauern, aber jetzt, als es fast neun war, bot der westliche Himmel plötzlich einen grandiosen Sonnenuntergang. Er beschloss, Backman nicht noch einmal anzurufen, um nachzufragen, wie es lief, auch wenn es ihm in den Fingern juckte. Stattdessen trank er würdevoll und ohne Hast die ganze Weinflasche aus. Wünschte sich ab und zu, dass er nicht vor zwölf Jahren aufgehört hätte zu rauchen, gerade jetzt hätten ein oder zwei Zigaretten ausgezeichnet gepasst, während sein Balkon unter purpurfarbenen Wolken, die von unten von einer Sonne beleuchtet wurden, die nicht mehr am Horizont zu sehen war, in ein apokalyptisches Licht getaucht wurde. Man könnte fast eine Leiter erwarten, die vom Himmel heruntergelassen wird, dachte Barbarotti – und dass sich ein Haufen molliger Engel in goldenen Gewändern mit ihren Harfen und diversen anderen Glückseligkeiten zeigten. Wie hieß diese schwülstige Maltradition noch … Düsseldorfer Schule, oder?

Zufrieden mit dieser kunsthistorischen Reflexion wandte er seine Gedanken finsteren Dingen zu.

Bedeutend dunklerem, schwarzem Expressionismus sozusagen. Vier Menschen waren getötet worden. Vier Menschen, die sich während einer Urlaubsreise in Frankreich getroffen hatten … was hatte Backman gesagt … 2002?

Und das, dieser Urlaub, sollte also den Grund bergen, warum sie fünf Jahre später ihr Leben verloren? Einer nach dem anderen von einem Gewaltverbrecher ermordet wurden, der sich auch noch damit amüsierte, einem Kriminalinspektor in Kymlinge Briefe zu schreiben und ihm zu erzählen, wen er zu töten gedachte?

Warum?

Er trank von dem Wein. Er hatte nicht das Gefühl, dass dieses *Warum?* kleiner geworden war, seit der Zusammenhang ans Tageslicht gekommen war. Wahrlich nicht. Aber es war möglich, neue Fragen zu stellen, eine andere Art von Fragen.

Wie hatten sie sich getroffen, beispielsweise? Diese vier und ihr Mörder. Waren sie zusammen aus Schweden losgefahren? Oder waren sie erst in Frankreich aufeinander gestoßen?

Konnte es sich um eine Art Charterreise gehandelt haben?

Er dachte nach. Letzteres erschien nicht vollkommen abwegig, und in diesem Fall musste es bedeutend mehr Menschen geben, die Informationen über dieses Quartett hatten, das fünf Jahre später sein Leben verlor.

Wenn es sich beispielsweise um eine Busreise gehandelt hatte. Barbarotti selbst hätte sich niemals für diese Art, sich in die Welt hinauszubegeben, entschieden, aber er wusste, dass es Leute gab, die so etwas taten. Nicht nur, um nach Stockholm zu fahren und ins Theater zu gehen oder eine Glasbläserei in Småland zu besichtigen. Man konnte auch bis nach Rom oder Lissabon kommen. An den Gardasee, nach Amsterdam oder Gott weiß wohin.

Fünfzig Menschen in einem Bus. Zehn oder fünfzehn Tage in Europa. Etwas passiert, und jemand beschließt, das Gesetz in die eigene Hand zu nehmen.

Fünf Jahre später? Why on earth?, dachte Gunnar Barbarotti und trank einen Schluck Wein. Und außerdem, warum sprach er von einem Quartett, wo es sich doch eigentlich um ein Quintett handelte? Dieser Gunnar – der Gott sei Dank offensichtlich nicht mit ihm selbst identisch war – war ja wohl zweifellos auch ein Kandidat auf der Todesliste. Was bedeuten konnte, dass sechs Personen in dieses Wirrwarr involviert waren. Fünf Opfer und ein Täter.

Noch weitere? Vielleicht ja nicht, der Briefeschreiber hatte behauptet, dass Gunnar der Letzte sein sollte, der sein Leben verlieren würde, also würde es hoffentlich bei fünf Toten bleiben. Schlimm genug, wahrlich schlimm genug.

Und Hans Andersson? Äußerst unklar, dachte Barbarotti. Dass es jemanden geben könnte, der darin verwickelt war und den der Mörder zunächst ermorden wollte, sich dann aber doch entschied, ihn laufen zu lassen … das war gelinde gesagt eine merkwürdige Strategie. Wenn dieser Hans Andersson tatsächlich zu der französischen Bande gehörte, würde das ja bedeuten – wenn sonst nichts – dass er den Mörder benennen könnte? Wenn er überhaupt existierte, wie gesagt.

Oder?, dachte Barbarotti, und in dem Moment rauschte eine gigantische Krähenwolke über den Balkon und brachte ihn dazu, den Faden zu verlieren. Ich sollte Stift und Papier nehmen, dachte er. Sollte versuchen, ein bisschen systematisch zu bleiben.

Sollte meinen armen Kopf für etwas ganz anderes benutzen, dachte er, als die Krähen verschwunden waren. Ich nehme an den Ermittlungen nicht mehr teil.

Er trank wieder von seinem Wein und schaute auf die Uhr. Zwanzig nach neun. Vielleicht hatte Backman für heute Schluss gemacht? Vielleicht konnte er sie anrufen, wenn man es recht bedachte?

Aber er hielt sich zurück. Ging stattdessen in seine Wohnung und suchte diese Einschätzungshilfe, die er von Doktor Olltman bekommen hatte. Kehrte in den Sommerabend und zu seinem letzten Glas Wein zurück.

Eine Frage, dachte er, auf eine Frage müssen sie ja wohl bald eine Antwort finden.

Wer dieser Gunnar war. Es sprach schließlich so einiges dafür, dass es schlecht für ihn aussah.

Dann lehnte er sich auf dem Stuhl zurück und sah die erste Seite des Fragebogens an.

Institut für klinische Neurowissenschaft, Abteilung für Psychiatrie, Karolinska-Institut, Stockholm, stand ganz oben.

Ich bin ein Fall für die Wissenschaft geworden, dachte Gunnar Barbarotti und nahm den Stift in die Hand. Mama wäre stolz auf mich.

Doch während er dasaß und versuchte, seine vermeintliche Seele zu diagnostizieren – heruntergebrochen auf Begriffe wie Lebensfreude, Unruhegefühle, Gemütsverfassung, Konzentrationsvermögen und gefühlsmäßiges Engagement –, verdunkelte sich der apokalyptische Himmel zu einem neuen Farbton, der an geronnenes Blut erinnerte, ein kalter Windhauch fuhr über das Balkongeländer, und die Morgenstunde mit dem Brief des Mörders auf dem Küchentisch schlich sich wieder in seinen Kopf.

Danke für deine Mitarbeit?

Gunnar?

Er merkte, wie er fror.

25

Auf dem Weg zu Axel Wallman am Donnerstagmorgen hielt er am ICA Basunen in Kymlingevik an, um sich Proviant zu besorgen, und erblickte die Schlagzeilen.

NÄCHSTES OPFER HEISST GUNNAR
POLIZEI MACHTLOS

lautete die eine.

GUNNAR,
DU BIST DES TODES

verkündete eine andere.

Sieh mal einer an, dachte Barbarotti. Dieses Mal hat er sich an alle beide gewandt, will offensichtlich volle Aufmerksamkeit fürs Finale.

Er stellte fest, dass er vergessen hatte, Inspektorin Backman zu fragen, was bei der Befragung von Göran Persson herausgekommen war. Inwieweit dieser sich beharrlich weigerte, seine Quelle zu verraten, oder ob es ganz einfach so war, dass er gar nicht wusste, wer seine Quelle war. Man konnte wohl Letzteres voraussetzen. Viel konnte man über diese Presse sagen, dass sie jedoch bewusst einem Mörder den Rücken freihielt, das war ja wohl hoffentlich ein bisschen zu viel.

Aber es könnte natürlich dennoch von Wert sein, zu erfahren, auf welchem Weg der Täter sich mitgeteilt hatte. War es durch Briefe geschehen – in der gleichen Art, wie er sich an die Polizei wandte, oder benutzte er eine andere Methode, wenn es um die dritte Staatsmacht ging? Oder die vierte, wie es in Demokratien mit etwas größerer Spannweite als Schwedens hieß?

Barbarotti machte sich mental eine Notiz, die Sache beim nächsten Briefing mit Backman anzusprechen. Wenn es lief, wie er hoffte, würde sie am Abend zu Wallmans Häuschen hinauskommen – er hatte nicht mit ihr gesprochen, nur eine SMS geschickt und eine halbe Zusage als Antwort bekommen, aber man konnte natürlich nie wissen. Die Unihockeybande konnte nach Hause kommen oder Jonnerblad sie wieder zu einem Abendjob verdonnern, es war so einiges möglich. Auf jeden Fall wollte er sie im Laufe des Tages anrufen und nachfragen.

Aber er kaufte weder Aftonbladet noch GT oder Expressen. Scheiß drauf, dachte er. Nicht eine Krone, um diese Skandalfabrik zu unterstützen.

Dagegen kaufte er Lebensmittel und Bier, genügend, dass es auch für Inspektorin Backman reichte, wenn sie sich ein Herz fasste. Während er im Laden stand, riefen zwei verschiedene Journalisten an und schlugen ein längeres Interview vor, damit er seine Ansicht zu den Dingen darlegen konnte – einer brummte auch etwas von pekuniärer Erstattung –, aber er lehnte routiniert ab. Ihm war klar, dass er aufgrund des Todes-Gunnars auf den Hitlisten wieder gestiegen war.

Während der zwanzig Minuten langen Autofahrt hinaus zu Wallman klingelte das Handy noch drei weitere Male, aber er ging nicht ran. Kontrollierte nur, dass es weder Inspektorin Backman noch Marianne war, die in Kontakt mit ihm treten wollte, und dem war nicht so.

Axel Wallman hatte sich während der letzten vier Tage nicht merklich verändert. Er hatte jetzt ein orangefarbenes T-Shirt unter der Latzhose an, das war aber auch alles.

»Was tust du hier?«, wollte er wissen.

»Ich habe doch angerufen«, sagte Barbarotti. »Du hast gesagt, ich sei willkommen.«

»Doch, ich erinnere mich«, sagte Axel Wallman.

»Natürlich tust du das, ist ja erst zwei Stunden her.«

»Unterbrich mich nicht. Ich habe gesagt, du bist willkommen, aber das hindert mich doch nicht daran, dich zu fragen, was du hier tust? Korrigier mich, wenn ich etwas Falsches sage, Saarikoski.«

Der Hund wedelte zweimal mit dem Schwanz. »Er sagt, ich habe Recht«, interpretierte Wallman. »Nun? What brings you here, wir können ein Bier trinken, während wir die Sache klären.«

Sie öffneten jeder ein Bier und ließen sich auf den Plastikstühlen nieder. Barbarotti erinnerte sich an Doktor Olltmans Frage, ob er viel Alkohol konsumiere, und mit einem Gefühl von schlechtem Gewissen führte er die Dose an den Mund. Es war gerade erst Viertel nach elf am Vormittag, das war unleugbar noch verdammt früh.

Aber wenn die Umstände es erforderten. »Ich habe es nicht leicht gehabt«, sagte er, »in den letzten Tagen.«

»Das geschieht dir recht«, sagte Wallman. »Und dein Mörder läuft noch frei herum, habe ich das richtig verstanden?«

Barbarotti nickte.

»Solltest du dann nicht draußen sein und ihn jagen, statt hier zu sitzen, Bier zu trinken und es dir gut gehen zu lassen?«

»Ich bin suspendiert«, sagte Barbarotti.

»Den Begriff kenne ich«, sagte Wallman. »Zu der Zeit, als ich noch gearbeitet habe, war ich oft suspendiert. Deshalb muss man nicht gleich den Kopf hängen lassen.«

»Danke«, sagte Barbarotti. »Nein, ich lasse gar nicht den Kopf hängen. Aber es geht mir nicht gut. Ich war beim Psychiater. Solche kennst du wahrscheinlich auch, wie ich mal vermute?«

»Ich habe viele getroffen«, bestätigte Axel Wallman. »Ihr

Fehler war, dass sie unverbesserlich waren. Ich habe ihnen eine Diagnose nach der anderen gestellt, aber was hat es genützt? Sie haben nicht einmal meine Rechnungen bezahlt.«

»Das Leben ist nicht leicht«, sagte Barbarotti.

»Dann bist du also zu Saarikoski und mir gekommen, um Frieden für deine Seele zu finden?«, fragte Axel Wallman und kratzte sich in der Achselhöhle. »Auf Anraten deines Arztes. Na, das kann ja bedeuten, dass er ein kluger Kerl ist. Auf der Müllhalde sind wir alle gleich. Klein und unbedeutend zwar, aber gleich.«

»Es ist eine Frau«, sagte Barbarotti. »Mein Arzt, meine ich.«

»Oho«, sagte Wallman. »Habe ich schon erzählt, dass ich immer noch unschuldig bin?«

»Du hast es erwähnt.«

»Diesbezüglich hat sich die Situation seit Sonntag nicht geändert.«

Barbarotti überlegte einen Moment lang.

»Ich glaube, ich mache einen Spaziergang«, sagte er. »Ich muss mich ein bisschen bewegen, es führt doch wohl von hier ein Weg zum See hinunter?«

»Zumindest führte er gestern noch dorthin«, bestätigte Wallman. »Aber für heute haben Saarikoski und ich beschlossen, auf den Spaziergang zu verzichten. Du musst also allein klarkommen.«

»Ich werde mein Bestes tun«, sagte Gunnar Barbarotti.

Ungefähr nach einer halben Stunde, als er sich ein gutes Stück am Seeufer entlang bewegt und etwas ins Schwitzen geraten war, brummte das Telefon erneut in seiner Tasche. Es gab eine neue SMS zu lesen. Noch ein Reporter auf der Jagd nach der Wahrheit, dachte Barbarotti, blieb aber dennoch stehen und drückte auf den Yes-Knopf.

Denke an dich. Marianne

Marianne?, dachte Inspektor Barbarotti. Sie denkt an mich. Wow, danke, gütiger Gott!

Er ließ sich auf einen Stein am Seeufer sinken. Fühlte sich plötzlich erschöpft. Es war nicht das Gleiche wie letztes Mal am Küchentisch, es erinnerte eher an … an Champagner? Und es ging in drei Sekunden vorüber. *Denke an dich.* Dass drei Worte so schwer sein können. Eine Schar Kanadagänse – auch sie ziemlich schwer – ließen es sich nur ein paar Meter von ihm entfernt im Sonnenschein gut gehen, sie schienen sich von seiner Anwesenheit nicht gestört zu fühlen. Diese meine geringsten Brüder, dachte Barbarotti. Ich muss antworten, jetzt kommt es drauf an. Ein paar wohlgewählte Worte, und meine Seele ist im Hafen.

Es dauerte eine Weile, die Botschaft zu komponieren. Schließlich tippte er mit zitternden Fingern.

Und ich an dich. Gunnar

Er war zufrieden mit sich. Keine großen Worte. Kleine Worte, die große Gedanken ausdrücken sind besser als umgekehrt, wie seine Schwedischlehrerin auf dem Gymnasium es der Klasse einzuschärfen versucht hatte (Untertreibungen sind in den meisten Lebenslagen bedeutend wirkungsvoller als Übertreibungen, vergesst das nicht, ihr Sprösslinge!) – und er versäumte es nicht, ihr einen dankbaren Gedanken zu schicken.

Er blieb noch eine Weile auf dem Stein sitzen, dachte über die merkwürdigen Choreographien des Lebens nach, über den Fragebogen, den er am vergangenen Abend auf dem Balkon ausgefüllt hatte, über den holprigen Weg, der ihn zu seiner jetzigen Position im Koordinatensystem des Lebens geführt hatte, über Marianne – und ob noch ein Brummen kommen würde.

Dem war nicht so. Nun ja, dachte Gunnar Barbarotti, es ist auch so schon gut. Ich habe mich ein Stück aus dem Tal des Todesschattens entfernt, man darf nicht zu viel verlangen. Er stand auf und trat den Rückweg zu Axel Wallmans Heim an.

Inspektorin Backman rief gegen fünf Uhr an und teilte mit, dass sie ein paar Stunden später aufzutauchen gedachte. Barbarotti begann sofort seine Batterie aufgestauter Fragen abzufeuern, aber sie unterbrach ihn und erklärte, dass er sich gedulden müsse, bis sie sich gegenübersaßen. Es gab da einiges zu berichten, der Tag war im Hinblick auf die Ermittlungen nicht vergebens gewesen, und wie stand es um ihn? Und hatte er sich wirklich gedacht, dass sie diesen sonderbaren Wallman treffen sollte?

»Ja, das gehört dazu«, gestand Barbarotti. »Zumindest heute, ich werde hier übernachten, aber das brauchst du nicht. Frische Luft und stärkende Waldspaziergänge, aus diesem Garn ist meine Genesung gestrickt.«

»Wie schön.«

»Ja, aber leider ist das nur ein Zitat. Auf jeden Fall könnte ich mir nichts Besseres wünschen ... doch übrigens, mein Gehirn hat sich gemeldet, es behauptet, es bräuchte etwas, worin es sich verbeißen kann.«

»Ich werde die Ware liefern«, versprach Eva Backman. »Und du hast keine weiteren Attacken gehabt?«

»Nicht die Spur«, sagte Barbarotti.

»Willkommen im Paradies der Müllhalde, meine Schöne«, verkündete Axel Wallman, als sie endlich kurz nach acht Uhr auftauchte. »Ich ziehe weibliche Polizeibeamte vor, genau wie weibliche Priester.«

Barbarotti hatte sie auf Axel Wallman vorbereitet, soweit das möglich war.

»Danke«, sagte sie nur. »Habt ihr das Essen bereit wie versprochen?«

»Selbstverständlich«, sagte Barbarotti.

»Du bist sicher verheiratet?«, fragte Wallman.

»Großer, kräftiger Mann und drei Kinder«, sagte Backman.

»Ich selbst bin Single«, sagte Wallman.

»Das habe ich vermutet«, sagte Backman.

»Wie bist du draufgekommen?«

»Weibliche Intuition.«

»Das ist es, was mich erschreckt«, nickte Wallman. »Ihr Frauenzimmer scheint durch einen hindurchsehen zu können. Ihr seid ein Rätsel. Was für ein Gefühl ist es, so rätselhaft zu sein?«

Essen und Konversation dauerten eine Stunde, inklusive ein paar kürzerer Gedichtrezitationen des Gastgebers, anschließend zogen er und Saarikoski sich zurück und ließen die beiden Polizeiinspektoren allein auf der Veranda. Backman holte einen Ordner aus der Aktentasche, dieses Mal war er blau.

»Zuerst möchte ich dir gratulieren«, sagte sie.

»Wozu?«, fragte Barbarotti.

»Du wirst nicht länger eines Vergehens beschuldigt. Der Expressen hat seine Anzeige zurückgezogen. Im Prinzip kannst du morgen wieder deinen Dienst antreten.«

»Schön«, sagte Barbarotti. »Aber soweit ich verstanden habe, bin ich krank geschrieben. Wie läuft es mit der Presse und deren Informanten, ich habe auf der Fahrt hierher die Schlagzeilen gesehen.«

»Sie haben uns mitgeteilt, wie es gelaufen ist«, sagte Backman. »Expressen wie auch Aftonbladet. Er schickt ihnen auch Briefe.«

»Handgeschrieben mit der linken Hand?«

»Nein, dieses Mal nicht. Normale Ausdrucke aus dem Drucker. An namentlich genannte Reporter. Göran Persson beziehungsweise Henning Clausson. Aber das lässt sich nicht zurückverfolgen. In dem letzten Fall waren es identische Kopien an beide Zeitungen, gut eine halbe A4-Seite jeweils … hast du gelesen, was sie schreiben?«

Gunnar Barbarotti schüttelte den Kopf.

»Nein, ist auch egal. Aber ich wage zu behaupten, dass wir den Gunnar gefunden haben, um den es geht, und das ist die

Hauptsache. Wir haben den ganzen Tag mit alten Bekannten von Anna Eriksson geredet, und es stimmt tatsächlich, dass sie eine Beziehung mit einem Typen hatte, der Gunnar Öhrnberg hieß.«

»Öhrnberg?«

»Ja, sie waren offensichtlich den größten Teil des Jahres 2002 zusammen. Haben nie unter demselben Dach gelebt, aber man konnte sie trotzdem als Paar betrachten … von März bis irgendwann vor Weihnachten, nach allem zu urteilen. Er wohnte zu der Zeit in Borås, sie hier in Kymlinge. Und sie sind im Sommer zusammen nach Frankreich gefahren, irgendwohin in die Bretagne, einige ihrer Freundinnen haben Ansichtskarten bekommen, auf einer steht Quimper.«

»Ausgezeichnet«, sagte Barbarotti.

»Ja, und der Zeuge aus Göteborg behauptet, dass die Malmgrens in diesem Sommer auch irgendwann in der Bretagne gewesen sind … also vor fünf Jahren.«

»Bretagne«, sinnierte Barbarotti. »Bist du schon mal dort gewesen?«

»Nein«, antwortete Eva Backman. »Du?«

Er nickte. »Bin ich sogar. Schöne Landschaft, ein bisschen wild, gewaltige Klippen … Paradies der Schalentiere. Überall Hortensien, weißt du, solche großen, blumenkohlartigen Blumen. Wir waren einmal dort, bevor die Jungs geboren wurden, Anfang der Neunziger, nur Helena, Sara und ich … erzähl weiter.«

Eva Backman blätterte in ihrem Ordner. »Es gab auch ein paar Fotos von Gunnar Öhrnberg in Anna Erikssons Album, aber da wussten wir ja noch nicht … übrigens auch ein Nacktfoto.«

»Du hast gesagt, ihr habt ihn gefunden?«

»Das hängt davon ab, was man unter finden versteht. Wir wissen fast alles über ihn, er ist siebenunddreißig Jahre alt und wohnt inzwischen in Hallsberg, arbeitet als Lehrer an einem

Gymnasium, das Allésschule heißt. Geschichte und Politik, am Montag hat das Schulhalbjahr begonnen … nur für die Lehrer, meine ich … aber leider ist er nicht aufgetaucht.«

»Er ist nicht aufgetaucht?«, wiederholte Barbarotti.

»Nein, ist er nicht. Und genaugenommen sieht es so aus, als hätte ihn seit einer Woche niemand mehr gesehen.«

»Du meinst …?«

Sie starrte kurz in die Dunkelheit, bevor sie antwortete.

»Man kann es ja befürchten, nicht wahr? Er hat keine Familie. Er war offensichtlich während der Sommerferien verreist. Vorzugsweise an der Westküste, er war außerdem Tauchlehrer, pflegte sich meistens an einem Ort bei Kungshamn aufzuhalten. Aber er ist Anfang August nach Hallsberg zurückgekommen, das wissen wir mit Sicherheit. Wir werden morgen hinfahren und seine Wohnung durchsuchen … Jonnerblad sagte, du könntest mitkommen, wenn du Lust hast.«

»Wer fährt?«

»Astor Nilsson und ich. Die Techniker von der Örebropolizei stoßen dazu.«

Barbarotti überlegte zwei Sekunden lang.

»All right«, sagte er. »Zwar habe ich einen Termin mit meiner Psychiaterin, aber ich werde ihn absagen.«

»Es würde mich persönlich freuen, wenn du mitkommst.«

»Danke«, sagte Barbarotti. »Du bist eine nette Bullin. Wenn auch etwas zu weich … sonst noch was?«

Sie lachte auf. »Ja, es gab einiges Gerede, ob die Ermittlungen lieber von der Polizei Göteborg geführt werden sollten oder ob die Zentralpolizei es ganz übernimmt. Aber da wir schon von beiden Seiten Leute dabeihaben, hat Sylvenius entschieden, dass wir weitermachen wie bisher. Aber was die Malmgrens betrifft, kriegen wir mehr Hilfe aus Göteborg.«

»Ausgezeichnet. Man soll die Mannschaft nicht mitten im Spiel auswechseln. Übrigens, wie ist es mit dem Ehemann, ist er noch nicht wieder aufgetaucht?«

»Meiner?«

»Nein, nicht deiner. Henrik Malmgren natürlich.«

»Ach so. Nein, der ist noch nicht aufgetaucht. Meiner übrigens auch nicht.«

»Ich verstehe. Und diese Fotos, die hast du doch hoffentlich bei dir?«

Eva Backman zog ein Bündel Papiere aus dem Ordner. »Das hier sind nicht die Originale, du musst dich mit eingescannten Kopien begnügen. Aber sie sind genauso scharf.«

Sie breitete sie auf dem Tisch aus. Barbarotti beugte sich vor und begann sie genau zu mustern.

Sieben Stück, wie sie gesagt hatte. Sieben Bilder von einer Urlaubsreise, ein bisschen amateurhaft, nicht ganz scharf das eine oder andere. Format zehn mal fünfzehn Zentimeter. Wenn man sie nun nicht aus Versehen beim Scannen verkleinert oder vergrößert hatte.

Drei von ihnen, diese waren verhältnismäßig scharf, zeigten ein Freiluftrestaurant. Mitten am Tag, dem Licht nach zu urteilen. Menschen um einen Tisch, andere Menschen im Hintergrund. Eine blühende Kletterpflanze an der Wand. Ohne zu zögern, konnte er vier der Personen identifizieren – es waren die vier Opfer: Erik Bergman, Anna Eriksson, Henrik und Katarina Malmgren.

»Wer ist Gunnar Öhrnberg? Der hier?«

Er zeigte auf einen durchtrainierten Mann in den Dreißigern mit dunklem Haar und markanter Nase. Erinnerte an das, was sie von Zlatan Ibrahimovic gesagt hatte. Sie nickte.

Er begutachtete die anderen Bilder. Gunnar Öhrnberg kam auf insgesamt vier von ihnen vor, aber nur auf einem einzigen war das ganze Quintett zu sehen, auf einem der Restaurantfotos. Es war auch das einzige, auf dem Katarina und Henrik Malmgren zusammen abgebildet waren.

»Es war ihr Fotoapparat … oder? Malmgrens, meine ich.«

Eva Backman zuckte mit den Schultern. »Wir nehmen es an.«

»Es gibt einen sechsten Mann hier, er ist sowohl im Restaurant als auch auf der Boulebahn mit dabei.«

Backman nickte und schaute auf die Uhr. »Der sechste Mann, ja.«

Gunnar Barbarotti zog fragend eine Augenbraue hoch.

»Wir haben ihn so getauft. Weißt du, Gunnar, ich habe den ganzen Tag auf diese Fotos gestarrt. Wenn wir morgen früh nach Hallsberg fahren wollen, dann brauche ich eine gehörige Mütze Schlaf. Ich werde dich jetzt verlassen, dann kannst du in aller Ruhe die Fotos studieren und Schlussfolgerungen aus ihnen ziehen. Und wir können alles morgen im Auto diskutieren. Ist das in Ordnung für dich?«

»Aber gern«, sagte Barbarotti. »Wann fahrt ihr?«

»Acht Uhr null null vom Polizeigebäude aus. Willst du wirklich heute Nacht hier schlafen. Ich meine … *hier*?«

»Kein Problem«, sagte Barbarotti. »Ich habe drei Jahre lang die Wohnung mit diesem Grobian geteilt, Ich werde morgen früh um Punkt acht Uhr dort sein. Fahr du nach Hause und schlafe, ich werde noch eine Weile aufbleiben und dieses Puzzle lösen.«

»Muss ich reingehen und mich verabschieden von … von dem Grobian?«

»Ich denke nicht, entweder er schläft schon, oder er sitzt da und interpretiert Gedichte und möchte nicht gestört werden. Ich werde ihn morgen früh von dir grüßen.«

Eva Backman betrachtete ihn ein paar Sekunden lang mit einem V-Zeichen zwischen den Augenbrauen, dann stand sie auf und verschwand in der Dunkelheit. Er hörte, wie sie ihr Auto startete, sah die Scheinwerfer eine Weile zwischen den Bäumen tanzen, während sie wendete, und eine halbe Minute später hatte die Stille erneut die Herrschaft über das Paradies auf der Müllhalde übernommen.

26

Er entschied sich für ein wenig Systematik, das konnte nicht schaden. Holte Stift und Notizblock aus der Aktentasche, die er mitgenommen hatte, und nummerierte die Fotos 1 bis 7. Die Fotos vom Restaurant waren 1 bis 3, die Boulebahn 4 und 5, die Klippen 6 und 7.

Genauigkeit ist eine Tugend, dachte er. Bild für Bild, es kann sich ein Mörder darauf versteckt haben.

Er schlug eine neue Seite auf dem Block auf und begann zu schreiben.

Bild 1

Umgebung	Restaurant, draußen. Tisch mit einer kleinen Menschengruppe. Eine Wand mit blühendem Rankgewächs. Teller mit Essen, Weinflaschen und Gläser auf dem Tisch.
Zeit	Tag.
Personen	Erik Bergman, Anna Eriksson, Gunnar Öhrnberg, Henrik Malmgren, Katarina Malmgren.
Fotograf	Unklar. Kann es der sechste Mann gewesen sein?
Außerdem	Einige andere Restaurantgäste sind im Hintergrund zu sehen, auch ein halber Kellner in Schwarz-Weiß. Alle um den Tisch schauen in die Kamera, bis auf Anna Eriksson, die etwas über dem Kopf des Fotografen zu betrachten scheint.

Alle lächeln, wie man es tut, wenn man weiß, dass man fotografiert wird, etwas angestrengt. Es gibt einen leeren Stuhl rechts am Tisch, dicht beim Fotografen, kann es seiner sein?

Bild 2

Umgebung	Dasselbe Restaurant.
Zeit	Etwas später. Auf dem Tisch stehen Kaffeetassen.
Personen	Erik Bergman, Anna Eriksson, Gunnar Öhrnberg. Diese drei sitzen nebeneinander auf der linken Seite des Tisches, in den gleichen Posititionen wie auf Bild 1.
Fotograf	Henrik oder Katarina Malmgren. Oder der sechste Mann. Das Bild ist von ihrer Tischseite aus gemacht worden.
Außerdem	Sie sind sich nicht bewusst, dass sie fotografiert werden. Erik Bergman schaut nach rechts auf etwas außerhalb des Bildes. Gunnar Öhrnberg zündet Anna Eriksson eine Zigarette an. Eine Hand und ein halber Unterarm von jemandem, wahrscheinlich einem Mann, ist in der unteren rechten Ecke des Bildes zu sehen. Eine unbekannte Frau steht etwas vorgebeugt direkt hinter Erik Bergman, aber sie gehört offenbar nicht zu der Gesellschaft.

Bild 3

Umgebung	Dieselbe.
Zeit	Im Großen und Ganzen die gleiche wie auf Bild 2.
Personen	Henrik Malmgren, der sechste Mann, Gunnar Öhrnberg.
Fotograf	Katarina Malmgren?

Außerdem Das Foto ist schräg von der Stirnseite des Tisches gemacht worden. Keine der Personen scheint zu merken, dass sie fotografiert wird. Gunnar Öhrnberg sitzt nicht an der gleichen Seite des Tisches wie die beiden anderen Männer, er ist zu sehen, weil er sich vorbeugt, scheint dem sechsten Mann etwas zu sagen.

Barbarotti machte eine Pause und schaute ins Dunkle. Er versuchte sich an einen Film zu erinnern, den er einmal gesehen hatte, einen Thriller – es ging darin darum, Personen auf alten Fotos zu identifizieren und auf diese Art und Weise einen Mörder zu finden –, aber der Titel fiel ihm nicht ein. Er kam auch nicht mehr so richtig auf den Film, es hatte sich viel um vergrößerte, grobkörnige Fotos gehandelt, die Gesichter von fremden, aber wichtigen Menschen, die in der Erinnerung des Betrachters hängen blieben. Das Rätselhafte in der Identität eines Gesichts, dieses Sonderbare, das sich herauskristallisiert, wenn das Lebendige fixiert und zu einem festen Punkt im Strom der Zeit wird. Es musste mindestens zwanzig Jahre her sein, seit er den Film gesehen hatte, schwarzweiß, wenn er sich recht erinnerte, vielleicht war es ein richtig alter Schinken?

Er schob diese Gedanken beiseite und beugte sich über den Tisch. Richtete seinen Blick auf den unbekannten, den sechsten Essensgast. Zweifellos war es Bild Nummer 3, auf dem er am besten zu sehen war. Ein ziemlich langer, sonnengebräunter Mann in den Dreißigern. Weißes, kurzärmliges Hemd, Sonnenbrille auf die Stirn hochgeschoben. Kurzgeschnittenes, braunblondes Haar und ein schmales Gesicht mit ziemlich markanten Zügen, breiter Mund, ziemlich lange Nase, gleichmäßiges Kinn.

Er sieht aus, dachte Inspektor Barbarotti, er sieht aus wie wer auch immer.

Genau wie wer auch immer. Er nahm seinen Stift und ging zur Kategorisierung zurück.

Bild 4

Umgebung	Ein Park.
Zeit	Früher Abend.
Personen	Mindestens zwanzig Personen sind auf dem Bild zu sehen, die meisten aus einiger Entfernung. Eine Gruppe Herren, sie spielen Boule, zwei ältere Frauen sitzen auf einer Bank und unterhalten sich, ein struppiger Hund schnuppert an einem Baumstamm. Im Vordergrund, in vier, fünf Metern Abstand vom Fotografen, stehen Henrik Malmgren, Anna Eriksson und Erik Bergman. Anna Eriksson leckt an einem Eis, Henrik Malmgren zieht an einer Zigarette.
Fotograf	Katarina Malmgren?
Außerdem	Links im Bild ist die Ecke eines kleineren Gebäudes und der Zipfel einer breitgestreiften Markise zu sehen, vielleicht ist das eine Eisbude. Die drei warten vielleicht, dass die anderen mit ihrem Eiskauf fertig sind. Das Foto ist leicht unscharf.

Bild 5

Umgebung	Derselbe Park.
Zeit	Die gleiche oder etwas später.
Personen	Erik Bergman, Anna Eriksson, Gunnar Öhrnberg, Henrik Malmgren, der sechste Mann. Sie stehen in einer Reihe und betrachten das Boulespiel – ein paar Boulespieler und noch andere Menschen sind auf dem Foto zu sehen.
Fotograf	Katarina Malmgren?
Außerdem	Auch hier leicht unscharf. Gunnar Öhrnberg

hat den Arm um Anna Eriksson gelegt. Es gibt eine Art Einheitlichkeit bei den vier Männern. Alle tragen kurzärmlige, helle Hemden, knielange Shorts und Sandalen ohne Strümpfe. Relativ braungebrannt, alle in den Dreißigern. Möglicherweise weicht Henrik Malmgren ein wenig ab, er ist etwas kleiner als die anderen drei, außerdem der Einzige, der eine Brille trägt. Anna Eriksson hat immer noch ein Eis in der Hand.

Bild 6

Umgebung — Ein Felsplateau am Meer.

Zeit — Tag.

Personen — Anna Eriksson, Erik Bergman, Katarina Malmgren. Alle drei in Badekleidung, sitzen gegen einen Felsen gelehnt da und sonnen sich.

Fotograf — Henrik Malmgren?

Außerdem — Typisches Urlaubsbild. Alle drei recken das Gesicht zur Sonne. Sie sitzen auf Bastmatten, Handtücher und Taschen sind am unteren Rand zu sehen, das Meer und der Horizont links im Hintergrund. Erik Bergman und Anna Eriksson tragen Sonnenbrillen, Katarina Malmgren hält ein zugeklapptes Taschenbuch in einer Hand.

Bild 7

Umgebung — Dieselbe wie auf Bild 6, aber aus größerer Entfernung.

Zeit — Tag.

Personen — Erik Bergman, Anna Eriksson, Gunnar Öhrnberg, Katarina Malmgren. Ein paar Badende sind im Wasser zu sehen. Weiter hinten ein Segelboot.

Fotograf — Henrik Malmgren?

Außerdem Auch ein typisches Urlaubsfoto. Der Strand vor den Klippen ist zu sehen. Die vier sitzen und essen etwas, Anna Eriksson schaut zu dem Fotografen und winkt, ihre Hand ist unscharf. Beide Frauen tragen Bikinis, beide rot, aber in unterschiedlichem Farbton.

Das war alles. Gunnar Barbarotti legte seinen Stift hin und ließ seinen Blick über alle sieben Fotos schweifen. Wehrte eine späte Mücke ab. Was mache ich da?, dachte er. Ist es möglich, etwas aus dem hier herauszulesen? Was ist mit diesen Menschen geschehen?

Zweifellos berechtigte Fragen. Besonders die letzte. Er lehnte sich zurück und schloss die Augen. Überlegte.

Hinter jedem Verbrechen gab es eine Geschichte, und die galt es freizulegen. Auf das lief fast die gesamte kriminalistische Arbeit hinaus, die Voraussetzungen sichtbar zu machen. Und zwar *von hinten,* es war immer eine Rückwärtsbewegung, ein Suchen und Tasten nach dem entscheidenden Zeitabschnitt.

In diesem Fall also, wenn nicht alle Zeichen falsch sein sollten: fünf Menschen auf einer Urlaubsreise in der Bretagne. Sommer 2002 … es war doch wohl der Sommer? Er hatte vergessen Backman zu fragen, ob sie die Angaben bestätigt bekommen hatten. Zwei Paare offensichtlich: Henrik und Katarina Malmgren aus Göteborg, Anna Eriksson aus Kymlinge und Gunnar Öhrnberg aus Borås. Und dann ein fünfter: Erik Bergman aus Kymlinge.

Und ein sechster? Wer war er? Gunnar Barbarotti öffnete die Augen. Er beugte sich vor und schaute die Bilder erneut an. Der Sechste war mit im Restaurant und er war mit im Boulepark. Aber er kam nicht auf den Fotos von den Felsen vor. Was bedeutete das?

Quatsch, dachte Gunnar Barbarotti, das bedeutet natürlich gar nichts. Vielleicht war er nur gerade schwimmen, Foto Nummer 6 und 7 konnten mit nur wenigen Minuten Zeitabstand gemacht worden sein.

Überhaupt, musste er einsehen, während sein Blick zunächst über die Fotos auf dem Tisch wanderte, dann weiter über den dunklen See und den Waldrand, der sich gegen den etwas helleren Himmel auf der anderen Seite abzeichnete, überhaupt war es schwer, sinnvolle Fragen zu stellen. Tatsächlich. Er hatte drei Tage nicht an den Ermittlungen teilgenommen, sicher gab es jede Menge neuer Umstände, von denen er nichts wusste.

Wo?, beispielsweise. Wo in der Bretagne waren diese Bilder gemacht worden? Wenn Bekannte der Malmgrens wussten, dass sie diese Urlaubsreise gemacht hatten – hatte Backman nicht gesagt, dass dem so war? –, ja, dann musste die Ermittlungsgruppe doch weitere Details herausgekriegt haben. Unmengen von Details. Wie sind sie gereist? Im eigenen Auto oder in einer Art Gruppenreise? Von wann bis wann waren sie fort? Gab es irgendeine Verbindung zwischen den Malmgrens und Gunnar Öhrnberg? Ja, besonders diese Frage musste natürlich so gründlich wie möglich geklärt werden.

Und nachdem der Zusammenhang zwischen den Morden nach allem zu urteilen geklärt war, hatte man doch hoffentlich mit erneuten Befragungen der Freunde und Bekannten der ersten beiden Opfer begonnen.

Und – hoffentlich – das eine oder andere Nützliche erfahren.

Nein, dachte Gunnar Barbarotti. Es hat keinen Sinn hier zu sitzen und zu spekulieren. Ich liege zu viele Schritte zurück. Besser, jetzt einen Strich zu ziehen und zuzusehen, morgen auf dem Weg nach Hallsberg ordentlich ins Bild gesetzt zu werden.

Er sammelte die Fotos und seine Notizen ein. Schob alles zusammen in die Aktentasche und schaute auf die Uhr. Fünf Minuten nach elf – höchste Zeit.

Er stellte seinen Handywecker auf halb sieben, überlegte einen Moment und änderte ihn dann auf Viertel vor sechs. Warum sich nicht eine frühe Schwimmrunde gönnen, wenn man ausnahmsweise schon mal einen See in nur zwanzig Metern Entfernung hatte?

Und das erst recht, eingedenk der Gästebettenbezüge im Paradies auf der Müllhalde. Er konnte nur schwer glauben, dass Axel Wallman seit dem letzten Mal etwas daran geändert hatte.

So würde es also sein, früh raus, spät ins Bett.

Und dieser Mörder, war es nicht langsam an der Zeit, dass man ihn sich schnappte?

V

Aufzeichnungen aus Mousterlin

8. – 9. Juli 2002

Ich schlief in dem Liegestuhl auf der Terrasse ein, wurde von Erik geweckt, als er ein paar Stunden später zurückkam.

»Wie ist die Lage?«, wollte er wissen.

Ich begriff nicht so recht, auf welche Lage er anspielte. Ob er wissen wollte, wie es mir ging, oder ob er wissen wollte, ob ich plante, bald abzureisen. Oder ob er auf die Ereignisse der letzten Nacht anspielte. Ich nahm an, er meinte Letzteres, zog es aber vor, der ersten Variante gemäß zu antworten.

»Gut«, sagte ich, »ein bisschen müde, aber ansonsten in Ordnung.«

Er blieb stehen und blickte mich mit einem Gesichtsausdruck an, den ich noch nie zuvor an ihm gesehen hatte. Als würde er erst jetzt bemerken, dass ich eine Person von größerer Komplexität war, als er geahnt hatte. Dass es etwas an mir gab, was er nicht verstand. Aber er ist es schließlich auch nicht gewohnt, sich in die Motive und Umstände anderer Menschen hineinzuversetzen. Erik ist sich selbst genug. Wie er nun dastand und mich mit funkelnden Augen ansah, die Kiefer leicht mahlend, sah er aus, als wäre er kurz davor, die Kontrolle über etwas zu verlieren – etwas, über das er normalerweise gar nicht die Kontrolle hatte und sie auch nicht haben wollte, das ihm aber nun doch in die Hände gefallen war.

»Sie laden heute Abend zum Essen ein«, sagte er schließlich. »Drüben bei Thalamot in Beg-Meil. Dann können wir alles besprechen. Aber letzte Nacht hat alles geklappt?«

»Ja«, antwortete ich. »Es hat alles geklappt.«

Er setzte sich an den Tisch. Ich stand aus dem Liegestuhl auf und schaute auf die Uhr. »Ich werde duschen gehen«, sagte ich. »Wann sollen wir da sein?«

»Um acht«, sagte Erik. »Wir können hier ungefähr um halb losgehen.«

»Klingt gut«, sagte ich. »Und was soll da besprochen werden?«

Er schaute mich etwas verwundert an. »Das ist dir doch wohl klar?«, sagte er dann. »Wir können das alles doch nicht einfach so stehen lassen.«

»Ach so, darum geht es«, sagte ich.

Er saß eine Weile schweigend da, dann zündete er sich eine Zigarette an.

»Was für ein Mensch bist du eigentlich?«, fragte er.

»Ich bin wohl wie jeder andere, wer auch immer«, antwortete ich. »Ich verstehe nicht, was du meinst.«

Er zog an seiner Zigarette. »Na gut«, sagte er, »na, das weißt du selbst wohl am besten. Abgemacht, wir gehen dann um halb acht hier los?«

»Von mir aus gern«, sagte ich.

Le Thalamot war leer bis auf eine Gruppe von Deutschen, die um einen Tisch saßen und Krebse und Muscheln aßen. Bisher hat die Touristensaison immer noch nicht richtig angefangen, obwohl wir uns schon ein Stück im Juli befinden; ich nehme an, dass es in ein paar Wochen anders aussehen wird. An den Stränden, auf den Wanderpfaden im Moorgebiet, in den Restaurants und Crêperien.

Und auf den Campingplätzen. Aber dann werde ich schon weit von hier fort sein, wo genau, das weiß ich nicht – aber auf jeden Fall weiter im Süden, ich werde weiter in den Süden fahren. Seit einiger Zeit habe ich das Gefühl, dass ich am Mittelmeer sterben möchte – vielleicht im Nahen Osten, warum auch nicht in Kairo oder Alexandria. Diese Breitengrade haben etwas an sich, was eine Saite in mir zum Klingen bringt. Woher dieses Gefühl kommt oder was es ausdrückt, verstehe ich selbst nicht, aber es ist auch nicht notwendig, alles zu verstehen. Das Wichtige ist der Weg und das Gefühl, nicht das Ziel und der Zweck.

Das Quartett war bereits da und wartete auf uns an einem Tisch weit hinten im Lokal, neben einem offenen Fenster, das auf einen Garten zeigte und in sicherem Abstand zu den Deutschen. Ich registrierte, dass sie sich etwas zurechtgemacht hatten, alle vier – beide Damen trugen Kleider, die ich vorher noch nicht gesehen hatte, Anna ein hellgrünes, Katarina ein rotes, die Herren frisch gebügelte, kurzärmlige Baumwollhemden. Sie hatten sich einen Aperitif bestellt, von dem sie nippten, und als Erik und ich kamen, erhoben sich Gunnar und Henrik gleichzeitig.

»Schön«, sagte Gunnar. »Setzt euch. Wollt ihr einen Drink?«

Bei dem Gedanken, dass wir vor weniger als vierundzwanzig Stunden zusammengesessen und einander wegen eines toten Mädchens verflucht hatten, erschien mir das Ganze ziemlich formell, und mir war sofort klar, dass heute Abend eine andere Regie herrschen würde. Eine Regie, die während der Beratung am Tage gemeißelt und aufgeschrieben worden war, bestimmte jetzt den Ton. Ich spürte, wie ein inneres, ironisches Lächeln in mir zuckte.

»Ja, gern«, sagte Erik. »Gin Tonic für mich.«

Ich sagte, mir reiche ein Glas Weißwein, und wir setzten uns. Erik zwischen Anna und Henrik, ich zwischen die beiden Frauen. Auch das schien im Voraus geplant worden zu sein, auch wenn ich nicht begriff, worin der Sinn liegen sollte.

Nachdem Erik und ich unsere Gläser bekommen hatten, prosteten wir uns zu. Ich konnte bei keinem der anderen ein Lächeln entdecken, eher war es ein Augenblick ernsthafter Zusammengehörigkeit und Gemeinsamkeit, der da vorbeistrich. Anschließend widmeten wir uns lange der Frage des Menüs, wie üblich übernahm Katarina das Gespräch mit dem Kellner, und während wir warteten, dass das Essen auf den Tisch kam, unterhielten wir uns über französische Weine, französischen Käse, welche Tage und Monate man vermeiden sollte, wenn man Schalentiere essen wollte; überhaupt, dachte ich, überhaupt war das alles eine Wiederholung – nur langweiliger, weniger elegant und hoffnungsvoll –, und zwar der Konversation, die wir bei unserem ersten Essen im alten Hafen von Bénodet geführt hatten. Vor zehn Tagen, wenn ich mich nicht verrechnete.

Außerdem tranken wir deutlich weniger Wein, wir bestellten Fisch und Fleisch statt Schalentiere, und erst als wir das Dessert auf dem Tisch hatten, kam Gunnar endlich zur Sache.

»Wir möchten dir danken«, sagte er und wandte sich mir zu. »Dir dafür danken, dass du einen äußerst unangenehmen Auftrag auf dich genommen und ihn ausgeführt hast.«

Er machte eine Pause. Ich gab keinen Kommentar dazu ab.

»Denn ich nehme doch an, dass du ihn aufs Beste ausgeführt hast?«

Ich wartete einige Sekunden. Konnte spüren, wie die Blicke aller auf mir ruhten. »Du willst wissen, ob ich das Mädchen ordentlich vergraben habe?«, fragte ich dann.

Gunnar und Henrik schauten sich unruhig um, und mir kam in den Sinn, wie dumm es doch war, sich in einem öffentlichen Lokal zu treffen, wenn sie Angst vor fremden Ohren hatten.

»Keine Sorge«, sagte Erik. »Hier gibt es niemanden, der Schwedisch versteht.«

»Wollt ihr wissen, wo?«, fragte ich.

»Nein, nein«, versicherte Gunnar. »Das ist nicht nötig. Aber es wäre wichtig für uns zu wissen, ob auch alles nach Plan gelaufen ist.«

Nach Plan?, dachte ich.

»Dass es nichts gibt, was wir wissen müssten«, fügte Katarina hinzu.

Ich überlegte, worauf sie eigentlich aus waren. Ob es sich nur um eine Art allgemeiner Versicherung handelte, dass sie sich sicher fühlten könnten, oder ob noch etwas anderes dahintersteckte. Was das in dem Fall sein könnte, davon konnte ich mir aber keinerlei Vorstellung machen.

»Alles lief, wie ich es mir gedacht habe«, sagte ich. »Ihr könnt euren Wein in aller Ruhe weitertrinken.«

»So habe ich das nicht gemeint«, sagte Gunnar. »Ich meine nur, dass es wichtig wäre zu wissen, ob das jetzt ein abgeschlossenes Kapitel ist.«

»Das ist es«, bestätigte ich, »ein abgeschlossenes Kapitel.«

»Außerdem ist es notwendig, dass wir nach derselben Strategie verfahren, wenn die Polizei trotz allem auftauchen sollte«, erklärte Henrik. »Wir werden noch ein paar Wochen hierbleiben, und ...«

»Wie lange willst du noch bleiben?«, fragte Katarina mich und versuchte zu lächeln.

»Ich werde übermorgen abreisen«, sagte ich.

»Am Mittwoch«, sagte Gunnar. »Ausgezeichnet. Auf jeden Fall ist es wichtig, dass wir hundertprozentig leugnen, dieses Mädchen gestern mit auf die Inseln genommen zu haben. Auch, dass wir sie getroffen haben. Sie war letzte Woche an einem Nachmittag ein paar Stunden mit uns zusammen, das ist alles. Mehr brauchen wir nicht zu sagen.«

»Wie ist es mit dem Boot gelaufen?«, fragte ich.

»Mit dem Boot gab es kein Problem«, sagte Henrik.

»Wie schön«, erwiderte ich. »Ja, ein Mädchen mehr oder weniger, das spielt sicher keine besonders große Rolle, wie ich annehme.«

Ich spürte, wie Anna, die direkt neben mir saß, zusammenzuckte, und dass sie wahrscheinlich etwas sagen wollte. Aber Gunnar hob einen Finger und warf ihr einen Blick zu. Das genügte, sie blieb stumm. Überhaupt sprach Anna den ganzen Abend über nicht viel. Erik auch nicht. Es waren Gunnar, Henrik und Katarina, die die Konversation am Laufen hielten, was sicher kein Zufall war.

Wir brachen schon um Viertel vor zehn auf. Gunnar und Henrik teilten sich die Rechnung, und wir wanderten gemeinsam den Reitweg zwischen dem Ufer und dem Marschland entlang nach Hause. Erik und ich bogen ohne weiteres Geplänkel zu unserem Haus ab, wir tranken noch jeder ein Glas Calvados auf der Terrasse, bevor wir ins Bett gingen, und offenbar hatten wir nicht viel miteinander zu reden.

»Also am Mittwoch?«, fragte er.

»Ja«, bestätigte ich. »Ich werde vormittags aufbrechen.«

»Das ist wahrscheinlich am besten«, sagte er.

»Sicher«, sagte ich.

Er lachte kurz auf. »Der Name des Mädchens«, sagte er.

»Ja?«

»Henrik ist draufgekommen, was er bedeutet.«

»Was er bedeutet?«

»Ja, oder wofür er steht jedenfalls. Wenn du ihn buchstabierst und jeden einzelnen Buchstaben nimmst. T-R-O-A-Ë … auf Englisch, kannst du es dir denken?«

Ich überlegte eine Weile, schüttelte dann den Kopf.

»The Root Of All Evil«, sagte Erik. »Gut, nicht?«

»The root of all evil?«, wiederholte ich. »Das klingt, als sollte es auf jeden Fall eine Fortsetzung geben. Der Geschichte, meine ich.«

Ich weiß selbst nicht so recht, was ich damit eigentlich meinte, und Erik antwortete nicht. Er drückte nur seine Zigarette aus und betrachtete mich wieder mit diesem verwunderten Blick.

Dann wünschten wir uns gegenseitig gute Nacht und gingen ins Bett.

Am Dienstagmorgen ging ich zur Bäckerei und kaufte Ouest France. Ich blätterte die Zeitung von der ersten bis zur letzten Seite durch. Trotz meines mangelhaften Französisch konnte ich mit Sicherheit sagen, dass nicht ein Wort über ein verschwundenes Mädchen darin stand.

Das Wetter war schön, und mir war klar, dass Erik bereits an den Strand gegangen war. Wahrscheinlich Richtung Bénodet, er hatte entdeckt, dass man sich dort nackt sonnen konnte, was ihm offenbar gefiel. Ich beschloss im Haus zu bleiben, mein Gepäck zu ordnen und noch ein paar Seiten zu schreiben.

Meine Eindrücke zusammenzufassen. Was mir als Erstes auffiel, war, wie viel doch vom Zufall gelenkt wurde – oder von Mechanismen außerhalb unserer Kontrolle jedenfalls. Als Erik mich vor Lille an der Tankstelle auflas, hatte ich dort genau achtundfünfzig Minuten gestanden und den Daumen gehoben. Ich weiß es noch so genau, weil ich beschlossen hatte, eine Stunde dort zu stehen, bevor ich ins Café zurückgehen wollte. Wäre er nur zwei Minuten später gekommen, hätten wir uns nie getroffen. Ich wäre mit einem ganz anderen Auto gefahren und irgendwo ganz anders gelandet.

Würde Troaë dann noch leben? Es wäre einfach, diese Frage zu bejahen, aber ich glaube, das hieße, die Wirklichkeit zu vereinfachen. Es gibt natürlich kein menschliches Mittel, das zu entscheiden. Vielleicht wäre sie auf jeden Fall an diesem Morgen aufgetaucht, und vielleicht wäre sie mit den Schweden nach Les Glénan hinausgefahren. Vielleicht wären die gleichen Ereignisse eingetroffen, eine Sache ist sicher, das Wetter wäre auf jeden Fall dasselbe gewesen, der Regen hätte eingesetzt, wahrscheinlich hätte auch der Motor ausgesetzt – aber ob dem Mädchen auf dem Rückweg schlecht geworden wäre, das Boot über den gleichen schicksalsschweren Wellenkamm geritten und jemand anderes ihre Hand losgelassen hätte? Ich kann dieses Rätsel nicht lösen, aber die Gedanken und Fragen wollen mich nicht in Ruhe lassen. In welchem Grad nehme ich tatsächlich an den Ereignissen und Geschehnissen in der Welt teil? Gibt es Alternativen – und verschiedene denkbare Akteure – auf dem Weg zu einem festgelegten Ziel?

Vielleicht könnte Henrik Malmgren mir in diesen Fragen den Weg weisen. Soweit ich es verstehe, handelt es sich um ein Problem, das in die Philosophie gehört, die Stammmutter aller Wissenschaften, aber ich habe nicht die Absicht, Henrik Malmgren um Rat zu fragen. Ich gehe davon aus, dass ich keinen von ihnen wiedersehen werde, nur mit Erik werde ich wohl das eine oder andere Wort wechseln müssen, bevor ich mich morgen auf den Weg mache. Unter anderem muss ich sichergehen, dass ich ihm nichts mehr schuldig bin. Ich glaube, was das Haushaltskonto betrifft, sind unsere Beiträge ziemlich ausgeglichen, und für den Ausflug nach Les Glénan habe ich auch meinen bescheidenen Anteil geleistet. Auch was das Geld betrifft. Außerdem ist mir klar, dass es für die Zukunft das Beste ist, diesen ganzen Aufenthalt im Finistère in Klammern zu setzen, als etwas anzusehen, was in bestimmter Hinsicht nie passiert ist. Derartige Perioden im Leben eines Menschen müssen erlaubt sein, es kann nicht die Absicht sein, dass wir für alles zur Verantwortung gezogen werden, für jeden unglücklichen Zustand und jede Sekunde, die aus dem Gleis geraten ist.

Ja, wenn ich erst einmal von hier fort bin, dann werde ich mein Bestes tun, diese zwei Wochen zu vergessen. Ich werde die Wanderung mit der Leiche des Mädchens auf meiner Schulter aus meiner Erinnerung tilgen, ihre intensive Nähe und ihre sonderbare Leichtigkeit, ich habe immer gelesen, dass tote Körper so schwer sein sollen, aber was Troaë betrifft, so stimmt das absolut nicht. Ich werde die schrecklichen Minuten im Wasser verdrängen, und ich werde niemals versuchen, mich daran zu erinnern, wie die Erde sie in sich aufnahm. Diese Aufzeichnungen werde ich natürlich aufbewahren, aber das bedeutet nicht, dass ich zu ihnen zurückkehren und sie noch einmal lesen werde, es genügt zu wissen, dass sie existieren, und wenn ich sie irgendwann in der Zukunft einmal brauche, dann sind sie da.

Vielleicht sollte ich auch den Menschen einige Zeilen widmen, die mein Leben in diesen zwei Wochen mit mir geteilt haben, aber ich fühle, dass ich keine Lust dazu habe. Es widerstrebt mir, und wenn sie auch nur die geringste Ahnung davon hätten – zumindest einer von ihnen –, welche tiefe Verachtung ich ihnen gegenüber hege, wären sie sicher sehr verwundert. Aber was ich denke und fühle, das steht mir nicht ins Gesicht geschrieben, weder im Guten noch im Schlechten, so ist es immer schon gewesen. Ich erinnere mich, dass Doktor L und ich diesen Tatbestand ziemlich ausführlich diskutiert haben, er meinte anfangs, das sei ein Symptom und Teil meines Krankheitsbildes, aber ich glaube, letztendlich sind wir darin übereingekommen, dass es sich eher um einen legitimen Charakterzug handelt. Seine Gemütsverfassung auf dem Gesicht zu tragen, muss kein Zeichen für Gesundheit sein, es ist zumindest nichts, wonach man trachten muss, wenn es nicht von vornherein der Fall ist.

Den Nachmittag über machte ich mein Zimmer sauber und packte meine Sachen. Unternahm einen kleineren Spaziergang von eineinhalb Stunden landeinwärts, kam an der Bäckerei vorbei und nutzte die Gelegenheit, eine Zeitung zu kaufen. Auch dieses Mal nicht ein Wort über ein verschwundenes Mädchen. Als ich zum Haus zurückkam, war Erik immer noch nicht heimgekommen, ich nahm an, dass er sich den übrigen Schweden angeschlossen hatte, vielleicht gefällt es ihm nicht mehr in meiner Nähe. Ja, bei genauerem Nachdenken vermute ich, dass es sich so verhält und dass es vermutlich allen Fünfen so geht. Sie warten darauf, dass ich aufbreche, damit sie sich in aller Ruhe ihrem trivialen Strandleben widmen und vergessen können, was passiert ist. Ich habe eine Weile mit dem Gedanken gespielt, ihnen zu liebe meine Reise bereits heute Abend fortzusetzen. Aber vor morgen früh geht kein Bus von Quimper, und sich an die Straße zwischen Mousterlin und Fouesnant zu stellen und zu trampen, erscheint mir nicht besonders verlockend. Das könnte außerdem Aufmerksamkeit erwecken, und Aufmerksamkeit ist ja wohl genau das, was momentan am wenigsten erwünscht ist.

Erik kommt nach Hause, während ich auf der Terrasse sitze und diese Zeilen schreibe. Er fragt, ob ich mit zum Essen ins Le Grand Large komme, sie haben dort frische Muscheln. Ich erkläre, dass ich noch meine Sachen packen muss und mir ein Brot genügt. Erik duscht, zieht sich um und macht sich erneut auf den Weg. Es ist halb acht, als ich den Stift hinlege und nach drinnen zum Kühlschrank gehe.

Ich stehe am Herd und mache mir zwei Spiegeleier. Ich versuche die Nachrichten zu verstehen, die aus dem Transistorradio auf dem Fensterbrett dröhnen. Mein Französisch hat sich während der Zeit, die ich hier bin, um einiges verbessert, und ich verstehe das meiste, was gesagt wird. Das Wasser im Wasserkocher blubbert, und der Apparat schaltet sich aus, als ich ein Räuspern auf der Terrasse höre. Ich lege den Bratenwender in die Pfanne und ziehe diese vom Gas. Trockne mir die Hände im Küchenhandtuch ab und gehe hinaus.

Da steht eine ältere Frau unter dem Sonnenschirm. Sie ist schwarz gekleidet, sieht fast aus wie eine griechische Witwe, obwohl, der Stoff ist dünner, die Haare sind rabenschwarz, sicher gefärbt, und sie trägt einen breitkrempigen, blutroten Strohhut. Sie ist klein und dünn, höchstens hundertundsechzig Zentimeter, aber ihr Gesicht ist kraftvoll. Irgendwie exotisch mit dunklen Augen, einer scharfen Nase und energischem Kinn. Sie sieht mich mit leicht blinzelndem Blick an, vielleicht ist sie ja etwas kurzsichtig.

»Troaë!«, sagt sie.

»Oui?«, sage ich.

»Troaë? Was habt ihr mit Troaë gemacht?«

Sie spricht ein merkwürdiges Französisch mit kräftigem Zungenspitzen-R. Ich versuche ihr zu erklären, dass ich nicht verstehe, wovon sie spricht.

»Petite Troaë. Ich bin ihre Großmutter. Ich weiß, dass sie bei euch ist. Jetzt ist es an der Zeit, dass sie nach Hause kommt.«

Ich breite die Arme aus, als hätte ich immer noch nicht die geringste Ahnung, worauf sie hinauswill. Aus den Augenwinkeln entdecke ich den großen Schraubenschlüssel, der auf einem der Plastikstühle liegt. Erik hat ihn dort liegen lassen, nachdem er versucht hat, das alte verrostete Fahrrad im Schuppen in Ordnung zu bringen. Das ist vier oder fünf Tage her, und es ist ihm nicht gelungen. Ich weiß, dass wir darüber gesprochen haben, er ist merkwürdigerweise schwedisch, ein Bahco, mir fällt sogar die Typennummer ein, 08072. Ich betrachte die Frau einen Moment lang. Ihre Augen sind nur zwei dünne Striche, ihr Gesicht erinnert vage an das einer Katze, und sie hat beide Fäuste in die Seiten gestemmt. Glaubt wahrscheinlich, sie sei unbesiegbar, ich kenne diesen Typ.

»Troaë?«, frage ich, während ich gleichzeitig einen Schritt nach links mache und den Schraubenschlüssel packe. »Das muss ein Irrtum sein.« Ich brauche ein paar Sekunden, um das Wort Irrtum zu finden – *erreur* –, doch dann gelingt es mir.

»Das ist kein Irrtum«, sagt sie. »Sie hat mehrere Tage von euch gesprochen, und als sie Sonntag von zu Hause fortgegangen ist, hat sie gesagt, sie wolle euch suchen und den Tag mit euch verbringen.«

Ich zögere nicht. Schwinge den Schraubenschlüssel in einem großen Bogen und treffe sie mit voller Kraft schräg über dem linken Ohr. Der Hut fliegt ihr vom Kopf, und sie fällt wie ein niedergeschossenes Wildbret auf dem Terrassenboden zusammen.

Kommentar, August 2007

Worte bedeuten so wenig, Handlungen so viel mehr. Dennoch umgeben wir uns mit Worten, Worten, Worten. Wirklich wichtige Punkte im Leben eines Menschen gibt es nur wenige, und sie können weit verstreut liegen, mit großen Abständen untereinander. Jahre und ganze Jahrzehnte. Wenn wir eines Tages Resümee ziehen müssen, werden wir das deutlich merken – wie wenig alles, was wir gesagt und geschrieben haben, wiegt, wie schwer dagegen die wirklich entscheidenden Handlungen wiegen. Wir werden nicht für Worte zur Rechenschaft gezogen, ich begreife nicht so recht, warum wir uns ständig in deren schützende Obhut flüchten. Warum wagen wir es nicht, in Schweigen und unseren Gedanken zu ruhen? In den Momenten und Zeiten, in denen wir unseren Handlungen nicht das richtige Gewicht und ihre wahre Bedeutung beimessen, zerstören wir unser Leben, das ist nichts Neues, aber es würde zweifellos alles anders aussehen, wenn wir uns mehr Zeit für Stille und Nachdenken gönnten.

Mein Töten verläuft nach Plan, noch steht einiges aus, aber ich hege keinen Zweifel daran, dass ich meine Absichten erreichen werde. Dass eine finanzielle Lösung nicht möglich war, zeigt ja nur, mit was für eingebildeten Menschen ich es zu tun hatte. Meine Forderung war in keiner Weise unangemessen, ich nehme an, dass sie miteinander konferiert haben und dann zu einem gemeinsamen Nein gekommen sind, und in gewisser Weise freut es mich sogar, dass es stattdessen zu dieser Alternative gekommen ist. Geld bietet ja trotz allem nur eine temporäre Lösung, kurzfristige Halbheiten, das ergibt sich von selbst aus der Sache.

Die letzten Nächte habe ich von der Großmutter des Mädchens geträumt, von dieser kleinen, gebrechlichen, verlebten Frau mit den fordernden Augen und den giftigen Worten, die ihr Schicksal besiegelten. Sie kommt im Traum in Gestalt einer

Fledermaus zu mir, ich begreife die Symbolik nicht so recht, sie kommt durch ein offenes, rechteckiges Fenster hereingeflogen und lässt sich auf meinem Knie oder Arm nieder, dann sitzt sie da und betrachtet mich mit stechenden gelben Augen, sie sagt nichts, sitzt nur da, den winzigen Kopf mal nach links, mal nach rechts gekippt, und nach einer Weile fliegt sie mit einem charakteristischen Pfeifen davon. Ich wache stets in genau diesem Augenblick auf, und das Merkwürdige ist, dass ich mich von einer Art Freude erfüllt fühle, zumindest einer Art Zufriedenheit.

Von allen menschlichen Handlungen ist das Töten die entscheidendste.

17. – 19. August 2007

27

Du siehst frisch aus«, stellte Inspektorin Backman fest, als sie ins Auto stiegen.

»Bin heute Morgen fünfhundert Meter geschwommen«, gab Barbarotti zu. »Ihr nicht?«

»Natürlich sieht er frisch aus«, stellte Astor Nilsson fest. »Schließlich hat er drei Tage Urlaub gehabt. Während wir uns die Hacken abgerannt haben.«

»Wer fährt?«, fragte Eva Backman.

»Ich«, sagte Astor Nilsson. »Ich weiß, wo Hallsberg liegt. Habe da mal eine Frau gekannt.«

»Tatsächlich?«, sagte Barbarotti.

»Oh ja«, bestätigte Astor Nilsson. »Eine dunkle, geheimnisvolle Schönheit aus den Weiten um Visby. Wir wollten heiraten, aber die Umstände waren gegen uns.«

»Vielleicht solltest du die Gelegenheit nutzen und sie besuchen«, schlug Backman vor. »Man kann nie wissen.«

»Ich denke nicht«, wehrte Astor Nilsson ab. »Wenn ich mich nicht irre, dann liegt sie jetzt auf dem Friedhof.«

»Dann lassen wir das«, sagte Backman. »Außerdem haben wir wahrscheinlich auch so genug zu tun.«

»Sicher«, seufzte Astor Nilsson und bog auf den Norra Kungsvägen ein. »Dieser Fall hat mich bereits zu einem schlechteren Menschen gemacht.«

»Ehrlich gesagt raubt er mir den Schlaf«, stellte er zehn Minuten später fest, als sie aus der Stadt heraus waren und Eva Backman es geschafft hatte, ihren Kindern per Handy einige Instruktionen zu geben. »Meint ihr, dass wir da eine Leiche finden werden?«

Eva Backman zuckte mit den Schultern. »Ob wir etwas finden, will ich nicht beschwören. Aber ziemlich viel spricht dafür, dass Gunnar Öhrnberg tot ist, oder?«

»Möchte wissen, welche Methode er dieses Mal benutzt hat«, sagte Astor Nilsson. »Was haltet ihr vom Vergiften, das hat er bisher noch nicht versucht?«

»Wir wissen nicht, wie Henrik Malmgren gestorben ist«, bemerkte Eva Backman. »Und wenn ich mich recht erinnere, hat er auch noch nicht geschossen.«

»Entschuldigt mal«, sagte Gunnar Barbarotti, der freiwillig auf den Rücksitz gegangen war. »Könntet ihr mich ein wenig ins Bild setzen. Wo ich doch wieder in Gnaden aufgenommen wurde und erwartet wird, dass ich mich nützlich mache.«

»Ich werde dir alles beibringen, was ich kann«, versicherte Astor Nilsson und grinste ihn im Rückspiegel an. »Du hast diesen Reporter nicht umgenagelt, oder?«

»Nein«, bestätigte Barbarotti, »habe ich nicht.«

»Schade«, sagte Astor Nilsson. »Aber vielleicht besser für dich. Nun, wo wollen wir anfangen? Ich habe das Gefühl, dass ich jemanden mit etwas Ordnungssinn brauche, der das Ganze in die richtige Struktur bringt.«

»Vielen Dank«, sagte Eva Backman. »Ich habe den Wink mit dem Zaunpfahl verstanden. Und ich bin zumindest der Meinung, dass es sich langsam ein wenig aufklärt.«

»Weib«, sagte Astor Nilsson, »erleuchte uns.«

»Werde es zumindest versuchen«, sagte Eva Backman. Sie holte tief Luft und stellte die Rückenlehne etwas steiler. »Wir wissen trotz allem inzwischen eine ganze Menge, da müssen mir die Herren doch zustimmen, oder? Wir wissen beispielsweise, dass alles in irgendeiner Weise mit Ereignissen zusammenhängt, die im Sommer 2002 in der Bretagne vorgefallen sind …«

»Wissen?«, warf Astor Nilsson ein.

»Nun gut«, schränkte Backman ein. »*Wissen* ist vielleicht nicht das richtige Wort, aber wir sind *ziemlich überzeugt* davon, dass es sich in gewisser Weise so verhält. Wir haben einen einzigen Berührungspunkt zwischen den vier Opfern gefunden, und zwar, dass sie sich alle für ein paar Wochen am gleichen Ort befanden … ja, wir wissen bis jetzt noch nicht, wie lange genau … in diesem Sommer. Meint ihr, wir sollten daran zweifeln, dass wir auf der richtigen Spur sind?«

»Ich habe versucht daran zu zweifeln«, sagte Astor Nilsson, »die ganze Nacht. Aber es ist schwer zu glauben, dass dem nicht so ist. Was natürlich auch daran liegt, dass es das Einzige ist, was wir haben.«

»Wie meinst du das?«, fragte Backman.

Astor Nilsson wedelte belehrend mit dem Zeigefinger. »Wir haben einen einzigen Zusammenhang gefunden. Einen einzigen Punkt. Ist doch logisch, dass wir von diesem Punkt ausgehen. Was ich sagen will, ist nur, dass es anders aussehen würde, wenn wir mehrere Punkte gefunden hätten.«

»Sicher«, stimmte Barbarotti vom Rücksitz her zu. »Aber wenn es mehrere Verbindungen geben sollte, dann müssten sie doch auftauchen, oder? Im Laufe der Arbeit.«

»Dann sollten sie bereits aufgetaucht sein«, stimmte Backman zu. »Auf jeden Fall denke ich, wir können gern an die Frankreichlösung glauben, solange nichts auftaucht, was dagegen spricht. Oder?«

»Einverstanden«, sagte Astor Nilsson. »Bretagne 2002, abgemacht. Aber was zum Teufel ist da passiert?«

Einige Sekunden lang blieb es still.

»Wir wissen auch immer noch nicht genau, wo dort«, stellte Backman dann fest und drehte ihren Kopf zum Rücksitz. »Wir haben bei den Malmgrens einige Karten und Broschüren gefunden, und wir glauben, dass sie irgendwo an der Südseite gewesen sind, im Finistère. Aber vielleicht sind sie auch herumgefahren und … ja, wie gesagt, das ist noch unklar.«

»Und die anderen?«, fragte Barbarotti.

»Bei den anderen haben wir nicht viel Brauchbares gefunden, aber wir sind noch dabei und fragen in Reisebüros nach und so. Leider verschwindet innerhalb von fünf Jahren eine ganze Menge.«

»Mein Haar ist in drei Jahren verschwunden«, sagte Astor Nilsson.

»Die Fotos«, sagte Barbarotti.

»Ja«, nickte Backman. »Wenn wir ehrlich sind, dann sind sie das einzige Indiz, das wir haben. Ich habe gestern über etwas nachgedacht. Wie steht ihr zu dem Zeitaspekt? Innerhalb wie vieler Tage sind diese Fotos wohl gemacht worden?«

»Was?«, fragte Astor Nilsson.

»Nun, ich meine«, sagte Backman, »kann es beispielsweise so sein, dass es sich um einen einzigen Tag handelt und dass sie … ja, dass sie sich vielleicht nur an diesem einen Tag getroffen haben?«

Barbarotti dachte über die Frage nach, während er die Fotos aus seiner Aktentasche zog. »Nein«, sagte er. »Ich glaube, es handelt sich um mindestens zwei verschiedene Tage. Sie haben die Kleidung gewechselt und so. Vielleicht sind es sogar drei. Aber mir ist schon klar, worauf du hinauswillst.«

»Mir auch«, sagte Astor Nilsson. »Sind sie nur an einem Tag aufeinandergestoßen, oder hatten sie längere Zeit miteinander Kontakt? Es ist wohl ziemlich offensichtlich, dass sie einander vorher nicht kannten. Wir haben zumindest nichts, was darauf hindeutet.«

»Nein«, sagte Backman. »Es war nicht geplant, dass sie sich trafen. Aber etwas muss passiert sein, das ist es, was wir uns einbilden. In diesen Tagen ist etwas passiert, das … ja, das fünf

Jahre später darin resultiert, dass sie alle fünf das Leben verlieren. Wenn wir nun davon ausgehen, dass der Todes-Gunnar wirklich tot ist.«

»Genau«, stimmte Astor Nilsson gähnend zu. »Ich bin auch zu dem Schluss gekommen, dass wir davon ausgehen müssen. Und wenn ich mich nicht irre, dann ist das auch der Grund dafür, warum wir hier in diesem Auto auf dem Weg nach Hallsberg sitzen.«

Eine Weile schwiegen wieder alle. Barbarotti versuchte erneut die sieben Fotos zu mustern.

»Der sechste Mann?«, fragte er, »was denkt ihr?«

»Genau das ist es«, sagte Astor Nilsson.

»Was?«, fragte Barbarotti.

»Das ist er«, sagte Eva Backman. »Ich meine, ich glaube, das ist unser Mann.«

Barbarotti kratzte sich im Nacken und betrachtete eine Schar bunter Kühe, die vor dem Autofenster gerade die Straße passierten.

»Was meinst du damit, dass es genau das ist?«, fragte er Astor Nilsson.

Astor Nilsson ließ für einen Moment das Lenkrad los und hob die Hände in einer irritierten Geste in die Luft. »Einfach, dass es so verflucht sonnenklar ist«, sagte er. »Und ich bin nicht gerade begeistert, wenn etwas so sonnenklar ist. Aber ich bin auch der Meinung, dass er es sein muss. Nur schade, dass er so gewöhnlich aussieht.«

Barbarotti nickte. »Ja, das finde ich auch. Außerdem ist er etwas unscharf. Und es sind fünf Jahre vergangen. Habt ihr schon beschlossen, wie ihr in dieser Hinsicht vorankommen wollt?«

»Jonnerblad zögert noch«, sagte Backman. »Sylvenius und Asunander auch. Es geht eigentlich jedes Mal schief, wenn man die Fotos eines Mordverdächtigen veröffentlicht.«

»Man braucht ja nicht zu sagen, dass es sich um einen Mörder handelt«, sagte Barbarotti.

»Nein?«, warf Astor Nilsson ein.

»Man kann doch sagen, dass die Polizei dringend in Kontakt mit dem Mann auf dem Foto kommen muss. Oder mit Leuten, die Auskunft über ihn geben können.«

Astor Nilsson knurrte. »Sie werden trotzdem schreiben, dass es der Mörder ist, das ist dir doch wohl klar? Oder sie geben es ihren Lesern zumindest zu verstehen. Ich dachte, du hättest ein wenig gelernt, wie die Zeitungswelt funktioniert?«

Barbarotti seufzte und schob die Bilder zurück in seine Aktentasche. »Also, was zum Teufel sollen wir tun?«

»Wir werden es so oder so veröffentlichen«, erklärte Astor Nilsson. »Es müssen nur erst ein paar Tage vergehen, damit die Herren mit ihrem Zögern fertig geworden sind.«

»I see«, sagte Barbarotti. »Ja, so wird es kommen.«

»Vorausgesetzt, dass nichts Unvorhergesehenes auftaucht und der Fall inzwischen gelöst wird«, sagte Backman. »In der Weltstadt Hallsberg zum Beispiel.«

»Zum Beispiel«, stimmte Astor Nilsson zu.

»Und Hans Andersson?«, fragte Barbarotti nach einer weiteren kurzen Pause. »Ich nehme an, dass ihr die Möglichkeit diskutiert habt, dass er so heißt?«

»Der Mann auf den Bildern oder der Mörder?«, fragte Backman mit einem kurzen Lächeln.

»Genau das ist es ja«, sagte Astor Nilsson.

»Jetzt hast du es wieder gesagt«, machte ihn Backman aufmerksam.

»Dessen bin ich mir bewusst«, sagte Astor Nilsson. »Aber genau das ist es doch auch. Wenn es etwas in dieser Geschichte gibt, das mich mehr als alles andere ärgert, dann ist es dieser verfluchte Hans Andersson. Wenn es überhaupt irgendeine Logik in diesem Mist gäbe, dann müsste er auch tot sein. Wer immer er auch ist. Und wenn dem so ist …«

Er hielt inne.

»Du meinst, du wünschst dir noch eine Leiche?«, frage Eva

Backman und bot in der Runde aus ihrer Schachtel Läkerol an. »Findest du nicht, dass wir bis jetzt schon genügend haben?«

»Nein«, widersprach Astor Nilsson und warf sich vier Pastillen in den Mund. »Du hast mich unterbrochen. Was ich sagen wollte, ist, wenn … *wenn* es sich herausstellt, dass der sechste Mann Hans Andersson heißt, dann ist er wahrscheinlich nicht identisch mit dem Mörder. Und in dem Fall haben wir also den Täter nicht mit auf dem Bild, dann ist dieser sechste Typ nur so ein armer Schlucker, der … ja, der am Rande dabei war, und da er nur am Rande dabei war und außerdem den Mörder nicht identifizieren kann, so ist er noch einmal davongekommen.«

Barbarotti und Backman dachten darüber nach.

»In dem Fall«, sagte Backman. »In dem Fall wäre es verdammt interessant, in Kontakt mit ihm zu treten.«

»Zweifellos«, sagte Astor Nilsson. »Aber ich glaube nicht, dass der Kerl auf dem Foto Hans Andersson heißt.«

»Und warum nicht?«, fragte Eva Backman.

»Kann ich nicht genau sagen«, erklärte Astor Nilsson. »Wenn wir Cluedo spielen würden, oder wie immer das auch heißt, dann würde er mit Sicherheit Hans Andersson heißen, aber soweit ich weiß, spielen wir nicht Cluedo.«

»Da sind wir einer Meinung«, sagte Gunnar Barbarotti. »Ich bin auch zu dem Schluss gekommen, dass wir nicht Cluedo spielen.«

In Höhe von Götene begann es zu regnen. Gleichzeitig klingelte Inspektorin Backmans Handy. Sie ging dran, sagte fünfmal »Ja«, zweimal »Nein«, dann stellte sie es wieder aus.

»Die Örebro-Polizei«, teilte sie mit. »Sie werden um elf Uhr da sein. Ein Inspektor mit Namen Ström und zwei Techniker.«

»Gut«, sagte Astor Nilsson. »Dann brauchen wir nur noch einen toten Körper, damit alles nach Plan läuft.«

»Was genau wissen wir über diesen Gunnar Öhrnberg?«, fragte Barbarotti. »Er war eine Zeitlang unsichtbar, oder?«

»Zehn Tage«, bestätigte Backman. »Aber das hat man erst am Montag festgestellt, als Schulbeginn für die Lehrer war. Ja, da hat auch noch niemand geglaubt, dass er verschwunden ist, aber als wir dann angerufen und nachgefragt haben, stellte sich heraus, dass ihn seit Dienstag letzter Woche niemand mehr gesehen hat ... ja, das sind dann zehn Tage.«

»Und er ist alleinstehend?«

»Ist wohl ein bisschen schwierig, eine Woche verschwunden zu sein, ohne dass es entdeckt wird, wenn man verheiratet ist«, erklärte Astor Nilsson mit schiefem Grinsen in den Rückspiegel.

»Ja, wahrscheinlich«, gab Barbarotti zu. »Mit wem habt ihr denn gesprochen?«

»Eigentlich nur mit einer Person«, sagte Backman. »Aber sie scheint ziemlich kompetent zu sein. Die Schulleiterin seiner Schule, sie hat auf eigene Faust ein paar Nachforschungen angestellt, als sie die Lage begriffen hat, ich glaube, wir können ihr glauben.«

»Und keine weiteren Verbindungen zwischen Öhrnberg und den anderen Opfern? Abgesehen von der Bretagne, meine ich?«

»Nein«, fuhr Backman fort. »Aber er war ja mit Anna Eriksson zusammen. Sie waren einen großen Teil des Jahres 2002 ein Paar, wenn wir unseren Zeugen glauben wollen. Keine besonders enge Beziehung offensichtlich, das haben mehrere bestätigt. Gunnar konnte ziemlich dominant sein, sie haben nie zusammengewohnt, und keiner war besonders überrascht, als es zu Ende ging. Dabei darf man natürlich nicht vergessen, dass es Annas Bekannte sind, die diese Informationen geliefert haben.«

»Er hat eine Zeitlang an einer Schule in Borås gearbeitet, stimmt das?«

»Ja, aber nur drei Halbjahre lang. Und wir haben keinen Kollegen gefunden, der sich an Anna Eriksson erinnern kann.«

»Vielleicht hat er sie ja nicht zu Lehrerfesten mitgenommen?«

»Nein, das hat er offenbar nicht.«

Sie kamen an Hova vorbei, und der Regen hörte auf.

»Ich habe einen Traum«, sagte Astor Nilsson.

»Du hast einen Traum?«, fragte Eva Backman nach. »Ich dachte, du hättest aufgehört zu schlafen?«

»Das ist ein Tagtraum«, erklärte Astor Nilsson geduldig. »Auf jeden Fall geht er davon aus, dass er noch am Leben ist, dieser Herr Studienrat Öhrnberg, und dass wir uns heute Nachmittag mit ihm zusammensetzen und vier Stunden lang reden können und damit alles klären.«

»Damit bin ich einverstanden«, sagte Barbarotti. »Wie spät ist es? Ich habe heute Morgen vergessen, meine Uhr abzunehmen, als ich schwimmen gegangen bin, und da ist sie stehen geblieben.«

»Zwanzig nach neun«, sagte Astor Nilsson. »Wir werden eine halbe Stunde zu früh in Hallsberg sein. Was meint ihr, sollen wir anhalten, eine Tasse Kaffee trinken und sehen, was heute im Expressen steht?«

»Was mich betrifft, mir reicht der Kaffee«, erklärte Gunnar Barbarotti.

»Das GPS ist kaputt«, stellte Astor Nilsson fest, als sie von der E 20 abbogen und sich der ehemaligen Eisenbahnmetropole näherten. »Aber wenn ich mich recht erinnere, dann gibt es sowieso nur eine Straße.«

Das erwies sich als richtig mit einer gewissen Einschränkung. Zwar lief die Storgatan durch den ganzen Ort entlang der Eisenbahnschienen, aber es gab trotz allem ein paar Parallelstraßen und den einen oder anderen Übergang. Astor Nilsson hielt vor Stigs Buchladen, ging hinein und bekam sofort Unterstützung von einem enthusiastischen schnurrbartgeschmückten Herrn in den Sechzigern. Fünf Minuten nach elf parkte man vor einem kleineren Mietshaus in der Tulpangatan 4. Ein großer Mann mit rasiertem Schädel beeilte sich, ihnen entgegenzukommen.

»Ström. Ist die Fahrt gut gelaufen?«

Sie schüttelten sich die Hände und stellten sich vor. Astor Nilsson versicherte, dass die Fahrt wie geschmiert gelaufen sei. Inspektor Ström zeigte mit der ganzen Hand auf zwei jüngere Männer, die gerade aus einem blauen Volvo stiegen. »Ich habe auch zwei Techniker mitgebracht, wie abgesprochen. Falls da etwas ist. Jönsson und Fjärnemyr.«

Sie begrüßten auch Jönsson und Fjärnemyr. Jönsson fehlte ein halber Zeigefinger an der rechten Hand, registrierte Barbarotti, aber man konnte sicher bei der Spurensuche auch so ausgezeichnet arbeiten.

»Der Hausmeister war schon da und hat aufgeschlossen«, erklärte Fjärnemyr. »Wir brauchen nur hineinzuspazieren.«

Ström ging die Treppen hinauf voran. Es war ein dreistöckiges Mietshaus im typischen Sechzigerjahrestil. Aber ordentlich und anscheinend relativ frisch renoviert. Zwei Wohnungen auf jedem Stockwerk. Öhrnbergs lag ganz oben. Inspektor Ström blieb vor der Tür stehen und wartete auf die anderen.

»Entschuldigt«, sagte Eva Backman. »Ich denke, ich würde gern als Erste reingehen. Es wäre ja dumm, wenn wir alle reintrampeln.«

Barbarotti konnte sehen, wie Ström zusammenzuckte. Aha?, dachte er. Ein Mann der alten Schule. Er konnte kaum älter als vierzig sein, aber offensichtlich störte es ihn, dass es die einzige Frau in dem halben Dutzend war, die die Leitung übernahm.

»Von mir aus«, sagte er und hielt die Tür auf.

Eva Backman machte einen großen Schritt über den Haufen an Post und Zeitungen, der auf dem Flur lag. Sie öffnete Türen nach links und rechts und geradeaus und ging gut eine Minute lang in der Wohnung umher. Kam dann zu den anderen zurück.

»Nix da«, sagte sie. »No body, no nothing. Dass es schlecht riecht, liegt an dem Mülleimer in der Küche. Er war schließlich länger als eine Woche nicht zu Hause, und es ist August.«

»Was wollen wir tun?«, fragte Inspektor Ström und ließ seinen Blick zwischen Astor Nilsson und Barbarotti hin und her wandern. Eine Art Demonstration offenbar, ob nun bewusst oder unbewusst.

»Können wir es so machen?«, schlug Astor Nilsson vor. »Ihr gebt uns die Gelegenheit, uns hier ein paar Stunden in Ruhe umzusehen, dann schauen wir, was wir so finden. Es ist ja nicht nötig, dass wir uns gegenseitig auf die Füße treten. Wenn dann dieser Hausmeister ...«, er schaute erst auf die Uhr, dann auf Ström, »... sagen wir, wenn er um halb zwei kommen könnte? Dann wissen wir, was wir mitnehmen wollen und die Wohnung kann wieder zugeschlossen werden, okay?«

Inspektor Ström nickte. Die Techniker Jönsson und Fjärnemyr nickten.

»Gut«, sagte Barbarotti, »dann bis später.«

Gunnar Öhrnberg war ein ziemlich ordentlicher Mann gewesen – alternativ: *er war* –, das war eine der Schlussfolgerungen, die sie ziehen konnten, nachdem sie anderthalb Stunden seine Wohnung durchsucht hatten. Alle drei Zimmer waren sauber und ordentlich. Er hatte gut gefüllte Bücherregale, in erster Linie Literatur für seine Unterrichtsfächer, Geschichte und Gemeinschaftskunde, aber auch ein Teil Belletristik. Der Schreibtisch im Arbeitszimmer war fast pedantisch geordnet mit Computer und modernem Drucker. Regale mit Ordnern und Zeitschriftensammlern, alles gewissenhaft beschriftet. Aber man muss sich dabei ins Gedächtnis rufen, dass das Schuljahr noch nicht angefangen hat, dachte Barbarotti.

Vielleicht würde es für Gunnar Öhrnberg auch gar nicht mehr anfangen, doch es war noch zu früh, sich in dieser Frage festzulegen. Viel zu früh. Er konnte ja in letzter Minute noch eine Kurzreise gemacht haben oder vergessen haben, dass er wieder anfangen musste zu arbeiten. Oder sich auf einer Gebirgswanderung verlaufen haben. Oder … ja, was?, fragte sich Barbarotti, als er die Tür zu dem vollgestopften Wäscheschrank schloss. Gekidnappt worden sein? Beim Pilzsammeln im Wald einen Hirnschlag bekommen und das Gedächtnis verloren haben?

Auf einem Eichenbüfett im Wohnzimmer stand eine Reihe eingerahmter Fotos. Sechs unbekannte Menschen, zwei von ihnen waren älter – vermutlich die Eltern –, zwei davon waren Kinder. Ein Junge und ein Mädchen, beide dunkelhaarig. Außerdem ein Brautpaar. Der Mann erinnerte ein wenig an Gunnar Öhrnberg, weshalb Barbarotti annahm, dass es sich um einen Bruder handelte und dass die beiden Kinder wohl Nichte und Neffe waren. Hinter einer Tür des gleichen Eichenbüfetts standen nicht weniger als zehn Flaschen Whisky, alle Single Malt, sieben von ihnen bereits geöffnet. Ein kleiner Connaisseur, nach allem zu urteilen. Einen Humidor mit sechs Zigarren gab es auch.

Aber nirgendwo ein Fotoalbum. Und nirgendwo eine offensichtliche Lücke in den Bücherregalen, wo es gestanden haben könnte.

»Sieht nicht so aus, als ob er fotografiert hat«, sagte Eva Backman. »Nirgends ein Fotoapparat.«

»Wir nehmen den Computer mit«, sagte Astor Nilsson. »Vielleicht sind welche drauf. Und andere Dinge auch.«

»Jedenfalls gibt es ein handgeschriebenes Adressbuch«, sagte Barbarotti. »Anna Eriksson ist drin, aber keiner der anderen.«

»Ein Hans Andersson?«, fragte Astor Nilsson.

Barbarotti schüttelte den Kopf. »Leider nicht. Aber wir nehmen es trotzdem mit.«

»Selbstverständlich«, sagte Astor Nilsson und zog die Jalousien vor der Balkontür hoch.

Fernseher und Musikanlage waren von Bang & Olufsen,

die CDs, die in einer modernen Wolkenkratzerhalterung standen, zählten ein paar hundert, viel Jazz, aber auch ziemlich viel Mist, wie Astor Nilsson feststellte, und an DVD-Kassetten, die sich auch in dem inhaltsreichen Eichenbüfett befanden, gab es nicht mehr als dreißig. Ungefähr die Hälfte von ihnen pornographisch.

»So ist das, wenn man Junggeselle ist«, stellte Astor Nilsson fest.

»Eigene Erfahrung?«, wollte Eva Backman wissen.

»Leider nicht«, antwortete Astor Nilsson. »Ich wünschte, ich könnte von so einem Mist erregt werden, aber leider funktioniert es nicht.«

»Entschuldige«, sagte Backman. »Ich wollte nicht in deinem Privatleben schnüffeln.«

»Macht nichts«, erwiderte Astor Nilsson. »Mein Leben liegt wie ein offenes Buch vor dir. Auf jeden Fall scheint er ein sehr gut organisierter Mensch gewesen zu sein, dieser Herr Schulmeister. Er hätte den Müll runterbringen sollen, aber vielleicht hat er einfach nicht geahnt, dass er ermordet werden sollte.«

»Man kann sich nicht um alles kümmern«, sagte Barbarotti. »Aber auf jeden Fall ist er nicht zu Hause ermordet worden. Diesen Schluss können wir schon mal ziehen.«

»Es wäre gut, wenn wir wüssten, *ob* er ermordet wurde, bevor wir darüber reden, wo er *nicht* ermordet worden ist«, bemerkte Eva Backman.

»Das war kompliziert«, sagte Astor Nilsson. »Aber meint ihr nicht auch, dass es jetzt genug ist? Wir müssen ja auch noch ein wenig mit den Leuten reden.«

»Der Kellerverschlag?«, fragte Barbarotti. »Wollen wir noch runtergehen und uns kurz umschauen? Wir haben ja schließlich den Schlüssel.«

Backman nickte. »Tu du das. Wir tragen inzwischen schon die Sachen runter, die wir mitnehmen wollen. Und warten dann draußen auf Ström und seine Kumpel. Wäre sicher auch nicht schlecht, wenn wir irgendwo Mittag essen könnten, oder meint ihr nicht?«

»Das ist unbedingt notwendig«, sagte Astor Nilsson, »wenn ich hungrig bin, dann bin ich Schwedens schlechtester Polizist. Ich höre dann einfach nicht mehr, was die Leute sagen.«

»Was?«, fragte Barbarotti, und Backman lachte.

28

Hat nichts gebracht, wie ich vermute?«, fragte Astor Nilsson. »Der Keller, meine ich.«

Barbarotti schüttelte den Kopf. »Jede Menge Taucherausrüstung. Und Skier. Und Schlittschuhe. Wanderschuhe und Rucksäcke, er hat ganz offensichtlich so einigen Sport getrieben, hat nicht nur drinnen gehockt, Whisky getrunken und Zigarren geraucht.«

»Ich mag es nicht, wenn du über ihn in der Vergangenheit redest«, sagte Eva Backman. »Ich weiß, es klingt albern, aber ich mag es einfach nicht.«

»Du tust es doch auch«, entgegnete Barbarotti.

»Ich weiß«, sagte Eva Backman. »Das mag ich auch nicht.«

»Da ist ein Chinarestaurant«, sagte Astor Nilsson. »Ist das den Herrschaften recht?«

»Ist es«, sagte Barbarotti. »Auf jeden Fall geht es da schnell.«

Und das tat es. Gunnar Barbarotti schaffte es auch noch, in einen Uhrenladen zu gehen und sich eine neue Armbanduhr zu kaufen. Sie kostete nur 249 Kronen, aber der Verkäufer versicherte ihm mit hartem Akzent, dass sie für die Ewigkeit gebaut sei.

»Das ist keine schlechte Uhr, nur weil sie billig ist. Die tragen Sie noch bei Ihrer Beerdigung.«

Barbarotti bedankte sich und bezahlte. Es gab in der Västra

Storgatan in Hallsberg auch ein Polizeirevier, aber er hatte vereinbart, Tomas Wallin im Bahnhofscafé zu treffen. Es ist ja eigentlich ganz nett, wenn man in einem kleinen Ort wie diesem mit den Polizeikräften zusammenarbeitet, dachte er, aber ein Café ist nun einmal etwas anderes. Ein Verhörraum war auch hier nur ein Verhörraum.

Tomas Wallin sah braungebrannt und zufrieden aus, aber er begann das Gespräch, indem er erklärte, dass er schrecklich unruhig sei.

»Es muss ihm etwas passiert sein. Gunnar würde nie auf diese Art und Weise einfach verschwinden.«

Barbarotti musterte ihn kurz. Ein ziemlich kleiner, kräftiger Mann, irgendwo zwischen fünfunddreißig und vierzig. Rotblond, zentimeterkurzes Haar, ehrliche blaue Augen.

»Ich habe mir gedacht, das aufzunehmen«, sagte Barbarotti und stellte das Bandgerät auf den Tisch. »Damit wir nichts Wichtiges übersehen.«

»Oje«, sagte Tomas Wallin und trank einen Schluck von seinem Wasser.

»Sie heißen also Tomas Wallin und sind ein guter Freund von Gunnar Öhrnberg. Können Sie mir Ihre vollständige Adresse und Telefonnummer angeben?«

Was Wallin tat.

»In Örebro also?«

»Ja.«

»Gut. Können Sie mir sagen, wie lange Sie Gunnar Öhrnberg kennen?«

»Siebzehn, achtzehn Jahre. Wir haben uns beim Militärdienst in Arvidsjaur kennen gelernt.«

»Bei den Gebirgsjägern?«

»Ja.«

»Und seitdem haben Sie Kontakt?«

»Mal mehr, mal weniger. Am meisten in den letzten Jahren, seit Gunnar hierher nach Hallsberg gezogen ist.«

»Sie haben die ganze Zeit in Örebro gewohnt?«

Wallin schüttelte den Kopf. »Ungefähr seit zehn Jahren. Geboren und aufgewachsen bin ich in Gävle, und dann habe ich eine Weile in Umeå gelebt.«

»Was arbeiten Sie?«

»Ich bin Zahnarzt.«

Barbarotti schluckte seine Verwunderung hinunter. Hätte er raten müssen, hätte er wahrscheinlich auf Sportlehrer oder etwas in der Art getippt. Es fiel ihm schwer, Tomas Wallins kompakte Figur mit der flinken Fingerfertigkeit eines Zahnarztes zu verbinden.

»Aber jetzt sehen Sie sich häufiger?«

»Ja«, sagte Wallin. »Wir haben gemeinsame Hobbys.«

»Und welche?«, fragte Barbarotti.

»Das Tauchen steht wohl an erster Stelle. Wir sind beide Tauchlehrer. Jobben normalerweise ein oder zwei Wochen im Tauchzentrum unten in Kungshamn. Wir haben natürlich auch ein paar Reisen zusammen gemacht. Ans Rote Meer, auf die Philippinen und so. Und außerdem machen wir zusammen Bergwanderungen.«

»Jedes Jahr?«

»Zumindest die letzten drei.«

Gunnar Barbarotti dachte nach. »2002«, sagte er. »Wissen Sie noch, wie es 2002 gewesen ist?«

»Ob wir da im Gebirge waren?«

»Ja.«

Tomas Wallin dachte ein paar Sekunden lang nach. Dann schüttelte er den Kopf. »Nein, damals nicht. Wir sind ein paar Mal Anfang der Neunziger unterwegs gewesen ... und dann die letzten Sommer, wie gesagt.«

»Aber dieses Jahr nicht?«

»Wir haben vier Tage im September geplant.«

Optimist, dachte Barbarotti. »Und der Tauchjob?«

»Wie häufig?«

»Ja. Und gern auch in welchen Jahren, wenn Sie sich erinnern können.«

Wallin dachte wieder eine Weile nach. »Ja, wir waren jetzt im Juli da, natürlich. Und letztes Jahr und vorletztes …«

»2002?«

»2002 waren wir auch da. Ich glaube, wir haben nur ein Jahr ausgelassen, und zwar 2001.«

»In welcher Zeit im Sommer sind Sie immer da unten?«

»Immer die letzte Woche im Juli«, antwortete Wallin, ohne zu zögern. »Manchmal auch die erste Woche im August.«

Barbarotti spürte plötzlich ein leichtes Zittern. »Ich verstehe«, sagte er. »Wir kommen gleich noch auf diesen Sommer zurück, aber ich möchte, dass wir uns zunächst ein wenig auf den Sommer 2002 konzentrieren. Glauben Sie, Sie können sich noch erinnern, wie das war?«

Tomas Wallin zuckte mit den Schultern. »Wenn Sie die Tauchwoche meinen, keine Ahnung. Sollte denn in 2002 etwas Besonderes gewesen sein?«

»Das frage ich Sie ja gerade«, erwiderte Barbarotti. »Gunnar hatte in dem Jahr eine Beziehung zu einer Frau, die Anna hieß. Anna Eriksson. Sie waren in dem Sommer zusammen in Frankreich, das muss gewesen sein, kurz bevor Sie sich in dem Tauchzentrum getroffen haben.«

Tomas Wallin runzelte die Stirn. »An eine Anna erinnere ich mich nicht. Aber es stimmt, er ist in Frankreich gewesen. In der Bretagne, glaube ich, er hatte eine Flasche Calvados mitgebracht, und ich habe ihn darauf hingewiesen, dass man den Calvados nicht in der Bretagne, sondern in der Normandie produziert … nun ja, auf jeden Fall haben wir nach einem nächtlichen Tauchgang ein paar Gläser getrunken, daran erinnere ich mich.«

»Ausgezeichnet«, sagte Barbarotti. »Haben Sie auch darüber gesprochen, was er in der Bretagne gemacht hat?«

Wallin breitete die Arme aus.

»Wahrscheinlich. Aber ich kann mich an nichts Spezielles erinnern.«

»Wen er dort getroffen hat oder so?«

»Nein.«

»Darf ich Sie bitten, sich Zeit zu lassen und darüber noch einmal gründlich nachzudenken. Es kann wichtig sein.«

Tomas Wallin trank von seinem Wasser. Er saß eine Weile schweigend da und schaute aus dem Fenster. »Warum kann das wichtig sein?«, fragte er.

»Das kann ich Ihnen leider im Augenblick nicht sagen«, erklärte Barbarotti.

»Es ist doch nicht etwa so ... das hat doch nichts zu tun mit ...«

»Womit?«

»Mit diesen Morden da bei Ihnen. Todes-Gunnar und all das ... ja, man zählt ja eins und eins zusammen, auch wenn man nicht bei der Polizei ist.«

Gunnar Barbarotti nickte. »Das ist mir klar, dass Sie das tun«, sagte er. »Aber Sie sehen hoffentlich auch ein, dass ich mit Ihnen nicht über alles reden kann?«

»Natürlich«, nickte Tomas Wallin. »Entschuldigen Sie, aber ich mache mir nur solche Sorgen um Gunnar.«

Ich muss ihn fragen, ob er verheiratet ist, dachte Barbarotti plötzlich. Hoffentlich fasst er das nicht falsch auf.

»Wie ist das eigentlich, haben Sie Familie?«, fragte er.

»Frau und zwei Töchter«, sagte Tomas Wallin. »Die Jüngste ist gerade eins geworden.«

Wie schön, dachte Gunnar Barbarotti. Eine gesunde Männerfreundschaft, mehr nicht.

Ich bin genauso voller Vorurteile wie immer, dachte er dann. Und vielleicht neidisch, weil ich nicht so einen Freund habe wie Tomas Wallin?

Er kontrollierte das Aufnahmegerät und konzentrierte sich wieder. Überreichte seine Karte. »Wenn Ihnen noch etwas hinsichtlich 2002 einfällt«, sagte er. »Sie können mich direkt anrufen. Die kleinste Nebensache, wenn es sich nur um Frankreich oder diese Anna handelt.«

Wallin nickte und steckte die Karte in seine Brieftasche.

»Gut«, sagte Barbarotti. »Dann kommen wir jetzt zur Gegenwart. Wann haben Sie Gunnar Öhrnberg das letzte Mal gesehen?«

»Vor zwei Wochen«, antwortete Wallin sofort. »Am vorletzten Samstag. Er war bei uns, wir haben zusammen gegessen. Er hat bei uns übernachtet und ist am Sonntagmorgen nach Hause gefahren.«

Gunnar Barbarotti schaute in seinen Kalender. »Am Samstag, den vierten August, also?«

»Stimmt«, sagte Tomas Wallin. »Wir sind am Montag davor von Scorpius zurückgekommen, deshalb haben wir ihn dann eingeladen.«

»Wir?«, fragte Barbarotti nach. »Scorpius?«

»Emma und ich. Meine Frau. Ja, ich habe dieses Mal meine Familie mit nach Scorpius genommen. So heißt das Tauchzentrum, es liegt auf einer kleinen Insel zwischen Kungshamn und Smögen. Meine Frau hat das Advanced gemacht.«

Gunnar Barbarotti vermutete, dass es sich um eine Art qualifiziertes Zertifikat handelte, machte sich aber nicht die Mühe, nachzufragen. »Okay«, sagte er stattdessen. »Ist Ihnen etwas Besonderes an Gunnar aufgefallen? Während der Tauchwoche oder als er am Samstag bei Ihnen zu Hause war?«

»Nichts. Er war genau wie immer.«

»Sicher?«

»Ja.«

»Nicht wegen irgendetwas beunruhigt?«

»Nein.«

»Er erschien nicht nervös?«

»Nein, nein.«

»Und wenn Sie zurückdenken, dann könnte es nicht so sein,

dass er etwas vor Ihnen verbergen wollte? Wenn Sie ihn schon so lange kennen, hätten Sie das doch wohl gemerkt.«

Er war bereit für ein weiteres entschiedenes Nein, doch stattdessen zögerte Tomas Wallin eine Sekunde lang und kratzte sich leicht nervös am Hals. Das waren kleine Zeichen, aber Barbarotti wusste, dass jetzt etwas kommen würde.

»Nun ja«, sagte er. »Das hat sicher nichts mit dem hier zu tun, aber ich glaube, er hat eine neue Frau kennen gelernt.«

»Eine neue Frau?«, wiederholte Barbarotti und konnte seine Enttäuschung nicht verbergen. »Hatte er denn seit damals keine Beziehung mehr?«

Wallin schüttelte den Kopf und zeigte eine Miene, die offensichtlich gedacht war, seinen Kameraden in Schutz zu nehmen. »Nein, irgendwie ist es nie was mit Gunnar und den Frauen geworden. Eingefleischter Junggeselle und so. Seit er nach Hallsberg gezogen ist, hat es wohl niemanden gegeben. Auf jeden Fall hat er nichts erzählt.«

»Aber jetzt hat er also was erzählt?«

»Nicht direkt«, sagte Tomas Wallin. »Aber er ist in der Tauchwoche an zwei Abenden weggefahren und erst am nächsten Morgen wiedergekommen. Wäre schon komisch, wenn es sich nicht um eine Frau handeln würde.«

»Aber Sie haben ihn nicht danach gefragt?«

»Meine Frau hat ihn gefragt. Als er bei uns war. Er hat ausweichend geantwortet, und Emma behauptet, dass er das getan hat, weil er etwas zu verbergen hat. Dass es sich um eine verheiratete Frau handelt vielleicht … ja, sie spürt so was schnell, meine Frau.«

Ja, dachte Barbarotti. Und sie ist nicht die einzige Frau auf der Welt, die diese Fähigkeit besitzt.

»Aber dann haben Sie also Gunnar seit dem Morgen des Fünften nicht mehr gesehen?«

»Nein.«

»Haben Sie mit ihm telefoniert?«

»Einmal«, sagte Tomas Wallin. »Am Montag.«

»Worum ging es da?«

»Um nichts eigentlich. Er hat angerufen und sich noch einmal für die Einladung bedankt… ja, übrigens, er hat noch gesagt, dass er eventuell mit einem Kollegen für ein paar Tage zum Angeln fahren wollte.«

»Mit einem Lehrerkollegen?«

»So habe ich es verstanden.«

»Hat er einen Namen genannt?«

»Nein, ich bin mir ziemlich sicher, dass er das nicht hat.«

Gunnar Barbarotti warf einen Blick aus dem Fenster und sah, wie der X-2000-Zug auf Gleis 1 bremste. Also halten sie immer noch hier, dachte er. Zumindest ab und zu.

»Wann war Ihnen klar, dass Gunnar verschwunden ist?«, fragte er.

»Am Dienstag. Da haben sie von der Schule aus angerufen und gefragt, ob ich ihn gesehen hätte.«

»Dann weiß man also in der Schule, dass Sie gute Freunde sind?«

Tomas Wallin zuckte mit den Schultern. »Offenbar.«

»Und Sie haben keine Idee, wohin er sich aufgemacht haben könnte?«

»Nicht die geringste. Es ist für mich und meine Frau vollkommen unbegreiflich.«

Barbarotti überlegte eine Weile. »Ich glaube, im Augenblick habe ich nichts mehr«, sagte er. »Darf ich Sie anrufen, wenn ich noch weitere Fragen habe?«

»Selbstverständlich«, rief Tomas Wallin aus. »Ich möchte ja nichts lieber, als…«

Ihm schien keine gute Fortsetzung einzufallen. Vielleicht, weil es keine gibt, dachte Barbarotti finster und stellte das Aufnahmegerät ab.

»Und Sie lassen von sich hören, wenn Ihnen noch irgendetwas einfällt?«

»Selbstverständlich«, wiederholte Wallin und stand auf.

»Besonders, was diesen Sommer betrifft ... 2002.«

»Das ist mir schon klar«, sagte Tomas Wallin, und dann verabschiedeten sie sich voneinander.

Sie saßen wieder im Auto.

Eva Backman hatte von ihrem Gespräch mit der alleinstehenden Frau berichtet, die neben Gunnar Öhrnberg in der Tulpangatan wohnte. Ziemlich viele Alleinstehende momentan, hatte Backman festgestellt. Dieses Mal gleich zwei, hatte Astor Nilsson hinzugefügt.

Die Frau hieß Gunnel Pekkari. Sie war fünfunddreißig Jahre alt, geschieden und lebte mit ihrer fünfjährigen Tochter und einer Katze zusammen. Sie sah gut aus, wie Inspektorin Backman einleitend bemerkte, auf jeden Fall nach dem, was heute als gut aussehend erachtet wurde: große Brüste, Rehaugen und volle Lippen. Backman hielt es nicht für ausgeschlossen, dass sie ein kürzeres Verhältnis zu Öhrnberg gehabt hatte. Oder dass sie zumindest ein paar Mal mit ihm im Bett gewesen war. Wo sie sowieso schon Wand an Wand wohnten, konnte das ja ganz praktisch sein.

Aber leider nicht in letzter Zeit. Gunnel Pekkari konnte nichts an Informationen beitragen. Doch, ein Detail, sie hatte ihren Nachbarn gegen sieben Uhr am Dienstagabend auf der Treppe getroffen, also am Siebten, und sie konnte schwören, dass er zu dem Zeitpunkt noch am Leben gewesen war. Aber er hatte es eilig gehabt, und sie hatten sich nur kurz gegrüßt, er auf dem Weg hinaus, sie hinein.

Ansonsten fand sie, dass Gunnar Öhrnberg hübsch aussah, gute Haltung, vielleicht die Nase etwas zu groß, über seine inneren Werte hatte sie nicht so viel zu sagen.

»Ausgezeichnet«, sagte Astor Nilsson, »er war also am Abend des Siebten auf jeden Fall noch am Leben. Dann wissen wir das.«

Anschließend berichtete er von seinem Besuch bei der Schulleiterin Manner-Lind in der Alléskolan. Sie hatte wirklich ihr Bestes gegeben, um Gunnar Öhrnberg zu finden, seit Dienstag, seit sie gemerkt hatte, dass da etwas nicht stimmte. Dass ein Lehrer den ersten Planungstag versäumte, das kam sicher häufiger mal vor, wie sie zu verstehen gab, aber nicht zwei, das trauten sie sich nun doch nicht, und schon gar nicht ein Lehrer von Öhrnbergs Kaliber.

Nicht, weil er sich nicht traute, sondern weil er nicht der Typ war. So gut wie nie krank und ein Fels in jeder Brandung. Beliebt bei Schülern, Kollegen und Eltern. Und bei der Schulleitung. Brauchte man eine Vertretung, war er immer bereit. Überstunden? No problem. Freiwillige Begleitperson bei Klassenreisen? Öhrnberg meldete sich, ohne zu zögern.

Deshalb hatte Schulleiterin Manner-Lind mit diversen Leuten gesprochen. Mit Josefsson und Pärman, von denen sie wusste, dass Öhrnberg auch privat ein wenig mit ihnen verkehrte. Mit Rosander, der mit Öhrnberg Vätternsaiblinge angeln wollte, was aber abgesagt worden war, da Rosanders Frau an der Hüfte operiert werden musste. Mit Öhrnbergs Bruder in Östersund und mit seinen Eltern in Kramfors.

Mit Freund Wallin in Örebro natürlich auch, aber keiner wusste Bescheid, und keiner hatte auch nur den kleinsten Hinweis, wo der verschwundene Lehrer geblieben sein könnte. Zum Schluss hatte sie bei der Polizei angerufen.

»Ich hatte ein ganz schlechtes Gefühl, als wir das Gespräch beendet hatten«, sagte Astor Nilsson.

»Ja?«, fragte Barbarotti, der auch auf dem Heimweg den Rücksitz eingenommen hatte. »Und was für ein Gefühl?«

»Nun ja«, sagte Astor Nilsson. »Wenn es nicht einmal der Schuldirektorin Manner-Lind gelingt, ihn aufzuspüren, dann ist die Chance ziemlich groß, dass er irgendwo tot herumliegt.«

»Ich denke, das meiste deutet darauf hin …«, setzte Barbarotti an, wurde aber unterbrochen davon, dass Backmans Handy klingelte.

Sie ging ran. Sagte einige Male »ja«, dann schaute sie aus dem Fenster und sagte »Laxå, glaube ich«, dann fluchte sie, nickte und brummte eine Weile abwechselnd »ja« und »nein«. Endete mit einem »Ja, sicher, natürlich«, und drückte das Gespräch weg.

»Was zum Teufel war das denn?«, fragte Astor Nilsson.

»Das war Jonnerblad«, sagte Backman. »Du kannst da vorn rausfahren. Wir müssen wenden.«

»Wieso das denn?«, fragte Barbarotti.

»Weil sie eine Männerleiche auf einem Weizenfeld vor Kumla gefunden haben. Es gibt einiges, das dafür spricht, dass es sich um Gunnar Öhrnberg handelt.«

»Was habe ich gesagt?«, bemerkte Astor Nilsson.

»Auf einem Weizenfeld?«, fragte Barbarotti.

Backman nickte. »Der Bauer hat ihn beim Dreschen gefunden. Er scheint übel zugerichtet zu sein.«

29

Gunnar Öhrnberg *war* übel zugerichtet.

Das konnte man wohl behaupten. Das betreffende Weizenfeld lag in der Nähe eines Ortes namens Örsta. Auf einem schmalen Feldweg, der zu einer etwas breiteren Asphaltstraße führte, stand eine Reihe Autos, vier Polizeiwagen, vier zivile sowie eine Reihe Menschen, ein Motorrad und ein eifrig bellender Hund. Dreißig Meter ins Feld hinein stand reglos ein grüner Mähdrescher und dahinter noch eine Gruppe Menschen. Die Sonne war gerade dabei unterzugehen, als Barbarotti, Backman und Astor Nilsson eintrafen, im Westen war die Silhouette der Stadt Kumla zu sehen, mit Friedhof und Kirche im Vordergrund und einer Bebauung, die einen Felsenhügel mit dem gelbroten Abendhimmel im Hintergrund hinaufkletterte. Barbarotti hielt automatisch nach etwas Ausschau, das eine Gefängnismauer vorstellen konnte, aber sein Blick blieb stattdessen an einem alten, schön gerundeten Wasserturm hängen.

»Man könnte sich ja fragen, warum Ström uns nicht direkt angerufen hat«, sagte er, als sie aus dem Auto stiegen. »Scheint doch etwas unnötig, den Umweg über Jonnerblad zu gehen.«

»Weißt du«, sagte Astor Nilsson. »Ich habe fast den Eindruck, dass er uns nicht mag, dieser Inspektor.«

»Merkwürdig«, sagte Eva Backman.

Sie wurden von einem Kommissar Schwerin auf den Acker geleitet, und als sie schließlich den Überresten des Gymnasiallehrers Gunnar Öhrnberg gegenüberstanden, fürchtete Barbarotti einen kritischen Moment lang, er müsse sich übergeben. Aber die zwei Würstchen mit Kartoffelpüree, die er zu sich genommen hatte, bevor sie Hallsberg verließen, kehrten auf halbem Weg wieder um und blieben in seinem Magen.

Der Landwirt hieß Mattsson und hatte seinen großen Mähdrescher nicht rechtzeitig anhalten können. Daher die Schäden. Früher war die Rede vom Sensenmann, dachte Gunnar Barbarotti, vielleicht war das hier das Sinnbild für die moderne Zeit. Der Tod, der mit dem Mähdrescher einfährt.

»Ja, das sieht etwas schmierig aus«, erklärte Kommissar Schwerin. »Aber er hat außerdem ein Schussloch im Kopf, er war mausetot, als der Bauer ihn niedergemetzelt hat.«

»Ein Schussloch?«, fragte Astor Nilsson nach.

»Ja, ja«, bestätigte Inspektor Ström, der sich ihnen angeschlossen hatte. »Quer durch den Schädel. Eintritt linke Schläfe, Austritt rechte.«

Eva Backman schaute auf die Uhr. »Wir haben halb neun«, stellte sie fest. »Wie spät war es, als er ihn … gefunden hat?«

»Ungefähr Viertel vor sechs«, sagte Schwerin. »Er hat einen leichten Schock erlitten. Hatte zwar sein Handy dabei, aber nicht geschafft, es zu benutzen. Es war seine Frau, die dann um zehn nach sechs angerufen hat.«

»Elf Minuten nach sechs«, sagte Ström.

»Ström, kannst du nachsehen, wie es bei Bengtsson und Linder läuft?«, bat Schwerin.

Inspektor Ström nickte und verließ sie. Gunnar Barbarotti versuchte sich einen Überblick über die makabre Szene zu verschaffen. Ungefähr die Hälfte des Feldes war noch zu ernten. Der Bauer hatte sich von außen nach innen vorgearbeitet, und der Mähdrescher stand wie ein gigantisches Urzeittier, das plötzlich nicht mehr in der Lage war, sich zu bewegen, gestrandet da. Auf einem Rechteck, groß wie ein Fußballplatz, stand das Getreide noch und wogte sanft in der lauen Abendbrise. Hüfthoch und reif. Die Polizei hatte ein kleines Gebiet mit blauweißem Plastikband abgesperrt; um den Mähdrescher und Öhrnbergs zerfleischten Körper krabbelten Ärzte, Techniker und Fotografen herum, und außerhalb des Bands gab es noch mindestens dreißig Personen.

»Wer sind alle diese Menschen?«, fragte Gunnar Barbarotti.

Kommissar Schwerin zuckte mit den Schultern. »Das ist unterschiedlich. Nachbarn und Neugierige. Die Presse ist auch da. Es passiert hier in unserer Gegend nicht so viel.«

»Du hast sie nicht gebeten, sich zu entfernen?«

»Doch. Aber die meisten waren schon da, als wir gekommen sind. Und schließlich ist das ein freies Land und wir haben eine freie Presse.«

Barbarotti betrachtete den Kommissar. Ein kleiner, ruhiger Herr in den Sechzigern. Schien das Ganze mit einer Art gelassener Ruhe hinzunehmen, vielleicht war das die richtige Art, wenn man es genau betrachtete. Er sah sich nicht bemüßigt, Anstalten zu machen, all diese Menschen nach Hause zu schicken. Sicher hatten sie bereits alle möglichen Spuren in dem fruchtbaren Lehm von Närke niedergetrampelt.

»Habt ihr eine Kugel gefunden?«, wollte Astor Nilsson wissen.

»Nein, aber wir suchen noch. Obwohl ich nicht glaube, dass wir etwas finden werden.«

»Warum nicht?«

Schwerin zeigte ein sanftes Lächeln. »Weil er wahrscheinlich woanders erschossen wurde. Schwer vorstellbar, dass der Täter sein Opfer mit sich nimmt, mit ihm auf einem Weizenfeld spazieren geht und hier dann zur Tat schreitet. Es ist einfacher, sich vorzustellen, dass er ihn erst erschossen hat und dann den Körper aufs Weizenfeld geschleppt hat.«

Barbarotti überlegte. Er hat recht, dachte er. Natürlich ist es so gewesen. »Und ihr seid euch sicher, dass es Öhrnberg ist?«, fragte er. Er selbst war alles andere als sicher. Der Kopf war so schlimm zugerichtet worden, dass er wem auch immer gehören konnte.

»Ziemlich sicher«, bestätigte Schwerin. »Er hatte Brieftasche und Ausweis bei sich.«

Barbarotti nickte.

»Lässt sich sagen, wie lange er hier gelegen hat?«, fragte Astor Nilsson.

»Der Arzt schätzt mindestens eine Woche«, antwortete Schwerin.

»Tja, das wird wohl auf eurem Tisch landen. Ist sicher das Beste, wenn wir die Leiche nach Göteborg schicken, oder?«

»Ja, macht das«, nickte Astor Nilsson. »Aber seht zu, ihn erst ordentlich zusammenzuklauben.«

Backmans Handy klingelte wieder. Sie ging ein Stück zur Seite. Kam nach einer Minute zurück. »Jonnerblad«, erklärte sie. »Ja, er will, dass wir ihn nach Göteborg schicken. Möchte außerdem, dass wir bis morgen hierbleiben …«

Sie nickte dem Kommissar zu. »Damit wir ein erstes übersichtliches Bild bekommen, sozusagen.«

Ein übersichtliches Bild und ein unübersichtlicher Körper, dachte Barbarotti. Schwerin lächelte wieder mild. »Eigentlich wollte ich morgen Golf spielen«, sagte er. »Aber das muss wohl warten. Eigentlich mag ich gar kein Golf, es ist vor allem meine Frau, die … ja, das wird wohl so einige Befragungen ergeben, wie ich mir denken kann?«

»So einige«, bestätigte Astor Nilsson. »Wie ist es mit dem Bauern, ist er ansprechbar?«

»Ihr könnt es auf jeden Fall versuchen«, sagte Schwerin und zeigte in die Richtung. »Er steht da hinten. Letztes Jahr ist er über ein Reh gebrettert, aber das hier ist bestimmt schlimmer.«

»Raffiniert«, sagte Eva Backman. »Ihn ins Weizenfeld zu legen.«

»Wie meinst du das?«, fragte Barbarotti.

Sie hatten sich ein Stück abseits gestellt, während der Augusthimmel von Blau in Schwarz überging und Astor Nilsson mit dem Landwirt Mattsson sprach. Barbarotti kaute auf einem Weizenkorn.

»Nun ja, wenn er ihn verstecken will, aber gleichzeitig sichergehen will, dass er bald gefunden wird. Wer geht schon in ein Getreidefeld? Er liegt garantiert verborgen dort, bis es Zeit für die Ernte ist.«

Barbarotti schälte ein neues Korn aus der Ähre und stopfte es sich in den Mund. »Da hast du wohl recht. Aber es müsste doch eine Spur bleiben, wenn man in so ein Feld geht?«

»Nicht viel«, sagte Backman. »Wenn man ein bisschen vorsichtig ist, richtet sich das meiste, glaube ich, hinterher wieder auf. Wie nach einem Regen. Ja, ich kann mir nicht helfen, aber ich finde das wirklich raffiniert.«

»Ja, sicher«, sagte Barbarotti. »Wir haben ja schon mehrfach drüber gesprochen, dass er das ist, dieser Kerl, mit dem wir es zu tun haben, nicht wahr? Raffiniert.«

Eva Backman nickte und schaute über das sich verdunkelnde Feld. »Fünf Menschen, kannst du das fassen? Er hat fünf Menschen im Laufe eines Sommers das Leben genommen, und wir haben nicht einen Finger gekrümmt, um ihn daran zu hindern. Er schreibt uns Briefe, gibt uns und den Zeitungen Tipps. Wofür werden wir eigentlich bezahlt?«

»Ich weiß«, bestätigte Barbarotti. »Aber wir werden ihn kriegen. Und diese Tipps, auf die gebe ich nicht besonders viel.«

»Nein?«, sagte Eva Backman und putzte sich die Nase. »Verdammt, ich glaube, ich bin auch noch allergisch. Kann es nicht vertragen, auf frisch gemähten Feldern herumzutrampeln.«

»Die Sorgen nehmen kein Ende«, sagte Barbarotti. »Auf jeden Fall muss Öhrnberg ja schon lange tot gewesen sein, als ich den Brief mit dem Todes-Gunnar bekommen habe. Der Tipp kam nicht einmal in der richtigen Reihenfolge. Die Malmgrens haben die Fähre am Sonntag genommen, er hat Öhrnberg schon mehrere Tage vorher erschossen, oder?«

Eva Backman dachte nach. »Stimmt«, sagte sie. »Ich habe in meinem Büro einen Zeitplan über das alles. Wir können das überprüfen, wenn wir wieder zu Hause sind.«

Barbarottis Handy klingelte.

Es war eine Journalistin vom Aftonbladet. Eine junge Frau, sie hatte gehört, dass man eine neue Leiche auf einem Roggenfeld in der Nähe von Karlskoga gefunden hatte.

»Weizen«, sagte Barbarotti. »Und Kumla. Aber von einer Leiche weiß ich nichts.«

Er drückte das Gespräch weg. Ich muss meine Handynummer in den nächsten Tagen ändern, schärfte er sich ein.

Kommissar Schwerin hatte das Stora-Hotel in Örebro vorgeschlagen, und sie waren seiner Empfehlung gefolgt. Sie kauften sich jeder ein Bier an der Rezeption und ließen sich an einem Tisch im Speisesaal nieder, der einen Blick auf den Svartån und das Schloss bot. Es wurde nichts mehr serviert, und sie saßen allein in dem großen, halbdunklen Raum.

»Das ist Schwedens zweitschönstes Schloss«, sagte Astor Nilsson und zeigte zum Fenster hinaus.

Barbarotti und Backman betrachteten die alte Steinburg und nippten an ihrem Bier.

»Und welches ist das schönste?«, fragte Barbarotti.

»Kalmar«, sagte Astor Nilsson.

»Du scheinst ziemlich herumgekommen zu sein«, sagte Backman.

»Das habe ich doch schon erklärt«, sagte Astor Nilsson. »Mein Chef würde mich nach Paris schicken, nur um mich loszuwerden. Nun, wollen wir versuchen, den Mist zusammenzufassen?«

»Wir können es ja mal versuchen«, sagte Barbarotti. »Soll ich anfangen?«

»Bitte schön«, sagte Eva Backman.

»Danke. Gunnar Öhrnberg wurde also mit einer grobkalibrigen Waffe in den Kopf geschossen. Vielleicht eine Pinchmann oder Berenger. Wahrscheinlich am Mittwoch voriger Woche. Wahrscheinlich irgendwo in Närke. Ja, dann habe ich wohl alles zusammengefasst, wie ich denke.«

»Nicht ganz«, widersprach Astor Nilsson. »Er wurde dann in irgendein Fahrzeug verstaut, beispielsweise in den Kofferraum eines Autos. Zu einem Weizenfeld in dem schönen, aber gottverlassenen Ort Örsta in der Nähe der früheren Schuhstadt Kumla gefahren. Auf besagten Acker geschmissen, um zu gegebener Zeit von dem Landwirt Henrik Mattson gedroschen zu werden. Raffiniert, ihn auf einen Getreideacker zu legen.«

»Raffiniert?«, wiederholte Barbarotti.

»Das haben wir bereits diskutiert«, sagte Eva Backman.

»Na gut«, brummte Astor Nilsson. »Wisst ihr, wie es morgen mit den Zeitungen sein wird?«

»Ich habe mit Schwerin gesprochen«, sagte Barbarotti. »Es wird jede Menge zu lesen geben, in erster Linie in Nerikes Allehanda. Wir werden auch öffentlich um Hilfe bitten. Verdächtige Autos in der Gegend von Örsta und so weiter. Ebenso in der Gegend um die Tulpangatan in Hallsberg. Ja, die Telefone werden bei den Kollegen sicher heiß laufen, ich glaube, es wird spezielle Nummern geben. Wir müssen sehen, was das bringt.«

»Gut«, sagte Eva Backman. »Inzwischen muss ja eigentlich jeder Mensch in diesem Land über den Fall gelesen haben. Wäre an der Zeit, dass auch mal jemand was gesehen hat.«

»Fromme Wünsche«, sagte Astor Nilsson. »Wenn man jemanden um drei Uhr nachts erschießt und ihn eine Stunde später auf einem Acker ablädt, dann wird es bestimmt nicht besonders viele Zeugen geben.«

»Verdammter Pessimist«, sagte Eva Backman. »Ich würde vorschlagen, wir trinken jetzt aus und gehen dann schlafen.«

Gunnar Barbarotti schaute auf seine Uhr. Sie war stehengeblieben.

Als er am Samstagmorgen aus der Dusche kam, rief Marianne an.

»Wo bist du?«, begann sie, genau wie man heutzutage jedes Gespräch beginnt. In der globalen Ära kurz vorm Armageddon, wie er in irgendeinem reaktionären Zeitungskommentar vor nicht allzu langer Zeit gelesen hatte. Wenn die Menschen ihre Wurzeln verloren haben und zu einem Schwarm Heuschrecken geworden sind, die ziellos über die Erde irren.

»Örebro«, gab er bekannt. »Ich stehe hier und blicke auf Schwedens zweitschönstes Schloss.«

»Ich weiß«, sagte sie. »Habe ich schon gesehen. Aber Kalmar ist noch schöner.«

Irgendeine Art von allgemein akzeptierter Wahrheit also?, dachte Barbarotti verwundert. »Ja, das finde ich auch«, stimmte er zu.

»Was machst du da?«

»Hast du keine Zeitung gelesen?«

»Nein.«

»Gut. Tu es lieber nicht. Ich liebe dich.«

Auf irgendeine sonderbare Art und Weise war es ihm gelungen, zu verdrängen, dass Samstag war. *Der* Samstag. Ich bin ja nicht ganz gescheit, dachte Barbarotti. Wie kann ich das nur vergessen haben? Ich habe nur noch ein Goldfischgehirn und kein Menschengehirn mehr.

Aber es fiel ihm wieder ein, als er erinnert wurde. Immerhin.

»Willst du mich heiraten?«, fragte er.

Sie lachte. Er hätte am liebsten auf der Stelle dem Herrgott aus reiner Freude einen Punkt geschenkt. Denn es war etwas in ihrem Lachen, das ... ja, was war das eigentlich?

Doch, es klang, als würde sich schließlich alles regeln. Das war einfach zu hören. Sie würden ein Paar werden, er und Marianne, come rain, come sleet or snow, oder wie hieß das noch? Plötzlich schien es, als wäre alles Zögern einfach weggeweht, und er konnte nicht begreifen, wieso er jemals gezweifelt hatte. Und diese glasklare Einsicht innerhalb einer Sekunde. Während ihr kurzes Lachen immer noch aus dem Hörer klang.

»Auf jeden Fall will ich dich sehen«, sagte sie. »Ich wollte nächstes Wochenende vorschlagen. Wie sieht es da bei dir aus?«

»Ich habe Zeit«, sagte Gunnar Barbarotti. »Für dich habe ich immer Zeit.«

»Und der Briefmörder?«

»Ich werde den Fall bis nächstes Wochenende gelöst haben«, versprach Barbarotti. »Willst du, dass ich zu dir komme?«

»Nein«, sagte sie, »ich habe gedacht, ich komme zu dir. Wenn das in Ordnung ist. Die Kinder wollen zu ihrem Vater nach Göteborg, also kann ich sie auf dem Weg abliefern und wieder abholen.«

»You have a deal«, sagte Barbarotti. »Du kriegst auch Hummer, ich habe ein prima Rezept. Freitagabend, also?«

»Freitagabend – Gunnar?«

»Ja?«

»Ich glaube, ich liebe dich auch. Ich fürchte, ich habe vergessen, es dir zu sagen.«

Als er zum Frühstücksbüfett hinunterkam, lächelte er immer noch.

»Bist du betrunken, oder hast du den Fall gelöst?«, wollte Eva Backman wissen.

»Nichts von beidem, leider«, sagte Barbarotti.

»Er war sicher schon draußen, eine Runde schwimmen«, schlug Astor Nilsson vor und nickte zum Svartån. Was ihn betraf, so sah es aus, als hätte er die ganze Nacht versucht, sich mit einer widerspenstigen Bärin zu paaren. »Scheiße, ich habe kein Auge zugekriegt, diese Ermittlungen schaffen mich noch.«

»Jetzt trinken wir drei Tassen schwarzen Kaffee, und dann legen wir los«, sagte Eva Backman. »Übrigens, da kommt Schwerin.«

Der Kommissar sah genauso entspannt aus wie am Tag zuvor auf dem Weizenacker. »Ich dachte, ich nutze die Gelegenheit und bespreche die Lage, bevor wir ins Polizeirevier fahren«, erklärte er. »In aller Ruhe sozusagen. Findet ihr nicht, dass wir ein schönes Schloss haben?«

»Schwedens zweitschönstes«, sagte Barbarotti. »Doch, es wäre sicher nicht schlecht, sich ein wenig zu besprechen.«

»Habt ihr Nerikes Allehanda schon gesehen?«, fragte Schwerin und reichte ihnen eine Zeitung.

Barbarotti schaute sich das Titelblatt an. MÄHDRESCHER DES TODES stand in drei Zentimeter großen Buchstaben über einem Foto des havarierten, mit Blitzlicht erleuchteten Mähdreschers und einer Gruppe dunkler Gestalten im Hintergrund. Das sieht unglückverheißend suggestiv aus, eher wie ein Filmplakat, dachte Barbarotti.

»Oh, verdammt«, sagte Eva Backman. »Ist er mit Namen genannt und alles?«

»Nein«, sagte Schwerin. »Aber seine Eltern kommen heute Morgen, um ihn zu identifizieren. Sie wohnen in Kramfors. Wir haben ihn ins USÖ gebracht, anschließend schicken wir ihn in die Rechtsmedizin in Göteborg, wie abgesprochen.«

»USÖ?«, fragte Backman nach.

»Universitätskrankenhaus Örebro«, sagte Schwerin.

»Ach so«, sagte Astor Nilsson. »Jetzt setzen wir uns erst mal und frühstücken.«

Sie ließen sich am selben Tisch nieder, an dem sie ihr abendliches Bier getrunken hatten. Schweigend wurde in zwei Exemplaren der Nerikes Allehanda geblättert, in der der makabre Fund auf dem Feld vor Kumla wortreich beschrieben wurde – wie auch die Verbindung zu den schon bekannten Morden in Westschweden. Nach ein paar Minuten räusperte sich Kommissar Schwerin vorsichtig.

»Wie sieht es aus, seid ihr jemandem auf der Spur, oder auf welcher Stufe befinden sich die Ermittlungen jetzt eigentlich?«

Astor Nilsson hörte auf zu kauen und starrte ihn einen Moment lang an.

»Es geht langsam voran«, sagte Eva Backman.

»Ich frage im Hinblick auf die Pressekonferenz«, erklärte Schwerin. »Sie ist für drei Uhr angesetzt. Es scheinen ziemlich viele Leute zu kommen, wäre schön, wenn ihr auch dabei sein könntet.«

»Selbstverständlich«, sagte Barbarotti. »Inspektorin Backman und ich kümmern uns drum, während Kommissar Nilsson seinen Mittagsschlaf hält.«

Astor Nilsson lächelte und kaute weiter.

»Wie ist der heutige Tag ansonsten geplant?«, fragte Backman.

Schwerin zog ein schwarzes Notizheft heraus. »Vier Mann kümmern sich um die Nachbarn in Hallsberg«, erklärte er. »Sie sind wahrscheinlich schon an Ort und Stelle, wir hoffen, den ersten vorläufigen Bericht von ihnen noch vor der Pressekonferenz zu bekommen. Wir haben ein Meeting um zwei. Dann müssen wir auch mit den Bauern um Örsta gesprochen haben … vielleicht könntet ihr …?«

»Kein Problem«, sagte Astor Nilsson, »wir klappern die Höfe ab und fragen nach.«

»Gut. Ja, dann werden wir wahrscheinlich einige Tipps bekommen, die wir beurteilen und bearbeiten müssen. Ich werde versuchen, sie einzuordnen, zusammen mit Ström, äh, den habt ihr ja schon kennen gelernt, und noch einem Inspektor. Ja, so ist es geplant, aber vielleicht habt ihr andere Vorstellungen?«

»Das klingt ausgezeichnet«, sagte Barbarotti.

»Prima«, sagte Astor Nilsson.

Backmans Handy klingelte. Es war Jonnerblad, der fragte, ob er und Tallin nach Örebro kommen sollten. Backman erklärte, dass das nicht nötig sei, und versprach, ihn über die Entwicklung der Ereignisse im Laufe des Tages zu informieren.

»Dann können wir doch eigentlich gleich mit der Befragung des Bauern anfangen«, sagte Barbarotti. »Ob ihm vielleicht aufgefallen ist, dass das Gras irgendwo runtergetrampelt war … wenn wir wissen, welchen Weg der Mörder ins Feld genommen hat, ist es ja nicht ganz ausgeschlossen, dass wir den einen oder anderen Fußabdruck finden. Öhrnberg muss doch mindestens fünfundsiebzig Kilo gewogen haben, oder?«

»Was bedeutet, dass der Mörder keine schmächtige kleine Frau war«, sagte Astor Nilsson. »Aber ich glaube, das haben wir schon gewusst, oder?«

»Gestern Abend sind da ziemlich viele Leute herumgelaufen«, sagte Backman. »Aber wir dürfen natürlich die Möglichkeit nicht ganz ausschließen.«

»Können wir einen Techniker mit nach Örsta kriegen?«, fragte Barbarotti.

»Kein Problem«, nickte Schwerin. »Sonst noch was?«

»Wir werden sehen, was im Laufe der Arbeit so auftaucht«, erklärte Astor Nilsson. »Aber Besprechung ist um zwei Uhr im Polizeirevier, nicht wahr?«

»Ja, um zwei«, bestätigte Schwerin.

»Es liegt nicht zufällig ein Uhrenladen in der Nähe des Hotels?«, fragte Gunnar Barbarotti. »Ich muss mir eine Uhr kaufen.«

»Schräg gegenüber«, sagte Schwerin. »Aber die öffnen nicht vor zehn.«

»Na gut«, sagte Barbarotti. »Das kann noch warten.«

30

Kommissar Schwerin leitete die Besprechung damit ein, dass er fragte, ob einer der Anwesenden zufällig das Buch des finnischen Autors Mika Waltari gelesen habe, *Sinuhe, der Ägypter.*

Das hatte niemand. Schwerin erzählte dann, dass das Buch unter anderem von einem ägyptischen Gehirnchirurgen handele, der mehr als 1000 Jahre vor Christus gelebt hatte – und wie man damals die Dinge sah. Beispielsweise Schädeloperationen. Wenn alles korrekt verlaufen war und getan wurde, was getan werden musste, dann wurde die Operation als gelungen angesehen. Auch wenn der Patient starb. Der Kommissar wollte die Polizeieinsätze vom Morgen und Vormittag damit vergleichen. Alles war genau nach Plan verlaufen, und jeder hatte sein Bestes getan, doch es nützte leider nichts – man hatte nicht die Spur von einem Mörder.

Interessanter Vergleich, dachte Gunnar Barbarotti und wechselte einen Blick mit Eva Backman, die ungefähr zur Hälfte amüsiert, zur Hälfte beunruhigt aussah, wie ihm schien.

Aber es war natürlich noch zu früh, irgendetwas endgültig zu bewerten, und alle Berichte waren in höchstem Grade vorläufig, das betonte Schwerin immer wieder. Sie hatten mit insgesamt zweiundfünfzig Personen gesprochen, ein komplettes Kartenspiel, dreißig in Hallsberg – in erster Linie Nachbarn und Kollegen von Öhrnberg –, siebzehn im Gebiet von Örsta bei Kumla und eine Handvoll Bekannte in Örebro. Alle hatten erklärt, dass sie geschockt seien, in unterschiedlichem Grad. Niemand hatte – zumindest nach einer ersten groben Einschätzung – etwas Wesentliches zu den Ermittlungen beizutragen gehabt. Die Person, die den Ermordeten wahrscheinlich als Letzte lebendig gesehen hatte, abgesehen von dem Täter, war eine Frau, die in einem kleinen Laden fünfzig Meter von Öhrnbergs Wohnung in der Tulpangatan arbeitete. Er hatte dort kurz vor halb zehn am Dienstagabend Joghurt, Saft und Brot gekauft.

Dienstag, der 7. August, überlegte Barbarotti. Eine Woche, bevor er den Brief bekommen hatte. Danke auch für den Tipp, wie schon gesagt.

Auf der speziell von der Polizei eingerichteten Leitung waren bis jetzt (um 13.50 Uhr) einige hundert Gespräche eingegangen. Von ganz unterschiedlicher Art. Vier der Anrufer waren zu einem Gespräch geladen worden aufgrund der Angaben, die sie hinterließen, nur eine der Befragungen war bisher durchgeführt worden und schien nichts an Wert zu enthalten. Sie war jedoch aufgenommen worden und würde im Laufe des Nachmittags ausgedruckt werden.

Barbarotti bemerkte, dass Astor Nilsson eingeschlafen war. Er saß direkt rechts von ihm, zurückgelehnt, die Arme vor der Brust verschränkt, das Kinn auf der Brust ruhend. Er hatte sich eine dunkle Brille aufgesetzt, deshalb war es nicht so leicht zu erkennen. Barbarotti hoffte nur, dass er den Kopf an Ort und Stelle halten und nicht anfangen würde zu schnarchen – der Raum war voll mit jungen, ambitionierten Polizeibeamten, und ein schlafendes Mitglied des Ermittlungsteams würde keinen guten Eindruck machen.

Als Schwerin nach ungefähr einer halben Stunde das Wort freigab, gab es nur eine einzige Frage. Ein schmächtiger Polizeianwärter, der höflich fragte, ob die Leiche denn inzwischen identifiziert sei.

»Entschuldigung«, antwortete der Kommissar. »Das Detail

habe ich vergessen. Ja, es besteht kein Zweifel daran, dass unser Mann Gunnar Öhrnberg ist.«

Aha, dachte Gunnar Barbarotti und versetzte Astor Nilsson einen Stoß mit dem Ellbogen, um ihn wieder ins Leben zu holen.

Als man es genauer betrachtete, kam man zu dem Schluss, es wäre doch besser, wenn die Pressekonferenz von nicht allzu vielen Personen abgehalten würde. Beispielsweise von zweien. Beispielsweise von Kommissar Schwerin und Inspektorin Backman.

Barbarotti stand an der Wand ganz hinten in dem zum Bersten vollen Raum, und als er die beiden Kollegen vorn an dem mit Mikrophonen reich bestückten Tisch beobachtete, stellte er fest, dass das die richtige Entscheidung gewesen war. Der ruhige, vertrauenerweckende Kommissar. Die wache, schnell reagierende Backman.

Älterer Mann, jüngere Frau, das Rezept war nicht neu.

Die Anzahl der Journalisten, deren Chefs den Aufruf gehört und weitergegeben hatten, lag um die fünfzig. Man schwitzte. Drei Videokameras surrten. Der Raum war offenbar für rund dreißig Personen gedacht, und falls es eine Klimaanlage gab, war sie anscheinend außer Funktion. Die Temperatur bewegte sich irgendwo um die Dreißig-Grad-Marke. Alles war wie maßgeschneidert, dass man sich wünschte, den Raum so schnell wie möglich wieder zu verlassen. Barbarotti fragte sich insgeheim, ob der sanfte Kommissar tatsächlich *so* teuflisch gerissen war. Was ihn nicht verwundern würde.

Die Fragen waren zahllos. Zu Öhrnberg. Zu den anderen Morden. Zur Lage der Fahndung.

»Haben wir es mit einem Serienmörder zu tun?«, fragte ein dunkelhäutiger Mann von TV4.

»Nein«, antwortete Eva Backman. »Wir denken, dass er seine Mordserie jetzt abgeschlossen hat. Es waren fünf Menschen, die er töten wollte, leider ist ihm sein Vorsatz gelungen.«

»Woher wissen Sie, dass es nicht mehr werden?«

»Wir haben einige Indizien, die in diese Richtung weisen.«

»Was sind das für Indizien?«

»Darauf können wir leider nicht näher eingehen.«

»Hat er das selbst in seinen Briefen behauptet?«

»Unter anderem, ja.«

Und so weiter. Barbarotti schaute sich um, konnte jedoch seinen alten Widersacher vom Expressen nirgends entdecken, wusste aber dennoch, dass genau *diese Frage* früher oder später auf den Tisch kommen würde. Und dem war auch so, ungefähr nach einer Viertelstunde stand ein hochgewachsener Mann auf und stellte sich als Petersson von Agenda vor.

»Es gab einen Zwischenfall von polizeilicher Gewalt gegen einen Reporter Anfang der Woche. Welchen Kommentar möchten Sie dazu abgeben?«

»Gar keinen«, sagte Eva Backman. »Wenn die offizielle Pressekonferenz beendet ist, wird der betreffende Beamte selbst eventuelle Fragen zu diesem Thema beantworten.«

Sie hatte ihn dazu überredet. Was eigentlich nicht besonders schwer gewesen war. Er wusste, dass es keinen Sinn hatte, den Kopf gegenüber den Journalisten in den Sand zu stecken. Allein die Formulierung »Kein Kommentar« signalisierte ja bereits Schuld und Scham. Aber er spürte eine gewisse Unruhe, als er nach fünfundvierzig verschwitzten Minuten den Platz hinter den Mikrophonen einnahm.

»Sie waren das also?«, begann eine dunkelhaarige Frau in den Fünfzigern.

»Was war ich?«, fragte Gunnar Barbarotti.

»Der Mann, der Persson vom Expressen niedergeschlagen hat.«

»Nein«, widersprach Barbarotti. »Ich habe ihn nicht niedergeschlagen.«

»Aber Sie sind auf jeden Fall deshalb angezeigt worden«, stellte ein kräftiger Mann in der ersten Reihe fest.

»Expressen hat seine Anzeige innerhalb von vierundzwanzig Stunden zurückgezogen«, erinnerte Barbarotti.

»Könnten Sie uns berichten, was passiert ist?«, fragte eine Stimme mit finnischem Akzent aus dem hinteren Teil des Raumes.

»Gern«, sagte Barbarotti. »Es war neun Uhr abends. Ich befand mich bei mir zu Hause. Wollte mich gerade zum Essen hinsetzen, nachdem ich zwölf Stunden gearbeitet hatte. Da kam Reporter Persson und versuchte sich bei mir in die Wohnung zu drängen.«

»Und wie?«, fragte jemand.

»Er klingelte. Ich öffnete. Er wollte hereinkommen und mir Fragen stellen. Ich sagte ihm, dass ich keine Zeit habe, er hatte im Laufe des Tages bereits mit mehreren anderen Polizeibeamten gesprochen. Ich hatte ein längeres Gespräch mit ihm am Tag zuvor gehabt.«

»Aber Sie sind handgreiflich geworden und haben ihn rausgeworfen?«

»Nein. Er hat mich daran gehindert, die Tür zu schließen. Zum Schluss bin ich es leid geworden. Habe ihn ins Treppenhaus geschubst und die Tür geschlossen.«

»Aber er ist doch die Treppe runtergefallen?«, nahm der erste Fragesteller den Faden wieder auf.

»Ich verstehe auch nicht, wie ihm das gelingen konnte«, erklärte Barbarotti. »Aber für den Expressen ist vielleicht nichts unmöglich?«

Ein paar vorsichtige Lacher waren im Raum zu hören.

»Sind Sie der Meinung, richtig gehandelt zu haben?«

»Vermutlich nicht«, antwortete Barbarotti. »Aber von zwei schlechten Möglichkeiten habe ich mich für die weniger schlechte entschieden. Es war natürlich nicht meine Absicht, dass er sich verletzen sollte.«

»Welche wäre die andere schlechte Möglichkeit?«

Gunnar Barbarotti dachte einen Moment lang nach.

»Ich weiß, dass die meisten von euch seriös arbeitende Journalisten sind«, sagte er dann. »Ich hoffe, dass euer Corpsgeist euch nicht verbietet, das mit ein wenig gesundem Menschenverstand zu betrachten. Arbeitsmethoden wie die des Göran Persson tragen nicht zu einer guten Presse in diesem Land bei.«

»Ist der Expressen hier im Raum vertreten?«, wollte jemand wissen.

»Ja«, antwortete eine blonde Frau in den Dreißigern.

»Haben Sie einen Kommentar dazu abzugeben, warum die Zeitung zunächst eine Anzeige aufgibt und sie dann wieder zurückzieht?«

»Nein«, sagte die Frau. »Leider nicht. Ich bin heute auch nur kurzfristig eingesprungen. Ich glaube, Göran Persson hat Urlaub.«

»Schachmatt«, murmelte eine dunkle Männerstimme. »Ich denke, wir belassen es dabei und gehen an die frische Luft.«

Der Vorschlag wurde einhellig angenommen, Gunnar Barbarotti leerte eine halbe Flasche Selters und seufzte tief vor Erleichterung.

Um fünf Uhr fuhr das Fahrzeug erneut Richtung Südwesten. Astor Nilsson hatte den Rücksitz mit Beschlag belegt und schlief bereits, als man die Abfahrt nach Kumla passierte. Eva Backman fuhr. Barbarotti hatte die sieben Fotos aus der Bretagne wieder hervorgeholt und starrte sie an. Oder zumindest drei davon. Er versuchte zu blinzeln und den sechsten Mann etwas deutlicher hervortreten zu lassen. Was nur schlecht funktionierte. Die leichte Unschärfe, die auf allen drei Fotos auf seinem Gesicht lag, wollte nicht weichen.

»Dass die Leute es nicht lernen, richtig scharf zu stellen«, schimpfte er.

»Was hältst du von unserer eigenen Schärfe?«, fragte Eva Backman.

»Nicht besonders viel«, gab Barbarotti zu. »Was hat Jonnerblad zum Veröffentlichen gesagt?«

Sie waren im Laufe des Tages ein halbes Dutzend Mal in Kontakt mit Kymlinge gewesen. Hatten von ihren eigenen Gesprächen mit den diversen Bauern im Gebiet von Kumla berichtet, von der vergeblichen Suche nach Fußspuren auf dem Todesacker (es war natürlich logisch, dass der Todes-Gunnar seine Tage auf dem Todesacker beenden musste, das hatten zumindest die Schreiber der Schlagzeilen von Nerikes Allehanda begriffen) und von der übrigen Fahndungsarbeit in Närke. Dafür hatten sie zumindest ein neues Detail von Jonnerblad erhalten: Es gab eine unbekannte Handynummer, die sowohl bei Anna Eriksson als auch bei Gunnar Öhrnberg als Anrufer registriert war. Prepaid, nicht aufzufinden, es schien, als wäre sie nur für diese beiden Gelegenheiten benutzt worden. Aber das Datum war interessant. Frau Eriksson wurde am Dienstag, den 31. Juli, um 10.36 Uhr angerufen. Wahrscheinlich am selben Tag, an dem sie starb. Öhrnberg fast genau eine Woche später: Dienstag, den 7. August, 13.25 Uhr. Beide Gespräche dauerten ungefähr eine Minute. War es der Mörder, der eine Zeit ausgemacht hatte? Das erschien nicht abwegig. Warum besorgte man sich eine Prepaidkarte, die man nur zweimal benutzte?, hatte Jonnerblad wissen wollen. Wenn man keine bösen Absichten hatte?

Aber nicht zurückzuverfolgen, wie gesagt.

»Was hast du gesagt?«, fragte Backman.

»Ich habe gefragt, ob Jonnerblad und Tallin mit ihrem Zögern fertig sind«, sagte Barbarotti. »Ob sie nicht der Meinung sind, dass es an der Zeit ist, das Gesicht in den Medien zu zeigen?« Er klopfte verärgert mit dem Stift auf die Fotos.

»Ich glaube, er hat was von Montag gesagt«, erklärte Backman. »Dann ist es am Dienstag in den Zeitungen. Ja, wir müssen wohl diesen Weg gehen, wie ich annehme?«

»Findest du es falsch?«

»Ich weiß nicht, was ich finde«, sagte Eva Backman. »Aber man weiß ja, was dann kommt. Und außerdem fühle ich mich etwas erschöpft. Ich glaube, ich sollte bald einem Journalisten eins reinhauen, damit ich ein paar Tage Urlaub kriege.«

»Ich bin mir nicht so sicher, ob das der richtige Weg ist«, bemerkte Barbarotti.

Astor Nilsson fluchte im Schlaf auf seinem Rücksitz. »Verfluchter Scheißbäcker«, war zu hören.

»Was hat er denn mit Bäckern laufen?«, wunderte sich Barbarotti.

»Keine Ahnung«, sagte Backman. »Aber er kann sich doch streiten mit wem er will.«

Barbarottis Handy klingelte. Er schaute aufs Display. »Sorgsen«, sagte er. »Du wirst sehen, jetzt haben wir den Durchbruch.«

Durchbruch war zuviel gesagt.

Ein kleiner Schritt in der richtigen Richtung kam der Wahrheit schon näher.

»Wir haben das Haus gefunden, das die Malmgrens gemietet hatten.«

»Gut«, sagte Barbarotti. »Und wo?«

»Im Finistère. Einige Kilometer von Quimper«, sagte Sorgsen. »Wenn du weißt, wo das liegt?«

»Ich denke schon«, sagte Barbarotti. »Jedenfalls so ungefähr.«

»Der Ort heißt Mousterlin«, sagte Sorgsen. »Nächste kleine Stadt ist Fusnong, oder wie das nun ausgesprochen wird.«

Das klang wie ein Niesen, fand Barbarotti. »Wie wird das buchstabiert?«, fragte er.

»Fouesnant«, sagte Sorgsen.

»Verstanden«, sagte Barbarotti. »Wie habt ihr es rausgekriegt?«

»Ein Typ hat uns angerufen«, sagte Sorgsen. »Er hat ein Büro in Göteborg, das Häuser in Frankreich vermietet. In erster Linie offensichtlich in der Bretagne. Er war im August in Urlaub, aber als er nach Hause gekommen ist und die Zeitungen gelesen hat, hat er in seinem Computer nachgeguckt. Und hat die Malmgrens gefunden. Sie haben das Haus in Mousterlin für drei Wochen im Juni und Juli 2002 gemietet.«

Barbarotti überlegte. »Was hatte er noch zu sagen?«

»Nicht viel«, meinte Sorgsen. »Aber wir haben noch nicht richtig mit ihm gesprochen. Er hat vor zwei Stunden angerufen, wird morgen herkommen.«

»Aber nur Henrik und Katarina Malmgren haben dort gewohnt? Keiner von den anderen?«

»Das wissen wir nicht. Und der Vermieter offenbar auch nicht. Er wird versuchen, den Besitzer in Frankreich danach zu fragen. Aber es gibt sechs Schlafplätze in dem Haus, also ist es nicht unmöglich.«

»Stell dir vor, wenn es so wäre«, sagte Barbarotti, nachdem er sich bedankt und von Sorgsen verabschiedet hatte und Eva Backman die Neuigkeiten berichtet hatte. »Stell dir vor, die ganze Bande hat da in der Hütte gewohnt.«

Eva Backman überlegte.

»Warum um alles in der Welt sollten sie?«, fragte sie dann. »Sie kannten sich doch nicht, ich dachte, soweit wären wir schon gekommen?«

»Die Malmgrens hätten selbst untervermieten können«, schlug Barbarotti vor. »Für eine Nacht oder so, das kann man doch wohl, oder?«

»Würdest du deinen Urlaub mit vier unbekannten Menschen in einem Sommerhaus verbringen wollen?«, fragte Backman. »Dann mache ich lieber erst gar keinen Urlaub.«

»Ich würde es nicht tun«, sagte Barbarotti. »Und du auch nicht. Aber man kann nie wissen. Vielleicht brauchten sie Geld?«

»Er war Dozent und sie Narkoseschwester.«

»Schon gut«, sagte Barbarotti. »Ich passe. Sie haben nicht alle in einem Haus gewohnt.«

»Du brauchst deshalb nicht traurig zu sein«, sagte Eva Backman. »Wir brauchen nur abzuwarten, dass noch andere Hausmakler nach Hause kommen und Zeitung lesen. Oder was glaubst du?«

»Warten können wir gut«, sagte Barbarotti und packte die Fotos ein, die er immer noch auf den Knien liegen hatte. »Was wirst du morgen tun?«

»Da werde ich bei meinen Lieben sein«, erklärte Backman. »Die ganze Sippe kommt heute nach Hause. Wird auch Zeit, schließlich fängt Montag die Schule wieder an.«

Barbarotti spürte plötzlich einen Stich in der Herzgegend. Schulanfang? Warum konnte Sara nicht ein Jahr später geboren sein? Dann hätte er auch einen Schulanfang, auf den er sich freuen konnte.

Ich muss sie heute Abend anrufen, dachte er. Sicher wundert sie sich schon, warum ich nichts von mir hören lasse.

Aber vielleicht ist es besser, bis morgen zu warten? Trotz allem. Sonntagvormittag, heute war Samstag, und er hatte keine Lust, noch einmal dem Flaschengeklirre zu lauschen. Absolut keine Lust.

Vielleicht sollte er sich heute Abend lieber eine Weile dem Herrgott widmen? Er war es ja wohl eher, der da auf seinem Wolkenthron saß und sich wunderte, warum er in letzter Zeit nichts mehr von dem netten Kriminalinspektor aus Kymlinge gehört hatte.

Ja, bestimmt war es so.

31

Aber es kam weder zu dem einen noch zu dem anderen.

Kein Gespräch mit Sara und keins mit dem Lieben Gott. Als Eva Backman ihn vor seiner Haustür in der Baldersgatan herausließ – nachdem sie vorher Astor Nilsson am Bahnhof in den Göteborgzug gesetzt hatte –, zeigte die Uhr zwanzig Minuten nach acht. Er war hungrig wie ein Wolf und musste einsehen, dass im Kühlschrank nicht viel zu beißen war.

Ein wenig Aufschnitt, vereinzelte Eier und ein halber Liter zweifelhafter Milch, wenn er sich recht erinnerte. Es lohnte sich gar nicht, hochzugehen und nachzuschauen.

Also machte er einen Spaziergang zum Rockstagrill, kaufte wie üblich zwei gegrillte Würstchen mit Kartoffelpüree und Gurken in Mayonnaise, und da er immer noch seine Aktentasche zu schleppen hatte, ließ er sich auf einer Bank im Brandstationspark nieder, während er sein Menü zu sich nahm.

Und während er dort saß, begannen natürlich die Ermittlungen in seinem Kopf zu rumoren. Oder rumorten weiter, genauer gesagt, denn sie waren so wenig zu ignorieren wie ein Riss in einer Rippe oder ein entzündeter Zahn.

Alle Opfer. Alle Briefe.

Alle ergebnislosen Vernehmungen und alle vergebliche Mühe, die sie an den Tag gelegt hatten. Frankreich? Was hatte Sorgsen gesagt, wie der Ort hieß? Mosterline? Er beschloss, auf einer Karte nachzusehen, wenn er zu Hause war.

Und was hatte das zu bedeuten, dass der Mörder zwei seiner Opfer angerufen hatte, aber die anderen nicht? Wenn dem denn wirklich so war? Oder hatte er eine andere nicht rückverfolgbare Telefonnummer benutzt, was die Malmgrens und Erik Bergman betraf? Wenn er überhaupt mit ihnen in Kontakt hatte kommen wollen, bevor er sie tötete.

Und die groteske Szene gestern Abend draußen auf dem Feld, die war auch nicht so einfach beiseite zu schieben. Hatte der Täter sie sich vorgestellt, als er dort sein Opfer hinlegte? Dass das Entdecken ungefähr so vor sich gehen würde? *Wollte* er, dass der Körper von einem Mähdrescher halb massakriert wurde? An einem warmen, schönen Augustabend mit dem Mond im letzten Viertel. Machte das einen Sinn? Und wenn ja – was um alles in der Welt war das für ein pervertierter Kerl, mit dem man es da zu tun hatte?

Inspektor Barbarotti biss von einer Wurst ab, gab sich alle Mühe und schob die Fragen beiseite. Hier sitze ich auf einer Parkbank und esse mein Samstagabendessen, dachte er stattdessen. Würstchen mit Kartoffelbrei. So weit ist es in meinem siebenundvierzigjährigen Leben nun gekommen.

Nun ja, es war schließlich auch ein schöner Abend, und es schmeckte gar nicht so schlecht. Und dann wanderten seine Gedanken zu Marianne, das ergab sich fast automatisch, sobald er ihnen Raum dafür ließ. Sie flogen in seinem benommenen Kopf heran wie eine Friedens- und Liebestaube von einem ganz fremden Kontinent. Ein ganzer Schwarm an Tauben, wenn man es recht besah. Sie schwärmten aus und erfüllten ihn bis in den kleinsten Winkel. Merkwürdiges Bild, aber so stand es nun einmal momentan um den Zustand seiner Seele. Er schüttelte den Kopf, um die Vögel loszuwerden. Wenn wir erst einmal verheiratet sind, stellte er stattdessen fest, dann werde ich nie mehr in meinem Leben auf einer Parkbank sitzen und Würstchen essen.

Denn so wird es doch sein? Wir werden doch wohl zusammenkommen?

Vielleicht ist es sogar jetzt das letzte Mal, dass ich es tue?, dachte er dann und schluckte Zweifel und den letzten Wurstzipfel zusammen hinunter. Das allerletzte Mal?

Er kratzte noch den Rest des Kartoffelbreis und der Mayonnaise zusammen, zerknüllte dann die Pappe und drückte sie in einen Papierkorb. Spürte, dass er von seiner Mahlzeit durstig geworden war, und er beschloss, noch ein Bier im Älgen zu trinken, bevor er nach Hause ging.

Wenn er sowieso schon draußen und unterwegs war.

Es wurden drei Bier.

Das hatte seine Gründe. Zwei seiner alten Schulfreunde, Sigurd Sollén und Viktor Emanuelsson, waren beide Strohwitwer und unterwegs, um sich einen schönen Abend zu machen. Wie es so hieß. Sobald sie Barbarotti erblickten, bestanden sie darauf, dass er sich an ihrem Tisch niederließ und mit ihnen eine Weile über die alten Lehrer herzog. Falls sie selbst inzwischen einiges vergessen hätten.

Das dauerte gut eine Stunde, dann wurde Sigurd Sollén langsam etwas verwaschen und meinte, sie sollten lieber über das Mordrätsel des Jahrzehnts reden. Er hatte so einige Tipps und Ideen, die er beitragen könne. Und außerdem einige Fragen.

Barbarotti trank seinen letzten Schluck Bier für den Abend und erklärte, dass beide, Sollén wie auch Emanuelsson, jedes Detail serviert bekämen im zweiten Teil seiner Memoiren – *Das Leben eines Bullen im Rückblick* –, das laut Planung irgendwann im Zusammenhang mit der Buchmesse in Göteborg 2023 herauskommen sollte.

Plus minus ein paar Jahre.

»Schieh mal einer an«, nuschelte Sollén. »Bischt du jetscht rotschnäschig geworden?«

»Rotznäsig?«, fragte Emanuelsson.

»Ich habe hochnäschig geschagt«, behauptete Sollén.

»Bist du besoffen?«, fragte Emanuelsson verwundert, aber da hatte Gunnar Barbarotti bereits ihren Tisch verlassen.

Als er seine Wohnung betrat, war es schon zehn Minuten vor elf, was Inspektor Barbarotti gar nicht bewusst war, da er immer noch – aus welchen Gründen auch immer – die kaputte Ewigkeitsuhr aus Hallsberg ums Handgelenk trug.

Aber er sah ein, dass er seit Freitagmorgen nicht mehr zu Hause gewesen war – was genau betrachtet der gestrige Tag gewesen war, als er sich nur kurz umgezogen hatte, bevor er mit Backman und Astor Nilsson nach Närke gefahren war.

Er sah außerdem ein, dass es genau diese Kleidung war, die er immer noch trug, und dass er im Augenblick ganz gut auf eine Parkbank passte. Wenn man es genau betrachtete.

Die Post vom Freitag lag auf dem Flurfußboden, und er beschloss, sie auf dem Weg zur Dusche aufzuheben.

Drei Rechnungen, ein Prämienkupon von Statoil und ein dicker, brauner Umschlag in A4-Format, das war alles. Den großen Umschlag hob er sich bis zuletzt auf.

Sein Name und seine Adresse waren mit steilen, etwas unbeholfenen Versalien geschrieben. Schwarze Tinte. Eine Reihe von Briefmarken ausländischer Herkunft klebte ganz oben an der Längsseite. Es dauerte eine Weile, bevor er den Absendeort erkennen konnte.

Kairo.

Kairo?, dachte Gunnar Barbarotti. Was zum Teufel hat das zu bedeuten? Er erinnerte sich, dass Ägypten heute schon einmal Thema gewesen war, konnte sich aber nicht mehr an den Zusammenhang erinnern. Der Datumstempel war klar und deutlich. 14.08.07.

Vor vier Tagen. Er holte ein Brotmesser heraus. Setzte sich an den Küchentisch und schlitzte ihn auf.

Holte ein Bündel dicht beschriebener Bögen heraus. Computerausdrucke, einfacher Zeilenabstand. Sechzig, siebzig Seiten, wie es schien, sie waren nicht nummeriert.

Er schaute oben auf die erste Seite.

Aufzeichnungen aus Mousterlin, stand dort.

Was zum Teufel?, dachte Inspektor Barbarotti.

Die Küchenuhr, die nicht kaputt war, zeigte zehn Minuten nach drei, als er endlich unter die Dusche ging.

VI

Aufzeichnungen aus Mousterlin

8. – 9. Juli 2002

»Was hast du gemacht?«, schreit Erik.

»Ich habe sie getötet«, erkläre ich noch einmal. »Sie liegt hinten beim Geräteschuppen, wenn ihr sie ansehen wollt.«

Erik starrt mich an. Sein Mund öffnet und schließt sich. Kleine Zuckungen laufen über sein Gesicht und seinen Hals, mir ist klar, dass er sehr aufgebracht ist.

»Ich dachte, das wäre angebracht«, sage ich. »Was hätte ich denn sonst tun sollen?«

»Du bist ja nicht …«

Er dreht mir den Rücken zu, macht zwei Schritte, ändert dann seine Absicht. Dreht sich um und versucht zum Schuppen zu spähen, doch es ist zu dunkel. Man kann nicht erkennen, ob dort wirklich eine Leiche liegt.

»Warum?«, fragt er. »Warum zum Teufel?«

Ich beschreibe ihm noch einmal den Hergang. Währenddessen lässt er sich auf einen Stuhl sinken, beugt sich vor, die Ellbogen auf die Knie gestützt, den Kopf in den Händen. »Scheiße, was sollen wir tun?«, stöhnt er, als ich fertig bin. »Begreifst du nicht, was du da angerichtet hast?«

»Angerichtet?«, frage ich. »Sie wusste es doch. Ich konnte gar nichts anderes tun. Was hättest du denn getan?«

Er starrt mich erneut an. Dann entdeckt er den Schraubenschlüssel, der auf dem weiß gefliesten Terrassenfußboden liegt.

»Damit?«, fragt er.

Ich nicke. »Bahco 08072«, sage ich. »Ich hatte nichts anderes zur Hand.«

Wir betrachten ihn beide einige Sekunden lang, ein wenig eingetrocknetes Blut klebt noch dran, und es gibt ein paar dunkle Flecken auf dem Boden. Ich habe mir nicht die Mühe gemacht, sauberzumachen, habe nur den Körper fortgeschafft. Erik zieht sein Handy heraus.

»Ich rufe die anderen an«, sagt er. »Verdammt, ich dachte, wir wären fertig damit.«

»Das habe ich auch gedacht«, sage ich. »Aber ruf nur die anderen zusammen, das ist sicher das Beste.«

Er sieht mich an, während er die Nummer eintippt und auf Antwort wartet, und zum ersten Mal meine ich eine Spur von Angst in seinem Blick zu entdecken.

Nach nicht einmal einer halben Stunde sind alle vier an Ort und Stelle. Es ist zwanzig Minuten vor elf Uhr am Abend, aber immer noch ist es nicht richtig dunkel. Das Abendlicht in diesen Gegenden ist berühmt, wir brauchen keine Lampe, als wir im Halbkreis stehen und die tote Frau neben der Schuppenwand betrachten. Sie ist deutlich zu erkennen. Jetzt, wo sie nicht mehr lebt, sieht sie noch kleiner aus, ich denke nicht, dass sie viel mehr wiegt als ihre Enkelin. Die Luft ist nicht kalt, aber ich merke, dass beide Frauen zittern.

»Scheiße«, sagt Gunnar. »Was hast du nur angerichtet?«

»Angerichtet?«, wiederhole ich. »Ich dachte, wir wären überein gekommen, alle Spuren vom Tod des Mädchens zu verwischen?«

Anna flüstert Katarina etwas zu, ich kann nicht hören, was. Henrik zieht hektisch an seiner Zigarette und kann kaum still stehen. Trampelt hin und her und brummt unzusammenhängende und unbegreifliche Worte.

»Du hast sie getötet«, sagt Gunnar.

»Ja«, sage ich. »Ich habe sie getötet.«

»Ermordet«, sagt Katarina.

»Scheiße«, sagt Henrik.

»Gestern habt ihr euch bei mir bedankt, weil ich einen unangenehmen Auftrag übernommen habe«, erinnere ich sie.

»Was meint ihr, was passiert wäre, wenn die Frau zur Polizei gegangen wäre?«

»Was hat sie gesagt?«, fragt Gunnar. »Warum ist sie überhaupt hergekommen?«

»Ich glaube, das habe ich schon erklärt«, sagt Erik.

»Ich würde es gern aus dem Mund des Mörders selbst hören«, sagt Gunnar.

»Können wir uns nicht auf die Terrasse setzen?«, schlägt Anna vor. »Ich will hier nicht länger stehen, mir wird hier schlecht.«

Wir setzen uns um den Tisch. Erik zündet zwei Kerzen an und holt eine Flasche Rotwein. »Ich nehme an, dass alle ein Glas möchten?«, fragt er.

Niemand sagt nein, er holt Gläser und schenkt ein. Mir fällt auf, dass heute Abend ungewöhnlich viele Fledermäuse unterwegs sind, sie schwirren durch die dünne Dunkelheit. Tauchen auf und verschwinden, tauchen auf und verschwinden, schneller als Gedanken.

»Nun?«, fragt Gunnar noch einmal. »Könntest du so gut sein und uns das hier erklären. Bevor wir zur Polizei gehen und dich anzeigen.«

»Ich glaube nicht, dass ihr zur Polizei geht«, sage ich.

»Sei dir dessen nicht so sicher«, entgegnet Henrik und trinkt nervös von seinem Wein.

»Gut«, sage ich. »Aber wenn ich sie nicht getötet hätte, dann würden wir jetzt schon alle zusammen bei der Polizei sitzen. Ich dachte, wir hätten eine Abmachung.«

»Wir haben eine Abmachung, über das, was am Sonntag passiert ist, zu schweigen«, bestätigt Gunnar. »Nicht darüber, eine alte Frau zu töten.«

»Zu ermorden«, sagt Katarina.

»Mein Gott, hast du sie so ohne weiteres totgeschlagen?«, fragt Anna. Es ist ein Hauch von Hysterie in ihrer Stimme zu hören.

»Ich habe so etwas noch nie zuvor getan«, sage ich. »Ich habe auch noch nie ein ertrunkenes Mädchen vergraben und erschlage normalerweise keine alten Damen mit dem Schraubenschlüssel. Ich verstehe einfach nicht, wessen ihr mich hier anklagt.«

Eine Weile bleibt es still am Tisch. Henrik und Anna zünden sich erneut Zigaretten an. Erik hat sich aus irgendeinem Grund die Sonnenbrille aufgesetzt, obwohl es doch elf Uhr abends ist. Ich sehe Gunnar und Henrik an, dass sie verbissen nachdenken, und mir ist klar, dass die beiden, jeder für sich, so langsam einsehen, dass an meinen Worten etwas dran ist. Und an meiner Tat. Gegen ihren Willen sehen sie das ein, und das ist das Problem, *ihr* Problem, sie wollen nicht zugeben, dass meine Handlung nur eine Konsequenz ist aus dem, was wir vorher verabredet haben. Das zu vertuschen, was während der Bootsfahrt nach Les Glénan geschehen ist. Dass Troaë ertrank und dass wir, als wir beschlossen, das geheim zu halten, den Weg einschlugen, auf dem wir uns jetzt befinden. Es ist nicht allein meine Verantwortung, es ist auch ihre, ja, ich kann sehen, wie diese bittere Wahrheit langsam in ihre leicht berauschten Köpfe sickert, und dass sie jetzt nach Worten suchen, um das zu verarbeiten und zu bekämpfen.

»Du bist ja nicht ganz gescheit«, sagt Anna.

»Sei still, Anna«, sagt Gunnar. »Wir müssen überlegen, wie wir damit umgehen.«

»Damit umgehen?«, fragt Anna. »Was meinst du mit, damit umgehen?«

»The Root Of All Evil«, sagt Erik und lacht plötzlich auf. »Verdammt, die wussten, warum sie sie so getauft haben.«

Ich kann Erik anhören, dass er langsam betrunken wird.

Henrik drückt seine Zigarette aus und wendet sich mir zu. »Ich möchte behaupten, dass du die Lage falsch verstanden hast«, sagt er und bläst mir seinen letzten Rauch ins Gesicht, ich weiß nicht, ob absichtlich oder nicht. »Und zwar ziemlich.«

»Aha?«, wundere ich mich. »Und auf welche Art habe ich sie falsch verstanden?«

»Auf folgende Art«, fährt Henrik fort, und ich sehe, dass er dadurch, dass er argumentieren muss, aufgeregt wird, als handele es sich um eine Art akademischen Disput. »Du behauptest, dass wir alle die gleiche Verantwortung an dem hier tragen, aber so ist es natürlich nicht. Genau betrachtet ... ja, genau betrachtet bist du derjenige, der die Schuld an allem trägt, und wir haben uns entschieden zu schweigen, damit du nicht in der Klemme sitzt. Du warst derjenige, der das Mädchen auf dem Boot losgelassen hat, so dass sie ertrunken ist, du warst derjenige, der sie vergraben hat, statt zur Polizei zu gehen und zu berichten, was passiert ist, du warst derjenige, der ihre Großmutter ermordet hat. Begreifst du nicht – wenn wir das alles erzählen, dann wirst du allein dastehen mit aller Schuld. Wir sind es, die dich schützen, und wir haben keinerlei Verpflichtung oder Schuld dir gegenüber.«

»Genau«, sagt Katarina.

Ich denke einen Augenblick lang nach. Schaue mich am Tisch um. »Gut«, sage ich. »Wenn ihr das so seht, dann kann ich ja jetzt sofort zur Polizei gehen.«

Henrik hat nach seinen Darlegungen ziemlich zufrieden ausgesehen, aber jetzt fällt die Maske. »Du bist ja nicht ganz gescheit«, sagt er. »Ich glaube wirklich, du spinnst.«

»Das sage ich doch die ganze Zeit«, erklärt Anna triumphierend.

Keiner der anderen scheint etwas gegen diese Analyse einzuwenden zu haben. Katarina schüttelt den Kopf und schaut in die Finsternis. »Ungewöhnlich viele Fledermäuse heute Abend«, sagt sie. »Frage mich, woran das liegt.«

»Das sind vielleicht die Boten des Todes?«, sage ich.

Gunnar runzelt die Stirn und betrachtet mich intensiv. Nur Erik, hinter seiner dunklen Brille, kann ich nichts vom Gesicht ablesen. Henrik beugt sich erneut zu mir vor, quer über den Tisch. Als wäre das alles etwas zwischen ihm und mir.

»Was willst du?«, fragt er.

»Wie bitte?«

»Zur Polizei gehen? Willst du das wirklich?«

»Nicht unbedingt«, erkläre ich.

»Was meinst du dann damit?«

»Ich bin bereit, einen gemeinsamen Beschluss mitzutragen«, sage ich. »Auch dieses Mal. Aber ich akzeptiere nicht die Rolle als Sündenbock.«

Henrik lehnt sich zurück. Er wirft Gunnar kurz einen Blick zu, den dieser erwidert. »Hast du einen Vorschlag?«, fragt er.

Ich schüttle den Kopf.

»Er ist verrückt«, sagt Anna. »Mein Gott, kapiert ihr nicht, dass er verrückt ist?«

Gunnar steht auf. Er nimmt Anna mit sich, die beiden gehen ein Stück zur Seite. Nicht in Richtung Geräteschuppen, sondern zur anderen Seite. Zur Mülltonne und dem Apfelbaum. Erik fragt, ob er noch eine Flasche Wein öffnen soll, Henrik antwortet, dass das sicher nicht schlecht wäre. Ganz unwillkürlich muss ich an Annas Gesicht denken, wie sie nach dem Nacktbad am ersten Abend aussah. Ich begreife nicht, warum ausgerechnet dieses Bild sich in meinem Unterbewusstsein mit so scharfen Klauen festklammert. Es kommt und geht auf meiner Netzhaut, erscheint und verschwindet.

Vielleicht weil ich weiß, dass sie ohne zu zögern mit mir an den Strand gegangen wäre und mit mir geschlafen hätte, wenn ich sie genau in dem Moment bei der Hand genommen hätte. Ich glaube, Gunnar ist ein sauschlechter Liebhaber.

Gunnar und Anna kommen zurück an den Tisch. »Wir müssen beschließen, was wir tun werden«, sagt Gunnar.

»Ausgezeichnete Idee«, meint Erik. »Es wäre nicht so gut, wenn sie noch dort liegt, wenn Monsieur Masson morgen früh kommt und den Rasen mähen will.«

Gunnar ignoriert seinen Kommentar. »Hast du noch eine Flasche Wein oder wie war das?«

Erik holt eine. Anna setzt sich neben Katarina und zündet eine Zigarette an. Ich verstehe, dass man ihr bedeutet hat, im weiteren Verlauf still zu sein. Katarina und Henrik flüstern miteinander, so dass ich nichts verstehen kann. Und das soll ich ja wohl auch nicht.

»Soll ich euch eine Weile allein lassen?«, frage ich. »Wenn ihr es für notwendig anseht, euch zu beraten.«

»Das ist nicht nötig«, meint Gunnar. »Ich habe einen Vorschlag.«

»Gut«, sagt Katarina.

»Ich habe es mir folgendermaßen gedacht«, sagt Gunnar und versucht, seinen Blick in meinen zu bohren. »Wir sind bereit, noch einmal zu schweigen, wenn du dafür sorgst, dass die Leiche weggeschafft wird. Wir werden nicht zur Polizei gehen, und falls sie einen von uns aus irgendeinem Grund aufsuchen, werden wir nichts sagen. Weder über das Mädchen noch über ihre Großmutter. Du reist morgen früh ab, und wir brauchen uns nie mehr wiederzusehen.«

Er macht eine Pause und tauscht Blicke mit den anderen. »Sind alle damit einverstanden?«

Anna und Katarina nicken. Erik auch, zum Schluss Henrik.

»Und du?«

»Kann ich noch ein bisschen Wein haben?«, bitte ich.

Erik zuckt fast zusammen. Dann schenkt er ein, zuerst mir, dann den anderen. Ich drehe eine Weile mein Glas in der Hand, betrachte den roten Wein, der sich im Glas dreht, er hat nicht die gleiche Farbe wie frisches Blut, eher wie altes erstarrtes oder eingetrocknetes. Ich trinke einen Schluck und stelle mein Glas auf den Tisch.

»Ich akzeptiere den Vorschlag«, sage ich. »Aber ich brauche jemanden, der den Spaten trägt.«

Gunnar trägt den Spaten. Ich dachte, das Los würde auf Erik fallen, aber aus irgendeinem Grund wird es also Gunnar. Vielleicht weil er etwas größer und kräftiger ist als Erik. Man kann ja nie wissen.

Aber ich trage die Frau. Wir sagen nichts, ich gehe vor, Gunnar zwei Schritte hinter mir. Zuerst biege ich nach rechts auf den schmalen Kiespfad ab, dann, ein paar hundert Meter weiter, nach links Richtung Menez Rouz auf den noch kleineren Pfad. Es ist der gleiche Weg wie letztes Mal, die Frau hängt über meiner rechten Schulter, genau wie Troaë vor zwei Tagen gehangen hat. Zweimal machen wir eine Pause, ich lege sie auf den Boden und ruhe mich ein bisschen aus. Ich will sie in der Nähe des Mädchens begraben, nicht direkt neben ihr, aber in Gesprächsabstand. Es scheint mir einen Sinn zu machen, dass das Mädchen auch im Tod ihre Großmutter in Reichweite hat. Aber nur in Reichweite, schließlich war es ganz offensichtlich, dass sie miteinander nicht besonders gut zurechtkamen.

Als wir auf dem kleinen Landstück angekommen sind, das von einem zögerlichen Mondlicht erhellt wird, gebe ich Gunnar ein Zeichen anzuhalten. Ich lege vorsichtig den Körper auf den Weg. Gunnar reicht mir den Spaten.

»Ich gehe zurück«, sagt er. »Es ist ja wohl nicht nötig, dass ich hier warte.«

»Geh nur«, sage ich, »es wird eine Weile dauern.«

Er verlässt mich, und innerhalb weniger Sekunden hat die Dunkelheit ihn geschluckt. Ich bin allein mit der Leiche, dem Spaten und dem Moorboden.

Und den Fledermäusen. Langsam gewöhne ich mich an sie.

Als ich zu Eriks Haus zurückkehre, zeigt die Uhr Viertel nach zwei, aber alle sind noch da.

»Wir haben ein wenig diskutiert«, sagt Gunnar. »Und wir sind zu einem Entschluss gekommen.«

»Ja?«, frage ich.

»Wir denken, es wäre das Beste, wenn du gleich abreist. Henrik und ich werden dich ein Stück bringen, und dann kannst du morgen früh weiterziehen, wohin du willst. Es wird ja in wenigen Stunden hell.«

Ich stelle den Spaten gegen das Geländer, das um die halbe Terrasse läuft. »Ach, seid ihr zu dem Schluss gekommen?«, sage ich. »Ja, das ist vielleicht die beste Lösung.«

»Schön, dass du das auch findest«, sagt Katarina.

»Ich muss mich erst waschen«, erkläre ich.

»Nimm eine Dusche«, sagt Erik. »Ich werde inzwischen Kaffee kochen.«

»Mit welchem Auto wollen wir fahren?«, frage ich.

»Ihr könnt gern meins nehmen«, sagt Erik. »Kein Problem, es ist vollgetankt. Ihr könnt bis Rennes und wieder zurück damit, wenn ihr wollt.«

Ich nicke. Verlasse die anderen auf der Terrasse, gehe ins Haus und stelle mich unter die Dusche. Spüle den Geruch nach Erde und Verwesung von meinem Körper.

Wir fahren in das Morgengrauen. Gunnar sitzt am Steuer, Henrik auf dem Beifahrersitz. Ich mit meinem großen Rucksack auf dem Rücksitz. Die Ortsnamen leuchten schnell in der langsam weichenden Dunkelheit auf. *Concarneau. Pont-Aven. Quimperlé,* hier fahren wir auf die Autobahn, und die Geschwindigkeit steigt. Wir sagen so gut wie nichts, keiner von uns. Ich überlege, wie viel Alkohol Gunnar wohl im Blut hat. Es wäre doch eine Ironie des Schicksals, wenn wir von einer Polizeistreife deshalb angehalten und gefasst würden.

Aber es ist fast menschenleer auf der Straße zu dieser Tageszeit. *Lorient. Auray. Vannes.* Sie hatten mich gefragt, ob ich lieber nach Rennes oder Nantes wolle. Beides ist ziemlich weit von Mousterlin entfernt, mir ist schon klar, dass sie mich wirklich möglichst weit weg haben wollen. Ich habe gesagt, ich ziehe Nantes vor. Das ist eine größere Stadt, und außerdem liegt sie weiter südlich als Rennes.

Ich weiß nicht, wie viele Kilometer wir zurückgelegt haben, aber es ist Viertel nach sechs Uhr morgens, als wir auf eine Raststätte vor Nantes einbiegen. Die letzten fünfundvierzig Minuten habe ich geschlafen, und ich glaube, Henrik auch. Gunnar hat schwarze Halbmonde unter den Augen, sein Blick ist lemurenartig.

»So«, sagt Henrik. »Hier trennen sich unsere Wege.«

»Ja, dem ist wohl so«, sage ich.

»Manchmal gehen Dinge einfach schief«, sagt Gunnar und bekommt plötzlich einen Hustenanfall. Mir ist schon klar, dass er etwas Allgemeingültiges und leicht Besänftigendes sagen will. Dass wir trotz allem Opfer der unglücklichen Umstände sind oder etwas in der Richtung.

Aber der Husten schiebt dem einen Riegel vor. Er bremst ab und hält direkt vor dem Eingang zu dem Café. Öffnet nicht einmal seinen Sicherheitsgurt, offenbar will er nicht einmal mehr eine Tasse Kaffee in meiner Gesellschaft trinken, bevor wir Abschied nehmen – auch wenn ganz offensichtlich ist, dass er die braucht, um die Rückfahrt meistern zu können.

Aber vielleicht ist jetzt ja Henrik dran mit Autofahren. Vielleicht suchen sie sich ein anderes Café, wenn sie mich nur erst mal los sind. Ja, wahrscheinlich ist es so einfach: Sie wollen mich keine Sekunde länger als notwendig sehen. Eine andere Art ironischer Gedanken kommt mir, als ich meinen Rucksack heraushebe: Wenn nun derjenige, der nach Mousterlin zurückfährt, hinter dem Lenkrad einschläft und sie beide umkommen, weil das Auto gegen eine Felswand brettert. Welch makabres Nachspiel, ich kann nicht anders, ich stelle mir vor, wie die übrigen drei versuchen zu erklären, was die beiden Männer so früh am Morgen hundert oder hundertfünfzig Kilometer von Mousterlin entfernt zu tun hatten.

»Wir fahren jetzt«, sagt Henrik. »No hard feelings.«

Sie steigen nicht einmal aus dem Auto aus. Ich gehe um den Wagen und gebe beiden die Hand durch die heruntergekurbelten Seitenfenster.

»Fahrt vorsichtig«, sage ich. Schwinge mir den Rucksack auf eine Schulter und gehe ins Café.

Ich schaue mich nicht um.

Ich sitze an einem Fenstertisch und schreibe. Nähere mich der letzten Klammer in meinen Mousterlin-Aufzeichnungen. Ich habe ein Galette mit Ei und Schinken gegessen, jetzt steht eine große Tasse schwarzer Kaffee vor mir, ich bin fast allein in diesem verlassenen Lokal, nur ein paar Fernfahrer hocken über ihrem mächtigen Frühstück, jeder an einem Fenster. Vielleicht kann ich sie fragen, ob sie mich mitnehmen – irgendeinen von ihnen –, aber erst will ich noch eine Weile hier sitzen. Diese Schlusssätze zu Ende formulieren, vielleicht auch eine notdürftige Morgentoilette erledigen. Es ist immer noch erst ein paar Minuten nach sieben, und ich fühle mich alles andere als bereit für einen neuen Tag.

Eine Weile habe ich über die Tatsache nachgedacht, dass sie wahrscheinlich gar nicht wissen, wie ich heiße, diese Schweden in der Diaspora in Mousterlin. In den zwölf Tagen, die vergangen sind, habe ich nie mehr als meinen Vornamen genannt. Was vielleicht unter diesen Umständen etwas bedeuten kann.

Irgendwie trage ich das Mädchen in mir. Die Großmutter auch, aber sie erscheint mir nicht so nahe. Ich weiß, dass ich während der kurzen Momente, die ich im Auto schlafen konnte, von Troaë geträumt habe. Von ihrer lebhaften Unschuld und ihrer Intensität am ersten Tag am Strand und im Le Grand Large. Von ihrer Hilflosigkeit in den Wellen. Ihrer noch größeren Hilflosigkeit, als die Erde sich um ihren Körper schloss.

Ich bin mir nicht sicher, dass ich sie jemals loswerde. Sie ist bereits dabei, sich in mich zu verbeißen, und wenn es etwas gibt, was mich in Hinblick auf meine Zukunft beunruhigt, dann ist es das. Könnte ich vor einem utopischen Gericht ein Urteil fällen, dann würde ich sie leben lassen, ihr Leben gegen das von fünf anderen eintauschen. Die Großmutter übrigens auch. Ohne eine Sekunde zu zweifeln, würde ich das tun; ich bedaure fast, dass Doktor L mir nicht am Tisch gegenübersitzt, es wäre zweifellos interessant, seine Argumente zu so einer Abwägung zu hören.

Aber ich schließe das jetzt hier ab. Mit oben bereits erwähnter Unruhe. Die Aufzeichnungen bekommen ihren alten Platz ganz unten in meinem Rucksack. Heute im Laufe des Tages oder morgen werde ich ein neues Heft kaufen, um darin zu schreiben.

Ich trinke meinen Kaffee aus. Beschließe, die Morgentoilette zu überspringen, werfe mir den Rucksack über die Schulter und gehe auf den Parkplatz hinaus. Die Sonne scheint, es wird ein heißer Tag werden.

Ich muss weiter. In den Süden.

Kommentar, August 2007

So, jetzt ist es erledigt. Ich hatte einen Plan, ich bin ihm gefolgt, es hat geklappt.

Alle fünf sind tot. Ich weiß nicht, ob man Gunnar schon gefunden hat, und ich werde es vielleicht auch nie erfahren. Das Einzige, was mich ein wenig irritiert, ist die Tatsache, dass Katarina Malmgren an die Oberfläche gekommen ist. Das war nicht so geplant, ich hatte Gewichte an beiden Körpern befestigt, aber irgendwie müssen die Knoten bei ihr aufgegangen sein. Ich wollte beide auf dem Grunde des Meeres liegen haben, dort hätten sie über Troaës Kampf mit den Wellen, bevor sie ertrank, reflektieren können. Die beiden, die nie das Boot verlassen und versucht haben, sie zu retten. Das tat Erik auch nicht, aber Erik saß in der Plicht, und ich war gezwungen, ihn als Ersten zu töten. Den Schraubenschlüssel habe ich bereits erwähnt, der ruht jetzt stilgerecht auf dem Meeresgrund, ich hätte ihn am liebsten auch bei Gunnar benutzt, aber da funktionierte es nicht. Mit Gunnar musste ich reden, bevor ich ihn auf die andere Seite beförderte, und dazu war eine Schusswaffe nötig.

Das wurde übrigens ein interessantes Gespräch. Besonders befriedigend war es, ihn auf dem Boden herumkriechen zu sehen, wie er um sein Leben flehte. Jegliche Größe fiel wie eine alte, aufgebrauchte Haut von ihm ab, es war genau, wie ich es mir erhofft hatte. Er hatte sich bereits eingenässt, als ich ihn erschoss.

Ich träume nicht mehr von der Großmutter. Seit einiger Zeit träume ich stattdessen wieder von dem Mädchen, aber jetzt sind die Träume heller. Meistens sehe ich sie am Strand stehen und uns malen, mit einem konzentrierten Lächeln auf dem Gesicht.

Aber das Bild, das sie malt, das sehe ich nie. Ich habe es auch nie gesehen, und die Menschen, die es darstellt, die gibt es nicht mehr.

Die Klammer ist geschlossen, es ist höchste Zeit für mich, weiterzugehen.

20. – 27. August 2007

32

Als Inspektor Barbarotti am Montag, den 20. August, sein Arbeitszimmer betrat, war es fast eine Woche her, seit er es verlassen hatte.

Es dauerte einige Sekunden, bis ihm das wirklich klar wurde. Am letzten Montagabend hatte er den Reporter Persson vom Expressen auf die Brust geboxt, anschließend war er für drei Tage suspendiert gewesen, hatte zwei in Närke verbracht – sowie einen Sonntag in Kymlinge in einer Wolke aus Gedanken, Überlegungen und Fragezeichen.

Er hatte *Aufzeichnungen aus Mousterlin* gelesen, diese 64 dicht beschriebenen Seiten, zweimal, hatte anderthalb Stunden mit Inspektorin Backman am Telefon gesprochen, mit Astor Nilsson fast genauso lange und mit Jonnerblad mindestens zwanzig Minuten.

Die anderen hatten es auch gelesen. Bereits gegen neun Uhr am Sonntagmorgen war Sorgsen zu ihm nach Hause gekommen und hatte das Manuskript zum Kopieren abgeholt und anschließend unmittelbar im Staatlichen Kriminaltechnischen Labor in Linköping abgeliefert. Alle hatten eine Kopie bekommen: Staatsanwalt Sylvenius und Asunander, Jonnerblad, Tallin, Astor Nilsson, Sorgsen und Backman. Und er selbst.

»Ich bereite mich auf eine weitere schlaflose Nacht vor«, hatte Astor Nilsson ihm gegen zehn Uhr abends aus dem Hotel Kymlinge anvertraut, »aber dieses Mal habe ich wenigstens eine Lektüre, in die ich mich verbeißen kann. Verdammte Scheiße.«

Barbarotti hatte auch nicht besonders gut geschlafen. Er kämpfte mit einem sonderbaren Traum um einen Mähdrescher, der Gefahr lief, im Atlantik zu versinken, und wie er Teil einer Rettungsflotte wurde, der es nicht gelang, alle in Seenot geratenen Passagiere zu retten, die in den aufgewühlten Wellen herumtrieben. Insbesondere suchten sie nach einem kleinen Mädchen, und als er gegen halb sieben Uhr aufwachte, dauerte es eine Weile, bis er begriff, dass sein Bett kein Floß war, und das einzige Wasser, das existierte, das war der Regen, der auf das Dach des Fahrradständers unten im Hof prasselte.

Er betrachtete sein Büro. Niemand hatte in seiner Abwesenheit saubergemacht. Er erinnerte sich an den Apfel, den er am vorigen Montagnachmittag gegessen hatte, und an das halbe Käsebrot, das er nicht aufgegessen hatte, aber so richtig erkannte er die Dinge doch nicht wieder. Offenbar hatte er auch aus vier verschiedenen Bechern Kaffee getrunken, und zwei geöffnete Flaschen mit schwarzem Johannisbeersaft standen auf dem Fensterbrett.

Aber der Papierkorb war geleert, immerhin etwas. Er seufzte und begann aufzuräumen, doch nach nicht einmal einer Minute steckte Inspektorin Backman ihren Kopf zur Tür herein und erklärte, dass es Zeit für die Besprechung sei. Gunnar Barbarotti nickte, stellte das Fenster auf Kipp und folgte ihr.

»Ich rechne damit, dass diese Besprechung bis zum Mittag dauern wird«, eröffnete Jonnerblad die Sitzung. »Wir werden Viertel nach zehn Kaffee bekommen.«

Barbarotti sah auf seine Uhr. Er hatte daheim in seiner Schreibtischschublade eine alte Armbanduhr gefunden, sie war so uralt, dass er sie noch aufziehen musste, aber bis jetzt schien sie allem Anschein nach zu funktionieren. Momentan zeigte sie beispielsweise neun Minuten nach neun.

Alle sahen außerordentlich konzentriert aus. Das taten die Leute wohl normalerweise am Montagmorgen, schließlich ging es darum, sich mit allen Sinnen aufrecht zu halten, lag doch der Freitag Lichtjahre entfernt, das war nichts Außergewöhnliches. Aber heute war es etwas Besonderes. Wir sehen aus wie eine Fußballmannschaft, die drei Jahre für den entscheidenden Kampf trainiert hat, dachte Barbarotti. Und jetzt ist es soweit. Jetzt kommt es drauf an.

Warum sitze ich hier mit solch albernen Gedanken?, fragte er sich anschließend. Schließlich haben wir an diesem Fall jetzt fast einen Monat gearbeitet, und nun sind wir endlich einen Schritt weiter gekommen. Kein Wunder, wenn alle etwas angespannt und ein bisschen erwartungsvoll dasitzen.

»Wir haben an diesem Fall jetzt fast einen Monat gearbeitet«, sagte Jonnerblad. »Zum ersten Mal haben wir ein Bild, worum es sich eigentlich handelt. Das ist bis jetzt die wichtigste Besprechung, es ist von grundlegender Bedeutung, dass wir heute einen klaren Kopf behalten, daran brauche ich wohl nicht erst zu erinnern. Tallin.«

Tallin übernahm. »Ich persönlich habe den Bericht des Mörders zweimal gelesen«, begann er. »Ich weiß, dass das alle anderen auch gemacht haben. Mindestens einmal. Das ist ja eine unangenehme Geschichte, die er da berichtet, ich denke, darin sind wir uns einig. Offenbar ist er überzeugt davon, dass wir ihn nie schnappen werden. Wir müssen natürlich unter den entgegengesetzten Voraussetzungen arbeiten. Das heißt, dass wir ihn finden und zur Rede stellen werden. Gibt es jemanden, der dazu einen konkreten Beitrag hat?«

Eva Backman streckte einen Stift in die Höhe.

»Das Ende?«, fragte sie. »Bevor wir weitergehen, möchte ich gern fragen, wie ihr das Ende aufgefasst habt.«

»Ich habe die gleiche Frage«, sagte Astor Nilsson. »Er schreibt, dass kein Mensch, der auf dem Bild war, mehr am Leben ist. Bezieht er sich da mit ein?«

»Gut möglich«, sagte Jonnerblad. »Aber wir können natürlich nicht die Ermittlungen einstellen, nur weil wir glauben, dass der Täter tot ist. Wenn wir *wissen,* dass er tot ist, dann wäre das etwas anderes.«

»Ich habe nie behauptet, wir sollten die Ermittlungen einstellen«, bemerkte Astor Nilsson.

»Es könnte ja so sein, dass er uns in dem *Glauben* lassen will, dass er tot ist«, sagte Sorgsen.

»Das ist ja gerade das Merkwürdige«, sagte Astor Nilsson. »Warum schreibt er uns überhaupt? Zuerst alle diese Briefe und dann dieses Dokument. Wenn er nur diese fünf Menschen töten und sich dann zurückziehen wollte ... ja, warum begnügt er sich dann nicht damit?«

»Wichtige Frage«, sagte Asunander ganz unerwartet. Überraschenderweise saß der Kommissar mit am Tisch, stand nicht im Hintergrund, um die Vorstellung wie ein stummer, leicht missmutiger Schatten zu überwachen.

»Er hat offenbar das Bedürfnis, zu berichten, warum er es getan hat«, sagte Eva Backman. »Ich glaube, es ist ungemein wichtig für ihn, dass sein Motiv bekannt wird.«

Jonnerblad räusperte sich. »Wir werden den Charakter des Täters heute Nachmittag genauer diskutieren«, erklärte er. »Lilieskog kommt dann zusammen mit einem Gerichtspsychiater. Natürlich ist es ein ungewöhnlich schlaues Individuum, mit dem wir es hier zu tun haben, darin sind wir uns wohl alle einig?«

Er schaute sich am Tisch um. Schlau?, dachte Barbarotti. Ja, das war wohl das Mindeste, was man behaupten konnte.

»Er schreibt gut«, sagte Astor Nilsson. »Das ist fast schon Literatur.«

»Stimmt«, bekräftigte Eva Backman. »Das habe ich auch schon gedacht. Aber auch wenn er uns natürlich genau die Information gibt, die er geben will, so ist die Geschichte ja in sich schrecklich. Und er stellt sich selbst auch nicht gerade in das rosigste Licht.«

»Ich finde, er stellt sich in überhaupt kein Licht«, wandte Astor Nilsson ein. »Ich bekomme ihn nicht zu fassen.«

»Vielleicht ist es ja auch gar nicht seine Absicht, dass du ihn zu fassen kriegen sollst?«, entgegnete Eva Backman.

»Meinst du?«, fragte Astor Nilsson.

»Es ist ja offensichtlich geschrieben, kurz nachdem es passiert ist«, stellte Tallin nach einer kleinen Pause fest. »Bis auf die Kommentare, nun, wir werden wohl im Laufe des Tages eine ganze Menge bestätigt bekommen. Dass die Malmgrens wirklich an diesem Ort wohnten, das wussten wir ja bereits.«

»Er muss es trotz allem ins Reine geschrieben haben«, wandte Barbarotti ein. »Er hat 2002 alles mit der Hand geschrieben, das behauptet er zumindest. Anschließend hat er es auf seinen Computer getippt.«

»Ja, sicher«, nickte Jonnerblad. »Aber ich verstehe nicht ganz, was das für eine Rolle spielt.«

»Sicher überhaupt keine«, sagte Barbarotti. »Es könnte nur interessant sein, wann er das getan hat. Ob vor fünf Jahren oder kurz bevor er anfing, diese Leute zu töten?«

»Mhm ja …«, brummte Jonnerblad und blätterte in einem Stapel Papier. »Ja, es gibt wie gesagt viele Fragen, die auftauchen. Wie ihr bemerkt habt, nehmen wir diese Besprechung auf Band auf, es ist wichtig, dass wir keine einzige Frage vergessen, die auftaucht.« Er zeigte auf das winzige Bandgerät, das mitten auf dem Tisch stand. »Weitere Aspekte?«

»Haben wir schon Kontakt mit der französischen Polizei?«, fragte Backman.

»Wir werden heute Nachmittag das erste Gespräch mit ihnen führen«, sagte Tallin. »Aber was haltet ihr von der Information, die er über sich selbst in diesen Aufzeichnungen gibt? Das ist nicht besonders viel, oder was meint ihr?«

»Das war zum Beispiel ein Punkt, auf den ich hinauswollte«, sagte Barbarotti. »Er erzählt überhaupt nichts über sich selbst, ich vermute, er hat alles, was das betrifft, aus den ursprünglichen, handgeschriebenen Aufzeichnungen gestrichen.«

»Nicht unmöglich«, sagte Astor Nilsson. »Dieser Doktor L, den er ein paar Mal erwähnt, wie könnten wir den finden?«

»Ich glaube nicht, dass wir den finden sollen«, sagte Eva Backman. »Und außerdem finde ich, dass die Tatsache, dass er alles oder zumindest fast alles über sich selbst verschweigt, doch darauf hindeutet, dass er sich nicht das Leben nehmen will. Wenn er tot wäre, dann würde das ja keine große Rolle mehr spielen.«

»Vielleicht will er nicht, dass es überhaupt ans Tageslicht kommt«, sagte Sorgsen, »auch nicht nach seinem Tod, meine ich.«

»Aber er berichtet doch alles«, entgegnete Backman. »Er will seine Identität verbergen, aber ich habe nicht den Eindruck, als ob ihm das, was er getan hat, peinlich ist. Oder er es bereut. Ganz im Gegenteil, er steht zu seinen Taten.«

»Bis auf das mit dem Mädchen«, sagte Sorgsen.

»Ja, aber da ist er ja auch unschuldig«, sagte Backman. »Aber er musste diese Menschen töten nach allem, was vor fünf Jahren in der Bretagne passiert ist – und er musste erklären, warum er das getan hat. Deshalb schreibt er. Ist das nicht einer der Kernpunkte?«

»Gute Überlegungen«, sagte Jonnerblad. »Wir greifen das heute Nachmittag noch einmal mit dem psychiatrischen Gutachten zusammen auf. Backman, hast du den Zeitplan dabei, um den ich dich gebeten habe?«

Eva Backman nickte und zog ein Papier heraus. »Es geht also sozusagen um sein Vorgehen in der Gegenwart«, erklärte sie. »Wir haben ja bereits festgestellt, dass die Morde und die Briefe an Barbarotti nicht besonders synchronisiert waren, und was dieser Hans Andersson für eine Rolle spielt, davon haben wir immer noch nicht die geringste Ahnung. Soll ich alles durchgehen?«

»Ja, bitte«, sagte Jonnerblad.

Eva Backman räusperte sich. »Wenn wir uns erst die Mordserie anschauen, dann fängt sie an mit Erik Bergman am 31. Juli und geht weiter mit Anna Eriksson später am selben Tag. Dann haben wir Gunnar Öhrnberg, da sind wir unsicher, aber irgendwann um den 7. August scheint wahrscheinlich zu sein, und schließlich Henrik und Katarina Malmgren in der Nacht vom 12. auf den 13. August. Wenn wir die Zeitpunkte damit vergleichen, wann Barbarotti die Briefe bekommen hat, dann könnte es interessant sein zu notieren, dass der berühmte Todes-Gunnar-Brief am Mittwoch eingetroffen ist, er trägt den Poststempel von Göteborg vom 13., also vom Montag, und er sollte eigentlich am Dienstag in Kymlinge sein, aber diese kleine Verspätung kann man sicher der Post in Rechnung stellen.«

Sie trank ein wenig Wasser und fuhr fort.

»Dann haben wir den Brief aus Kairo, den letzten. Er wurde vom Flugplatz in Kairo abgeschickt, am Dienstag, dem 14., was bedeutet ... korrigiert mich, wenn ich etwas Falsches sage ... dass unser Täter entweder nach Schweden zurückgefahren ist, nachdem er die Malmgrens auf der Fähre getötet hat, oder er hat den Todes-Gunnar-Brief eingeworfen, bevor er an Bord ging. Ich persönlich denke, Letzteres ist wahrscheinlicher, insbesondere, da er sich bereits am Dienstag in Kairo befand. Seid ihr auch der Meinung?«

»Ich denke schon«, sagte Astor Nilsson. »Aber wenn er am Montag direkt von Kastrup nach Kairo geflogen ist, dann haben wir ihn auf den Passagierlisten. Es kann nicht so viele Flüge an einem Tag geben.«

»Ich bin ziemlich überzeugt davon, dass er nicht direkt nach Kairo geflogen ist«, sagte Eva Backman. »Er ist nach London, Paris oder Frankfurt geflogen, dann hat er sich dort ein neues Ticket gekauft.«

»Der Pass?«, fragte Sorgsen. »Er muss doch seinen Pass gezeigt haben. Oder zumindest einen Ausweis?«

»Das ist inzwischen fast nicht mehr nötig«, erklärte Tallin. »Vielleicht nach Kairo, aber nicht innerhalb der EU.«

Jonnerblad schüttelte den Kopf. »Wenn er diese Geschichte fünf Jahre lang ausgeheckt hat, dann hat er Zeit genug gehabt, sich auch einen falschen Pass zu besorgen. Schließlich hat er sich ja auch ohne Probleme eine Waffe organisiert, das wissen wir.«

»Nicht fünf Jahre«, widersprach Barbarotti. »Dass er versucht hat, Geld von ihnen zu kriegen, wie er im vorletzten Kommentar schreibt…, das ist ja erst ein halbes Jahr her, jedenfalls habe ich es so verstanden. Glaubt ihr nicht, dass er sich danach entschieden hat?«

»Das klingt logisch«, stimmte Jonnerblad zu. »Aber auf jeden Fall hatte er reichlich Zeit, darüber nachzudenken.«

»Auf jeden Fall«, nickte Barbarotti. »Ich habe eine ganz andere Frage. Was machen wir mit dem Foto und den Zeitungen?«

Jonnerblad streckte sich und schob einen Stift in die Brusttasche. »Ich habe mit Tallin darüber gesprochen«, sagte er. »Und wir sind beide der Meinung, dass sich diesbezüglich nichts geändert hat. Der Staatsanwalt ist derselben Meinung, wir wollen, dass die Medien das Foto mit seinem Gesicht heute Nachmittag bekommen. Wir wissen alle, welchen Druck das geben wird, aber soweit ich es sehe, ist das der schnellste Weg, um ihn identifiziert zu bekommen.«

»Ein wichtiger Aspekt«, ergänzte Tallin, »ist ja, dass diese Fotos genau genommen das Einzige sind, was wir nicht durch den Mörder bekommen haben.«

»Ein bedeutender Aspekt«, unterstrich Asunander, auch dieses Mal vollkommen überraschend, und einige Sekunden blieb es still im Raum. Ein Gedanke, den er nicht so recht zu fassen bekam, strich durch Barbarottis Kopf, er erschien gleichzeitig vertraut und fremd, verschwand aber schnell wie eine Fledermaus. Aber da war etwas.

»Ja, Scheiße«, sagte Astor Nilsson. »Es ist ja schade um die fünfhundert armen Teufel, die ihm ähnlich sehen, aber wahrscheinlich ist es die richtige Vorgehensweise. Wenn wir Glück haben, kennen wir seine Identität in einer Woche.«

»Wäre schön, wenn wir zumindest seinen Namen hätten«, sagte Eva Backman. »Auch wenn wir ihn vielleicht nie persönlich zu fassen kriegen.«

»Wenn man alte Nazis nach fünfzig Jahren fassen kann, dann kann man auch einen fünffachen Mörder nach einem Monat fassen«, erklärte Astor Nilsson.

»Sechs«, korrigierte Sorgsen. »Du hast einen vergessen.«

»Entschuldige«, sagte Astor Nilsson, »ja, der schwedische Stahl hat ja auch noch eine alte französische Frau getroffen.«

»Aber das Leben des Mädchens hat er nicht auf dem Gewissen«, erklärte Eva Backman.

»Zumindest nicht in der gleichen Weise wie die anderen«, sagte Tallin. »Ja, auf jeden Fall ist das eine schreckliche Geschichte.«

Wieder herrschte Schweigen. Jonnerblad suchte in seinen Papieren, und Asunander stand auf und öffnete ein Fenster. »Warm«, erklärte er.

»Möchte wissen, ob sie verhört wurden«, sagte Eva Backman.

»Was?«, fragte Jonnerblad. »Wer?«

»Unsere Opfer. Damals in Frankreich, nachdem er weg war. Und ob die Polizei entdeckt hat, dass das Mädchen mit ihnen zusammen war oder nicht … wenn sie es entdeckt haben, dann müssen sie doch auch verhört worden sein.«

»Darauf erhalten wir heute Nachmittag eine Antwort«, sagte Tallin. »Vielleicht auch schon eher. Ja, ich stimme dir zu, man fragt sich, ob sie wirklich so davongekommen sind. Dann müssen sie einiges Glück gehabt haben.«

»Aber sie waren doch unschuldig«, wies Astor Nilsson hin. »Vielleicht sollten wir das nicht vergessen.«

»Unschuldig?«, fragte Eva Backman.

»Jedenfalls am Mord«, präzisierte Astor Nilsson. »Wie es um ihre moralische Schuld steht, das kann man natürlich diskutieren.«

»Sie war groß genug, dass sie ihr Leben verloren haben«, sagte Barbarotti. »Alle fünf.«

»In den Augen des Mörders, ja«, sagte Tallin. »Ich hoffe nur, dass niemand hier am Tisch auch so denkt. Oder seine Aufzeichnungen Wort für Wort glaubt. Schließlich ist es kein ganz normales Gehirn, was wir dadurch kennen gelernt haben, oder?«

Er klopfte mit einem Stift auf das Mousterlin-Dokument, das vor ihm auf dem Tisch lag.

»Nein«, bestätigte Eva Backman. »Ich habe mir schon etwas ziemlich Ekliges vorgestellt, aber das hier … ja, das ist irgendwie noch schlimmer. So … ja auch so traurig.«

Barbarotti warf Inspektor Sorgsen automatisch einen Blick zu, und plötzlich fiel ihm ein, dass er es war, der die erste kleine Spur entdeckt hatte, die nach Frankreich führte. Die blaue Farbe des Mülleimers.

Es schien hundert Jahre her zu sein. Tatsächlich handelte es sich aber gerade mal um ungefähr zwei Wochen.

»Was machen wir?«, fragte er. »Werden wir jemanden hinschicken?«

»Das halte ich nicht für ausgeschlossen«, erklärte Polizeidirektor Jonnerblad. »Absolut nicht ausgeschlossen.«

Den letzten Teil der Besprechung verbrachten sie mit den nicht geklärten Fragen, und zusammen mit Inspektorin Backman nutzte Barbarotti die Mittagspause, um hinüber zum Kungsgrillen zu entwischen. Er hatte das Gefühl, nach all den Würstchen und dem klebrigen Kartoffelbrei endlich einmal wieder traditionelle Hausmannskost zu brauchen.

»Was meintest du mit traurig?«, fragte er, als sie sich jeder mit dem Tagesgericht hingesetzt hatten: Meerrettichhecht mit zerlassener Butter und Salzkartoffeln.

»Findest du nicht?«, fragte sie verwundert. »Dass das ziemlich traurig ist?«

»Doch, ja, vielleicht«, sagte Barbarotti. »Zumindest, was das Mädchen und ihre Großmutter betrifft.«

»Also, irgendwie tut mir auch der Täter selbst fast leid«, sagte Backman. »Alles ist ja so …«

Sie zögerte.

»Ist wie?«

»So schrecklich zufällig. Es hätte nicht passieren müssen. Er hat die Hand des Mädchens losgelassen, und jetzt haben deshalb sieben Menschen ihr Leben verloren.«

Barbarotti überlegte. »Acht, wenn er sich selbst das Leben genommen hat.«

»Glaubst du das?«, fragte Backman.

»Nein«, antwortete Barbarotti. »Aus irgendeinem Grund glaube ich das nicht. Frag mich nicht, wieso.«

»Okay«, sagte Backman. »Ich glaube auch nicht, dass er tot ist. Aber wer ist er?«

»Gute Frage«, sagte Barbarotti.

»Hat er einen Beruf? Wie hat er die fünf Jahre gelebt, seit es passiert ist … seit er in diesem Rasthauscafé gesessen hat? Und wo?«

»Und was hat er vorher getan?«, fügte Barbarotti hinzu.

»Das auch. Er wandert herum, er schreibt, und er redet über Doktor L. Ich habe das Bild von ihm, als sie im Restaurant sitzen, so lange angestarrt, das war vielleicht an dem ersten Tag, von dem er erzählt? Als sie sich kennen gelernt haben, wie hieß der Ort noch?«

»Bénodet«, sagte Barbarotti. »Der alte Hafen von Bénodet.«

»Genau. Er sieht so … ja, so normal aus.«

Barbarotti nickte. »Finde ich auch. Aber er schreibt ja auch, dass sein Inneres nicht außen zu sehen ist. Lachen und lächeln, lachen und lächeln, ich glaube, das ist aus Hamlet … er muss studiert haben, meinst du nicht?«

»Doch, ja«, sagte Eva Backman und starrte eine Zeitlang ins Leere, als wäre sie gerade dabei, einen neuen Gedankenfaden zu knüpfen. Wahrscheinlich verlor sie ihn wieder, denn sie schüttelte den Kopf und legte ihr Besteck hin. »Doch, ich habe auch den Eindruck. Es stimmt, was Astor Nilsson gesagt hat, dass diese Aufzeichnungen in gewisser Weise literarisch sind. Aber woher kommt er überhaupt? Ist er wirklich schon in der Psychiatrie gewesen? Er steht an der Autobahn bei Lille und trampt, und dann …«

»Dann bleibt er zwei Wochen an diesem Ort in der Bretagne«, ergänzte Barbarotti. »Und dann verschwindet er.«

»In den Süden.«

»In den Süden, ja.«

Erneutes Schweigen. Barbarotti dachte, dass er besser seine Papiere mit den Fragen, die er während des zweiten Durchlesens des Mousterlin-Dokuments aufgeschrieben hatte, mitgenommen hätte. Um ein wenig Struktur zu bekommen, irgendwie hatte er das Gefühl, immer nur die gleichen Fragen und die gleichen verblüfften Feststellungen zu wiederholen.

Aber das Papier lag daheim auf dem Schreibtisch in der Baldersgatan.

»Seine Frau?«, fragte Backman. »Was hältst du von ihr? Er schreibt, dass sie vor ein paar Jahren gestorben ist. Aber sie und Doktor L sind die einzigen Menschen aus seiner Vergangenheit, die er erwähnt. Oder?«

»Stimmt«, bestätigte Barbarotti. »Wir wissen im Großen und Ganzen bis heute eigentlich nichts über ihn, aber wenn wir ihn fassen … ja, du kannst dir vorstellen, wie man ihn dann in die Mangel nehmen wird. Wir werden den Namen seiner ersten Kindergärtnerin erfahren und wissen, welche Schuhgröße sein gehbehinderter Cousin in Bengtsfors hat. Und alles wird im Expressen zu lesen sein.«

Eva Backman lachte. »Ja, wahrscheinlich. Das Bild eines Mörders ist …«

»Ja?«

»Das Prickelndste, was es für unsere Phantasie gibt, ganz einfach. So ist es seit Hunderten von Jahren, ja eigentlich seit Tausenden, und heute ist es nicht anders. Frauen werden sich in ihn verlieben, genau wie in Clark Oloffson und Hannibal Lecter … man kann sich nur fragen, wieso.«

»Bist du nicht deshalb zur Polizei gegangen?«, fragte Barbarotti. »Um diese Typen kennenzulernen und deine dunklen Triebe auf natürlichem Wege zu befriedigen?«

»Oh nein«, stellte Eva Backman nüchtern fest. »Da hast du dich geschnitten, Herr Wachmann. Ach übrigens, hast du nicht bald wieder einen Termin bei der Olltman?«

»Ich glaube, sie hat mich gesund geschrieben«, sagte Barbarotti. »Aber ich werde nachfragen.«

»Tu das«, sagte Eva Backman. »Aber sollte jetzt nicht langsam die zweite Halbzeit anfangen?«

»Ja, da hast du wohl recht«, sagte Barbarotti.

33

Der Gerichtspsychiater hieß Klasson und war eine Frau um die fünfundvierzig. Sie und Lillieskog arbeiteten seit vielen Jahren gut zusammen, wie sie erklärte, sie zweifelte jedoch, dass einer von ihnen in diesem Fall groß helfen könnte.

Aber sie hatte sich eingelesen, besonders in die Mousterlin-Aufzeichnungen, und war trotz allem bereit, eine vorsichtige Analyse des Mannes zu geben, nach dem sie auf der Jagd waren.

Gefühlsmäßig gestört, das war das Erste, worauf sie hinweisen wollte. Seine Art, sich über die Menschen auszulassen, die er später ermordete, deutete darauf hin. Auch die Kommentare von heute zeugten von einer Person, die sich nur schwer in die Gefühle anderer hineinversetzen kann. Und der Mord an der Großmutter des Mädchens zeigte schließlich eine ausgeprägte Gefühlskälte. Er drückte überhaupt keine Scham oder Reue über die Tat aus, sah sie nur als »eine logische Konsequenz«, zitierte Klasson.

»Aber für das Mädchen zeigt er Gefühle«, bemerkte Backman.

»Richtig«, sagte Klasson. »Sogar außerordentlich starke Gefühle, aber es ist auch interessant, wie er darüber spricht. Er sagt, sie ›beiße sich fest in ihm‹, wenn ich mich richtig erinnere. Das ist ein Prozess, den er nicht zu verstehen scheint, es liegt außerhalb seiner Kontrolle, in der gleichen Weise, wie alle Gefühle ihm fremd sind. Er hat keinen rechten Kontakt zu ihnen.«

»Es sind ja auch die Gefühle für das Mädchen, die alles auslösen«, soufflierte Lillieskog. »Letztendlich. Wir können vielleicht sagen, dass sein Gefühlsleben aus dem Gleichgewicht geraten ist?«

»Eine ziemlich übliche Störung«, fuhr Klasson fort. »Überreaktionen und Unterreaktionen. Aber ich möchte noch einmal betonen, dass wir in diesem Fall überhaupt nur sehr wenig zur Verfügung haben. Die Berichte, die er hinterlässt, sind ja unglaublich gut geschrieben, man hat fast den Eindruck, er könnte eine Dichterader in sich haben. Wobei natürlich wiederum zu bedenken ist, dass er uns ein Bild von sich selbst gibt, wie er es gern hätte. Auch wenn er alles andere als ein Schönfärber ist. Ich glaube trotz allem, dass er eine Art ehrlichen Aufsatz schreibt. Er will diese Geschichte erzählen und erklären, warum er – in seinen eigenen Augen – gezwungen war, diese fünf Menschen zu töten.«

»Warum ist er bei ihnen geblieben, wenn er sie so verachtet hat?«, fragte Sorgsen. »Das ist eine Frage, die ich mir immer wieder stelle.«

»Ja, das stimmt«, sagte Klasson. »Aber er ist es offenbar gewohnt, nirgends dazuzugehören, er schreibt das ja ganz am Anfang. Schon im ersten Satz. Wir haben es sicher mit einem sehr einsamen Menschen zu tun, das wage ich einmal zu behaupten.«

»Aber ausgehend von dem, was er berichtet, kann man wohl keine psychiatrische Diagnose stellen?«, fragte Tallin.

»Nein«, bestätigte Klasson. »Man kann natürlich alles Mögliche spekulieren. Er hat offensichtlich bereits Kontakt mit der Welt der Psychiatrie gehabt, vielleicht war er sogar schon einmal eingewiesen. Aber was in seinen Akten steht, darüber möchte ich nicht spekulieren.«

»Du bist es sicher eher gewohnt, eine Diagnose über Leute zu stellen, die dir Aug in Aug gegenübersitzen?«, fragte Astor Nilsson.

»Das ist richtig«, sagte Klasson und versuchte es mit einem kurzen Lächeln. »Das Profilen, das ist Lillieskogs Gebiet, aber wie gesagt, arbeiten wir häufig zusammen.«

Lillieskog nickte. »Man muss ein Profil immer revidieren, wenn man den Menschen hinter der Maske gefunden hat«, erklärte er. »Und dabei lernt man meistens etwas Neues. Eine Sache, die mich stutzig gemacht hat, als ich seine Aufzeichnungen gelesen habe, das ist seine Frau. Er erwähnt sie zweimal, aber jedes Mal nur ganz kurz. Wir erfahren, dass sie tot ist. Fünf Jahre vor diesen Wochen in der Bretagne nach allem zu urteilen. Wie ist sie gestorben? Gibt es hier ein Trauma? Sie kann nicht besonders alt gewesen sein, wohl höchstens fünfundzwanzig? Es kann ein Unglück oder noch Schlimmeres dahinter stecken.«

»Noch Schlimmeres?«, fragte Astor Nilsson.

»Ja«, sagte Eva Backman. »Ich habe so ein schlechtes Gefühl, wenn er seine Frau erwähnt. Vielleicht hat es da angefangen?«

»Gut möglich«, sagte Klasson. »Aber bisher wissen wir davon noch nichts.«

»Es gibt nicht viel, was wir wissen«, sagte Astor Nilsson mit einem schweren Seufzer. »Obwohl er uns einen vierundsechzigseitigen Bericht geschickt hat.«

»Richtig«, stimmte Klasson zu. »Wenn ihr ihn geschnappt habt, würde ich mich gern ein paar Wochen um ihn kümmern, aber bis dahin weiß ich nicht so recht, was ich über ihn sagen soll. Er ist für mich genauso ein Rätsel, wie er es wahrscheinlich für euch ist.«

Die Besprechung dauerte noch eine gute halbe Stunde länger, aber Gunnar Barbarotti hatte nicht das Gefühl, dass noch etwas Neues dabei herauskam. Nichts, was nicht bereits gesagt worden wäre, in irgendeiner Form, und wahrscheinlich waren es die Worte der Klasson, die den Charakter des Täters am besten beschrieben.

Ein Rätsel.

Etwas später am Nachmittag wurden zwei Mails an die französische Polizei geschickt. Zunächst eine kürzere auf Französisch – es stellte sich heraus, dass Tallin nicht ganz unbedarft in dieser Sprache war – und später eine längere auf Englisch. Gleichzeitig erarbeiteten Barbarotti und Backman eine sechs Seiten lange Zusammenfassung des Falles auf Englisch, einschließlich einer Zusammenfassung der Mousterlin-Aufzeichnungen, diese wurden gegen halb fünf an das Zentralkriminalamt für eine Sprachüberprüfung gemailt, und um fünf Uhr war es Zeit für die Pressekonferenz und die Veröffentlichung des Fotos des sechsten Mannes.

Gunnar Barbarotti nahm nicht an der Konferenz teil, aber er wusste, dass man betonen würde, dass es sich hier nicht um die Suche nach dem Mörder handelte. Nur dass die Polizei äußerst interessiert daran war, mit dem Mann auf dem Foto in Kontakt zu treten.

Es war im Sommer 2002 in der Bretagne in Frankreich gemacht worden, und die Informationen, die er möglicherweise geben konnte, waren von grundlegender Bedeutung für die Ermittlungen im Fall der fünf Morde, die sich im letzten Monat in Schweden ereignet hatten – mit Kymlinge als eine Art finsterem Mittelpunkt.

So sollte es präsentiert werden, und dann hatten die Reporter, Leser, Zuhörer und Zuschauer freie Hand, die Botschaft nach bestem Wissen und Gewissen zu deuten.

Frommer Wunsch, dachte Gunnar Barbarotti, als er sein Crescent aus dem Fahrradständer zog und nach Hause strampelte. Was ihn selbst betraf, hegte er keine Illusionen, und es fiel ihm nicht schwer, die Schlagzeilen des morgigen Tages vor seinem inneren Auge zu sehen.

DER MÖRDER?

Und dann das Foto von Gunnar Öhrnberg, Henrik Malmgren und dem sechsten Mann an dem Restauranttisch.

Die beiden Erstgenannten ermordet. Vielleicht von dem Dritten, dessen Gesicht mit einem deutlichen weißen Kreis markiert sein würde.

Kein Heiligenschein. Ganz im Gegenteil.

Wenn ich nach Hause komme, muss ich Marianne und Sara anrufen, beschloss Gunnar Barbarotti. Ich muss aufhören, über das hier nachzudenken. Das aus dem Schädel kriegen, sonst platzt der noch.

Doch bevor er die eine oder die andere anrufen konnte, kam ein Anruf von der dritten Frau in seinem Leben.

Helena. Seine ehemalige Ehefrau. Er brauchte den Bruchteil einer Sekunde, bevor ihm klar war, dass sie tatsächlich noch existierte, und er fragte sich, woran das wohl lag.

»Hallo«, sagte er. »Wie nett.«

»Ich hoffe, das meinst du wirklich«, sagte sie. »Denn ich muss einmal ernsthafter mit dir reden. Aber nur, wenn du Zeit hast.«

»Ich habe Zeit«, versicherte er ihr und ließ sich aufs Sofa sinken. Er erinnerte sich an ihr Gespräch letzte Woche nach dem Zwischenfall mit Göran Persson und nahm an, dass es immer noch darum ging.

Doch dem war nicht so.

»Ulrich hat ein phantastisches Angebot gekriegt.«

Ach ja?, dachte er. Und wer zum Teufel ist Ulrich?

Er fragte es nicht, und das war wohl auch gut so, denn Ulrich war natürlich Helenas neuer Mann, der momentane Vater seiner Söhne. Wenn er genauer darüber nachdachte, wusste er natürlich, dass er so hieß – nicht Torben, wie er gedacht hatte –, es war ihm nur gelungen, das zu verdrängen.

»Sie wollen, dass er sich um ein ganz neues Yogazentrum in Budapest kümmert. Er kriegt einen Zwei-Jahres-Vertrag und eine Wohnung mitten in der Stadt. Das passt super, wir werden nie wieder so eine Chance bekommen, und wir müssen uns innerhalb einer Woche entscheiden.«

Wovon redet sie?, fragte sich Barbarotti. »Warum passt das super?«, fragte er.

»Weil Ulrich doch Ungarisch spricht, natürlich.«

»Und warum um alles in der Welt spricht er Ungarisch?«

»Weil er Ungar ist, du Dummkopf.«

»Das hast du mir nie erzählt.«

»Natürlich habe ich das.«

»Ich war mir sicher, dass er Däne ist. Wie kann denn ein Ungar Ulrich heißen?«

»Seine Mutter ist Dänin. Aber er ist in Debreczin geboren und hat dort bis zu seinem elften Lebensjahr gelebt.«

»Okay«, sagte Barbarotti. »Ich glaube dir. Und was habe ich nun damit zu tun?«

Er spürte, dass er langsam genervt wurde, und holte tief Luft, um sich wieder zu beruhigen.

»Na, es ist wegen der Jungs natürlich.«

»Wegen der Jungs?«

»Ja. Wir haben hin und her überlegt, und es erscheint einfach unpraktisch, sie mit nach Budapest zu schleppen. Es tut mir wirklich weh, aber außerdem hat die Wohnung nur zwei Zimmer und Küche. Aber einen phantastischen Blick auf die Donau.«

»Du meinst also …?«

»Ja. Ich denke, für Lars und Martin wäre es schön, wenn sie zwei Jahre bei dir wohnen könnten. Aber nur, wenn du einverstanden bist, natürlich. Jetzt, wo Sara ausgezogen ist und so, ich dachte, das könnte doch für alle Parteien gut sein.«

Alle Parteien?, dachte Gunnar Barbarotti. Ich möchte wissen, welche Partei du dabei repräsentierst.

Aber er holte nur zweimal tief Luft und überlegte. Diese Reife, die ihn in der letzten Zeit überfallen hatte, war immer noch da. Ruhig wie ein Fels in der Brandung, was immer auch geschah.

»Ich verstehe«, sagte er. »Und was sagen sie selbst dazu?«

»Ich habe es bisher noch nicht mit ihnen besprochen. Ich wollte erst mit dir reden.«

»Aber hast du nicht gesagt, dass ihr es hin und her diskutiert habt?«

»Ulrich und ich, wir haben es diskutiert, nicht mit den Kindern.«

»All right«, sagte Gunnar Barbarotti. »Dann sprich heute Abend mit Lars und Martin und bitte sie, mich doch anzurufen. Ich werde vielleicht bald heiraten, aber das ist sicher kein Hindernis?«

Es blieb so still in der Leitung, dass er schon glaubte, die Verbindung wäre unterbrochen.

»Hallo?«

»Ich bin noch da. Warum hast du nichts davon gesagt?«

»Ich wollte das erst mit meiner zukünftigen Frau diskutieren.«

Das klang unnötig schnoddrig, und er biss sich auf die Zunge.

»Okay. Wenn du es so haben willst, dann muss es wohl so sein. Aber ich werde auf jeden Fall mit den Jungs reden. Auch über dieses Detail. Hat sie einen Namen?«

»Marianne.«

»Marianne? So hieß doch das Mädchen, mit dem du Schluss gemacht hattest, kurz bevor wir uns kennen gelernt haben. Das ist sie doch wohl nicht?«

»Nein«, versicherte Gunnar Barbarotti. »Das ist sie nicht.«

»Gut. Dann hören wir später heute Abend voneinander.«

»Grüße die Jungs von mir und sage ihnen, dass ich mich freuen würde, wenn sie zu mir kommen.«

Helena versprach, das zu tun, und dann legten sie auf.

Ich habe nichts davon gesagt, dass ich vielleicht nach Helsingborg ziehe, dachte Barbarotti und ging in die Küche, um Nudelwasser aufzusetzen.

Aber andererseits liegt Helsingborg natürlich nicht in Ungarn.

Nachdem er gegessen und sich gerade hingesetzt hatte, um Saras Nummer zu wählen, rief Tallin an.

»Guten Abend«, sagte er. »Tallin hier. Entschuldige, wenn ich störe.«

»Macht nichts«, sagte Barbarotti. »Wie lief die Pressekonferenz?«

»Gut«, sagte Tallin, »sie haben ihren Knochen gekriegt, und damit war es nach einer halben Stunde erledigt. Wie ist dein Französisch?«

»Ich kann bis zwanzig zählen, wenn ich einen guten Tag habe«, sagte Barbarotti. »Warum fragst du?«

»Weil du und ich morgen Vormittag dorthin fliegen. Wir haben sicherheitshalber eine Dame dabei, die fließend Französisch spricht. Eine Inspektorin aus Göteborg.«

»Habt ihr mit den Polizisten dort gesprochen?«

»Nur gemailt. Aber es scheint gut zu klappen. Wir sollen nach Quimper und dort einen *commissaire* treffen, der Leblanc heißt.«

»Aha?«, sagte Barbarotti. »Und warum … warum fliegt nicht Jonnerblad?«

»Weil seine Frau am Mittwoch an Krebs operiert wird. Ja, wir hoffen, dass alles gut geht.«

»Ja«, bestätigte Barbarotti und sah plötzlich ein, wie unglaublich wenig er über diese zugereisten Kollegen wusste. Nichts über ihre Familie, nichts über Hobbys und Freizeitinteressen. Nicht einmal, für welche Fußballmannschaft sie sich begeisterten. Das ist fast wie mit dem Mörder selbst, kam ihm in den Sinn.

»Wir rechnen mit drei Tagen«, sagte Tallin. »Fliegen am Freitag wieder zurück. Passt das für dich?«

»Ich habe am Freitagabend einen ganz wichtigen Termin«, sagte Barbarotti.

»Kein Problem«, beruhigte Tallin ihn. »Wir sind dann wieder zu Hause. Das Flugzeug geht morgen um 10.50 Uhr von Landvetter. Viertel nach acht kommt ein Auto und holt dich ab. Wir besprechen und planen alles auf der Reise. Dann ist das abgemacht.«

»Ist es ja wohl«, sagte Barbarotti.

Nach dem Gespräch mit Tallin fühlte er sich nicht in Form, mit Sara oder Marianne zu sprechen. Stattdessen legte er eine Fadoscheibe auf, kochte sich eine Tasse Tee und las die Mousterlin-Aufzeichnungen zum dritten Mal. Nicht schlecht, so gut vorbereitet wie möglich zu sein, dachte er. Wenn man nun schon in den Fußspuren des Mörders stapfen soll.

Er las sie auch dieses Mal bis zum Ende durch, und es war schon nach zwölf Uhr, als er ins Bett kroch. Als er die Lampe ausschaltete, fiel ihm ein, dass er nichts von Lars und Martin gehört hatte.

Diese einfache Tatsache hielt ihn noch einmal mindestens eine Stunde lang wach.

34

Am Flughafen entdeckte er die ersten Schlagzeilen, und sie stimmten ziemlich gut mit dem überein, was er sich vorgestellt hatte.

Aber keine lautete »Der Mörder«. Man versuchte es stattdessen mit »Gesucht«, »Fahndung nach« und »Wer bist du?« Immerhin etwas, dachte Barbarotti. Vielleicht ist es ja Jonnerblad und Tallin gelungen, trotz allem ein wenig Balsam der Besinnung während der gestrigen Pressekonferenz zu verstreichen.

Oder sie haben ganz einfach gelogen.

»Schön, ausgerechnet heute von hier fortzukommen«, kommentierte Tallin. »Sieh mal, da haben wir unsere Französin.«

Carina Morelius sah nicht aus wie eine Französin. Barbarotti hatte sich unbewusst eine schmächtige, aber zackige kleine Frau mit kurz geschnittenem schwarzem Haar und seelenvollen Augen vorgestellt. Inspektorin Morelius erinnerte eher an eine norwegische Skilaufmeisterin. Oder zumindest an eine *ehemalige* norwegische Skilaufmeisterin. Sie war wohl so um die vierzig, groß, blond und kräftig.

»Schön, dass du dir Zeit nehmen konntest«, sagte Tallin, nachdem die Vorstellungsrunde beendet war. »Es heißt zwar, dass unser Commissaire da unten Englisch spricht, aber man kann ja nie wissen.«

»Das Vergnügen ist ganz meinerseits«, sagte Carina Morelius, »und eigentlich sage ich nie nein zu einer Reise nach Frankreich. Du bist also der berühmte Barbarotti?«

Es gelang ihr, das ganz ohne Ironie oder Untertöne zu sagen, und er nahm es ohne Gegenwehr an. »Oui«, sagte er. »Derjenige, der kurzen Prozess mit naseweisen Reportern macht und der Polizeigewalt ein Gesicht gegeben hat.«

Sie lachte. »Es gibt da ja wohl solche und solche. Sowohl, was die Polizei als auch was die Journalisten betrifft.« Dann wurde sie ernst. »Aber das ist ja eine schreckliche Geschichte, das hier. Ich habe natürlich alles nur aus dem Fernsehen und den Zeitungen, doch ich nehme an, dass ihr mich auf dem Weg nach Frankreich informieren werdet.«

»Da kannst du sicher sein«, versicherte Tallin und schaute auf die Uhr. »Es dauert sechs Stunden, bis wir in Quimper landen, und du wirst die Zeit brauchen. Wir haben unter anderem Studienmaterial von vierundsechzig dicht gedruckten Seiten.«

»Da freue ich mich drauf«, sagte Inspektorin Morelius, und auch dieses Mal konnte Barbarotti keinen Hauch von Ironie heraushören.

Auf dem Flugplatz von Quimper regnete es.

Sie wurden von einer jungen uniformierten Frau mit einem Schild empfangen, auf dem *Talain* stand, und Inspektorin Morelius begann sofort, mit ihr auf Französisch zu parlieren, das fast wie eingeboren klang. Zumindest soweit Barbarotti es beurteilen konnte. Aber schließlich hatte sie auch fünfeinhalb Jahre in Lyon gelebt, war mit einem französischen Profiradrennfahrer verheiratet gewesen, hatte ihn aber für einen Masseur aus Partille verlassen. Darüber und über einiges mehr hatte sie auf dem Flug zwischen Göteborg und Paris berichtet, sie hatten Plätze nebeneinander gehabt – von Charles de Gaulle nach Quimper war es dann voll gewesen, die Plätze nicht nummeriert, und folglich waren sie im ganzen Flugzeug verstreut gewesen.

Aber der größte Teil der Flugzeit war für Information und Beratung genutzt worden, genau wie Kommissar Tallin es vorausgesehen hatte.

Der nutzte übrigens jede Gelegenheit, die eine oder andere Phrase der jungen Polizistin gegenüber einzuwerfen, während sie die drei zur Stadt brachte, er hatte ja schon gesagt, dass er die Sprache ein wenig beherrschte. Was Barbarotti betraf, so saß dieser während der ganzen Fahrt da und starrte durch das Seitenfenster hinten auf den Regen hinaus. Was tue ich hier?, fragte er sich. Worüber reden die? Ich werde die nächsten drei Tage der dumme Vetter vom Lande sein.

Aber Commissaire Leblanc sprach tatsächlich Englisch. Zwar mit deutlich französischem Akzent, aber über seinen Wortschatz konnte man nicht meckern. Er war klein von Wuchs, hatte eine Glatze, trug eine runde Brille ohne Fassung und erinnerte Barbarotti an einen Schauspieler, dessen Namen er jedoch vergessen hatte. Er begrüßte sie überschwänglich, bot Kaffee an und erklärte, dass die Kriminalabteilung der Polizeipräfektur in Quimper, deren Leiter er war, alles tun würde, was in ihrer Macht stünde, um den schwedischen Kollegen bei ihrer Arbeit beizustehen.

Aber er müsste über den Fall genauer ins Bild gesetzt werden. Er hatte beide Faxe gelesen wie auch Barbarottis und Backmans Zusammenfassung, hatte aber das Gefühl, mehr Fleisch zu brauchen. More meat on the bones, yes?

Tallin und Barbarotti halfen ihm dabei – ab und zu mit einem französischen Einwurf von Inspektorin Morelius – eine gute halbe Stunde lang; als sie fertig waren, nahm Leblanc seine Brille ab, putzte sie mit einem kleinen grünen Tüchlein, das er aus der Schreibtischschublade holte und erklärte, dass er etwas verblüfft sei.

»Dérouté. Betwixted, yes?«

»Verblüfft«, entschied Carina Morelius. »Er sagt, dass er ein wenig verblüfft ist.«

»Und wieso?«, fragte Tallin.

»Weil«, sagte Leblanc und kontrollierte die geputzte Brille, indem er sie gegen die Leuchtstoffröhre an der Decke hielt, »weil ich mich nicht an zwei verschwundene Personen aus dem Sommer 2002 erinnern kann.«

Es blieb still im Raum. Kommissar Tallin hob seine rechte Hand und ließ sie wieder sinken.

»Die muss es aber geben«, sagte Barbarotti.

Leblanc breitete die Arme in einer sehr französischen Geste aus.

»Ich verstehe ja, dass ihr das meint«, sagte er. »Aber ich habe die Sache in unserem Archiv kontrolliert, und es gibt ganz einfach keine derartige Anzeige.«

»Kein verschwundenes Mädchen mit einer verschwundenen Großmutter?«

»Nein.«

»Merkwürdig«, sagte Tallin.

»Vielleicht ja doch nicht«, warf Barbarotti ein.

»Wir hatten einen Fall mit ein paar holländischen Touristen, die in dem Sommer als vermisst gemeldet wurden, daran erinnere ich mich«, fuhr Leblanc fort. »Ein Junge und ein Mädchen, aber die sind später in der Gegend von Perpignan wieder aufgetaucht. Da war einiges an Drogen mit im Spiel, wenn ich mich nicht irre.«

»Es ist doch wohl nicht möglich, dass zwei Menschen verschwinden, ohne dass es gemeldet wird?«, fragte Tallin.

»Leider ist das nicht so unmöglich, wie man es sich wünschen würde«, erklärte Leblanc mit einem bedauernden Tonfall und schob seine Brille wieder an Ort und Stelle. »Sie können ja auch bei einer anderen Polizeidienststelle gemeldet worden sein. Aber wie dem auch sei – haben Sie den Eindruck, dass die Großmutter des Mädchens ein eigenes Haus in der Nähe von Mousterlin hatte?«

»Ja, sicher«, sagte Tallin.

»Ich bin mir da nicht so sicher«, wandte Barbarotti ein. »Ich glaube eher, dass es da noch andere Varianten geben kann.«

»Varianten?«, fragte Leblanc.

»Ja«, bestätigte Barbarotti. »Es ist nur das Mädchen, das von dem Haus erzählt, als sie sich das erste Mal begegnen. Und später wird immer wieder angedeutet, dass man dem Mädchen nicht so recht glauben darf. Ich habe die Aufzeichnungen gestern Abend noch einmal durchgelesen, und …«

»Ich weiß nicht so recht, ob ich dem zustimmen kann«, unterbrach Tallin, aber Leblanc ignorierte ihn.

»Kann sie ein Haus gemietet haben?«, fragte er. »Wenn sie hier auch auf Urlaub waren, zum Beispiel?«

»Gut möglich«, sagte Barbarotti.

»Aber der Name der Großmutter wird nie genannt?«

»Nein.«

»Und auch nicht, wo sie genau wohnt?«

»Nein.«

Barbarotti warf Tallin einen Blick zu, und dieser nickte bestätigend. »Was das Haus betrifft, so ist es tatsächlich unklar«, räumte er ein. »Vielleicht habe ich einfach vorausgesetzt, dass die Großmutter und das Mädchen in einem Haus in der Nähe von Fouesnant wohnten, als ich die Aufzeichnungen gelesen habe, und dass der Großmutter das Haus gehörte, aber es ist natürlich nicht auszuschließen, dass Inspektor Barbarotti Recht hat.«

»An einer Stelle schreibt er, dass er den Verdacht hat, das Mädchen könnte eine Mythomanin sein«, bemerkte Barbarotti. »Als ich die Aufzeichnungen zum ersten Mal gelesen habe, glaubte ich eine Weile, es gäbe vielleicht gar keine Großmutter, das wäre etwas, was das Mädchen sich nur ausgedacht hat. Aber als sie später auftauchte, verschwand dieser Verdacht natürlich.«

»Tauchte auf und wurde ermordet«, sagte Tallin.

»Das ist eine schreckliche Geschichte«, sagte Inspektorin Morelius auf Französisch.

»Gut«, sagte Leblanc, »ich glaube, so langsam bekomme ich

ein Bild von allem. Wenn eine Frau mit ihrem Enkelkind aus einem Haus in Fouesnant verschwindet, dann muss uns das natürlich früher oder später zu Ohren kommen. Aber wenn wir jetzt einmal annehmen, dass es nicht die Großmutter ist, die das Mädchen sich ausgedacht hat, sondern nur das Haus, wo stehen wir dann?«

Barbarotti kratzte sich am Kopf und wechselte erneut einen leeren Blick mit Tallin. »Ja, wo stehen wir dann?«, wiederholte er. »Es könnte sich sogar so verhalten, dass sie gar nicht in einem Haus wohnten, sondern ...?«

»Auf einem Campingplatz?«, ergänzte Tallin. »Davon gibt es hier eine ganze Menge, oder?«

»Mais oui«, erklärte Leblanc enthusiastisch. »Zwischen Bénodet und Beg-Meil, in der Gegend von Mousterlin also, da gibt es mindestens zwanzig. Und genau zu der Zeit, von Mitte Juli bis Ende August, haben wir unglaublich viele Touristen hier. Tausende von Campern unter anderem. Die meisten natürlich Franzosen, aber auch aus vielen anderen Ländern. England, Holland und Deutschland. Einige aus Skandinavien, ich hoffe wirklich, ihr habt ein wenig Zeit, um unsere schöne Natur zu sehen und nicht nur zu arbeiten. Oh la la, le travail, le travail, toujours du travail ... so ist es bei der französischen Polizei, ich vermute, ihr lebt unter dem gleichen Fluch in eurem Land?«

»Das kommt schon vor«, sagte Inspektorin Morelius auf Französisch. »Ça arrive.«

»Wir bleiben bis Freitag«, erklärte Tallin. »Etwas werden wir wohl sehen können. Aber wenn wir jetzt mit dem Gedanken spielen, das Mädchen könnte mit seiner Großmutter auf einem Campingplatz gewohnt haben ... was ändert das? Ihr Verschwinden würde doch in jedem Fall gemeldet werden?«

Leblanc drehte die Handflächen zur Decke. »Wahrscheinlich schon. Irgendwo im Land würde sicher eine Vermisstenanzeige aufgegeben werden. Aber aus einem Haus zu verschwinden, ist immer noch etwas anderes als aus einem Zelt.«

Barbarotti dachte einen Moment lang über diese finstere Wahrheit nach. »Kann es sein, dass sie nicht einmal auf irgendeinem Campingplatz angemeldet waren?«, fragte er dann. »Obwohl sie dort wohnten, meine ich.«

»Ich weiß nicht.« Leblanc zuckte mit den Schultern. »Natürlich ist gedacht, dass alle, die zelten, ihre Identität an der Rezeption angeben, wenn sie ihr Zelt aufschlagen oder ihren Caravan parken, aber ... ja, es ist natürlich nicht auszuschließen, dass es damit nicht immer so genau genommen wird. Es gibt Bauern, die während der Hauptsaison ein paar Felder zur Verfügung stellen. Das ist leicht verdientes Geld, und es ist gar nicht möglich, all solche Aktivitäten zu kontrollieren. Vielleicht nicht einmal wünschenswert, denn wer kann jemandem verbieten, sein Zelt auf einem Acker aufzubauen?«

Barbarotti nickte. »Wenn wir aber nun annehmen, dass es so gelaufen ist«, sagte er, »dann müssen sie ja dennoch ihre Sachen zurückgelassen haben. Zelt, Kleidung und so, oder?«

Leblanc überlegte eine Weile.

»Stimmt«, sagte er dann. »Wahrscheinlich hätte uns das jemand auf jeden Fall mitgeteilt. Aber ich kann wie gesagt nicht feststellen, dass das jemand hat. Bedaure, tut mir wirklich leid.«

»Ein zurückgelassenes Zelt auf einem Acker ist vielleicht keine große Sache für die Polizei«, warf Morelius ein.

»Nein, keine große«, bestätigte Leblanc und lachte kurz auf.

»Aber wenn die Hypothese stimmt«, sagte Barbarotti mit einem Seufzer, »dann bedeutet das doch eigentlich nur, dass der Fall bei irgendeiner anderen Polizeipräfektur hier im Land liegt. Oder?«

»Auf jeden Fall, ja«, nickte Leblanc.

»Wo?«, fragte Tallin.

Leblanc strich sich mit der Hand über seinen kahlen Kopf.

»Das beruht ganz darauf, wer sie vermisst hat«, erklärte er geduldig. »Und *wo* sie vermisst wurden, natürlich. Wenn beispielsweise nicht bekannt war, wo das Mädchen mit seiner Großmutter Urlaub machen wollte … ja, dann sind sie wahrscheinlich in ihrer Heimatstadt als vermisst gemeldet worden. Paris, oder wo war das?«

»Paris«, bestätigte Barbarotti. »Zumindest wenn wir dem Mädchen glauben. Aber wie sind sie in dem Fall hergekommen? Wartet mal. Ist nicht vielleicht ein verlassenes Auto in dem Sommer in der Nähe von Mousterlin gefunden worden? Das ist nach fünf Jahren natürlich ziemlich viel verlangt, aber …?«

Leblanc lachte auf, kurz und rau. »Ja, ich kann natürlich einen Mann dransetzen, aber ich glaube, es wäre nicht klug, davon etwas zu erwarten. Vielleicht hat der Bauer es selbst behalten? Warum nicht?«

Ein paar Sekunden lang blieb es still.

»Ihr meint, es könnte so gewesen sein?«, fragte Barbarotti ungläubig. »Dass das Mädchen und seine Großmutter bei einem Bauern gezeltet haben, und als dieser eines Tages merkt, dass sie verschwunden sind, da nimmt er das Zelt, ihre Sachen und ihr Auto in Beschlag?«

»Das ist eine Theorie«, sagte Leblanc und schob seine Brille auf die Stirn. »Ich kann nicht so recht daran glauben, aber was … ja, was soll man dann glauben?«

Tallin räusperte sich. »Wie ist sie an diesem Abend zu Eriks Haus gekommen?«, fragte er. »Die Großmutter, meine ich. Ich hatte nicht den Eindruck, dass sie mit dem Auto gefahren ist.«

»Ich auch nicht«, sagte Barbarotti. »Nein, sie ist sicher zu Fuß gegangen, ansonsten müsste ja ihr Auto vor dem Haus stehen geblieben sein, und dann …«

»Dann müsste einer der anderen sich drum gekümmert haben«, ergänzte Talllin. »Ja, es ist natürlich nicht unmöglich, dass sie das getan haben, oder?«

»Nein«, gab Barbarotti zu. »Das ist es nicht.«

Mein Gott, dachte er. Es konnte so gewesen sein. Dass die Schweden dafür gesorgt haben, hinterher alle Spuren zu verwischen. Und das war ja etwas, von dem der sechste Mann keine Ahnung gehabt haben konnte, da er die Gegend bereits am Morgen, nachdem er die alte Frau im Moorgebiet vergraben hatte, verlassen hatte.

»Wenn wir aber nun annehmen, dass sie an dem Abend zu Fuß gekommen ist«, nahm Leblanc den Faden wieder auf, »und wenn wir annehmen, dass sie trotz allem eine ziemlich alte Frau war, dann würde das doch bedeuten, dass sie irgendwo in der Nähe wohnte. Und wir wissen ja, in welchem Haus die Schweden wohnten, alle Schweden, oder?«

»Das wissen wir«, bestätigte Tallin. »Letzteres haben wir gestern Abend bestätigt bekommen. Es ist geplant, dass wir sie uns alle drei morgen anschauen. Aber dass das Mädchen und ihre Großmutter in diesem Distrikt nicht als vermisst gemeldet wurden, das macht natürlich einen Strich durch unsere Rechnung. Wie lange dauert es, das mit Paris zu kontrollieren?«

»Ein paar Tage, denke ich«, sagte Leblanc und zuckte erneut mit den Schultern. »Es ist verdammt schade, dass wir ihre Namen nicht haben, aber ich werde gleich eine Suchmeldung fürs ganze Land rausschicken.«

»Troaë«, bemerkte Barbarotti. »Das haben wir ja jedenfalls.«

»Wenn sie wirklich so hieß, ja«, sagte Leblanc und schob erneut seine Brille zurecht. »Dieser Name ist mir noch nie untergekommen. Nun ja, wenn die Vermissten irgendwo in Frankreich verschwunden sind, dann werden wir es nächste Woche wissen. Vielleicht noch bevor ihr wieder nach Hause fahrt. Und ihre richtigen Namen dann auch.«

»Gut«, sagte Tallin. »Dafür sind wir dankbar. Außerordentlich dankbar.«

»Habt ihr noch andere Fragen, die ich möglicherweise beantworten kann?«, fragte Leblanc.

Tallin wechselte einen Blick mit Barbarotti, bevor er den Kopf schüttelte. »Im Augenblick nicht. Aber wenn, dürfen wir dann darauf zurückkommen?«

»Aber natürlich«, sagte Leblanc und streckte sich. »Verbrechen dürfen sich nicht lohnen. In keinem Fall und in keinem Land.«

Nach diesen klugen Worten drehte er den Kopf und schaute aus dem Fenster. »Sieht so aus, als hätte es aufgehört zu regnen«, sagte er. »Darf ich ein kleines Mittagessen in der Altstadt vorschlagen, bevor wir euch zum Hotel fahren? Mademoiselle?«

»Madame«, korrigierte Carina Morelius lächelnd. »Je vous en prie, monsieur le commissaire.«

Sie aßen draußen auf einem kleinen, unregelmäßig angelegten Markt, der Place Beurre hieß. Buttermarkt, das verstand sogar Barbarotti.

Überbackener Ziegenkäse. Marinierte Muscheln. Eine Art außerordentlich zartes Fleisch mit Sauce aus Weißwein und Senf. Ein paar Käse, Roquefort und ein zweijähriger Comté. Crème brûlée.

Ein elsässischer Wein und ein Bordeaux. Ein Glas Calvados und ein kleiner Café noir. Die Mahlzeit zog sich über zweieinhalb Stunden hin, Barbarotti beschloss, nie wieder in seinem Leben den Rockstagrill aufzusuchen.

Commissaire Leblanc führte die ganze Zeit Konversation. Erzählte von der Stadt Quimper. Ihren Kunsttraditionen, ihrer Architektur. Ihrer Schönheit, besonders der alten Stadt, in der sie sich momentan befanden, umgeben von Wallgraben und Mauern. Die jahrhundertealte und wechselhafte Geschichte der Kathedrale.

Aber nicht ein Wort über den Fall. Nicht ein Wort über Polizeiarbeit überhaupt; Barbarotti dachte, dass es immer so sein müsste. Den Job in dem Moment wegschließen, in dem man die Tür zu seinem Dienstzimmer hinter sich schloss.

So müsste *er* handeln, genauer gesagt, wenn er seine geistige Gesundheit behalten wollte und wenn Marianne es ertragen sollte, mit ihm zu leben. Nicht wie er im Augenblick funktionierte – und nicht wie Astor Nilsson, der offensichtlich nicht einmal nachts mehr schlafen konnte.

Sich ganz einfach auch für andere Sachen interessieren. Sich ein Leben schaffen, wie es in den Jugendsendungen im Fernsehen hieß.

Leicht gesagt. Sehr wahrscheinlich schwerer getan. Als er in sein Hotelzimmer kam – das übrigens nur fünf Minuten zu Fuß vom Place Beurre entfernt lag –, packte er seine Tasche aus und schob einen Finger in die Bibel.

Es war das erste Mal überhaupt, dass er sie mit auf eine Reise genommen hatte.

Die Sprüche Salomons. Er fühlte eine kurze Dankbarkeit, dass er den verdorbenen Augen entronnen war.

20, 5

Das Vorhaben im Herzen eines Mannes ist wie ein tiefes Wasser; aber ein kluger Mann kann es schöpfen.

Ja?, dachte Barbarotti. Und auf wen ist das hier gemünzt? Auf wessen Pläne bezieht sich das? Auf meine eigenen oder die eines anderen?

Er saß auf der Bettkante und versuchte eine Weile, die Worte abzuwägen, aber der Bezug auf die Ermittlungen erschien ihm so deutlich, dass er beschloss, die Gedanken fallen zu lassen. Genau das hatte er doch von Leblanc gelernt. Stattdessen nahm er das Telefon. Es war zwar schon nach elf, aber im Krieg und in der Liebe war alles erlaubt.

»Hallo«, sagte er. »Habe ich dich geweckt?«

»Nein«, antwortete Marianne. »Ich bin noch gar nicht im

Bett. Jenny ist in eine neue Klasse gekommen und brauchte ein wenig Aufmunterung, das hat eine Weile gedauert.«

Ach so, ja, dachte Barbarotti. Schuljahresanfang.

»Und was machst du? Du hast doch hoffentlich deine Meinung wegen Freitag nicht geändert?«

»Keine Sorge«, versicherte Barbarotti. »Aber ich bin in Frankreich.«

»In Frankreich?«

»Ja, ich suche einen guten Wein zum Hummer.«

»Was?«, fragte Marianne.

»Ich mache nur Spaß«, sagte Barbarotti. »Ich bin dienstlich hier. Wir glauben, wir sind ihm jetzt auf der Spur.«

»Ja, ich habe heute die Zeitungen gelesen«, sagte Marianne. »Und den Bericht im Fernsehen gesehen, da sind bestimmt viele Tipps bei euch eingegangen. Ist das … ist das der Mörder, der eingekreiste Mann auf dem Bild?«

»Ich weiß es nicht«, sagte Barbarotti, und er registrierte, dass er nicht einmal das Gefühl hatte zu lügen, als er das sagte. »Nein, ich weiß es wirklich nicht, es ist ein wenig kompliziert. Auf jeden Fall wollte ich dir Gute Nacht sagen und die Gelegenheit nutzen, dir zu sagen, dass ich dich liebe.«

»Danke«, sagte Marianne. »Das ist lieb von dir. Ich freue mich drauf, dich am Freitag zu sehen. Sieh nur zu, dass du nicht da unten bleibst, wir haben wichtige Dinge zu besprechen.«

»Ich werde dich mit Rosen, Milch und Honig empfangen«, versicherte Barbarotti. »Und Wein, wie gesagt. Aber du darfst mir gern Glück hier bei der Arbeit wünschen, wenn du willst.«

»Viel Glück, mein Geliebter«, sagte Marianne. »Pass auf dich auf und schlaf gut, du auch.«

Doch das tat er nicht. Allen guten Vorsätzen zum Trotz. Sobald er das Licht löschte, füllte sich sein Kopf mit Gedanken zu dem, was während des nachmittäglichen Gesprächs mit Commissaire Leblanc zu Tage getreten war.

Nie vermisst gemeldet? Was zum Teufel bedeutete das?

Und diese Spekulationen dahingehend, dass das Mädchen und seine Großmutter auf einer Art nicht offiziellem Campingplatz gewohnt haben könnten. Wie glaubwürdig war das eigentlich?

Und wie glaubwürdig war dieses Mädchen Troaë überhaupt? Diese Idee, die ihm gekommen war, dass sie eine kleine Mythomanin war, hatte zweifellos im Laufe des Tages neue Nahrung bekommen.

Und das Mousterlin-Dokument überhaupt? Was für einen Sinn machte es, es zu schreiben? Und es sie lesen zu lassen? War das nicht das Grundproblem an sich? Die Frage, auf die er als Allererstes eine Antwort zu finden versuchen musste? In dem Gewimmel all der anderen Fragen.

Das Vorhaben im Herzen eines Mannes, mit anderen Worten.

Inspektor Barbarotti seufzte, und plötzlich fiel ihm ein, was Axel Wallman behauptet hatte, als sie zusammen in Lund wohnten. Dass der Unterschied zwischen dem Nobelpreisträger und dem lallenden, sabbernden Idioten gar nicht so groß war, wenn man alles betrachtete – da dem Erstgenannten wahrscheinlich geglückt war, ungefähr ein Prozent allen möglichen Wissens zu erlangen, während der Idiot bei einem halben stehen geblieben war.

Ein wenig Trost in der Enttäuschung, oder?

Als er das letzte Mal den Kopf vom Kissen hob und die roten Digitalziffern auf dem Fernsehapparat betrachtete, waren sie bis auf 01.56 vorgerückt.

35

Leblanc hatte ihnen ein Auto zur Verfügung gestellt, einen schwarzen Renault, was Barbarotti an Cognac denken ließ. Sie fuhren gegen neun Uhr aus Quimper hinaus, und nach einer halbstündigen Fahrt über kurvige Straßen durch eine grünende, hier und da fast zugewachsene Landschaft befanden sie sich am Cap de Mousterlin. Die Landzunge ragte wie eine Nase ins Meer, und auf beiden Seiten von ihr erstreckten sich lange Sandstrände; es war Ebbe, und das Wasser befand sich momentan fünfzig, sechzig Meter unterhalb der grasbewachsenen Dünen, die das Marschgebiet dahinter schützten. Es sah überhaupt nicht aus wie die Bretagne, in der Barbarotti vor fünfzehn Jahren ein paar Sommerwochen verbracht hatte. Damals war er an der nördlichen Küste gewesen, Côtes d'Armor, mit dramatischen Klippen, kleinen, geschützten Buchten, Grotten und eigenartigen Steinformationen. Plötzlich erinnerte er sich an die merkwürdigen Ortsnamen: Tregastel. Perros-Guirec. Ploumanach.

Aber hier auf der Südseite war es flach, genau wie in den Mousterlin-Aufzeichnungen beschrieben. Und warm, zumindest an diesem Tag. Die Sonne strahlte von einem unbarmherzig blauen Himmel, und die Temperatur lag sicher zwischen fünfundzwanzig und dreißig Grad – obwohl es noch morgens war und obwohl die Schule in Schweden bereits wieder angefangen hatte. Noch waren die Strände fast leer, aber er zweifelte nicht daran, dass es hier in wenigen Stunden nur so von

Menschen wimmeln würde. Er bereute schon, nicht zumindest ein Paar Shorts eingepackt zu haben, seine schwarze Jeans erschien ihm unangenehm warm – aber irgendwie passten Polizisten und kurze Hosen nicht zusammen.

Inkompatibel, wie es heutzutage hieß.

Nach rechts, zum Westen hin, endete der Strand an der kleinen Hafenstadt Bénodet. Nach links, östlich, und in drei Kilometer Entfernung, befand sich Beg-Meil.

Barbarotti schaute auf die Uhr, und Tallin nickte. Zeit, sich nach Le Grand Large zu begeben, dem Restaurant, das laut Text ein paar hundert Meter in Richtung Beg-Meil liegen sollte. Hier hatten die Schweden mit Troaë an jenem Tag gesessen, als sie ihr zum ersten Mal am Strand begegnet waren. Barbarotti sah ein, dass es ein hoffnungsloses Unterfangen war, und er wusste, dass auch Tallin und Morelius dieser Meinung waren. Aber sie wollten dennoch mit dem dortigen Personal sprechen und ihre Fotos hinterlegen. Ihre Visitenkarten auch und die Direktdurchwahl zu Commissaire Leblanc – falls doch jemand, gegen alle Vermutungen, sich noch an irgendetwas erinnern konnte.

Sie wurden voller Freundlichkeit und Interesse empfangen, aber auch mit bedauerndem Kopfschütteln. Nur eine aus dem jetzigen Team hatte bereits 2002 im Restaurant gearbeitet, und da man nicht weniger als elf Sommer an diesem belebten Platz Touristen hatte kommen und gehen sehen, vermutlich annähernd vierzig- und fünfzigtausend Essens- und Bargäste, entschuldigte sie sich, dass sie sich wirklich nicht an die Menschen auf dem Foto erinnern konnte.

Sie fuhren weiter nach Bénodet. Fanden ohne größere Probleme das Restaurant unten am Alten Hafen, das Le Transat hieß. Fanden auch mit ziemlicher Wahrscheinlichkeit genau den Tisch und die Wand, vor der die sechs Schweden an einem Samstag vor fünf Jahren gesessen hatten – und führten ein ziemlich langes Gespräch mit dem Besitzer des Etablissements. Er war zwei Meter groß, hatte einen Bruder, der bei der Polizei von Marseille arbeitete, und liebte Kriminalromane über alles auf der Welt. Vielleicht ausgenommen seine Frau und seine Kinder.

Trotzdem konnte er ihnen nicht helfen. Er studierte die Fotos von 2002, dachte lange und gründlich nach, aber, so gestand sich Barbarotti ein, selbst wenn er einen Geistesblitz gehabt hätte und sich an die Gesellschaft und diesen Samstag vor fünf Jahren hätte erinnern können – was eigentlich wäre damit gewonnen? Solange nicht der sechste Mann seinen Führerschein auf dem Tisch vergessen oder auf andere Art und Weise seine Identität hinausposaunt hätte, traten sie immer noch auf derselben Stelle. Sie standen vielleicht nicht mehr auf Feld Nummer eins, aber ein Zielband war definitiv schwer zu erkennen.

Der Besitzer fragte, ob sie nicht wenigstens Mittag bei ihm essen wollten, aber da es erst halb zwölf war, beschlossen sie, dass sie dieses Detail im dritten Gasthaus des Tages erledigen könnten.

Le Thalamot in Beg-Meil.

Hier würde ich gern wohnen, wenn ich reich wäre, dachte Gunnar Barbarotti plötzlich, als er aus dem Auto stieg. Und wenn ich französisch sprechen könnte.

Ja, nicht direkt im Le Thalamot vielleicht, aber in der Nähe. In einem der großen, von Mauern umgebenen Steinhäusern, die den Kern des Ortes Beg-Meil auszumachen schienen. Zinnen und Türme, blaue Fensterläden und tiefes Pflanzengrün, splendid isolation und das Meer nur wenige Meter entfernt.

Aber ich werde ja niemals reich, dachte er dann. Und außerdem werde ich niemals französisch lernen. Man muss mit einem Radrennfahrer aus Lyon verheiratet sein, um das zu schaffen.

Sie stellten ihre Fragen und zeigten ihre Fotos zum dritten Mal, und zum dritten Mal begegneten sie bedauerndem Lächeln und Kopfschütteln. Bestellten jeder Salat und Omelett, mit variierendem Inhalt, und da sie schon einmal hier waren, nutzten sie die Gelegenheit, ein Glas des hiesigen Cidre zu probieren.

Der schmeckte nach altem Apfelmost und Hefe. Barbarotti erinnerte sich, dass es vor fünfzehn Jahren an der Côte d'Armor genauso gewesen war, und keiner wollte ein weiteres Glas.

»Die Namen stimmen zumindest«, stellte Tallin fest, als sie ihren Kaffee bekommen hatten. »Die Orte gibt es, und die Gasthöfe gibt es. Und die Menschen, alles stimmt. Zumindest brauchen wir nicht an der Geschichte selbst zu zweifeln.«

»Vielleicht nicht«, sagte Barbarotti. »Es stimmt schon, dass alles an seinem Platz ist. Aber außerdem liegen ein junges Mädchen und eine alte Frau hinten im Marschland begraben, und sie sind verschwunden, ohne dass sich jemand dafür interessiert hat. Das ist etwas irritierend, wie ich finde.«

»Wir haben noch nicht gehört, ob Leblancs Nachforschungen ein Resultat gebracht haben«, warf Morelius ein. »Mit ein wenig Glück haben wir heute Abend oder morgen ihre Namen.«

»Eine Gnade, um die wir beten sollten«, meinte Tallin.

Barbarotti stellte fest, dass er langsam müde aussah, der gute alte Kommissar. Sogar er.

»Troaë«, sagte er. »Leblanc sagte, er habe den Namen noch nie vorher gehört.«

»Ich auch nicht«, stimmte Morelius zu.

»The Root Of All Evil«, seufzte Tallin, »ja, mein Gott.«

»Etwas Neues von der Heimatfront?«, fragte Barbarotti, um das Thema zu wechseln. »Mein Handy ist seit gestern Abend still.«

Tallin trank seinen Kaffee aus und sah aus, als versuche er, sich ein wenig zu sammeln. »Doch, ja, ich habe heute Morgen mit Asunander gesprochen«, sagte er. »Vierhundertfünfundfünfzig Namen allein gestern. Das ist wahrscheinlich Rekord, und um die zehn werden uns dafür beschuldigen, an den Pranger gestellt worden zu sein. Aber sie sind am Sortieren, wir werden sehen, was das bringt.«

Barbarotti nickte. »Hoffen wir nur, dass sie auf sieben, acht Stück eingedampft sind, wenn wir nach Hause kommen. Damit es etwas besser zu händeln ist.«

»Hoffen kann man immer«, nickte Tallin. »Wollen wir jetzt bezahlen, aufbrechen und uns den Häusermarkt ansehen?«

Es stellte sich heraus, dass auch er mit dem Mousterlin-Dokument übereinstimmte, wie sie es inzwischen etwas widerstrebend nannten. Das Haus, welches die Malmgrens durch einen Makler in Göteborg gemietet hatten, lag ein paar hundert Meter westlich der Mousterlin-Landzunge, direkt hinter dem Hügel. Sie hatten mit dem Hausbesitzer nichts hinsichtlich einer Besichtigung ausgemacht, in erster Linie, weil es nicht derselbe Besitzer wie vor fünf Jahren war. Monsieur Diderot – das klang bekannt, wie Barbarotti fand –, der sein Haus an das schwedische Paar vermietet hatte, war 2004 gestorben, anschließend war es vererbt worden und schließlich an einen Schweizer Bankier verkauft.

Aber es lag noch da, ein hübsches, weiß gekalktes Haus innerhalb einer niedrigen Steinmauer. Schieferdach, wie bei fast allen Häusern hier, eine große Terrasse, ein paar Zypressen und Rhododendrenbüsche und Hortensien in großen Trauben. Barbarotti kannte sich mit diesen Pflanzen nicht aus, aber Morelius übersetzte auch sie ins Schwedische.

Gunnar Öhrnbergs und Anna Erikssons Behausung zu finden, dauerte etwas länger. Es stellte sich heraus, dass sie ungefähr genau in der Mitte zwischen Mousterlin und Beg-Meil lag, und sie fuhren eine ganze Weile auf den Kieswegen herum, die kreuz und quer durch die Marschlandschaft führten, bevor sie es doch noch fanden. Auch hier hatten sie keine Verabredung mit dem Besitzer getroffen. Leblanc und Morelius hatten mit ihm früh am Morgen telefoniert, aber er behauptete, seine Hütte im Laufe der Jahre an so viele verrückte Touristen vermietet zu haben, dass er nicht mehr einen vom anderen unterscheiden konnte. Außerdem wollte er hinaus zum Fischen und dachte gar nicht daran, seine Pläne von irgendwelchen Polizisten durchkreuzen zu lassen. Des flics et des touristes! Jamais de la vie!

Bullen und Touristen, nie im Leben, übersetzte Morelius.

Als sie bei Le Clos ankamen, wie das dritte – und nach allen wohlbegründeten Hoffnungen ja wohl das wichtigste – Haus hieß, war es vier Uhr nachmittags, und immer noch zeigte sich nicht eine Wolke am Himmel. Der Besitzer, ein Monsieur Masson, hatte versprochen, gegen fünf Uhr aufzutauchen, aber er hatte gesagt, falls sie früher ankämen, sollten sie doch nur aufs Grundstück gehen und es sich bequem machen. Einen Steinwurf entfernt lag eine Bäckerei, genau wie es in dem Dokument gestanden hatte, und man hatte gerade nach der Mittagspause wieder geöffnet, sie gingen also hin, kauften Wasser, Obst, eine Tageszeitung und drei pain au chocolat. Kehrten nach Le Clos zurück, ließen sich unter dem Sonnenschirm auf der Terrasse nieder und warteten. Barbarotti erklärte, dass es mindestens 33 Grad im Schatten hatte, und wenn sie nicht eine weibliche Beamtin im Schlepptau gehabt hätten, hätte er sich bis auf die Unterhose ausgezogen.

Man konnte das Haus nämlich nicht einsehen. Eine hohe, dichte Rhododendronhecke umgab es von drei Seiten, auf der vierten, zum Meer hin, breitete sich eine Wiese mit meterhohem Gras aus. Barbarotti registrierte, dass man das Meer hören konnte, obwohl es mehrere hundert Meter entfernt sein musste, er vermutete, dass die Flut eingesetzt hatte.

Das Haus selbst erinnerte an das Malmgrensche. Weiß mit grauen Steingiebeln und blauen Fensterläden. Zwei Stockwerke. Terrasse mit weißen Plastikmöbeln, ein blauer und ein gelber Sonnenschirm. Als hätte IKEA auch hier seinen Claim abgesteckt. Die Umzäunung zeigte genau den gleichen blauen Farbton wie Sorgsens Papierkorb.

»Das hier ist also der Tatort selbst?«, fragte Inspektorin Morelius und schälte eine Banane.

Barbarotti schaute sich um. »Vermutlich«, bestätigte er. »Ja, es muss hier auf der Terrasse passiert sein … und dort«, zeigte er, »dort hinten haben wir den Geräteschuppen.«

Er lag halb versteckt unter einem üppigen Laubbaum. Sieht aus wie eine Kastanie, fand Barbarotti, aber die Blätter waren gezackt. Er trank einen Schluck Wasser, stand auf und ging hin. Stellte fest, dass es im Schatten des Laubs deutlich kühler war und blieb dort eine Weile stehen, ein leichter Wind war auch wahrzunehmen. Wenn er selbst hier wohnen würde, würde er zweifellos so einen Tag in einem Liegestuhl genau unter diesem Baum verbringen, ganz gleich, was für eine Art es nun auch war.

Und hier hatte also die tote alte Frau gelegen, dachte er dann. Während die Schweden hinten auf der Terrasse saßen und darüber diskutierten, was sie mit ihrer Leiche anstellen sollten.

Eine kleine, schmächtige Frau, den Kopf mit einem schwedischen Schraubenschlüssel zertrümmert. Genau hier wahrscheinlich, hier auf dem kleinen Fleck aus Gras und Erde, hatte sie gelegen, eine schwarz gekleidete französische Frau mit blutrotem Strohhut und … ein plötzliches Schwindelgefühl durchfuhr ihn, vielleicht war es auch ein Sonnenstich, eine Folge der Hitze und dieser unbegreiflichen finsteren Geschichte vermutlich, dieser sich entziehenden und gleichzeitig höchst greifbaren Geschichte mit einer Hauptperson, die … ja, die was? aus der man nicht ganz schlau wurde, dachte Barbarotti. Das war wohl das Mindeste, was man behaupten konnte? Die in diesem friedlichen kleinen Haus ein paar Wochen in einem Sommer vor fünf Jahren gewohnt hatte und die sieben Menschenleben auf dem Gewissen hatte. Vielleicht auch noch das eigene.

Wer bist du?, dachte er. Oder wer *warst* du? Welchen Sinn hat dein Bericht?

Und wieder kam ihm das gestrige Bibelwort in den Sinn.

Das Vorhaben im Herzen eines Mannes ist wie ein tiefes Wasser; aber ein kluger Mann kann es schöpfen.

Oder war es gar nicht so kompliziert, wenn man alles bedachte?

Er hatte sich gezwungen gefühlt, Rache zu üben, um seine Ehre wiederherzustellen, und er hatte sich gezwungen gefühlt, das zu erklären. Genau wie er schrieb. Konnte man sich nicht mit dieser Erklärung zufriedengeben?

Sein Handy klingelte. Er zuckte zusammen, zog das Telefon aus der Brusttasche und meldete sich.

»Hallo, Papa! Hier ist Lars.«

»Hallo, Lars!«

»Was machst du?«

Eine Sekunde lang entspann sich eine mögliche Fortsetzung des Gesprächs in seinem Kopf. Wenn man bei der Wahrheit bleiben wollte.

»Ich bin in Frankreich, Lars.«

»Was machst du da?«

»Ich stehe auf einem Rasenstück und schaue mir einen Fleck an.«

»Was für einen Fleck?«

»Den Fleck, auf dem vor fünf Jahren eine ermordete Frau gelegen hat.«

»Und warum?«

»Das weiß ich nicht, Lars.«

»Warum hat man das gemacht? Ist sie jetzt weggebracht worden?«

»Ja, natürlich. Jetzt scheint hier die Sonne, und alles ist friedlich.«

Nein, die Wahrheit war nicht die richtige Medizin, wenn man mit seinen Kindern sprach.

»Ich bin auf Reisen«, sagte er stattdessen. »Und was machen Martin und du?«

»Wir sind gerade aus der Schule gekommen. Papa, wir wollen gern bei dir wohnen. Dürfen wir das?«

»Aber natürlich dürft ihr das. Ich freue mich riesig, wenn ihr das tut, das wisst ihr doch wohl?«

»Gut. Dann ist das abgemacht. Ich erzähle Mama und Martin, dass du dich riesig freust.«

»Tu das«, sagte Barbarotti. »Und bitte Mama, dass sie mich anruft, damit wir besprechen können, wann ihr kommt und so.«

»Prima, Papa«, sagte Lars und drückte das Gespräch weg.

Das war's dann also, dachte Barbarotti. Mit Leben und Tod.

Er steckte sein Handy ein und kehrte zur Terrasse zurück.

Henri Masson traf einige Minuten nach fünf Uhr ein und brachte eine Flasche Cidre und einen bretonischen Kuchen mit, um seine weitgereisten Gäste zu beköstigen.

Er war in den Siebzigern, trug einen Strohhut und einen Schnurrbart, der so verwegen war, dass man ihn ohne Probleme auch dann noch sehen konnte, wenn er einem den Rücken zukehrte.

Aber er drehte ihnen nur den Rücken zu, als er die Pforte schloss und in den Briefkasten schaute. Ansonsten war er geradeheraus und liebenswert. Und bereit, sein Scherflein beizutragen. Leblanc hatte ihn in groben Zügen darüber informiert, worum es ging, und möglicherweise war es Leblanc, den er zitierte, nachdem er vier Gläser gefüllt hatte und einen Toast ausbrachte.

»Pour la lutte contre la criminalité! Auf den Kampf gegen die Kriminalität!«

Er konnte nicht ein Wort Englisch, entwickelte aber sofort eine Zuneigung für Inspektorin Morelius und hatte offenbar ein großes Vergnügen daran, alles von so einer reizenden und eleganten Frau übersetzt zu bekommen.

»Nun gut«, sagte Tallin. »Es geht also um einen Schweden, der dieses Haus zwischen dem 27. Juni und dem 25. Juli 2002 gemietet hat. Er hieß Erik Bergman, hatte möglicherweise noch jemanden bei sich wohnen, und wir sind dankbar für alle Informationen, die wir bekommen können.«

»Ich erinnere mich«, erklärte Henri Masson nicht ohne einen Hauch von Stolz. »Ich habe dieses Haus viele Jahre lang vermietet, seit den Siebzigern, aber der Sommer 2002 war der letzte. Ich hatte nach Monsieur Bergman nur noch einen Mieter.«

Endlich, dachte Barbarotti, nachdem Morelius fertig übersetzt hatte, endlich haben wir ein kleines Licht in dieser sperrigen Finsternis.

»Ich lasse meine Gäste natürlich immer in Ruhe«, fuhr Masson fort und zwirbelte seine Schnurrbartspitzen zwischen Daumen und Zeigefinger. »Aber ich komme immer einmal die Woche, um Gras zu mähen und die Mülltonne abzuholen. Meine Frau und ich, wir wohnen nämlich in Fouesnant.«

»Warum haben Sie nach 2002 aufgehört, das Haus zu vermieten?«, fragte Barbarotti.

»Ich habe im Lotto gewonnen«, erklärte Masson und sah noch stolzer aus. »Brauchte das Geld nicht mehr. Jetzt lass ich meine Kinder und ihre Familien hier wohnen. Gestern ist ein Trupp verschwunden, aber am Freitag kommt ein neuer Schwung. Ich habe fünf Kinder und dreizehn Enkelkinder, wenn sie nur hinterher sauber machen, ist es mir scheißegal, was sie hier veranstalten.«

»Dieser Monsieur Bergman«, griff Tallin den Faden wieder auf, »an was können Sie sich in Bezug auf ihn noch erinnern?«

Masson zuckte die Schultern. »An nicht besonders viel natürlich. Ich habe sie empfangen, als sie gekommen sind, ich habe sie gesehen, als ich einmal Gras gemäht habe, und ich habe kontrolliert, ob alles sauber ist und so, als er abgereist ist.

Meine Frau war beim letzten Mal mit hier, Frauen haben natürlich einen besseren Blick dafür als wir Männer.«

Er zwinkerte verschwörerisch Inspektorin Morelius zu, die routiniert zurückzwinkerte.

»Sie sagen ›sie‹?«, fragte Tallin. »Dann waren es also zwei, die hier gewohnt haben?«

»Jedenfalls am Anfang waren es zwei«, bestätigte Masson. »Aber als Monsieur Bergman von hier abgereist ist, da war er allein.«

»Und die zweite Person, war das auch ein Mann?«, fragte Barbarotti.

»Oui. Das war ein Mann. Die waren wohl beide so in den Dreißigern. Ich habe mich nie für andere sexuelle Präferenzen interessiert als meine eigenen, deshalb ... ja, das ist mir doch egal.«

Erneutes Zwinkern zu Morelius. Erneutes Zwinkern retour.

»Meinen Sie damit, dass es ein homosexuelles Paar war?«, fragte Barbarotti.

»Nein, ganz und gar nicht. Ich meine damit, dass es mich gar nicht interessiert hat, irgendwas zu meinen.«

»Wir verstehen«, sagte Tallin. »Wie hieß der andere Mann?«

Barbarotti schloss die Augen und ballte die Fäuste. Jetzt, dachte er. Ja oder nein?

Henri Masson zuckte mit seinen breiten Schultern. »Keine Ahnung.«

Morelius hätte das nicht übersetzen müssen, tat es aber dennoch. Ich habe auch nichts anderes erwartet, dachte Barbarotti. Warum sollte er so unvorsichtig sein und seinen Namen hinterlassen? Auch in dem Punkt stimmte das mit dem Mousterlin-Dokument überein.

»Sind Sie sich sicher, dass Sie nie seinen Namen erfahren haben?«, fragte Tallin und nahm vorsichtig einen kleinen Schluck Cidre.

»Absolut sicher«, erklärte Henri Masson. »Ich habe nie gewusst, wie er heißt, also habe ich es auch nicht vergessen.« Er klopfte mit einem Zeigefinger auf den Kopf seines Strohhuts. »Es war Monsieur Bergman, der für das Haus verantwortlich war. Es gab auch nichts zu bemängeln, als er abreiste.«

»Ihnen ist nicht aufgefallen, ob vielleicht ein Schraubenschlüssel hinten im Geräteschuppen fehlte?«, fragte Barbarotti.

»Ein Schraubenschlüssel? Nein, bestimmt nicht. Aber da liegt so viel Schrott herum, da würde das auch nicht auffallen.«

»Ich verstehe«, seufzte Barbarotti.

»Dieser zweite Mann«, sagte Tallin. »Würden Sie ihn wiedererkennen, wenn Sie ihn sähen?«

Henri Masson trank einen großen Schluck Cidre und überlegte. »Vermutlich«, sagte er. »Ja, ich denke schon.«

Inspektor Barbarotti zog vorsichtig eines der Fotos aus der Mappe. Schob es quer über den Tisch zu Masson hin.

»Ist er mit auf dem Foto?«, fragte Tallin.

Henri Masson entschuldigte sich, zog aus einem glänzenden Metalletui eine Brille und setzte sie sich umständlich auf seine kräftige Nase. Fasste das Bild mit Daumen und Zeigefinger und studierte es fünf Sekunden lang.

»Oui«, sagte er und zeigte auf das Bild. »Ja, das hier ist er. Die beiden anderen kenne ich nicht.«

Gunnar Barbarotti stellte fest, dass er während der ganzen Prozedur den Atem angehalten hatte.

36

Als Gunnar Barbarotti am Donnerstag aufwachte, war der Himmel von dunklen Wolken bedeckt, und er erinnerte sich, dass es in diesem Sommer in den Neunzigern genauso gewesen war. Strahlende, wolkenfreie Tage wechselten sich ab mit Gewitter und kalten Atlantikwinden. Was ein wenig an Helenas Stimmungsschwankungen erinnerte. Während er seine Morgentoilette machte, überlegte er, wie wohl ihr Zusammenleben aussehen würde, wenn sie sich nicht vor fast sechs Jahren getrennt hätten.

Das erschien ihm nicht gerade ein besonders passender Gedankengang für einen neuen, optimistischen Tag, und nach kurzer Zeit schob er ihn zur Seite. Sah ein, dass er unnötig früh aufgewacht und aufgestanden war, er hatte mit Tallin und Morelius verabredet, gegen halb neun Uhr zu frühstücken, und als er fertig angezogen war, war es erst acht. Dumm, eine halbe Stunde lang allein seine Croissants zu essen, stellte er fest, und dann tauchte ein anderer Gedanke in seinem Kopf auf.

Er hatte mit Sara nicht gesprochen seit … ja, das musste jetzt schon zwei Wochen her sein. Er hatte mehrere Male Anstalten gemacht, sie anzurufen, und immer war etwas dazwischengekommen.

Aber jetzt hatte er Zeit. Zwar war anzunehmen, dass sie immer noch schlief, aber andererseits konnte sich doch nichts mit der Freude messen, den Tag zu starten, indem man von seinem fürsorglichen und liebevollen Vater geweckt wurde?

Er wählte ihre Nummer. Sechs Freizeichen waren zu hören, dann schaltete sich der Anrufbeantworter ein. Er drückte ihre Stimme weg und rief noch einmal an.

Jetzt antwortete sie.

Zumindest ging er davon aus, dass sie es war. Es klang ungefähr, als zertrete man ein Baiser. Nicht, dass er es gewohnt war, Baisers zu zertrampeln, aber dennoch.

»Ich bin es«, sagte er. »Dein lieber Vater.«

»Papa?«

»Ja, hallo.«

»Warum … warum rufst du an … wie spät ist es denn? Sieben! Warum rufst du mich um sieben Uhr morgens an? Ist was passiert?«

»Es ist acht«, erklärte er.

»In England ist es sieben«, widersprach Sara. »Das weißt du doch wohl?«

»Ja, natürlich«, erinnerte Barbarotti sich. »Ja, ich habe nur gedacht, dass ich so lange nichts mehr von dir gehört habe, und jetzt habe ich gerade eine halbe Stunde Zeit.«

»Du hast eine halbe Stunde Zeit? Hast du denn so schrecklich viel zu tun?«

Er dachte nach. »Ja, habe ich wirklich«, sagte er. »Es war ein bisschen mühselig alles. Aber wir können auch auflegen, wenn du noch schlafen musst. Ich rufe dich dann heute Abend an.«

»Jetzt hast du mich geweckt«, sagte Sara. »Und übrigens, da ist eine Sache … ich wollte dich heute sowieso anrufen.«

»Ja?«, fragte Barbarotti. »Was für eine Sache denn?«

»Ich … ich muss mir ein bisschen Geld leihen.«

Verflucht, dachte Barbarotti. Jetzt ist es passiert.

»Wofür denn?«, fragte er.

Sara fragte normalerweise nicht nach Geld. Es gab also Grund für Misstrauen und Beunruhigung. Was gar nichts damit zu tun hatte, dass er so ein Gluckenpapa war.

»Wofür?«, wiederholte er.

»Ich will … nein, ich will das nicht sagen«, antwortete sie langsam und mit rauer Stimme. »Aber ich wollte es dir im Laufe des Herbsts zurückzahlen. Bis Weihnachten, ja?«

Weihnachten?, dachte er. »Und an wie viel hast du gedacht?«, fragte er.

»Viertausend«, sagte sie. »Oder fünf, wenn es möglich ist.«

»Fünftausend? Wozu um alles in der Welt brauchst du fünftausend, Sara?«

»Da ist eine Sache«, sagte Sara, und jetzt klang sie richtig traurig, wie er merkte. Nicht nur müde. »Aber ich kann dir nicht sagen, worum es geht.«

»Meine kleine Sara …«

»Auch nur dieses eine Mal. Du weißt, dass ich dich sonst nie um Geld anbettle, und ich verspreche, es dir zurückzuzahlen. Ich wollte Mama lieber nicht anrufen, weil …«

»Ich würde es vorziehen zu wissen, wozu du das Geld brauchst«, sagte er. »Das verstehst du doch sicher?«

»Wenn du es unbedingt wissen musst, dann versuche ich es woanders«, erklärte Sara.

»Mein Gott«, sagte er. »Nein, natürlich leihe ich es dir. Wie geht es dir überhaupt?«

»So lala«, antwortete Sara. »Aber das geht schon alles klar. Du brauchst dir keine Sorgen zu machen, Papa.«

»Hast du noch den Job?«

»Ja.«

»In diesem Pub?«

»Ja, natürlich.«

»Und dieser Musiker? Hast du den auch noch?«

Warum frage ich das?, überlegte er. Ich will ja nur, dass sie mit Nein antwortet.

»Kann ich dich in ein paar Tagen anrufen, Papa?«, erwiderte sie. »Es ist im Augenblick ein bisschen schwierig zu reden.«

Warum das?, fragte er sich. Warum ist es schwer zu reden? Weil Malin gerade aufgewacht ist und jetzt zuhört?

Oder weil dieser … wie zum Teufel hieß er noch … Robert? Richard? …

Nein, dachte Gunnar Barbarotti. Sie kriegt das Geld und eine Woche, dann fahre ich zu ihr und hole sie.

»Ich überweise das Geld heute noch«, sagte er. »Ich habe ja deine Kontonummer, das ist also kein Problem.«

»Danke, Papa«, sagte Sara. »Ich hab dich lieb.«

»Ich hab dich auch lieb«, sagte Gunnar Barbarotti. »Versuch, noch ein bisschen zu schlafen.«

Dann legte er auf. Er schaute auf die Uhr. Viertel nach acht. Er hatte ihr nicht einmal erzählt, dass er in Frankreich war.

Aber er hatte noch genügend Zeit, beim Bankservice in Schweden anzurufen und fünftausend Kronen zu überweisen. Als er die freundliche Dame danach fragte, wie viel er noch auf seinem Konto hatte, erklärte sie, dass es sich um zweiundsechzig Kronen und fünfzehn Öre handelte.

Weil Leblanc den Vormittag über mit seiner eigenen Kriminalitätsbekämpfung beschäftigt war, hatten sie ein paar Stunden für Sightseeing zur Verfügung – aber da der Regen genau in dem Moment einsetzte, als sie mit dem Frühstück fertig waren, änderten sie ihre Pläne. Stattdessen versammelten sie sich in Tallins Zimmer, bestellten eine Kanne Kaffee und setzten sich zusammen, um die Lage zu besprechen.

»Einer von euch, dem im Laufe der Nacht neue Ideen gekommen sind?«, wollte Tallin wissen. Das hatte er bereits beim Frühstück gefragt, aber irgendetwas ist mit Tallin geschehen, dachte Barbarotti. Seit sie in der Bretagne angekommen waren, schien ihm die Luft ausgegangen zu sein, das hatte Barbarotti bereits am gestrigen Tag bemerkt, und offensichtlich verhielt es sich auch heute so. Als hätte er Zahnschmerzen oder gerade sein gesamtes Gespartes beim Poker verloren.

»Nein, wie schon gesagt«, erklärte Carina Morelius und schenkte Kaffee ein. »Aber ich betrachte mich in diesem Fall auch eher als Zuschauerin. Und Dolmetscherin natürlich. Ihr seid jetzt fast einen Monat am Fall dran, nicht wahr? War es nicht der 25., an dem es angefangen hat?«

»Der 24. oder der 31.«, sagte Barbarotti. »Das liegt ein bisschen daran, wie man rechnet.«

»Neue Ideen?«, wiederholte Tallin unverdrossen.

»Ja, was soll man sagen?«, begann Barbarotti. »Wir haben ja wohl bestätigt bekommen, dass der sechste Mann tatsächlich bei Erik Bergman gewohnt hat ... und dass er die Person auf dem Foto ist. Oder? Das sollte eigentlich ein Durchbruch sein, aber ich habe etwas Probleme zu glauben, dass dem wirklich so ist.«

»Hast du Zweifel daran, dass es stimmt?«, fragte Tallin.

»Nein«, antwortete Barbarotti. »Eigentlich nicht. Nun ja, wir werden sehen, wie es heute Nachmittag läuft, aber wenn das Mädchen und ihre Großmutter nicht irgendwo in Frankreich vermisst gemeldet wurden, dann stellt sich die ganze Geschichte als ... als ziemlich kompliziert dar. Zumindest in meinen Augen.«

»In meinen auch«, stimmte Tallin zu. »Verdammt, ich arbeite jetzt mehr als dreißig Jahre auf diesem Gebiet, und ich kann mich nicht erinnern, so etwas schon einmal erlebt zu haben.«

»Das mit dem Akzent der Großmutter«, sagte Barbarotti nach einigen Sekunden des Schweigens, »und auch des Mädchens ... ich möchte ja eigentlich gar nicht daran denken, aber wenn sie wirklich aus einem anderen Land stammten, ja, dann erweitert sich unsere Perspektive wohl ziemlich.«

»Ich weiß«, seufzte Tallin. »Nein, ich bin deiner Meinung. Lass uns im Augenblick diese Alternative erst einmal vergessen.«

»Wie läuft es mit dem Phantombild zu Hause?«, fragte Morelius. »Sind neue Informationen eingetrudelt?«

»Über fünfhundert stehen auf der Liste«, konstatierte Tallin.

»Aber um ein Phantombild handelt es sich ja eigentlich nicht. Es ist ein richtiges Foto.«

»Entschuldige«, sagte Morelius.

»Macht nichts«, sagte Tallin. »Auf jeden Fall werden sämtliche Tipps überprüft und nach Wahrscheinlichkeit sortiert. Gruppe eins, zwei und drei. In der eins, mit der größten Wahrscheinlichkeit, hatten sie heute Morgen fünfundvierzig Namen. Nach der Mittagspause werden sie mit den Befragungen anfangen. Ja, wenn wir Glück haben, gelingt uns auf diesem Weg der Durchbruch. Unabhängig davon, was der Frankreichtrip bringt.«

»Es ist nicht viel nötig, um ein Alibi zu haben, nicht wahr?«, fragte Inspektorin Morelius.

»Darüber habe ich auch schon nachgedacht«, sagte Barbarotti. »Abgesehen von dem Sommer 2002 musst du die Möglichkeit gehabt haben, in den letzten Monaten an vier verschiedenen Tatorten in Schweden gewesen zu sein. Unter anderem an Bord der Fähre nach Dänemark genau in der betreffenden Nacht … ja, wenn wir einen armen Teufel finden, dem das Alibi für alle diese Termine fehlt, dann sieht es ziemlich schlecht für ihn aus.«

»Und er auch noch aussieht wie der Typ auf dem Foto?«

»Das auch noch, ja.«

»Aber dieser Charmebolzen Masson schien ja zumindest ziemlich glaubwürdig zu sein, oder?«, fragte Morelius lächelnd.

»Doch, den Eindruck hatte ich auch«, bestätigte Barbarotti. »Aber er hatte natürlich nicht so viele, unter denen er wählen konnte. Wir hätten die Identifizierung vielleicht etwas besser vorbereiten sollen?«

»Warum denn das?«, fragte Tallin irritiert. »Glaubst du, dass er Kronzeuge im Prozess wird, oder wieso?«

Was ist nur mit ihm los?, dachte Barbarotti. Er verliert seinen Stil, der Tallin.

»Ich muss mal telefonieren«, log er. »Wir sehen uns in einer Stunde unten an der Rezeption, ja?«

»Ich auch«, erklärte Inspektorin Morelius, und gemeinsam verließen sie Tallins Zimmer.

»Scheint schlecht gelaunt zu sein«, sagte sie, als sie auf dem Flur standen. »Dein Freund, der Kommissar, meine ich.«

»Ja«, bestätigte Barbarotti. »Aber ich kenne ihn eigentlich nicht. Er kommt aus der Zentrale.«

»Ich weiß«, sagte Carina Morelius und senkte die Stimme zu einem vertraulichen Flüstern. »Aber *ich* kenne ihn. Wir hatten nämlich vor ein paar Jahren sogar mal eine Beziehung.«

»Was sagst du da …?« Barbarotti blieb verblüfft stehen.

»Nun ja, es waren nur ein paar Wochen. Beziehung ist wohl auch das falsche Wort. Affäre wäre besser, wir hatten eine *Affäre.*«

»Aber er ist doch mindestens fünfzehn Jahre älter als du?«

»Dreizehn«, sagte Morelius. »Aber es lag nicht am Alter.«

»Dann meinst du also … dass er an diese Reise gewisse Erwartungen geknüpft hat?«

»Das ist deine Interpretation«, sagte Morelius und schlüpfte in ihr Zimmer.

Es gibt doch vieles, was man nicht weiß, dachte Inspektor Barbarotti. Sehr viel.

»Jedes Jahr werden in diesem Land zirka sechzigtausend Menschen als vermisst gemeldet«, erklärte Commissaire Leblanc. »Six-zero-zero-zero-zero.«

Barbarotti schrieb es sich auf.

»Das ist natürlich eine unglaublich hohe Zahl, aber es ist nur ein Promille der Bevölkerung. Die meisten verschwinden nicht. Einfach ausgedrückt könnte man sagen, dass jeder tausendste Mensch verschwindet. Wenn wir auf dem statistischen Weg weitermachen, dann bedeutet das, dass wir jeden Monat rund fünftausend Verschwundene haben.«

»Laut Statistik haben wir in unserem Land auch einen ziemlichen Batzen«, erklärte Tallin. »Ich habe vor gar nicht langer Zeit einen Artikel darüber gelesen, und da wurde behauptet, dass wir mit der Pro-Kopf-Ziffer so ziemlich auf einer Höhe mit den meisten Ländern in Westeuropa liegen.«

»Das mag wohl stimmen«, bestätigte Leblanc. »Aber wir dürfen nicht vergessen, dass nur ein Bruchteil der fünftausend monatlich Verschwundenen ein Jahr später noch verschwunden ist. Rund fünfzehn Prozent genau genommen. Die Leute tauchen wieder auf, kehren nach Hause zurück oder werden tot aufgefunden. Ein Verbrechen liegt bei weniger als zehn Prozent der Fälle zu Grunde, und die Ziffer derer, die nach fünf Jahren immer noch verschwunden sind, ist ungefähr genauso hoch – knapp zehn Prozent. Was ich damit sagen will: ungefähr sechstausend Personen lösen sich jedes Jahr in Luft auf. Man nimmt an, dass ungefähr die Hälfte von ihnen tot ist, und von den restlichen dreitausend befinden sich sicher nicht mehr als ein paar Hundert innerhalb der Landesgrenzen. Leute fliehen, ganz einfach, und das tun sie aus den verschiedensten Gründen. Unbezahlte Steuern ist wohl einer der üblichsten.«

Barbarotti blätterte seinen Block um und beschloss, sich keine weiteren Notizen zu machen. »Wie viele sind im Juli 2002 verschwunden?«, fragte er.

»Das wollte ich jetzt berichten«, sagte Leblanc mit einem hastigen Lächeln. »Entschuldigt diese Ziffernübung, aber ich wollte euch einen gewissen Hintergrund geben.«

»Ausgezeichnet«, sagte Tallin.

»Nach allem, was ich verstanden habe, sollen das Mädchen und ihre Großmutter Anfang Juli den Tod gefunden haben, ich habe mir sicherheitshalber die zwei Monate zwischen dem 5. Juli und dem 4. September des Jahres angeschaut, da hatten die Schulen an den meisten Orten wieder angefangen, und während dieses Zeitabschnitts sind 12682 Suchmeldungen wegen vermisster Personen eingegangen – im ganzen Land. Eine statistische Normalziffer also, im Sommer verschwinden immer mehr Menschen, aber in dem Jahr war es offenbar nur marginal.«

Er machte eine kurze Pause, während der er seine Brille putzte und seine Papiere konsultierte.

»Von diesen Menschen sind bis zum heutigen Datum eintausendfünfunddreißig nicht gefunden worden.«

»Das heißt, immer noch verschwunden?«, fragte Barbarotti.

»Genau«, bestätigte Leblanc. »Und von diesen gut tausend sind nicht zwei von der gleichen Person als vermisst gemeldet worden.«

»Einen Moment«, sagte Barbarotti. »Sie sagen also, dass niemand das Mädchen und die Großmutter gemeldet haben kann, die ja gleichzeitig verschwunden sind?«

»Richtig«, sagte Leblanc.

»Was ganz einfach bedeutet, dass niemand sie überhaupt als vermisst gemeldet hat? Warum sollten zwei *verschiedene* Personen melden, dass sie verschwunden sind?«

»Es klingt ja ziemlich wahrscheinlich, dass die gleiche Person sie meldet, wenn es sich nun einmal um eine Großmutter und ihre Enkelin handelt«, stimmte Leblanc zu und zog ein neues Stück Papier hervor. »Aber wenn wir trotzdem einmal mit dem Gedanken spielen, dass wir es mit zwei separaten Suchmeldungen zu tun haben, und wenn wir sehr großzügig sind, was die Altersbestimmung betrifft … lasst uns sagen, dass das Mädchen zwischen zehn und fünfzehn Jahren alt ist, die Großmutter zwischen fünfzig und achtzig … ja, seid ihr dann meiner Meinung, dass wir eine ausreichend große Sicherheitsspanne eingehalten haben?«

»Zweifellos«, seufzte Tallin. »Und wie viele haben wir dann letztendlich?«

Leblanc räusperte sich. »Im ganzen Land, ich betone *im ganzen Land,* haben wir während der aktuellen zweimonatigen Periode, Juli bis August 2002, sechzehn vermisste Frauen im älteren Bereich, die immer noch vermisst sind, und elf Mädchen im jüngeren Bereich.«

»Und haben wir von allen Namen?«, fragte Barbarotti.

»Natürlich«, sagte Leblanc. »Aber wir haben keinerlei Familienbande zwischen irgendwelchen dieser Personen, und keines der Mädchen heißt Troaë.«

Es blieb fünf Sekunden lang still. Kommissar Tallin lehnte sich auf seinem Stuhl zurück und starrte die Decke an. Barbarotti spürte, wie er sich auf die Wange biss, dass es weh tat.

»Eine Frage«, sagte er. »Bezieht das hier auch Personen mit ein, die von irgendeiner Institution als vermisst gemeldet werden… einer Schule oder Behörde oder so?«

»Ja«, sagte Leblanc, »die sind mit einbezogen.«

»Aber«, sagte Barbarotti, »im Prinzip gibt es doch nichts, was besagt, dass das Mädchen und ihre Großmutter sich nicht unter den… wie viele waren es…?«

»Siebenundzwanzig«, sagte Leblanc.

»Unter den siebenundzwanzig Personen befinden?«

»Absolut nichts«, bestätigte Leblanc. »Ich habe Informationen über alle diese Fälle erbeten, ich werde euch das Material nach Schweden schicken, sobald ich es bekommen habe. Wahrscheinlich Anfang nächster Woche.«

»Merci«, sagte Tallin. »Merci beaucoup.«

»Nur noch eins«, sagte Barbarotti. »Ich nehme an, dass es eine ganze Menge Leute in Ihrem Land ohne Aufenthaltsgenehmigung gibt. Von denen die Behörden gar nichts wissen.«

»Wahrscheinlich zwischen einer halben und einer Million«, sagte Leblanc. »Die meisten aus Afrika.«

»Und wenn einige von diesen…?«

»Wahrscheinlich nicht«, wehrte Leblanc ab. »Die fallen aus jeder Statistik. Aber das Mädchen und ihre Großmutter, die waren doch sicher nicht schwarz?«

»Nein«, bestätigte Barbarotti. »Es gibt jedenfalls nichts, was darauf hindeutet.«

»Araber…?«, fragte Tallin und verzog das Gesicht. »Warum nicht? Das Mädchen war dunkel, das steht mehrmals in den Aufzeichnungen.«

Wieder wurde es still. Leblanc nahm die Brille ab und putzte sie. Barbarotti warf einen Blick aus dem Fenster und stellte fest, dass es immer noch regnete.

»Gut«, sagte Tallin auf Schwedisch. »Dann können wir wohl davon ausgehen, dass es hier für uns gelaufen ist.«

Das wiederholte er sechs Stunden später, nachdem sie in einem Restaurant mit Namen Kerven Mer gegessen hatten. Es lag einen Steinwurf vom Hotel entfernt, und es waren nur er und Barbarotti – Inspektorin Morelius hatte um ein paar Stunden Freizeit gebeten, da sie eine alte Freundin besuchen wollte, die in Brest wohnte –, und sie hatten zwei Flaschen Bourgogne getrunken. Der Wein war vollmundig und gut, aber eine Flasche hätte wohl auch gereicht.

»Wenn du mir erklären kannst, wie das alles zusammenhängt, dann sorge ich dafür, dass du zum ersten Januar Kommissar wirst«, sagte Tallin. »Verdammt noch mal.«

Barbarotti war klar, dass es wohl kaum in Tallins Macht stand, etwas in der Art zu organisieren, aber er ließ es dabei bewenden. »Vielen Dank«, sagte er stattdessen. »Ja, das ist wohl gar nicht so schwer. Entweder, das Mädchen und die Großmutter sind in dem Material, das wir nächste Woche bekommen… ganz einfach. Oder aber… ja, oder aber sie waren Touristen in einem Wohnwagen.«

»Was?«, sagte Tallin.

»Oder Zigeuner ohne Aufenthaltsberechtigung«, sagte Barbarotti. »Oder Araber, warum eigentlich nicht? Das Mädchen war dunkel, die Großmutter war dunkel. Auch wenn sie nicht schwarz waren.«

Tallin dachte nach. »Sind das die beiden Alternativen, die dir einfallen?«, fragte er.

Barbarotti dachte auch nach. »Es gibt natürlich noch eine dritte«, sagte er dann. »Dass er lügt.«

»Dass er lügt?«, wiederholte Tallin.

»Ja, dass er sich die ganze Geschichte nur ausgedacht hat. Wenn das Mädchen und die Großmutter überhaupt existieren, so sind sie jedenfalls nicht gestorben.«

Tallin hob sein Glas und stellte es wieder hin, ohne zu trinken.

»Was zum Teufel meinst du damit?«, fragte er.

»Na, es ist doch nicht ausgeschlossen«, sagte Barbarotti. »Er hat sich die ganze Geschichte nur ausgedacht … ja, nicht das mit den Schweden natürlich, aber das mit dem Mädchen und der Großmutter …«

»Kannst du mir einen vernünftigen Grund nennen, sich so eine Geschichte auszudenken?«, fragte Tallin und schien plötzlich überhaupt nicht mehr vom Weinkonsum beeinträchtigt zu sein.

»Überhaupt keinen«, gab Barbarotti zu. »Nein, ich ziehe das zurück. Ich glaube eher an eine der anderen Alternativen.«

Aber Tallin wollte den Faden noch nicht fallen lassen. »Er sollte also diese fünf Menschen aus irgendeinem *anderen* Grund getötet haben?«, fragte er. »Einem Grund, den er warum auch immer zu verbergen versucht. Ist es das, was du meinst?«

»Nein«, sagte Barbarotti. »Ich meine gar nichts. Das klingt ja vollkommen unlogisch.«

»Aber er muss doch gewusst haben, dass wir das hier überprüfen werden«, fuhr Tallin beharrlich fort.

»Vielleicht spielt es für ihn überhaupt keine Rolle, dass wir das tun«, sagte Barbarotti.

Tallin kratzte sich am Kopf. »Meinst du, das macht die Sache verständlicher? Welchen Sinn hat es, eine Geschichte zu erzählen, von der er weiß, dass wir sie platzen lassen werden?«

»Ich bin ein bisschen betrunken«, sagte Barbarotti. »Und ich habe doch schon gesagt, dass ich eher an Deutsche in einem

Wohnmobil glaube. Die haben ihren Verwandten und Freunden erzählt, sie fahren zum Nordkap, und dann drehen sie allen eine lange Nase und machen sich stattdessen in die Bretagne auf. Und hier stoßen sie auf diese Schweden. Wann soll ich noch mal Kommissar werden?«

»Ich denke, ich gönne mir noch einen Kaffee und einen Cognac«, sagte Tallin.

»Ist das wirklich nötig?«, fragte Gunnar Barbarotti.

Kurz nachdem sie auf dem Flughafen von Quimper am Freitagmorgen eingecheckt hatten, klingelte Barbarottis Handy. Es war Doktor Olltman.

»Wie geht es Ihnen?«, fragte sie.

Er suchte nach einer neuen Schweinemetapher, fand aber keine. »Richtig gut«, erklärte er stattdessen. »Ich befinde mich im Augenblick in Frankreich. Ich habe eine Nachricht wegen letztem Freitag hinterlassen, ich hoffe, Sie haben sie bekommen?«

»Oh ja«, versicherte Olltman. »Ich rufe nur an, weil ich gern einen neuen Termin mit Ihnen vereinbaren würde.«

»Die Dinge haben sich ein wenig verändert«, sagte Barbarotti.

»Zum Besseren, hoffe ich?«

»Zweifellos«, sagte Barbarotti. »Aber ich habe momentan sehr wenig Zeit.«

»Ich lese immer noch Zeitungen«, erklärte Olltman. »Rufen Sie mich an, wenn Sie wieder Zeit haben. Ich denke, es wäre gut, wenn wir uns noch ein- oder zweimal sehen könnten.«

»Auf jeden Fall«, sagte Barbarotti. »Ich werde nächste Woche von mir hören lassen, wenn sich die Dinge etwas beruhigt haben. Aber jetzt muss ich zur Sicherheitskontrolle.«

»Gute Heimreise«, sagte Olltman.

»Vielen Dank«, sagte Barbarotti.

Sich beruhigt haben?, dachte er, als er sein Handy ausschaltete und alles Metall aus den Taschen holte. Doch, hoffen konnte man das ja immer. Aber ich gehöre wohl eher zu der Art, die erst im Grab Ruhe findet, wenn überhaupt.

Als er eine Minute später Tallin und Morelius zum Gate folgte, erinnerte er sich daran, dass er in einem Taxfreeladen auf dem Charles de Gaulle einen guten Wein kaufen musste.

Es war schließlich trotz allem Freitag geworden.

37

Es dauerte zwei Stunden, den Hummer zuzubereiten, und vier Stunden, ihn aufzuessen. Die ungewöhnlich lange Verzehrzeit erklärte sich damit, dass sie mittendrin eine Pause machten, um sich zu lieben. Das war irgendwie unumgänglich.

Vieles andere war auch nicht aufzuhalten.

»Ich habe mich entschieden«, sagte Marianne. »Ich will mit dir zusammenleben.«

»Dann ist es abgemacht«, sagte Gunnar Barbarotti.

Marianne lachte. »Diese Worte werde ich nie vergessen«, sagte sie. »*Dann ist es abgemacht.* Wenn wir in vierzig Jahren Hand in Hand bei Sonnenuntergang an einem Strand entlanggehen, werde ich dich daran erinnern.«

»Dann bin ich siebenundachtzig«, sagte Gunnar Barbarotti. »Dann werde ich wohl an so einiges erinnert werden müssen. Aber bist du der Meinung, dass wir so richtig heiraten, mit allem Drum und Dran?«

»Bist du nicht der Meinung?«

»Oh doch«, versicherte Barbarotti. »Natürlich. Möchtest du noch ein bisschen Wein?«

Sie waren beim Dessert angelangt. Eis und warme Moltebeeren, mehr nicht, aber der Hummer hatte so viel Zeit in Anspruch genommen, dass er nichts anderes mehr geschafft hatte. Andererseits gab es in Gunnar Barbarottis Welt kein besseres Dessert als Vanilleeis und warme Moltebeeren. Nicht einmal diese Crème brûlée in Quimper.

»Nicht nötig«, sagte Marianne. »Ich bin von der Liebe berauscht.«

»Daran werde ich dich an diesem Strand erinnern«, sagte Barbarotti.

»Schön«, sagte Marianne. »Aber kannst du dir auch Kirche und so weiter vorstellen?«

»Es reicht ja wohl eine ganz kleine Kirche«, schlug Barbarotti vor. »Nicht fünfhundert Personen und eine Tonne Reis.«

»Es reicht mit dir und mir«, sagte Marianne.

»Und ein Pfarrer vielleicht?«

»Na gut, aber dann nur ein kleiner. Was ist mit unseren Kindern?«

Barbarotti überlegte. Er hatte von Helenas letztem Vorstoß noch nichts erzählt, und er konnte eigentlich selbst nicht sagen, warum nicht. Vielleicht, weil er trotz allem nicht sicher war, dass es so kommen würde. Dass er sich wirklich um Lars und Martin kümmern sollte. Er hatte so etwas schon häufiger erlebt. Aber vielleicht lag es auch daran, dass er mit Marianne nicht über Helena sprechen wollte. Aus welchem Grund auch immer.

»Wir müssen es ihnen wohl erzählen«, sagte er. »Vielleicht können wir ihnen einfach sagen, dass sie kommen können, wenn sie wollen?«

Für einen Moment wurde sie ernst. »Dir ist doch wohl klar, dass du Vater von Teenagern wirst?«, fragte sie und bohrte ihre grünen Augen in seine. »Johan und Jenny leben bei mir und werden das auch in Zukunft tun.«

»Aber natürlich«, bestätigte Barbarotti. »Ich werde ihnen alles beibringen, was ich kann.«

Wieder lachte sie. »Weißt du«, sagte sie. »Das Beste an dir ist, dass ich mit dir lachen kann. Mit Tommy habe ich nie gelacht.«

»Nie? Ihr müsst es ja nett gehabt haben.«

Sie schüttelte den Kopf. »Nein, wir haben nie zusammen gelacht, zumindest nicht in der letzten Zeit. Er hat *über* mich gelacht, aber das ist ja nicht das Gleiche. Und das Schlimme ist, dass ich glaube, jetzt lacht er auch über seine neue Frau.«

»Triffst du sie manchmal?«

»Nur, wenn ich die Kinder abliefere oder abhole. Aber sie sieht nicht glücklich aus. Sie haben ja auch noch zwei eigene.«

»Du denkst doch wohl nicht, dass wir …?«

»Nie im Leben«, rief Marianne aus und boxte ihn in den Bauch. »Du hast drei, ich habe zwei, wenn du noch mehr haben willst, dann musst du dir eine andere suchen.«

»Ausgezeichnet«, erklärte Gunnar Barbarotti. »Dann sind wir ja einer Meinung.«

»Aber da ist noch etwas anderes«, sagte Marianne nach einem Löffel Eis.

»Und was?«

»Nun ja, du musst aufhören, dich mit Reportern zu prügeln. Johan hat sogar schon mal verkündet, dass er gern Journalist werden möchte, er schreibt richtig gut, und es wäre doch dumm, wenn er glauben würde …«

»Nächstes Mal, wenn ich ihn treffe, werde ich mich mit ihm hinsetzen und die Sache klären«, versprach Barbarotti. »Wenn er diese Bahn einschlagen will, denn kann das sogar nützlich für ihn sein, wie ich mir denken kann.«

»Gut«, sagte Marianne. »Dann ist dieser Punkt auch geklärt.«

»Dir würde also Helsingborg gefallen?«

»Was hast du gesagt?«

»Ich habe gefragt, ob du dir denken könntest, in Helsingborg zu leben.«

»Ich glaube schon.«

Immer noch war es Freitag.

Aber spät. Viel Zeit zwischen den einzelnen Repliken und ein sanfter Wind aus der offenen Balkontür. Auf dem Boden ausgestreckt, nur eine Kerze angezündet. Cristina Branco aus den Lautsprechern, leise, ganz leise. Er hatte die Fadomusik entdeckt, diesen portugiesischen Blues, vor weniger als einem Jahr, hatte aber inzwischen schon fünfzehn CDs im Regal.

Begnadet, dachte Gunnar Barbarotti. Es gibt kein anderes Wort für so einen Augenblick.

»Hm.«

»Was meinst du mit ›hm‹?«

»Ich wohne jetzt seit zehn Jahren dort«, erklärte sie und strich ihm mit der Hand über Brust und Bauch. »Was mich selbst betrifft, könnte ich mir gut eine Veränderung vorstellen. Dass wir sozusagen etwas Neues anfangen. Aber ich muss natürlich erst mit den Kindern über alles reden.«

»Du hast noch nicht angedeutet, dass wir … zusammenziehen könnten?«

»Nein«, sagte sie und klang ein wenig bekümmert. »Ich musste ja selbst erst sicher sein. Wenn ich wieder heiraten will, dann ist das meine Entscheidung, nicht ihre. Aber ich muss ihre Meinung dazu hören, wo wir wohnen wollen.«

»Natürlich«, sagte Barbarotti. »Sag mal, wollen wir nicht einen kleinen Spaziergang machen? Dann kannst du sehen, wie diese Stadt in einer lauschigen Spätsommernacht aussieht.«

»Gute Idee«, sagte Marianne. »Meinst du, wir sollten uns vorher ein bisschen mehr anziehen?«

»Ich denke, das wäre ganz gut«, sagte Gunnar Barbarotti.

Sie blieb den ganzen Samstag und den halben Sonntag. Im Laufe des Samstagabends berichtete er ihr von den drei Tagen in der Bretagne und nach und nach von dem ganzen Fall. Das hatte er nicht geplant, aber schließlich hatte ja alles damit angefangen, dass er an diesem schönen Sommermorgen in Gustabo in Hogrän den ersten Brief öffnete, also hatte sie schon einen Grund, als sie behauptete, sie hätte das Recht auf ein bisschen Information.

»Und was glaubst du?«, fragte sie, als er fertig war. »Wirklich?«

»Das ist ja das Schlimmste«, sagte er. »Ich glaube überhaupt nichts. Normalerweise hat man so ein Gefühl, wie die Dinge liegen, hier jedoch nicht. Aber ich bin auch noch nie auf so eine Geschichte gestoßen.«

Marianne runzelte die Stirn. »Das mit den ausländischen Touristen in einem Wohnmobil, wäre das eine Möglichkeit? Es stand doch irgendwo, dass das Mädchen und auch die Großmutter in einer anderen Sprache redeten, oder?«

»Zumindest die Großmutter. Ja, da kann was dran sein. Aber es ist ja der Mörder selbst, der so … ja, wie soll man sagen, wie er ist? So unwahrscheinlich?«

»Du meinst, weil er alles schreibt und berichtet?«

»Unter anderem.«

Marianne überlegte. »Aber findest du nicht, dass darin eine gewisse Logik steckt? Dass er zu einer Art Sündenbock gemacht wurde und die Verantwortung für alles aufgebürdet bekam … obwohl es doch eigentlich ein Unfall war, der alles ins Rollen gebracht hat. Ich finde es nicht so merkwürdig, wenn seine Seele von dem, was passiert ist, so aufgewühlt ist.«

Gunnar Barbarotti lächelte kurz. »Seine Seele aufgewühlt? Klingt ein bisschen altmodisch, aber das umschreibt ihn wahrscheinlich ziemlich gut.«

»Vielleicht kann man diesen Bericht als Zeichen eines gesunden Geistes ansehen«, schlug Marianne vor. »Trotz allem. Dass er immerhin das Bedürfnis hat, sich zu erklären?«

»Ja, natürlich«, sagte Barbarotti. »Das habe ich auch schon überlegt. Und diese Briefe? Die sind ja wohl nicht so einfach als Zeichen eines gesunden Geistes anzusehen, oder was meinst du?«

»Nein, da hast du sicher recht.«

Sie schwieg eine halbe Minute lang, und er sah, wie sie überlegte. Dann fuhr sie sich mit den Fingern durchs Haar und schüttelte den Kopf, als wollte sie diese bizarren Spekulationen loswerden und durch etwas Freundlicheres, Normaleres ersetzen. »Das ist eine schreckliche Geschichte, wie man es auch dreht und wendet«, sagte sie. »Glaubst du, dass ihr den Fall lösen werdet? Ich meine, werdet ihr ihn schnappen?«

Gunnar Barbarotti lachte auf.

»Als ich da unten war, habe ich den Finger in die Bibel gesteckt und nach einem Hinweis gesucht«, sagte er. »Weißt du, wo ich gelandet bin?«

»Nein.«

»Bei Salomons Sprüchen 20:5. Kennst du den?«

Sie überlegte ein paar Sekunden. »Etwas mit dem Herzen des Mannes und tiefem Wasser, oder?«

»Mein Gott, woher kannst du das wissen?«

»Du weißt doch, dass ich ab und zu drin lese. Und die Sprüche Salomons, die lese ich oft. Wie lautet es wörtlich?«

»Das Vorhaben im Herzen eines Mannes ist wie ein tiefes Wasser«, sagte Gunnar Barbarotti, »aber ein kluger Mann kann es schöpfen.«

»Ja, aber dann tu es doch«, lachte Marianne. »Deutlicher kann es ja wohl nicht werden. Heraus mit deinen Plänen!«

Sie trennten sich am Sonntagnachmittag. Kamen überein, sämtliche betroffenen Kinder zu informieren, ebenso Ex-Ehegatten und andere, die es möglicherweise anging, und versprachen einander, Weihnachten gemeinsam als Ehemann und Ehefrau zu feiern. Das war noch vier Monate hin, und so viele Vorbereitungen sollten ja wohl nicht nötig sein für eine ganz kleine Hochzeit in einer ganz kleinen Kirche mit einem ganz kleinen Pfarrer.

Als Marianne abgefahren war, dachte er, dass es eigentlich dumm gewesen war, nichts von Lars und Martin zu erzählen

– andererseits konnte er ja immer noch so tun, als hätte er die Information gerade erst erhalten, wenn er sie im Laufe der Woche anrief. Auch hatte er nichts hinsichtlich seiner Überlegungen erwähnt, den Beruf zu wechseln, aber er selbst hatte ja in den letzten Wochen auch nicht weiter darüber nachgedacht, also war das wahrscheinlich in Ordnung so.

Es war vier Uhr, als er die Telefone einschaltete, die seit Freitagabend abgestellt gewesen waren. Es gab vier Nachrichten. Zwei von Journalisten, die ihn interviewen wollten, eine von Helena, eine von Eva Backman.

Er bearbeitete die Journalisten zuerst – das Versprechen an Marianne in frischer Erinnerung: gute Beziehungen zur Presse zu pflegen. Erklärte beiden – einem von Dagens Nyheter, dem anderen von Vår Bostad –, dass er sich gern für Interviews zur Verfügung stelle, aber erst, wenn die laufenden Ermittlungen beendet seien.

Anschließend rief er seine frühere Ehefrau an. Er stellte fest, dass er genau in diesen Begriffen an sie dachte. Nicht *Helena.* Nicht *die Mutter meiner Kinder.* Leider.

»Lars hat mich angerufen«, sagte er. »Er hat gesagt, dass er und Martin bereit sind, mit ihrem alten Vater unter einem Dach zu leben.«

»Ha ha«, sagte Helena. »Ja, ich glaube, das werden sie schaffen.«

»Wie schön, dass du das glaubst«, sagte Barbarotti und holte tief Luft. »Und ihr habt euch also für Budapest entschieden?«

»Ja, natürlich«, sagte sie. »Ulrich fährt schon am Mittwoch hinunter, ich komme dann nach, sobald ich das mit den Jungs geregelt habe.«

»Ist das so eilig?«, fragte Barbarotti.

»Was willst du damit sagen?«, konterte sie. »Wenn sie in einer neuen Schule anfangen sollen, dann ist es doch wohl besser, wenn sie möglichst früh im Schuljahr wechseln. Oder?«

»Und wann hast du es dir gedacht?«, fragte Barbarotti.

»Kannst du es bis zum nächsten Montag regeln?«

»Nächsten Montag? Das ist ja nur eine Woche.«

»Ich weiß, aber es ist für alle Parteien am besten, wenn es sich nicht so lange hinzieht. Ich werde morgen mit der hiesigen Schule reden, das kannst du in Kymlinge doch sicher auch? Dann hören wir morgen Abend voneinander, okay?«

Nur ein Wunder, dass sie nicht einfach an der Tür geklingelt hat und die Jungs mit ihren Reisetaschen hier abliefert, dachte er. Aber dann erinnerte er sich an seine neu gewonnene Reife, schloss die Augen, zählte bis drei und sagte, dass er finde, das klinge nach einem ganz ausgezeichneten Plan.

Als er den Hörer aufgelegt hatte, überlegte er eine Weile, wie er die drei Zimmer einteilen sollte. Beanspruchten die Jungs jeder eines für sich, oder konnten sie zusammen in Saras Zimmer wohnen, wie sie es bisher getan hatten, wenn sie für ein paar Tage bei ihm gewesen waren? Sara hatte dann auf dem Sofa im Wohnzimmer geschlafen oder bei einer Freundin.

Nun ja, das würde sich schon regeln. Und am nächsten Vormittag musste er die Schule anrufen. In einer Woche sollte er wieder die Verantwortung für einen Zehnjährigen und einen Zwölfjährigen haben – man konnte über das Leben sagen, was man wollte, Abwechslung bot es auf jeden Fall.

Er wählte die Nummer von Eva Backman. Sie war mit der Zubereitung des Essens beschäftigt und bat, in zwei Stunden zurückrufen zu dürfen.

Was sie dann auch tat.

»Ich habe das von der französischen Polizei gehört«, sagte sie.

»Das ist mir schon klar«, sagte Barbarotti.

»Und was hat das zu bedeuten?«

»Ich weiß es nicht«, sagte Barbarotti. »Ich begreife es nicht.«

»Ich auch nicht«, erwiderte Eva Backman. »Und ich mag keine Sachen, die ich nicht begreife.«

»Das kenne ich«, bestätigte Barbarotti. »Für mich ist das Alltagskost.«

»Das kann ich mir vorstellen«, sagte Eva Backman.

Sie scheint in Hochform zu sein, dachte Barbarotti. »Aber ihr habt an der Heimatfront auch nicht gerade Triumphe eingefahren, wie ich gehört habe«, sagte er. »Oder willst du was anderes behaupten?«

»Das ist ein verdammter Mist«, gab Backman zu. »Ich weiß nicht, warum wir dieses Foto veröffentlicht haben. Hunderter armer Krethi und Plethi sind verdächtigt worden, ein Massenmörder zu sein, das ist das Einzige, was dabei herausgekommen ist. Wenn wir nicht den Richtigen finden, werden sie alle für den Rest ihres Lebens gebrandmarkt sein.«

»Aber die meisten werden doch ziemlich leicht ein Alibi haben vorweisen können?«

»Ja, natürlich. Aber glaubst du, die Zeitungen veröffentlichen die Namen derjenigen, die gestrichen sind? Kenneth Johansson in Alvesta hat keine fünf Menschen ermordet, ebenso Gustaf Olsson oder Kalle Kula aus Stockholm. Die Forderungen nach Schadensersatz werden noch zehn Jahre lang eintrudeln, glaube mir.«

»Du klingst ein bisschen wütend.«

»Das kannst du schriftlich haben. Ich habe dagesessen und mir sechs Unihockeyspiele angeguckt und darüber nachgedacht.«

»Ach? Hat die Saison schon wieder angefangen?«

»Die Vorsaison«, erklärte Backman. »Aber das ist auch egal. Dieses Mädchen und die Großmutter, die interessieren mich. Irgendetwas müsst ihr doch rausgekriegt haben?«

»Nicht viel«, sagte Barbarotti. »Doch, eines. Ich glaube, der Name des Mädchens ist erfunden.«

»Von wem?«

»Entweder von dem Mädchen selbst oder von dem Mörder.«

»Warum glaubst du das?«

»Weil Kommissar Leblanc noch nie so einen Namen gehört hat. Und außerdem …«

»Außerdem?«

»Außerdem dieses Buchstabenspiel. The Root Of All Evil. Das ist ganz einfach zu konstruiert.«

Backman überlegte einen Moment. »Wenn es eine Konstruktion ist, dann ist es ja wohl kaum das Mädchen, das es konstruiert hat.«

»Nein, wohl kaum«, sagte Barbarotti. »Aber da ist etwas in der ganzen Geschichte, das nicht stimmt. Ich habe auch überlegt, was denn zwischen Erik und dem Mädchen passiert ist, als sie diesen Spaziergang auf der Insel gemacht haben.«

»Das ist wohl nicht so schwer auszurechnen«, sagte Backman. »Er hat es mit ihr getrieben, ganz einfach. Vielleicht war sie auch gar nicht so abgeneigt.«

»Eine Zwölfjährige?«, fragte Barbarotti.

»Vielleicht stimmt das ja auch nicht«, sagte Backman. »Aber glaube nicht, dass ich ihn verteidige.«

Dazu wusste Barbarotti nichts zu sagen.

»Aber warum haben wir sie nicht im Archiv gefunden?«, fuhr Backman fort. »Auch wenn nicht alle Details stimmen.«

»Es gibt auf diese Frage ein paar mögliche Erklärungen«, sagte Barbarotti. »In ein paar Tagen bekommen wir das Material zu den Vermisstenanzeigen, und wenn wir sie nicht darunter finden, ja, dann müssen wir nach anderen Lösungen suchen.«

»Anderen Lösungen?«

»Ja.«

»Als da wären?«

»Können wir das morgen durchgehen?«, bat Barbarotti. »Ich habe einen anderen Gedanken, den ich gern mit dir diskutieren würde.«

»Nur gut, dass du immer noch Gedanken im Schädel hast«, sagte Eva Backman.

»Findest du?«, fragte Barbarotti.

»Ja. Denn morgen Vormittag sollst du den Fall lösen. Du sollst alle sechs Männer durchgehen, die wir hereinbekommen haben, und sehen, ob du einen aus deiner Vergangenheit kennst. So sieht der Generalplan aus.«

»Ach, wirklich?«, fragte Barbarotti. »Im Hinblick auf das Briefeschreiben, oder?«

»Genau. Und wenn du fertig bist, kann ich wahrscheinlich Urlaub machen.«

»Ich verspreche, mein Bestes zu tun«, erklärte Barbarotti, und dann legten sie auf.

Um halb zehn Uhr abends trank er einen kleinen Whisky. Das tat er so gut wie nie, schon gar nicht an einem Sonntagabend. Aber es war medizinisch gedacht. Er hatte in seinem Kopf ganz einfach zu viele Eisen im Feuer, und er brauchte etwas, um mit ihnen fertig zu werden.

Brauchte auch etwas für den Körper. Während er dasaß und trank, versuchte er das Wichtigste zu sortieren.

Marianne? In wenigen Monaten sollten sie verheiratet sein und zusammenleben. War er wirklich bereit für so einen Schritt? Dumme Frage, natürlich war er bereit.

Die Jungs? Nächsten Sonntag, sollte er sie vor ihrem ersten Schultag in Kymlinge ins Bett bringen. Das erschien ihm merkwürdig. Aber eigentlich war es hier genauso. Wenn es etwas gab, was er nicht gebrauchen konnte, dann waren es Zögern und Zweifel.

Sara? Hier läuteten die Alarmglocken. Was um alles in der Welt wollte sie mit fünftausend Kronen? Was war da passiert? Er schob sie mit aller Kraft ins Unterbewusstsein.

Und *Johan* und *Jenny*? Er kannte sie ja kaum, hatte sie nicht mehr als fünf, sechs Mal getroffen, trotzdem sollte er die elterliche Verantwortung für sie übernehmen. Der Bulle, der sich mit Journalisten prügelt, welches Bild hatten sie von ihrem Ersatzvater eigentlich?

Nun ja, dachte Gunnar Barbarotti. Man kann nur sein Bestes geben und dann hoffen und bangen. Er trank einen Schluck Whisky und schloss die Augen.

Schließlich *der Fall*? Dieser ganze verfluchte Fall, aus dem man einfach nicht schlau wurde. Troaë, ein ertrunkenes Mädchen, sie erschien immer mehr zu zerfasern und nicht zu fassen zu sein – und ihre Großmutter, eine alte Frau, die eines Abends vor einem Haus im Finistère auftaucht und mit einem schwedischen Schraubenschlüssel erschlagen wird. Woher kamen sie? Würde man jemals ihre wahre Identität in Erfahrung bringen?

Oder, wie Marianne gefragt hatte: Würden sie das hier jemals aufklären?

Als der Whisky ausgetrunken war, betete er ein Existenzgebet.

Oh Herr, sende einen Strahl rein und klar in ein umnebeltes Bullengehirn. Was ist das für ein Gerede von Vorhaben und tiefem Gewässer? Du hast vierundzwanzig Stunden Zeit, das hier zu lösen, aber wenn ich bis morgen Abend keine Klarheit habe, dann verlierst du einen Punkt. Hilfst du mir, bekommst du drei. Hörst du, das ist wichtig. Drei Punkte!

Der Herrgott, der momentan mit acht im Plus stand, antwortete, dass dieses Gebet in höchstem Grade gegen die Regeln verstieß – da es sich um eine laufende Polizeiermittlung handelte, und so etwas war nicht im Deal eingeschlossen –, aber er wollte die Sache dennoch überdenken.

Wofür Gunnar Barbarotti sich bedankte. Dann fand er auf einem der Kabelkanäle einen alten englischen Film mit Michael Caine. Der begann um zehn Uhr, und bereits um Viertel nach war er auf dem Sofa eingeschlafen.

38

Wie soll ich ihn heute wiedererkennen, wenn ich ihn nicht auf den Fotos aus der Bretagne wiedererkannt habe?«, fragte Barbarotti.

»Es ist nicht das Gesicht, das du wiedererkennen sollst«, erklärte Polizeidirektor Jonnerblad geduldig. »Es ist der Name. Außerdem haben wir nur von wenigen überhaupt ein Foto.«

»Ich verstehe«, sagte Barbarotti. »Wie geht es deiner Frau?«

»Meiner Frau?«

»Tallin hat erzählt, dass sie am Mittwoch operiert werden musste.«

»Danke der Nachfrage«, sagte Jonnerblad und bekam plötzlich einen neuen, weicheren Ausdruck um Augen und Mund. »Doch, die Operation ist gut verlaufen, aber sie wissen nicht, ob sie alles haben entfernen können.«

»Ich verstehe«, sagte Barbarotti noch einmal. »Man muss hoffen und bangen. Na gut, dann setze ich mich mit den Listen in mein Büro. Soll ich mit der ersten Prioritätsgruppe anfangen?«

Jonnerblad wirkte für einen Augenblick desorientiert.

»Nein«, sagte er dann. »Und du erfährst auch nicht, wer ein Alibi hat und wer nicht. Besser, wenn du ohne alle Voraussetzungen herangehst.«

Er überreichte ihm ein Bündel Papiere in einer durchsichtigen, weichen Plastikmappe.

»Glaubst du wirklich immer noch, dass es eine Verbindung

zwischen mir und dem Mörder gibt?«, fragte Barbarotti, als er in der Türöffnung stand.

»Wir können zumindest die Möglichkeit nicht ausschließen.«

»Um wie viele handelt es sich denn?«

»Nur fünfhundertfünfzehn«, sagte Jonnerblad. »Wir haben hundertfünfzig Verrückte aussortiert, damit es nicht zu viel für dich wird.«

»Danke«, sagte Barbarotti.

Er setzte sich an seinen Schreibtisch und ging die Namen zweieinhalb Stunden lang durch. Jonnerblad hatte ihm gesagt, er solle ruhig und methodisch arbeiten, und das tat er auch. Schaute sich die Angaben zu Namen, Geburtsjahr, Wohnort und Beruf an, die ganze Zeit mit den Fotos vom sechsten Mann daneben, und als er endlich fertig war, konnte er konstatieren, dass er wusste, wer die drei Preisträger waren.

Alle drei lebten in Kymlinge. Einer hatte in der Sportanlage gearbeitet, in der Barbarotti mit großen Pausen immer mal wieder trainiert hatte, einer wohnte im gleichen Treppenaufgang wie er in der Baldersgatan und einer war Polizist.

Besonders die beiden letzten musste er genauer ansehen. Ein Nachbar und ein Kollege? Was bedeutete das? Ihre Namen waren Tomas Jörnevik beziehungsweise Joakim Möller. Er versuchte sich ihre Gesichter ins Gedächtnis zu rufen und mit denen im Restaurant in Bénodet zu vergleichen, fand aber nicht, dass da viel übereinstimmte. Jörnevik war kräftiger, er meinte sich zu erinnern, dass er ein deutlich runderes Gesicht hatte, und Möller war dunkler, viel dunkler, hatte überhaupt nicht die gleichen Augen, nein, Barbarotti fiel es schwer, irgendwelche Ähnlichkeiten zu finden.

Dass er überhaupt auf ihre Namen reagiert hatte, lag wohl eher daran, dass beide Personen eine Verbindung zu ihm hatten, und das war ja auch die Absicht gewesen. Das war es, um das Jonnerblad ihn gebeten hatte. Er fragte sich, wer sie wohl gemeldet hatte. Sicher gab es auch darüber irgendwo Aufzeichnungen, aber nicht auf den Listen, die er bekommen hatte. Er versuchte sich daran zu erinnern, was er über Jörnevik und Möller wusste, musste aber bald einsehen, dass es so gut wie nichts war. Beide waren 36 Jahre alt, das stand hinter ihrem Namen; er meinte sich zu erinnern, dass Jörnevik als Taxifahrer arbeitete, sie grüßten sich, wenn sie sich im Treppenhaus trafen, das war eigentlich schon alles. Vielleicht studierte er auch irgendetwas, und Barbarotti meinte zu wissen, dass er allein lebte. Möller arbeitete in der Truppe für Jugendkriminalität, war hauptsächlich mit Aufdeckung und Bekämpfung von Drogendelikten beschäftigt. Verheiratet mit einer Kommunalpolitikerin, oder? Sozialdemokratin, blond und ziemlich hübsch.

Wenn man das über eine Politikerin sagen durfte. Aber warum sollte man das nicht dürfen? Hatte nicht sogar irgendeine Ministerin vor ein paar Jahren behauptet, Politik sei das Sexyste, das sie sich vorstellen könnte?

Er schob die Gedanken beiseite. Umkringelte die drei Namen noch einmal und versuchte sich daran zu erinnern, ob er mit einem der drei noch eine Rechnung offen hatte, aber ihm fiel nichts ein. Also sammelte er die Papiere zusammen und schob sie wieder in die Plastikhülle. Schaute auf die Uhr. Zwanzig nach elf. Er hatte mit Jonnerblad verabredet, sich nach der Mittagspause zu treffen, um ein Uhr.

Zeit, sich der Elternrolle zu widmen, dachte er und wählte die Nummer der Schule in Kymlinge.

Dort gab es keinerlei Hindernisse. Es gab sowohl in der vierten als auch in der sechsten Klasse genügend Plätze. Barbarotti machte sich nicht die Mühe, die näheren Umstände des plötzlichen Umzugs zu erklären, er erklärte nur, dass unerwartete Umstände dazu geführt hätten, dass Lars und Martin ab jetzt bei ihm wohnen würden.

Die Schulleiterin, die Varpalo hieß, fragte auch nicht nach. Vielleicht ist es ja üblich, dass die Kinder heutzutage immer mal wieder hin und her springen?, dachte Barbarotti. Und natürlich freute man sich in der Schule, wenn zwei neue Schüler kamen, wenn aus sonst keinem Grund, dann doch, weil man hunderttausend zusätzlich im Budget bekam.

Wenn er das mit dem Schulgeld richtig verstanden hatte. Auf jeden Fall versprach Varpalo, die entsprechenden Klassen und Klassenlehrer herauszusuchen und am nächsten Tag von sich hören zu lassen.

Als er nach dem Gespräch den Hörer aufgelegt hatte, klopfte Inspektorin Backman an und steckte ihren Kopf durch die Tür.

»Ich lade ein zum Mittagessen im Kungsgrillen«, sagte sie. »Unter der Bedingung, dass du mir verrätst, wie der Mörder heißt.«

»Kungsgrillen klingt gut«, sagte Barbarotti. »Aber ich bezahle lieber selbst, was ich esse.«

Schließlich habe ich noch zweiundsechzig Kronen auf dem Konto, dachte er, sagte es aber nicht.

»Also negativ?«, fragte Backman.

»Ich denke schon«, bestätigte Barbarotti. »Weißt du, wer ein Alibi hat?«

»Nicht auswendig«, sagte Backman. »Aber im Prinzip schon. Darf ich raten, welche du rausgefischt hast?«

»Ich soll es Jonnerblad um eins berichten. Willst du nicht dabei sein?«

»Kommt drauf an, ob du etwas Interessantes zu sagen hast. Soll ich raten?«

»Bitte schön«, sagte Barbarotti.

»Drei Stück«, sagte Backman. »Dein Nachbar, der in der Sportanlage und Möller.«

Barbarotti hörte auf zu kauen. »Scheiße«, sagte er. »Da sitze ich den ganzen Vormittag und schufte, und du kommst daher und ...«

»Entschuldige«, sagte Backman, »dann habe ich also recht?«

»Ja«, bestätigte Barbarotti sauer. »Du hast recht. Und ich nehme an, dass du die drei auch schon überprüft hast?«

Backman nickte. »Jonnerblad weiß nichts davon, aber ich habe es gestern gemacht. Möller war natürlich schon gecheckt. aber die anderen beiden habe ich während des Unihockeyspiels erledigt. Zwar nur per Handy, aber ich kann sie mit ziemlicher Wahrscheinlichkeit abhaken ... aber ich will die Herren von der Zentrale ja nicht enttäuschen, sollen sie es ruhig noch einmal machen, das ist jedenfalls mein Rat.«

»Dann kommst du nicht zur Besprechung?«

»Nein«, sagte Backman. »Die schwänze ich. Habe noch ein paar andere alte Fäden, die ich stattdessen ziehen möchte.«

»Und welche?«, fragte Barbarotti.

»Das Gulasch war jedenfalls nicht schlecht«, sagte Eva Backman.

»Dann werde ich dich aus meinem Testament streichen«, sagte Barbarotti.

»Die Leute sind ja nicht ganz gescheit«, sagte Astor Nilsson. »Heute Morgen ruft einer an und gibt seinen Bruder als möglichen Täter an.«

»Was ist denn so verkehrt daran, den Bruder anzugeben«, wunderte Tallin sich. »Er kann doch auch ein Mörder sein.«

»Schon möglich«, sagte Astor Nilsson. »Aber dieser Bruder ist inzwischen 75 und lebt in Los Angeles. Außerdem ist er seit Geburt blind.«

»Ich würde vorschlagen, wir streichen ihn«, bemerkte Sorgsen.

»All right«, sagte Jonnerblad und schaute sich erneut ein wenig verwirrt um. Er räusperte sich und wandte sich dann an

Barbarotti. »Aber diese drei Personen, du weißt jetzt, welche gemeint sind, oder?«

Barbarotti nickte.

»Möller ist sauber, der ist bereits überprüft«, sagte Jonnerblad. »Wie ist es mit diesem Nachbarn?«

Er schaute Tallin an. Tallin schaute Sorgsen an. Sorgsen schaute auf ein Blatt Papier, das er in der Hand hielt. »Das scheint er nicht zu sein«, sagte er. »Er war die letzten zwei Wochen im Juli in Griechenland.«

»Und der aus der Sportanlage?«, fragte Jonnerblad.

»Ist noch nicht überprüft«, sagte Sorgsen. »Das mache ich heute Nachmittag.«

»Und wer hat ihn angezeigt?«, fragte Barbarotti.

Sorgsen schaute auf. »Seine Frau. Ich glaube, die liegen in Scheidung.«

»Mein Gott«, stöhnte Astor Nilsson.

Inspektor Barbarotti verließ das Polizeigebäude von Kymlinge kurz nach fünf Uhr am Montag, und er tat das in einer Gemütsverfassung, die erinnerte an ... ja, woran eigentlich? Diese Niedergeschlagenheit, die sich gern einstellt, wenn man das sechste Mal durch die gleiche Prüfung gerauscht ist? Oder auch beim zehnten Versuch die Führerscheinprüfung nicht bestanden hat?

Oder gefreit hat und ausgelacht wurde?

Obwohl man alles getan hat, was in der eigenen Macht steht, um Erfolg zu haben. Wir werden diesen Fall nie lösen, dachte er. Niemals. Wir sind ... er suchte nach den richtigen Worten, während er sein Fahrrad aufschloss und losfuhr ... wir sind in den Händen eines Mörders, der so viel gerissener ist als wir, der uns um so viele Schritte voraus ist, dass es eigentlich gar keinen Sinn hat, weiterzumachen. Er spielt mit uns. Er schickt Briefe und ganze Berichte an uns, er lügt und verdreht die Wahrheit, ganz wie es ihm passt, und wir tanzen nach seiner Pfeife wie willenlose Marionetten, ohne eigene Fähigkeit zu denken. Er hat in einem Monat fünf Menschen umgebracht, und er wird damit durchkommen. Mindestens fünf Menschen. Vielleicht sieben, vielleicht acht. Verdammte Scheiße.

Und jetzt ist er fertig. Wenn es etwas gibt, das offensichtlich zu sein scheint, dann das. Das letzte Lebenszeichen von ihm haben wir vor zwei Wochen bekommen, als er das Mousterlin-Dokument in Kairo aufgegeben hat. Barbarotti hatte irgendwo gelesen, dass, wenn man in Rauch aufgehen wollte, diskret von der Erdoberfläche verschwinden, es eine Stadt auf der Welt gab, die für so ein Projekt besser geeignet war als alle anderen. Kairo.

Seit dem vorletzten Dienstag war es still gewesen. Case closed. Der Mörder hatte fertig gemordet, und er hatte zu dieser Sache nicht mehr zu sagen. Oh verflucht, dachte Barbarotti, ich wünschte fast, es würde ein neuer Brief auf meinem Flurläufer auf mich warten. Auch wenn das bedeutete, dass es einen neuen Namen gäbe.

Nur um einen Hinweis zu bekommen. Einen neuen Silberstreif, eine Möglichkeit, von einer anderen Seite her anzufangen. Leblancs versprochener Bericht war noch nicht eingetroffen, aber Gunnar Barbarotti hatte das Gefühl, dass auch er nur einen neuen Strich durch die Rechnung bedeuten würde, wenn er erst einmal eintrudelte. Und diese Idee, dass das Mädchen und ihre Großmutter ausländische Touristen in einem Caravan gewesen sein könnten… ja, wie sollte man denn so eine Sache untersuchen? Und wenn es nun rumänische Zigeuner gewesen waren, die in keinem Register der Welt zu finden waren? Warum nicht? Es war nicht schwer, sich vorzustellen, wie sich der ganze Fall immer weiter in Zeit und Raum ausbreitete – und sich vor seinem inneren Auge das Bild auszumalen, wie er selbst und seine Kollegen in fünf, zehn oder fünfzehn Jahren immer noch in den gleichen Papieren, den gleichen Listen und Dokumentationen herumstocherten. Verdammte Scheiße, wie schon gesagt.

Andererseits habe ich unserem Herrgott vierundzwanzig Stunden gegeben, erinnerte er sich selbst. Obwohl einiges dafür sprach, dass das wohl zu kurz bemessen gewesen war.

An der Ecke Skolgatan/Munkgatan hatte eine neue Kaffeebar eröffnet. Er erinnerte sich, dass niemand daheim auf ihn wartete, bremste, stellte das Fahrrad an der Wand ab und ging hinein. Bestellte ein Cortado, Hälfte Kaffee, Hälfte Milch, holte sich eine Illustrierte und begann in den Kinoanzeigen zu blättern. Ich muss mal was ganz Anderes tun, dachte er. Muss es wie Leblanc machen, den Job hinter mir lassen. Das war ihm in den zwei Tagen gelungen, als Marianne bei ihm gewesen war, aber jetzt war es wieder dieselbe Geschichte. Alles blubberte in seinem Kopf wie ein altes Ragout, an dem niemand jemals seine Freude haben würde, und wenn er nicht bald etwas damit machen würde, blubberte es wahrscheinlich noch den ganzen Abend weiter, bis es ihm endlich gelingen würde, einzuschlafen. Irgendwann weit nach Mitternacht mit größter Wahrscheinlichkeit.

Dann würde er davon sicher auch noch träumen. Von dem Fall, den Ermittlungen und dem verborgenen Mörder in einem zeitlos diabolischen Kompott – oder Ragout, wie gesagt – zusammen mit den übrigen Ingredienzien seines verwirrten Lebens.

Marianne. Die Jungs. Sara. Göran Persson.

Göran Persson?, dachte er. Nein, verdammt, nicht Göran Persson.

Sein Handy klingelte.

Es war Asunander.

Was hat das zu bedeuten?, dachte Barbarotti. Asunander? Der ruft doch sonst nie an.

»Entschuldige«, sagte er.

Das war nicht weniger ungewöhnlich.

»Kein Problem«, sagte Barbarotti.

»Wo befindest du dich?«

»Ich trinke nur in der Stadt eine Tasse Kaffee.«

»Wann bist du zu Hause? Ich würde gern in aller Ruhe mit dir sprechen.«

Barbarotti begriff, dass es um ihn herum ziemlich laut war. Und dass er selbst vermutlich doppelt so alt war wie der nächstälteste Cafébesucher.

»Worum geht es?«

»Darüber reden wir später. Wenn ich dich zu Hause anrufen kann, ja?«

»Ja, natürlich«, sagte Barbarotti. »Selbstverständlich. Ich bin in einer Viertelstunde zu Hause.«

»Gut, dann ist das abgemacht«, sagte Asunander und legte auf.

Gunnar Barbarotti trank seinen Kaffee aus und verließ das Café.

»Ich würde gern mit dir über etwas sprechen.«

»Ja?«, sagte Barbarotti.

»Über den Fall.«

»Ja?«

»Ich war heute nicht auf dem Revier. Bin stattdessen zu Hause geblieben und habe gelesen und nachgedacht. Ich habe eine Theorie.«

Gunnar Barbarotti kniff sich in den Arm. Doch, er war wach. Es war Asunander, mit dem er sprach. Schnell dachte er nach und stellte fest, dass er den Kommissar tatsächlich den ganzen Tag über nicht gesehen hatte.

Aber *eine Theorie*? Asunander?

»Ich schlage vor, dass du zu mir nach Hause kommst. Dann können wir die Sache diskutieren. Wenn du nicht anderweitig beschäftigt bist, natürlich.«

»Nein, nein«, sagte Barbarotti. »Nein, ich habe nichts vor. Wann soll …?«

»Sagen wir um acht Uhr? Ich lade dich zu einem Whisky ein.

Storgatan 14, der Türcode ist 1958. Fußballweltmeisterschaft in Schweden.«

»In Ordnung«, sagte Barbarotti. »Ich komme.«

Als er den Hörer aufgelegt hatte, fiel ihm ein, dass er während des ganzen Gesprächs nicht einmal das Klicken des Gebisses gehört hatte.

39

Ein Whisky?, dachte Gunnar Barbarotti, während er zur Storgatan spazierte. Sie war nicht mehr als zehn Minuten von seinem eigenen Heim entfernt, eine ziemlich kleine Straße, aber vielleicht hatte sie früher ja einmal größer gewirkt. Warum um alles in der Welt will Asunander mich auf einen Whisky einladen? Und mir eine Theorie präsentieren.

Über den Fall.

Er war noch nie zuvor bei Asunander zu Hause gewesen. Er zweifelte daran, dass sonst jemand jemals dort gewesen war. Backman oder Sorgsen oder Toivonen. Vielleicht einer der Chefs aus den anderen Abteilungen, aber eigentlich glaubte er das eher nicht. Asunander war kein Typ, der Leute zu sich einlud. Auf jeden Fall nicht nach dem, was passiert war. Nach dem Unglück. Dem Baseballschläger und den neuen, nicht passenden Zähnen.

Barbarotti überlegte. Das war jetzt elf Jahre her. 1996. Asunander hatte gerade seinen Posten als Chef angetreten; er kam aus Halmstad und hatte nicht einmal ein halbes Jahr seinen neuen Posten innegehabt, als es passierte.

In Bellas Gasse hinter dem Bahnhof. An einem Abend im November, vier Rowdys und ein Schlag mit voller Wucht. Er war im Dienst gewesen, hatte jedoch Zivilkleidung getragen, und die Täter hatten während des Prozesses behauptet, dass es der reinste Zufall gewesen war, dass das Opfer ein hoher Polizeibeamter gewesen war.

Dann war er vier Monate lang krank geschrieben. Später hatte ihn seine Frau verlassen. Sie hatten ein Haus draußen in Pampas gehabt, nach der Scheidung hatte sich Asunander diese Wohnung in der Storgatan gekauft. Um eine lange, traurige Geschichte kurz zu machen.

Er hatte seinen Chefposten behalten und hatte sich mit jedem Jahr, das verging, immer mehr zurückgezogen. Aber er blieb auf seinem Posten. Begab sich nie wieder hinaus ins Feld. Wenn einem im Dienst die Zähne ausgeschlagen worden waren, dann konnte man einer Sache zumindest sicher sein: Man wurde nicht rausgeschmissen.

Was für ein schreckliches Schicksal, dachte Barbarotti. Warum habe ich noch nie zuvor darüber nachgedacht? Gibt es überhaupt jemanden, der sich Gedanken über Asunander macht?

Aber es gab natürlich auch eine andere Seite. Es war nicht leicht, mit Asunander auszukommen. Das war schon während der kurzen Zeit vor dem Baseballschläger so gewesen, und hinterher wurde es nicht besser. Barbarotti erinnerte sich, wie Backman versucht hatte, sich ihm zu nähern, vielleicht hatten es die anderen auch probiert. Es hatte sich nicht gelohnt.

Zu diesem Schluss kam Barbarotti, während er beim Eisenbahntunnel war und rechts in die Storgatan abbog. Und wenn er vorher geglaubt hatte, dass die sonderbaren Wendungen in diesen Ermittlungen endlich ihr Ende gefunden hatten, dann gab es zumindest noch diese Merkwürdigkeit.

Whisky und Theorie daheim bei Asunander.

Er schüttelte die Hand und hieß ihn willkommen.

»Danke«, sagte Barbarotti. »Ja, ich glaube, es ist wirklich das erste Mal, dass ich sehe, wie du wohnst.«

»Ich weiß«, sagte Asunander. »Ja, ich bin wohl schon so ein ziemlicher Einzelgänger. Leider, ist halt so gekommen.«

Das waren die persönlichsten Äußerungen, die Barbarotti jemals von dem Kommissar vernommen hatte. Und es ging noch weiter.

»Ich hatte mal einen Hund, aber im Frühling musste sie eingeschläfert werden. Ist nur acht Jahre alt geworden.«

»Oh«, sagte Barbarotti.

»Hüftleiden, zum Schluss konnte sie fast gar nicht mehr gehen. Hat wohl zu viele Welpen gekriegt. Ja, ich weiß wohl, dass ihr mich als ein bisschen verschroben anseht. Und ich weiß, dass ich so meine Macken habe.«

Gunnar Barbarotti nickte und folgte Asunander in ein großes Wohnzimmer. Die Bücherregale bedeckten drei Wände vom Fußboden bis zur Decke. Ein einziges Bild. Ein großes Ölgemälde zwischen den Fenstern, es stellte einen einsamen, windgepeitschten Baum auf einer öden, gelb getönten Ebene vor.

»Aber ich habe noch drei Jahre, bis ich eine anständige Pension einstreichen kann, bis dahin werdet ihr mich nicht los.«

»Ich habe nie …«, setzte Barbarotti an, doch der Kommissar wedelte mit der Hand und unterbrach ihn.

»Du brauchst dich nicht zu rechtfertigen. Ich weiß, wie die Dinge stehen, und du weißt es auch. Aber darum geht es heute Abend nicht. Möchtest du einen Whisky oder einen Cognac?«

»Whisky«, sagte Barbarotti. »Mit einem kleinen Schuss Leitungswasser bitte.«

»Ausgezeichnet«, sagte Asunander, »dann sind wir auf einer Wellenlänge.«

Sie ließen sich jeder in einem gut eingesessenen Ledersessel nieder mit einem kleinen Tisch aus fast schwarzem Holz zwischen sich. Vielleicht Ebenholz. Wie konnten beide Sessel so abgenutzt sein?, fragte sich Barbarotti insgeheim. Sitzt er abwechselnd jeden zweiten Abend in einem? Oder hat seine Frau in dem einen gesessen … ja, das war wohl naheliegender, sie hatten schon einige Jahre auf dem Buckel. Asunander hatte bereits Flasche, Gläser und eine Karaffe mit Wasser geholt. Außerdem zwei kleine Schalen, eine mit Oliven, eine mit Nüssen. Einen Aschenbecher mit Pfeife und Streichhölzern. Er schenkte ein paar Zentimeter im Glas ein, machte Barbarotti ein Zeichen, selbst sein Wasser zu dosieren.

»Du hast gesagt, du hast eine Theorie?«, fragte Barbarotti.

»Stimmt«, bestätigte Asunander. »Fällt dir übrigens auf, dass meine Zähne heute gar nicht klappern?«

»Ja, das ist mir schon aufgefallen«, sagte Barbarotti.

»Ich versuche einen neuen Kleber. Der scheint richtig gut zu funktionieren, aber ich will es nicht beschreien!«

»Warum hast du das nicht mit Jonnerblad und den anderen besprochen?«, fragte Barbarotti. »Ich meine, die Theorie.«

Asunander saß ein paar Sekunden lang schweigend da. »Aus zwei Gründen«, erklärte er dann. »Ich mag Jonnerblad nicht. Ich mag dich und Backman lieber. Aber man kann ja eine Dame nicht auf einen Whisky zu sich nach Hause einladen.«

»Hm«, sagte Barbarotti.

»Und ich hatte das Gefühl, dass etwas Starkes gebraucht wird.«

»Backman verträgt sicher einen Whisky«, sagte Barbarotti.

»Meinst du? Nun ja, der andere Grund ist, dass ich nicht wage, ihr zu vertrauen. Meiner Theorie. Und ich habe keine Lust, von diesen blöden Lackaffen aus Stockholm ausgelacht zu werden. Wollte zuerst hören, was du davon hältst.«

»Du machst mich neugierig«, sagte Barbarotti.

»Gut«, sagte Asunander. »Du wärst auch ein verdammt schlechter Polizist, wenn du nicht neugierig wärst. Also, darauf prost!«

»Prost«, sagte Barbarotti.

Sie tranken. Der Kommissar verzog den Mund zu einem verbitterten Lächeln und stellte das Glas ab. Barbarotti betrachtete den windgepeitschten Baum und wartete schweigend, während Asunander seine Pfeife anzündete. Er nahm ein paar genussvolle Züge und stieß eine Rauchwolke zur Decke aus. Barbarotti wusste plötzlich nicht mehr, ob er wach war oder schlief. Die ganze Situation zeigte deutliche Zeichen eines beginnenden Albtraums.

»Ich habe im Laufe des Tages ein paar Dinge überprüft«, erklärte Asunander. »Zu meiner Freude kann ich feststellen, dass alles in die richtige Richtung deutet.«

»Jetzt spuck es endlich aus«, sagte Barbarotti.

»Aber gern«, sagte Asunander. »Mein Ausgangspunkt ist also, dass dieser Fall eine Menge von Merkwürdigkeiten aufweist.«

»Dem kann ich nur zustimmen«, sagte Barbarotti.

Asunander beugte sich vor, die Ellbogen auf die Knie gestützt. »Hör mal zu, lass mich das Ganze kurz rekapitulieren. Der Mörder schreibt Briefe an dich. Er teilt sich den Zeitungen mit. Er sagt, welche Personen er töten will, obwohl sie in den meisten Fällen bereits tot sind, wenn du die Briefe bekommst. Eine mit Namen genannte Person tötet er dann doch nicht. Er schreibt ein dickes Dokument, in dem er über merkwürdige Ereignisse im Finistère vor fünf Jahren berichtet. Das schickt er dir aus Kairo. Die Frage ist also: Warum tut er das alles?«

»Er tötet außerdem fünf Personen«, bemerkte Barbarotti.

»Natürlich. Aber warum tut er all das andere? Was ist sein Grund dafür?«

»Ich weiß es nicht«, sagte Barbarotti.

»Du weißt es nicht?«

»Nein.«

»Und dabei haben wir nach so einem Grund gesucht, seit es angefangen hat«, stellte Asunander fest und legte die Pfeife auf den Tisch. Warf sich stattdessen zwei Oliven in den Mund. »Und wir haben auch mehrfach den richtigen Grund genannt.«

»Ja, haben wir das?«, fragte Barbarotti und hatte plötzlich das Gefühl, der Kommissar wolle ihn zum Besten halten. Oder er habe noch einmal einen Baseballschläger an den Kopf gekriegt.

»Mehrfach«, wiederholte Asunander. »Jeden Tag haben wir das geäußert.«

»Komm zur Sache«, sagte Barbarotti.

»Verwirren«, sagte der Kommissar und spuckte die Olivenkerne in die Hand. »Er tut das, um uns zu verwirren. Unsere Arbeit durcheinanderzubringen. Unseren Blick zu irritieren und uns dazu zu bringen, in die falsche Richtung zu schauen. Oder? Haben wir das nicht immer wieder gesagt?«

»Doch, natürlich«, bestätigte Barbarotti. »Und ich stimme dem zu, den Gedanken hatte ich die ganze Zeit.«

»Ich auch«, sagte Asunander. »Das Problem ist, dass es uns so schwerfiel, an dieser Spur dranzubleiben. Sobald ein neuer Akt begann, haben wir sofort angefangen, hierhin und dahin zu analysieren und hektisch zu reagieren.«

Barbarotti dachte nach.

»Statt einzusehen, dass alles zusammen vollkommen sinnlos war«, fuhr Asunander fort. »Es gibt keine Logik, es gibt keinen Grund hinter all diesen Briefen. Und auch nicht dafür, dass ausgerechnet du sie bekommen hast. Er hat nie geplant, Hans Andersson zu ermorden. Er hat nie irgendein Mädchen auf irgendeinem Boot losgelassen, und es gibt keine vergrabene Großmutter irgendwo um Mousterlin herum.«

»Was?«, rief Barbarotti.

»Alles ist nur erfunden.«

Er nahm seine Pfeife wieder hoch, zündete sie aber nicht an. Barbarotti schüttelte den Kopf und versuchte zu begreifen, was Asunander da behauptete.

»Aber er hat die anderen doch ermordet…«

»Ja, stimmt. Und dazu hat er einen Grund. Zumindest, was ein paar von ihnen angeht.«

»Ein paar von ihnen? Jetzt… jetzt verstehe ich nicht richtig«, sagte Barbarotti und trank einen Schluck Whisky. Als er das Glas abstellte, merkte er zu seiner Überraschung, dass seine Hand zitterte.

»Aber soweit kannst du mir folgen?«, fragte Asunander und betrachtete ihn mit einem leicht blinzelnden, witternden Blick, wie ihn Barbarotti noch nie bei ihm gesehen hatte.

»Ja«, sagte er. »Ich denke schon.«

»Gut«, sagte Asunander. »Dann schenken wir uns noch einen Whisky ein, und dann werde ich dir erzählen, wie meiner Meinung nach alles zusammenhängt.«

Als er Kommissar Asunanders Wohnung in der Storgatan verließ, war es Viertel nach elf, und es hatte angefangen zu regnen. Ein richtiger kalter, durchdringender Herbstregen war das, aber er merkte ihn nicht. Die Theorie, die Asunander dargelegt hatte – und die sie zwei Stunden lang ausführlich diskutiert hatten, während sie die Whiskyflasche leerten –, erfüllte seine Gedanken und sein Bewusstsein so sehr, dass er vermutlich nicht einmal reagiert hätte, hätten zwei Meter Schnee gelegen oder das Rathaus in hellen Flammen gestanden.

Es ist nicht möglich, dachte er. Es ist verdammt noch mal nicht möglich.

Und trotzdem war ihm klar, dass es so war. Dass alles genau so zusammenhing, und dass jetzt nur noch der Sack zugezogen werden musste, damit der Mörder nicht herauskullerte.

Wundersam sind die Wege des Herrn, dachte Inspektor Barbarotti und schob die Tür zur Baldersgatan 12 auf. Wie wahr. Hatten sie abgemacht, es gäbe drei Punkte?

VII

29. – 31. August 2007

40

Barbarotti und Backman leiteten die Befragung. Jonnerblad, Tallin und Sorgsen saßen auf der anderen Seite des Spiegelfensters und beobachteten. Asunander hatte entschieden, dass es so gemacht werden sollte.

Es wurde auch aufgenommen. Sicherheitshalber sowohl auf Tonband als auch auf DVD. Asunander hatte auch das angewiesen, und was ihn betraf, so saß er in einem anderen Raum und schaute auf einen Fernsehmonitor.

Die Frau hieß Ulrika Hearst. Sie war 37 Jahre alt, geborene Lindquist, verheiratet mit einem Engländer. Sie hatten sie am Tag zuvor ausfindig gemacht.

»Hoss & Boss?«, fragte Barbarotti.

»So haben sie sich genannt«, sagte Ulrika Hearst. »Schon als sie noch klein waren. Vielleicht hat auch jemand anderer sich den Namen ausgedacht, das weiß ich nicht.«

»Und Sie haben sie immer so genannt?«

»Ja. Hoss und Boss. Sie haben nie ihre richtigen Namen benutzt.«

»Und Sie haben sie ihr ganzes Leben lang gekannt?«

»Ja, sie sind ja meine Cousins. Ihre Mutter und meine Mutter sind Schwestern. Sie haben in Varberg gewohnt, wir in Kungsbacka. Wir hatten ziemlich viel Kontakt, ich bin Einzelkind. Hoss und Boss sind meine einzigen Cousins.«

Sie schob eine Locke ihres blonden Haars hinter das Ohr. Ließ ihre blauen Augen zwischen den beiden Kriminalinspektoren hin und her wandern, als versuche sie zu entscheiden, an wen sie sich eigentlich wenden sollte.

»Wir sind in erster Linie an Hoss interessiert«, übernahm Backman.

»Das habe ich verstanden«, sagte Ulrika Hearst.

»Können Sie uns etwas über ihn erzählen?«

Sie dachte nach.

»Er war … schwierig«, sagte sie. »Sie waren beide schwierig.«

»Schwierig?«, fragte Eva Backman nach.

»Ich weiß nicht so recht, wie ich es sagen soll«, fuhr Ulrika Hearst fort. »Als Kind hatte ich nicht so viele Freunde. Ich war allein in der Schule und so. Hoss und Boss waren gewissermaßen Teil meines Weltbilds, und dann geht man ja davon aus, dass alles normal ist. Nicht wahr? Wenn man ein Kind ist jedenfalls. Das ist wohl ein Teil von dem Prozess, erwachsen zu werden, oder? Sich von den Wahnvorstellungen und Mythen der Kindheit zu lösen.«

Backman nickte. »Ich verstehe, was Sie meinen«, sagte sie. »Und wann haben Sie entdeckt, dass sie schwierig waren?«

»Als ich sechzehn war, sind wir nach Stockholm gezogen«, erklärte Ulrika Hearst. »Ich habe an einem guten Gymnasium angefangen und neue Freunde gefunden. Zu meinen Cousins habe ich sozusagen einen größeren Abstand gekriegt. Ja, und da habe ich eingesehen, dass sie ziemlich speziell waren.«

»In welcher Hinsicht waren sie speziell?«, fragte Barbarotti.

»Na, zunächst einmal waren sie Besserwisser«, erklärte Ulrika Hearst mit einem Lächeln, das sie aber schnell wieder abbrach. »Sie wetteiferten offensichtlich darum, wer der Beste war, aber wenn ich auf Besuch war, rotteten sie sich zusammen und gingen auf mich los. Ich war ihre blöde Cousine, die nichts kapierte … ich war ja außerdem zehn Monate jünger als sie, ich bin im Dezember geboren, die beiden im Februar. Manchmal wetteiferten sie geradezu darum, mich reinlegen zu können.«

»Sie wetteiferten darum, Sie reinlegen zu können?«, wiederholte Backman. »Das klingt nicht besonders nett.«

»Das war es auch nicht«, bestätigte Ulrika Hearst. »Einmal, ich glaube, ich war acht Jahre alt, behauptete Hoss, er hätte ein Portemonnaie voll mit Geld in einem Brunnen verloren, aber weder er noch Boss könnten hinunterklettern und es herausholen, weil sie an einer merkwürdigen Ohrenkrankheit litten, die ihnen verbot, in enge Röhren zu klettern. Wenn ich es schaffen würde, sollte ich die Hälfte vom Geld kriegen. An der Brunnenwand gab es eiserne Trittstufen, aber da in der Tiefe gab es natürlich kein Portemonnaie, und sobald ich unten war, haben sie den Deckel draufgelegt. Ich habe da unten in der Dunkelheit mehr als eine Stunde hocken müssen. Ich weiß noch, dass ich mich einnässte, habe mich aber nie getraut, meiner Mutter den Grund dafür zu erzählen.«

»Was für kleine Arschlöcher«, sagte Backman.

»Und sie sind eineiige Zwillinge?«, fragte Barbarotti.

»Oh ja«, bestätigte Ulrika Hearst. »Man kann sie nicht voneinander unterscheiden, es sei denn, man weiß, dass Hoss ein kleines Muttermal unter dem linken Ohr hat. Er ist auch einen Zentimeter größer und zwanzig Minuten älter, aber ansonsten sind sie identisch.«

»Und keine anderen Geschwister?«, fragte Backman.

»Nein, es sind nur die zwei. Und sie klebten immer aneinander. Ich weiß, dass Maud und Yngve, ihre Eltern, versucht haben, dem entgegenzuwirken. Sie haben versucht, sie durch verschiedene Dinge zu trennen, aber es war ganz einfach nicht möglich. Sie hatten beispielsweise nie ein Zimmer für sich allein, obwohl sie in einem Sieben-Zimmer-Haus wohnten. Und in der Schule hat man sie in verschiedene Klassen gesteckt, aber da haben sie sich geweigert, zu arbeiten. Sie hatten auch nie andere Freunde, nur einander.«

»Und was ist dann passiert?«, fragte Barbarotti. »Als sie älter wurden?«

Ulrika Hearst schüttelte langsam den Kopf, und ihr Blick veränderte sich. Sie strich erneut ihr Haar zurück und trank einen kleinen Schluck Wasser.

»Ich bin mir nicht sicher«, sagte sie. »Aber irgendetwas muss schiefgegangen sein. Sie haben ja beide 1989 das Gymnasium beendet. Dieselbe Klasse, das gleiche Zeugnis, ich war bei ihrer Abitursfeier. Es war etwas merkwürdig, es war irgendwie nur Familie dort. Zehn, zwölf Personen. Ich hatte zwei Wochen später meine eigene Fete in Stockholm, und wir waren mindestens fünfzig. Ja, das war wohl das erste Mal, dass ich begriff, dass mit den beiden etwas ernsthaft nicht stimmte. Beide hatten ein Superzeugnis, beide hatten sich fürs Medizinstudium in Göteborg beworben, und beide wurden natürlich sofort genommen. Und dann kauften ihre Eltern ihnen eine Zwei-Zimmer-Wohnung in der Aschebergsgatan, sie waren offenbar froh, sie loszuwerden, die Jungs hatten auch nie besonders viel für ihre Eltern übrig gehabt. Ja, und dann sind sie dort eingezogen und haben Medizin studiert.«

»Und weiter«, bat Barbarotti. »Das war also im Herbst 1989, ja?«

»Ja«, bestätigte Ulrika Hearst. »Die ersten drei, vier Semester lief alles wie am Schnürchen, glaube ich. Sie schafften alle Prüfungen und Tests und wie das noch heißt. Ich habe sie ein paar Mal besucht, wenn ich aus irgendeinem Grund in Göteborg zu tun hatte. Sie waren wirklich richtig verbissene Mediziner, mit Skelett und anatomischen Tafeln überall. Natürlich behandelten sie mich jetzt mit ein bisschen mehr Respekt, schließlich waren wir inzwischen erwachsen, sie lockten mich nicht mehr in einen Brunnen oder so, aber ich war dennoch immer froh, wenn ich ihre Wohnung wieder verlassen konnte. Ich erinnere mich, dass ich …«

»Ja?«, fragte Barbarotti.

Sie lachte kurz auf. »Ja, ich erinnere mich, dass ich hinterher immer auf dem Bürgersteig vor dem Haus erst einmal stehen geblieben bin und tief Luft geholt habe. Die normale Welt eingeatmet habe, es war … es war ein rein physisches Erlebnis. Ich selbst habe Betriebswirtschaft in Uppsala studiert, da gab es eine Menge Diskussionen darüber, wer wohl langweiliger ist, der Wirtschaftswissenschaftler oder der Mediziner, und ich weiß, dass ich dachte, wenn jemand meine Cousins in Göteborg kennen würde, wäre es kein Problem, diese Frage zu beantworten.«

Eva Backman lächelte kurz. »Aber dann ist etwas passiert, nicht wahr?«

»Ja.« Ulrika Hearst setzte sich auf und wurde ernst. »Boss hat eine Frau kennen gelernt. Das war im Mai '91. Ich war bei meiner Mutter in Nacka, habe sie zu ihrem Geburtstag besucht, und da erzählte sie mir die Neuigkeit. Das wäre natürlich in jeder anderen Familie vollkommen normal gewesen, aber bei uns wurde das fast als Sensation angesehen. Und es war nicht weniger sensationell, als im Laufe des Sommers die Nachricht kam, dass die beiden heiraten und nach Australien ziehen wollten. Sie war Austauschstudentin und stammte aus Brisbane.«

»Und das haben sie dann gemacht?«, fragte Backman.

»Ja, das haben sie gemacht. Boss und Bessie, sie hieß tatsächlich so, sie haben geheiratet und sind irgendwann um Weihnachten 1991 nach Australien gezogen, und seitdem leben sie dort, in einem Vorort von Sydney.«

»Haben Sie sie dort einmal besucht?«

»Ja. Ich war vor … ja, das muss jetzt schon zwölf Jahre her sein, da war ich mit meinem damaligen Freund einen Monat in Australien, und da haben wir vorbeigeschaut. Sie hatten eine kleine Tochter, und alles wirkte ganz harmonisch. Boss war viel weicher geworden, nicht ganz so laid-back wie die Australier natürlich, aber immerhin. Da war schon ein großer Unterschied zu sehen.«

»Aber Sie haben ihn nur das eine Mal gesehen?«

»Ja, und auch nicht sehr lange. Wir haben nur eine Nacht bei ihnen geschlafen, deshalb weiß ich eigentlich nicht viel. Aber Gustaf, mein damaliger Freund, fand sie sympathisch, daran erinnere ich mich noch.«

Barbarotti nickte. »Und Hoss? Wie hat er darauf reagiert, dass sein Bruder plötzlich verschwunden ist?«

Ulrika Hearst trank einen Schluck Wasser, bevor sie antwortete. Fuhr sich schnell mit der Zungenspitze über die Lippen.

»Das ist es ja«, sagte sie. »Man weiß es nicht genau. Hoss hat ja noch nie jemandem anvertraut, welche Gefühle er eigentlich hat. Meine Mutter wusste von nichts. Seine Eltern berichteten nur, dass Boss geheiratet habe und nach Sydney gezogen sei, und als ich Hoss im Juni 1992 getroffen habe – wir haben nur zusammen einen Kaffee in einem Café in Haga getrunken –, da sagte er, dass alles in Ordnung sei. Aber zum Herbst hat er sein Medizinstudium abgebrochen und stattdessen angefangen, Philosophie zu studieren. Er hat nie jemandem erklärt, warum. Ich hatte ein paar Jahre lang überhaupt keinen Kontakt mehr zu ihm, ich selbst habe zu der Zeit in England gelebt, aber als ich nach Schweden zurückgekommen bin, das war 1997, da hatte er geheiratet und war dabei, seine Doktorarbeit zu schreiben. Ich glaube, er machte so eine Art Blitzkarriere als Logiker. Er promovierte 1999 und bekam im selben Jahr eine Stelle an der Uni.«

»Haben Sie seine Frau getroffen?«

»Ja. Ein paar Mal. Das erste Mal kurz nach der Jahrtausendwende. Sie war schwanger, und sie hatten gerade ein Haus in Mölndal gekauft. Sie arbeitete in der Klinik, ich nehme an, dass sie sich schon kennen gelernt haben, als er noch Medizin studierte. Ein paar Monate später hatte sie eine Fehlgeburt … ja, sie haben nie ein Kind bekommen.«

»Was für einen Eindruck hatten Sie von ihrer Beziehung zueinander?«, fragte Eva Backman.

Sie überlegte, aber nur kurz.

»Dass er sehr dominant war«, sagte sie. »Mir schien, dass

sie sehr schüchtern wirkte, später habe ich erfahren, dass sie in einem streng religiösen Haus aufgewachsen war und dass Hoss sie mehr oder weniger mit den Wurzeln dort herausgezerrt hat.«

»Mit den Wurzeln herausgezerrt?«, wiederholte Backman. »Ja, ich glaube, ich verstehe.«

»Ich habe sie dann noch ein paar Jahre später getroffen«, berichtete Ulrika Hearst weiter. »Nur sie allein, wir sind in Stockholm zufällig aufeinandergestoßen, und da habe ich sie fast nicht wiedererkannt. Sie war ... ja irgendwie gewachsen. War eine selbstständige Frau geworden, könnte man wohl sagen, wenn das nicht so ein abgenutzter Begriff wäre.«

»Es hat schon seinen Grund, dass gewisse Begriffe abgenutzt sind«, warf Eva Backman ein.

»Ja, das stimmt wohl.«

»Wann?«, fragte Barbarotti. »Wann haben Sie sie in Stockholm getroffen?«

»Ich habe darüber nachgedacht«, sagte Ulrika Hearst, »und bin zu dem Schluss gekommen, dass es im Januar oder Februar 2006 gewesen sein muss.«

»Also anderthalb Jahre später?«

»Ja.«

»Und Hoss? Haben Sie ihn in den letzten Jahren einmal gesehen?«

»Nur einmal«, erklärte Ulrika Hearst und zuckte entschuldigend mit den Schultern. »Auf der Buchmesse in Göteborg letztes Jahr. Aber getroffen habe ich ihn eigentlich nicht ... er saß in einem Seminar mit auf dem Podium. Ich erinnere mich nicht mehr, um welches Thema es ging, aber ich habe seinen Namen gesehen und bin hingegangen, weil ich neugierig war. Er machte einen ziemlich mittelmäßigen Eindruck. Wir haben nicht miteinander gesprochen, ich habe bemerkt, dass er mich im Publikum entdeckt hatte, aber als er fertig war, ist er einfach nach hinten verschwunden.«

»Wissen Sie mehr über diese Ehe?«, fragte Eva Backman.

»Eigentlich nicht«, sagte Ulrika Hearst. »Aber ich erinnere mich, dass meine Mutter vor ein paar Jahren behauptet hat, sie wollte nicht in den Kleidern der Frau stecken.«

»Nicht in den Kleidern von Hoss' Frau?«

»Ja.«

»Hat sie das begründet?«

Ulrika Hearst verzog den Mund. »Meine Mutter hat gern die Beziehungen anderer Leute analysiert«, sagte sie. »Sie hat sich vor fünfzehn Jahren von meinem Vater scheiden lassen, seitdem ist das eines der wichtigsten Bestandteile ihres Lebens, das kann man wohl so sagen.«

»Wann ist Ihre Mutter gestorben?«

»Letztes Jahr. Krebs, es dauerte nur ein paar Monate.«

»Aber sie hat vorher als Familientherapeutin gearbeitet?«

»Ja. Sie hat immer gesagt, dass sie sich mit ihrem Beruf statt mit meinem Vater verheiratet hat und dass es sich dieses Mal um echte Liebe handelte.«

Eva Backman nickte. »Dann hat sie also gewusst, wovon sie sprach, als sie behauptet hat, sie möchte nicht in Katarina Malmgrens Kleidern stecken?«

»Ich denke schon«, sagte Ulrika Hearst.

»Ich bitte vielmals um Entschuldigung«, sagte Astor Nilsson, »aber ich würde verdammt gern wissen, wie das eigentlich zusammenhängt. Und wie wir darauf gekommen sind.«

Astor Nilsson war bei der Befragung von Ulrika Hearst nicht dabei gewesen. Er hatte stattdessen zu der Zeit ein paar andere Personen an der Göteborger Universität befragt.

Aber jetzt war er wieder im Kymlinger Polizeigebäude zurück. Es war drei Uhr nachmittags, alle Beteiligten hatten sich in Jonnerblads und Tallins Zimmer versammelt.

»Ja, jetzt zum Ende hin geht alles ziemlich schnell«, gab Jonnerblad zu. »Aber es scheint kein Zweifel mehr zu herrschen.

Henrik Malmgren ist unser Mann. Wir müssen vor Kommissar Asunander den Hut ziehen, ohne seine einsichtige Analyse würden wir immer noch auf der Stelle treten.«

»Na, na«, sagte Asunander.

»Könnten wir mit der Methode anfangen?«, bat Astor Nilsson. »Wie ist er vorgegangen? Wenn wir alles Geschriebene erst einmal beiseite schieben und uns nur den modus operandi ansehen?«

»Lass uns auch noch erst einmal mit dem Motiv warten«, sagte Tallin.

»In Ordnung«, nickte Eva Backman. »Wenn man es mit dem Fazit in der Hand anschaut, ist es eigentlich gar nicht besonders kompliziert.«

»Meinst du?«, brummte Astor Nilsson.

»Ja, wirklich«, bestätigte Backman und schlug ihren Notizblock auf. »Er fährt von Göteborg hierher und tötet Erik Bergman und Anna Eriksson. Das geschieht am 31. Juli. Er muss von Bergmans Jogginggewohnheiten gewusst haben, aber das kann auch nicht schwer herauszubekommen gewesen sein. Er steht in diesem Gebüsch auf der Lauer und überrascht ihn, als er vorbeigekeucht kommt, ganz einfach. Sticht ihn mehrfach mit dem Messer nieder und lässt ihn dann dort liegen.«

»Ein paar Stunden später fährt er zu Anna Eriksson, mit der er ein Treffen verabredet hat«, fuhr Barbarotti fort. »Wir können zumindest annehmen, dass er das getan hat. Sie haben sich ja da unten in der Bretagne kennen gelernt, vielleicht sagt er, dass er etwas für sie hat.«

»Woher kannst du das wissen?«, fragte Sorgsen.

»Ich vermute es nur«, sagte Barbarotti. »Auf jeden Fall lässt sie ihn ein, und er tötet sie, vielleicht sogar wirklich mit diesem Schraubenschlüssel, von dem er schreibt, aber das bleibt dahingestellt. Wickelt sie mit Rücksicht auf den Geruch in Plastik ein, er will, dass es ein paar Tage dauert, bis sie gefunden wird, und geht von dort fort.«

»Verstehe«, sagte Astor Nilsson. »Scheiße. Und dann?«

»Dann schreibt er einige Briefe und verhält sich ein paar Tage ruhig… nimmt Kontakt zur Presse auf, erfindet unter anderem diesen Hans Andersson, zum einen, um uns zu verwirren, aber vielleicht auch, damit die zwei noch übrigen Opfer keine Verbindung zu den Wochen in Frankreich sehen. Sie haben dort ja tatsächlich vor fünf Jahren einigen Kontakt miteinander gehabt, aber vergesst nicht, dass das Mousterlin-Dokument von Anfang bis Ende reine Fiktion ist. Besonders, was das Mädchen und die Großmutter betrifft.«

»Besonders das, ja«, bekräftigte Eva Backman.

»Aber wie konnte er dann …?«, setzte Astor Nilsson an, doch Asunander unterbrach ihn.

»Das nehmen wir später dran. Mach weiter, Barbarotti.«

»Ja, und dann nach ungefähr einer Woche fährt er nach Hallsberg. Jetzt hat er eine Waffe dabei, denn er weiß nicht so recht, wie er das mit Gunnar Öhrnberg machen soll. Schließlich sind ja Öhrnberg und seine eigene Frau die eigentlichen Opfer, Anna Eriksson und Erik Bergman mussten sterben, damit die Mousterlin-Aufzeichnungen auch stimmen. Damit wir die ganze Geschichte auch schlucken, sozusagen.«

»Mein Gott«, sagte Astor Nilsson, »und Gunnar Öhrnberg musste also sterben, weil …?«

»Weil er eine Affäre mit Katarina hatte, ja«, bestätigte Barbarotti. »Denk dran, dass ich einen kleinen Hinweis bekommen habe, als ich mit diesem Taucherkumpel gesprochen habe. Er hat gesagt, es gäbe eine verheiratete Frau in Westschweden, die Öhrnberg heimlich besuchte. Aber woher zum Teufel sollten wir denn wissen, dass sie Katarina Malmgren hieß?«

»Ja, woher?«, nickte Tallin. »Mach weiter.«

»Er nimmt sich sicher Zeit, als er Gunnar Öhrnberg tötet, vielleicht geht es genau so zu, wie er es in den Aufzeichnungen beschrieben hat. Auf jeden Fall habe ich den Eindruck, dass er das Töten genießt. Aber das ist natürlich in erster Linie eine Sache für die Gerichtspsychiatrie.«

Er trank einen Schluck Wasser. Backman blätterte eine neue Seite auf ihrem Block auf und übernahm.

»Nachdem er sein drittes Opfer in dem berühmten Weizenacker abgelegt hat, fährt er nach Hause nach Göteborg und packt gemeinsam mit seiner Frau das Auto für die bevorstehende Urlaubswoche in Dänemark. Sie nehmen die Nachtfähre von Sonntag auf Montag, wie geplant, sie gehen eine Weile an Deck, er erwürgt sie und wirft sie über Bord. Geht als Fußgänger in Fredrikshavn an Land, fährt von dort nach Kopenhagen und setzt sich in Kastrup in ein Flugzeug. Einen Tag später befindet er sich in Kairo und gibt seine Aufzeichnungen aus Mousterlin in die Post.«

Fünf Sekunden lang blieb es still.

»Unglaublich«, sagte Astor Nilsson dann. »Vollkommen unglaublich.«

»Entschuldigt«, sagte Sorgsen. »Aber wie ist es mit Pass und so?«

»Wir haben das kontrolliert«, antwortete Backman. »Es gibt einen Passagier Malmgren von Kopenhagen nach Athen am 14. August. Bertil Malmgren. Wir können wohl annehmen, dass der Bruder seinen Pass aus Australien geschickt hat. Zumindest, wenn wir Ulrika Hearsts Aussagen dabei bedenken. Oder?«

»Das scheint so, ja«, bestätigte Jonnerblad.

»Gut«, seufzte Astor Nilsson. »Raffiniert. Ja, ich gehe davon aus, dass das alles rein technisch passt. Aber dass alles sich nur darum handelt, dass seine Frau einen anderen gefunden hat ... ja, das klingt ein wenig erbärmlich, wenn ihr mir diese Bemerkung erlaubt.«

»Es muss ihm Spaß gemacht haben, Pläne zu schmieden«, sagte Eva Backman. »Einen Plan aufzustellen und ihm zu folgen. Ich war mal mit so einem Typen zusammen, als ich jung war. Wir sind durch ganz Europa mit dem Auto gefahren, die Karte war viel wichtiger als Europa.«

Wieder waren alle still, dann räusperte sich Asunander. »Wir dürfen eines nicht vergessen«, sagte er, »und zwar, dass das Motiv nur selten im Verhältnis zum Verbrechen steht.«

»Kannst du das näher ausführen«, bat Jonnerblad.

»Ausgenommen im Kopf des Täters natürlich«, präzisierte Asunander. »Von außen gesehen erscheinen die Beweggründe fast immer klein und unbedeutend, und das sind sie auch oftmals. Eifersucht, Rachegelüste, Gier. Aber sie kommen sehr unterschiedlich zum Ausdruck.«

»Ja, das kann man wohl sagen«, bemerkte Tallin. »Aber wie bist du eigentlich auf die Lösung gekommen?«

Asunander saß mit gesenktem Kopf da und schien eine Weile seine gefalteten Hände zu betrachten, bevor er antwortete.

»Durch Reduzieren«, sagte er. »Das war das Einzige, was noch blieb. Die einzige Möglichkeit.«

»Ich habe auch versucht zu reduzieren«, sagte Astor Nilsson, »die ganze Zeit. Das Problem ist nur, dass nie etwas übrig geblieben ist. Überhaupt nichts.«

»Es gibt auch ein Detail«, sagte Asunander nach einer kurzen Pause.

»Ein Detail?«, fragte Tallin nach.

»Ja. In den Aufzeichnungen.«

»Was für ein Detail?«, fragte Jonnerblad. »Ich habe sie durchgelesen … ja, ich weiß gar nicht mehr wie oft. Mindestens viermal.«

»Ich glaube, das möchte ich für mich behalten«, sagte Asunander.

»Was ist denn das für ein …?«, rief Astor Nilsson aus, aber Asunander unterbrach ihn, indem er den Zeigefinger hob.

»Das ist einzig und allein meine Sache«, sagte er. Dann verschränkte er die Arme vor der Brust, ließ den Blick über die ganze Gesellschaft wandern, und es erklang ein leiser, vibrierender Ton aus ihm, der Barbarotti an eine schnurrende Katze denken ließ. Er ist nicht ganz gescheit, dachte er. Verdammt, er dreht durch.

Aber er hatte den Fall gelöst. Ein Detail? Was denn für ein verfluchtes Detail?

»Und du hast eine Art… Überprüfung durchgeführt?«, fragte Tallin vorsichtig.

Asunander nickte. »Nichts Großartiges. Aber ich habe einen guten alten Freund, der Einblick in die Bankenwelt hat. Malmgren hat Ende Mai alle seine Aktien verkauft. Für fast eineinhalb Millionen. Und keine neuen gekauft. Ja, er brauchte wohl ein bisschen Startkapital da unten. Backman hat vollkommen recht, dahinter steckt genaue Planung. Ganz genaue Planung.«

»Er hätte es sich einfacher machen können«, meinte Astor Nilsson.

»Schon möglich«, sagte Asunander. »Sein Ziel war es, seine Frau und ihren Liebhaber zu töten, aber ich glaube, es gab noch andere Ziele.«

»Und welche?«, fragte Sorgsen, »genauer gesagt?«

»Irgendetwas ist da unten in der Bretagne damals passiert«, sagte Eva Backman, nachdem Asunander ihr zuvor zugenickt hatte. »Anna Eriksson und Erik Bergman spielen dabei irgendeine Rolle, aber wir wissen nicht, welche. Wir müssen wohl sehen, ob er uns das erzählen kann.«

»Der sechste Mann?«, fragte Astor Nilsson.

»Wir wissen nicht, wer er ist«, sagte Barbarotti. »Ein Typ, der eine Woche mit Erik Bergman zusammengewohnt hat oder so, aber das spielt vielleicht gar keine Rolle in der Geschichte.«

»Aber er ist doch mit auf den Fotos.«

»Und wo haben wir die Fotos gefunden?«, fragte Eva Backman, »hast du das vergessen? Im Album der Malmgrens.«

»Verdammte Scheiße«, sagte Astor Nilsson. »Die auch?«

»Ja, bestätigte Barbarotti. »Die auch.«

Zwei Stunden später stand er mit Backman draußen am Fahrradständer des Polizeireviers. Regen hing in der Luft, zu seiner Verwunderung spürte er, wie er fror, und er hoffte, dass der Himmel noch ein wenig damit warten würde, sich zu öffnen.

»Das war sicher keine Übertreibung, was du da behauptet hast«, sagte er.

»Was denn?«, fragte Backman.

»Na, das da unten in der Bretagne etwas passiert ist. Zumindest in Henrik Malmgrens Augen muss es absolut entscheidend gewesen sein, nicht wahr?«

Backman überlegte. »Ja«, sagte sie, »aber es gab jedenfalls kein Mädchen und keine Großmutter, die ihr Leben verloren haben. Was glaubst du dann, was es war?«

»Hast du die Mousterlin-Aufzeichnungen noch einmal gelesen, nachdem du erfahren hast, dass es Henrik Malmgren war, der sie geschrieben hat?«

»Nein«, sagte Eva Backman. »Ich habe es nicht geschafft. Und ich habe keine Ahnung, was für ein Detail das ist, von dem Asunander da geredet hat.«

»Ich auch nicht«, gab Barbarotti zu. »Aber ich habe letzte Nacht noch einmal alles gelesen. Es gibt Massen von eigentümlichen Schlüsselworten in diesem Text, wenn man weiß, dass es Henrik Malmgren ist, der die Feder führt. Und dass er plant, sie alle umzubringen … ja, dann wird es irgendwie eine ganz andere Geschichte.«

»Eine ganz andere Geschichte?«, fragte Backman nach. »Ja, das ist doch klar. Weißt du, worauf ich mich freue?«

»Urlaub?«

»Darauf auch. Aber in erster Linie freue ich mich darauf, ihn verhören zu dürfen. Du nicht?«

Gunnar Barbarotti überlegte. »Doch, kann schon sein«, sagte er dann. »Aber bis jetzt haben sie ihn da unten noch nicht erwischt. Und ich bin nicht sicher, ob du das Vergnügen haben wirst, ihm Aug in Aug gegenüber zu sitzen.«

»Du Miesmacher«, sagte Backman. »Bis jetzt hatten sie ja noch keine acht Stunden Zeit, und ich glaube, es ist auch erst früher Morgen in Sydney.«

»Das mag stimmen«, gab Barbarotti zu und sah auf seine uralte, aber voll funktionsfähige Armbanduhr. »Aber wenn es eine Tageszeit gibt, an der man die Leute wohl antrifft, dann ist es doch in der Nacht, oder? Nein, ich glaube, er wird uns entwischen, aber du wirst sicher das Vergnügen haben und mit Boss reden können.«

»Hoss und Boss«, schnaubte Backman. »Bei einigen geht es von Anfang an schief. Und dann läuft es so weiter. Aber du meinst, dass es eine Art Wahrheit im Mousterlin-Dokument gibt? Abgesehen von Asunanders Detail, meine ich?«

»Lies selbst, dann wirst du sehen«, sagte Barbarotti.

Backman zuckte mit den Schultern und klemmte ihre Aktentasche in den Fahrradkorb. »Ich würde ihn nach seinem Kontrollbedürfnis fragen, wenn ich mit ihm reden könnte«, sagte sie. »Das ist nämlich die Schraube, die locker ist.«

»Ach ja?«, sagte Barbarotti.

»Ja, natürlich. Zuerst wird er von seinem Bruder fallen gelassen, vermutlich dem einzigen Menschen auf der Welt, der ihm etwas bedeutet. Das muss ja wie die reinste Amputation für ihn gewesen sein. Trotzdem gelingt es ihm, eine Frau zu finden, aber mit der Zeit wächst sie und wird reif und plant, ihn zu verlassen. Wahrscheinlich beginnt er das in diesem Sommer zu ahnen. Und als es tatsächlich Faktum ist, da führt er diesen ganzen schwarzen Zirkus auf, um sich zu rächen, verschwindet und fängt in Australien ein neues Leben an. Das muss ihm ja einen wahnsinnigen Kick gegeben haben, und das Widerliche dabei ist, dass es eine Art Logik beinhaltet.«

»Logik, ja«, sagte Barbarotti, und ihm fiel plötzlich ein, was Marianne gesagt hatte. Er zog sein Fahrrad aus dem Ständer. »Schließlich ist er Dozent der Philosophie, der Mutter aller

Wissenschaften. Da können einem die Wissenschaften ein wenig leid tun.«

Backman lachte. »Weißt du was?«, sagte sie. »Weißt du, was fast das Merkwürdigste an der ganzen merkwürdigen Geschichte ist?«

»Nein«, antwortete Barbarotti.

»Dass du jetzt angefangen hast, mit Asunander Whisky zu trinken.«

»Ich glaube, das ist nur vorübergehend«, sagte Barbarotti.

»Das hoffe ich nicht«, erklärte Backman. »Denn ich möchte, dass du ihn das nächste Mal, wenn ihr wieder zusammensitzt und einen trinkt, etwas fragst.«

»Und was?«, wunderte Barbarotti sich.

»Warum er überhaupt ein Gebiss hat. Darüber wundere ich mich seit zehn Jahren, habe mich aber nie getraut zu fragen. Heutzutage lassen sich doch alle Pensionäre Stifte in die Kieferknochen einsetzen. Ein Gebiss, das ist Steinzeit.«

Barbarotti überlegte.

»So gut kenne ich ihn noch nicht«, sagte er. »Ich fürchte, das muss noch warten.«

»Feigling«, sagte Eva Backman. »Aber gut, wir sehen uns morgen. Ich werde heute Abend das Dokument noch mal lesen. Fahren wir ein Stück zusammen?«

»Ich fürchte nicht«, sagte Barbarotti. »Ich muss vorher noch in der Schule vorbeischauen.«

»In der Schule?«, fragte Backman. »Wieso das?«

»Das erzähle ich dir ein andermal«, sagte Barbarotti.

41

Können Sie etwas lauter sprechen?«, bat Barbarotti. »Es ist so schlecht zu verstehen.«

Es war Donnerstagmorgen. Zehn Minuten nach neun. Wie spät es in Australien war, darüber war er sich nicht so recht im Klaren.

»Sure, mate!«, rief Detective Inspector Crumley, und plötzlich klang er so nah, als hocke er auf Barbarottis Schulter. »We got'em! Got'em both in fact!«

»Ihr habt sie alle beide?«, fragte Barbarotti in seinem besten Schulenglisch. Detective Inspector Crumleys Schulenglisch ließ einiges zu wünschen übrig, wie er fand. »Wollen Sie das damit sagen? Dass ihr die Brüder Malmgren beide in sicherer Verwahrung habt?«

»Ja doch!«, rief Crumley. »Hoss und Boss Malmgren. Er hat bei seinem Bruder gewohnt, genau wie Sie es sich gedacht haben. Wollen Sie alle beide oder nur einen? Wir haben ein bisschen Probleme, sie auseinanderzuhalten.«

»Ich denke, wir brauchen beide«, sagte Barbarotti. »Sie brauchen nicht mehr so schreien, es ist jetzt besser zu verstehen. Ja, unseren Tatverdächtigen zu überführen, das wird wohl kein Problem sein, aber ich werde gleich noch untersuchen, wie wir das dann machen mit …«

»Boss Malmgren wird freiwillig mitkommen«, unterbrach Crumley ihn. »Das hat er schon siebzig Mal wiederholt, seit wir sie uns geschnappt haben. Er will mit nach Schweden und an der Seite seines Bruders bleiben. Come what may.«

»Hat er denn keine Familie?«, wunderte Barbarotti sich. »Boss Malmgren?«

»Nicht mehr«, sagte Crumley. »Seit drei Jahren geschieden. Sie scheinen einander vermisst zu haben, die Brüder. Benehmen sich fast wie Affen, die man vergessen hat, voneinander zu trennen, als sie noch klein waren, wenn Sie wissen, was ich meine?«

Ob er das wusste, dessen war sich Barbarotti nicht so sicher, aber er glaubte schon, den Sinn zu verstehen.

»Ich verstehe«, sagte er. »Dann warten wir darauf, dass wir beide überstellt bekommen. Ich werde alle Papiere fertig machen und sie schicken. Achtet nur darauf, das sie nicht fliehen oder sich das Leben nehmen. Hoss hat schließlich vier Menschenleben auf dem Gewissen.«

»Er sieht nicht so aus, als ob er überhaupt ein Gewissen hat«, sagte Detective Inspector Crumley. »Aber vielleicht ist das ja gerade das Problem?«

»Wahrscheinlich«, sagte Barbarotti. »Haben Sie ihm die Frage gestellt, um die ich Sie gebeten habe?«

»Über den sechsten Mann?«

»Ja.«

»Yes, mate«, sagte Crumley und räusperte sich umständlich. »Ich habe ihn gefragt, ohne zu wissen, wonach ich eigentlich frage, aber das bin ich ja gewohnt. Zunächst hat er eine ganze Weile still dagesessen, als könnte er sich nicht entscheiden, ob er antworten wollte oder nicht. Aber dann hat er wie zu sich selbst genickt und gesagt, dass er Stephen hieß.«

»Stephen?«

»Ja. Und dass er ein Tramper war, der Urlaub in Europa gemacht hat. Kam aus Johannesburg, Südafrika. Does that make sense?«

Barbarotti überlegte. Nahm an, dass schwedische Kriminalfälle nur wenig Platz in südafrikanischen Zeitungen fanden, und sagte, ja, das tat es. Made sense.

»Sonst noch was?«, wollte Crumley wissen.

»Ich maile Ihnen alles Erforderliche«, sagte Barbarotti, und dann verabschiedeten sie sich.

»Dann hast du die Freundin also gefunden?«

»Ja«, sagte Astor Nilsson. »Ihr war es ziemlich wichtig, mit der Polizei zu sprechen.«

»Und warum?«

»Weil sie einen Schock gekriegt hat, als sie erfuhr, dass sie ermordet wurden. Aber sie hatte ja keinen Grund zu glauben, dass es mit dem zusammenhing, was Katarina ihr über diesen Liebhaber anvertraut hat.«

»Und was hat sie ihr anvertraut, genauer gesagt?«

»Dass er Gunnar hieß und dass sie ihn geliebt hat. Ja, das war wohl alles. Plus dass sie Henrik verlassen wollte, aber nicht wusste, wie sie es anstellen sollte.«

»Hatte sie Angst vor ihm?«

»Ich denke schon«, sagte Astor Nilsson. »Jessica, diese Freundin, hat behauptet, dass sie seit mehr als einem Jahr dabei war, Katarina zu überreden, diesen Schritt doch zu wagen.«

»Aber das war nicht allgemein bekannt? Ich meine, dass Katarina Malmgren einen Geliebten hatte?«

Astor Nilsson schüttelte den Kopf. »Nein, ich habe sie in diesem Punkt ziemlich hart rangenommen, und sie war sich sicher, dass nur sie etwas davon wusste. Katarina Malmgren hatte keinen größeren Bekanntenkreis. Nicht diesen Schwarm von Freundinnen, mit dem sich gewisse Frauen umgeben. Er hatte sie ziemlich an der Kandare, wenn du weißt, was ich meine?«

»Ich verstehe«, sagte Barbarotti.

Hätte nichts dagegen, noch häufiger mit Astor Nilsson zusammenzuarbeiten, dachte er plötzlich. Mit ihm kann man konstruktiv reden. Dinge wurden irgendwie vorangetrieben; mit gewissen Menschen war es genau umgekehrt, was man leider einfach so feststellen musste. Man war gezwungen, schweigend eine Stunde allein irgendwo zu sitzen, nachdem man mit ihnen gesprochen hatte, um überhaupt das Gehirn wieder zum Laufen zu bringen.

Aber vielleicht gab es ja auch Leute, die sich erst einmal verkrochen, nachdem sie Barbarotti getroffen hatten. Man sollte nicht so mit sich selbst prahlen.

»Katarina Malmgren und diese Jessica waren Arbeitskolleginnen, oder?«

»Stimmt«, sagte Astor Nilsson. »Und in diesem Sommer in der Bretagne ist tatsächlich etwas passiert, Katarina hat erzählt, dass sie und Gunnar sich da das erste Mal gesehen haben. Nicht, dass sie irgendwie danach zusammen waren, aber es war der Sommer, in dem sie es begriffen hat, wie Jessica behauptete.«

»Was begriffen?«

Astor Nilsson zuckte mit den Schultern. »Nun ja, ich weiß es nicht genau. Aber es ist wohl nicht so schwer, sich das zu denken. Vielleicht, was für ein verkrüppeltes Leben sie führt. Und mit wem sie da verheiratet war. Da in der Bretagne bekam sie eine Ahnung davon, wie es sein könnte, auf jeden Fall hat sie es so der Freundin beschrieben. Sie waren fünf in dieser schwedischen Gruppe, vier, die ihren Spaß hatten, und dann Henrik Malmgren.«

»Aber sie hat nicht gewusst, dass ihr Mann dahintergekommen ist? Jetzt, meine ich.«

»Jessica denkt nicht. Und Henrik hat absolut nichts gesagt. Er ist jedoch ein verschlossener Typ, das hat sie eingeräumt. Sie hat ihn nur ein einziges Mal getroffen, aber das, was Katarina ihr erzählt hat, hat ihr fast Angst gemacht. Er wollte seine Frau vollkommen kontrollieren, und gleichzeitig hat sie sich mit jedem Tag, der verging, von ihm innerlich entfernt, ist gewachsen. Ja, so hat sie es ausgedrückt. *Ist gewachsen, von ihm weg.* Es ist doch verrückt, was für ein Leben manche Menschen führen, wenn man mal ein bisschen hinter die Fassaden guckt.«

Gunnar Barbarotti blieb eine Weile einfach sitzen, das Kinn in die Hand gestützt, und überlegte. »Wann hat sie Katarina Malmgren das letzte Mal gesehen?«

»Ein paar Wochen, bevor sie nach Dänemark fahren wollten. Katarina war eine Nacht bei Gunnar, das war wohl während seines Taucherurlaubs, und ... ja, die Freundin glaubt, dass Katarina sich da entschieden hat.«

»Ihrem Mann die Situation zu erklären? Dass sie plante, ihn zu verlassen?«

»Ja. Sie hat es nicht so direkt gesagt, aber Jessica hatte den Eindruck.«

»Und zu dem Zeitpunkt hat er bereits angefangen, die anderen zu ermorden?«

»Genau. Aber sie hat nichts davon geahnt. Sie hatte ihren Plan, ihr Mann hatte seinen.«

»Mein Gott. Das klingt ja fast wie ein Drehbuch.«

»Zumindest hat es ein gewisses Timing. Sie wollte für diese Urlaubswoche nach Jütland fahren, um ihm zu sagen, dass sie sich scheiden lassen will. Er wollte dorthin fahren, um sie zu ermorden und ins Meer zu werfen. Man kann wohl behaupten, dass er ihr einen Schritt voraus war. Und Jessica Lund ist überzeugt davon, dass Katarina absolut nichts davon wusste, was er tat. Sie wusste natürlich, dass er verrückt war, aber nicht, dass er *so* verrückt war.«

»Nein«, sagte Barbarotti. »Wie sollte sie auch?«

»Sie war wahrscheinlich auch ein bisschen betriebsblind«, fuhr Astor Nilsson mit finsterer Miene fort. »Es ist schwer, den Wahnsinn zu erkennen, wenn man mitten in ihm lebt. Ich hatte auch mal so eine Periode in meinem Leben. Aber einer von Malmgrens Kollegen hat etwas Interessantes gesagt. Er würde freiwillig sein Leben um dreißig Jahre verkürzen, wenn er dafür Ehre und Ruhm bekäme.«

»Henrik Malmgren?«

»Ja.«

»Was für ein wahnsinniger Handel.«

»Das kann man wohl sagen«, sagte Astor Nilsson. »Aber es gibt natürlich diese Sorte Menschen. Du kriegst den Nobelpreis, wenn du einverstanden bist, dass du mit 52 stirbst. Ohne Preis wirst du 82 ... aber ich weiß natürlich nicht, ob er recht hatte, dieser Kollege. Die Leben, die Malmgren verkürzte, waren ja nicht seine eigenen.«

»Er kommt Mitte nächster Woche«, schloss Barbarotti das Gespräch ab. »Dann werden wir sehen, was er zu sagen hat, wenn wir ihm Aug in Aug gegenübersitzen.«

»Das werden wir wohl«, bestätigte Astor Nilsson. »Ja, ich werde alles versuchen, um dann dabeisein zu können. Aber ist es nicht traurig, dass man geil darauf wird, so ein Monster zu betrachten? Ihn zumindest einmal sehen möchte?«

»Das ist eine Lust, die du mit dem Rest der Menschheit teilst«, sagte Gunnar Barbarotti.

»Ja, ich weiß«, nickte Astor Nilsson. »Was die Sache nicht besser macht. Dass die anderen genauso pervers sind wie man selbst. Aber Typen wie Henrik Malmgren gibt es ja nun wirklich selten – glücklicherweise.«

»Was meinst du, wie sein Bruder ist?«, fragte Barbarotti.

»Dessen Frau ist ja offenbar mit dem Leben davongekommen, also ist er wohl ein ganz netter Kerl«, sagte Astor Nilsson. »Nein, jetzt will ich nicht mehr darüber reden.«

»Ich auch nicht«, stimmte Barbarotti zu. »Irgendwann kriegt man genug davon.«

Nach dem Gespräch mit Astor Nilsson stellte sich Gunnar Barbarotti ans Fenster und schaute hinaus. Das taten doch die flotten Bullen in den Büchern immer. Blickten durch die Jalousienlamellen auf ein regengraues Paris oder einen zinnoberpatinierten Himmel mit der Andeutung von Schnee über Göteborg. Ließen den äußeren Raum (die Stadt, den Schauplatz des Verbrechens) mit dem inneren (dem Gehirn des Bullen) auf eine subtile, literarische Art und Weise korrespondieren. Barbarottis Problem war, dass vier Fünftel seiner Aussicht von der Längsfront der stillgelegten Schuhfabrik von Lundholm & Söhne eingenommen wurde. Sie stand jetzt seit mehr als zwanzig Jahren leer und unbenutzt da, alle Fensterscheiben waren eingeschlagen, und er wünschte sich, dass die Entscheidungsträger der Stadt sich endlich einmal dazu aufraffen könnten, die Ruine abzureißen. Möglichst einen Park oder eine andere Art von niedrigem Gebäudekomplex dort anlegten, damit er endlich etwas mehr Blickfeld bekam.

Doch wenn er ganz ans Fenster trat und seinen Blick schräg rechts nach oben richtete, konnte er sogar ein Stück einer Baumkrone und einen Zipfel Himmel sehen. Aber Backman hatte trotz allem recht, wenn sie behauptete, dass sein Balkon ein viel geeigneterer Platz für Analysen und Nachdenklichkeiten war. Ein sehr viel geeigneterer.

Andererseits war es vielleicht kein großes Blickfeld, das nötig war, um Henrik Malmgren zu begreifen. Eher im Gegenteil – die Fähigkeit, sich in ein äußerst enges Gebiet zu drängen, eine Art eingeschrumpftes oder sogar umgedrehtes Universum. Warum nicht so ein Brunnen, wie Ulrika Hearst ihn beschrieben hatte? Aber es ist schon klar, dachte Barbarotti, wenn man sein Weltbild aus so wenigen Bauklötzen aufgebaut hatte, dann war man wahrscheinlich darauf bedacht, dass alle an Ort und Stelle blieben. Wenn ein so großer Klotz wie der Bruder oder die Ehefrau verschwanden, bestand natürlich ein großes Risiko, dass das ganze Gebäude zusammenbrach.

War es möglich, ihn in solchen Termini zu begreifen? Astor Nilsson hatte gesagt, dass er in Philosophenkreisen einen ziemlich großen Namen hatte. Große Philosophen haben normalerweise ihre Blüte nach fünfzig – und in erster Linie nach ihrem Tod –, aber Henrik Malmgren war eine Hoffnung gewesen. Besonders, was die mehrwertige Logik und das deduktive mathematisch-logische System betraf. Was seine eher menschlichen Qualitäten anbelangte, so war es ziemlich still gewesen, hatte Astor Nilsson erklärt. Peinlich still.

Aber so eine Geschichte zu konstruieren? Ein ertrunkenes Mädchen und dessen Großmutter? Und den Namen des Mädchens? The Root Of All Evil.

Und wie er sich selbst durch die Augen seines fiktiven Mörders beschrieb. Entlarvt er sich hier?, fragte Barbarotti sich. Hatte Asunander hier Unrat gerochen? Er wusste es nicht. Barbarotti selbst hatte nichts Verdächtiges bemerkt. Asunander hatte ihm nur soviel erzählt, dass er gemerkt hatte, dass etwas nicht stimmte, als er das Mousterlin-Dokument zum dritten oder vierten Mal las. Da hatte er dieses Detail entdeckt. Vielleicht würde er das weiter ausführen, wenn es zu einer weiteren Whiskyséance kam – vielleicht wollte er es auch einfach für sich behalten. Asunander war ein verschrobener Kerl, und vielleicht war gerade so einer nötig, um andere verschrobene Kerle zu verstehen. Wie Henrik Malmgren.

Am gestrigen Abend war eine andere Merkwürdigkeit eingetroffen. Als Barbarotti einkaufen gegangen war, war er auf Axel Wallman gestoßen, der sich ausnahmsweise einmal in der Stadt befand, weil er hier etwas zu erledigen hatte. Offensichtlich hatte er Henrik Malmgrens Namen in irgendeiner Zeitung gelesen – in seiner Eigenschaft als Opfer, nicht als Täter. Er hatte Barbarotti angehalten und darüber mit ihm gesprochen. »Diesen toten Philosophen werdet ihr garantiert nicht aus dem Wasser fischen«, hatte er gesagt. »Dem muss man erst einen Holzpfahl durchs Herz rammen, damit er wirklich tot ist.«

Als Barbarotti – ohne etwas über die letzten Entwicklungen im Fall zu verraten – gefragt hatte, was er denn damit meine, hatte Wallman nur die Arme ausgebreitet und erklärt, dass er zusammen mit Malmgren einmal an einem Seminar teilgenommen hatte und in diesem Zusammenhang feststellen konnte, aus welch miesem Stoff er gemacht war.

Aber Wallman hatte nicht darauf hingewiesen, dass Malmgren tatsächlich aus Halland stammte, daran hatte Barbarotti sich von allein erinnert.

Es klopfte an der Tür. Er wandte seinen Blick ab von Lundholm & Söhnes Schuhfabrik und unterbrach seine gedankliche Analyse.

»Jonnerblad hat Schnittchen gekauft«, erklärte Backman. »Es gibt wohl so eine Art Leichenschmaus zu dem Fall.«

»Ich komme«, sagte Barbarotti.

Doch das wichtige Resümee fand nicht während der Feierstunde statt.

Das zog er gemeinsam mit Eva Backman, kurz bevor sie an diesem Tag nach Hause gehen wollten. Wie üblich.

»Ja, und was haben wir nun daraus gelernt?«

Sie hatte eine ganze Weile auf seinem Besucherstuhl gesessen, bevor sie diese Frage stellte.

»Ich weiß es nicht«, sagte Barbarotti, ohne von seinen Papieren aufzusehen. »Aber ich nehme an, dass du die Antwort bereits parat hast, wenn du so fragst. Also sage mir doch bitte, was haben wir daraus gelernt?«

»Wenn du so redest, habe ich gar keine Lust, überhaupt etwas zu sagen«, erklärte Backman. »Aber na gut, ich sehe, dass du zumindest für Erkenntnisse ein wenig empfänglich bist.«

Barbarotti betrachtete sie. »Du weißt, dass ich noch nie ein Wort von dem, was du gesagt hast, vergessen habe«, sagte er. »Und die allerklügsten Dinge schreibe ich mir in ein Notizbuch, das ich mir extra dafür angeschafft habe.«

»Gut«, sagte Eva Backman. »Doch, ich denke, dass nicht immer alles von Nutzen ist, selbst wenn zehn Polizisten hundert Tage schuften und tausend Befragungen durchführen.«

»Schöne Einleitung«, sagte Barbarotti.

»Ich weiß, unterbrich mich nicht. Wenn wir also ein einziges pervertiertes Gehirn jagen, dann kann es wichtiger sein, dass wir auch ein Gehirn haben, das auf die gleiche Art und Weise funktioniert. Das die Voraussetzung besitzt, den Mörder zu verstehen. Wenn Asunander nicht einen Tag zu Hause geblieben wäre und über den Fall nachgedacht hätte, statt zur Arbeit zu gehen, dann hätten wir das hier nicht gelöst.«

Das war genau das, was er vor einer Stunde gedacht hatte, stellte Barbarotti insgeheim fest. »Du meinst, wir brauchen Asunander, weil er ein pervertiertes Gehirn hat?«, fragte er laut. »Ging es nicht darum auch beim *Schweigen der Lämmer*? Ich werde Asunander nächstes Mal, wenn wir wieder Whisky trinken, fragen, ob er zufällig Hannibal mit Vornamen heißt.«

»Er heißt Leif«, erwiderte Eva Backman. »Ich habe das überprüft. Nein, ich meine, dass es Fälle gibt, die einen etwas anderen Einsatz erfordern als breite Fahndung.«

»Auf einem Balkon zu sitzen und beim Sonnenuntergang zu philosophieren?«, schlug Barbarotti vor und dachte, dass in letzter Zeit ja wohl ziemlich viel über seinen Balkon diskutiert wurde.

»Hätte ich deinen Balkon, ich hätte den Fall in drei Tagen gelöst«, sagte Backman.

»Den werde ich wohl nicht mehr so lange haben«, sagte Barbarotti.

»Was? Wieso nicht?«

»Ich … ich glaube, ich erwarte Zuwachs.«

Eva Backman sah erst aus, als begriffe sie nicht, wovon er sprach. Dann lachte sie auf und erhob sich von dem Stuhl. »Herzlichen Glückwunsch«, sagte sie. »Und wie viele werden es?«

»Ich weiß nicht so recht«, erklärte Barbarotti. »Aber meine Drei-Zimmer-Wohnung wird auf jeden Fall zu klein werden.«

»Aha«, sagte Backman. »Du kannst mir in drei Wochen von deinem neuen Leben erzählen. Jetzt mache ich erst einmal Urlaub. Aber vielleicht schaue ich trotzdem einmal kurz rein und werfe einen Blick auf Malmgren.«

»Tu das«, sagte Barbarotti. »Und lass es dir gut gehen. Aber was soll ich denn jetzt in mein Merkbüchlein schreiben?«

»Vertraue nie einem Autor«, sagte Eva Backman. »Ich denke, das ist mit aller wünschenswerten Deutlichkeit klar geworden.«

42

Kurz nach fünf Uhr am Freitagnachmittag verließ er das Sprechzimmer von Doktor Olltman. Sie hatten fast drei Stunden miteinander geredet, obwohl eigentlich nur fünfundvierzig Minuten vereinbart gewesen waren. Ein neuer Termin war nicht verabredet worden, aber Barbarotti hatte das Versprechen bekommen, sie jederzeit anrufen zu dürfen, wenn das Bedürfnis bestand. Als er sich bei ihr bedankte, lag ihm auf der Zunge, ihr zu sagen, dass er gern mit einer Frau wie ihr verheiratet wäre, aber er konnte sich noch zurückhalten. Vielleicht, dachte er, vielleicht ist Marianne so eine Frau.

Und er glaubte nicht, dass das Bedürfnis bestehen würde. Etwas ist mit mir in den letzten Wochen passiert, dachte Gunnar Barbarotti, als er an der Kaffeebar in der Skolgatan vorbeiging, ohne einzutreten.

Wobei nicht klar war, was, aber da war etwas.

Dass der Fall gelöst war, spielte natürlich eine Rolle. Die Brüder Malmgren sollten am Dienstag in Kastrup ankommen, laut Crumley hatte es einige Geständnisse gegeben, vermutlich konnten sie den Rest der Geschichte also Staatsanwalt, Rechtsanwälten und Gerichtspsychiatern überlassen – aber dieser verrückte Philosoph hatte auf jeden Fall eine Art Mechanismus auch in ihm selbst angeworfen, oder?

Eine Art Korrespondenz, die nicht so leicht in Worte zu kleiden war, aber die zu spüren und abzuwägen war. Und was nun, genauer gesagt? Vielleicht war das nur mentaler

Schneematsch, aber man sollte trotzdem einen Versuch machen.

Doch, dass man das Leben nicht so betrachten durfte, wie es Henrik Malmgren getan hatte, vielleicht war es so einfach. Wenn das Dasein ein Spiel war, und das war ja wohl anzunehmen – zumindest aus gewissen Aspekten heraus –, dann hatte der Mensch in die Rolle einer demütigen Spielfigur zu schlüpfen, nicht in die des Spielleiters. Womit nicht gesagt war, dass er sich anderen Spielfiguren unterwerfen musste oder Regeln, Anforderungen und Dummheiten akzeptieren, die sich um deren eigene Existenz drehten.

Kurz gesagt, das alte Gebet der Anonymen Alkoholiker. Er hatte auch mit Olltman darüber gesprochen, nicht in den Worten, die jetzt in seinem Kopf herumschwirrten, aber trotzdem, genau darum ging es. Freiheit und Verantwortung, diese abgenutzten Ecksteine. Das Ich und die Umwelt und der Nächste und die Gegenwart, in erster Linie das Letztgenannte, in jedem Augenblick anwesend zu sein, zumindest so viel, wie man vermochte, hier hatte er gepfuscht, ziemlich oft hatte er in dieser Beziehung gepfuscht. Er ging in den ICA-Laden in der Frejagatan und sprach ein schnelles Existenzgebet.

Oh Herr, ich danke dir für einen lehrreichen Sommer. Aber sorge jetzt bitte dafür, dass ich in guter Form bleibe, und lass die Dinge klappen – du weißt, was ich meine –, dann bekommst du drei Punkte auf die Hand. Übrigens existierst du jetzt schon seit elf Monaten am Stück, das ist ein Rekord und verblüffend gut gemacht, wenn man die äußeren und inneren Umstände bedenkt, das muss ich zugeben. Frische Pasta, Oliven, Kapern und Parmesankäse, das muss doch an so einem Tag passen, oder was meinst du? Das ist eine geradezu himmlische Kombination, aber das brauche ich dir wohl nicht zu sagen?

Der Herrgott antwortete nicht, bis auf ein leises, unartikuliertes Gemurmel, das von einer Gefriertruhe stammte, die schief stand – aber es klang freundlich und beruhigend, und Inspektor Barbarotti füllte seinen Einkaufskorb nicht ohne eine gewisse Zuversicht.

Mitten im Essen rief Sara an.

Sie bat ihn nicht einmal, zurückzurufen. Stattdessen fing sie an zu weinen.

»Was um alles in der Welt ist denn passiert, Sara?«, fragte er. »Was ist los?«

Sie schluchzte eine Weile, und er wiederholte seine Frage mehrere Male in variierter Wortwahl. Mein Gott, dachte er. Sie ist schwanger. Mindestens. Sie hat Aids, ich habe es gewusst. Sie liegt im Sterben.

»Ich möchte nach Hause kommen, Papa«, sagte sie, als endlich statt Schluchzen Worte aus ihr herauskamen.

»Ja, natürlich«, sagte Gunnar Barbarotti. »Tu das. Setz dich morgen früh ins erste Flugzeug.«

»Darf ich das?«

»Was?«

»Darf ich wieder bei dir wohnen?«

»Sag mal, spinnst du, Sara? Natürlich wirst du zu Hause wohnen. Ich wünsche mir nichts mehr.«

»Danke.«

»Aber was ist denn nur passiert, mein Mädchen? Das musst du mir sagen. Bist du krank?«

Sie lachte auf. Ein erbärmliches kleines Lachen. »Nein, Papa, ich bin nicht krank. Und ich bin auch nicht schwanger, das wäre sonst wohl die nächste Frage. Aber ich will nicht mehr hierbleiben. Können wir mit den Erklärungen warten, bis wir uns sehen?«

»Natürlich«, sagte Barbarotti. »Soll ich die Flugzeiten und so für dich heraussuchen? Hast du Geld fürs Ticket?«

»Das schaffe ich schon selbst. Und ich glaube, ich habe genug Geld, dass es reichen müsste. Kann ich sonst was von dir leihen?«

»Auf jeden Fall«, sagte Gunnar Barbarotti. »Ich habe immer noch sechzig Kronen auf dem Konto. Also, sieh zu, dass du packst, und dann rufe mich wieder an, wenn du weißt, wann du ankommst.«

»Danke, Papa«, sagte Sara. »Es tut mir so leid, dass es so kommen musste, das wollte ich nicht.«

»Ach Quatsch«, sagte Gunnar Barbarotti. »Shit happens. Äh ... es gibt ein paar kleine Veränderungen hier im heimischen Bereich, aber das können wir dann auch besprechen, wenn du kommst.«

»Veränderungen?«, fragte Sara. »Was denn für Veränderungen?«

Gunnar Barbarotti überlegte einen Moment lang. Was es kostete, mit dem Handy aus dem Ausland anzurufen, beispielsweise.

»Nein, lass uns das auch erst besprechen, wenn wir uns sehen.«

Sara schwieg ein paar Sekunden lang, dann akzeptierte sie seinen Vorschlag, und dann legten sie auf.

Er aß den Rest seiner Pasta, während er überlegte. Und rechnete. Er kam auf sieben. Sie sollten zu siebt sein. Marianne mit zwei Kindern, er selbst mit drei.

Sieben? Mein Gott.

Er wusch ab, nahm die Zeitung und setzte sich mit ihr auf den Balkon. Da es Freitag war, gab es eine extra Immobilienbeilage. Er begann zu blättern.

Sieben? Wenn man sie alle hier auf dem Balkon versammelte, würde jeder einen halben Quadratmeter zur Verfügung haben. Das war nicht viel, und vermutlich würde auch noch die ganze Chose runterstürzen.

Ein Haus, dachte er. Es wird ein Haus nötig sein.

Sieben, acht Zimmer ungefähr.

Nach zirka fünfzehn Sekunden hatte er es gefunden. Eine alte Großhandelsvilla draußen auf der Halbinsel von Kymmen.

Zehn Zimmer und Küche, stand da. Gewisser Renovierungsbedarf. Großer Garten und eigener Anleger. Nur anderthalb Millionen.

Perfekt. Die sechzig Kronen würden gut angelegt werden.

Er wählte die Nummer, sprach zehn Minuten lang mit einem freundlichen alten Mann und wurde für Sonntag ein Uhr zur Besichtigung eingeladen.

Er hatte sich gerade an den Computer gesetzt, um seine Zukunft in Augenschein zu nehmen, als Marianne anrief.

Sie klang fröhlich.

Das tat sie ja eigentlich fast immer, aber dieses Mal klang es besonders fröhlich.

»Weißt du was«, begann sie lachend. »Ich habe tatsächlich die Dinge angepackt.«

»Ja?«, erwiderte Gunnar Barbarotti. Sie hat einen kleinen Pfarrer besorgt, dachte er. »Und inwiefern?«

»Ich habe mit dem Krankenhaus in Kymlinge gesprochen. Ich kann dort eine feste Stelle vom ersten November an kriegen. Was sagst du dazu?«

»Zum ersten November?«

»Ja.«

»Ich habe es doch die ganze Zeit gewusst«, sagte Barbarotti. »Es gibt niemanden, der dir etwas abschlagen kann.«

»Tss, tss«, sagte Marianne. »Und Johan und Jenny sind ganz heiß drauf umzuziehen, deshalb rufe ich eigentlich an, um zu sagen, dass wir uns jetzt entscheiden müssen.«

»Aber das haben wir doch schon«, erwiderte Barbarotti. »Allerdings müssen wir uns ein bisschen größer orientieren, als wir bisher geplant haben.«

»Größer? Wieso?«

»Hm«, räusperte Gunnar Barbarotti sich. »Es ist so einiges mit meinen Kindern passiert. Es scheint ... ja, es scheint tatsächlich, als müsste ich mich in Zukunft um alle drei kümmern.«

»Was?«, sagte Marianne.

»Ja«, erklärte Gunnar Barbarotti und wurde von einer plötzlich einsetzenden Atemnot überfallen. Vielleicht war es auch etwas anderes, eine Art zähe, sperrige Membran, die sich weigerte, die Worte durchzulassen, die nötig waren. »Es ist einfach so gekommen«, gelang es ihm hervorzupressen. »Lars und Martin kommen schon morgen, und gerade hat Sara aus London angerufen und gesagt, dass sie auf dem Heimweg ist, also … ja, mit deinen Kindern sind wir dann zusammengerechnet zu siebt.«

»Zu siebt?«

»Ja, wir sind sieben Stück. Aber ich werde mir am Sonntag ein Haus ansehen und …«

Es war still in der Leitung. Er hob den Blick und sah, wie ein Krähenschwarm auf einer der Ulmen vor der Katedralskolan landete.

Jetzt, dachte Inspektor Barbarotti. Jetzt entscheidet es sich. Friedhof, Getreide, Raps, Wald. In drei Sekunden weiß ich es.

HÅKAN NESSER

Die Kommissar-Van-Veeteren-Serie

Das grobmaschige Netz. Roman
Das vierte Opfer. Roman
Das falsche Urteil. Roman
Die Frau mit dem Muttermal. Roman
Der Kommissar und das Schweigen. Roman
Münsters Fall. Roman
Der unglückliche Mörder. Roman
Der Tote vom Strand. Roman
Die Schwalbe, die Katze, die Rose und der Tod. Roman
Sein letzter Fall. Roman

Weitere Kriminalromane

Barins Dreieck. Roman
Kim Novak badete nie im See Genezareth. Roman
Und Piccadilly Circus liegt nicht in Kumla. Roman
Die Schatten und der Regen. Roman
In Liebe, Agnes. Roman
Die Fliege und die Ewigkeit. Roman
Aus Doktor Klimkes Perspektive. Erzählungen
Die Perspektive des Gärtners. Roman
Die Wahrheit über Kim Novak. Roman
Himmel über London. Roman
Die Lebenden und Toten von Winsford. Roman
Der Fall Kallmann. Roman

Die Inspektor-Barbarotti-Serie

Mensch ohne Hund. Roman
Eine ganz andere Geschichte. Roman
Das zweite Leben des Herrn Roos. Roman
Die Einsamen. Roman
Am Abend des Mordes. Roman

btb

HARUKI MURAKAMI

Südlich der Grenze, westlich der Sonne. Roman

Mister Aufziehvogel. Roman

Naokos Lächeln. Roman

Tanz mit dem Schafsmann. Roman

Nach dem Beben. Roman

Kafka am Strand. Roman

Afterdark. Roman

Hard-boiled Wonderland und das Ende der Welt. Roman

Blinde Weide, schlafende Frau. Erzählungen

Untergrundkrieg. Der Anschlag von Tokyo

Wie ich eines Morgens im April das 100%ige Mädchen sah.
Erzählungen

Der Elefant verschwindet. Erzählungen

Wovon ich rede, wenn ich vom Laufen rede

1Q84 (Buch 1&2). Roman

1Q84 (Buch 3). Roman

Die Pilgerjahre des farblosen Herrn Tazaki. Roman

Von Männern, die keine Frauen haben. Erzählungen

Wenn der Wind singt / Pinball 1973. Zwei Romane

btb